命令无情

张艳荣

著

中国言实出版社

图书在版编目(CIP)数据

命令无情 / 张艳荣著. -- 北京：中国言实出版社，
2022.6

ISBN 978-7-5171-4227-0

Ⅰ.①命… Ⅱ.①张… Ⅲ.①长篇小说—中国—当代
Ⅳ.①I247.5

中国版本图书馆CIP数据核字（2022）第113365号

命令无情

责任编辑：王建玲
责任校对：张天杨

出版发行：中国言实出版社
　　　　地　　址：北京市朝阳区北苑路180号加利大厦5号楼105室
　　　　邮　　编：100101
　　　　编辑部：北京市海淀区花园路6号院B座6层
　　　　邮　　编：100088
　　　　电　　话：010-64924853（总编室）　010-64924716（发行部）
　　　　网　　址：www.zgyscbs.cn　　电子邮箱：zgyscbs@263.net

经　　销：新华书店
印　　刷：北京温林源印刷有限公司
版　　次：2023年3月第1版　　2023年3月第1次印刷
规　　格：710毫米×1000毫米　　1/16　　25.25印张
字　　数：420千字

定　　价：68.00元
书　　号：ISBN 978-7-5171-4227-0

序

　　谈张艳荣小说的时候，先说一下张艳荣其人。她第一次发表小说，包括获奖作品，都是发表在解放军刊物上，她以写军事题材小说见长。那么她是军人吗？不是，她曾是位军嫂。她的小说可以跳出某些条条框框天马行空，也可以收敛翅膀飞得很低很低，低到土地，匍匐前进。也许，无论在什么情况下，她都像战士似的，心里都留有一块阵地，一个人的阵地，随时准备战斗。

　　我认识张艳荣是在 2012 年 4 月份，在北京现代文学馆的一个作品研讨会上，那时她正在鲁迅文学院学习。她说在没认识我本人的时候，已经熟悉了我的名字和小说，当然也因为我是名军人。后来有一次我在辽宁文学院讲学，作为辽宁文学院签约作家的她送我一本她的军旅小说《跟着团长上战场》。文如其人，我对她多了些了解。她的小说是在厚重的历史土壤中生长出的富有顽强生命力的小草，春风吹过，蔚然成一片草原。

　　现在摆在我面前的是她的新作，长篇小说《命令无情》。她用独特、准确的角度，缜密、紧凑的节奏，精巧的构思和深刻的剖析，展现了 1949 年北平入城式的浩荡和雄风，如黑白胶片般向我们再现了对新中国来说有着特殊意义的时刻。简单地说，第四野战军打完天津，和平进入北平，一部分南下剿匪，一部分留在北平做公安，保卫开国大典，由此引出千丝万缕的故事。优秀的小说家，必备的条件之一是要有丰富的想象力。《命令无情》在尊重基本史实的基础上，灵活构思了跌宕起伏、险象环生的故事情节，赋予小说中每一个人物难以忘怀、荡气回肠的情感。是那种痛彻心扉的难以忘怀。小说中每个人物的出场，都不是白白地跃然其中，作者都赋予了他们有血有肉的生命，无论敌我，沉淀过后，呈现的是人性的本真和升华。张艳荣小说有个特点，着眼大历史，落墨小人物。从一杆枪、一个士兵去诠释一场战争或战役。犹如写鲁迅文学院园子里那棵高大的银杏树，在茂盛的树冠上，她总能捕捉到那片闪亮的树叶，是那片阳光照射最充沛的树叶，她会从这片汲取了饱满阳光的树叶着墨，从花瓣状的叶尖，写到舒缓的叶脉，顺着流淌的叶脉，去揣测、探究挺拔的树干和嶙峋的树根……

世界上最能打动人的是情，张艳荣很聪明，不管小说的明线肩负着怎样光荣而艰巨的历史使命，也不管到底谁是"戏相公"，贯穿小说始终的暗线还是千古永恒的话题——爱情，读来有"遥知不是雪，为有暗香来"的味道。感人肺腑的爱情算是这篇部小说的软实力吧，这条爱情之线绕在杨北风、白雪花、上官飘之间，时而柔软迷蒙，时而怦然心动，时而难以取舍、欲罢不能。公安战士杨北风，解放军军医白雪花，女特务上官飘，横亘在他们面前的情爱纠葛，是海枯石烂，还是见异思迁？他们在人民与敌人、信仰与爱情之间又将如何抉择？谁又能坚守、逾越、蜕变，最终伴随着"中国人民从此站起来了"的凯歌，傲然屹立在新中国第一缕阳光中？那么就让我们看《命令无情》吧。

茅盾文学奖获得者　柳建伟

2014 年 1 月 16 日于北京

目 录

命令无情

第一章　料峭春风

近年根儿了！听说攻打天津的解放军要进京城了。

春节，中国老百姓的传统节日，但今年，对北平人来说，是一个与以往不同的年。1949年的春节，来得有些复杂。夜空中，传来零星的鞭炮声，夹杂着轰隆的炮声和尖厉的枪声，一声远，一声近，听着，像是从天津方向传来的，由远而近。一辆黑色轿车正飞驰在前门大街上，箭一般驶进永定门大街……直奔南苑机场。上官飘坐在轿车的后排，穿戴华贵，二十出头，眉宇间的稚气和天真还未褪尽。她的师兄盛春雷坐在她的左手边，看上去要沉稳老练得多。两个人都没说话，眼睛注视着车前方。

借着微弱的灯光，上官飘看见，有的胡同里已经挂出了红灯笼。她想，如果不走，自家的门前也该挂出红灯笼了。她想起小时候每到年根儿父亲领着她扎灯笼的情景。有拿亭杆串的，外面糊上红纸，下面用薄木头板托着。木头板上钉个钉子，钉子上面插上蜡烛。点上蜡烛，风一吹，蜡烛一歪，就燎着了，那是糊弄小孩。用木头框钉的灯笼要瓷实得多，父亲用木头框钉的灯笼用了好些年。在她五岁的时候，母亲没钱治病就去世了，她与父亲相依为命，十岁时就跟着父亲去天桥撂地，耍把式卖艺。突然有一天，父亲就不见了，活不见人，死不见尸。她一个小女孩，如漂浮在大海中的一片树叶，随时都有葬身海底的危险，多亏师兄的戏班子收留了她。这些年，她始终未忘寻找父亲。所以，无论师兄如何劝她搬个新家，她都不搬，她要等着父亲回来。成了角儿，有了钱，她依然不搬。如今，就要离开北平了，心里像打翻了五味瓶，说不上什么滋味，去和留，她都茫然。

车里的气氛异常沉闷，好似大家都在屏住呼吸，小心翼翼，像是车里有颗炸弹，稍有不慎，就会一触即发。

对上官飘来说，这是她在北平过的最后一个春节。她的手跟她的心一样惶惑，她的手，哆嗦着，打开精致的手袋，从里面拿出一朵红翠花，摘下头上美式窄檐黑色呢子帽，把翠花戴在鬓角。手哆嗦得厉害，戴了几次才稳妥。不放心，用手按了按翠花，还算服帖。她再两手拿起帽子，端端正正地戴在头上，帽檐处正好露出那朵红色的翠花。

这红翠花原本是要大年初一戴的，过年，北平的女人不管是穷还是富，头上戴的红翠花是不能少的，往年可以去庙会买，是要挑上几朵的，过年的时候替换着戴，图个喜庆和吉祥。今年北平庙会没办，她就在走街串巷的翠花挑子上挑选了一朵。不知怎么，就挑了一朵，她现在有些后悔，应该挑上几朵，此去还不知能否买到翠花呢。即使能买到，也不会是北平的翠花。先戴上吧，就当大年初一吧，就算在北平过年了。好在师兄还送了她一朵，她没舍得戴。她在心里像唱儿歌似的，默念着北平过年的习俗：

廿三糖瓜粘，廿四扫房子，廿五炸豆腐，廿六炖大肉，廿七宰公鸡，廿八把面发，廿九贴对联，三十晚上扭一扭。

唉，今年是不能按着这样的习俗过了，上了飞机，就离开北平了。想着，她眼里竟衔满泪水……坐在她身边的师兄盛春雷拍拍她的手，那意思就是一切都会过去。她的手还是抖个不停，她紧紧握住师兄的手，像是一撒手师兄就不见了。她不能再失去师兄，自从父亲失踪，师兄在她生命中充当了父亲的角色，是她赖以生存的依靠。她对师兄说不上是什么感情。

好像又传来炮声了，很远，依稀听得到。

上官飘声音有些哽咽，耳语般地说："听说天津解放了。"

"不，应该说沦陷。"盛春雷纠正着，他稍作停顿，"别难过，我们会很快回来的。"

"听说台湾离北平远着呢。"显然，上官飘不相信盛春雷的话，"我就是不舍得离开北平。"

"暂时的。"盛春雷安慰着上官飘。

"非得要离开吗？我们可以隐姓埋名。北平那么大，在哪个胡同过不上一辈子。"上官飘失落地说。显然，师兄的话，并未带给她丝毫的安慰。

"师妹，"盛春雷声音里多了严厉，"我平时怎么跟你说的？别忘了自己是谁。心里要装着……"他看着司机，有所顾忌，"使命。"

"听到逃亡我心里就慌，慌得不行。"上官飘轻轻拍着胸口。

师兄耐着性子继续纠正她："是撤退，暂时的。"

上官飘长叹一声："我爸爸回来也找不到我了。"她用手绢擦拭着眼泪。

盛春雷伸出手，拍拍上官飘的手："师兄在。"

"师兄的恩情，飘永记心间。多亏师兄的戏班子收留了我。"

"师妹说这话，就跟师兄生分了，你还不知道师兄的心吗？"

"我知道，我就想跟你安安稳稳地过平常人的日子。"

"会有那一天的，师兄答应你。"

车里又恢复了沉默，两行清泪挂在上官飘的脸上。盛春雷侧头看了眼，看不清脸，但已觉出师妹哭了。他心里也很难受，但没办法，上峰命令，他们必须撤离。再不走可能就来不及了，这是最后飞往台湾的飞机。

上官飘看着车窗外闪过的树木、房屋，从轮廓，她就知道哪棵是老北平的槐花树，哪棵是榆树。看着这些自己从小就喜欢的槐树和榆树一棵棵闪到车后，平添了一份惆怅。她无限留恋地说："此去，再也见不到北平的槐花儿和榆钱儿了，还有我的父亲。"

"也许，"盛春雷欲言又止，思忖着说，"到台湾就能见到你父亲了。"

"啊！"上官飘惊讶，"你的意思是说我父亲在台湾？"

"不不，"盛春雷掩饰，"是我的愿望。"

"哦。"上官飘又陷入沉思中。

上官飘坐着的轿车驶进了机场，一架飞机停在停机坪上，机舱门开着。有两个全副武装的国民党士兵站在舱门口，查看着每个登机人的证件。有被从旋梯上撵下来的，还有跟士兵争吵的，也有急急忙忙往上走的，还有汽车不断驶进机场，机场一片混乱。

轿车还未停稳，盛春雷就迫不及待地推开车门下车，跑到上官飘这边的车门处，拉开后车门，说："快点，飞机座位有限。"

上官飘走下车，寒风袭来，把她吹个趔趄。按理说，她从小跟父亲练把式，到戏班子又跟师兄练功，这点寒风不至于把她吹了个趔趄。她是心乏了，脚才没根。

盛春雷扶住她问："怎么了？"

上官飘说："没事，可能是晕车了。"

盛春雷看她没事，就急慌慌地去轿车后备厢拿箱子。

上官飘站在夜风中，左手拎着手包，冷眼望着旋梯，上上下下的人影更让她感到晕眩。尽管她穿着冬装，站在那里，依然亭亭玉立。烫得精致漂亮的长发，蓬松地披散在肩头。美式呢帽，搭配着鬓角的那朵翠花，平添了洋气和俏皮。她穿了一件天鹅绒枣红色旗袍，外穿长款黑色貂皮大衣，雍容华贵。盛春雷一手拎着一只大箱子，吃力地提着，埋怨上官飘怎么拿这么多东西。她的心惶惑着，无暇顾及，也无心回答师兄的话。好半天才说："大半是戏服，还有一箱子戏服没拿呢。"口气里充满了惋惜。

师兄知道她爱戏如命，把戏看得比天还大，就劝她："到了那儿，什么样的戏服都会有的，听说，那里是人间天堂。"

这个时候，很多人往飞机上涌，还有往下冲的。盛春雷不断招呼着上官飘跟紧他，上官飘干脆拽着师兄的衣服，神色慌张地登上了飞机。

机舱里人满为患，上官飘张望着，不知坐在哪里好。而盛春雷也在张望，倒不是找座位，像是找人。一个戴着黑色墨镜的国民党军官，用戴着白色手套的手，向盛春雷挥了挥手。白手套！对，是白色手套！盛春雷看见了白色手套，像见到了救星，他面露喜色，挤到墨镜身边，正有两个空位。盛春雷安排上官飘坐到座位上，他自己则规规矩矩站着。

墨镜依然坐在座位上，长官派头十足。他问盛春雷："明天戏院上演哪出戏？"

"《霸王别姬》。"盛春雷答。

"是梅兰芳和杨小楼合演的那出吗？"墨镜问。

"不是，换新角儿了。"盛春雷答。

暗号对上。

墨镜以长官的口气说："坐吧。"

盛春雷两脚并拢："是!"他挺着腰板规规矩矩坐在了墨镜身边。

上官飘倒没在意他们莫名其妙的对话,但墨镜的嗓音让她感到奇怪,明明看着是个男人,怎么声音像个女人?沙哑,像上了年纪常年吸旱烟的女人的嗓子。偶尔,还像太监的嗓音。上官飘隔着师兄,侧眼看了一眼墨镜,大檐帽遮住整个额头,短发,略比一般男人的头发长些。大墨镜遮住了半张脸,只露出鼻头和嘴。一脸的横肉和褶子。紧闭着嘴,阴沉着脸。一身国民党军装,裹着他矮小而肥胖的身体,倒显得过分威严,甚至恐怖。

一辆黑色轿车一路鸣着急促的喇叭,高速驶进飞机场,到了飞机跟前才急刹车,刺耳的刹车声传出很远。一个士兵跑下车,手里举着电报喊:"快让开,急电,急电。"

旋梯上的两个士兵正往下撵人,有哭的,有喊的,还有被推下旋梯的。士兵抓着电报挤上旋梯,逆着人流,往飞机上挤。到了舱门,出示证件,进入舱门。旋梯上的人刚清理完,飞机的舱门就关上了。

飞机就要起飞了。

士兵把电报递到墨镜军官手里,墨镜神色大变,立即命令飞机暂缓起飞,有紧急情况。

墨镜、盛春雷和上官飘来到驾驶舱,把里面的人暂时撵了出去,说有要事。两个士兵荷枪实弹站在门口把守。

一份迟来的电报,延迟了飞机起飞时间,同时,也改变了上官飘和盛春雷的命运。电报来自国民党保密局,上面命令:上官飘和盛春雷潜伏北平,接受代号"戏相公"的指令,长期与共产党政府周旋,时刻准备东山再起,迎接大部队光复大陆。盛春雷立正,压低声音说:"决不负党国希望!"

一丝笑意翘在上官飘的嘴角,她不愿意去台湾,台湾是个什么地方,不就是个岛吗,四面是大海,想着,就不如北平宽敞。她想回到四合院,回到自己的屋,舒舒坦坦过个年。墨镜像是看透了她的心,偏要在她得意而喜悦的心上抹上那么一层阴影,时刻让她欢愉的心扯着那么一个闹心的小尾巴,提醒着她,该做什么,不该做什么。墨镜对着门口喊:"卫兵。"

卫兵拎着两个箱子进来,墨镜打个手势,士兵打开箱子,墨镜告诉盛春雷,一个箱子里是电台,另一个箱子里是钞票,也就是经费。

上官飘说:"那我们也要拿走自己的箱子,那里有我的细软。"墨镜用命令的口气说："可以，但从今后，你们的穿戴、打扮要跟北平的广大老百姓保持一致，细微之处的纰漏就会酿成大祸。"

盛春雷回答："谨记长官的教诲。"

上官飘抹搭一下眼皮，用鼻子轻蔑地哼了声，那意思，你算老几。

墨镜又对士兵打个手势，士兵呈上一张类似委任状的东西，他在上面写了几笔字，又双手郑重其事地递给上官飘，然后严厉地说："上官飘，从现在开始，你是国民党上尉军官，国民党党员。"

上官飘没接，暗淡着脸色，低声说："我就是唱戏的。"

墨镜压抑着声音说："放肆，这是命令。"

盛春雷拉着师妹准备下飞机，墨镜低声，但狠巴巴地说："站住，上官飘上尉。"

上官飘站住，转身，冷眼看着他。

"我告诉你一个好消息，"墨镜说，"你的父亲我们替你找到了，他就在台湾。"他意味深长，"所以，你要为党国效力。你明白吗？"

"你！"上官飘向后退一步，"我鄙视你们。"她想哭，但眼睛热辣辣的，一滴眼泪也没有，她想呼叫、咆哮，但嗓子像有什么东西堵着，连呼吸都困难。她什么都明白了，父亲的失踪是有预谋的，国民党保密局为了她能更好地为党国收集情报，以她的父亲为要挟。

上官飘随着师兄走下飞机，她已经意识到，她只有死心塌地地为国民党效力，才能保全父亲。

具体"戏相公"是何许人也，盛春雷和上官飘也不知道，上峰只告诉他俩听受"戏相公"的指令。这个小组由盛春雷领导，上官飘和福瑞祥绸布庄老板陈三爷作为骨干协助他完成任务。

盛春雷和上官飘刚踩到地上，还没等站稳，就被士兵几乎是绑架着塞进美国造军绿色吉普车，然后呼叫着开出了飞机场……等上官飘再回首，透过后车窗，依稀看见飞机已经离开地面。

风掠过夜空，卷起残留的树叶，在风中沙沙作响，仿佛给夜风的寒冷助威。这真是个奇寒的夜，风打着旋儿在地上打滚。天空飘起了雪花，大朵大朵的，像夜的精灵，在天地间飞舞。飞机场空荡荡的，刚才的喧闹和混乱荡然无存。奇怪的是，还有一辆黑色轿车停在机场的边缘，仿佛在等待夜色再浓烈些，掩饰曾经和即将发生的一切。再浓烈些，它要引领着这夜色，走向无边的黑暗。好了，黑夜终于暗下来，静下来了，黑色轿车开始发动引擎，挂挡，起步……车里的灯忽闪了一下，副驾驶座上的脸映在车窗上，大檐帽，墨镜。车灯忽又灭了，一片漆黑，连外车灯都关了，车在黑夜中摸索着前行。呼地车驶出飞机场，融进无边的黑夜，连同大檐帽下的墨镜。

1949 年 1 月 31 日是杨北风终生难忘的日子。

他们"四野"打完天津第一批进入北平城接管防务。守城的国民党兵看见戴狗皮帽子的"四野"坐地就筛糠了。那天，步兵全部上刺刀，威风凛凛呈三路纵队往里走，从西直门、德胜门、复兴门入城接管北平防务，北平和平解放。

国民党兵坐在汽车上，一车一车往外拉，到规定的地点接受整编。杨北风他们连队负责押送、整编国民党兵。北风的营长老汪被抽调到临时公安部，负责北平的安保。老汪他们的服装没什么区别，就是在胸前别着"平警"的胸牌。所以，被抽到公安的战士，都为能保卫北平、保卫党中央而兴高采烈。但都是临时的，等毛主席从西柏坡安全地进入北平城，像解放每一个城市一样，稍作停息，马上就开拔，去解放另一个地方。他们的最终目的，就是要解放全中国。早就听说了，北平安顿下来，四野就南下剿匪，完全彻底地消灭蒋介石的残部。

街坊邻居走出家门，见面的第一句话就是，大喜，解放了，好日子终于盼到了。小孩子在胡同、大街上嬉戏、蹦跳，欢乐的气氛洋溢在北平的上空。崔大妈扛着冰糖葫芦杆子正出胡同，上面插满了通红瓦亮的冰糖葫芦，边走边吆喝：冰糖葫芦！她戴着一把撸的棉帽子，脖子上围着围巾，年头多了，捎色，还打了补丁。天冷，棉帽压到眉毛下，围巾把嘴也围上了，还戴着脏兮兮的口罩。白色的口罩日久天长，变成了灰色，倒和脖子上的围巾浑然一色。她的眼睛总像眯着一样，周围密布着长短不齐的皱纹，下眼睑到颧骨，都是横肉。她长年戴着帽子，不分春夏秋冬，可无论是草帽还是棉帽，总压得很低。就是一个四合院的人，也从来没看到过她的整张脸。

从胡同传来的一声"冰糖葫芦"，又把小孩的馋虫引出来了，摇着大人的胳膊，嚷着要吃冰糖葫芦。大人就糊弄孩子，不好吃，硌牙，黏牙。回头把牙硌掉了，成豁牙子了，那可硌碜死了。崔大妈听了，笑呵呵地说："那可不是，你可别败坏我的冰糖葫芦，崔大妈的冰糖葫芦又脆又甜，酸甜酸甜的。"

"崔大妈，您快别这么说，这不是糊弄孩子吗，回头孩子打扑拉要吃，我可没钱买呀。"一个妇女埋怨说，"您横不能白送吧。"

小孩真就躺地上打滚："我要吃冰糖葫芦，我要吃冰糖葫芦……"

"今儿，我真就白送，"崔大妈摘下一串，"来，孩子，快起来，大妈送给你了，脆着呢。"

小孩扑棱从地上跳起来，不是拿，是抢到手里，眼泪还没干，一颗山楂已经含在嘴里了。

呼啦，过来一群孩子，踮着小脚，举着小脏手，都喊着要，给我一个，给我一个。

崔大妈喜形于色，给孩子分。嘴里念叨着："都有，都有，一人一串。"

有性子急的小孩，蹦着高，直接从杆子上拔。

从胡同又走来个傻大嫂，头发有些凌乱，嘴里念叨着，我知道，我知道。她走到崔大妈跟前，也跟孩子似的，抢着摘下一串糖葫芦，嘻嘻笑着往嘴里塞。崔大妈就打她手，你咋这么馋呢？你又知道啥了？魔魔怔怔。

傻大嫂举着糖葫芦，念叨着我知道，我知道，自顾自地往前走去。

一群孩子跟在傻大嫂身后喊：

傻大嫂，是朵花儿，

洗脚的水，蒸地瓜，

地瓜熟了，水了吧叽。

转眼的工夫，一杆子的冰糖葫芦光秃了。起头的那个妇女，看着光秃秃的杆子，真有些不落忍，都怪自己，多嘴："这话怎么说的，崔大妈，您这不是赔上了吗，都便宜这帮孩崽子了。您看，一毛没卖，刚出胡同口，就抢光了。"

崔大妈不嫌赔，赔得乐和。"解放了，大喜，大妈高兴，今儿就图个喜兴。"她欣喜地看着孩子们吃，"我一个孤老婆子，没儿没女的，稀罕孩子。"

妇女说："崔大妈，看您侄子总来，这一阵子没见来呢？"

崔大妈又恨又疼地说："不争气的东西，好好的记者不当，非得给国民党当炮灰。这要是真让解放军抓着，还捡着了，还能捞个活命。"

"没准儿啊，"妇女高门大嗓，"国民党兵正一车车往城外拉，解放军押着。"

崔大妈好奇、关心："城墙上谁站岗呢？"

"还有谁站岗呢？"妇女显摆就她消息灵通，"换了，挂上红旗了，解放军站岗呢。啧啧，一溜一溜的解放军，前门都站满了。"

崔大妈没接话，低头往回走。

妇女正说在兴头儿上，见崔大妈要往回走，问："崔大妈，干吗去呀？我这还没说完呢。"

崔大妈干笑了两声："回去再做点儿糖葫芦。"

"崔大妈，你可真勤快，今儿才初三，您就做生意了。"

"人老了，闲不住。这不有这个手艺，动弹动弹，手头不就宽绰点吗。"崔大妈说得实在。

卡车上坐满了国民党兵，杨北风和两个战士站在车尾，他们胸前挂着冲锋枪，象征性地握着。国民党兵蹲在车厢里，双方的兵已经失去了针锋相对的锐气，平和地望着对方。国民党兵有小声嘀咕的，有壮着胆子问这问那的。最多的还是关心自己的命运，何去何从。北风不是决策者，不能瞎放炮。他说："都别问了，到集结地就知道了。"

有年龄小的兵，担心自己的小命，差点就吓尿了。北风可没心情哄他们，但可以交实底："现在害怕了，早干啥去了？放心吧，共产党的一贯政策，愿意留下的跟我们一起革命，不愿留下的发路费回家。"

靠车帮有个国民党兵，北风早就注意他了，戴着近视镜，穿着国民党军装，但看着像个大学生。他总拿眼睛瞟杨北风，像是有话跟北风说，又不敢说，不说又憋得慌，欲言又止，躲躲闪闪的。他的胸前挂着一个照相机，北风还头一回见到这么小的照相机。以前也照过相，都是那种像个木头盒子，上面蒙个红布的。摄影师钻进红布，然后头伸出来，右手拿着胶皮球，还扯绳。北风就管这叫"线扯蛋"。然后，喊往这儿看，咔嚓，一股烟，相照完了。从没见过挂在脖子上的照相机。北风看着他来气，有话说，有屁放。北风指着他："唉，说你呢，你老偷摸看我干啥？"

他站起来，北风连忙摆手："蹲下，蹲下。车这么快，把你甩出去。"

他还是站起来说："我叫崔家栋，我手上可没沾过人民的血呀，我是记者。"

杨北风年轻，对新鲜事物接受得快，所以对崔家栋脖子上挂着的相机也好奇。他没见过，但听说过。他想拿到手里仔细看看，亲手摆弄摆弄。记不记者他不管，他想看看他的相机。"喂，你脖子上的相机……"

还没等北风说完，崔家栋双手握着相机说："这相机是我的私人财产，不是国民党发的，是我从美国带回来的。你不能没收。"

"嗨，我就是想看看，够小气的。"杨北风说。

崔家栋战战兢兢从脖子上摘下相机，递给北风，生怕掉地上，用手托着下面，送出老远。北风拿到手里，连说精致。崔家栋自我介绍："我是摄影师。"

北风看着他，像是验证："你说你有这手艺，干啥当国民党兵啊。"

"这不是手艺，是艺术。"崔家栋纠正，"不是我愿意当的，是他们抓我当的。"

北风把相机还给崔家栋，用教育和嘱咐的口气说："拿好，将来为新中国建设出力。"

"谢谢！"崔家栋听了这话感动不已，他没想到，新中国会需要他这样的人，一个国民党记者。不管眼前这个解放军说的话是真是假，这样的好事是否能落到他的头上，有这句话，他也就欣慰了。他要向着这话努力，他也听说了，共产党对投诚人员相当宽大，愿意留下的，编入解放军，不愿意留下的，可以回老家。他不想再拿枪了，他想再回到北平，回到姑妈的身边，就像眼前的解放军说的那样，为新中国的建设出力。

"首先，你要改造好。"北风补充说。

傅作义的部队被分散编入解放军，其中编入东北和华北部队的有515万余人，编入西北军的有2万多人，至4月初，北平国民党军队的整编工作成功完成。

拉着国民党兵的大卡车继续向城外开。杨北风都不敢相信，北平解放了，他正押送的是北平的国民党守军。从东北过五关斩六将，一直打进北平城。打四平的时候，"四野"战士们心中都有个共同的目标，解放东北，打进关里，拿下天津，解放北平城。杨北风和他的恋人白雪花共同盼望着这个日子，他们相约，解放了北平才结婚。如今北平解放了，他们再一次约定，在北平结婚。

大卡车呼啸着前行，凛冽的寒风迎面吹来，刮在脸上，如刀割。北风和身边的两个战士不觉得冷，心里跟装着一团火似的，还有比解放北平更高兴的事吗？他们三个端着冲锋枪，精精神神站在车尾，从他们的表情可以看出，每个人都憧憬着美好的未来。而此刻，北风想的最多的还是雪花，他跟雪花的革命爱情，浪漫而传奇。这多少还得益于他的营长老汪传授的爱情经验，没事的时候老汪给杨北风大肆传授他的恋爱经验，多半是吹牛和捕风捉影。杨北风不能说没受益，多少还是受到了他的"挑唆"，要不老汪在他面前总表功，北风你没有我能追到雪花吗？别忘恩负义啊。杨北风表现得知情达意，早就说了，知他这份情，等结婚的时候，请他喝喜酒，请他做证婚人。不请也不行，老汪从打天津的时候就打招呼了，杨北风，你和雪花在北平结婚，我做你们的证婚人。

　　每当大卡车经过北平这门那区的时候，杨北风就抑制不住内心的激动，我们进京了！我们进京了！北平和平解放了！这下我和雪花可以结婚了！就在天安门前照结婚照，嘿，美死了！其实，他早就想跟雪花结婚，可雪花说等咱们打进北平城再结婚。杨北风说好，咱们就解放北平后再结婚。杨北风听了雪花的话，觉得雪花比他的觉悟高，别看比他入伍晚。说到照相，就想，如果能用崔家栋的相机照，雪花会多漂亮，我又会多英俊？他很快否认了自己的这种想法，并狠狠地批评自己，革命战士，怎么能用国民党的相机照？杨北风回顾完过去，又展望未来，正想心事的工夫，发现崔家栋正用相机对准车里的国民党兵和他们三个，就要按快门。杨北风连忙喝住他："不准照相。"

　　"我是记者，"崔家栋把相机从眼睛边拿开，"这是新闻，应该把这瞬间记录下来。应该说，是历史瞬间。"

　　另一个解放军说："那也不行。"

　　"把相机保管好啊，要不真给你没收。"杨北风严厉地说。

　　"很珍贵的历史，不记录下来，可惜了。"崔家栋惋惜地摇着头说。

　　在一个四合院里，雪花和同志们正在忙碌着。这是临时医院。医生护士们一边安置着床铺和设施，一边照顾着伤员。从进城，雪花就没见到北风，他胳膊上的伤还没好，也该换药了。

　　一车车国民党兵被拉到集结地接受教育、整编。杨北风到了集结地，又接到命令，立即回城，回到原部队，接受新任务。临走，崔家栋跑到杨北风跟前说："你不是说我可以为新中国出力吗？你帮我说说，我想回北平，我姑妈在北平。你帮我跟长官说说。"

　　"先改造吧，在这里不兴叫长官。"杨北风拍了拍崔家栋的肩膀，"共产党会给每一个有想法的人以希望。"他说完，蹬上旁边停着的吉普车，向城里赶。

进城的大部队驻扎在海淀区的平房里。

杨北风回到海淀区的营房已经十点多了，连口水都没顾上喝，通信员就通知他去团里开会。老汪也从临时公安部回来参加会议。

会上项团长传达了党中央的精神，他说："同志们要保持旺盛的革命热情，进京不要学李自成，绝不能有享乐思想。这期间，一是时刻准备南下剿匪，准备战斗；二是提高警惕，保卫得来不易的胜利果实。国民党撤离北平时，大批特务潜伏下来，妄图北平解放后长期与人民政府周旋，梦想东山再起。北平城里有国民党散兵游勇二十多万人，还有国民党八大特务系统一百一十个单位的七八千特务。目前，还有另一个重要的任务，2月3日，也就是大年初六，举行入城仪式。"

开会的是连以上的干部，大家听了，热烈鼓掌。

项团长继续说："本来进城的这天就该举行入城仪式的，以纪念北平解放。但是毛主席考虑到当天正是大年初三，为了北平人民能过上一个安稳年，入城式往后推迟到2月3日。"

同志们小声议论，还是毛主席考虑得周全啊，我们打天下不就是为了老百姓吗？

"同志们，静一下啊，"项团长向下面摆摆手，"重要的事还在后头呢，杨北风，带领你们连队，参加入城式。注意啊，你们那破衣服啊、破鞋啊，整干净点。"

说到这，下面有人开始小声笑，有一个带头笑的，大家都放开憋着的嗓子笑了。老汪心大，话粗："团长，破衣服行，破那啥，啊，不好听。"

项团长虎着脸，想乐，又要保持团长的威严："就你能往歪处想。"

"你看团长。"老汪嘻嘻地笑。

项团长正正脸色，整整衣帽，接着说："反正啊，就你们那些破玩意儿，给我整利整点。另外，搞好个人卫生。那玩意儿，你进城，整得埋了巴汰的，咋跟老百姓握手？文明啊，讲文明，从现在开始，听见没？"

杨北风偷着笑，项团长是东北人，自己说话都带大渣子味呢，还说别人。

"我告诉你，杨北风，"项团长说，"你作为连长，把你们连整齐刷的。你代表的不是你自己，是中国人民解放军的形象。那天免不了有人握手，大爷大妈也就罢了，要是清华、北大的学生跟你握手呢，你们一身的臭味。"

杨北风说:"这光打仗了,哪有时间洗澡啊,上哪儿洗呀?脸都没地儿洗。"

"那我不管,"项团长来不讲理的了,他也没办法,首先自己就一身臭味,从沈阳打到天津,没像杨北风说得那么邪乎,脸是洗过,但次数不多,"杨北风,你给我整干净点啊,这任务交给你了,你是代表咱们团的形象。"

说到团的形象,引以为豪的英雄团,哪有克服不了的困难?杨北风一个立正:"是!团长。"

项团长指着老汪:"老汪,还是带领你们营一个排的兵力,到公安部帮忙。目前任务,保卫入城仪式顺利举行。"

老汪立正:"是!"

"当然,你们不管去哪儿,都是暂时的,任务完成后,都要归队。我们团要随大部队南下剿匪,解放全中国!"项团长激动地站起来挥手。

掌声雷动,又要参加战斗了。

第二章　多少豪杰

散会已经下半夜了，杨北风和老汪并肩走着，老汪拍着杨北风的肩膀说："我以为你会留在城外整编国民党兵。这回好了，咱哥俩又在一起了。"

杨北风心里还在合计项团长的话，让他们整干净点，他看看自己的军装，都是口子，雪花都帮他缝过几次了。他也不想再缝了，没价值了。他就打起了老汪的歪主意。老汪进城的时候跟他显摆过，说他有一套新军装，没舍得穿，想进北平城的时候穿。所谓的新军装，也就是相对干净一点，没有补丁。杨北风想，幸亏他没来得及穿，要不我穿啥。杨北风问："咱哥俩好不好，营长？"

"那还用说吗，别看我是你营长，我可拿你当生死兄弟呀。比方说，雪花的事，如果不是我给你出主意，你能追上人家雪花？人家可是响当当的外科医生，千金大小姐。像我老汪，堂堂的营长，也就是跟护士谈谈恋爱。"老汪总把这事挂在嘴上。

"哎呀，这事我记着呢，别把话扯远了。"杨北风耳朵听出了茧子，"刚才你也听团长说了，我总不能穿这身衣服接受北平人民的检阅吧？"

老汪听出端倪了："杨北风，你可别打我那身新衣服的主意啊。"

"嘿嘿，"杨北风笑笑，"你就借给我穿穿呗。"

"不行，我还等着娶媳妇穿呢。"

"你那媳妇八字还没一撇呢。"

"护士嘛。"

"护士在哪儿呢？你吹了这么些年，我也没见到影子啊。"杨北风开始给他上纲上线，"你要是不借，那就是不支持解放军入城式。说轻了，你小气，说重了，你跟国民党穿一条裤子。"

"得，你别给我戴高帽，我借你。"

杨北风拉着老汪的手，使劲摇着，忙不迭地谢谢。

过了年就算春天了，而北平的天气，不是春寒乍暖，而是寒风刺骨，不次于冬天，甚至比冬天还冷。杨北风穿得单薄，棉袄里的棉花都掉差不多了。一阵风吹来，杨北风下意识地握着胳膊上的伤口，好像刚刚愈合的伤口又被冻裂了。老汪扶住他的胳膊："北风，胳膊上的伤还没好吧？"

"没事，男爷们儿，这点伤算个啥。"杨北风拉硬。

"走走，"老汪拉着杨北风，"到雪花那儿上点药去。"

"不去，不去。省点药给重伤员用。"杨北风说，"再说，回连队还得开会呢。"

"白雪花的医院离这儿不远，到那儿就回来。"老汪责怪他，"要不咋说你缺心眼，不为你自己胳膊，为了雪花你也要去看看，几天没见到雪花了？"

"有十多天了，哪儿顾上了？走！"杨北风说着，带头在前面走。打仗养成的习惯，说干什么，雷厉风行，杨北风和老汪向临时野战医院走去。

这注定是个不眠的夜晚，解放军入城的第一天，加上又是大年初三。老百姓高兴，特务们惶惑，解放军警惕……同一个夜晚，不同的心情。

屋里漆黑寒冷，上官飘无心入眠。外面的风吹打着窗户，呜咽呜咽的，冷清单调。蜂窝煤炉子早就熄火了，屋里一点热乎气都没有。上官飘穿戴整齐地坐在椅子上，她一个人端坐着，用不着掌灯。屋里的冷清，让她更加怀念过去的时光，在戏班里的时候多热闹啊，师姐师妹们，同台演出，台后嬉闹。戏班子在年前就遣散了，都各奔了东西，恍如隔世。她和师兄投奔了京剧团。她知道师兄的目的，投奔京剧团无非是更深地潜伏。投奔京剧团，她当然高兴，能更好地唱戏，总比在小戏班强。她也早就知道师兄的身份——国民党特务。特务就特务，没碍着她什么，只不过就是个身份问题。师兄也潜移默化地跟她灌输过这方面的事情，意在培养她当特务。师兄对她好，她都记在心里，可以说对她有养育之恩。所以，关于师兄的培养，她认为是为她好。甚至，特务的事，远没有什么可怕之处，过去，她也没见师兄做过多么可怕的事。还是一样唱戏，一样生活。当然，生活远比她跟着父亲在天桥摆地好，过上了富贵的生活。如今，她真的当上了特务，是国民党上尉军官。在飞机上，"一脸横肉"的话让她大惊失色，她已经被挟持了，父亲在他们手里。这个特务，她当也得当，不当也得当。父亲失踪真是个阴谋？与师兄有关吗？她不敢想，想了就不寒而栗。师兄会那么狠毒吗？想想平日师兄的为人，不会，一定是"一脸横肉"他们所为。

黑暗无边，层层包围了上官飘，她快被这黑暗包裹得窒息了。她意识到，她的前途就像这黑暗，无边无际。她陷进了泥滩，无法自拔。

同样无法入睡的还有师兄盛春雷。

夜深人静，一个四合院里，一间房里亮着微弱的光，盛春雷正在暗室收发报。这个暗室很隐蔽，就连上官飘都不知道。他住的是里外屋套间，外间是客厅，中间摆着八仙桌，一边一把椅子。年头多了，红漆已经脱落。里间靠墙是四开门的衣柜，别看漆不再新鲜，但看得出，是上等的红木老式家具，敦实、厚重。暗室，就是由这衣柜门进入。其实，就是打开衣柜，也看不出里面有暗室，因为靠墙的衣柜板完好无损。他即使进入暗室，也不会开灯，点上气泡子灯，灯苗拧得矮矮的，不是为了省灯油，而是为了灯光更暗些。刚才窗户外映出的微弱灯光，是他掌着灯进入暗室一瞬间闪现的。

嘀嘀嗒嗒的发报声，让盛春雷都觉得心惊肉跳，四周死一般寂静。他给毛人凤发报，报告今天解放军占领了北平，2月3日，共产党要举行隆重的入城仪式。同时他也接到了毛人凤发来的电报，命令他在入城仪式上炸坦克。

他把电台藏好，出门赶往师妹上官飘的住处。到了上官飘的住处，院门已关，他从院墙跳进院里，贴着墙根，走到师妹的房门。敲了六下，三声紧，三声缓。这是约好的敲门暗号。上官飘门开得很快，因为她睡不着，就坐在椅子上想心事了。敲开上官飘的房门，盛春雷闪进屋里。

盛春雷看开门这么快，就知道上官飘没睡。他问："没睡？"

"睡不着。"上官飘的声音有些哽咽。

"你要尽快适应啊师妹。"

"师兄，你是好人还是坏人？"上官飘这话问得天真。

这话把盛春雷问愣了，他说："师妹，师兄对你不好吗？"

"好是好，可是现在，"上官飘思量着说，"我爸爸失踪你知道吧？"

师兄心里一惊，但很快镇静，他说："我不知道。"

沉默。

夜色正浓。

屋里和外面一样黑，而上官飘的心比这黑夜还暗。

"我也是在飞机上才知道的，不管咋说，总算知道了你父亲的下落。"盛春雷握住师妹的手，"别急，等我们完成任务，很快就能去台湾，就能见到你爸爸了。"

上官飘的眼泪滴在了盛春雷的手上。

盛春雷安慰她说："也许用不了多久，我们的大部队就会打回来。"他愤慨，"他们是坐不了江山的，搞建设不像打江山那么容易，不能光会打仗，要有经济头脑，就凭他们，泥腿子？"

"我还是不想去台湾，我离不开北平，从小在这儿长大。"上官飘依然情绪低落。

"傻妹妹，你爸爸在那儿呀。"盛春雷摇着她的手。

"师兄，你为什么要这样啊？"上官飘是央求的语气。

盛春雷正正声音："现在说什么都晚了，你和我已经是拴在一根绳上的蚂蚱，跑不了你也跑不了我。人活着，总要有自己的信仰。"

他们俩在黑暗中说话，上官飘要掌灯，盛春雷阻止了她。盛春雷的细心和谨慎，让上官飘万分沮丧，师兄真正的特务生涯开始了。往下的日子，她跟着师兄，将过如履薄冰、暗无天日的生活了。

盛春雷来此不是跟她感慨的，他是来传达毛人凤指示的。他从里怀兜掏出一枚小型定时炸弹，递给上官飘。借着窗外微弱的光亮，上官飘低头凝望着炸弹，没接。这个她认识，师兄早就教过她，包括手枪，她也打过。这些师兄在郊外教过她。定时炸弹、手雷、手榴弹，还有炸药包，她都知道怎么引爆，也亲手引爆过。枪，她只开过手枪，枪法也不错。当时，她没觉出别的，就觉得挺有意思，挺好玩。师兄也说，艺多不压身。她也没往别处想，因为师兄从没让她干过杀人放火的事。没想到，搁这儿等着她呢。好一个艺多不压身，学有所用。

盛春雷压低声音，神秘而郑重地说："2月3日，解放军入城仪式上，炸坦克。"

这个铁疙瘩握在上官飘手里，似千斤重。她问："就这么小的玩意儿，能把坦克炸掉？"

"最起码能让坦克瘫痪，"盛春雷冷笑着，"怎么着也得给进京的共产党点颜色看看。"

"我如果死了，或被抓，你替我找我的父亲。"上官飘失落地说。

"优秀的特工，要活着完成任务。生命至上。你能听明白吗？"盛春雷紧紧握住她的手，怕撒手她就真的被抓了，"你答应师兄。"

上官飘点头："活着。"

"上峰对你不薄，也非常重视你，即使我们都暴露了，他们指示，也要保全你继续潜伏。包括戏相公，关键时刻，也要做出牺牲，保全你在北平的安全。"盛春雷站起来，轻拍上官飘的肩头，"你将会是党国最出色的特工。"

师兄原文传达保密局的电文：上官飘要不惜一切代价永远潜伏北平，她的潜伏，就是最大胜利。

上官飘带着哭腔说："为什么是我？我不想。"

盛春雷叹口气："我就都告诉你吧，因为你的条件比我们都好，苦出身，女孩子，利于隐蔽。将来你的前途会比师兄光明。"

一片死寂，彼此都能听见对方的呼吸。片刻，盛春雷掏出一把手枪："这是配给你的手枪。"

这回上官飘没有犹豫，从容地接过枪，在手里掂了掂，顺手塞到被垛下面。

外面传来几声狗叫，听着声音很远。上官飘警觉地抬头看看师兄："今天在大街上有解放军的巡逻队，师兄，你快走吧，时间长了，别再引起别人的疑心。"

"好，我先走了。"盛春雷把帽子往脸上压了下，把门打开一条缝，闪出门。门随即关上。

上官飘起身追到门口，手握着门把手，在门里站了半天。她还是依恋师兄的，多年的兄妹之情，让她恨不起来。

后半夜，天更冷了。杨北风和老汪走在漆黑的路上，手里提着手枪。走过一片野地，拐过一条胡同，前面就到临时野战医院了。两人稍微放松了警惕，突然，杨北风看见一条黑影闪进胡同，他急促地说："有人。"提着枪就追。老汪一听有人，也跟着追。他俩拐进胡同口，那黑影已经出了前面的胡同口，只看到一个黑点，一闪，不见了。

"跑得真快呀。"杨北风说。

"你不会看花眼了吧？"老汪问。

"不会。脚步很轻快，像是会轻功。"杨北风皱着眉头说。

"那还是你看走眼了，会轻功，像飞似的。晚上看东西，很容易给人错觉，飘飘忽忽的。"老汪半信半疑。

杨北风听老汪这么说，也有些拿不准，可能自己眼睛真看花了。就是不看花，北平刚解放，遇到一两个可疑的人也属正常。北平的敌特分子，不是一朝一夕就能解决的。

盛春雷拐过胡同口，确定安全了，放慢脚步，稍作歇息。他本不应该走这条路的，只是临时决定的。不想，遇到两个解放军。幸亏他跑得快，要不今晚就栽了。

临时医院还亮着灯，杨北风和老汪提着枪进了医院，进屋才把枪别在腰里。病房里很乱，还没安顿利索。几个护士还在忙碌，白雪花在查房。屋里很冷，被子单薄，伤员在床上冻得瑟瑟发抖。白雪花给伤员披被子，有的伤员棉帽子歪到了一边，白雪花把帽子给伤员戴正了，这样能暖和一些。她自己也是戴着棉军帽，穿着棉袄，手冻得通红。她外面穿个白大褂，脖子上挂着听诊器。那双漂亮的大眼睛，也布满了红血丝。杨北风见到白雪花，眼泪差点掉下来，雪花瘦了。特别是脸，又黑又瘦。在四平，刚见到她的时候可不是这样，气质高贵，美丽漂亮。她是从没吃过苦的，富贵出身。她为了杨北风才参军入伍，舍弃了优越的生活，舍弃了还指望着她支撑的私家医院。雪花见到杨北风倒是没有那么多感慨，笑了，她喜欢北风，打心眼里喜欢。她虽然受过高等教育，也在革命队伍里得到了锤炼，但大小姐的脾气是很难改掉的，任性，高傲自大。她喜欢北风，就是喜欢，不掺杂任何得失，也不顾及什么门当户对，所以，毅然决然跟着北风从东北跑到了北平。见到杨北风，雪花第一句话就是："北风，伤怎么样了？可几天没换药了。"

"顾不上，没事。"杨北风下意识地捂着受伤的胳膊。

"来，我看看。"白雪花拉着杨北风，只顾着北风的伤，都忘了跟老汪打招呼。

老汪看着他俩的亲热劲，酸溜溜地说："好啊，你俩把我扔一边了。没有我，你俩能有缘吗？"

"汪大哥，你没看北风受伤了吗，就晚跟你说两句话，你也挑理。"雪花跟他开玩笑。

"对老哥太不重视了。"老汪故意绷着脸说。

"哎呀，老哥你快坐，"雪花拉着脸，话热情，表情却不是那么回事，"喝茶，吸烟，吃点心。"她摊下手，"可惜呀，没有啊。"

北风脱下棉袄，露出胳膊。雪花查看伤口，皱着眉头："有点感染了。"她麻利地给伤口消毒上药。

"哈哈，点心、茶叶算什么呀，"老汪爽朗地笑，"新中国成立，一切都会有的。"

白雪花对他摆摆手："嘘，小点声。"她指指伤员。

病床上一个伤员抬起头，"没事的，真希望战友们来乱哄一会儿，太闷得慌了。"他对白雪花说，"白医生，我该出院了吧？"

雪花边给北风上药，边说："你呀，土豆，且得养一阵子呢，该出院时不留你。"雪花说话冷，也许是职业的关系。但她对伤员最关心，尽职尽责，在四野是出了名的。

白雪花摸着北风的胳膊，又摸他的额头。"北风，你发烧了。"她替北风把衣服穿好，"你身上大大小小的伤也不少，又发烧，住两天院吧。"

"净扯，我们连队就要参加北平解放入城仪式了，还住院？"北风满不在乎。

土豆又说："白医生，杨连长，什么时候吃你俩的喜糖啊？"

"快了，"雪花说，"等你伤好了，请你吃喜糖。"

老汪插话："依着我呀，在四平就该结婚。行，你俩觉悟高，非得解放了北平再结婚，要不这喜酒我们早喝上了。"

雪花抿着嘴笑，不搭话。老汪说的正是她的心里话。

病房里还有几张床没归置到位，雪花说："你们俩来得正好，帮我把病床挪到位。"

老汪和北风开始帮雪花归置病房。

北风说："毛主席说了，我们进京了，不能学李自成，讲究享乐。你这个结婚的论调，包括在享乐之中。"

雪花就不爱听了："怎么叫享乐呢，你看我这像享乐吗？每天我都不知道要做多少台手术。我累点不要紧，最看不得战友们的胳膊、腿在我的手术刀下遭罪，甚至锯掉。"

老汪和杨北风抬着床，往靠墙的地儿放。北风解释："雪花，知道你辛苦。我是说，看目前形势，我们恐怕没有时间在北平结婚。"

雪花往床上铺褥子，铺床单，说："我可没要你八抬大轿，也没要你在北平饭店摆酒席。"

"你都不知道，我俩来你这里，路上就遇到可疑的人了。一个黑影，转眼就不见了。"杨北风说。

"那你俩怎么不追？"雪花说。

"追来着，没追上，这小子进胡同口就不见了。"北风把另一张床挪到靠窗户的地方，问雪花，"放这儿行吗？"

雪花让他把桌子放到两张床的中间，说："今天晚上就别想睡了，收拾利整就天亮了，明天从天津再运来一批伤员。"

土豆爱搭话，又抻着脖子搭话："我可听说了，国民党撤退的时候，留下老鼻子特务了。"

老汪呵斥他："哪儿说话都有你，一嘴大精子味。一听你就是东北生帮子。"

其他几个床的病号也都哧哧笑起来。

雪花推一下老汪："你俩赶紧走吧，把伤员都吵醒了。"

有几个伤员说："我们哪睡得着啊，北平解放了，就要解放全中国了，幸福得睡不着啊。"

土豆又多嘴："只恨我们不争气，躺在这里，再不济，抓个特务也不白进回北平城啊。"

老汪哈哈笑着说："小犊子，别小瞧了抓特务，伤好了，跟我去抓特务吧。"

"行啊。"说话抻到伤口了，他咧着嘴。

"叫什么名字？土豆？"老汪问。

"对，我叫土豆。等我出院，营长，我跟你去抓特务。嘻嘻。"

"呵，这名好记。"老汪笑。

杨北风用胳膊肘拐老汪一下:"营长,你抓特务那是临时的,完事咱就南下剿匪去了。现在你就招兵买马了。"

看得出,老汪挺喜欢这个土豆:"剿匪我也要带着这个碎嘴子,土豆,愿意跟着我吗?"

"营长,我愿意,那你得跟我们排长说。"

"小排长,敢不给我。你别管了。"老汪牛哄哄地说。

雪花像个大家长,对伤员们说:"好了,现在都睡觉,养好了身体,你们才能继续上战场啊。"她又对北风和老汪说,"你俩也快回去吧,别耽误伤员休息。路上小心呀。"

杨北风看着雪花的脸,心疼地说:"雪花,你自己的身体可要注意了。看你,都瘦成啥样了。"

老汪也说:"北风说这话对,雪花,你可是我们四野的宝贝疙瘩,只要你在,身后就有一片伤员站起来。"

白雪花自豪地说:"我这么重要,那我可要好好活着,为我们的伤员活着,那可都是棒小伙子啊。"

门外走进一个护士,说:"白医生,我们那屋已经安顿好了,伤员都住下了。"

雪花说:"好,我这儿也完事了。明天的任务还很重,夏玲,告诉他们,都睡吧,明天还得早起。"

夏玲答应着,刚要走,又转过身:"哎,白医生,这位就是你的杨北风吧?"

老汪挡在杨北风前面,问夏玲:"哎,丫头,你怎么一下就猜到是他,怎么没猜到是我?"

"就你?"夏玲围着老汪转一圈,"就你?这张脸胡子拉碴、炮火纵横的,如果我们雪花医生看上你,我们都不答应。"说完,做个鬼脸,转身跑了。

雪花和北风相视而笑。

老汪看着他俩,自我解嘲:"唉,你说这丫头。雪花,这都是你调教出的好护士啊。"

雪花给北风包了几片退烧药,放进他的上衣兜里,嘱咐他按时吃。

出了门,老汪走在前面,北风跟在老汪的后面。雪花送他们出门,跟北风并肩走着。她的手,慢慢向北风靠近,试探性地用手指尖碰了一下北风的手,北风也用手指尖碰一下她的手，然后，他张开手，握住了雪花的手。雪花任他握着，含情脉脉地看了眼北风，正碰上北风热辣辣的目光，雪花很快把目光挪开，脸颊飞起两朵红云，觉得火烧火燎的。好在黑天，谁也看不见。

在珠市口一个四合院中，身着解放军服装的临时公安人员正在召开紧急会议，老汪主持会议。这里过去是旧警察局，现在被解放军接管。参会人员分两边坐，桌子一边坐的是旧警察，另一边坐的是解放军。挨着老汪坐着一个特殊人物，他也是旧警察，那就是解放前北平地下党联络员——肖力，但现在还未公开身份。肖力坐在老汪的身边，不时对老汪点头致意，脸上洋溢着胜利的笑容。他抑制不住内心的喜悦，终于从地下转到了地上，重见天日。

旧警察何去何从，肖力真实身份的公开，都要等一个人决定。这个人就是中央情报、保卫部派来的干部。

有几个旧警察起刺儿，七嘴八舌："旧社会怎么了？谁叫我们早出生了，没办法，就生在旧社会了。""我们也是维护一方平安的。""我没做伤天害理的事，谁敢把我怎么着啊？"

老汪一拳打在桌子上："都给我闭嘴，让你们坐这儿，就是宽大。要不早就绑起来，推到菜市口了。"

旧警察们相互看几眼，暂时无语，但看得出，他们有一肚子牢骚和不满。

有个叫小舟的旧警察，指着肖力，嘲笑："肖力，你咋跑到那边去坐了？哈哈，你以为换身衣服，你就变成解放军了？哎呀，太搞笑了。"

肖力今天参加会，穿的是解放军的军装。他只是轻蔑地笑，不予回答。

"哈哈，你还坐到解放军堆里了，还装沉默。过来坐吧，免得人家撵你。"小舟感到他很可笑。

有个旧警察叫精瘦，他白肖力一眼，说："叛徒。"

肖力沉住气，冷眼看着他们。

"啪，"老汪把手枪拍到桌子上，"谁再起刺儿，那就让枪杆子说话。"

老汪不想跟他们啰唆太多，言多必失。关键时刻，情况复杂，又没有上级的明确指示，所以，他现在的任务，就是稳住会场，震慑住那几个挑事的人。真要闹大了，老汪也是有准备的，每个战士都是荷枪实弹，对危害治安和生命安全的，就地处决。但不到万不得已是不能这样做的。

对这些旧警察，具体是什么方向、方法，要等上面派来的干部定夺。

门外传来了脚步声，项团长走进屋。老汪第一个站起来，原来他们项团长就是上面派来的干部啊。他惊喜地看着项局长，但他不能多嘴。他带头鼓掌，欢迎项局长的到来。

旧警察只有小舟鼓掌，鼓了两下，看看左右，两手握着，僵在原地。旧警察没有鼓掌的，都冷眼看着。

上面派来的这个干部是项团长。这个时候老汪才预感到，公安战线的斗争也是相当严酷、复杂、隐蔽的。像他这样水平的人，是临时抓来当差。而像项团长，那就是长期培养的情报干部。的确，早期，项团长就秘密接受过情报、保卫方面的训练。

像这样的培训班，不但早期有，近期也有。平津战役刚打响，在河北平山西黄泥村就组建了这样的公安培训班。当时中央培训的这些公安干部，就是要派往各大解放城市，革命事业的最终胜利已经是不容置疑的了，敌人逐渐由公开转为秘密，我们逐渐走上公开，现在的问题是如何保卫胜利。胜利的脚步来得实在是太迅猛，天津、北平相继解放，本来是三个月的培训，一个月就结束了，然后迅速派西黄泥训练班的保卫干部去接管这两个大城市的警察局！即便如此，还是不够用。

看到会议室的气氛，项局长已经猜出八九不离十了，这些旧警察把解放军当成软柿子，把对他们的宽大和仁慈当成了软弱。项局长落座，先严肃地看着全场。老汪走近项局长，跟他耳语几句。然后，回座位。项局长抬头，看着大家。他穿着崭新的军装，显得格外精神。他是老汪的团长，老汪从没见他穿过这么新的军装，团长真趁啊，趁这么一套新军装，关键时刻穿上，嘿，真提气！项局长四方大脸，仪表堂堂，配上崭新的军装，精神、威严，一看就是大干部。

项局长首先宣布，中国人民解放军正式接管北平警察局，所有接管的警察必须接受人民的教育、改编。然后他话锋一转，说："我现在向大家介绍一位特殊的同志，肖力。"肖力起立，向自己的同志们敬礼。礼毕后，肖力坐下。项局长继续向大家介绍："肖力，北平中共地下党员，现在，正式从地下转到地上。同志们鼓掌欢迎！"

几个旧警察目瞪口呆，相互看着，又齐刷刷地看着肖力。

项局长先介绍肖力，就是给旧警察们敲响警钟。老实点，小样，你们的一举一动，暗中都有一双眼睛在盯着。

项局长又宣读接管的规章制度，这几个旧警察立马就蔫了，因为他们做的那些坏事、恶事，肖力一清二楚。

下面是肖力点名排查旧警察，挨个点名，先罗列他们每个人的罪状，哪个在旧社会做了哪些好事，哪些坏事。这样点名排查，先给几个旧警察一个下马威。剩下几个旧警察额头就冒汗了，有几个主动站起来交代，低着头说我知罪，请政府宽大。项局长看着这几个旧警察，没让他们坐下，也没立马表态。还有两个旧警察，仍然坐着不动，抱着侥幸心理。其中就有精瘦，他看着项团长锐利的眼神，捅捅坐在他身边的警察，两人站起来，主动交代做过的坏事。精瘦是避重就轻。这个时候，没时间跟他们较真，知道错就行，以后有的是时间慢慢跟他们细算。

项局长面容和蔼了，向旧警察们摆摆手，示意他们坐下，说："只要认罪态度好，是可以留用的。"

听了这话，精瘦瞪着小贼眼睛，拍手叫好，猛然一句："哎呀妈呀，太好了，如晴天霹雳呀。"

老汪呵斥他："不会说话闭嘴。"

项局长还是和颜悦色，对老汪摆下手，不计较，他们的心情是可以理解的。

小舟第一个申请留下。接着几个警察纷纷表示，愿意留下，为新中国做贡献。

这几个警察当中，就数小舟罪状少，还为老百姓做过些好事。再说小舟文化水平还挺高，富家子弟。家里也就是为了让他有个营生，才给他花钱买这么个差事。怕他年纪轻轻，把日子荒废了，要不他总泡在舞厅、戏园子里。

最后项局长对这些旧警察做出处理意见，集中教育、培训，对几个罪大恶极的，移送有关部门处理。说到这儿，几个罪大恶极的痛哭流涕，苦苦哀求，说不要把他们移送有关部门，他们要立功赎罪。

肖力给项局长使个眼色，项局长给老汪歪下头，三个人走进里屋密谈。肖力点上一根烟，思量着，看着老汪。

项局长握着肖力的手，诚恳地说："肖力同志，辛苦了，北平的和平解放与你们密不可分啊。肖力同志，有什么事说吧，老汪是党员，我不在的时候，由他负责。"

老汪也与肖力紧紧握手，说："还没来得及认识，肖力同志，我们将继续并肩战斗。"

肖力眼里含着激动的泪花，"终于站在阳光下了，怎样的付出都值了。最难过的是，不被人理解，老百姓都管我叫警察狗子。"他用手擦了下湿润的眼睛，"项局长，有个非常重要的情况跟你汇报。但我也把不准，国民党北平保密局撤退时，据说潜伏下一个特务组织，特务头子叫戏相公。这个组织就是针对我们的新生政权和开国大典来的。"

项局长在地上踱着步子："怎么能挖出戏相公呢？从哪儿入手？"

老汪看看肖力，说："项局长，应该充分利用咱们这些旧警察。这个想法我是刚才从肖力同志身上获得的。肖力对这些旧警察过去的事情了解得一清二楚，他们的罪行、身份，想隐瞒也瞒不住。咱们让这些旧警察指认特务，再由特务指认出戏相公，说不定哪个特务提供的线索就能帮我们找到戏相公。"

项局长停住脚步，干脆地说："好，就这么办。"他开门，回到会场。老汪和肖力跟着回到会场。

会场一片寂静，都等着项局长最后的决定。那时候，刚接管北平，百废待兴，也没什么经验，只要不偏离大方向，对巩固新中国政权有利，主管领导可以做出决定。这些旧警察就在本公安分局受教育，接受培训，然后投入工作。目前，具体的工作是发挥自己的能耐，指认特务，因为这些警察过去跟国民党或多或少都有着关联。刚进北平的解放军不认识他们，但这些警察有认识的。他们就是伪装得再巧妙，也有露出狐狸尾巴的时候。

有几个旧警察感激涕零，表示，只要发现，决不隐瞒敌情。精瘦这个旧警察，善于见风使舵，他的眼睛偷看着肖力，心里盘算着发财的计谋。

小舟跟着老汪投入工作。他从小在北平长大，对北平的地理、地貌非常熟悉，可以充当向导。

第三章　似曾相识

这时，抓特务跟杨北风挨不着。他现在就两个心思，一是圆满完成入城式的任务；二是时刻准备着南下剿匪，解放全中国。对了，还有，趁这个空当儿跟雪花在北平结婚，这是两人的愿望，也算送给雪花的礼物。

此时，杨北风正带领着连队在南苑机场的空地上走队列，各团抽调的部队都在这儿集中训练。由杨北风带领全体战士集训。

按照计划，东北野战军第4纵队1个师和特种兵的6个团参加入城式。接到命令后，部队立即组织炮兵第2指挥所的摩托化炮兵第4、第5、第6团，高炮第1团，坦克团和装甲车团，开赴南苑机场集中训练。主要练习入城式队形。

战士们都是豪情万丈，轻伤不下火线。胳膊、腿挂彩多了，战士们也没有时间换药。为了保证入城式的顺利进行，白雪花带着护士夏玲到机场给战士们换药。中间休息的时候，杨北风喊："同志们，胳膊、腿挂了彩的，准备好了，医生来给我们换药，时间紧，任务重，抓紧时间啊。"

有调皮捣蛋的兵油子，知道杨北风和白雪花的关系，故意调侃："杨连长，我的伤不在胳膊腿上。"

几个兵哈哈乐："那，伤在哪儿啊？"

土豆看热闹不嫌事大，故意喊："是啊，在哪儿呢？"

调皮的兵指着屁股："伤在这儿。"说完，吓得赶紧躲到其他兵的身后。

"等着啊，一会儿收拾你。"杨北风指着那个兵。

夏玲发现了土豆，像看见贼似的，指着土豆喊："好啊，土豆，你到底还是偷着跑出来了，你不要命了？"

"我才不在医院受你的气呢，吆五喝六的，总欺负我。"土豆不怕她了，出院了。

"小犊子，"杨北风这才认出是土豆，他狠呆呆地说，"过来，我看你到底伤哪儿了，我给你上药。"

土豆往后退："哪儿都没伤，连长。"

"熊了吧。"几个兵笑话土豆。

白雪花不搭话，抿着嘴，看不出生气，也看不出笑。她给战士们换着药，嘱咐着注意事项。天还是很冷，战士们已经习以为常了，这的条件已经够优越的了，炮火纷飞的时候，在战场上一样包扎。白雪花头不抬，眼也不看土豆，口气威严，实则是关心："土豆，过来，赶紧换药。你那伤可挺重啊，还偷着跑，过来。"

土豆伸下舌头，扮个鬼脸，走到雪花跟前，把衣服撩起来。雪花对旁边的兵说："过来个人，挡下风，他的伤重。"

杨北风脱着棉袄往这边走，他用棉袄给土豆的伤口挡着风，说："冻死你得了。"

土豆嘿嘿笑，笑着咧嘴。伤口深，上药疼。

夏玲喊雪花医生，说她这边换完了。

北风刚穿衣服，雪花说："我看你的伤咋样了？"

北风伸出胳膊，雪花查看着："还是不行啊，还冒血呢，你得注意，不能抻着。"

雪花给他包好，扯一条绷带："把胳膊吊起来，这样好得快。"

"可拉倒吧，我咋领着训练啊？"北风把胳膊伸进袖子，麻利地系上扣子，"训练去了。"

雪花拉着他："等等。"

战士们起哄："噢——噢——"

雪花也不管那么多了，北风忙，她更忙，难得见面，她要赶紧说。她扯了下北风，说："咱俩结婚的事你上点心，过几天，咱们就南下了，不定什么时候回北平了。"

"我想着这事呢。"

"我从小就向往北平啊。"

"一定实现你的愿望，对，咱俩的愿望。"

"见到项团长跟他请示一下。"

"知道了。"

"尽量不给组织添麻烦，打个报告，在天安门广场照张合影，就算结婚了。不耽误战斗，不耽误保卫。"

"好，保证忘不了。"北风四下瞅瞅，"看，战士们都看咱俩呢，回去吧，我们训练了，后天就举行入城式了。"北风吹哨集合！

两人忙里偷闲还畅想着在北平结婚的事。不用雪花嘱咐，北风心里装着这事呢。这是雪花对他提出的唯一要求。他总觉得亏欠雪花的，跟着他从大东北跑出来，冒着炮火走到现在，他想让雪花幸福。对雪花来说，幸福就是在北平跟他完婚。

可是进京后的事太多，接防、改造、整编、治安、清理街道，活多了去了。北风想抽空跟项团长叨咕一嘴，这个空就是抽不出来。他想过几天，安顿下来，再打报告。刚进北平两天，首长总强调，不要学李自成，这个节骨眼上他跟团长提结婚的事，纯粹找挨骂呢。但在北平结婚，这个美好的想法在他心里蠢蠢欲动。

从进北平的那天杨北风就抑制不住激动的心情，畅想完国家，畅想个人的小幸福。

雪花同样激动，她由一名普通的外科医生，成长为一名合格的人民解放军军医。现在又进驻北平，同北平人民沐浴和平的阳光。她心里最甜蜜的是，收获了爱情。她催着结婚，不是怕北风跑了。北风对她的感情那是没得说，她感到非常欣慰。跟北风结婚是铁板钉钉的事，也就是时间早晚、地点不同的事。但她就想在北平结婚，因为她们部队暂时驻扎北平，可很快就要开拔。对每个人来说，结婚是件大事，每个女人心里都有心仪的那款结婚方式。雪花也有浪漫的情怀，特别是她还在美国留过洋，更是浪漫满怀呀。

老汪他们公安分局又接到了新任务，是安保，确保入城式顺利进行。也就是，杨北风干的是露脸的活儿，他老汪是暗中保护的。今天，他刚跟平津前线司令部的人勘察完入城式的路线回来。

　　毛主席要求队伍一定要从东交民巷经过,遵照毛主席的指示,不管队伍怎么走,队伍一定要从东交民巷经过,美国大使馆就设在那里。旧中国这里是帝国主义的天地,中国的军警都不得进入。而今,北平解放了,中国人民解放军从这里昂首阔步通过,宣告那段耻辱的历史结束了。毛主席指出:北平入城式是两年半战争的总结;北平解放是全国打出来的,入城式是全部解放军的入城式。

　　到这会儿,老汪才感觉到,入城式何其重要。他的新军装,也就是半新不旧的新军装,他不舍得穿,是想过年过节或见人、相个亲的时候穿。现在必须舍得了,就是杨北风不借,他也要上赶着送给他穿。穿在他杨北风身上,精神的不是杨北风,是中国人民解放军。长志气,扬军威。

　　入城的路线是保密的。为了防止特务搞破坏,入城式的具体时间和地点并没有在北平城内广泛宣传。老汪被任命为前门大街入城式维持秩序的总负责人。这些年净打仗了,没有安保的经验,老汪深知责任重大,别说压力大,紧张得睡不着觉,也没有时间睡觉。北平刚解放几天,就举行这么盛大的军民联欢活动,就连有着情报经验的项局长,也是心里真没底。

　　由旧警察指认特务的事,交由肖力负责。这个建议是好,但也是一把双刃剑。肖力是由地下转入地上了,敌人处在暗地,而他处在明面,他一样能指认出一些特务,因为他们过去都认识,有的打过交道,现在是伪装了,伪装得如何巧妙都有可能被他认出。最主要的是,由他牵头,查找国民党万能潜伏台——戏相公。

　　旧警察,也有劣根不改的,嘴上拥护新政权,暗地里却勾结特务。精瘦这个旧警察,感到手头紧,多次到鬼市倒卖情报。这些情报贩子,大多活动在鬼市上。

　　刚解放的北平,鱼龙混杂。国民党大批特务潜伏下来,妄图在北平解放后长期与人民政府周旋,梦想东山再起。北平城里有国民党散兵游勇二十多万人,还有国民党八大特务系统一百一十个单位的七八千特务。社会上的流氓恶霸也不可小视,天桥有东南西北四霸,从卖艺的到淘粪的,都是黑道霸占,七万三轮车工人中,隐藏着伪警、土匪、特务,有介绍嫖客的猴车,有敲诈顾客的锣车,经济领域有专门倒汇的"金鬼子",有囤积粮食的"粮老虎"……这些丑恶现象,一时难以消除,社会情况十分复杂。

天坛，在明清是皇帝祭天的地方。而现在，成了一个荒废、寂静的园子。祈年殿依然屹立在天地之间，蓝色的琉璃瓦和屋檐层层收缩上举，时刻告知人们，它与天接近，与天对话。无论时代如何变化，尽职尽责地昂扬着，突出天空的辽阔高远和至高无上，寓意着天圆地方的宇宙观，昭示着天的浩荡。园子的周围生长着参天的松柏，与祈年殿交相辉映着神圣和久远。盛春雷和上官飘在园子里的松柏间会面，盛春雷望着祈年殿，无形中感受到上天的伟大和自身的渺小。未等开口，他先对着祈年殿的方向跪下，虔诚地磕了三个头。

上官飘倚靠着树，望着天空。她看见几只鸽子扑棱棱飞向天空，鸣着鸽哨盘旋着，飞向远方。大概是他们的到来，惊动了园中的鸽子。她知道，师兄约她来这荒着的园子，不是为了磕头和惊飞鸽子，而是有事要她办。解放前她已经受训，但师兄从未交给她所谓的任务，她也就未觉得特务的可怕，反觉新奇和好玩。上次师兄交给她的定时炸弹，她收好，藏了起来。但这颗定时炸弹犹如放在了她的心里，随着心的跳动，随时会在她心里爆炸。解放军入城式临近一天，她的心就收紧一天。她煎熬地等待着那个时刻的到来。盛春雷磕完头，站起身，感觉一身轻松，也许敬天敬地给了他宽慰。他也倚靠在那棵树旁，说："干掉肖力。"

"肖力是谁？"上官飘问。

"过去是地下党，现在是公安，他掌握我们很多情况。"

"这么重要，换人吧，我怕完成不了。"

"必须完成，戏相公的命令，由你来完成。肖力多活一天，意味着我们离死亡就近一天。"

"好吧。"上官飘的眼光望向天空，似乎在寻找刚才的鸽子。

"肖力家住在王府井。"盛春雷说完，走出园子。

园子里的风很大，上官飘把围脖往脸上拉，盖住了鼻子。她坐在回廊的座椅上，放飞思绪，幻想着自己的前世今生。她想，自己前世可能是皇妃，享尽了人间的荣华富贵，今生就要让她受苦，在人生的长河里，尝尽酸甜苦辣。

王府井大街依然喧闹，根本没有炮火轰鸣过的痕迹，仿佛战争与这座古老的城市擦肩而过。人们依然匆忙着，叫卖着，生活着。故宫依然矗立，前门依然威严。

中午，杨北风接到开会的通知，到珠市口的公安分局开会。他连饭也没来得及吃，路远，他赶紧往珠市口赶。他想，正好，可以把老汪的那套新军装拿到手，不借他就抢。今天总指挥又强调个人卫生和军装的事了。露棉花的，少皮没毛的，油渍麻花的，统统不能穿着上阵，别丢解放军的脸。经过在天津前线的浴血奋战，战士们的棉衣被血水、汗水、泥巴浸透过了几个来回，油黑发亮的，露棉花的，个个都是破衣烂衫。自己想办法，别指望发新军装，没新军装可发。这不听说杨北风能借到新军装吗，土豆就把杨北风身上穿的破军装薅下了，说："连长，到时候，你身上的军装给我穿。不能穿国民党的军装上啊。"土豆穿的是国民党军装，天冷，好多战士缴获了国民党军装穿上御寒，胸前贴个标签——解放军。

有很多战士穿国民党军装，缴获的，总比冻着强。胸前挂着解放军的牌牌，这就区别开了。现在，搞好个人卫生，军装整齐，也成为训练期间一项必不可少的任务。

刚走到王府井大街，杨北风就遇到了老汪。两个人离老远就向对方跑，拥抱握手，就像八百辈子没见着似的。确实各忙各的，从进京就见过一回。再就是，感到欣喜和新奇，仗停下来，各自干着与打仗无关的事情，都是过去连做梦都没想到的事。昔日并肩战斗、趴一个战壕的兄弟，一个练习队形，准备入城式；一个整天保密，干公安。到了王府井大街，杨北风的眼睛就不够用了，呀，这就是传说中的王府井啊，嘿，带劲，热闹。中华第一街呀！街上有唱戏、剃头、拉黄包车的。人来人往，川流不息。

街面上的店铺更是琳琅满目，有北京烤鸭店、五芳斋、全素斋、浦五房、东来顺，这些是特色餐馆和食品店。这条街的另一大特色是，集中了一大批中华老字号名店。内联升、步瀛斋的鞋，盛锡福、马聚源的帽子，瑞蚨祥的丝绸，王麻子的剪刀，戴月轩的湖笔徽墨，汲古阁的古玩玉器，元长厚的茶叶，稻香春、桂香村、祥聚公的糕点，全聚德的烤鸭，六必居的酱菜和天福号的酱肉。

这些杨北风只是看看，没吃过，也吃不起。那没事，可以到王府井小吃街，便宜着呢，店家的桌子就摆在街面上，一碗炸酱面或一碗馄饨，外加沾着芝麻的烧饼，或站着吃，或坐着吃，或随吃随走。杨北风真饿了，也是让这小吃馋的。他咧着嘴看着街边的小吃，用手捅捅老汪，意思问他有钱吗？老汪看着炸酱面也咽口水，可是，掏掏兜里的钱，只够买一碗炸酱面和一个烧饼的。老汪更抠门，说："北风，挺一会儿，到我们食堂吃去。"

杨北风就要赖了："营长，你太不够意思了，到你家门口了，连一碗炸酱面都不舍得？"

老汪手里捏着毛票："那就给你买一碗炸酱面吧。"

"这还差不多。"杨北风不等老汪付钱，已经端起一碗吃上了，边呼噜呼噜扒面条，边说："营长，再来个烧饼得了。"他抓起一个烧饼，咬一口，又伸到老汪的嘴下："来一口。"

老汪咬一口，一个烧饼就下去了一半："嗯，是香。"

肖力拎着公文包从这里过，正看见这两个人吃一个烧饼。他走到摊位前，说一碗炸酱面，一个烧饼。付了钱就走，很着急的样子。老汪刚要打招呼，肖力已经走了，走了几步又回头说："吃吧。我先走了，有事。"

"王府井，好，王府井，真好！"杨北风边吃边赞叹，"营长，你知道为什么叫王府井吗？"

"这还不简单，"老汪指着井的方向，"那不有口甜水井嘛。"

"你算蒙对了。"

"啥叫蒙对了，我路过那口井的时候，小舟告诉我的。"老汪不服北风的说法。

"哦，是这么知道的，"杨北风咬口烧饼，"我给你说史料啊，明代兴建紫禁城，达官贵人在此修建王府，据《明成祖实录》载，这里被称十王府、王府街，王府街旁西侧有一口远近闻名的优质甜水井，王府井的地名也就因此而得。"

老汪呼噜呼噜吃面条："嗯，有点墨水。但我就不明白了，一口井它怎么就那么出名。"

"这你就不了解北平的地理地貌了，"杨北风说，"老百姓主要看重的是吃喝住行，北平的老百姓打不起井，一般的井打出的水都是苦涩的，只能用做洗衣服、蒸饭，而饮用水都是去买。"说着，有个推车卖水的走过去。杨北风指着说，"看见没，一般人家都是买水喝。其实卖的水也不过是相比之下苦涩味道淡一些而已，而王府街旁西侧那口远近闻名的优质甜水井，老百姓的钟爱呀，王府井的地名也就因此而得。"

"说那么多有啥用，很简单，王府还有甜水井，因此叫王府井。"

"哈哈，营长，你最有学问。"

"哎，你别说，你对北平挺有研究，你应该干公安。"

"皮毛，书本知识。"杨北风假谦虚，表情洋洋得意。

杨北风跟老汪感慨万千着，眼睛也没闲着，看着王府井的稀罕事，真有点目不暇接。俩人风卷残云般地吃完，下午要开会。正要走时，杨北风恍惚看见一个女人走在人群中，如果说醒目，是因为她的身材，亭亭玉立地走在人群中。北风举目远望，似看非看，这个女人走进帅府胡同。杨北风向帅府胡同跑了几步，停下，他没有理由见到一个陌生的女人就追。但他为什么向这个陌生女人跑，他也不知道，就觉得应该看个究竟。

老汪不知道发生了什么事，在后面跟着跑，问："北风，怎么了，发生什么情况了？"

"我看见一个女人。"杨北风向前面瞭望。

"女人怎么了？"老汪甚觉奇怪。

"亭亭玉立。"杨北风没有理由，顺嘴说个理由，其实也是由心而发。

"北风你……"老汪一时哑然。

杨北风这次确实看见了，一个亭亭玉立的女人。她就是上官飘。梳着短发，烫着微卷，戴着西式绒帽，旗袍外穿着驼色呢子翻领大衣，臂弯挎着黑色坤包。此时，她正隐没在一个高大影壁的后面。

杨北风到了胡同口那亭亭玉立的身影就不见了，他还恍惚着，望着胡同深处。

老汪拽他："走，别在这儿做梦，下午还开会呢。"

杨北风甩甩头，哑然失笑，真是有些神经。

他们俩刚拐过胡同口，突然就听到一声枪响。两人立刻停住脚步，拔枪向胡同里跑。枪声过后，胡同里有往外跑的，也有往里跑的。他俩跑到一个四合院大门口，门开着，有个高大的影背挡在门口。只听影背后面有人喊来人啊。杨北风和老汪冲进院里，只见肖力坐在血泊中，腿部中弹。

"肖力，"老汪喊，他扶住肖力，"怎么回事？"

"我也不知道，枪是从影背后面打过来的，我没看见人。"他指着腿，"想追，跑不动了。"

北风和老汪握着枪，迅速跑出院门，追出胡同口。大街上人来人往，熙熙攘攘，叫卖声一如既往。他俩在人群中寻找，已是惘然。

上官飘急速走出王府井大街，又拐进一条胡同，进了另一条胡同，她就加紧了脚步，胸口里的那颗心怦怦地跳。胡同口停着一辆黄包车，拉车的人戴着破毡帽，帽子压得很低。上官飘上了黄包车，叫了声师兄，黄包车拉着她离开了胡同口。

老汪和杨北风把肖力送进医院。

白雪花做的手术，取出子弹，白雪花说不碍事，过几天就能出院。

下午，紧接着开会。告知各入城部队的时间、所经过的地点。入城式的时间、地点没在北平城内广泛宣传，包括入城式这件事，但也不是绝对保密。这个会很短，杨北风从老汪那儿拿上军装，马不停蹄，赶赴训练场。还是那句话，时间紧，任务重。走队形，检查军装和个人卫生，擦拭坦克、大炮。

明天要举行解放军北平入城仪式，今天就发生了枪击案。虽然未出人命，但也给公安添堵。同时，也给我们敲响了警钟。敌人在暗处，时刻盯着我们的一举一动，伺机破坏我们的建设。项局长认为事情严重，当务之急是确保入城式顺利进行。肖力刚公开身份，就遭到枪杀，敌人知道信息的速度够快啊。好在肖力没大碍，还得指望他挖出隐藏在北平的万能潜伏台——戏相公。

黄包车拐了几条胡同，最后，拐进天坛。进了园子，又到了松树林里。上官飘坐在黄包车上没下车，师兄盛春雷放下车把，说："开枪了？"

"开了。"上官飘声音低落。

"结果了吗？"盛春雷急切。

"没有。"上官飘依然低沉。

"不是开枪了吗？"盛春雷气愤地责问。

"打腿上了。"上官飘更加失落。

盛春雷转过脸，面对着她："你是故意的。"

上官飘低垂着眼睛，看着脚尖，不予回答。

"师妹，你让我太失望了。"盛春雷不看她，小声说，"别忘了，你父亲还在他们手里。"

"卑鄙。"上官飘这话连师兄也算上了。

盛春雷叹口气，抚摸着师妹的肩头，似安慰她的惊魂未定。他说："如果上面问起来，你就说是失手了。"

上官飘不领师兄的情，实话跟他说："我是下不了手，我从没杀过人。"

盛春雷无奈，他压压火气，说："有了第一次就好了。师兄相信你，你会很出色的。"

"我要回剧团，排练新戏。"上官飘已经不耐烦了。实际上，她最热爱唱戏，她就想唱戏。她感谢师兄，把她带到唱戏这条路上。同时，她也恨师兄，培养她当特务，走上特务这条道。

从天坛出来，他们是分开走的。

短会开完后项局长还要给局里的公安战士开会，但已经没有时间了，他要去医院看肖力。有些事情，肖力只跟他一人说。这个枪击案是未造成重大损失，但影响极坏，必须抓住凶手。项局长命令老汪，布置开展对反动党团特务组织的登记工作，力争做到挨家挨户排查，时间关系，至少做到重点排查。特别提到了胡同里的枪击案，要求尽快破案。

四合院里，夏玲正晾晒绷带和被褥，她的手冻得通红，不断用嘴哈气，给手取暖。雪花站在病房门口，对院子里的夏玲说："土豆今天来换药了吗？"

"来了，他那是伤口疼得扛不了了。"

白雪花想了会儿："他们也是没有时间，今天晚上抽时间我们俩再去给战士们换药，让他们明天精精神神地接受北平人民的检阅。"

夏玲拍手："今晚去呀，太好了，我做准备去。"

"多带些药。"白雪花嘱咐。

从大门走进来两位解放军，白雪花看清了，前面的是项团长，后面的是他的警卫员。项团长去公安了，但雪花还是习惯称呼他团长，显得亲切。再说，去公安也是暂时的。白雪花知道他来是为了肖力，是她做的手术，很成功，对她来说，这是最小的手术。但肖力，非同小可，这个人物重要啊，也就显得她的功劳大。雪花离老远就招呼："项团长来了。"

项局长打着哈哈："雪花医生啊，劳苦功高。先带我去看病人。"

"放心吧，好着呢，用不了多久，就能出院。"雪花胸有成竹。

"哈哈，我就愿意听你这话。只要送到你这儿来的伤员，你一准儿妙手回春。"

雪花一般是不愿跟人搭话的，她只顾专心手术。今天不同，她心里装着事，也算有求于人家吧。项团长，是北风的团长。他们俩结婚的事，她想趁他高兴，跟他说说，他要同意，就让北风打报告，指望着北风说，恐怕是不行。今天杨北风去开会，本打算说来的，开完会就跟项局长提一嘴，不料，遇到那么一档子事。这个节骨眼上提结婚，更是找挨呲。所以，杨北风帮着把肖力送到雪花这里，千嘱咐，万叮咛，这个肖力非常重要，要全力以赴治好他。还没等雪花做完手术，杨北风人便不见了，他是回去开会了。两个热恋中的人，连句问候的话都没顾上说。

项局长见到雪花那股子高兴劲，是因为雪花治好了肖力的腿，表示感谢。实际上，在这个节骨眼上，他心里焦急得跟油煎似的，哪有笑模样。改造旧警察，抓凶手，为入城式保驾护航，挖出戏相公。这些事，刚刚入手，他也是没有经验，摸着往前走。

走进肖力的病房，肖力见项局长进来，欠着身子，要从床上坐起来。项局长扶着他，说："躺下，躺下，这刚做完手术。"

肖力躺下，脸色煞白，但看上去，精神头挺足。雪花又给他检查了一遍身体，说："不错，恢复得挺好。再多吃点饭，你很快就能参加工作。"

项局长握住雪花的手说："万分感谢呀。肖力出院，有重大任务啊。早就听说白雪花医术高超，尽职尽责，果然啊。"

"谢谢雪花医生。"肖力看了下门外，又看看旁边的病床。

雪花了解肖力的情况，给他安排人少的房间，这个病房就住了两个人。她看出肖力有话跟项局长说，就扶着旁边病床上的人，说："我扶你出去走走。"又对项局长说："你们慢慢聊，尽量时间短些，毕竟刚做完手术。"

屋里只剩下肖力和项局长，肖力说："项局长，开枪打我的凶手不是普通的特务，很可能是戏相公的人。"

"何以见得？"

"那天我跟你提到戏相公，是国民党保密二厅撤退时留下的，据说这个人总戴着一副宽大的墨镜，矮胖，说话太监味。还有人说，他跟着最后一班飞离北平的飞机去台湾了。也有人说，飞机临起飞时，他又下飞机了。"

"扑朔迷离呀。"项局长听着就迷糊。

"只要有这个线索，等我出院，定会查个水落石出。"

项局长握住他的手："不急啊，先安心养伤。"

说是不急，都急得火上房了。公安正缺人手，想再调转些解放军，可是，大家都在紧锣密鼓地忙着入城式，忙着改编国民党军队，忙着北平治安，忙着保卫中央首长，忙着排查特务。正忙着的时候，还不断出现新情况。

"我惭愧，在组织最需要我的时候出了状况。"肖力握着项局长的手说，"我力争早日出院。"

项局长走出病房，雪花迎了过来，两个人寒暄了几句。项局长着重强调给肖力用好药，因为有很重要的事情等着他去办。雪花说明白。雪花几次想跟他提自己和北风结婚的事，都要走出大门了，她也没说出口。总觉得太冒失，也有些难为情，更觉得不合时宜。难怪北风说不好开口。

吉普车就停在大门口，临上车，项局长关心地说："跟杨北风的关系进展得怎么样？哈哈，等着啊，到时候我给你们做证婚人。"

到时候，不定数，项局长说这话认为他俩结婚是遥遥无期的事，面上话，表示亲切关怀呗。再说，杨北风和白雪花一心扑在革命上，像这种人，什么时候能想自己的小幸福啊，那都得领导督促着结婚，就是督促着，还推三阻四的，不结。项局长认为他说的都是无关紧要的关心话，既起到了领导的关怀作用，又不用付诸实际，劳心费力。他都经历过多少对这种情况了，都异口同声地回答，等解放了全中国再结婚。杨北风和白雪花也不例外，那么积极要求进步的一对新人，北平是解放了，还有没解放的地方呢，他俩就猴急地嚷着结婚？不可能。

这回真应验了那句话，说者无心，听者有意。雪花认为这是个绝好的机会啊，既然领导提到了，那就是关心，何必总让领导关心呢，结了不就得了，免得领导总挂着，也别掖着藏着的了。她紧走两步追上项局长，清了两声嗓子说："项团长，正想着跟您请示呢。这不进京了吗，我和北风想在北平结婚，这是我们的愿望。"

"有这愿望的多了……"项局长是半笑不笑说的，确切定义，是皮笑肉不笑。他心里是气愤的，脸上表现出的却是笑，这架儿难拿。要是杨北风这时候提出来，他立马剋他个鼻青脸肿。也就是白雪花，女同志，碍于面子，给她挤出点笑脸。

啊？白雪花听着不是味，再看项局长的脸色，还算和颜悦色。她不解呀："结婚的多？"

项局长心话，心可够大的。但他话上敷衍："那啥，等过了这个热闹轮啊，再说，再说。"说着，左脚已经蹬上车了。他关上车门，摇下玻璃还不放心地说："照顾好肖力。"

白雪花对着他摆摆手，心想，这"再说、再说"是啥意思？这项团长向来说话丁是丁卯是卯，是非分明，怎么今天这话就听不明白了？白雪花最烦说半句留半句的人了，这项团长去了两天公安，怎么变成这样了？

夏玲跑出来，说晚上去训练场的药棉和纱布都准备好了。雪花没答话，夏玲看她的脸色不对，问："雪花医生，跟谁生气呢？刚才不还好好的吗？"

"说话含糊其词，这官越大越油滑了。"雪花拉着脸说。

"说谁呢？哦，我知道了，是你和北风结婚的事吧？团长不同意？"夏玲猜测。

"不同意倒好了，就一句，再说再说。"

夏玲握着小拳头："那不好说呀，给他点颜色看看。他那个要紧的肖力不还在这儿住院吗，咱不管了，还尽给他用好药。听说他过去可是旧警察，指定坏事没少干。"

"可不能瞎说，人家是地下党，北平能和平解放，与这些地下党密不可分。"

"是啊，我一听暗地里干事的人，就没好感。"夏玲故意装糊涂。

雪花有些着急了，夏玲上来那虎劲，啥事都能干出来。雪花嘱咐着："夏玲，肖力那儿你要上点心，精心护理，伙食还要跟上，争取让他早日康复，早日出院。这是项团长的命令。"

"知道了，那晚上去训练场的事？"

"照常啊，明天他们一早就要接受北平人民的检阅了，让他们干干净净、无病无痛地上场。伤口还流血的，多缠些纱布，别渗到衣服上，听说都穿新军装。"

"太好了！"夏玲拍手跳着。

"看把你高兴的，不会是想见土豆吧？"

"谁说的呀？"夏玲脸红了。

"我还没说完呢，脸红啥？"

夏玲捂着脸："哪儿红了？"

"土豆这孩子不错啊，抓住喽。"

"我比他大。"夏玲低着头，羞涩地说。

白雪花像个家长："大咋了，还有他挑的？"

夏玲拧着手指头："那你给我撑腰。"

雪花笑话她："行，脸大，不害臊。"

第四章　雄姿英发

　　福瑞祥绸布庄开门营业，老板陈三爷和伙计二子这几天是忐忑不安的。每天都是日头出来前开门营业，今天也不例外。天是一样的天，时辰也是一样的时辰，只是时局改变了，北平解放了。也不知道对这些小业主有什么说法，是否还可以照常营业？二子打开店门，陈三爷穿着长衫抬腿迈出门槛，左手端着漱口杯子，喝了一口，先在嘴里晃晃，然后仰头在嗓子眼里呼呼地涮，噗，这口水雾似的喷了半街筒子。他四处看，别的店铺也都开着门，各门口站着人，想必跟他的心情一样，探消息。他抬头望，店铺上空的天正常；他低头看，店铺前的地正常，街面正常。打这街筒子走过的人也正常。太早了，零星儿地走过几个人。

　　陈三爷漱完口，舒了口气。他扭回头，看了眼福瑞祥的牌匾，祖辈留下的产业，到他这辈落魄了，也就是勉强维持生计。从人丁上就萧条了，伙计一个，老板一个，店铺满打满算就他俩。老婆早年病故，也有人介绍了几个，都不合适，不对心思，也就撂下了。事是撂下了，可人是活的，不能撂下，时间长了，七情六欲的，怎么也得解决吧。手里有俩钱，他就跑八大胡同，今天找小青，明天找小绿的，好不自在呀。到烟花柳巷也有瘾，一来二去的，也就放弃了找老婆的事。他总往那地方跑，也就没人再给他提亲了。越陷越深，店铺卖的那俩钱就显得捉襟见肘，不够花了。像他这种人，整天花天酒地的，钱自然就不够使了。逛戏院子时，多亏遇到了盛春雷，经常在经济上接济他。自从结识了

40

盛春雷，他每月都吃军饷，为什么？因为爱财，他已经被培养成了国民党特务。

今天迎来的顾客与以往不同，上午还行，来买布料的人不少。陈三爷暗自庆幸，一切正常，一切正常啊，他还可以安稳地吃军饷。由于特殊身份的原因，他到花街柳巷是隐姓埋名的，自称李四爷。

到了下午，迎来的客人出乎意料，先是一个老妇人，她扛着糖葫芦杆子就进店了。她把糖葫芦杆子支在柜台边上，老板陈三爷见了，连忙迎着，说："您不能放这儿啊，沾了布料，回头我没法卖了。"

老妇人还就放那儿了，口气挺大："没法卖，卖我呀。"

"嘿，就您？"陈三爷打量着崔大妈那身装束，破棉袄。脸上倒裹得挺严实，戴着脏兮兮的口罩，就露两只细长浑浊的眼睛，"您看好喽，这是绸布。"

"狗眼看人低。"老妇人指着布料，"给我来块做夹袄的料。"她把夹袄咬得很重。

陈三爷眼睛瞪大，又眯上，心惊胆战。他正色道："要藏蓝色的，还是浅蓝色的？"

"春天到了，我等着穿。"老妇人说。

陈三爷接："浅蓝色缎子面，挂绸布里子。"

"钱我准备齐了。"老妇人用那双细长浑浊的眼睛死盯着他。

"二子，扯布。"陈三爷神色慌乱，招呼伙计。

"好嘞！"二子麻利地量着布料，用纸包好，递给老妇人。

老妇人接过布料，把钱递给陈三爷，扛着糖葫芦杆子走出店门。

陈三爷握着钱，愣了会儿神，看起来，这军饷不是那么好吃的。看着老妇人走出店门，才突然像想起什么似的，转身进了里间。他哆哆嗦嗦刚展开钱，就听二子喊，欢迎解放军。他两手立马把钱合上，揣进里怀兜，喘口粗气，走出里间。只见几个解放军正在问二子话，屋里还有几个顾客，可能刚才是买布料，现在是看稀奇。陈三爷快步走出柜台，满脸堆笑，嘴里不住地说："欢迎解放军，欢迎解放军啊。"并伸出双手，也不管解放军是否要和他握手，他挨个握手，热情洋溢，喊二子上茶。

老汪眼神犀利，正声道："不必，解放军不拿群众一针一线。"

这跟拿针线有啥关系。老汪没多少文化，但总想把话说得有文化些，可每次引用的都不恰当。

小舟接话，他摇晃着手里的宣传单："更不能喝你的茶水了。哎，我说陈三爷，啥好茶叶，碧螺春还是西湖龙井？最好是黄山猴魁。"看得出，小舟当旧警察时，没少喝陈三爷的茶。从这话里，也看出了旧警察的习性，当然政府也正在改造他们。小舟说话，陈三爷才看出来，"哎哟喂，小舟，不不，小舟长官，您这是当上解放军了，这么快，摇身一变。"陈三爷拱手，"承蒙关照啊。"

老汪脸拉着："陈三爷，以后别整这些虚头巴脑的事。小舟，把宣传单给他一份。"

小舟答应着，把宣传单递给陈三爷："好好学习啊。"

"唉，唉，"陈三爷双手接过宣传单，点头，"一定学习，坚决拥护新政权。"

"好，拥护新政权要落实到行动中。"老汪说，"北平是解放了，但有大批的国民党特务潜伏下来，我们充分发动群众，相信群众，一旦发现特务和可疑分子，请与我们联系。"

陈三爷诚惶诚恐："有特务我一定检举。"

小舟接话："估计你能认识几个特务，解放前你整天跟他们混在一起，扣痞子挂马子的。"

陈三爷脸色猝然变白："可不敢这么说，那都是过去，现在我老老实实地经营自己的小买卖。"

他们正宣传新政策的时候，上官飘进屋，蓝衣黑裙，短发微卷，架着一副近视镜，镜片是圆形的。戴着淡蓝色的绒线帽子，围着一条白色围脖，青涩得像个高中生。陈三爷先看见，他拿着宣传单的手有些哆嗦，神色慌张地看着上官飘。老汪还在跟他强调特务的事："王府井发生了枪击案，凶手是国民党特务，据群众反映，像是个女人。如果你有这方面的线索……"

"您放心，我一准儿向你们汇报。"陈三爷诚挚地回答，可心里却揪成了疙瘩。上官飘进屋，看见有解放军，她犹豫着，走？唐突。不走？怕惹祸上身。好在屋里买布料的也不少，上官飘混在其中，倒也不显眼。她索性，摸着布料，挑选着。

老妇人带来的情报十万火急，暗语"春天到了，我等着穿"，一语双关，表示加急，要不上官飘也不会这么快来。陈三爷神色慌张，老汪就以为是问他话害怕的。

旁边看热闹的人惊讶："啊？女特务？"

"女特务"三个字，敲在上官飘的心上，她告诫自己镇静，不看陈三爷，直接问二子，温着声说："我妈让我来取做夹袄的布料。"

二子有些蒙，张着嘴："订好的？"

"对对，"陈三爷忙说，"在里间，柜子上。去拿，二子。"

"唉。"二子应着，进了里间。他很快拿着布料走出来，外面裹着包装纸，也就是那么一裹，两头都露着，里面是藏蓝色的布料。二子把布料递给上官飘，说您拿好，欢迎下次再来。上官飘对二子笑着点下头，就随着几个顾客走出了绸布庄。上官飘快走到门口时，小舟忽然觉得像在哪儿见过，他想喊住她，却犹豫再三，人家是来买东西的，别弄得草木皆兵。上官飘的身影在门口消失了，小舟还盯着门口，目不转睛。老汪拿眼睛看小舟，跟随他们一起来的那个战士捅一下小舟，小声说："注意影响，别看见漂亮女人就走神。你们这些旧警察呀。"

"到我这儿来的大多是女人，因为我这儿有上乘的旗袍料子。小舟，你要是……"陈三爷留了半句。那半句不说大家也知道，你要是愿意看女人，就到我这儿来看。老汪一股无名火就涌上心头，这旧警察就是改不了臭毛病。他没好气地说："走，到别处去。"说完，几步就迈到了门口。陈三爷紧跟了几步，说："解放军再来呀。"

上官飘拐进一条胡同，瞅四下无人，加快了脚步。天冷得出奇，出来急，没戴手套，这会儿冻得跟猫爪似的。她看着手里的布料，师兄十万火急地让她来取这个布料，这里藏着什么宝贝呀？她上下左右地看，没看出蹊跷。她想解开捆着的纸绳看看里面，但又怕师兄看出来。上官飘望着天空，灰蒙蒙的，看不见太阳躲到哪儿去了。她真想把这布料扔掉，还不定里面藏着什么秘密，师兄又得让她去做她不愿做的事，这样提心吊胆的日子，将无休无止地伴着她。她是女特务，如果别人知道了她就是女特务，而且是王府井大街开枪杀人的女特务，怎么办？她不敢想。她总感觉有人在跟踪她，脚步总不远不近地响着，她停下脚步，猛回头，瞅瞅四下无人。原来，是她心里有鬼。在绸布庄见到解放军，她的心立马揪成团儿了，盯着她看的解放军她认识，小舟，总去戏园子，多亏她捂得严实，没认出她。哎！小舟是旧警察呀，如今变成解放军了？她想好了，他若是认出她，她就大大方方承认，她是来买布料的。不管怎样宽着自己的心，但担心、惶恐占据了她整个大脑。

　　到了师兄家，上官飘几乎是从门缝挤进屋的。师兄刚把门打开一条缝，她就迫不及待地侧着身子往里挤，犹如大白天过街的老鼠，没处躲、没处藏。进了屋，额头还在冒热气。天冷，但额头的汗湿透了绒帽。师兄问她，怎么？怕的？她说，不是，是走得急。师兄满意地笑笑，说时间长了就好了，会习惯的。你是特工，国民党最优秀的特工，记住。盛春雷打开包装纸，把布料抖开，什么也没有。他想了会儿，看着那个皱皱巴巴的包装纸，展开，沾着茶碗里的水，包装纸渐渐显出几个字：炸南苑机场，戏相公令。

　　上官飘轻蔑地笑了，捎带脚也瞧不起盛春雷："戏相公是谁，我们凭什么听他的摆布。师兄，你怎么就听他的，替他卖命。"

　　盛春雷喝住她："住嘴，这是命令，你现在已是军人了。"

　　"我是军人？"上官飘苦笑，"我就是个唱戏的。师兄，我就想唱戏，别的什么也不想。你不该这样，为什么非把我扯进来？"

　　"师妹，我们过去过得好不好？你穿的，戴的，吃的。"盛春雷问。

　　"好，理当感谢师兄。"

　　"不，你不应该感谢我，应该感谢党国。那是党国给你的经费。"

　　上官飘在屋里走着，看着窗外，无限憧憬，"是啊，我真怀念过去，穿得好，吃得好，每年买好多红翠花，戴都戴不过来。"她黯然神伤，"今年就买了一朵，没赶庙会。"

　　"那是为什么。"盛春雷诱导着她。

　　"因为打仗。"

　　"谁打仗？"

　　"共产党围城。"

　　"对，我们想要过上过去的好日子，就要跟他们斗到底。"

　　上官飘看着盛春雷，眼里有希冀、疑问、渴望，复杂得连她自己都不知道其中的滋味。

　　盛春雷压低声音，几乎趴到上官飘的耳朵上说："今晚，跟师兄去炸南苑机场。"

　　"啊？"上官飘跌坐到椅子上，"你真炸机场？"

　　"那里的坦克、大炮，明天将开到北平的大街上，扬他们的威风。炸了它。"

　　上官飘嗫嚅着说："我不想去。"

"这是命令。"

"怕他们认出我是女特务。"上官飘毕竟年龄小，说话办事间，还流露出天真。今天在福瑞祥绸布庄，听到大家议论女特务，她就心惊肉跳。

盛春雷听到女特务，也一愣，没想到从师妹的嘴里能说出这样的话，他听着，打个冷战，挺刺耳。

忧伤泡在上官飘的眼睛里，盛春雷最见不得她这种眼神，不用说话，也不用掉眼泪，就能把人的心揉碎。他安慰道："师妹，师兄也没办法，人要有信仰，党国培养我多年，我理应为党国效力，不是师兄心狠。再说，你父亲还在台湾。"

上官飘用那双忧伤的眼睛看着他，无助而茫然："有个旧警察，现在是解放军公安，他去福瑞祥检查了。"

"他认出你了？"

"没有。"

"认出也无所谓，我们就是唱戏的，所以认识我们的人也多，这很正常。"盛春雷思量着说。

上官飘的眼神愈加忧郁。

南苑机场停了一片汽车、坦克，一码美式造。这是在战场缴获的国民党武器，明天将要投入入城式，接受人民的检阅。战士们有擦拭车辆坦克的，有练队形的，还有负责警戒的。夜幕笼罩着北平城，南苑机场周围五步一岗十步一哨。北风和警卫员在查看各岗哨和坦克车辆。

两个黑影潜进机场周围的一块洼地。

部队白天紧张地排练队形，夜间检修、擦拭车辆火炮。战士们完全沉浸在胜利的喜悦之中，整天嘴里讲的，心里盼的，都是入城式。时刻准备着，向全北平、全中国乃至全世界展示我军的雄姿。

杨北风扯着嗓子喊："同志们，加油啊，坦克、大炮、汽车擦得干净点。驾驶员，再检查一遍啊。步兵，听着，军装整干净点。实在没有新军装的，露棉花的，开口子的，缝缝，别破衣烂衫。进京了，京城啊，都精神点。"

土豆喊："杨连长，有针线吗？"

"有，到这儿来拿。"杨北风从一辆汽车边上拎起一个军挎，"在这儿呢，谁用就来缝。"

土豆走过来，咧着嘴嘶哈，"连长，你借给我的军装也太破了。"他扯着衣服，"你看着，坏这么大个洞，还有个大口子。"

"不愿意穿拉倒。快缝缝吧，那也比你的国民党军装强。"杨北风把针线包递给他。

机场一片忙碌。

潜进大洼地的两个黑影相互点下头，准备匍匐向前，近距离观察机场。

土豆手里拿着针线，拉开汽车门，打着汽车，把汽车大灯打开，嘴里嘟囔："黑灯瞎火的，看不见缝啊，拉开车灯，看得清楚。"

雪亮的车灯射出老远，土豆开的是汽车大灯，正对着黑影的方向。两个黑影赶紧把头贴着地皮，慢慢退回洼地。

杨北风止往放坦克的地方走，明天他全副武装，跟着坦克走，是要坐在坦克上的。所以，他要再擦一遍坦克。驾驶员正在调试坦克，见他过来说："杨连长，明天你就赚好吧，头一回坐坦克上吧。"

"可不，步兵嘛，总在地上跑了，炮弹打不死，算幸运。"杨北风爱惜地抚摸着坦克，故意说，"我轻点坐。"

"没事，这玩意扛造。"

"哈哈，"有个岁数大点的兵，叼着旱烟袋对杨北风说，"你以为那是你小媳妇呢，舍不得。"

正说着，身后一道亮光，杨北风回头，看见土豆正在摆弄汽车。杨北风三步并两步奔过去，一把把土豆从汽车上拽下来："你虎啊，谁让你动汽车的？你不知道这汽车明天干啥用的。"他随手把车灯关了，熄火汽车。

"我，我想缝衣服，看不见，照亮。"土豆嘟囔。

"那边缝去，汽车刚检修完，坏了就误事了。"杨北风指着机场的边上，那里有一盏萤火虫似的路灯。

炸机场，谈何容易。上官飘趴在洼地抬头看机场，汽车大灯闪过，她全看清了，机场里全是解放军，机场周围，是荷枪实弹的哨兵。看阵势，解放军今晚是不睡觉了。她用胳膊肘碰下盛春雷："师兄，回去吧，不可能炸。"

师兄两眼瞪着黑夜，恶狠狠地说："不枉此行，就地爆炸，扰乱军心。"

不经意地一回头，杨北风仿佛看到了什么，迅速端枪，冲到机场边上。土豆也跟着冲了过来，端着枪，对着前面，问："连长，怎么了？"

"我怎么好像看见人了？"杨北风疑惑地说，像是问自己。

听到看见人了，土豆毛了，虎了吧唧地喊："谁？谁呀？不出来开枪了。"

杨北风扒拉他一下："你喊啥呀？看见了，还出来。"

土豆乐："连长你不知道，这招可灵了。我小时候吧，偷地主家的苞米，刚掰了两棒，就听到了脚步声，我想坏了，麻溜猫苞米稞里了。谁知道老地主在地头喊，谁呀，出来，你还藏，我都看见你脚了，再不出来，我放狗了。我一听要放狗，就乖乖地出来了。老地主哈哈笑，他是诈我。让他给蒙了。"

"完蛋货，"杨北风也乐，突然他收住笑，厉声喊，"谁——"

白雪花和夏玲背着药箱，正深一脚浅一脚地往机场走，到机场为战士们最后一次换药，确保明天的入城式胜利举行。通过上次换药，这些战士，哪个伤轻，哪个伤重，都装在白雪花心里。有几个战士入城仪式后，必须回医院治疗，其中就有土豆。雪花跟夏玲讲，今晚不管忙到多晚，都要来机场给战士们换药，明天是个重要的日子。医院里伤员多，因为有天津运来的一批重伤员，忙完，就到晚上十点了。白雪花刚从手术台上下来，站了一天。疲乏得脚下都没根了，走路都打晃。白雪花听到喊声，以为是问她俩，回答："我，雪花。"

土豆拉着长声问："谁？"他是看到还有一个人影。

夏玲喊："还有我，夏玲。谁呀？土豆啊。"

他们两人都屏住呼吸。盛春雷死死压住上官飘的头，怕她抬起头暴露了。旁边的枯草在夜风中哗哗响，掩护了趴在洼地里的两个黑影。

这事就差点过去了。

土豆向前飞跑，迎接亲人。他拎过雪花和夏玲的药箱。雪花关切地说："跑这么快，注意你的伤。"

夏玲快嘴："听见了吧，我的话你不听，雪花医生的话你该听吧。"

"听，听，"土豆高兴，"杨连长，雪花医生来了。"

杨北风对雪花非常尊敬，别看是恋人，却相敬如宾。他接过雪花的背包，说："累了吧，这么晚了，我以为你不来了。"

"希望我来吗？"雪花明知故问，拉着杨北风的手。

北风爽快地答："那可不，给战士们换换药，明天多精神啊。"

"我是问，你希望我来不？"雪花偷笑着。

北风挠挠后脖子，看夏玲给土豆上药，眼睛总瞄他俩，小声说："我希望啊。别说了，别人都听见了。"

"啧啧，"夏玲伶牙俐齿的，"谁是别人啊，就我听见了。瞅你们两个，说话客气得跟外人似的。"

杨北风解释："我们这叫相互尊重。"

"得，你们尊重吧。"夏玲拿手电照土豆的肚子，突然喊，"雪花医生，你快来看，土豆的肚子化脓了。"

"来，我看看，"雪花蹲下看，"先消毒，再上药，纱布缠厚点，给他打一支消炎针。"

"我不打针。"土豆往后躲。

"瞅你那点出息，先上药。"夏玲把土豆拽过来。

两个黑影爬出洼地，消失在夜色中。

雪花扯过北风的胳膊上药，杨北风打着手电，说："多缠点纱布，明天入城式上免得渗出血。"

土豆和几个战士打趣说："雪花医生，我们要吃喜糖，吃北平产的喜糖。"

雪花光笑，看着北风，又低头给另一个战士缠绷带，没好气地说："跟你们杨连长要。"

杨北风脸大，说："好，我现在宣布，等入城式胜利举行，等北平充满和平的阳光，我和雪花医生在北平结婚！一定让战友们吃上北平的喜糖。"

夜晚的风硬得能刮进骨头，后来，所有换药的战士到汽车驾驶楼里换，就这样，雪花给战士们换药，手也冻麻了。

换完药，已经深夜。北风派两个战士护送她俩回了医院。

要入城的战士激动得睡不着。到了下半夜，北风说不能都这么熬着，然后战士们想了一个办法，换班睡觉。在机场，不完全是为了检查、擦拭坦克、汽车，也是为了保卫机场的飞机、大炮、坦克，人多势众，特务想搞破坏，这么多人，他也不敢靠近。北风决定，换班睡觉。不能睡在机场，天太冷了。而他自己，只在汽车里打了个盹。

一夜未睡的还有公安。老汪和项局长各领一队人巡逻在北平的大街小巷。

今夜，注定是个不眠之夜。上官飘也没睡，从机场回来，直接就回了自己家。她脱下黑衣黑裤，摘下黑色帽子，惊魂未定地坐在梳妆台前。她捋着凌乱的头发，看着镜中苍白的脸，她后怕，还好，在她的劝说下，总算没炸。这样的破坏行动，躲了初一，躲不过十五。明天，明天啊，她还有爆炸任务。光天化日之下，炸坦克。命令，又是命令，师兄说完成这个任务她就解脱了，父亲也解脱了，他说父亲在台湾做苦力，如果她不效力，父亲永远做苦力。她想睡会儿，怕明天没有精力，明天有机会她一定要下手，她不想再辜负师兄了。上次王府井失手，师兄眼神里的失落，让她看得揪心。当时，她是瞄准那个人的心脏了，子弹临出膛时，手一低，打他腿上了。练习枪法的时候，是在郊外，对准的是物，不是人。所以，她敢开枪。现在对准的是大活人，怯手。练枪法的时候，师兄就说艺多不压身，也没说让她杀人。人得讲理，让她当特务不突然，师兄培养她时，告诉过她，当特务。只是她对特务的职业了解得不透彻，也没交给她什么血腥的任务，跟平常没什么两样。在不耽误唱戏的时候，学了些额外的本领。从师兄说她已经是国民党特务时，每月她都能收到一笔可观的收入，这是最吸引她的地方。从小受穷，跟着师兄唱戏，算是解决了温饱。旧社会，唱戏的人，地位卑贱，但她过上了人上人的生活。这笔钱，她都精心攒着，是留给自己出门子（结婚）用的。像这些事，都是爹妈张罗的，可自己母亲病死，父亲失踪，唯一的亲人就是师兄，但他毕竟不是亲人，不能什么事都指望着人家，该自己想的，也要自己拿主意。现如今，换了天地。悲哀的是，换了天地，自己的身份没变。她就像咸水里的鱼，放进淡水里养，活不了啊。她歪在炕上，闭上眼睛，想睡会儿。屋里冷，她心里更冷，从机场洼地回来，一直就没缓过神来。她刚睡着，一激灵，醒了。她一骨碌爬起来，从坑柜里把定时炸弹掏出来，放进明天要拿的包里。

四合院里静悄悄的，各屋都进入了梦乡。盛春雷屋里的灯忽闪亮了，又忽闪熄了。一趟南苑机场，收获不小。他是没炸机场，但汽车灯闪亮的一瞬间，他看到了坦克、大炮。更出乎意料的是，他好像看见了飞机的翅膀，一晃，没看清几架。他们居然有飞机？他连夜把这些情报发往台湾保密局。他发完报，从暗室里出来，也没敢开灯，摸黑点上一支飞马牌香烟，呛得他咳嗽了几声。他不吸烟，唱戏的，吸烟毁嗓子。但这几天，他就想吸烟。他又把香烟碾灭，香烟的余光在黑暗中闪了几闪，才归于暗淡。

第二天，天刚见亮，北风和战友们就起床了，然后开始做准备，什么检查车辆，检查坦克，还有啥标语呀，彩旗的，其实都检查好几遍了。

入城的部队七点从南苑机场出发，八点开到了永安门整理队列，严阵以待。九点的时候，叶剑英、林彪、罗荣桓、聂荣臻、彭真一些领导人登上了前门箭楼，检阅指挥部队。十点的时候四颗照明弹升上天空，激动人心的时刻到了，每个战士的心都跟着怦怦地跳，庄严隆重的入城式开始了。

北风手握着冲锋枪，威严地坐在坦克车上。挂着毛主席、朱总司令肖像的彩车和军乐队为前导。装甲车和坦克车威风凛凛地跟在后面，然后是炮兵、骑兵和步兵。好长的队伍，真是军壮国威。

队伍从永定门到前门大街，从这儿就入城了。部队行进到前门大街就被欢迎的群众围住了，队伍放慢了行进的速度，欢乐的人群拥了上去。这个时候，学生们高呼着口号："毛主席万岁！""解放军万岁！"

人们爬上装甲车，坦克车，有贴标语的，有插彩旗的。装甲车成了彩车，红红绿绿的标语贴满了车身。口号声此起彼伏："祝贺北平解放！""欢迎解放军！""解放全中国！"

城里的老百姓兴高采烈，庆祝解放军进城，有扭秧歌的，有举红旗的。上官飘也在看热闹的人群中，她今天戴着驼色西式翘边绒帽，脖子上围着黑红相间的围脖，围得很讲究，一头搭在胸前，一头飘在身后。今天她的整张脸都露在了外面，丹凤眼，细眉毛，嘴唇红润，梳着短发，烫着微卷，一副女学生的打扮，外面还穿着小翻领黑色呢子大衣。整个人看上去清纯美丽，青涩但又不失妩媚。

人越聚越多，她手插在大衣兜里，向入城的队伍张望，眼睛无意中就落在杨北风的脸上。她是先看见杨北风，后来才注意到坦克车。杨北风确实长得俊朗，那天他的棉帽子是卷上去的，脸和耳朵都露在了外面，浓眉大眼，鼻直口方，但神态又不失书卷气，他握枪的样子是那么英武。不用站起来，一搭眼就看出，大高个儿，身材魁梧匀称。上官飘的眼神就随着他走，她跟在那些学生的后面，眼睛盯着杨北风，从心里生出两个字——英雄。

学生们最为热烈，他们与坐在坦克车上的解放军握手，杨北风跟这个握完跟那个握。上官飘跟着坦克走，也学着女学生的样子，伸出手，但她的手伸得有些迟缓，总是落在别人的后面。她就有些不好意思了，把手收回来，又插在大衣兜里。

上官飘没握着杨北风的手，就像是不死心，还是跟着坦克走。她左臂弯挎着包，右手就搭在了包上，她隔着包，摸到了那个硬硬的铁家伙，心猛地跳动了几下，仿佛在提醒她——炸坦克。如果没碰到那个铁家伙，她真把自己当成了北平的女学生，在这欢乐的时刻，在这庆祝的日子，想拉哪个解放军的手都有资格。她意识到了，为什么她的手伸得那样怯懦，是因为她和坦克上的英雄隔着一条无法逾越的鸿沟。这么想着的时候，她的眼睛依然那样渴望地看着杨北风。她止步向前、欲言又止的样子，似乎引起了杨北风的注意。

杨北风从众多伸向他的手里抽出手，好像向上官飘挥挥手，并顽皮地、像外国人似的耸了下肩。而上官飘看了，顿觉面红耳赤，心说，他注意我了吗？这么多人，他看见我了吗？他是在鼓励我，勇敢地向他伸手，那就让我们在欢乐的时刻，尽情地、热烈地握手吧！这么想着，她还是不敢、不好意思向他伸出手，用手摸着自己的脸，滚烫的。心也激烈地跳动，为这新中国。

坦克车继续向前，开不快，都被年轻人围住了。红红绿绿的标语贴了一车，还有大胆的女学生，在战士们脸上飞快地亲一口。路边看热闹的什么人都有，还有摘下领章帽徽的国民党军人，手里举着彩旗，脸上也挂着笑容。上官飘上前挤了两步，更靠近坦克了，不，是更靠近那个俊朗的解放军。她勇敢地冲他眨眨眼睛，满脸的笑意，而杨北风依然严肃，他的手从众多的手中解放出来，又双手握着枪。这时候，可能坦克周围的人都握过手了，他们在坦克旁边欢呼，跳跃，随着扭秧歌的大爷大妈们，也扭起了秧歌。

队伍再往前行进，人更多了，新一拨的学生拥了上来。刚才那拨学生落在了坦克后面，上官飘还跟着坦克走。她不是偏偏选中了这个坦克，而是，被坐在坦克车上的解放军吸引住了。他笔直地坐在坦克车上，雄赳赳气昂昂的。

在路边的人群中，陈三爷举着小红旗，眼睛四下里张望。

再往前走就出前门了，出了前门人相对就少了。上官飘挤到最里边，手摸到了坦克车，冰凉的。她把手伸向她看好的解放军，努力伸着，够着……还有几个学生模样的人跟那个解放军拉手，她们激动地喊，解放军同志，解放军同志！

左臂弯拷着的包碰在了坦克上，上官飘听到叮当一声，那是包里的手枪碰到坦克的声音。本不至于发出那么大声音，但在她听来就有那么大声。她左右瞅瞅，又抬头看解放军。她的眼前一片手，耳边无数的欢呼声。她退却，趁着别人没听到叮当的金属撞击坦克声时，她要回去唱戏。就在这个时刻，她的手刚要收回，坦克上的解放军在众多的手中握住了她的手，她的手颤抖了下，进而紧紧地握住了解放军的大手。因为温暖，也许她的手伸在空中时间长了，也许她太紧张了，手冰凉。手暖了，紧缩的心也舒缓平展了。莫名地，她的眼泪差点流出来。她含着泪水，是热泪，她感觉到泪水的滚烫。可能受周围人的影响，新中国一样让她激动不已。她握着解放军的手，鬼使神差地，竟爬上了坦克车，她自豪地抬起头，向在地上连跑带跳的人们挥舞着手臂。其他同学也纷纷上了坦克车、装甲车。没上去的，就在地上蹦啊，跳啊，扭秧歌啊。

第五章　竞芬芳

　　上官飘坐到杨北风的旁边，开始中间还有一小段距离，她怕掉下去，往里挪了挪。她紧挨杨北风坐着，隔着棉衣，她能感觉到他的体温，真温暖。上官飘甜丝丝笑着，这些天来她都没这样笑过。她的大衣，紧挨着杨北风的棉衣，小鸟依人般的，如靠着一座山般踏实。似乎什么都忘了，上面是天，下面是地，一个不谙世事的小女孩和她心中的英雄坐在坦克上，不是在北平的街道上，而是在辽阔的原野上，飞驰。她笑盈盈地看着前方，欢呼的人群，似乎也在为她欢呼。她侧脸看跟她并排坐着的解放军，微笑着问："解放军同志，你叫什么名字？"

　　杨北风想都没想，目视前方，口气坚定，张口就说："杨北风。"别看杨北风表面严肃，其实心里都乐晕头了，进京了，我们胜利了。京都进了，难道我们还不敢喊出自己的名字吗？

　　汽车声、马达声、欢呼声、欢乐声，声声入耳。上官飘在众多的声音当中，怕杨北风听不清，她差点咬到杨北风的耳朵说："我叫飘，上官飘。"

　　飘就飘吧，杨北风依然严肃。他侧脸看了眼身边的女学生，立马转过头，摆正姿势。因为，这个女学生够着跟他握手，他拉她上了坦克，顺势坐到了他的身边，没看她长什么样。应该说，他没留意她是谁。这会儿，女学生跟他说话，问他叫什么名字，他才想，她长什么样？她是谁？所以，他本能地侧脸看，看是看，表情严肃，并闪回，目视前方。北风这种男人无论让什么冲昏了头脑，都从表面看不出来，他属于那种乍一看特严肃又深沉的男人。这种男人再配上一身军装，酷！最受女人青睐。上官飘这时也不由自主地置身事外，人跟着想象飘了。她就是女学生，跟所有眼含热泪的女学生一样，欢迎亲人解放军入城。杨北风的严肃，让她生出一份敬意，她甜丝丝地笑着，她想看这个解放军笑起来是什么样，于是，她笑着说："解放军同志，你笑一个。"

北风反倒愣住了，脸绷得更紧了，好像还有点发烧。他腼腆了，但这份腼腆未挂在脸上，在心里。脸上，他依然是严肃的解放军。他知道在那一片欢乐的海洋声中，没有人听到女学生说什么，可是，他的脸还是不好意思地红了。红了也没事，天冷，风刮的。北风没笑，仍目不斜视，他可见识北平女学生的大方和热情了，在这喜极而泣的日子里，什么样的表达方式都有，都不过分。呵，他还见识了坐在他身边的这个女学生告诉别人她名字的方式。杨北风没往心里去，他的任务就是顺利、成功地完成入城仪式。

而女学生倒无限柔情地笑了。他又看了眼身边的女学生，对，叫什么飘来着？在这样喜庆而胜利的氛围中，人和人的距离拉近了。诸如什么拉手啊，相拥啊，像北风和飘这种现象啊，都不足为奇。二战结束那一刻，纽约时代广场欢庆胜利的经典照片《胜利之吻》，是一名美国海军士兵，在纽约广场拥吻一位年轻护士，被记者拍下的激动人心的瞬间。多年以后，照片中的女主角说："一个水兵抓住了我，并吻了我，之后，我们就各自走开了。"

而我们的北风同志和那个女学生上官飘拉手之后，并没有各自走开，他们日后有着千丝万缕的瓜葛。

坦克车隆隆地往前开着，坐在坦克上的上官飘，心里别提多自豪了。她向人群望去，还想向人群招手致意。在欢呼的人群中，她看见了一个熟悉的身影，陈三爷。倏然，她的心由高空坠落到地面。她心里有个女魔鬼，尖着嗓音提醒她：你是女特务，你是来炸坦克的。于是，她又侧脸看着杨北风笑，说："你叫杨北风，啊，我记住了。以后在北平见了面，你可要跟我打招呼啊。"

杨北风礼节性地点下头，脸绷得更紧了，不敢看女学生，依然目视前方。

从这个女学生上了坦克，坐到他身边，他就没敢动过。别说跟坦克下的男女学生握手了，拘谨得只会紧握手中枪。上官飘嘴上说笑："你们解放军哪样都好，就是太严肃了，严肃得让人害怕。"她说笑着，手却伸进自己的包里，摸索着……北风突然侧脸看她一眼，冲她嘿嘿笑了声，表示不再那么严肃。女学生慌忙从包里抽出手，差点跌下坦克。多亏杨北风抓她一把。杨北风没想到自己的笑威慑力如此之大，不知道是恐怖还是憨厚？女学生看见他的笑有些惊惊，接着，身子往坦克下栽。杨北风也顾不得考虑恐怖还是憨厚了，眼疾手快，抓了女学生一把，杨北风就以为她是女学生。上官飘坐稳了，但心慌得不行，她不敢耽搁，这会儿坐在这儿，如坐针毡，刚才的自豪和快乐一扫而空。她给杨北风一个无限柔情的笑，然后恋恋不舍地跳下了坦克。站在坦克下，向杨北风挥挥手，然后，消失在欢乐的人群中。

北平城外是整编国民党部队的基地，此刻正在训练。两队国民党兵立正站着，听解放军的教导员讲话。他们还穿着国民党军服，只是把领章帽徽摘了。教导员先讲好消息，中国人民解放军入城式正顺利进行着。大家鼓掌。教导员让他们悬崖勒马，说回头是岸，要站到人民的一边，这才是最光明的出路。又表扬了几个表现好、进步快的国民党兵，其中就有摄影师崔家栋。今天讲话，教导员身边站着一个陌生人。崔家栋站在队伍的第二排，得到表扬的他抬头挺胸，立正站好，他力争在教导员面前每个动作都不走板。好印象就是这么一点一滴积攒起来的。他站在第二排，从人缝中打量着教导员身边的那个人，想这个人是来干啥的？他表现好，不是为了继续在队伍上干，很多国民党兵都表示愿意加入解放军。有极个别的，家里的老母亲生病，表示愿意解甲归田。崔家栋跟这两种态度截然不同，他不表态去留，就一门心思地以一名解放军的标准要求自己，然后，他留意着机会，他就想留在北平城，回到姑妈身边。这样的机会微乎其微，但他不气馁，有的是时间，让他守得云开见月明。因为，教导员这不说了吗，解放军正举行北平入城式，这就表明，北平的解放军部队不急着开拔。那他们这些改造的国民党还要在这儿继续受教育，且得有一段时间。再说，毛主席还没进京呢。

教导员说，我身边这位是电影厂的同志，谁会摄影，谁学过电影专业，站到前面来。原来要建立北平电影制片厂，急需人才。

这个消息，像喜庆的炮仗，炸得崔家栋心花怒放。听完，他差点没蹦起来，机会来了，又来得如此迅猛而及时。他从后排站到了前面，站得更加笔直。又站出两名爱好摄影的国民党兵，但就要一名，当然还要审查，不合格的，绝对不能留在北平，那将是首都，心脏，未来毛主席要住的地方。审查无非也就是解放后这段时间的表现，因为特殊时期，特务任务，时间紧，搞建设，不像旁的，非查个祖宗八代。如果说这段时间的表现，崔家栋当之无愧。他是没把口号挂在嘴上，但实际行动就是最好的口号。这次选拔电影厂人才，只有崔家栋从技术到表现全都过关。他说他在美国留学回来，就被骗入伍了，在国民党队伍里当记者。他没开过枪，别说杀人，他连鸡都没杀过。

医院里，肖力拄着拐杖非得去看入城式，他不是为了看热闹，他是担心有特务混在群众中。他过去净跟这帮人打交道了，也许就有他认识的，不认识的，从表情也能猜个八九不离十。雪花说不行，腿做了手术，怎么也得治疗几天。雪花说不行，那就是权威，绝对不行。肖力看实在不行，便说要见项局长，有话要跟局长说。

项局长风风火火地赶来，他只有五分钟的时间。入城仪式的队伍已经在行进当中，他们公安战士人少任务重，分到沿途各个街道巡逻、安保。公安一律穿解放军的服装，给暗中的国民党特务以震慑。北平的特务，一天是抓不完的。但今天是为了求顺利，他们着装巡逻，说白了，着重吓唬暗中的特务，不是抓特务。公安战士在明处，特务在暗处，让特务们看见解放军，我们在巡逻，小心行事。只要特务今天不行动，他们公安就取得了阶段性的胜利。以后，有的是时间抓。肖力说他想去跟弟兄们一起巡逻，可是雪花医生不允许。他说戏相公很可能在解放军入城式上有行动。他想想，下了很大决心说，他说得不一定准确，戏相公是个矮胖的人，常年戴墨镜，说话有些太监味，国民党少将军衔。他们在去年元旦酒会上匆匆见过一面，那时候已经人心惶惶了，酒会也就像个散伙会。当时，有三个国民党高官在一起私密谈论着。肖力举着酒杯去别的酒桌敬酒，无意中听到这三个高官其中一个说到万能潜伏台。这三个人中，肖力就记住了这个矮胖的人，戴着墨镜。也是因为，他说的万能潜伏台，声音像女人。项局长握着肖力的手说，不管是否准确，我们都高度重视。目前，你先养身体，有的是工作等着你去干。项局长又火速离开医院，并嘱咐雪花，这可是公安的宝贝，一定加快医治。

老汪接到指示，巡逻时，着重查看、留意矮胖，戴墨镜的人。

四合院静悄悄的，人们一大早都去看热闹了。盛春雷提前向保密局汇报喜讯，因为，他认为师妹上官飘这次一定能成功。他已经告诉师妹了，如果她完不成任务，她的父亲还会继续做苦役。她这些年，苦苦地寻找父亲，终于知道了父亲的下落，她能不为之拼命吗？就是退一万步讲，即使她失手了，还有陈三爷接着呢，给他的任务更简单，就是在入城队伍的沿途、附近，随便响那么一下，炸不死他们，也吓唬吓唬他们。他有把握，总有一个响的。毛人凤立即回信儿，嘉奖万能潜伏台全体成员，并把这一喜讯上报给了上峰。盛春雷收发完电报，原本是不想去前门大街的，人多眼杂。可是，他坐卧不安，最终还是穿上大衣，戴上帽子，走出了家门。

小彩旗后面躲着陈三爷的脸，他举着小彩旗，佯装热烈欢迎解放军入城，慢慢向坦克车靠近……到达东四，入城的队伍要加快速度，人群有些混乱，都依依不舍地跟着队伍走。陈三爷想趁乱往坦克上塞炸弹，这样影响大、震动大，但人太多。人多有人多的好处，可以做个掩护。陈三爷往坦克边贴近……

戴着平警胸牌的解放军巡逻队走来，老汪带队。欢迎队伍里的人成分复杂得很，有工人、农民、小商小贩、学生、知识分子、报社记者等，他们都挥舞着彩旗，热情洋溢。这些都不怕，怕的是有预谋的特务。特务的脸上不贴签儿，并善于伪装。也不像其他的人，从衣着打扮上就一目了然。今天来这么多人，出乎意料。喜庆，人们奔走相告。老汪的巡逻队前来维持秩序，走到陈三爷跟前，他正往坦克上贴近。老汪示意他们向后靠。陈三爷看见戴平警胸牌的解放军，不免心虚，决定放弃行动。他对着老汪，干笑两声，向后靠去。老汪根本就没看他，就知道这个人靠坦克太近，怕影响进程。

旁边正好有个邮筒，陈三爷忽然想，这是个绝佳位置。他躲到一个邮筒旁，想就地爆炸。不是非得炸坦克，在这儿给他个响，看热闹的人坐地毛。再说，盛春雷也有交代，上官飘炸坦克，他就是溜缝的，在附近爆炸就行。他站到邮筒后面，邮筒正挡在他胸前，他眼睛看着人群和队伍，手则在邮筒后面行动。小舟走过来，看到陈三爷，他离老远就喊："哎，陈三爷，你干吗呢？那可不能方便，这可是新社会了，讲文明。"

"哎，哎，你竟扯，"陈三爷把炸弹放回长衫，举出彩旗，"我在这儿欢迎解放军呢。"

小舟走到他跟前："你还挺进步的。"

"那是，一早我就来欢迎了。"陈三爷往前走，"你忙着，我到前面去看看热闹。"他是想尽快离开这是非之地。

走到前门大街，盛春雷就预感到坏菜了，所到之处，所有人脸上都洋溢着笑容。难道一个都没响？如果那样，他可闯了大祸了，谎报军情。他到前门大街的时候，队伍已经行进到东交民巷了，他紧赶慢赶，赶到了东交民巷。他真后悔到东交民巷，这里他来过，是座上宾。如今，他觉得自己就像过街的老鼠，人人喊打。钢铁洪流般的装甲车、坦克、大炮通过东交民巷时，盛春雷的两条腿像通了电，立马就哆嗦了，差点没坐地上。他扶住栏杆，汗呼地就涌出来，好在戴着帽子，别人看不见。他掏出白色的手绢，用手遮着脸，偷偷擦着额头、鼻子上的汗。反攻大陆，八成是梦想了。

到这里，人们的呼声震耳欲聋，打倒帝国主义！中国人民万岁！这是自1901年《辛丑条约》签订以来，一直不准中国人通过的使馆区。今天，解放军昂首挺胸地从这里踏过。盛春雷恨啊，恨得牙根痒痒，荣华富贵的日子大概一去不复返了。解放军故意选东交民巷过，就是向全世界展示军威，告诉全世界中国人民已经屹立在世界东方了。美国使馆太让盛春雷失望了，都关着门窗，没一个敢出来的，别说阻止了。他清楚地看见，美国大使馆的窗户上趴着脸，偷窥吗？他在心里嘲笑，还不如我，我还敢走在队伍旁看。

到了北新桥，盛春雷断断续续又跟了一段时间，他看到热情洋溢的欢迎群众，看到气派的解放军队伍，还有精良的武器，有坦克、大炮、装甲车、大汽车……他感觉跌进谷底了，真的要换人间了。他已经没有兴趣再跟着队伍行进了，还是折回。再跟没什么意义了，让他汇入热烈欢迎的队伍，他没兴趣，也不甘心。

寻找上官飘，人山人海，无处找寻。即使找到了，她不想办的事，谁也没办法。盛春雷太了解师妹了，她转不过弯的事，十头牛也拉不回。现在唯一能做的，是重新发报，挽回影响。盛春雷想到这儿，加快了脚步，他想趁着大家还在大街上看热闹，立刻回去发报，也算是发情报吧，发送今天北平入城式的情况，包括欢迎人群的成分，入城队伍走的哪些路线，动用的武器，步兵、骑兵，治安情况，连今天的天气情况都写上了，这是盛春雷有史以来，发得最详细、最全面的一份电报。发完电报，他长舒一口气，算是挽回点过失。同时，他又收到了指令，根据目前的实际情况，要求太高已经不可能。上面命令他们抓紧时间爆破、刺杀，先从小目标下手，主要是给共产党点儿颜色看看，趁他们还未站稳脚跟。

队伍行进到东交民巷，经过东单、东四、北新桥，在鼓楼进入西城区，再经鼓楼进入太平仓，与西直门入城的部队会合，再经西四牌楼、西单牌楼、西长安街，到下午五点多钟队伍才从和平门出区境。

上官飘下了坦克并没急着回家，她一直鬼使神差地跟着队伍走。不知道是没放成炸弹不死心，伺机再下手，还是被杨北风的俊朗所迷惑？反正她就是跟着队伍走走停停、停停走走的，中午都没吃饭。到下午五点，看队伍从和平门出区境才回家。

她刚要往回走的时候，才意识到，自己还未炸坦克。挎包里的那个硬家伙还在，格外的硬，多危险啊！她就背着这个危险，跟着解放军走完了全程。确切地说，她是跟着一个解放军杨北风走完了全程。如果说她有目的，还想炸坦克，也真冤枉她了，从她下了坦克，就再没靠近过坦克。如果说她就是跟着杨北风走，也有些说不通。她不确定，完全是赶着走，有时是跟着骑兵走，有时是步兵，还有几次，就是跟在队伍的尾巴后面走，就像个贪玩的孩子，为了贪玩，忘记了吃饭，忘记了回家。

到了下午五点多钟，还不见上官飘回来，盛春雷就有些毛了，这是去哪儿了？坦克没炸成，不敢来见我了？他不知道上官飘正津津有味地跟着队伍走。此时，队伍已经出区境了，入城式已经胜利结束，她站在和平门路口，茫然不知向左还是向右。盛春雷索性去上官飘的住处看她是否在家。四合院已经有人陆续回来，上官飘的房门紧闭着。他一条腿刚迈进四合院，就远远看见上官飘的房门锁着，也就没敢迈第二条腿。

入城式的成功令蒋介石勃然大怒，质问毛人凤你的万能潜伏台呢？怎么哑巴了？

夜深人静时，福瑞祥绸布庄密室里气氛压抑。上官飘冷眼看着眼前的两个男人，面无表情。陈三爷抬眼看着上官飘，说："我看你上了坦克。"

上坦克？盛春雷在心里打个问号，她已经上坦克了，为什么不放定时炸弹？

上官飘给陈三爷一个轻蔑、满不在乎的微笑："你说得对，我最起码上坦克了。"言外之意，你连坦克毛都没摸着。

盛春雷逼视着陈三爷："对你的爆破要求是宽松的，你可以随意爆破，但你连个炮仗都没放。"

"我遇到公安了，那场面，始料不及呀，无缝插针啊。"陈三爷苦着脸说。

盛春雷想起东交民巷铁甲洪流般的坦克、大炮，那场面让他到现在还心有余悸。他不想在这件事上再纠缠了，进行下一个任务要紧。他说保密局下令，鉴于这次我们的失手，是低估了对手，看现在的形势，共产党的防范意识很强。我们不要嫌小，捞不着大鱼，小鱼也将就，杀一震百。陈三爷嗫着牙花子嘶哈："冲谁下手呢，小舟？今天就是这小子见到我了，离老远就喊我。要不是他看见我，非炸它个响不可。"

盛春雷皱着眉头："对呀，小舟是个麻烦，他认识我们，他活着，永远是我们的威胁。"

上官飘不冷不热地来一句："戏相公不给我们下令，我们何必自己找麻烦。"

"既然说到这儿了，我再明确一下我们的组织。"盛春雷说，"我们三人是一个小组，由我任组长。我可以直接受领上峰下的指令，也可以接受戏相公的指令。戏相公是保密局派来北平领导几个小组的头儿，他直接掌握着各个组的情况。关键时刻，他会派人给我们下指令，我们要绝对服从他的命令。"

"拜托两位，这是杀人，不是游戏，你们说杀谁就杀谁呀？"上官飘一脸厌倦的表情。

上官飘是要把定时炸弹放到坦克上，遇到北风的笑，她放弃了。陈老板是要往坦克上扔炸弹，趁乱逃跑，碰到了老汪的治安队。北平入城式上的这两声爆炸都没成功。解放军入城的队伍在人民的欢呼声中顺利走完全程。

解放军入城后，盛春雷的戏班子积极响应号召，不再跑江湖，归到北平京剧团。盛春雷和师妹上官飘在剧团担任主角，最拿手的戏是《霸王别姬》。

前门大街的人好像比过去多了，人们脸上洋溢着喜悦。盛春雷和上官飘正走在去剧团的路上，上官飘不时看着路边，她觉得自己与这些行走的普通人格格不入，仿佛她头上长着犄角，每个路过她身边的人都奇怪地看她头上的犄角。有的人说是红色的，有的人说是黄色的，人们对她头上的犄角各抒己见，评头论足。她的脚步有些匆忙，眼神斜睨着，像是偷窥。盛春雷侧脸看她，说："师妹，走路自然一些，这前门大街，是他们的，也是我们的。"

上官飘掩饰地笑笑："我挺好的。"

"越是人多的地方越安全，放稳脚步。"盛春雷开导着师妹。

寒风凛冽，上官飘把脸往围脖里埋了埋，围脖围上了嘴，暖和多了。她点下头，算是回答师兄了。盛春雷看着师妹，他正过脸看着前方的路说："师妹，你有什么事瞒着师兄吧？"

"没有啊。"

"师兄不怪你，入城式那天给我触动也很大。但是，师妹，你已经上了坦克，怎么就没放定时炸弹？"

"解放军看得紧。"

"不是说好了吗？你知道吗，师兄已经把喜讯发往保密局了，可是，"盛春雷语气平缓，"你没行动，我受到了处分。"

"那种情况，如果我行动了，你我就不会有福气走在这前门大街了。"上官飘也是轻声细语，但话有分量。

"师兄倒没啥，只是你完不成任务，你父亲就会遭大罪的。师兄也无能为力呀。"

上官飘听到父亲，心如刀绞，她话里有话地说："谢谢师兄的良苦用心。"

"不是师兄所为呀。"盛春雷语气诚恳，他听出了师妹的话外音。

上官飘苦笑："我不会忘记师兄的养育、培育之恩。"

"说这就见外了，你我师兄妹一场。"

"解放军，"上官飘望着天安门广场上飘扬的红旗，"解放军，好不威武，全副武装。我死倒不足惜，怕拔出萝卜带出泥。"

"师妹长大了，做事知道周全了。师兄不是怪你，事儿，师兄担着。"盛春雷握了下上官飘的手。

坐在坦克上的时候，她在杨北风的嘿嘿憨笑中收手了，她险些摔下坦克，杨北风顺势往怀里拉她的时候，她的泪涌到了眼眶。那一刻，她忽然觉得，她就是纯真、热情的女学生。这么想着，她跳下坦克想找个背人的地方大哭一场。可是，她就像中了魔似的，一路跟着走，开始跟着坦克，生怕坦克有什么闪失，就像在杨北风的坦克上栽下了一棵秧苗，她需要跟着施肥、浇水、洒满阳光雨露。当她看见一个女学生，眼含热泪，在队伍的旁边跳起独舞，献给英雄的解放军时，恍如看到自己，一切美好涌现眼前，英俊的杨北风，雄壮的队伍，欢乐的人群，纯情的女学生。后来，她恋恋不舍、断断续续跟着队伍走，走到了下午。脑海里，把定时炸弹、师兄、行动统统抛却，她就是清清亮亮的上官飘，唱戏的上官飘。后来，她昂扬着，走在北平的大街上。现在，回到了现实，她恨不能把整张脸埋进围脖里。

为了巩固红色政权，入城式后，政府又从各部队抽调一些优秀人员补充到公安部门。

进城之后，北平市公安局立即公告全市，开展对反动党团特务组织的登记工作。新政权威力巨大，有力地震慑了旧政权人员。老汪他们分头排查，宣传新政权。

入城式第二天，老汪带领着同志们，小舟提供线索，重点排查。在大栅栏的一个民居里，四合院不大，显得阴暗、憋屈。院子里还有一棵槐树，又占去了一些空间，树壮，树枝也长，伸到了西屋的窗户上。这棵槐树离西面的那个屋近，树枝已经把正面窗户都遮挡了。不仔细瞅，还真没注意这西屋。就是注意了，也以为是不住人的仓房。老汪站在树下，看了眼，问小舟，就是这儿吗？小舟说，大概是吧。老汪说我怎么看着像个仓房？窗户上的红漆雨淋风蚀得快脱落殆尽了，窗框被风吹动着，有散架的危险。

门在里面插着，就这门，插着，形同虚设，门糟烂得很，不用踹，胳膊肘就能推开。老汪还是敲门，里面没有应声，小舟一脚把门踹开。太师椅上坐着个五十多岁的男人，面如土色，说明他心里极度恐惧，但他极镇静地坐着。看见进来人，低头去咬衣服的第二颗扣子。老汪一个箭步冲上去，推开他的嘴，但嘴唇还是碰到了扣子。老汪怕他死了，命令："快，扶上车，去医院。"

在车上，那个人就吐白沫了。吉普车加大油门，拉到雪花他们医院。吉普车刚停到医院门口，老汪便急切地喊："快，小舟，把他扶到我背上。"

小舟说："汪科长，我来背。"

老汪已经站到车门口："快点，别磨叽！别让他死了。"

小舟扶着他，放到老汪的背上。老汪背着他边往屋里跑边喊着："雪花，雪花，救人，救人哪，紧急，快点呀。"

雪花跑出来，身后跟着夏玲。雪花指挥着说："快，进急诊室。伤到哪儿了，是特务干的吧。""不对呀，怎么像中毒？"她扶着老汪背上的病人，跟着跑，"夏玲，快去，准备清胃。"

夏玲跑在前面，先进了急诊室。

进了急诊室，雪花开始给病人清胃，夏玲当助手。雪花边抢救边问："这位同志怎么中的毒？幸亏送得及时，吸入的也比较少，否则，早就没命了。"

"什么同志？"小舟插嘴，"是狗特务。"

"啥？狗特务？"夏玲停下手里的抢救，"那还救他？"

老汪踢了小舟一脚，小舟吐下舌头："他本来就是特务嘛。"

雪花用疑问的眼神看着老汪，但她没停止抢救："老汪，怎么回事，他不是我们战友？"

"你先抢救吧，一定救活他，他比我都重要。"老汪说。

夏玲噘着嘴，站着。

"准备输液，"雪花说，"夏玲，愣啥神呢？救人要紧。"

"哎，知道了。"夏玲手脚利索地忙碌着。

给病人输上液，推入病房，病人算是从鬼门关抢救回来了，但还处在昏迷状态，需要一段时间才能苏醒。

外面又有人喊雪花医生，雪花跑出去，查看别的病房。

老汪知道肖力在这儿住院，就和小舟来到肖力的病房，探望肖力的伤情。肖力见老汪来了，深感意外，他也料到，老汪不是特意来看他，一定是有事。入城式刚结束，正是公安最忙的时候。特务们在入城式上没行动，也许，正憋着一股劲，寻找机会下手。特务们不会偃旗息鼓的，就算北平的特务迫于新政权的威力，隐藏起来，毛人凤也不会善罢甘休，会不断地向北平的特务发号施令。

肖力从床上坐起，他握着老汪的手，说他非常想念同志们，很想尽快回去工作。他问："你们不是特意来看我的吧，出什么事了？"

"你先养伤，"老汪不知道当讲不当讲，再一想，说也无妨，肖力是自己人，"我们抓到了一个特务，他服毒自杀未遂。"

"快扶我去看看，"肖力说着就下床，"说不定我认识。"肖力的脑海里闪过另一个念头，他心里一直装着万能潜伏台，戏相公。他心里有关于戏相公的蛛丝马迹，事先不能说，说了，像是捕风捉影。

老汪和小舟扶着肖力，进了那个特务的病房。夏玲正在病房中护理，噘个大嘴，很不情愿的样子。见老汪他们进来，快人快语地说："营长，整这么个狗特务干啥，浪费我们的药品。咱们多缺药品啊，还给他用。"

当然不能跟这毛头丫头解释太多，老汪哄着说："辛苦我们夏玲了。"

刚好特务醒了，但他看老汪他们进来，悲观厌世地闭上眼睛。肖力像欣赏一件稀世之宝那样观察着这张老脸，"是他，就是他。"肖力急切、激动地说，

"喂，你把眼睛睁开。"

特务依然闭着眼睛，侧过身。

"刚才他就醒了，故意作对。"夏玲拿眼睛瞪着老特务说。

肖力转到老特务侧脸的那边，似唠家常："去年的元旦酒会我们见过。"

老特务睁开眼睛，惊讶地看着肖力，然后重又闭上了眼睛："我不认识你。"

"我认识你，你是戏相公，北平的万能潜伏台。"肖力咬字清楚。肖力在酒会上看见三个国民党高官在一起议论戏相公，大概在商讨潜伏北平的事。肖力当时只听到三个字——戏相公。他们的声音很小，肖力瞥了眼，留意了一下这三个长官，其中一个就是躺在这里的人，特别是他睁开眼睛反驳肖力的时候。肖力确定，就是他。

特务轻蔑地哼了声："你可以认为我是戏相公，我也可以替他死。无所谓，反正都是死。"

老汪怒斥他："你给我放老实点，你的命是我们给你捡回来的。"

小舟说："他是国民党没错。"

"我是国民党，但我不是戏相公。"老特务急了。

"元旦宴会上，跟你一起喝酒的其他两个人呢？其中一个是个矮胖子。"肖力问。

"他们都去台湾了。"老特务又闭上眼睛，再怎么问，他也不说话，也不睁眼睛。

"逃避只能是死路一条，你只有向人民交代，才有出头之日。"老汪一边开导、教育着老特务，一边示意小舟扶着肖力离开特务的病房，肖力挣扎着，还不想走，他要问个明白。

老汪劝肖力："你先回病房，有你问的时候。等他出院以后再说，现在别刺激他，以防他再寻死觅活的。"

公安分局正在召开紧急会议，老汪向项局长汇报排查敌特和宣传新政权的情况，他说在这次排查中，小舟这样的旧警察起到了作用，由他提供线索，在大栅栏一个四合院里排查到了特务，此特务试图畏罪自杀，被及时制止，现在住在医院里。经调查，此人是国民党保密局北平站的副站长，但在他的住处，未查出有价值的东西。有个最重要的线索，肖力怀疑他是万能潜伏台——戏相公。但这个人，极不配合。

"戏相公，嗯，"项局长听完老汪的汇报，说，"肖力遭到暗杀，极有可能是戏相公所为，因为，只有肖力，还多少知道点戏相公的底细。他就是咬不准，但最起码，有个怀疑的目标和方向，所以戏相公要暗杀他。因此，我们在抓特务的同时，也要保护好肖力的人身安全，敌人很有可能会再次向他伸出黑手。"

"项局长，我再补充一点。"老汪说。

"你说。"项局长说，"今天就是集思广益，谁有什么好招，都使出来啊。"

"这个特务既然是北平站副站长，他手里一定有潜伏北平的特务名册，最起码，有他自己小组的。目前，我们先把这份名单弄到手，然后再挖他到底是不是戏相公。如果我们怀疑错了，硬说他是戏相公，他有可能破罐子破摔。"

"我认为可行，反正他在我们手里，有的是时间审他，慢火攻，别急攻。马上把他接出院，看管起来。这事老汪去办。"

"好，医院我也留了两个人看管他，散会我马上去办出院手续。"

"另外啊，"项局长说，"我们公安人手太少，上级部门已经答应，入城式后，从部队再给我们选派一些人员。什么战斗英雄啊，精明强干的，人家是不会舍得给咱们用的，但咱们确实需要这种能干的人。你们身边的战友，觉得是块料的，提出来，我去要人。让他们别害怕，都是临时的，等到了打仗的时候，还让他们回原部队，该冲锋冲锋，该陷阵陷阵，啥也不耽误啊。只不过，临时为北平的安保做出更大的贡献嘛。"

"项局长，何必舍近求远呢，"老汪第一个就想到了杨北风，"咱们的一级战斗英雄——杨北风，怎么样？"

"啥咋样啊？好样的呀！"项局长拍板，"我都忙昏头了，从出来也没回部队看看，你替我回去瞅瞅。把杨北风给我整来，我向上级请示。"

"是。"老汪回答。他也想回去看看，真想北风了。从大东北浴血奋战，打到天津，第一批进北平，总在一个战壕战斗，还从没分开过。说要回原部队，老汪心情激动啊。

第六章　无限情

在海淀区的一片平房里驻扎着入城的部队，院子里正进行着文艺演出，好不热闹。今天是京剧团的演员来慰问演出，连雪花他们医院也倒班来观看。

舞台很简单，就在院子里，打扫打扫就成。战士们围在周围，外围看不见的，有伸脖子的，有踮脚的，还有踩着砖头的。

场子里正唱着《四郎探母》，杨北风站在最外圈，前面人头攒动，光看见后脑勺了，连演员的一根手指也看不见啊，只觉得咿咿呀呀唱得挺好听。杨北风也不懂京剧呀，只听个热闹。战士们热情老高了，唱到高音处就鼓掌叫好。

锣鼓家伙敲得正响的时候，白雪花走进院子。杨北风此时正使劲鼓掌，晃着脑袋找空隙看场内的演员，从缝隙中看见衣服了，还一闪而过，满眼的还是后脑勺。

又报下一个节目了，女生独唱，《八月桂花遍地开》，演唱者上官飘。

闹哄哄的，再加上热烈的掌声，杨北风也没听清是谁唱。听清了是谁唱，也不认识。听吧，听热闹呗。

嘿，嗓子挺亮堂。第一嗓唱出来，就得到了满场喝彩。再说是现代革命歌曲，战士们爱听，掌声隆隆。

战士们兴致老高了，跟着小声唱。

八月桂花遍地开

鲜红的旗帜竖啊竖起来
张灯又结彩呀
张灯又结彩呀
光辉灿烂闪出新世界

　　白雪花踏着这歌声，站到了杨北风的身边，也跟着鼓掌，当然是象征性的。不像杨北风那傻样子，呱唧呱唧地使劲鼓掌。白雪花鼓掌的时候，用胳膊肘碰碰他，碰是碰，那只是胳膊，跟他人不挨着，她的眼睛跟北风一致，看着前方。不管是否能看见唱戏的，目不斜视，就怕人家笑话。再说，你是医生，别整得跟个小姑娘似的，黏黏糊糊的。就让胳膊代替她，向杨北风发出信息。胳膊被碰了下，杨北风以为是战友，有往圈里挤的，想一睹女演员的芳容。不想想，人家都站得好好的，你往里挤，挤得进去吗？

　　土豆就吵吵着往里挤，嘴也不闲着："哎呀来晚了，来晚了，这啥也看不见啊。"说着就往人缝里钻。能让他钻吗？前面的人缝感觉到了信号，立马合拢，还引来前面人的围攻和不满："谁呀，干啥玩意儿，干啥玩意儿，这不让加塞啊。"大碴子味出来了，大多是"四野"的，东北来的生帮子。听二人转听惯了，冷不丁听京腔，新奇，好玩儿。早就来占地方了，天冷算个啥，俺们就是从冰天雪地来的。

　　"哎呀，回来回来，"杨北风薅住了土豆的衣服，"往哪儿挤呀，别让人家揍喽，你上哪儿讲理去。"

　　土豆站到杨北风的身边，筋着鼻子说："这帮人，太不讲究。"土豆只好站在杨北风的身边听声。他眼睛尖，看见雪花医生来了，他用眼睛余光看着这俩人如何接"暗号"。雪花医生用胳膊发出信号了，杨北风木，还傻呵呵向前看呢，也不知看啥呢。他以为又是土豆之类的莽撞之人，瞎呵地撞他胳膊。土豆又从这边用胳膊碰杨北风一下，这回他特灵敏："啥事，土豆。有话说，老撞我干啥呀？"

　　土豆不说话，对着雪花那边努努嘴。杨北风这才看见雪花，咧嘴笑笑说："呀，雪花，你们医院也来看？"

　　"我本来是不想来的，院长非得让我来。我们分拨来看，不耽误工作。"

　　"该来，整天围着伤员转，都不会笑了。陶冶陶冶情操。"

俩人说着无关紧要的话，杨北风使个眼色，俩人避开众人溜进屋说话。

院子里传出阵阵歌声、掌声、笑声，老汪踏着这欢歌笑语进了院。谁有工夫理会他，正看兴头儿上呢。他咧着大嘴，龇个大牙，笑着说："嘿，真热闹！唱戏呢。"

这才有人跟他打招呼："营长来了，哎，营长来了。"

老汪首长派头十足地用手势止住，说："别喊，让同志们看个消停戏。"

土豆神秘兮兮地跟他摆手："营长，嗨，营长。"还挤眉弄眼的。

"干啥玩意儿，跟做贼似的。"老汪走过去，"对了，你们连长杨北风呢？"

"我正想跟你说呢。"土豆对着屋努努嘴。

"说话呀。"老汪呲哒他。

土豆举着两个手指："两个人。"

"行行，你可别说了，费劲。平时嘴跟机枪似的，叭叭的。我自己去。"老汪说着就向屋里走。

"营长，先别去。"土豆拉着老汪的手。

"屋里咋地，藏特务了？"老汪继续往屋里走。

土豆紧跑两步，仰着脸说："营长，你看会儿戏呗，人家俩人好不容易见回面。"

土豆这么说，老汪就知道雪花来了，正和杨北风在屋里说话。他批评土豆，"就你思想复杂。人不大，想得倒多。看戏去，鬼机灵。"照他帽子轻拍一下。土豆扶着棉帽站住。

北风在屋里跟雪花说着悄悄话，雪花的悄悄话无非是关心杨北风的伤情，拉拉他的手，看胳膊的伤好了没有。伤口还在渗血，雪花心疼得要命，就要给他上药。杨北风大咧咧说没事，雪花假装生气，拉住他的手，让他别动。杨北风任她握着手，深情地看着她的大眼睛，情不自禁地抱住了她，对她说，我们真该结婚了。他们拥抱着，无限深情，憧憬着美好的未来，约定一生一世永不分离。

憧憬终归是憧憬，飘在空中，未落到地面，变为现实。其实，杨北风的爱情命运，早在入城式的部队行进到前门大街上时，就出现了拐点。入城式的部队到了前门大街就被欢迎的群众围住了，北风的爱情故事就是在这欢乐的人群中出现了插曲，他哪里知道啊，现在还跟雪花白话呢，队伍如何壮观，群众如何热情，特别是那些女学生，哎哟，热泪盈眶啊！雪花听了，那个遗憾啊，你说跟着你从四平跑出来，解放了东北，解放了天津，进京了，进京了却没参加入城式，太遗憾了。北风就一拍胸脯说，有啥遗憾的，我参加就等于你参加了，赶明儿我领着你啊，沿着入城式的路线重新走一遍不就得了嘛。雪花用那双亲切的眼睛看着北风说，咱俩趁部队休整的这段时间到天安门广场把婚结了，咋样？两人不约而同地一击掌，好嘞，定了！

都说命运掌握在自己手里，而杨北风的命运却掌握在大时代的手里，与时代的进程息息相关。

白雪花趴在杨北风的耳朵上说："告诉你个好消息，我已经跟项团长打招呼了，项团长好像同意了。北风，你抽机会再跟项团长说说，一准儿成。"

"那都是小事，不就结个婚吗，天经地义。我跟他说。"杨北风在白雪花面前得爷们儿些，这点小事再办不妥，就不配做白雪花的爱人。

门吱扭开了，老汪拍打着身上的尘土推门进屋。白雪花正从杨北风的怀里离开，老汪咳嗽了两声，说："我什么也没看见啊。"

"进屋也不敲门？"杨北风埋怨老汪。

"我回原部队，敲啥门。你俩那点事还瞒我呀，不是我，你能追上人家大医生，偷摸乐去吧。"老汪总拿这事表功。

"营长，回原部队了，可想死我了。"杨北风握住老汪的手，老战友，又见面了，喜出望外。

"暂时还回不来。"老汪也热情地拍着杨北风的肩头。

白雪花瞅着他们俩笑："就跟八百辈子没见面似的。"

"战友嘛，情谊深啊！"杨北风说完招呼老汪快坐下。

老汪屁股刚沾凳子，"嘭"弹弹簧似的又起来。他上下打量着北风的军装，大惊小怪地喊："哎呀俺那娘哎，你咋还穿俺的军装呢，这入城式都结束好几天了，俺就这么一套像样的军装，俺都没舍得穿。"老汪山东人，着急就冒出山东话。

"营长你别那么小气行吧，你说你就保个安，你穿那么好的军装谁看哪？穿你身上白瞎了。"

雪花这还想听入城式的事呢，羡慕啊。她的北风参加了，她也感到自豪啊！她打断老汪的喋喋不休："营长你别打岔，让北风说入城式的事呢。人家听得正来劲呢。"

"雪花呀，你别把注意力都放北风身上，"老汪开始吹嘘警戒工作的重要性，"你说，没有俺们警戒，啊，那北风他们能那么顺利吗，这也有俺们一份功劳。"

"营长，你别老抢功，跟你们有啥关系呀。"雪花替北风说话。

"雪花呀，这你就不懂。国民党是撤退了，留下老鼻子特务了。他们就是搞破坏的，俺现在是干啥的，抓特务。你说重不重要？今天我来就是……"

雪花不听老汪那一套，她想听入城式的事。她打断老汪说话，接着问北风："听说你们过美、英大使馆的时候特威风。"

杨北风也借机在老汪跟前显摆，他大吹特吹入城式的过程。提到这个话题，他兴致老高了："那是，钢铁洪流般的装甲车、坦克、大炮，通过东交民巷时，人民的呼声震耳欲聋，打倒帝国主义，中国人民万岁！这是自1901年《辛丑条约》签订以来一直不准中国人通过的使馆区，今天，我们人民军队昂首挺胸地从这里踏过。"北风激情澎湃地挥着手。

中间杨北风喝口水，润润嗓子。他接着白话，老汪也催他快说。

"那家伙，当深绿色的美造汽车拖着美造、日造的大炮开过来时，人群沸腾了，看哪，这就是帝国主义送给老蒋的大炮，现在交到了我们的手里，我们就要用这大炮解放全中国！"北风正白话，手还挥在空中。

这时一个女学生模样的人悄没声儿地走进屋，看着北风，甜甜地笑。她的鬓角戴了朵红翠花，甜蜜的笑脸平添着俊俏。

屋里鸦雀无声，屋里所有的人，仿佛接到同一指令，欣赏甜蜜的笑。

杨北风欣赏甜蜜的笑的同时，还欣赏了女孩儿鬓角的红翠花。是好看，过年的喜庆还没过去呢。

女学生走到杨北风跟前，量好了尺寸似的，两人中间相差一米吧，她站住，两手交叉着放在腹部，亭亭玉立，甜着声问："解放军同志，你还认识我吗？"

哎呀，我的天啊！

雪花和老汪的眼睛都齐刷刷地看着杨北风，看着杨北风扬着的手，什么时候放下。

手举在空中，杨北风忘了放下。他的眼神愕然，吭哧着，说不出话。看着雪花和老汪，他一副无辜的样子，跟受了多大委屈似的。

女学生又问："解放军同志，你不认识我吗？"那口气，我认识你，你不认识我，真不应该呀。

杨北风接着吭哧，半天，被追问出俩字："你是？"

女学生笑得灿烂："解放军同志，我是上官飘啊。"

绝对的熟人，杨北风这样装傻充愣，故意隐瞒实情。

杨北风看着雪花苦笑，就像有人栽赃陷害他，急于跟雪花澄清。雪花没有过激的表情，平静、淡定。她一贯这个表情，给病人看病就是这个表情，习惯了。她多有修养啊，不能冷了客人，她对上官飘点下头，算是欢迎。

老汪才缓过神来，看雪花对人家女学生友好地点头了，他也热情起来。咧着大嘴，看着杨北风，指指女学生，又冲杨北风挤挤眼。那表情就是偷偷摸摸，明明雪花在跟前，却像背着雪花，就他和杨北风知道底细似的。他又对杨北风努努嘴，让杨北风赶紧的，该咋咋地，人家姑娘找上门了。他这么整，雪花明白了，合着杨北风认识这个什么飘，合着你们俩都知道，故意在这儿演戏，就瞒着我。认识就认识呗，这是干什么呀？

上官飘提醒杨北风："你忘了？入城式的那天我上了你的坦克车，想起来了吗？你说叫杨北风，那我就叫你北风哥了。"

哎呀，还北风哥，甜掉牙了。

北风愕然，早就忘了这码事了，那天上坦克的人多了。

上官飘脸就红了，不好意思啊，人家解放军都不记得你，你还上这儿来套近乎。她说："我那天差点从坦克上掉下去，多亏你拉我一把。"

"啊，是你呀，"杨北风拍脑门，"你怎么上这儿来了？你怎么找到我的？"到这儿杨北风什么也不怕了，入城式上认识的，正大光明的事，军队和老百姓的关系。那歌唱得多好啊。

军队和老百姓，
咱们是一家人，
哎咳打鬼子保家乡。
咱们是一家人，
咱们是一家人哪，
才能打得赢啊！

　　既然是一家人，杨北风的口气变得爽朗、热情，"哎呀，欢迎，欢迎啊，"他跟上官飘握手，"快坐啊。"他关切地问，好像自己多大干部似的，"怎么，特意来找我，遇到什么困难了？"

　　真遇到困难你能解决呀是咋地？

　　"我们剧团来慰问演出啊，我就打听到你了。"上官飘绞着手指，低着头，又抬起来。

　　"嘿，你还真是个有心人。"杨北风也感到新奇，巧遇呀，"我以为你是女学生呢。"

　　空场。

　　老汪和白雪花眼神不期而遇，又迅速分开，这种情景，不知道说啥。

　　"家里穷，念不起书。"上官飘算是解释吧，解释什么呢？解释不是学生，是唱戏的。

　　雪花冷眼看着他俩，又看老汪，不说话。

　　"苦出身，啊，也是苦出身哪，"杨北风讨好地看着雪花，"是吧，老汪，不容易，也是苦出身啊。"

　　老汪咧咧嘴，点点头，完了。需要他说话的时候，就不说了。

　　上官飘看看雪花，再看看老汪，见这两人对她冷着眼，就怯怯地说："不好意思，打断你们谈话了，我先走了，一会儿还要演出呢。"

　　他们三个目送着上官飘闪出了门，谁也没动地儿。

　　太突然了，恍惚得像梦。老汪瞪大眼睛，一惊一乍："北风，俺说你有女人缘吧？你看咋样？"北风就跟他挤挤眼睛。老汪缺心少肺地说："你跟俺挤眼睛也是有女人缘啊，你看……"

　　雪花绷着脸咳嗽了声。

　　老汪大悟："咳，俺这人就爱说笑，雪花不会多心的，你俩不是快结婚了嘛。"雪花还冷着眼。

　　老汪接着多嘴："雪花你可别多心，北风说了，争取在北平阶段把婚结了，俺支持。"

　　其实雪花真没有那么小心眼，上官飘刚进屋时，她除了感到惊讶外，对她谈不上反感，纯情的女学生嘛。她都听北风说了，女学生如何激动，好多人都爬上坦克车，跟他们一起接受人民的检阅。上官飘只是其中的一员。后来她说是剧团的，来演出，白雪花就有些反感，觉得上官飘有点装，伪装。你是啥就是啥，把自己打扮得跟个洋学生似的，原来就是个唱戏的。她也是军人，没有贬低唱戏的意思。但她毕竟是大家闺秀，高级知识分子，骨子里对戏子还是有偏见，但这点偏见是不能说的，新社会了嘛。她在心里哼了声，真是个唱戏的，那双丹凤眼可够撩人的，她不用唱，单用那丹凤眼撩男人一下，就够你呛的。妖媚呀。

"有女人缘"，老汪这话在白雪花心里掀起点波澜，细想想，还真是那么回事，在四平，自己不也是见到北风就喜欢他了吗？老汪说的还真有道理。转念一想，白雪花又批评自己，什么时候喜欢咬文嚼字了，她就没怀疑过杨北风，现在也一样。杨北风就是她丈夫，是没结婚，那是早晚的事，只是没倒出空。杨北风也早就说了，解放了北平，在北平结婚，是杨北风送给她的最好礼物。

雪花说："北风，咱真在北平结婚吗？"

可找到台阶下了，下吧。还得是雪花呀，把握分寸，不让自己难堪。指着老汪算是完了。杨北风话锋一转："那还有假。我也是那么想的，但看现在这种情况，能行吗？现在部队到哪儿去还没有着落，你看营长，除了队伍上的事，还维护北平的治安，多忙啊。"

雪花撂下脸子，看着老汪说："反正老汪也不是旁人，我不管，我就要在北平结婚，我可是三十大几的人了。"从这里看出了富人家大小姐的任性。

北风不相信地笑了声："说这话，可不像你雪花的性格啊。咋地，怕我变心？依着我早结了，你非等进京再结。你放心，你是跟我北风跑出来的，咱俩的感情那是刚刚的，不求同年同月同日生，但求同年同月同日死。"

"呸，净说不吉利的话。"雪花嗔怪他。

"得，你俩别在这信誓旦旦的了，"老汪说，"结不就得了吗？不就打个报告吗？至于这么费劲，俺做证婚人。"

"也行啊，那我得跟团长请示啊。"杨北风听了老汪的话，心里老敞亮了。

老汪轻描淡写："没那么复杂，你俩又不在长安街上摆酒席。"

雪花露出笑容："告诉你呀，营长，你说话可算数，做证婚人。但有人跟你争着做证婚人，你得努力啊。"

"算数，指定算数。谁跟我争啊？"老汪问。

"项团长呗。"雪花拿眼气他。

"他争不过我，这证婚人我当定了。我在四平就打招呼了，总有个先来后到吧。"

"我们还是愿意用团首长，"雪花对着北风说，"是吧，北风？"雪花故意气老汪。

"那是。"杨北风跟着打小旗，和雪花搭帮结伙气老汪。

"你们俩呀，势力啊。"老汪掏出怀表看，"呀，不早了。看见你们俩，高兴得差点忘了正事。北风啊，我奉项团长的命令，不，是项局长，命令你从明天开始，到公安分局报到。把你手里的工作交接好了。"

"你的意思是让我去公安？跟你一样，抓特务？"杨北风问。

"对，抓特务，急需你这样的人才。"老汪说。

杨北风脑袋摇得跟拨浪鼓似的："我可不去，我和雪花准备继续投入战斗。解放全中国。"

"别叫我为难啊，局长交代给我的这点事我都完成不了。"老汪劝解杨北风，"告诉你吧，只是暂时的。就跟到炊事班帮厨一样，包完包子，包完饺子，还回你自己的班，就是暂时借用。我、团长，都是借用。北平安顿好了，咱们就撤了。打仗去。"

听是临时，北风答应了，为北平人民多做贡献，他愿意。"那行，我去，把土豆带上，那小犊子，可机灵了。"

肖力和那个特务同时出的院，出院第一件事就是迫不及待地审讯这个特务。他很有可能是危险性极大的戏相公。

审讯室里，气氛压抑。特务低头不语，审讯一度中断。老汪给小舟递眼色，小舟点根烟递给特务。然后，等着，耐心等着。特务很标准、很派头地吸了两口烟。小舟又端给他一杯水，他抬起头。老汪审，项局长坐镇，小舟做笔录。

老汪问："你是国民党保密局北平站的副站长？"

"我是。"

"你们潜伏北平的有多少人？"

"我不知道。"

"你是副站长会不知道？"

"是上峰秘密安排的。"

"那谁是你的上峰？"

他又闭口不言了。他承认自己是国民党保密局北平站副站长，但关于什么特务名单、密码本，一概不说。

大栅栏的四合院，杨北风带着土豆和几个公安战士在特务的屋里搜查。老汪抓特务那天已经搜查了，没什么收获。杨北风侦察兵出身，看事物的角度与众不同。屋里连炕席底下都翻了，什么也没有。房间很简陋，按理说这么大个站长，一人住个四合院都不为过。这里是北平解放后他的临时住所，利于隐蔽，又小又简陋，又不起眼。杨北风走到院子里，围着屋外墙看，他看出门道了，有几块砖的勾缝跟其他砖的勾缝颜色不一样，像是新勾的砖缝。他喊土豆，眼睛盯着砖缝。土豆从屋里跑出来问："连长，啥事？"

杨北风指着墙上的砖说："土豆，看见这几块砖了吗，把它抠下来。"

土豆从后腰拔出匕首，先抠砖缝里抹上的泥："连长，我知道了，这几块砖是后抹上的，这里有情况。"

"赶紧抠，小心啊。"杨北风接着观察周围的情况，门口垫了几块青砖，以便人在砖上踩踩脚，进屋的时候以免带进泥。但这几块青砖太新了，没踩几次脚啊，和这房屋的年龄极不相符。杨北风正撅着屁股查看呢，就听土豆喊。

土豆抠下两块砖，里面露出一个油纸包，他大声喊："连长，快来看。"

杨北风奔过来，掏出油纸包，他不急于打开。打开他也不懂，还是拿回去再打开吧。他又和土豆抠门口的青砖，下面有个密封的瓦罐，打开瓦罐，还有个油纸包。杨北风拿着两个油纸包，说收队，他自言自语："行啊，老道啊，都藏外面了。"

土豆接话："那也逃不过俺们连长的火眼金睛。"

"去去去，别拍马屁。赶紧走人，正审那大特务呢，不定这家伙咋耍赖呢。"杨北风带头跑步走。

审讯室里，老汪几次站起想揍这个特务，都被项局长拉住，示意他继续审，不能急，心急吃不了热豆腐。项局长在等杨北风，他会带来峰回路转的礼物。但案子还要审下去，不给特务喘息、思考的机会。所以，他由着老汪的性子审。刚接手公安工作，都没经验，摸索呗。他觉得老汪审得不错，就是脾气急躁了点。冲锋陷阵的营长，让他干这细致活，急躁是难免的。

老汪问："你的代号叫戏相公？"

老特务嘲笑："别抓个特务就叫戏相公，愚蠢。"

"你！"老汪站起来，又坐下，想起自己的身份，"人民对你不薄，你的命是人民给你捡回来的。在你生命垂危的时刻，你的国民党主子在哪儿？别执迷不悟了，只有坦白，才是唯一的出路。"

特务有点动容。

这时门开了，杨北风跑进来："项局长，快看这是什么，在特务家搜查的。我没敢打开。"

项局长边打开，边说："叫肖力，他是行家。"

"好，我去。"小舟跑出去。

老特务看见油纸包，脸色煞白，刚才还挺直的腰板，骤然坍塌。他彻底耷拉脑袋了。

两个油纸包打开，是两个笔记本。

肖力拄着拐杖进屋，他打开笔记本，一个是这个特务领导下的特务名单，一个是密码本。肖力看了里面的名字，说："有的我认识。我们就按着这上面的名字抓人，我领着去，他们住哪里，我知道。过去我还真不知道他们也是国民党的人。"他又小声对项局长说，"我现在最担心的是戏相公。我看了这里没有戏相公。"

肖力坐下，问老特务："戏相公是你们三人当中的谁？"

"我真不知道。"老特务说。

项局长说："坦白从宽，如果你配合，保全你的性命。"

"你说话算数？"

"算数。"

"你是这儿最大的长官？"

"我是。"

肖力趁热问："元旦酒会上，和你站在一起的那两个人呢？"

"他俩去台湾了。"

肖力问："你们当时怎么提到了戏相公？"

"酒会前，毛人凤的秘书找我们三个谈话，在去台湾之前，要在北平潜伏一批特务，这些特务由戏相公领导。这个戏相公在我们三人中产生，是谁，现在还没定，特级保密。其实，我们三个并不熟悉，就像你说的，我也只记住其中有一个矮胖的军官，戴着墨镜。"

"不熟悉，酒会怎么聚一起了？"肖力问。

"因为解放军解放了天津，北平将不保，心里也忐忑，三个人在一起喝点酒，小议论一下，但愿不是自己作为戏相公留在北平。那时候，已经有纪律，不要相互打听。就是打听，也不会说实底。"

老汪问："你怎么知道他俩去了台湾？"

"北平解放前夕，我们是最后一批去台湾的。"

"你们？"肖力疑惑。

"对，我上了飞机，看见他们俩也在飞机上，我还跟他俩点头了。我刚坐下，就接到通知，叫我下飞机，继续潜伏北平。我想坏了，我中签了，我就是北平的戏相公了。可是，几天后，我接到上峰的电报，说我的上级长官是戏相公，要我一切听从戏相公指令。所以，我也不知道到底戏相公是谁。"

"那么说，飞机上的那两个人没走？"肖力说。

"不可能。我接到命令，下飞机时，他们还在飞机上。"老特务肯定地说。

肖力不再问，对项局长说："可以了，我没什么要问的了。"

小舟和土豆把老特务押下去，项局长组织大家又开了个短会。肖力说他不问了，项局长知道肖力心里有数了。肖力说，很有可能，飞机上的那两个人，其中一个特务下飞机了，这个最后下飞机的人，就是戏相公。那两个人别让我看见，看见我就能认出来。

项局长当机立断，老汪一组，杨北风一组，带领公安战士，按名单，立即抓捕特务。肖力请求道："我也带一组，我比较熟悉情况。"项局长担心他的腿，肖力说没事，他拄着拐。公安战士显然不够，只能启用旧警察。各组分别带着几名旧警察，现在不能说旧警察了，经过改造、学习，已经成为公安战士了。精瘦是改造的旧警察，会开车，跟肖力一组。项局长把吉普车配给肖力，还嘱咐精瘦，肖力腿脚不便，照顾好肖力。他答应得很干脆，请项局长放心。

这三组立即出发，有骑自行车的，有跑步的。肖力组五人，都坐吉普车，沾了肖力的光。公安分局就这一辆吉普车。

吉普车奔驰在北平的街道上，古老雄伟的建筑向车后移去。肖力坐在副驾驶的位置上，目视前方。精瘦紧握方向盘，娴熟地开着车。过去和肖力在一个警所，现在人家是座上宾，他是被改造对象，真是一夜之间，天壤之别。精瘦讨好着肖力说："肖哥，你真是共产党啊，都这样了还冲在前面。"

肖力笑笑，不反感，也不赞同。

"肖哥，当初要知道你是共产党，我也投靠你，你咋不发展我呢？让我也有机会进步。"

"现在也不晚。"

"那是，这不正努力吗，还请肖哥提携。"

拐弯时，车开得猛了些。肖力的伤腿碰到了车边，他哎哟一声。

精瘦慌忙说："肖哥，没事吧。我开慢点。"

"不行，快点，抢时间，别让特务逃跑了。"

"肖哥，你没必要亲自来，名单给我们，挨个抓不就完了吗。"说这话，好像肖力故意逞能。

"废话，看见戏相公你认识啊。你以为谁都能干呢，那就不给我派车了，就给你派车了。"肖力听着就来气。

"那是，那是。"精瘦附和着，他溜圆的小眼睛迅速地转了几圈。他想，又有来钱的道了。这年头，趁乱，多赚些钱。

北平电影厂紧锣密鼓地筹建着，目前正网罗人才。北平解放后，方兴未艾，继往开来。建设中的北平，作为历史，都需要记录、拍摄在档。但这样的人才太少了，所以，从解放过来的国民党人员中筛选了些懂摄影、懂影视的人。崔家栋在美国还学过电影拍摄，经调查，他在国民党队伍中是新闻记者。老家在四平，姑妈在北平。姑妈也是平民百姓，以卖糖葫芦为生。崔家栋在城外接受整编期间，被选进北平电影厂，况且，也是他的对口专业，他感谢共产党不计前嫌，不埋没人才，使他有重新做人的机会。崔家栋到了电影厂，先把照相机交给领导，表示自己的诚心。领导感受到了他对新政权的爱戴和拥护，把相机接到手里，仔细端详着，又掂量掂量，还是恋恋不舍地还给了他。说还是你自己拿着吧，就算组织已经收下了，现在组织把它交到你手里，这珍贵的相机就是组织交给你的，它就是你手里的新武器，为我们的人民、为新中国做贡献。

听了这番教诲和鼓励，崔家栋激动万分，眼里含着激动的热泪，颤抖着手接过相机。这相机再也不是原来的相机了，不是美国的，也不是国民党的，它是红色相机了。他表示一定不辜负领导的厚望，把他在美国所学的影视知识无私地献给祖国。

　　对崔家栋回北平，他的姑妈并未喜出望外，反正她是什么心情从脸上也看不出来。她长年戴着帽子，且皱纹纵横，眼睛眯缝着，看不出是睁着还是闭着。解放前，崔家栋住在报社或国民党军营里，很少去姑妈那儿，他有些怕她，总感觉她阴森可怕。姑妈也不欢迎他去，大概是房子小，住不开。这次回来，他没地方住，只好住在姑妈家。姑妈问他，在家能住多长时间，最好跟电影厂申请住处。家里小，还蘸糖葫芦，又乱又脏，不是他留过洋的人能住的地方。

　　姑妈确实辛苦，晚上蘸糖葫芦，白天卖，早出晚归的。姑妈家的家具都很陈旧，但都算得上是古董。八仙桌上放着一台大收音机，陈旧得像博物馆里的收藏品。姑妈对这个收音机爱惜无比，还用包袱皮盖着，但也很少看她听收音机。他有次想听收音机，刚把盖的布掀开，就被姑妈阻止了，她说怕弄坏了，这是她的嫁妆。过去，爷爷家是挺殷实的，姑妈嫁到北平一度失去了音信，到底怎么回事，崔家栋也不太清楚。总而言之，他对这个姑妈不是很亲。

第七章　去意徘徊

三个组都胜利归来，大有收获。老汪组抓的特务多，五个。杨北风组抓了两个。肖力只抓一个，跑了几个地方，都扑了空。大家都挺高兴，只有肖力挺郁闷。他今天的目的不只是抓几个小特务，主要是寻找戏相公的线索。可惜，只抓了一个特务。他多么希望，走在大街上，在熙熙攘攘的人群中，他能看见那个既陌生又熟悉的身影——戏相公。这种可能性不是没有，这两个疑似戏相公的人，只要让他见到，准跑不了。

精瘦这一路上对肖力照顾得无微不至，扶着他上车下车，扶着他进屋。他见肖力沉着脸，赔着小心道歉，说："肖哥，腿磕得还疼吧，对不起啊，都是我开车不稳，可别跟项局长说呀。说了，那就是我没照顾好你。"

"跟你没关系。"

"瞅你不乐呵啊。"

"那也不是跟你，主要是认识，却不知道他藏在哪里。"肖力叹口气，"今天点儿背，才抓到一个。"

"认识谁呀？"精瘦问。

"戏相公。"肖力顺口说。

精瘦无不羡慕、佩服地说："哎呀，向你学习呀。一心想着抓特务，腿都那样了，也不觉得疼。"

肖力在精瘦的赞扬声中，表面镇静，内心却是倍感欣慰。从地下终于走到了地上，可以光明正大地接受人民的赞扬，他浑身充满了力量。腿上的伤算什么，都比在黑暗中被误解好受。终于走到了光明处，他恨不能一网打尽隐藏在北平的特务，还新中国晴朗的天空。

公安分局里真热闹，有突击审讯的，有整理材料的。这几天项局长带领几个公安战士，宣传新政策，给隐藏在暗处的特务敲响警钟，自首是唯一出路。政治宣传起到了作用，真有特务到分局来自首。

缴获国民党保密局北平站潜伏特务名册和密码本，这是反特道路上的重大胜利。项局长刚向上级汇报完，就得到了上级领导的高度赞扬，他本人也得到了公安部的充分肯定。头一回得到这么大干部的表扬，他心里甭提多高兴了。回局刚进院，就见到杨北风抓特务回来。他在心里赞许，杨北风，真是个好小伙。这次成绩的取得，多亏杨北风搜出了特务名册和密码本。不愧为侦察兵出身，一打眼就能看出哪里有猫腻。

杨北风看项局长冲他笑，知道局长心情不错，他也对局长笑笑。项局长拍着他的肩膀说："北风啊，不错，刚来就给我们带来了重量级的见面礼。"

"见面礼？"杨北风想，什么见面礼呀？

"看你，做出成绩还浑然不觉，好同志啊。特务名册和密码本呀。不愧为侦察兵出身啊。"项局长夸奖他。

"局长，可有一样啊，我可不想在这儿长干，我还得回原部队，打仗去啊！"杨北风精精神神地瞪着眼睛，"这活太磨叽，没劲。"

"放心吧，部队一旦开拔，你就回部队。我也是暂时的，还当你们的团长。"项局长满面春风。

杨北风看项局长兴致这么高，他没忘了雪花的叮嘱，抽机会跟上级请示，在北平把婚结了。机会难得呀，满足雪花这个愿望，也不枉她从四平跟我跑出来。杨北风就不知道怎么开口，他摘下帽子，筋着鼻子，挠后脑勺。项局长说："杨北风，有啥事吗？"

"也没啥事，就是吧，"杨北风措辞，"雪花有点事。"

"啊，大医生有啥事啊，说，能办的，一定办。"项局长竖大拇指，"外科一把刀啊。"

杨北风听着白雪花这么有面儿，他干脆大大方方说："啊，是这么回事，我和雪花准备在北平休整这段时间结婚，请组织批准。"

项局长半天没回话，看着他。

杨北风补充说："局长放心，决不耽误正事，在天安门广场照张结婚照，就算结婚。老汪说了，他当证婚人，就完事。"

项局长正正嗓子："你要不说我都忘了，白雪花跟我提过这事，我想找你谈谈。她是个女同志，我不好意思说她。"

"不是，项局长，雪花说你同意了，让我再跟你说一声啊。"杨北风说。

"我那同意是敷衍，咱有伤员在她那儿治，啊，都是人家给治好的，我不好反驳呀。"

"不是，局长，雪花当真了，让我再跟你说说呀。"

项局长用批评的口气说："她当真，你没有脑子啊。这个节骨眼上你申请结婚，打铁烤煳卵子，你不看火候啊。别看现在在休整，我们马上就要南下剿匪了。想这美事的人多了，那我们部队天天在北平结婚玩得了呗，啥也别干了。毛主席说了，我们进京不是享乐的，不要学李自成。强调多少遍了，咋就记不住呢。"

又是李自成，杨北风耳朵都听出茧子了。

杨北风刚要张嘴申辩，项局长摆下手："别说了，该干啥干啥去吧。别取得点小成绩，就云山雾罩了，啊。我认为你们俩不是儿女情长的人，这是怎么了？不应该呀。"

白雪花和杨北风的婚事就这样搁浅了。

命令下来了，入城部队抽调一部分人留下来维护北平的治安，正式编为公安。其他人南下，追歼残匪，解放全中国。

关于在北平结婚的事，杨北风在项局长那儿碰了一鼻子灰，他觉得对不起雪花，就跟他提这么点要求，他都不能让雪花如愿。雪花反过来安慰他，没事，咱们先去剿匪，等全国解放了，咱再回北平结婚，不就是早一天晚一天的事吗。听雪花这样说，杨北风心里稍微好受些。平心而论，杨北风确实亏欠白雪花的，呼呼啦啦跟他出来革命，舍弃了自家的医院，抛弃了优越的生活。二话不说，跟着野战部队南征北战，救活了多少伤员，他杨北风何德何能拥有这样的爱情，她就提出这点要求，他杨北风都满足不了。雪花对北风说，只要两个人能在一起并肩战斗，比什么都强。

命令下来，事与愿违，杨北风南下剿匪，白雪花留在北平组建医院。这次白雪花和杨北风必须分开了，雪花从参加解放军就跟杨北风在一个部队，有时是几天见不到面，但他们知道，彼此就在身边。白雪花找到首长，要求到前线去。她是外科医生，前线非常需要她。首长说，北平的建设一样需要你。她又找项局长和老汪，请他们替她想想办法，她要去前线。项局长和老汪说，我们想去都去不成啊，别说你了。项局长和老汪留在北平，继续当公安。雪花听了就落泪了，项局长看了，就有些手忙脚乱，他见不得女人哭，特别像白雪花这样沉稳、坚强的女性，平时严肃得像个爷们儿，这会儿，落泪了。项局长就劝她："行啦，不去就不去吧，一个女人家，何必枪林弹雨的。留在北平多好啊，大医院，当个医生，挺好。"

白雪花拿出手绢擦泪："谁稀罕。"

老汪站在边上，也劝："不光你留下了，咱们都留下了，总得有留下的吧，这也是战场。攻下山头了，那得有守的呀。咱们就是守山头的，一样光荣。"

"你在这儿享福，你在这儿守吧。"白雪花赌气。

项局长说："雪花医生，子弹不长眼睛，你说你这么好的医生，又留过洋，医术高超，那万一，啊，那子弹，是吧，多可惜呀。留下你就算对了。"

雪花白了项局长一眼："那战士们的命就不是命了？"她站起来，戴上军帽，推门走人。白雪花懒得跟他俩说了，说也是白说，也解决不了啥问题。她对项局长是有意见的，不就是打报告结个婚吗，至于把北风批个鼻青脸肿吗？打了这么长时间的仗，她知道其中的流血牺牲，如果跟北风结婚了，也就少了份遗憾。结婚，某种意义上说，不是为自己，而是替北风着想。

老汪想了会儿雪花的话，拍腿："哦，我知道了，雪花是担心杨北风，是想跟杨北风在一起。"

"哎呀，我真是的，就该让她和北风结完婚。这段时间太忙了，再说，没有这先例呀，休整期间，在北平结婚。"项局长嘶哈着说。

"哎，项局长啊，"老汪大惊小怪地说，"你看这样啊，就不该让杨北风跟部队走，他就是干公安的料。"

项局长手指敲着桌子，想："哎，别说，有道理。"

老汪说："就那个密码本和特务名册，我和小舟查了几遍，啥也没查着。杨北风手到擒来。他知道上哪儿找，藏哪儿了。"

项局长赞同："他是侦察兵出身啊，难能可贵呀，别说，是干公安的料。可惜，南下剿匪去了。等全国胜利了，一定申请，让他到北平跟我们一起干公安。"

老汪小声说："到那时候，黄花菜都凉了。现在申请不也一样吗？多及时啊。"项局长直勾勾看着老汪，半天说："行吗？杨北风可是一直嗷嗷地要去剿匪呀。"

"那就由不得他了，组织下令的话，他敢不服从？"老汪一副明白事的样子。

项局长噌地从椅子上站起来，"是这么回事啊，别瞎个公安人才。"他戴上帽子往外走，"我去请示。"

老汪追到门口："祝你成功啊，项局长。"

"好吧。"项局长连头都没回，向后挥下手，"告诉雪花，等着在北平结婚。"

"好嘞！"老汪声音愉悦。

夜幕降临，寒风凛冽。在营房旁边的树林里，杨北风正与白雪花依依惜别。明天一早部队就要出发了，别了，北平！别了，心爱的恋人。杨北风是愿意去战场的，跟敌人真枪真刀地拼个你死我活。白雪花的手整理着杨北风的衣服说："到了南方，饮食上一定要注意，北方人到那儿会水土不服，疟疾、传染病多。唉，如果我去就好了，会帮同志们减少病痛。"

"没事，我们都是铁打的。"杨北风拍着胸脯。只要打仗，哪还顾得上饮食，能吃饱就不错了。但为了让雪花放心，他点头答应。

"到那儿就给我写信。"白雪花说着，就哽咽了。

"我到那儿马上写信，你在北平也要注意身体。"杨北风知道医生少，雪花每天手术多，有时她能从早站到晚。有一次，都累晕倒了。

"我怎么也比你们上战场的好过呀。"白雪花心疼杨北风。

杨北风轻轻拥着雪花："对不起，没给你一个北平的婚礼。"

"会的，我等你回来，我们还在天安门广场照相结婚。"

杨北风望着天上的月亮憧憬着："你就等着英雄的杨北风凯旋吧。"

"海枯石烂。"

"永不变心。"

杨北风把白雪花的手捧在手心，哈着热气："这下暖和了吧。"

"暖和，"白雪花说，"北风，我还有个要求，你答应我的，带我重走入城式的路线。"

"那还不好说，我当什么事呢，我答应你。"杨北风把白雪花的手捧在脸上。

两人立下生死爱情誓言，非她不娶，非他不嫁。

月亮穿过云层，又露出圆脸，照着地上的一对人儿。白雪花靠在杨北风的肩头，他们仰望着天上的月亮。就这么依偎着，谁也不说话，仿佛月亮已经代表了他们的心声。北风个子高，雪花觉得就像靠着一座山。此刻，她觉得北风就是她丈夫。她转过身，借着月光，端详着北风，好一个俊朗的男人。她忽然握紧了杨北风的手，没着没落地问："北风，你会变心吗？"

把北风问乐了："雪花，快分别了，说点亲热的话。"

雪花倒认真了："你快说。"

"永不变心。"北风郑重其事地回答。

雪花把脸靠在他的胸前："我也是。"

夜幕下的北平城，寂静而喧嚣。黑市刚刚拉开序幕，一个个抱头捂脸的，躲在尽可能暗的角落里。一双眼睛，在黑夜中练就得如狼眼，透过黑夜，把披着藏着的物件看个清清楚楚。有袖口里藏银元的，有怀里揣着元朝瓷器的，还有墙角躲着卖大米的。经常在黑市寻觅的主儿，打眼就能看出谁是干啥、吆喝啥的。听不见吆喝声，胜似吆喝声。精瘦操着手，穿着黑棉袄，倚靠在墙角蹲着。他的眼睛不撒摸，只盯着自己的黑棉袄。他不用撒摸，守株待兔就行。他知道，一个矮胖的男人会回来找他的，这个矮胖的男人不知道踅摸他多少天了，不会放过任何角落，甚至都能嗅出他的味道。精瘦蔑视那些手握银圆的、怀藏瓷器的愚蠢者。智慧者像他，智力投资。智力是啥，摸不着，看不见，却能赚大钱。他不认为他贩卖情报，是信息。信息是啥，他比别人知道得早那么一点、多那么一点。矮胖的男人也穿着黑棉袄，戴着棉帽。整个脸捂得严严实实，都不知道他搁哪儿看路，但他看得准，拐过几个墙角就叼住了精瘦。四周的黑影在蠕动，像是上演着哑剧，但演得明白，看得也明白。他用脚碰了碰精瘦，也靠墙蹲下。他俩的手握在一起，精瘦伸给他两根手指，他知道是两份情报。他握握他的手表示同意。精瘦把情报塞进他的手，他把银圆塞进精瘦的手，精瘦把手塞给他，做个手势。他把十块银圆又塞给他。精瘦在心里骂了句，死矮胖子。精瘦抱着膀，弓着腰，迅速消失在漆黑的夜里。

风吹云散，月亮又白又亮地挂在夜空中，清辉挂满树林，洒满大地。土豆和老汪伴着月光向树林走来，远远见到一对人儿站在月光下。土豆对老汪说："那俩人影指定是我们连长他们，雪花医生来了，他俩就出来了。要不也没地方说知心话，住的地方紧张。"

"你小破孩，知道啥叫知心话？！"老汪说。

土豆说："就是见不得人的悄悄话。"

"小犊子。"

土豆喊："连长，营长来看咱来了。连长！"

杨北风听是土豆，问："谁？老汪啊。"

老汪离老远喊："哈哈，你们俩好不逍遥啊。"

杨北风有些不好意思："明早要出发了，人之常情嘛。"

雪花说："你们唠吧，我先回医院了，还有病人呢。"

"走，我们送你。"老汪说，"雪花，还难受吗？不是不帮你说，我们也想去前线，北平总得有人守护吧，不然胜利果实就让人家夺取了。"

"早就想通了，"雪花微笑着看着北风，"在哪儿都是为了新中国，留在北平建设，我感到自豪。我在北平，等着北风回来。"

老汪笑笑说："雪花，你赌气走后，我和项局长突发奇想，想请示，让北风留下。"

还没等老汪说完，北风接话："打住，我可不想留下，我啥也不会，就会打仗。我一个小连长，留在北平干啥，吃干饭啊。不像你们，雪花，会看病；你，会破案。"

"行了，跟你也说不通。"老汪懒得跟他解释，"谁也阻止不了你出发。项局长是请示了，到现在没答复，估计是泡汤了。"

杨北风说："那太好了。对了，啊，你惦记的军装给你洗完了，回头你拿走吧。我到南方也穿不出好来。"

"咳，我送你了。你上战场，我也没什么送你的。"

听说送，杨北风高兴了："送我了，那我可不客气了，别说我没给你。正好我没衣服穿。还得是哥们儿。"

泡子灯的火舌舔着玻璃罩，矮胖子把灯捻往下拧了拧，火苗小了许多，屋里更加昏暗。他从袖口掏出两个花生米粒大的纸卷，展开，仅有的亮光集中在他手里拿着的纸卷上。其他的一切，都在黑暗中浸泡着。纸条写着：入城部队明早南下剿匪。肖力认识戏相公。

他把纸条在泡子灯上口火苗处点燃，烧成灰烬。他一口把灯吹灭，刚才闪亮的手、包裹严实的脸、黑色的棉袄，瞬间沉浸在无边的黑暗中。

第二天，南下剿匪的队伍在海淀区集结。杨北风全副武装，背着行军被，蓄势待发。土豆站在他身边，看杨北风总伸着脖子张望，焦急地跺着脚。土豆看他，用胳膊碰碰他："连长，是不是等雪花医生啊。"

"去去，有你啥事啊，碎嘴子。"杨北风不看他，继续张望。

"来了，来了。"土豆蹦高喊。

杨北风向前看："在哪儿呢？"

"那不是吗，营长。"土豆指着老汪。

"那不是老汪吗？"杨北风失望地说。

"是啊，是营长啊，营长来了。送咱来了。"土豆咧嘴傻呵呵地笑。

杨北风用手指着土豆的脑门："傻了吧唧的，以后你说清楚喽，一惊一乍的。你以后是我的通讯员了，素质要提高啊。"杨北风以为他说雪花来了呢；看见老汪，不能说失望吧，反正不乐和。雪花该来了。

"这回真来了，哎，连长，快看。"土豆又蹦高喊。

雪花和夏玲连跑带颠地向队伍跑来，她们追上了老汪。土豆眼睛都笑弯了，欢呼跳跃迎接她们。杨北风拉住他的背包带："待着别动，稳不住架呢。咱们要出征，她们理应送咱。"

土豆脚是站住了，但手没闲着，摆手："哎，夏玲，在这儿呢。"

队伍浩浩荡荡，整装待发。土豆不蹦高嗷嗷喊，还真看不见他们在哪儿。

老汪逗夏玲："你来看谁呀，啊，夏护士。"

夏玲一拧身："管得着吗，不告诉你。"

土豆和夏玲见着面，手拉手欢呼跳跃，不像是别离，倒像是欢庆聚会。老汪看了，心说，真是孩子，这不是赶集，是出征。老汪想等他俩欢呼完再说正事。其他战士把老汪围住，老营长来送他们，有说不完的离别话。

杨北风拉着雪花走到老汪跟前，正儿八经地说："营长，我出发了。你、我、雪花，咱们没分开过，我最担心、最挂念的是雪花，当然也想你。你在北平，照顾好雪花。"

"照顾雪花是你的事，我可不沾包。"老汪绷着脸说。

杨北风说他，"你看你这人，跟你说正事呢。"

"我也跟你说正事呢，"老汪还绷着脸，"我代表组织，正式通知你，留在北平工作，立刻去公安部门报到，还有土豆。"

土豆愣呵呵地问："连长，咱去吗？"好像在菜市场买菜，挑肥拣瘦，讨价还价。

"不去。"杨北风回答干脆。

"俺们不去，营长，俺们马上要出发了。"土豆随着杨北风说，明确告诉老汪。

老汪笑啊，嘲笑啊，有你们讨价还价的份儿吗？不知天高地厚。笑完，他严肃认真地说，"赶紧跟我走，组织决定的。"

杨北风说："别扯了，我可不干这憋屈活。"

老汪看杨北风不听使唤啊："杨北风，我可告诉你，一切行动听指挥。"

这时部队已经开拔，杨北风混在队伍里向前走。一个部队干部走到杨北风面前说，部队正式通知你，留在北平听候组织安排。杨北风和土豆停下脚步，呆呆地望着部队走出了北平城，走向远方。

天刚蒙蒙亮，盛春雷穿戴整齐走出四合院。他急忙忙地走在街道上，七拐八拐进了小道。他拐进了天坛，走进松树林，在一个高大的松树下站住，四下里看看，发现松树上有个树洞，又四下里看看，把手伸进树洞，从里面掏出一截树棍，他看了看两头，然后揣进里怀兜里。

公安分局值班室，肖力正在看案宗，项局长走进屋，看肖力这么早就开始工作，关心地说："腿还不利索，别太累着了。"

肖力说："没事，我躺不住。什么时候抓住戏相公，我这心才踏实。"

"今天晚上回家住吧，有些天没回家了。又从入城的部队里抽调了一些人补充进来，相对宽松些了。"

"那行，晚上我回家看看。"肖力也没推辞，因为好几天没回家了，他真惦记家里。

太阳刚冒头，盛春雷回到了四合院。院子里静悄悄的，大家还未起床。他快步走进屋内，回手把门插上。他坐到床边上，喘口气，把树棍从怀兜里掏出，抽出纸卷，急切而又小心翼翼地展开着，他的手抖动着，大概是纸条太小的缘故，拿不住。终于展开，上面写着：干掉肖力！急。戏相公。他把纸条迅速合上，就像身后有人看一样，心怦怦地跳。他哆嗦着划火柴，一个，折了，两个不着，第三根终于燃着火。他点着纸条，火苗在他手里蹿腾着，都快要燃到他的手指了，他快速把纸条扔到地上，看着纸条在地上燃尽。干掉肖力，上次是上官飘动的手，没成功，打到腿上。不知道她是怯场失手，还是故意打到腿上。这次，他想到了陈三爷，但陈三爷不认识肖力，也不熟悉他的日常路线。如果陈三爷动手要先认识人，熟悉路线，又要耽误时间，戏相公命令是急。考虑再三，还得上官飘，她轻车熟路，而且枪法准，刀法也准。

　　这次一定要做到万无一失。

　　红翠花是女人头上的饰物，可能是唱戏人的缘故吧，上官飘特别喜欢头饰品，红翠花更是必不可少。师兄送她的一朵翠花，她颇为喜欢，比她买的那朵漂亮，戴的次数比较多。那天去部队慰问演出，她精心打扮了一番，将所有的翠花都挑选了一遍，还是觉得师兄买的那朵好。上官飘演完节目，脱掉戏服，换上素雅的学生装，头上的那朵红翠花她是摘掉了，又觉得头上太单调了，最终还是戴了回去。杨北风看到她时，觉得她头上的红翠花鲜艳得突兀了些，不是杨北风故意看她头上的红翠花，而是这朵翠花和素雅的学生装形成反差。

　　北平的茶馆分为四种：书、酒、清、野。这四种茶馆，各有各的特色，各有各的讲究。书茶馆以说书为主，客人一边喝茶，一边听说书先生讲述各种稗官野史、演义传奇。酒茶馆又叫茶酒馆，可喝茶，可饮酒，另备有下酒小菜。清茶馆则主要是为买卖人聚会谈生意提供场所。相比之下，野茶馆就平易近人得多了，大树下搭个凉棚，支起几张桌椅板凳即可，多设于郊区野外，供游人过客歇脚、纳凉、饮茶之用。

　　茶馆在北平的饮食业占有很大的分量，清末民初时最为兴盛，到解放前夕，就衰落了。但前门外的天全轩茶馆经营得有声有色，前来喝茶的人络绎不绝。这个茶馆就属于清茶馆，安静但不清冷，经营得也活泛，虽说是清茶馆，按理说不应该喝酒吃肉，但也备用些酱肉，切成薄片，精致地码在青花瓷的小盘里，配上绿莹莹的香菜、生菜。一般是生菜铺在盘子底，有的配有水灵灵的红萝卜丝或绿萝卜花，搭上切成丝的葱白，虽说是肉菜，但搭配上绿的香菜、生菜，红白萝卜和葱白，瞅着就清爽。要好的爷们儿、哥们儿，下午两三点钟，到这儿小聚，光喝茶，显得清淡了，要几个下酒的荤菜，每人三两二锅头，不显山不露水的，喝得恰到好处。借着酒劲，畅快地说点心里话，把憋闷在心里的不快一掏而空。其实这叫茶酒馆，顾名思义就是既可喝茶，又能饮酒，另备有下酒小菜。但茶馆到这会儿，已经衰落，所以，天全轩兼而有之，满足不同需求的人。这也是天全轩茶馆经营得有声有色的原因，经营灵活，绝不能走板。为生意人准备的雅座，其实也雅不到哪儿去，但确实体现了雅，用屏风或竹帘隔开，形成一个小世界，外间的大厅茶桌传来的阵阵嘈杂声，不影响雅座的清静，反而有种闹市中亭台楼阁的韵味，闹中取静，别有一番风味。雅座用细瓷盖碗，当然收费也高。进入雅座的人，多半是老板或是有文化的人，他们大多穿着长衫或西装，也多半是酒足饭饱后，来此叙旧或谈事，每人一盖碗茶，配有点心，如月饼、芙蓉糕、核桃酥、茯苓饼……临了，再来一碗元宵。

大全轩二楼另设说书唱戏的茶座，到二楼喝茶有茶钱，听书、听戏另收钱。像雅座的客人，讲究的，是要到二楼重新喝茶听戏的。你可以选择听书、唱戏的时间段上楼，看个人的喜好。特别是谈成买卖的主儿，图个吉利，也就不差那俩钱，会邀请对方上楼，选个喜欢的位置，嗑着瓜子，剥着吊炉花生，喝着花茶，听书唱戏。大厅的茶客，为了省一份钱，茶喝透了，也就离去。

今儿雅座也是座无虚席，盛春雷穿着青色长衫，坐在靠墙的雅座等着上官飘。他先要了碗茶喝着。他为什么选天全轩茶酒馆，也源于闹中取静，越喧闹的地方，越安全。上官飘穿着旗袍，外穿枣红色呢子大衣，头上戴着绒线帽子，那朵红色翠花露在帽子外面。她坐到盛春雷的对面，沉着脸，没说话，摘下帽子时，不小心碰掉了红翠花。盛春雷弯腰给她捡起来，拿在手里看看，说："这还是我买的那朵，知道你喜欢，我该多买几朵。"

"嗯，就觉得这朵好看。"她接过师兄手里的红翠花。

盛春雷约莫她快到的时候，已经替她要好了茶。"师妹，先喝口茶，暖暖。"他伸过手，握住了上官飘的手，"真凉，怎么不戴个手套？"

"我想一会儿到了，"上官飘抽出手，"心比手还凉，也就不觉得手冷了。"

"师妹说这话，师兄心里很难受。是我没照顾好师妹。"

"不是，是我理应为师兄分忧，可是，我尽力了。"

盛春雷事先已经把菜点好了。一盘酱牛肉，一盘羊蹄筋，外加四盘点心，断然少不了稻香村的梅花蛋糕和三角酥，这是上官飘最爱吃的点心。另两盘点心是萨其马和五仁月饼。

过去，每当晚上演出结束，上官飘吃完消夜，都要到稻香村买上两包点心。这儿的点心味儿正、新鲜，品种也齐全，上官飘挨排换着花样买，三角酥、杏仁酥、桃酥、枣泥麻饼、太师饼、鲜花藤萝饼、梅花蛋糕、猪油夹沙蛋糕。过年过节更要到这儿置办些点心，八月十五，这儿有应节的广式月饼和苏式月饼。正月十五，有各种馅的元宵。熟食更是齐全，有酱鸡、扒鸡、糟鸭、熏鱼、肉松、糟肉、香肠、五香火腿。在稻香村，能吃到江南风味的食品，如上海火腿、南京板鸭、兴化桂圆。

这些，过去上官飘都吃遍了。她不买的话，师兄早早就给她备下了。想想，真托了师兄的福。这在她小时候，是想都不敢想的。师兄告诉她，人活着，是得吃饭，但有品位的人，不光是吃饭，而是品味生活。就拿吃这些点心来说，有掉渣的点心，你吃的时候，不能用手接着，接着也行，但不能把掉在手心里的渣再吃了，那你吃多贵的东西都失去了意义。咬一口点心，把点心在盘边或点心盒子边轻轻敲打，敲打掉了点心渣，再咬第二口。什么叫富贵，富贵不是你挂在嘴上，喊我富贵，也不是你拥有多少财富，而是你的一言一行，体现着富贵。富，不等于贵。穷，不可怕，可怕的是穷气。是师兄教她一点点脱离了穷气。

想多了，想远了。眼前她应该品味的是特务。

盛春雷没接她的话茬儿，而是指着点心说："师妹，吃点心。"

上官飘浅笑着："谢谢师兄，都是我爱吃的。"

"师兄，有什么事你说吧。"

盛春雷向前低下头，眼神向四下扫看，收回眼神说："戏相公下令，干掉肖力。"

上官飘正在夹牛肉，筷子突然掉在桌子上。她抬头看师兄，眼神无助而惶惑。

"师兄没办法，你做过，熟门熟道的。"盛春雷用期待的眼神看着她。

上官飘不看师兄，思忖着："用枪声音太大。"像跟自己说。

"我也是这么想的，"盛春雷用伸直的手掌在脖子上比画，做抹脖子的动作，"这样，神不知鬼不觉。"

上官飘抬起头，看着他，下了很大决心的样子："我尽力。"

师兄突然抓住她的手，声音颤抖，"是竭尽全力，万无一失。"他缓口气，把手收回来，无限痛心，"戏相公说，如果这次失手，就撕票。"票，指的是上官飘的父亲。

上官飘猛抬头，死死盯着师兄。

大堂传来嘈杂声，带着京腔，唠着家长里短。上官飘听着，倍感亲切，她庆幸当初没坐飞机去台湾，北平，她难舍的家园。她还是留在这儿，等着父亲回来，父亲也喜欢边喝大碗茶，边听说书人天南地北地讲故事。

盛春雷给她夹块牛肉："师妹，吃点肉，你瘦了。"

上官飘苦笑："谢谢师兄惦着。我去办，放心吧。"

盛春雷忙不迭地答应着。

部队南下的时候，又抽调了一些干部战士补充到公安队伍里来，但国民党贼心不死，总想打翻身仗，他们在北平潜伏下大量特务，还不断派遣新特务。显然公安人手还是不够。项局长召集全局开会，集思广益，看怎么解决这个问题。老汪说加班加点，挨家挨户排查。项局长说这样也不是不行，但时间太长，再就是扰乱了老百姓的正常生活。肖力说从社会再招些人员，经过培训，补充公安队伍。大家说，这只能是长远打算。杨北风说，依我看，毛主席不是说了吗，人民军队靠人民。我们就发动群众，发现情况举报、揭发。群众多还是我们多？群众啊。街坊邻居，也许房后就住着特务，也许左邻来的客人就是特务。那怎么办？王大妈、李大婶，她们发现得比我们早啊，由她们来告诉我们啊。这样省去了我们多少人力物力啊。

"哎，这招好，发动群众，"项局长挥手叫好，"我们取得的每一个胜利不都是依靠老百姓，紧密结合老百姓嘛。老百姓是我们的靠山啊。"

大家鼓掌。

项局长说："北风啊，你说说，怎么发动群众？"

杨北风坐直了，清清嗓子："那我可说了。"

"说说，真把自己当回事了。"老汪笑着说。

"你看啊，"杨北风喝口水，讲得非常认真，"咱们分成几个组，分别到各区，把群众集中起来做宣传。教给他们如何防备特务，如何辨别特务。再由街道大妈负责，选爱管闲事又热情勤快的。"

"好，"项局长兴奋地站起来，"我们现在就分头行动。老汪、北风、肖力，你们分别带一组人，具体去哪个胡同，哪个区，你们自己会后定。"

肖力双手赞成这种做法，杨北风确实是个难得的公安人才，难怪项局长在他身上下功夫。他深感惭愧，从地下走到了地上，他浑身都是劲，每天心里都充满了阳光。解放前，多想走到阳光下，光明磊落地干一场，如今，美梦成真，可他却腿部负伤，自己真是没用。大家正忙的时候，他却在医院里躺着，他真的无法原谅自己。现在腿好得差不多了，雪花医生是说伤筋动骨一百天，但他无法等到一百天，他要跟大家齐头并进，争取早一天把北平的特务肃清。值得他学习的人也太多了，就说眼前吧，杨北风，干公安没几天，却想得那么周全，为什么？动脑筋呗，自己这个老地下党真是自愧不如啊。所以，抓紧时间，争取在这次宣传、排查中，揪出戏相公，也算自己向新中国献上的厚礼。肖力不想说出自己的想法，他怕到时候查不到戏相公没面子，给自己留点余地；如果查出来了，他想给大家个惊喜，以弥补受伤住院的损失。

第八章　非雾非烟深处

老汪和杨北风在院子里呛咕谁到哪个胡同的事，肖力拄着单拐，说他去猫儿胡同。过去肖力听说，猫儿胡同住着国民党国防部二厅"华北督察组"特务组织。现在是人去楼空，可故地走访，他相信，总应有所收获。这些他都未说，还是给自己留有空间。怕叫人说，老地下了，还赶不上生瓜蛋子。

项局长正要出门，别看他说你们现在就行动，但原则他是要遵守的，该行动时行动，不能耽搁。那他也要去公安部汇报这次行动，两头走，两头不耽误。万一有什么不是，他汇报请示了，也好有个挡头儿，别落个擅自做主、无组织无纪律。项局长走到大门口，又折回来，他看见肖力拄着拐，吃力地站着。他嘱咐了，让肖力回家休息两天。肖力也答应了，说回家，但因工作忙，也没回。晚上他看见肖力还在办公室灯下看卷宗。这个肖力呀，没想到工作起来这么不要命。项局长说："肖力呀，看你那腿还是不行啊。"

"没事了，我拄着拐，就是为了让这条腿少吃点力，其实不拄也行了。"

"那你昨天回家了吗？"

"昨儿太晚了，我就没回。"

"这样吧，你先回家看看。你跟老汪和北风不能比，他俩没家没口的。"

"等查完了，我晚上回去吧。"

"最好现在回去，晚上不安全，别忘了你腿上是怎么挨的枪。"

"那我下午早点回去吧。"

项局长着急忙慌地往外走："就这么定了。"

"唉，谢谢局长。"肖力冲着项局长后背喊。

院子里的人逐渐少了，各自带着自己的组出去发动群众了。还是老汪带着小舟，北风带着土豆，肖力带着精瘦。

现在局里除了项局长那台旧吉普车，最高级的交通工具是自行车，由于肖力腿还没好，精瘦骑车带着他。出了大门，精瘦停着自行车让肖力先坐到后座上，他从前面抬腿上了自行车，因身体消瘦，他骑得很吃力。

发动群众，每组有每组的绝招。杨北风拉个红条幅，上面写着：反特、肃特人人有责。他把条幅挂在胡同口的墙上，他打镲，土豆打锣。然后两人唱着，解放区的天是明朗的天，解放区的人民好喜欢……这招管用，大妈大婶们，放下手里的活，听着这《解放区的天》就感觉咱们的队伍实力壮啊。心话，咱队伍从哪儿开来了，开进咱胡同了？咱胡同能搁开吗？出去看看。有戴着围裙擦着手走出门的，有小媳妇抱着孩子走出来的，还有端着脸盆往外泼水接着看热闹的，还有边走边嗑瓜子的。听着锣鼓喧天的，不知道多么壮观的队伍开进了胡同。等出来一看，好家伙，就俩人，整那么大动静，还挂个红色的条幅，浪费那布。杨北风看来的人差不多了，他得赶紧讲啊，别让人家拧身再回去，再想请，锣敲破了也白搭。

锣停了，镲歇了，歌也不唱了。杨北风立正站好，解放军嘛，站有站相，坐有坐姿，给大妈大婶们留个好印象。他说："大妈、大婶、姐姐、妹妹们，我们是解放军公安战士，今天把大家召集起来，就是号召大家呀，严防特务。"

大家对特务又特别敏感，一听特务就有点乱。只听下面有人说，怎么着，咱这耳朵胡同有特务？在哪儿呀，是谁呀？还有说，特务？特务上咱这儿来了？

人群中有个糖葫芦杆子格外显眼，杨北风也注意到了糖葫芦杆子，上面插满了糖葫芦，通红、油亮、晶莹，任谁看了都眼馋，不禁流口水。有小孩就喊，我要冰糖葫芦，我要冰糖葫芦。

"要啥冰糖葫芦。"啪，听着一巴掌，小孩哇就哭了。

"大家静静啊！"杨北风说。

有个抱着孩子的大嫂，打断杨北风的话，冲着杨北风喊："哎，解放军小伙，你再唱一个，完事你再说。"

"唱一个，来呀，唱一个吧。"有几个跟着起哄的小媳妇。

杨北风停止讲话，刚想张口唱，怕一嗓子把大家吓跑了。他指着土豆："来吧，你唱。"

"啥，连长，我唱？"土豆往后躲。

"连啥长，快唱。"杨北风捅咕他。

土豆往前站，没办法，他涨红着脸，唱："冬天里来一把火，不睁眼的那个老天爷刮起了东北风……"

有个小媳妇喊："哎呀妈呀，你别唱了，孩子都吓哭了。"

土豆立马闭嘴，请求救援啊："连长，不让我唱了。"

"大个儿解放军唱一个。"

又有小孩哭闹，我要冰糖葫芦，我要冰糖葫芦。

孩子妈说："崔大妈，你快到街上去卖吧，别惹孩子闹了。"

来来，有几个孩子，我送给孩子吃了。三四个孩子围到糖葫芦杆子底下，仰着头，眼巴巴看着杆子上的糖葫芦。崔大妈挨个分。杨北风走到人群中，他从上衣兜里掏出钱，说："大妈，这糖葫芦我来付钱。"

"不用，解放了，我高兴，大家是一家人嘛。"大妈的嗓音沙哑，要不是有人叫她大妈，还以为她是男人呢。

杨北风心里呼啦有谱了，耳朵胡同有个风吹草动的，就由崔大妈负责了。"大妈，您做个小买卖也不容易，这钱您就收下吧。"

土豆奔过去，从杨北风手里接过钱："大妈，您就收下吧。"他不由分说，把钱揣进了崔大妈的兜里。

"好，那我就收下，"崔大妈刚才是背对他俩，现在她转过身，"收下的是解放军对老百姓的一片心啊。"

我的天啊！杨北风在心里叫了声，他没见过这么丑的人。戴着一把撸的灰色棉帽子，脖子围着黑色围脖。帽子戴得低，抵到眼眉，围脖围得高，顶到鼻子上面。就是露出的这小部分脸，也够吓人的。下眼睑和上眼皮都像肿着，眼睛一条缝，面对面也很难分辨是睁着还是闭着。脸上的肉，横纹长着。杨北风告诫自己，不要以貌取人，人不可貌相，海水不可斗量啊。要充分发挥大妈的热情，这是个思想进步的大妈呀。

"我说街坊邻居们啊，咱们听解放军讲完，都别嚷了啊。"崔大妈跟大伙儿说。

"谢谢大妈，"杨北风回到前面，"看到这标语了吧，反特、肃特人人有责。国民党撤退的时候，留下了大量的特务，就是为了破坏我们的建设，撼动我们的红色政权，想让胜利果实落到他们手里。"

"那我们是坚决不答应的。"崔大妈义愤填膺。

"那是。"大家伙儿跟着嚷嚷。

"大家静一静，"杨北风说，"所以，大家要提高警惕，善于观察，发现可疑人员，向公安举报，这就是保卫我们的家园，这就是保卫胜利果实。"

崔大妈带头鼓掌，为此，她的糖葫芦杆子差点掉地上。

杨北风接着说："这样啊，咱们选出个负责人，这一片有什么事呢，暂时跟他反映。大家看，谁合适，大家推荐。"

下面就乱了，有人说刘大妈你行，刘大妈说啥也不干，说担风险。那个说，大美子行，大美子说，她可不想管这婆婆妈妈的事，新社会了，她要去公家工作。呛咕了一会儿，没结果，你推我让的。杨北风想，就是那么个暂时负责的，用不着那么费事，他说："我来提议啊，大家看崔大妈咋样？由她负责行吗？"

那几个吃糖葫芦的孩子妈带头说，行啊，崔大妈行。这几个人你一言我一语，崔大妈是个勤劳的人，早出晚归的，糖葫芦蘸得也好，觉悟高，心眼好。

崔大妈推辞："我可胜任不了，回头给耽误了事。"

杨北风说："崔大妈您就别推辞了，大家都这么信任您。"

崔大妈爽快地答："难得解放军信任我，我试试。"

"那就这么定了。"杨北风对大家伙儿说。

猫儿胡同的一个四合院里，过去果然住着国民党国防部二厅"华北督察组"特务组织。肖力进了胡同，打听了几个人。他并没按会议的部署去做宣传，发动群众，而是自己调查。他是这么打算的，抓住个小特务，顺藤摸瓜，就能牵出戏相公。杨北风说的发动群众，他赞成，但那得等到什么时候啊？他着急呀，戏相公一天不揪出来，他一天不得安宁。明明他认识，怎么就浮不出水面？他不能等着他浮出水面，他要逼着他浮出。

肖力和精瘦在猫儿胡同转悠遍了，连个特务毛都没查到。肖力不死心，不应该呀，这儿既然住着国民党国防部二厅华北督察组特务组织，就应该有点蛛丝马迹。人都有恋熟情结，在这一片住习惯了，总踅摸，还在这一片住。现在，肖力就差过去特务住的宅子没进去了。听说是大学教授住着，是位学者，几乎是大门不出，二门不进，在屋里做文章。大门从里面紧锁着，敲门也不给开。肖力想，还是头回到那个大宅子跟前，总应该进去看看。他正敲着门，有人过来，不知道是路过，还是觉得他的敲门太闹心。来人说，你别敲了，敲也白搭。

肖力就跟他套近乎，问这个宅子的事。那个人说，这个宅子阴气太重，那过去，国民党住的时候，经常抓人进去拷打，屈死的太多了，有时半夜能听到院子里的鬼哭。这宅子闲着，也没人敢住，晦气。现在有个教授带着管家住进来，他说他不怕鬼。教授住进院子后，深居简出，院子就更加阴气沉沉。肖力想，只要院子里住着人，他就能敲开。所以，他继续敲门，把精瘦都敲烦了，说别敲了，一会儿把鬼敲出来了。

他们俩刚转身要走，听见身后吱扭一声，大门开了。肖力转过身，看见一个穿着长袍子的中年男人，从穿戴看像管家。

肖力问："你是这家的管家吗？"

"你什么事啊？这么敲门。"管家没回答他，倒质问他。

"啊，我想进宅子看看。"肖力客气地请求。

管家拉着脸："不行，我们先生正在做文章，怕打扰。再说了，你凭什么进私人宅子？"

"我们是解放军公安。"肖力想公事公办。

"那也不行，我放你进去，先生该骂我了。"管家随即把大门关上。

胡同又归于平静，宅子里一棵高大的槐树伸出了院墙外，一只乌鸦，落在槐树上，连着呱呱叫了几声。精瘦嗷嗷轰着乌鸦，这个不吉利的东西。他又拿石子轰，乌鸦呱呱叫着，飞离了槐树，盘旋了一圈，又落在了槐树上。精瘦呸了口，说："肖哥，走吧，这宅子确实不吉利，你看这乌鸦，轰都不走。咱离开这是非之地吧。"

肖力倒不信这套，全都是迷信。但他心里咯噔一下，想起了家人，他有几天没见家人了。项局长说的对，该回家看看了。今天就是一无所获，回去也没啥可汇报的，还不如听项局长的，回家看看，明天一早再去局里。往回走，他还回头看，这大宅子，真的只是住着教授和管家？

午后的院子非常冷清，小风飕飕吹着。上官飘推开门，站在屋檐下，看着天色，灰蒙蒙的，像要下雪。她回身进屋，拿条围脖围在脖子上，还觉得不妥，又把毛线帽子戴在头上，压住了头上的红翠花。她把手伸到鬓角那儿，摘下红翠花，对着镜子看着，觉得还是少了啥，她又戴上。帽子不是压在翠花上了吗，干脆，她把翠花塞进帽子里，省得丢了。她从包里拿出勃朗宁手枪，查看弹夹、弹膛，放进包里，犹豫着，又拿出来。她从梳妆台上拿过一个装化妆品的包，粉色，缎子面，把手枪藏进这个精致的化妆包里，再放进手包里。她又从太师椅的腿里抠开一块木头，拿出一把匕首，一并藏进缎子面的化妆包里。她已经在帅府胡同蹲了两个晚上了，没等到想要的目标。她分析，也许去得太晚了。今天，她想早点出门，哪怕先在王府井闲逛会儿，捎带脚瞄着帅府胡同，也比出去晚了强。

虽说过年后，天开始转暖，但还是冷得出奇，今年好像春脖子长，一直不暖和。天刚擦黑，上官飘便挎着包出门了。

肖力从猫儿胡同大宅子门口走后，并未直接回公安分局。因为没有收获，他觉得回去没法汇报。再说他也未按会议的部署去办，而是另起炉灶，自己查戏相公。这属于擅自做主，今天应该有线索的，但线索在哪儿呢？他又在猫儿胡同转悠，傍黑天时，精瘦说，走吧，黑天了。如果说有线索，那肯定在大宅子里面，但咱进不去。

王府井大街的人渐渐稀少了，偶尔传来几声叫卖声，也失去了白天的悠扬和脆生。店铺开着门，还在营业，但不像白天那么兴隆了，有的店家半掩着门，准备打烊。上官飘走在王府井大街上，漫不经心地看着，哪家的灯光更明，哪家还在营业。全聚德的灯最明亮，三五一群地有客人出入。她左胳膊挎着包，右手不时碰下包，她碰到了那两个硬东西，手枪和匕首。在她身后不远处，还跟着一个人，走走停停的。

到了帅府胡同就黑天了。上官飘把围脖往鼻子上面遮遮，帽子往眼眉下拉拉，她拐进了胡同。身后的黑影，在胡同口站了会儿，看她进胡同了，才贴着墙皮往里挪几步。

擦黑的时候，精瘦骑着自行车驮着肖力出了猫儿胡同。肖力在帅府胡同口下了自行车，精瘦说再往里送送吧。肖力说算了，骑着车子不好走，他进了胡同不远就到了。精瘦和肖力在胡同口分手。肖力向精瘦挥挥手，说："你赶紧回局里，这么晚了，咱俩一个也不回去让领导惦着。你跟项局长说，我明天一早就赶到局里。"

精瘦说好嘞，抬腿蹬上自行车开撩。

帅府胡同不是直筒子，而是拐了几个弯。上官飘在第一个弯站了会儿，觉得隐蔽性差，她就走到第二个弯。这儿还行，抬头就能看见进胡同的人。看见来人，她就站着，当作走路的人。看路人走远了，她再躲回原处。她把匕首从包里拿到手里，她不能提着刀，那就不打自招了。她把匕首放进袖口里，出刀快。

黑影站在第一个拐弯处，前后观察着，索性走出胡同。他从帅府胡同的另一头进了胡同。这样，他和上官飘，相当于把住了胡同的两头。

一声轻、一声重的脚步声从胡同口传来，上官飘的耳朵就竖起来了，典型的瘸子脚步声。肖力腿还不利索，本应拄拐的，但他怕引起别人注意，所以今天回来就没拄拐。他走路一瘸一拐的，尽量让那条伤腿少吃点力。再拐过前面那个弯就到家了，他还真想家人了，也想回去吃口家里的饭菜，腿伤着，理应吃点好的，加强营养，腿好得快。可是，战士们都吃得弱，也不能给他开小灶，就是开小灶，他也吃不下。回家吃点好的，最好来碗肉卤面。想到媳妇做的那碗面，他加快了脚步，咚咚的，走得快，脚步声就重。

一把匕首从袖口弹出，弹进女人纤细的手里。那唱戏的兰花指，握着匕首，兰花的柔情和匕首的锋利在黑夜中刚柔并济，以不可阻挡的锐利在黑暗中展现着锋刃。上官飘决定了，她不用枪了，她不敢想象清脆的枪声划破夜空时人们从自己的房门奔出的恐惧。不是人们的恐惧，是她自己的恐惧。她像个被围猎的惊鹿，在山野中疲于奔命。想想她都胆寒，所以，她紧紧握着匕首。这玩意儿好，闷哑的，寒光闪闪。她乞求匕首，只许成功，成功了才能救父亲。她信师兄，从小跟着他，依赖惯了。师兄说父亲在台湾，那就是在台湾。她不禁想起父亲带着她在天桥撂地的事，她弯腰、劈叉、翻跟头，每次表演完，父亲都心疼得没法，问磕着了没有，碰着了没有。

脚步声近了，一声轻，一声重。上官飘走出拐角，迎着肖力走去，如同迎面走着的两个陌生人，近了，上官飘打量着身高、体形，中枪的左腿，是他！

黑影也从暗处探出头查看，他看到上官飘行动了。紧接着，他的心怦怦地跳，不知道是激动的还是紧张的。多半是激动的，上官飘终于行动了，她知道行动了，说明，她心里装着党国。这是他培养的结果。

擦肩而过！肖力已经闻到家的味道了，就在前面。他的心扑在了家上，对身边这个过客，视若无睹。擦肩而过的瞬间，一股胭脂味冲击着他的嗅觉。上官飘今天真没往脸上抹胭脂，大概是常年的胭脂味积累而成，她每天唱戏，每天离不开胭脂。

肖力干地下党的时候，由于工作需要，出入的都是高级场合，听戏自不必说，再加上他本人也是戏迷。平常女人用的胭脂味和唱戏用的胭脂味是不一样的，他很久没听戏了，久违的胭脂味道。当他们擦肩而过，背对着背的瞬间，俩人同时回头……上官飘这个时候回头，是想在肖力的背后下手，而肖力回头是想看看这个有着胭脂气息的女人，是唱戏的吗？上官飘怀着杀机，而肖力是怀着好奇。相比之下，上官飘下手快，而肖力因怀疑，也就有了提防。

暗处的黑影，迈着轻似像猫的脚步，向他俩疾步走来。

不管如何机敏，人还是躲不过匕首的锋利。上官飘出手，她左手搂住了肖力的脖子，右手握着匕首就要抹脖子。肖力的脖子已经感觉到匕首寒光的刺痛。他躲闪，用手遮挡。上官飘的匕首划破了肖力的脸，上官飘卷土重来，肖力已经握住了她的手腕。上官飘飞起一脚，踢中肖力的伤腿，他只觉伤口爆裂般的疼，险些跪地上。他在蹲下时，对着上官飘脚下，一个扫堂腿。上官飘趔趄着站住，横着匕首扫肖力的脖子……黑影越来越近，他飞跑着……肖力歪头躲过匕首，挥手劈向上官飘的头……黑影跑近，站住，他手里拎着砖头，对准肖力的后脑勺，砰，一砖头。肖力的手正劈向上官飘，脑后的砖头把他拍晕，他临倒下，手本能地抓住了上官飘的帽子。黑影的出现，惊呆了上官飘，她像看戏似的，观看着刚才的一幕，仿佛就是现实版的三岔口。帽子被抓掉，她才想起来躲闪。肖力摇晃着倒在黑暗的胡同中，黑影抡圆了胳膊，对着肖力的脑袋连续砸着，直到确认肖力死亡，黑影才慌忙对着吓傻了的上官飘说："快走，师妹。"

上官飘听到师妹，知道是师兄盛春雷，她喘口气，定神，弯腰，从肖力手里扯出帽子，她不是不舍得帽子，而是怕现场留下她的痕迹。盛春雷比画着，意思是分头跑。上官飘抓着帽子跑了两步，觉得不对劲，她从肖力手里扯帽子的时候好像有东西掉地上了。她又转身去找，从帽子里掉出来的是什么呀？她一时想不起，但她要找到。天黑，看不见，她就在地上摸。这时，有人从胡同跑出来，喊，干什么的？上官飘抓着帽子就跑，她只听身后的脚步像下饺子似的，身后追她的人不少。她出了胡同口，又拐进一个胡同。她想，不能这样跑了，她跑不过他们。因为他们人多。拐进另一个胡同，她把外面的风衣脱下，塞进包里。脱下风衣，里面是黑色薄呢子半大衣，她的包是两层皮的，翻过来，是另一种颜色，也就变成了另一款包。她缓缓神，大大方方从胡同口走出，刚出胡同口，就碰到追赶的人，其中有个人还问她，你看见有个人从这儿跑了吗？她摇摇头，没说话。追的人也急，都是胡同里的老百姓，也没经验，她摇头，也就没人跟她纠缠，追赶凶手要紧。

王府井大街上灯火通明，有的店铺还在营业，人也比别的地方多。走到王府井大街，上官飘的脚步就不那么匆忙了。这个时候，到这儿来的，基本都是有闲心出来游逛或会朋友聚餐的。所以，到这儿，不能匆匆忙忙的，一看就是被追的逃犯。上官飘为什么不走黑道，因为这个时候，一个单身女子在僻静的夜路中步履匆匆，遭人怀疑。她从王府井大街来的时候，察看了，顶数全聚德生意兴隆。这会儿，全聚德依然亮着灯。上官飘用眼睛余光看着四周，突然，她看见，在路的另一侧飞奔着两个解放军，天啊，她看见，她看见了他——杨北风。他不是南下了吗？怎么？没走？她再也不敢看了，略低着头，进了全聚德的大门。里面仅有几桌客人吃饭，她想这儿也不能久留，人太少。她只是暂时躲避，但她也不能不吃啊，她点了两个小菜，要了半个烤鸭，打包。等了十分钟，菜品打好包，用纸绳捆着，小二把打好包的菜交到她手里。她约莫着杨北风已经走远了，便拎着菜品走出了全聚德的大门。冷风迎面刮来，她把围脖往鼻子上面拉拉，感觉暖和多了。帽子她不想戴了，一是握在死人手里，不吉利；二是改变形象，以免别人认出。

盛春雷比上官飘早走一步，逃之夭夭。

老汪开着吉普车，停在了胡同口，他下车，跑步赶到现场。杨北风和土豆抬着肖力，奔出胡同。老汪刚下车，正要进胡同，杨北风急呼："老汪，快，人还有气，赶紧去医院。告诉雪花，务必救活肖力。我们俩再回现场察看。"

夜深了，风刮得连天上的星星都不见了踪影。黑夜把天和地连接，形成密不透风的圆形体，无论从哪个角度看，都是漆黑一片。杨北风拿着手电，仔细勘查现场，除了一块砖头，别的什么也没有。土豆泄气了："连长，啥也没有啊，就一块砖头。咱走吧，看肖力咋样了。"

"再等等，明天人多现场就破坏了。"杨北风用手电照着，"土豆你看，这像是两个人作案。"风刮得，脚印很不清晰。

土豆趴地上看："嗯，是像两个人的脚印。脚印半半拉拉的，你看这个脚印大，那个脚印小。"

风刮得更急了，呼啸着，打着旋儿在胡同里蹦腾着。突然，像黑蝴蝶似的东西，在黑影里上下飘忽着，也不知从哪儿刮来，落到了墙根，风刮不动了。确切地说，是被墙根挡住了去向。杨北风捡起来，拿在手里看，红翠花？他把红翠花放到纸袋里，说："走，去医院。"

医院里，项局长和老汪焦急地守候在抢救室外，不断有护士出出进进。老汪憋不住，上去打听。护士摇头。白雪花走出急诊室，摘下口罩，表情严肃。项局长迎向白雪花，期待的眼神，乞求地问："怎么样？"

白雪花摇头："对不起，我已经尽力了。不过，现在你可以进去，我已经给他打了针，估计挺不了多会儿。有什么话要问，赶快。"

"好。"项局长冲进急诊室，老汪跟在后面。

项局长呼唤着："肖力，肖力，你醒醒。"

肖力缓缓地睁开眼睛。

老汪问："谁干的？"

肖力说不出话，他翕动着嘴唇。老汪的耳朵几乎贴到了肖力的嘴上。肖力微弱地说："胭脂味，唱戏，像，像唱戏，戏的……"他大张着嘴，往外呼气，他想吸气，但已经无能为力。他缓缓地闭上了眼睛。

灯市口公安分局的灯光一夜未熄，会议室的桌子上摆着从现场拿来的红翠花和那个砖头。白雪花也坐在其中，她某种程度上充当了法医的角色。那时候，刚组建公安，更别说法医了，都在逐渐完善中。白雪花说，从肖力头上的伤看，凶器就是砖头。但他脸上有一条刀伤，不深，不至于毙命。老汪说，一个人想搞暗杀，他不可能一手拿匕首，一手拿砖头，这很可能是两个人所为。杨北风说，他在现场侦查到的脚印，是大脚印和小脚印，风大，脚印刮得残缺不全，所以，也叫不准脚印的大小。项局长从桌子上拿起红翠花，拿在手里看。他举给杨北风，示意他说说看。杨北风说，这只红翠花是风刮到我脚下的，不知是从别处刮来的，还是现场遗留。我分析，很可能是现场遗留的，胡同里，两边是墙，从别处刮来的可能性要小。如果是现场遗留的很可能是个女性，只有女人头上戴红翠花。肖力在与她搏斗中，从她头上捉下来的。

"这也吻合了肖力的临终遗言，"老汪想起了肖力说的话，"他说胭脂味，只有女人抹胭脂。说明，凶手是女人。"

项局长说："老汪，你把肖力的临终遗言说全点。"

"好，"他说，"胭脂味，唱戏，像，像唱戏，戏的……"

"我发表一下自己的看法，"白雪花以女人的敏感分析，"肖力说的这个胭脂味，不同于一般女人的胭脂味。唱戏，像，像唱戏，戏的，胭脂味就胭脂味，他后面为什么要跟一句，唱戏？那说明，这个女人是唱戏的。唱戏人抹的胭脂，跟平常人抹的胭脂味道不一样，只有常年泡在戏园子里的人才闻得出来。"

项局长说："肖力过去免不了进戏园子，况且他个人也是戏迷。如果说凶手是两个人，其中一个是女人，这个是铁定了。"

老汪说："肖力被暗杀，难道还是因为戏相公吗？"

"很有可能。"项局长说。

杨北风说："难道戏相公是个女的？"

项局长摇头："肖力说是国民党少将军衔的军官，北平站副站长的交代跟肖力是一致的。"

白雪花插句话："暗杀肖力还需要戏相公亲自动手吗？"

"嗯，"雪花这话有道理，项局长说，"但我们现在要揪出戏相公，肖力这条线是断了，只好找到这个女凶手。"

杨北风又把桌子上的红翠花拿在手里，左看右看，脑海里忽然闪现，那天上官飘去部队演出，她头上戴着的那朵红翠花。当时还想，和她的学生打扮极不相符。他看着白雪花和老汪，不知道他俩当时注意到了吗？他很快把眼光收回，继续盯着红翠花。项局长看出他眼神不对，问他，有什么新线索吗？他忙说没有。他不能瞎说，人命关天的大事。北平城，戴红翠花的女人多了，那还都是特务？那肖力有几条命也不够暗杀的。还是先不说，别害了无辜的人。

天渐渐发白了，烤鸭和小菜昨晚放在桌上是什么样，今早还是什么样。上官飘无心吃，她靠在被垛上，身上搭着被，一宿没睡。满屋都飘着烤鸭的香味，多亏烤鸭的香味，伴着她度过了可怕而又冰冷的夜晚。她杀人了，不，是师兄杀的，但她是帮凶。不过总算完成了任务，她的父亲可以少遭些罪。她要感谢师兄，是师兄帮着她完成的任务，还是师兄对她好。可是，肖力死了，这是做特务以来看到的第一个死去的人，她恐惧。太阳快出来了，杨北风他们知道了会多悲伤。昨晚看到了不该看到的人，杨北风，他是公安了。她真是心烦意乱，为谁，为杨北风，为父亲，为师兄，还是为死去的肖力？无论发生什么，无论怎样做，她心里都带着伤和痛。如果说痛有区别，那就是轻痛和重痛。她躺得骨头都酸了，从昨晚和衣躺下，就不曾翻过身，不是睡得沉，而是无心翻身，也就是说失去了生气，连翻身都懒得动。她要起来练功了，每天她都要起早练功，寒来暑往，从不间断。

她强撑着，起身下地，先练腰身，后练嗓子。

练的还是她最爱唱的《霸王别姬》，看大王啊……虞姬拔刀自刎时，她已经泣不成声。她坐到梳妆台前，拿着梳子，想把凌乱的头发梳梳，可刚举起梳子，她的眼睛就定格在镜框中了。她的红翠花，别在头发上的红翠花，不见了。她从床上抓起帽子，这是从肖力手里扯出的帽子，她抖抖，没有。她跌坐在椅子上，遗留在杀人现场了。她定定神，昨晚没睡着，整个窗外的风一阵紧似一阵，说不定被风刮跑了。就是不被风刮跑，整个北平城，戴红翠花的多了去了，特别是过年，不管大人孩子，都戴翠花。想到这儿，她心里安稳了些。

北平电影厂准备拍纪录片，先拍新组建的公安部门，题目叫《人民卫士》。崔家栋首当其冲，他在美国学的是摄影，领导批准，由他带个助手，先去灯市口公安分局拍摄。因为这个公安分局特务抓得多，是公安部的先进典型。崔家栋到了灯市口公安分局，说要找负责人。项局长去部里开会了，老汪和杨北风正要去猫儿胡同调查肖力的事。老汪把这两个人堵在大门口，说："你有什么事跟我说吧。"崔家栋扶了下眼镜，说："同志，你是负责人？"

"对，有什么事？"老汪说。

崔家栋递上介绍信，老汪展开看："哦，北平电影厂。"

崔家栋又扶了下眼镜："同志，我们要拍纪录片，把你们公安战线的丰功伟绩都记录下来，让全国的人民都看见。也就是把历史记录下来，将来也是历史资料。"

"不行。"老汪斩钉截铁地回绝他，"我们这儿是保密的。"

"那我要找你们更大的负责人。"崔家栋不理他，往屋里走。

"我就是最大负责人，你找谁也不让你拍。"老汪阻止他。

杨北风插不上话，看着前来的两个人。他觉得这个人有些面熟，哎，在哪儿见过？噢，脖子上挂着照相机。

"你把你那玩意儿摘了，是不是正照着呢？"老汪指着崔家栋脖子上挂着的照相机。

崔家栋苦笑着申辩："同志啊，我这相机镜头根本没开，你没看盖着盖吗。"

杨北风想起来了，接管北平防务那天，他负责往城外拉国民党兵，是那个国民党记者："哎，你小子还认识我吧？"

崔家栋扶着眼镜看杨北风："哎呀，认识，你不是说，新中国需要我这样的人才吗？"

"哈哈，算你有记性。怎么？你被整编到电影厂了？"杨北风说。

老汪听到整编，他知道了，这小子是国民党兵，那更不能让他随便瞎照了。他回头跟两个战士说："看住这个国民党，别让他进去。"

两个战士说："是，保证不让他进去。"

崔家栋就急了："哎，我在国民党队伍里就是个记者，我手里没沾血呀，没沾血呀。"他抖着两手。

精瘦狐假虎威地说："沾了你还能说呀？你们这帮人最狡猾。"

"不管你沾啥，没用。精瘦，走。"老汪和杨北风带着精瘦去了猫儿胡同。

崔家栋追着杨北风："这位同志，你给我说说。"他不知道杨北风叫什么，就是在押送的车上搭了几句话。

肖力的死，自然要波及精瘦，那天他俩去的猫儿胡同。精瘦一五一十地把在猫儿胡同的事说了几遍，都去了哪儿，都说了些啥，在哪儿分手的，去的这些地方最可疑的是那个大宅子，国民党国防部二厅华北督察组特务组织的旧址。他们先到了大宅子，说无论如何要把门敲开。到了猫儿胡同，提到那个大宅子，大伙儿都摇头，去那儿干什么，院子阴森森的，槐树多，哪棵槐树都有冤死鬼。过去总从那院子里传出瘆人的叫喊声，拷打的，逼问的。死的人从不往外拉，院子深，都埋院里了。现在倒是消停了，国民党都逃跑了。但有人半夜能听到院子里有鬼哭声，是真是假，传得可邪乎了，反正谁也不敢上那院去。那大宅子，白给谁住都不敢。从国外回来的教授，八成也不了解情况，带个管家，住进这个宅子。但两个人跟死了差不多，教授偶尔出去授课，其余时间，大门不出，二门不进。管家更是，防贼似的，有人敲门，他只开个门缝，任谁也休想进去。

第九章　剪不断

大门仍然紧闭，从里面插着。高大的槐树伸出墙外，有几只野猫在墙头上
窜跑，还有一只爬到槐树梢上，看有人来，喵喵叫着。听到一只猫叫，引得几
只猫跟着叫，有从院子里传来的，有从房顶传来的，叫声粗细不均。有公猫、
母猫，还有小猫咪。这院子里的野猫还真不少，院子成了野猫的集聚地。听着
这猫叫就怪瘆人的。精瘦说，他跟肖力来的时候，这槐树上落着一群乌鸦，当
时他就觉得不吉利。老汪批评他，别传播封建迷信。他伸手咚咚敲大门。敲了
得有十分钟，里面传来死气沉沉的问声："谁呀？"

继续敲，不能说谁，说了他更不开了。

听到脚步声，由远而近。到了大门，停住，问："谁呀？这么敲门，把门敲
坏了。"

现在换精瘦敲了，老汪示意他继续敲，别停。精瘦手重了些，比刚才敲得
还响。

听到里面拉门闩的声音，门终于开了，拉开个缝，人在门里，露出半张脸，
问："有什么事？"

精瘦说："我们要进去看看。"

管家说："我家先生在做文章，不便见客。"说着就要关大门，好不容易叫
开的，能让他关吗？

杨北风猛地推开大门，说："我们是北平的公安，例行公事，检查。"说着

往院里走。

他一个人当然挡不住三个人，管家见阻止不住，就扬言："我要告你们，私闯民宅。还人民公安，你们也配。"

杨北风问："你是这家什么人？"

"管家。"他答。

正房是有个老先生在写文章。其他房子都闲着，长期不住人，阴气很重。在院里转一圈，院子大，没发现什么可疑之处。管家跟着他们，看阻止不了，也就任他们检查。老汪和杨北风对望了一眼，杨北风对管家说："对不起，打扰了。"

管家还是识大体的，说："我倒没什么，就是耽误了先生写文章，我是要挨骂的。"他们三人往大门外走，管家跟在后面。他们知道，管家不是送他们，而是为了关严实大门。就这么走了，老汪心不甘，既然是老百姓，现在不是号召老百姓防特、肃特吗，顺道号召他："管家，如果发现可疑的人，要跟公安联系。这也是维护北平的安全。"

管家点头："一定一定。"

精瘦看着槐树，看着野猫，用怀疑的口吻说："听说你家藏着特务？"

管家惊恐："啊，谁说的？造谣。"

这"啊""谁""造谣"的发音，都得张着嘴发音，所以，管家的上牙就露出来了。杨北风看见他的上牙有颗金牙，一个管家，能镶得起金牙？杨北风心里犯合计，但他不能说，要回去商量，现在说了，万一打草惊蛇呢？

老汪批评精瘦："怎么跟老百姓说话的，看把人给吓的。"

"是啊，你不能血口喷人啊。"管家脸都吓白了。

"没事，他是新来的，正考验他，不定用不用他呢。"老汪跟管家解释。

管家点头，随后把大门关上。

老汪继续批评精瘦："你说你们这些旧警察，这恶习怎么就改不掉呢？我们要爱护老百姓，不能吆来喝去。再说，不能冤枉好人。"

精瘦说："我瞅他不像好人，故意吓唬他。"精瘦这个人怎么说呢，他是想多查出特务，想立功，不是不拥护新政权。他贪婪，卖情报，就是想多弄点钱花。肖力死了，他心里也犯嘀咕，准是他卖的情报起作用了，特务还真神速。他这心里也七上八下的，就感到大难临头，不定哪天，查到他的头上。

回到局里，杨北风拉着老汪就去找项局长，边走边说："老汪，这回杀害肖力的敌人找到了。"

"说啥呢，着头不着尾的。"老汪纳闷，刚一块儿回来，他就找到凶手了？

项局长见他俩进来，着急地说："我正要找你们俩呢，来来，坐啊。"

杨北风不等项局长说完，抢着说："项局长，我有情况汇报，如果我没判断错的话，杀害肖力的凶手就是他。"

"啊，是谁？快说。"项局长拍桌子站起来。

老汪推杨北风："你别瞎放炮。"

"我没瞎放炮，"杨北风说，"老汪，你仔细想想，杀肖力的就是那个管家。"

"管家？"老汪疑问。

杨北风胸有成竹地说："他说话你发现了吗？他上牙镶了颗金牙。管家有镶金牙的吗？"

老汪一拍大腿，"北风，真有你的。"他回想着，"我还真看到了，精瘦说他家藏特务，他急了。他说，啊，谁说的？造谣。就说这句话，我也看到了。"

杨北风说："他们就是特务，给我们玩灯下黑，认为最危险的地方就是最安全的地方。"

杨北风分析："肖力敲开了他的门，他们就心虚了，所以，杀了肖力。"

项局长命令："那还等什么，抓人。开我的吉普车去。"

"走。"杨北风和老汪跑步前进。到了院子，杨北风上了吉普车，坐在驾驶座上，老汪喊土豆、小舟，上车！他坐到了副驾驶的位置上。土豆和小舟拎着枪冲出屋，钻进吉普车后座，还没等车门关上，吉普车就开出了大门。

到了猫儿胡同，吉普车开不进去。他们下车跑步前进，到了大宅门，敲门不开。小舟拿出匕首，从两门缝伸进匕首，把门闩拨开。他们冲进去，见教授和管家拎着皮箱正准备逃跑，被逮个正着。

押着犯人刚到局里，还没等审讯，项局长就招呼杨北风和老汪进屋，说有任务。

"项局长，啥事啊？特务还没审呢？"

"我说完你们再去审。"项局长脸上的表情，既兴奋又严肃，"你俩坐下，好好听我说。"

杨北风和老汪互望一眼，啥事啊，神神秘秘的。

"告诉你们一个好消息。"项局长眼里放着光。

"好消息?"这是他们俩从到公安分局第一次听项局长说好消息。既然是好消息,还整的跟接头暗号似的。

"毛主席要来了!"项局长神秘而兴奋。

杨北风和老汪对看着,又齐刷刷地看着项局长,说不上是疑问还是高兴,异口同声:"毛主席?!"这个伟大的称谓离他们那么近又那么远。

"对,毛主席要从西柏坡来北平了。"项局长说。

老汪激动地说:"那么说,我们将来要和毛主席住在一起了。"

杨北风不敢相信:"毛主任能住咱们灯市口分局?"

老汪纠正杨北风:"毛主席住在北平城,和跟咱们住在一起有什么两样?"

"是一样,是一样啊。"杨北风恍然大悟。俩人激动得不知说啥好了。

他俩齐刷刷立正站起来:"毛主席来,要我们怎么做,你下命令吧。"

"坐下,你俩先坐下。"项局长拍着他俩的肩膀,"有任务。由我们在北平迎接毛主席,具体在哪儿迎接,上级还未明确。就是让我们做好准备。"

"是!"俩人回答。

"特级保密,现在这个消息只有我们三个人知道。"项局长严肃地说。

"誓死严守国家机密。"俩人立正说,眼里闪着泪花。

目前,当务之急是审讯犯人。

审讯室里管家坐在椅子上,耷拉着头。

这次由杨北风做主审,老汪做陪审,还是小舟做记录。三人都穿着军装,威严地坐在管家的对面。杨北风单刀直入:"肖力是你暗杀的吗?"

"不不,我没杀过人。"管家慌乱地说。

杨北风逼视着他:"你要说实话,争取宽大。真没杀过人?"

"不是不想杀人,是还未实施。"管家如实回答。

杨北风判断,肖力不是他杀的,也就不在杀肖力的事上细问了。他改问:"你们是哪部分的?"国民党特务分几个部门,比如上次在大栅栏抓的特务,就是国民党北平站的特务。

管家说:"在我回答你这个问题前,我想提个问题。"

老汪厉声说:"你没有这个资格。"

项局长说:"让他提。"

杨北风说："好，你提吧。"

"你是怎么知道我是特务的？"管家问，他想死个明白。

项局长笑了："这个问题好。北风，告诉他。"

"这要问你自己呀，"杨北风慢悠悠地告诉他，"你不是管家吗？管家还镶金牙？"

管家惊愕地张着嘴，下意识地捂了下嘴："我佩服你们的眼力，你问吧，我知道的都告诉你们。我就是今天不被抓，明天也跑不掉。只求政府宽大。"

杨北风说："你先回答我，你是哪部分的？"

"我是国民党国防部二厅华北督察组的。"

"你们潜伏下多少人？"

"六名。"

"这些特务的地址、身份你都知道吗？"

"有一半知道的。"

"这个大宅子过去就是你们的办公地点，为什么还敢住这儿？"

"凭我多年的经验，这叫灯下黑。再就是都传宅子里闹鬼，没人敢来。与鬼为伴，岂不更安全？"

"半夜鬼哭是怎么回事？"

"我半夜故意装的，要不这么大的宅子，惦记的人多了，我们也就住不消停了。"

"这些人都受你领导吗？"

"也不全是。"

"那么说还有领导人？"

管家缄默不语，似乎为自己刚才的话懊悔不已。

杨北风停止问话，给他思考的时间。

项局长说："说错话了，还是说漏嘴了？你要明白，任何的掩盖只能是罪加一等，你现在的唯一出路就是争取宽大。你们国民党不都讲究识时务者为俊杰嘛。"

管家祈求地看着项局长，问："你是这里的最高长官？"

"对，我是。"项局长说。只是给他个定心丸，让他把知道的都说出来。

管家语气哀求，实则是提要求："那你可要给我做主啊，我要说了你要给我宽大啊。"

项局长高瞻远瞩地说："人民会给你做主的。"他只能这么说,关于这些特务他无权做主。他可以做主的是抓,预防他们搞破坏。这些特务确实要接受人民的审判,但他又不能说你的死活我做不了主,那管家一个字也不会交代了。

管家也搞蒙了,人民,具体是哪一个?在哪儿?看起来,人民是比天大,他们共产党人不就是依靠人民打天下的吗,人民做主还是对的。好在长官未回绝我,让人民为我做主,长官还是负责任的。

杨北风催促:"快说吧,你的领导人是谁?"

管家直勾勾地看着项局长,下了很大的决心:"戏相公!"

项局长拍案而起,他是心里痛快,案子破了。他面带笑容看着杨北风和老汪,踏破铁鞋无觅处啊,得来全不费工夫。"杨北风,老汪,我要给你们记功。"

杨北风和老汪同样激情满怀、斗志昂扬啊。那戏相公抓到了,下面的小特务不就土崩瓦解了吗?

项局长感慨完后,对管家说:"走,带我们去抓戏相公。"

管家坐着不动,连连摆手:"不是长官,我从来没见过戏相公。"

杨北风意识到了,没那么简单:"你知道他住哪儿,是男是女?"

管家一副苦不堪言的样子:"这些我都不知道啊,上峰只让我们听戏相公指令。如有半句谎言,枪毙了我。"

按着管家供述,杨北风他们分头抓特务。他们成功地破获了国民党国防部二厅华北督察组在北平的特务组织,一共六名潜伏特务,全部抓获。

戏相公仍然没有着落,管家也不知道被称为戏相公的这个特务是男还是女。看得出,戏相公隐藏得很深。管家交代这个特务组织下一个任务是冲开国大典来的。戏相公这个漏网之鱼,后患无穷啊。公安部下令,一定要挖出戏相公。

毛主席告别了西柏坡,率领党中央机关踏上了"进京赶考"之路。1949年3月23日上午11时从西柏坡出发,预计25日凌晨到达北平。具体进京路线,北平方面还未接到指示,但已经做好了迎接的准备。公安部门协助负责北平警卫工作的207师护送毛主席、党中央,具体由207师师长吴烈指挥。

灯市口公安分局抽调杨北风、老汪还有两个战士参加警卫工作,主要负责铁路安全。

福瑞祥绸布庄每天开业早,太阳还没出来,店门已经打开。陈三爷端着缸子，站在店门口，喝水漱口。他喝口水，仰头在嗓子眼漱得呼噜呼噜响，低头，一口水喷到街面上。他望着天，今儿天好，他想去八大胡同溜达溜达，挺长时间没去了。其实，八大胡同曾是烟花柳巷的代名词，位于西珠市口大街以北、铁树斜街以南，由西往东依次为百顺胡同、胭脂胡同、韩家潭、陕西巷、石头胡同、王广福斜街、朱家胡同、李纱帽胡同。有句顺口溜，高度概括了八大胡同曾经的繁华。

八大胡同自古名，
陕西百顺石头城。
韩家潭畔弦歌杂，
王广斜街灯火明。
万佛寺前车辐辏，
二条营外路纵横。
貂裘豪客知多少？
簇簇胭脂坡上行。

自从解放军进城，陈三爷就没怎么去，他的相好，胭脂胡同的菲四美该骂他了。他今天心情格外爽，想着要见菲四美，不禁哼唱起京戏《四郎探母》。他每次去胭脂胡同，都要和菲四美唱《四郎探母》这出戏。菲四美唱的铁镜公主那是没得说，惟妙惟肖，她拜过师的。他唱得就不怎么样了，虽不在调上，但还尽量往调上靠，图的就是乐和。这不，起床就把新长袍穿上了，准备吃过早饭，去胭脂胡同过把戏瘾。他用手背掸着前襟，哪儿都没有尘土，前襟只有个小小的皱褶。他哼唱着《四郎探母·坐宫》中杨延辉唱的那一段：

非是我终日里愁眉不展，
有一桩心腹事不敢明言。
萧天佐摆天门两国交战，
老娘亲押粮草来到北番。
我有心过宋营前去探看，
怎奈我处深宫难以出关。

陈三爷刚想回屋吃早点，听见吆喝卖水的，他站住，想，可够早的。他往吆喝的方向看了眼，看见一个戴着毡帽的老爷子正吃力地推着水车。他想还是回屋吃饭吧，家里有吃的甜水。卖水的人，离老远就喊他："陈三爷，买筲水吧。"

陈三爷折回身："哦，你认识我？"

水车推到了他的店门口："你开着这么大的店铺，谁不认识啊。"

哦，是这么个认识，陈三爷心里踏实了许多。他说："我们家有吃的水，不买了。"

"买筲吧，这是王府井的甜水。"

"王府井的甜水"，这是暗号啊，明天才是接暗号的日子，他要去城墙根砖缝里取情报。这怎么送上门了？定是紧急。

陈三爷说："屋里有两缸。"

卖水的人耷拉着眼皮，低着头。他眼皮很厚，就是不耷拉着眼皮，也看不见眼睛。他从水车上拎下一水筲水，往屋里走。看他的架势，是不想让陈三爷看他的脸。陈三爷明白，那就不看，不该看的，看了反而惹祸上身。进了屋，陈三爷接过他手里的水筲，同时也握到手里一个卷成卷的纸条。陈三爷把水倒进水缸，把空水筲递给卖水的人。心领神会，谁也不再说话。卖水人把水筲放到推车上，边吆喝着"甜水喽！"边推着车往街西走去。

陈三爷拿到纸条还没看，就觉得丧气，大清早的本来要去八大胡同，可好，又来事了。他展开纸条，倒吸口凉气。纸条写着：通知霸王，25日毛进京，炸清华园铁轨。戏相公。他把纸条放进礼帽的夹层，出门找盛春雷。

地坛荒废得不成样子，大清早的，更是不见人影。三个人影在墙根密谈，盛春雷说这件事应该由陈三爷去办，上官飘上次任务完成得挺利落。那意思，该轮到你陈三爷干了，而盛春雷随后又来了句可是。陈三爷听到可是，就知道盛春雷在犹豫他和上官飘谁去放炸弹。陈三爷说："我开着店铺，认识我的人多，怕把这事搞砸了，误了上峰的指令。看这事挺急的，没到取情报的日子，今天就送上门了。"

盛春雷问："送情报的是什么样的人？"

陈三爷说："是个卖水的老头。"

"难道是戏相公亲自送的情报？"

陈三爷说："不像。"

上官飘瞪一眼陈三爷，说："你认识人多，那我唱戏认识的人更多，轮也轮到你了。你都干什么了？"

陈三爷刚想还击，盛春雷训斥道："像什么话，都是党国的栋梁，岂不让人耻笑。这样吧，任务重要，还是上官飘去执行吧，你那颗定时炸弹不是还没用吗，正好现在用。陈三爷，你辅助上官飘。"

"不用。"上官飘赌气地说。她真不想用他，一个人隐蔽性更好，再说，陈三爷什么人，自根就是有钱的主儿，骨子里傲慢无礼，他怎么会听一个小姑娘的指挥，她指挥不起他。

陈三爷借着台阶下："那更好了，以后有什么任务再让我来。"

盛春雷提醒上官飘："今天已经是 24 号了。"

"我记下了。"上官飘拧身就走。

上官飘打扮成学生的模样在清华大学的园子里转了会儿，这里离清华园火车站还有段距离，倒是北京大学离得要近些。从这两个大学门口过，她心情有些不平静，如果她生在富贵人家，也许现在正念书呢，何至于从小跟着父亲在天桥撂地，现在又做着这么凶险的事。她沿着那条线往清华园的火车站走，到了火车站，她观察着，挺空旷的，也很简陋，露天火车站有个不大的售票厅，零星地有个把人在买票。偶尔有火车呼呼地通过，都是在此站不停的火车。

铁轨错落有致地伸向远方，载着南来北往的客人回到远方的家。这个火车站真的很荒凉，周边几乎见不到人家。火车道的另一边，就是一片大野地，长着些杂草，冬天干枯了，这会儿还未返青。她心里已经有底了，她看好了铁路边上的那片野地。

她踩好点，此地不能久留，别让人看出她在观察地形。她匆匆地返回，还沿着清华和北大走，人多，便于行动。

杨北风和老汪正去清华园火车站，他们骑着自行车。上官飘跟他俩走了个对面。她看见杨北风了，呼地血往上涌，忙低头往路的另一头走。老汪像是看见了上官飘，他唤杨北风："哎哎，北风，你看，像是那个啥飘。"

"飘？上官飘，"杨北风两条腿就叉到地上，四处看，"你是说上官飘？在哪儿呢？"

老汪手指着路中间："你看，那个穿黑大衣的，你看是她吗？"

杨北风两手把车，骑在自行车上，腿支在地上，伸着脖子看，蹙着眉头，约莫着说："像是她。我去看看。"

老汪拽住他："有啥看的。注意点男女关系啊，影响不好。"

确实没啥看的，人家在街上走，是正常的。老汪催促着说："走走，去清华园铁路，别耽误正事。"

俩人骑上自行车，奔向清华园站。这个小站依然冷清，甚至荒凉、简陋。党中央选择清华园站下火车，杨北风百思不得其解。他们沿着铁路线巡查，不放过任何死角旮旯，明天凌晨，毛主席就进京了，来不得半点马虎。简易的售票厅和候车室，一目了然，就这样，杨北风和老汪也仔细检查，确认没有任何可疑之处才离开。

北平的三月，寒气经久不散，有的人还穿着棉衣，护城河边的柳树刚刚发出嫩芽，正在寒风中瑟瑟地努力伸展着。高大的槐树从四合院的红墙伸出枝丫，远远望着，也泛着绿影。老人和孩子在护城河边或在园子里放风筝，凌空飞舞的风筝有蜈蚣的，蝴蝶的，老鹰的。风筝越放越高，连接上了天上的白云。夏玲正护理着几个病号在院子里散步，有几个走不了路的，坐在院子里的椅子上，津津有味地看着天空的风筝，评论着哪个风筝飞得更高，哪个风筝气派。白雪花走出病房，问候了几个病号，然后走到夏玲身边，跟她并排走着。夏玲望望天，说："北平也没比咱东北暖和多少，都三月了，还穿棉袄呢。但北平好，大城市，名胜古迹多，不过我还没出去玩过呢。"

白雪花向往着说："我也想去故宫啊、颐和园啊看看。等着，咱们忙完了这段，就去玩个痛快。"

"杨连长这段时间也不来看咱了。"夏玲说。

"他们有正事，比咱们的事重要。"

"我知道，抓特务。土豆也不知道会不会抓特务，别让同志们落下。"

"土豆差不了，多机灵的孩子啊，又能吃苦。"

"雪花医生，啥时候能吃上你和杨连长的喜糖啊，我们牙都馋掉了啊。"

"快了，这回我看项团长还说啥。"

"项局长了。"

"我这几天就去找项局长，报告已经打了。要是指着杨北风啊，那就没年头了。"

她们正说着，两个年轻人走进大门，有个戴眼镜的年轻人，张望着问："请问，这是野战医院吗？"

夏玲说："是啊。"

年轻人扶下眼镜："这个地方还挺难找。"

夏玲拦住他："哎，你干啥的呀？看病啊？"

"啊，没病。"戴眼镜的年轻人说。

"你没病来干啥呀？"夏玲拦着，不让进，这儿住的都是为新中国流血负伤的英雄，万一放进了坏人呢。

"我来采访，将来做纪录片。"戴眼镜的年轻人说。

白雪花仔细看他，心里说，崔家栋？她还是不敢认。崔家栋比眼前人的脸要白，头发要长，而且洋气。年轻人也在端详她，白雪花穿着军装，戴着军帽，梳着短发，英姿飒爽，与过去的大小姐判若两人。白雪花试探着问："你是崔家栋吗？"

"白雪花！"崔家栋直接喊出她的名字。

俩人的手握在一起。白雪花说："美国一别，我们没见过面。在美国时，多亏有你照顾我。"

"嘿，应该的，我们都是中国人嘛，理应相互照顾。在美国，见到中国人，也是倍感亲切。谢谢你，让我在美国像是有了亲人。"

"说说你，怎么到这儿来的？"

崔家栋高兴地笑着："还是先说说你吧，大小姐，怎么？"他指指她的军装。

白雪花笑着："走，我们到院子外面走走。"

他们走出院子，在河边慢慢走着，回忆着过去的时光，述说着现在的美好。白雪花告诉崔家栋，她快结婚了，就是因为她的杨北风，她才从四平参军打仗到了北平。崔家栋说："我从美国回来就到了北平，在报社做记者，后来被国民党招兵，在国民党部队做战地记者。这不，北平解放后，国民党在城外接受整编，当时正值北平电影厂成立，我就被选调到了北平电影厂。我在国外学的是影视专业，回到祖国，真派上用场了。只是我当过国民党兵，档案中永远带着污点。"

白雪花开导他："只要心里装着祖国，一心为人民，就问心无愧。"

真是换了天地了，崔家栋无限感慨，他说他现在完全把自己忘掉了，忘掉了那段不光彩的历史，深切地感受到新社会的光明。他能有今天，还得益于一名解放军的话，解放军刚进城的那天，一辆辆卡车满载国民党兵往城外拉，他的心悲凉到极点，他想我的人生就此画上了句号。在卡车上，一位解放军看他脖子上挂着照相机，说，你有这样的本领，完全应该为国家出力。没想到，自己还是有用的。崔家栋说得兴奋，白雪花都有些插不上嘴了。白雪花心想，这个崔家栋比过去健谈了，在美国时，他不善言谈。那时候，他们不在一个大学读书，但他们住得很近，在一次散步时相互认识，相同的肤色，让他们倍感亲切。

崔家栋说："咱们以后有的是时间叙旧，现在别耽误正事，我找你们院领导进行采访。今天无论如何要完成任务，上次去公安采访就被拒绝，我们厂长说还是我工作没做到位。"

白雪花说："我带你去见我们领导。"

路边有几棵白玉兰树，离开花还远着呢，但从树干到树枝已经饱含水分，就要抽出新绿。崔家栋看着，抚摸着白玉兰树，回忆着说："雪花，还记得美国的白玉兰吗，就在我们楼前，那天树上的白玉兰花都开放了，恰巧你从树下走过，你就那么一回头，眼睛看着树上的白玉兰，天啊，自然天成的一幅美画卷，我不禁举起相机，按下快门。"

"那张照片我还留着，谢谢你。"白雪花想起了那张照片，她穿着紫色的长裙，仰着头，看着树上盛开的白玉兰。

上官飘不是夜晚把定时炸弹放到铁轨边的，而是杨北风他们走后，天即将黑的时候放的。炸弹放在铁轨上，很容易被查到，上官飘就在铁轨边的野地里挖个坑，把炸弹放进坑里，上面搭了些枯草。

半夜的时候，杨北风和几个公安战士又把铁轨巡查一遍，所有人都把注意力集中在铁轨上，忽略了铁轨边的野地。上官飘埋藏炸弹时，没想旁的，炸谁也忽略了，只想着，如何把炸弹放得隐蔽，如何威力大，如何让自己不被发现。当她把炸弹放稳妥，回到家里，手里握着引爆器的时候，她才意识到，她要炸的人是谁。她望着引爆器，就像望着魔鬼，不寒而栗。这不是杀个肖力啊，是伟大领袖啊，人民心中的红太阳，人民不会饶了她。即使人民能饶了她，她自己也无法原谅自己。她在心里叫苦不迭，师兄啊，你就不该培养我，我不是心狠手辣的人，又让你失望了。

上官飘回来后，师兄盛春雷来过，问炸弹放了吗？那个时候，炸弹已经放完了，可上官飘犹豫了一会儿说，还没，她想等天黑，白天已经踩好点了。盛春雷说，那就好，师妹辛苦，师兄会给你记功，电报上峰，请求早日让你们父女团聚。我们最好去香港，然后去台湾接你父亲，我们就在香港定居。他跟师妹说的是实话。他想早日完成任务，早日离开北平，提心吊胆的日子真是过够了。上官飘不否认，但也不许诺，只是对着她的师兄微笑着，她的笑容温暖、迷人。师兄主要是想说，如果炸弹安放妥当了，他想要引爆器，明天由他来引爆。上官飘心里更加恐惧，她见过师兄用砖头猛击肖力的头，当时她都看傻了，如果师兄不提醒她快跑她都不知道跑了。上官飘想如果引爆器给他，那她真成了杀人的机器，没有了自主权。她告诉师兄，她还没放，在等天黑。师兄听后也就没强调非得要引爆器，因为炸弹还没放好呢。他着重强调，半夜12点之前一定要将炸弹放到铁轨上。

夜幕笼罩着清华园火车站，铁路两边，五步一岗，十步一哨。杨北风和老汪还有几个战士，手里拿着手电，再一次检查铁路线。

在离清华园站不远的野地里，盛春雷和上官飘趴在土堆后面，盛春雷手里拿着引爆器，那表情，俨然是位严阵以待的战士。上官飘大气不敢出地目视着前方，前面漆黑一片，虽然她看不见，但她能感觉得到，在清华园站，站满了荷枪实弹的解放军，他们在迎接一个历史时刻的到来。盛春雷拍拍上官飘的手，安慰和示意她，沉住气。但他自己握着引爆器的手，却不知不觉地颤抖着，他改为两只手握着引爆器。上官飘嗫嚅着说："师兄，要不，要不我们放弃吧。"

"你说什么呢？好不容易把握住这个机会。事成后，升你为少校军官。这是上峰的意思。"

"师兄，我不想当什么少校，我就是想唱戏。"

"闭嘴，别说话了，听我的。"

凌晨两三点的时候，寒风刺骨，上官飘冻得瑟瑟发抖。早春三月了，还这么冷。师兄说："精神点，时候差不多了。"

一只夜莺嗖地贴着他俩的头飞过，吓得上官飘扑到师兄的肩上，盛春雷抓住她的手。就在这时，一列火车呼啸着由远而近，师兄急切、紧张、兴奋地说："来了，注意师妹，我引爆后，咱们马上离开。"

上官飘点头，又摇头。

列车近了，明显放慢了速度，喘着粗气。盛春雷爬起来，蹲着，握着引爆器，闭着眼睛按了下去。上官飘也捂住了耳朵，闭上眼睛。

没响。

过了一分钟，上官飘放开耳朵，睁开眼睛，看着师兄。

另一只夜莺，嗖地从他俩中间穿过。师兄狠命地，连续地按引爆器，直到确定它真的没响。他回手，死死抓住上官飘的手，狠呆呆地问："怎么回事？"

"我不知道。"上官飘的口气是无辜的、颤抖的、可怜兮兮的。

那只夜莺又飞回来，在他俩的头顶嗖地飞过，他俩蹲在地上，猫着腰。

毛主席和中央领导人走下火车，直接上了停在火车站边的轿车。汽车亮着车灯，穿透黑夜，照出几道光柱，十几辆车，轰鸣着，开出清华园火车站，直奔颐和园。杨北风和老汪分别上了吉普车，护送着毛主席去颐和园。

盛春雷抓起上官飘，向黑夜跑去，他手里握着引爆器，恨不能把引爆器捏碎。跑到一片树林，盛春雷把抓上官飘的手撒开，他们在黑暗中面对面站着，喘着粗气。盛春雷还是紧紧握着引爆器，他举起，摔在地上，压低嗓音逼问："为什么，你说，这不是唱戏，这是任务。"

上官飘申辩："师兄，我真的不知道。我怕他们检查铁轨就把炸弹放到铁轨的边上，挖了个坑，上面用干草挡着。一个放炸弹如此用心的人，难道对党国不忠诚吗？"她不能说出真相，死都不能，别看是对她有抚育之恩的师兄，在这件事上，也要绝对隐瞒，因为她的身后关乎着父亲的安危。如果这颗炸弹真爆炸了，那她和师兄离死期便更近一天。惊天的大事，她还能活？她不想那么早死，她要唱戏，唱《霸王别姬》，唱《四郎探母》，她还要唱《贵妃醉酒》。解放了，听说还要学新戏，学进步戏。这些她都感到新奇，她那么年轻，就像春天的花朵，含苞待放。

师兄在黑夜中沉默着，也许他错怪了师妹。他想，哪里出错了？

上官飘拉住盛春雷的手，摇晃着，用撒娇的口气说，"师兄，你别生气了，我们尽力了。可能是炸弹时间长了，失效了，白费我们的劲，提心吊胆的。也许是上天的安排，换了人间啊。"

盛春雷想想也是，师妹不会骗他的，在这个行当中，师妹是单纯的。他觉得很惭愧，这么大的事，应该他亲自去办，可是，他是领导者，他怕自己被别人识破，所以让师妹去。师妹是女孩子，容易被别人忽视。他想，以后少让师妹行动，经验少，也太危险。他牵着师妹的手，感觉还好，师妹还在，他也还在。他说："走，师妹，回家吧。"

万无一失地迎接毛主席进京，在毛主席住进香山后还是出现了惊险的一幕。

第二天，杨北风他们也算交接，又检查了清华园火车站附近的铁路，有始有终，交接后，他们继续回公安工作。

在巡视中，土豆突然发现了定时炸弹。土豆是没什么事，特意跟北风过来检查。他就愿意跟着北风，几天不见就想得慌。他要求跟北风一同来，是想一睹毛主席进京的车站，听着就万分激动，他羡慕地说："连长，你太荣耀了。"杨北风说："行，让你也荣耀荣耀，走，去清华园车站，跟我去巡查，重温荣耀。"

到了清华园车站，土豆瞅哪儿都新鲜，像春天撒欢的小公鹿，上蹿下跳，从铁轨跳到野地，在野地里疯跑够了，又打算跑到铁轨上。他从野地往铁轨上跨时，脚尖碰了下枯草，他看到有个小坑，里面有个黑乎乎的铁玩意儿。他蹲下一看，惊呼："连长，快来，炸弹。"

杨北风看见土豆撒欢，也就由着他了，好不容易出来放风，让他玩吧。杨北风说："告诉你，别扯淡，小犊子，你吓唬谁呢？"

"没扯淡，真的，快来，快来呀。"土豆急切地喊。

杨北风三步两步奔过来，蹲下看。是小型定时炸弹，这颗炸弹虽小但足以让铁轨报废。老汪阻止其他人，不让靠近。这颗定时炸弹比较先进，美国造的。天啊！太危险了。谁这么有本事，把炸弹放到了这里，高手。通知拆弹部队怕不赶趟，再说，上哪儿找拆弹部队呀。老汪奔过来，说："向上级汇报，怕耽误事，敌人随时可以引爆。"

杨北风说："谁都不用找，我来。拿钳子、螺丝刀，我来拆。"杨北风在过去战斗中，经常拆地雷、臭蛋，没少干这事。定时炸弹倒是头一次拆，但大同小异。杨北风心里有底，手下有准儿。

老汪看到炸弹心就提到了嗓子眼，多悬啊。这是他们公安的责任，没保卫好啊。他们检查几遍了，怎么就没发现，什么时候放的？

土豆跑着把工具拎来，瞪着眼睛，憋着气，怕吹口气，炸弹就爆炸。

"都撤离。"杨北风盯着炸弹说。

土豆没有走的意思，他想帮北风，也是想陪着北风。两只机灵的眼睛，忽闪忽闪地看着北风。"连长，我们俩在一起。"他冲着北风举举拳头。杨北风低头看着炸弹，头也不抬地呵斥土豆："赶紧滚。"

老汪接过土豆手里的工具说："土豆，组织车站的人员撤离，要快！北风，咱哥俩的事啊，我给你当助手。"

"是，营长，连长，你们多加小心啊。"土豆边跑边对其他三位同志摆手，"哥几个，往外撤，赶紧让车站的工作人员撤离。"

车站的工作人员，在几个战士的组织下撤离了清华园火车站。

杨北风小心翼翼地拧螺丝，炸弹壳打开……找线，一根红线，一根绿线，掐哪根线？

其他人远远地站在边上，为杨北风和老汪捏着把汗。

一根红线，一根绿线，杨北风犹豫着，片刻，他小心掐着绿线，对老汪说："老汪，把这根线掐断，要准、快！"

老汪两手握着钳子，往前凑合。杨北风瞪着这两根线，怕一眼照顾不到，两根线搭起来。杨北风看老汪的手有些抖，嘲笑道："老汪啊，你手稳点啊，咱俩的命就在你这钳子上了。钳子握稳了，一下剪断！听见了吗？"

"你废话，你要是把线整错了，我再利索也是报废。"

杨北风手把着线，说："你快点掐吧，要么咱俩平安无事，要么同归于尽。"

"呸，乌鸦嘴，"老汪将钳子对准了绿线，"别说不吉利的话，我可掐了？"

杨北风却说："老汪，我想雪花。"

"那你整准喽啊，还能跟雪花结婚。哥没媳妇呢，全在你手里握着了。"老汪话说得也赖叽了。

"掐，掐这根绿线！"杨北风说，"一二三，下手。"

老汪握稳钳子，对准杨北风手掐着的线，一钳子掐断……

时间凝固了一秒钟……

老汪坐地上，摘下棉帽，扯着棉袄袖子，擦把汗。

杨北风笑老汪："你就这点儿胆儿啊，还冒汗了。你看我。"

"看你干啥？你也冒汗了。"老汪摘下杨北风的帽子，也跟蒸馒头似的。

"天热了，该换单帽子了。"杨北风夺过他的棉帽子，戴到头上。他把定时炸弹拿在手里端详，这颗炸弹完好无损，为什么没炸？如果想爆，等不到现在，昨天凌晨就该爆了。

土豆他们围拢过来，老汪当场宣布，这件事，要绝对保密，不准泄露出去。看这颗炸弹，在拆的时候没有故障。老汪和杨北风研究着这颗炸弹，没爆炸，不是炸弹的问题，是引爆器的问题。引爆器应该在特务手里，不是引爆器出故障，就是特务怕暴露自己，为了保全自己，临时变卦，没启动？还有一种可能，敌人后悔了，为什么呢？

第十章　才下眉头

　　就这件事，专门开会研究。项局长批评了老汪和杨北风，巡查不到位。上面也通报批评了，甚至还要处分。批评归批评，还要查找原因。先不分析炸弹为什么没炸，而是要分析敌人什么时候放的炸弹。杨北风回忆，他们已经巡查得非常到位了。如果放，还是 3 月 24 日放的，具体时间，就是晚饭的时候。那也是杨北风和老汪下午巡查完的时间，他俩也是那个时候走的。敌人是瞅准这个空当儿放的炸弹。等晚上再巡查，天黑看不清，只看铁轨了，忽略了铁轨外的野地。24 日晚，他们几乎没离开清华园车站，直到凌晨，毛主席的列车进站。

　　项局长问："你们在巡查的时候遇到什么可疑的人了吗？"

　　杨北风摇头，说："没见到什么可疑的人。清华园火车站本来人就少，飞个鸟也能认出公母，别说人了。"

　　老汪看着杨北风，眼睛眨巴眨巴合计着事。

　　杨北风说："你别看我，你想想，那天车站有没有遇到人？"

　　"车站没遇到人，大街上可遇到人了。"老汪还看着杨北风。

　　杨北风被他看毛了："你遇到人了，你这么看着我干啥呀？"

　　老汪还看着他，就像不看着他，啥事都想不起来似的。"北风，你忘了，咱在北大校门附近，"他怕说错的样子，提醒杨北风，接着回忆，"你看见谁了？"

　　杨北风想起来了，但他不想说，因为那跟清华园火车站没啥关系。可是上官飘到这儿来干什么？她为什么出现在这儿？如果那个时候她就在附近停留，等他们撤走，车站人下班，她再折回去放炸弹，等杨北风他们再回来巡查铁路，就到了夜晚。那个时候，她已经把炸弹安放到铁轨上了。不，她是想放到铁轨上，她知道杨北风还是会回来再巡查的，只要毛主席一刻不进京，他们就要巡查。所以，她退一步，安放在铁轨边的野地里，威力是弱了，但是万无一失。杨北风为什么这么大胆地设想，是因为他忽然想起在肖力命案现场捡到的那朵红翠花，闹心的是，他见过上官飘戴过红翠花。也应该说，闹心的是，红翠花北平的女人都有资格戴，但是，他没注意别人戴红翠花，他注意上官飘戴了。就是那次，上官飘去部队慰问演出，顺道打听到他，当时雪花、老汪他们都在场，不知他们注意了没有。他也不想问老汪，你看见了吗？他认为没有必要，上官飘，一个单纯的女孩，像她那个年龄，应该在念书，可她唱戏，穷人的孩子没出路了才唱戏。现在，他不用考虑了，直接把心里的疑虑说出来，出了这么大的事，不知哪条线索就能突破整个案情。

项局长等着杨北风说话，他给每位同志考虑的时间，但决不能隐瞒案情。

"我不知道这种猜测是否正确，可能不严谨，会对一个人造成伤害，甚至是严重伤害。"杨北风抬起头，非说不可、又顾虑重重的样子。

"大胆地说，说出来，我们三个人分析。"项局长说，"说错了也不是你的责任，有我呢。"

"那天，我们确实在北大校门的路上见到上官飘了，但没说话，等再想说的时候，她已经不知去向。"杨北风说。

项局长问："上官飘是谁？"

"说来话长。"老汪笑笑，"我觉着，有必要从头说。人家都找上他门去了。"

"他是谁，他的门？"项局长步步紧逼。

老汪嘴角往上咧着，嘿嘿笑了两声："他是杨北风。"

"我觉着你的笑不是好笑呢，幸灾乐祸，"杨北风反驳，"啥叫找上门去了，那是慰问演出，顺道去找我。"

"有点意思，来，说说，"项局长面露笑意，"不过杨北风，你不如实说，我可处分你。"

杨北风就把他与上官飘认识的过程详细叙述了一遍。

"完了？有点意思。"项局长听得挺来劲，两个手指敲着桌子，有怂恿的意思，"后来呢？"

"没有后来。如果我南下剿匪，彻底没有后来。"杨北风思忖着，"但是，肖力的案子……"

"红翠花！"项局长停止了敲击桌子，整个手掌拍在桌子上，"现场你捡到了红翠花？"

杨北风有些慌乱和举棋不定："不一定是一朵啊。也许我看花眼了，那天她去慰问演出，戴花了吗？"他用眼睛询问老汪，因为老汪也在场啊。

老汪张着嘴，眼珠子转着："北风，戴了，真戴了。是不是你现场捡的那朵，我也叫不准啊。不能冤枉人啊。"

"有意思的是，这次发现炸弹的事，如果说遇到可疑的人或事，也就是上官飘。"杨北风大胆地说出了内心的疑虑和矛盾。

"两件事，是巧合，还是偶遇？"项局长问他俩，也问自己。

屋里陷入了寂静，只听见三个人的喘息声、喝水声、抽烟声。到了这个节骨眼上，谁也不敢轻易下结论，这是关乎一个人政治命运的大事。还是项局长收尾："这样吧，关乎上官飘的事到此为止，谁也别议了，案子到这儿先不查了。保密。我去上级汇报，然后再做决定。"

前门大街的人好像比过去多了，行走的人们，脸上挂着喜悦。盛春雷和上官飘正走在去剧团的路上。

盛春雷看看师妹，又正过脸看着前方的路说："师妹，你有什么事瞒着师兄吧？"

"没有啊。"

"师兄不怪你，入城式那天给我触动也很大。但是，你已经上了坦克了，怎么就没放定时炸弹？"

"解放军看得紧。"上官飘没想到，过去这么长时间了，师兄又拿出这件事来说，八成这只是个垫底儿的，话还在后头。"我不是故意不放的，下了坦克，我想再找机会放，半道上遇到了解放军的巡逻队，好不威武，全副武装。我死倒不足惜，怕师兄受到牵连。我也是为咱们考虑，我被抓了，也落不下你和陈三爷。"

"师妹长大了，知道心疼师兄了。"盛春雷夸人是假，话锋一转，问事是真，"那引爆器怎么失灵的？"

上官飘不能说出真相，即使他现在不怪她，早晚有一天也会找她算账的。

她吞吐着说："我怎么知道。"

"不是说好了吗？必须完成任务。完不成任务，你父亲就会遭大罪的。师兄也无能为力呀。"

"谢谢师兄的良苦用心。"

"不是师兄所为呀。"

上官飘苦笑："我不会忘记师兄的培育之恩。"

"说这就见外了，我都说多少回了，别跟我说这种客气话，你我师兄妹一场。"

"是我没完成任务，惹师兄生气了。我都说了，是引爆器失效。你想想，难道我没把炸弹放铁路上吗？现在都可以去现场验证！"上官飘发脾气了，她甩下师兄，独自走在前面。

师兄追上她，"你不要这样，别人会看出来的。"他也觉得师妹说得有道理，但他还是有怀疑，"我发现引爆器潮了。"

"那就对了，不潮能失灵吗？"上官飘没好气地说，"师兄再这么纠缠下去，我也学陈三爷，一推六二五，什么也不干，也就没错了。"

"师妹就忍心看着师兄为难吗？"盛春雷给上官飘说小话。

这两件事连在一起，上官飘知道，她罪过就大了。首先，她犯了做特务的大忌，师兄曾多次教导她，不要对某人有好感或情感。坐在坦克上的时候，她是在杨北风的嘿嘿憨笑中收手的，还险些摔下坦克，杨北风往怀里拉她的时候，她脑子里忽然闪出两个念头，她想趁这个拉扯的机会把炸弹贴在炮筒的下面，然后，她跳下坦克，找个背人的地方引爆。第二个闪念，杨北风拉她的瞬间，她放弃炸坦克。两个念头，最终，放弃炸坦克占了上风。她下了坦克，理应离开，可是，她就像中了魔似的，一路跟着走，开始跟着坦克，生怕坦克有什么闪失，当她看见女学生眼含热泪，在队伍的旁边跳起独舞，献给英雄的解放军的时候，恍如看到自己，一切美好涌现眼前。她为什么跟着？她是跟着自己将来的美好走啊，这些美好，她都应该享有，因为她也是中国人啊，她在北平也仿佛等了千年万年，就等着迎接解放军入城。如今来了，她不应该欢呼吗？后来，她跟着队伍走，断断续续地跟着，也跟其他年轻人一样，跑跑跳跳地乐着。入城式结束，她跟几个学生搭伴，谈论着入城的队伍，怀着激动的心情往回走。等到就要到家的时候，她才忽然想起她的爆炸计划，才想起不知该如何向师兄交代。

夜晚，胭脂胡同怡红院依然张灯结彩。这八大胡同似乎不曾融进解放军进城的春雷里，继续如火如荼地进行着皮肉生意，并且愈加疯狂，仿佛要抓住最后的稻草，疯狂地做着垂死挣扎。菲四美打扮得光鲜妖艳，倚靠在大门口，嘴里嗑着瓜子，等人。

门口有吆喝卖小吃的，点着泡子灯。零星走过几个人，显得胡同萧条，和怡红院里的兴隆形成鲜明的对比。陈三爷从胡同口走来，还没到怡红院大门，菲四美离老远就迎接，小步颠着，扭腰走到陈三爷面前。挽着陈三爷的胳膊，腻腻歪歪地说："四爷你可来了，带赎金了吗？我可是一天也不想在这儿待了。"

"你再忍耐一两天，我那货款倒出来，就来赎你。放心吧。"陈三爷拥着她进了院子。

院子里一对对的，男欢女爱，勾肩搭背。菲四美挽着陈三爷往楼上走，并说着亲热的话："我可是一条心地跟着你了，你可不能糊弄我。我可听说了，解放军进城，我们这号人指不定要被发配到哪儿去，京城是甭想待了。"

陈三爷信誓旦旦："我也是着急，放心吧，明后天我就来赎你。住的地方，我已经给你置办下了。"

菲四美在陈三爷的脸上亲了口："四爷您对我可真好，我就是当牛做马也报答不完您的恩情。"

"那是，谁叫我稀罕你了。"陈三爷在她脸蛋上掐一下，"但今晚不能在这儿住，我还有事，怕你着急，特意来看你。"

菲四美靠在他身上，撒娇："什么事啊？好不容易才盼来你的。"

"这可不能告诉你，"陈三爷刮了刮她小巧的鼻子，"要体谅四爷忙，以后有的是日子在一起。"

到了二楼，俩人进了菲四美的房间。

吉祥戏院的后台更衣室，上官飘正与盛春雷小声争吵。今晚来吉祥戏院看戏的有公安，盛春雷认为这是个绝好的机会，他说陈三爷接到戏相公的命令，让他们干掉一个或几个公安，扰乱他们的军心。上官飘给他一个轻蔑的笑，什么戏相公的命令，就是陈三爷自己的主意吧，急功近利。他想多要经费，去怡红院又没银子了吧？盛春雷说每次都是他取情报，不会错的。我们今晚主要的任务是杀一个华侨，杀了这个华侨会给他们带来很大的负面影响，会引起世界性的舆论。再顺便干掉几个公安，一举两得。上官飘坚决反对，不要因为一条小鱼，而失去一条河。师兄极力说服她，又搬出台湾吓唬她。上官飘质问他，在戏院动手吗？我们会没命的。盛春雷说我已经安排陈三爷在戏院外闹事，调虎离山。他们的保卫人员都去戏院门口查探，陈三爷从后台门上躲在幔帐的后面。只要我碰两下你的剑，你就喊大王，声音大些，陈三爷听到大王，就会从幔帐后面开枪，然后我们俩掩护他逃跑。这时，公安肯定会跳上台，顺着枪响的方向追人，你我假装慌乱，我扶着你往后台跑，你故意瘫倒在通往后台的门口，延缓公安追击陈三爷的时间。上官飘勉强答应。

今晚，项局长终于可以过把戏瘾了，上级命令他陪同爱国华侨去听戏，美差！项局长懂戏，也算是个戏迷，只是这些年南征北战的，没有时间看戏，都快遗忘了，也就失去了这份雅兴。杨北风开着吉普车，项局长和老汪坐在后排，往戏园子赶。老汪哼着《霸王别姬》的片段，哼着哼着，就哼到了二人转上。在东北，听二人转听多了，张口就是那个浪不丢的调。杨北风和老汪不会听戏，哼哼呀呀的，也没耐心听。他俩听戏是次要的，警卫是主要的。项局长这还是进京第一次听戏，今晚他要听戏，必须听，陪着华侨听戏。这位爱国华侨，早期就为中国革命捐款捐物。真没什么招待爱国华侨的，那就听戏，京剧，国粹嘛！项局长不是懂戏嘛，由他陪着，不光是陪同，华侨听不懂的，还要负责讲戏。但警卫工作也不能松懈，非常时期，要确保华侨的安全。

一行人进了戏院，坐定。

吉祥戏院锣鼓家伙正响着，第一出戏是《四郎探母·坐宫》，第二出戏是《贵妃醉酒》，下面就是《霸王别姬》。上官飘在后台已经打扮停当，但还是不放心地对着镜子查看头上的饰品，看是否正当。头花正当，戏服穿戴妥当，就等着上场了。但上官飘觉得心慌，心里没底，就跟第一次上台似的。盛春雷从上官飘身后过，从镜子里看到上官飘的表情，他递给她水，让她喝口水。上官飘接过师兄递给的小紫砂壶，喝口茶。嗯，好多了。还是师兄，一看就瞧出她的心思。这么多年，别看他当师兄，都是他侍候师妹。小的时候，上台，她小，他就帮着梳头，穿戴行头。临上台，喝口水，润润嗓子。长大了，习惯了，也是一份亲情在里面，还是师兄侍候她上台。老规矩了。

《贵妃醉酒》在掌声中落下帷幕，下一场是《霸王别姬》。幕打开，锣鼓家伙响起，虞姬刚唱出第一口，就掌声雷动。华侨正聚精会神地听戏，项局长坐在华侨旁边，不时与华侨小声解说着戏。北风和老汪在后排坐着，眼睛扫视着戏院。

戏院门口商贩很多，这儿热闹，都指望着在这儿多卖俩钱。陈三爷也打扮成小商贩，混迹其中。他挑唆戏院门口的两个商贩为争夺地方而吵架，并趁其不备，把其中一个水果摊蹭翻、水果踩烂，诬陷是另一个水果商贩推的。两个人不依不饶，大吵大闹。陈三爷把其中一人往另一人身上推，这俩人又撕打成一团……

听到戏院门口的嘈杂声，北风和老汪冲出戏院。陈三爷看见两个小伙子冲出戏院大门，手捂着腰，习惯动作，那里有家伙。凭经验，这俩人是公安。那两个商贩还在打呢，他急忙闪人，藏进了墙角。杨北风眼睛余光扫到了他，一闪而过，觉得此人可疑，但没看清，只看见个身影。他手扶着腰间衣服里的枪，刚想追击，被老汪拦住，我们的任务是戏院里的华侨。戏院门口小商贩吵嘴，这是经常的事，北平的小商贩比较多。按理说，人民公安遇见打架斗殴，应该制止、调解，但调解，不定调解到猴年马月，那不耽误事了，哪儿多哪儿少啊，别丢了西瓜保芝麻，也就随着他吵去吧。他俩返身进了戏院。

台上虞姬和霸王正唱在节骨眼上，项局长鼓掌，他是公安，不能跟戏友似的叫好。只说到吉祥戏院看戏，至于角儿是谁，一概不知。杨北风和老汪貌似看戏，实则坐卧不安，只知道台上唱戏，唱的哪出、谁唱，跟他们没关系。他们的眼睛环视着全场和每一个进出戏院的人。到这个时候，台上唱虞姬的人，谁也没看出来，因为，杨北风和老汪的心事根本没往台上合计。

台上，虞姬用袖子遮着脸，霸王趁机跟她使个眼色，碰了下她握着的剑。虞姬再把脸露出来时，正好与台下杨北风的眼睛对视，虞姬一个闪身，险些摔倒。霸王以唱戏的动作扶住了她。但虞姬的这个动作瑕疵被项局长察觉，因为项局长懂戏，名角儿在舞台上不该犯这么低级的错误。

脚下不听使唤是因为上官飘认出了台下的杨北风，一愣神，忘了脚下的步子。她与杨北风的眼神对视，那只是她的一厢情愿。今晚决不能行动，杨北风是公安，他不会有闲心看戏，毋庸置疑，是保护重要人物。上官飘看见杨北风，心就乱了，她不想在杨北风的眼皮子底下杀人。师兄使眼色也好，碰剑也罢，她始终没喊大王，戏份该到喊的时候她也没喊，这出戏她算是唱砸了。陈三爷躲在帷幕后面，等不到大王的信号，他悄悄撤出后台。师兄先前所有的设想和预计都化为泡影。

戏散了，项局长护送着爱国华侨走出了戏院。抬头，正是明月当空、繁星点点。华侨仰头赞叹，还是祖国好啊！项局长与华侨握别，护送着他上了一辆黑色轿车。自此，三个人悬着的心才落地，他们上了吉普车，还是杨北风开车，项局长坐在前面，老汪坐在后面。车开起来，项局长有板有眼地唱着《霸王别姬》，什么锣鼓家伙、虞姬、霸王，他一人全包了。老汪溜缝，捎带脚拍着马屁："我看局长比今晚台上的人唱得还好。以后俺们闷得慌了，局长，你就唱他一出。"

"哎呀，不唱了，"项局长叹气，"哪有心思唱啊，我是愁的。肖力的案子没破，铁轨炸弹的案子没破。上面交代看戏任务时，还提到这两个案子，可见上面的重视程度。"

"嗯，是那么回事。不有那么句话，男愁唱，女愁浪嘛。"老汪笑着说。

"严肃点，说正事呢。"项局长这会儿愁眉不展。

杨北风手握方向盘，看着前面的路，听他俩说笑着，不吱声。

"上官飘？会跟她有关系吗？唱戏的？"项局长自言自语，像是问他俩，也像是问自己，"哎，今晚台上唱虞姬的是谁呀？"

"没理会呀，会是上官飘吗？"老汪发现啥似的，"哎，北风，她找过你，你应该一眼就能认出来呀。"

"别啥都说，我咋就能一眼认出来？"杨北风梗着脖子。

老汪蔫嘎地说："印象深呗。"

"你别瞎说啊，她找我，那是演出，顺道看我。"杨北风不干了，反驳。老汪说话有意思，也就是说他杨北风跟上官飘关系密切呗。这个埋汰他可不想背。

"说正事，你俩别说不着调的。"项局长说，"杨北风，你说实话，今天唱虞姬的是上官飘吗？"

"我真不知道。你问老汪，我俩也没听戏呀。"杨北风说。

"如果今天唱戏的是她，那心理素质也太差了，今天的戏她出现了很多失误。她会是戏相公吗？"项局长自问自答，"不太像，从做特务的资质看，不够格。"

杨北风接话："那根本不可能，她怎么会是戏相公？肖力不是说戏相公是男的？少将长官。如果说是，那她充其量也就是个小特务。"

吉普车行驶在北平的街道上，夜已深，小商小贩逐渐收摊回家，街上行人稀少。在这寂静而美好的夜晚，三位忠诚的公安战士，为了捍卫北平更美好的明天而奋斗着。

今晚看见杨北风，那么多的观众，上官飘一眼就认出了他，一颗心就为他悬在了嗓子眼，还喊什么暗号！任师兄如何暗示，她都我行我素。上官飘回到住处，打开房门，闪进屋，回手把门关上，就一步也挪不动了，她瘫倒在自家的门下。因为她未按暗号行事，迫使计划中途退场。这些她都不管了，她有一百条理由说服师兄，如果她喊了暗号，他们就是死路一条。她要管的是她的心，入城式那天的情景又在她眼前闪现。她回忆着，幸福着，也憧憬着，并伴着没来由的伤感和忧郁。那天她是带着任务去的，但到了那儿，她也融进了欢乐的海洋中，队伍开过来了，她就那么一抬头，一张英俊的解放军战士的脸映入她的眼帘。很多人在跟他握手，她也鬼使神差地伸出手，她以为握不到呢，那么多手，可那个解放军真握住了她的手，她不是有意握着不放的，不知道手怎么就没松开，还拉着他的手，一纵身跳上了坦克。她紧挨着他坐着，那么真切而自然，她仿佛等了一千年，就在这儿等着他来。她的心跳加快了，还没有跳下坦克，她就想我还能再见到他吗？

上官飘就这么一遍遍地回忆着，幸福着。如果那天不是上了杨北风的坦克，也许爆炸就成功了。她毕竟只有二十一二岁，情窦初开，尽管她所受的教育是跟任何人不能产生真感情，但什么也无法阻止情感的萌发，就像喷薄而出的太阳，势不可挡。她甚至后悔那天不该记住这个解放军的名字，不记住她就没有找寻的方向。可是她记住了，她每天对着这个名字发呆，在找与不找之间煎熬，最终情感冲破了理性的防线，慰问入城部队演出的那天，她唱了《八月桂花遍地开》，那天她没唱京剧，唱的是进步歌曲。后来唱了《解放区的天》，唱完她就没节目了，就去找杨北风。因为慰问入城部队，杨北风很有可能在这儿。她就打听，打听的第一个解放军就问到了，她正好问的是土豆。

如果那天他们不见面，也许就不会有后来欲罢不能、缠绵悱恻的爱情故事。

白雪花躺在床上，辗转反侧，数羊数得脑袋都爆炸了，没用，还是睡不着。她在生杨北风的气，都十多天了，连个人影都没看见。夏玲住她上铺，晃得她也睡不着。她探出头，看着下铺说："雪花医生，怎么了？睡不着？"

"影响你了吧，我这就睡。"

"你要是说睡就睡，不早就睡着了吗。"夏玲说，"我知道，又惦记杨北风了吧。"

"我倒不惦记他，只是觉得这心里发慌。"雪花也说不明白，那种感觉挺微妙的，有点担心，有点生气，还有点牵挂，她不知道怎么表达自己的心情。

"叫我说呀，你用不着顾忌那么多，直接找项局长，申请结婚得了。"夏玲快人快语。

白雪花叹口气说："话是那么说，我都跟项局长提过一次了，人家未回话，再提就没意思了。"

"那都啥时候了，他早把这茬儿忘了。怕啥？男大当婚，女大当嫁。指着他们男人，不定猴年马月。女人可拖不起。"夏玲一再鼓励她再去找，申请呗。

"过段时间吧，忙完这阵子。我也觉得不好，大家都在为国家大事忙碌。"白雪花说，"睡吧，明天还要工作呢。"

"唉。"夏玲应着，躺下就睡着了。太累了，一天睡不了五六个小时。

雪花，无论多么劳累，手术之余都想着杨北风，她从没对北风起过疑心，无论多久不见面，无论距离多远她都不会怀疑杨北风会变心。她想北风了，打算明天抽空去看他。这么想着，她也就放宽了心，不觉进入了梦乡。

乌云遮住了月光，昏暗的胡同口，站着两个黑影。盛春雷戴着礼帽，帽檐压得低，只露出一张嘴。陈三爷穿着小商贩的服装，戴着个破毡帽，抱着膀。他离盛春雷很近，几乎贴着他的耳朵，说："你可是答应我的，事成以后，给我两条黄鱼儿。"

盛春雷说："事没成啊。"

陈三爷要不到手，誓不罢休："没成也不赖我，我等不到上官飘的暗号啊。我该做的都做了，调虎离山，躲在帷幕后待命，我是冒了生命危险的。"

盛春雷说："先欠着你的，现在经费紧张，台湾方面倒是要多少经费都汇，可我们取款要大费周折。"

陈三爷嘿嘿笑了两声："不瞒你说，我要这两条黄鱼儿，是为了赎怡红院的菲四美。"

"早晚折她身上。"盛春雷一碗凉水看到底。

"我答应她了。等她出来，住你们四合院，我在那儿置办了两间屋。"

"你赎她不为了当老婆?"

陈三爷摇头:"当老婆不行,知己,红颜知己。"

盛春雷拗不过陈三爷,他把手插进里怀兜,摸出两根金条,递给陈老板,说:"以后我们要想想用什么方法去银行取钱。这次你干得不错,就算上面嘉奖你吧。"

公安部截获了一份由台湾保密局发往北平的电报,电告戏相公:即日草上飞抵达北平,与尔携手破坏开国大典。

项局长和相关领导研究,是放草上飞进京放长线钓大鱼,还是扼杀在萌芽中。权衡利弊,放他进京很危险,决定就地扼杀。老汪和北风受领任务,赶赴广州、深圳,联系当地公安,撒下天罗地网。草上飞从海上偷渡,刚上岸,就被等待在岸边的公安擒获,但遗憾的是,草上飞也不知道戏相公是何许人也,他只是到京城与戏相公接头。无奈之下,只好秘密押送草上飞回京,另做打算。

回到北平,经过说服教育,草上飞同意配合我公安人员,与戏相公接头。接头地点在颐和园。项局长问草上飞,你不认识戏相公,他们有没有告诉你戏相公的具体特征、长相呢?草上飞说,告诉了,是个矮粗胖的人。草上飞对戏相公的描述,与肖力描述的大体差不多。那么,这就基本排除上官飘是戏相公的可能。

白雪花是下晚班来的,其实她也没什么上下班,就住在医院里。随时来病人,随时工作。她来看杨北风,正赶上审讯特务。她也不知道杨去了广州,到了灯市口公安分局才知道。

审完草上飞,已经是后半夜了。白雪花没走,她在等杨北风。见他们也饿了,就和土豆在小伙房给他们三人做了三碗炸酱面。那个年代,物资匮乏,谁都饿。把稠的面条都盛给他们三个,她和土豆喝了点稀的。白雪花不会做饭,从小也没下过厨房,都是土豆做的,她给打下手,加点水呀,拿个碗啊。老汪和杨北风真饿了,从广州到北平,下了火车,马不停蹄,接着审问草上飞,光喝水充饥了。见到炸酱面,呼呼,半碗面进肚,才抬头问,你们也饿了吧,吃了吗?白雪花笑着说,吃过了。土豆实在,嘴快,我和白医生就喝点汤。

还没等白雪花提,项局长看白雪花瞅杨北风的眼神就说:"你们俩是该结婚了。等过了明天,抓住了戏相公,就以你们俩的婚礼来庆贺这次胜利!热热闹闹办场婚礼，我做主婚人。"

老汪喝完最后一口面条汤说："项局长，这活儿我早就定下了啊，在四平我就说做证婚人。"

"我做正的，你做副的。"项局长开怀大笑。

土豆傻问："结个婚，还俩证婚人啊？头回听说。"

领导都这么说了，白雪花也不好说什么了，就等领导安排吧。雪花非常感激，项局长这么忙还想着她和北风的婚事，以后可不能瞎想了，什么事都在组织的心里装着呢。

土豆扯扯白雪花的衣袖，小声问："雪花医生，夏玲咋没跟你一起来？"

"她呀，她有病人护理，走不开。"

"她好吗？"

"好着呢，活蹦乱跳的。"

"提我了吗？"

"你自己问去呗。"雪花故意逗他。

杨北风听了："小破孩，长心思了。我告诉你啊，打住，你才多大呀。"

土豆梗着脖子："人家是革命友谊。"

杨北风虎着脸："你最好是革命友谊，你整到革命外面去我就收拾你。"

怡红院依然迎来送往，后半夜算是消停了些。在怡红院老板娘的屋里，陈三爷和她分别坐在八仙桌两侧。老板娘板着脸，陈三爷端着盖碗茶有条不紊地喝着。菲四美坐在旁座，胳膊上持着包，要走的样子。陈三爷放下盖碗茶，从怀里拿出两根金条，排在八仙桌上，说："我现在就把人带走。"

老板娘说："天亮了再走吧。"

"不了，这就别过了。"陈三爷站起来，拉着菲四美就往门外走。陈三爷不想等天亮，他不想让别人知道他把菲四美赎出了怡红院。不怕别的，就怕菲四美以后有什么事，顺藤摸瓜，查到他头上。他本身干的是特务，事事处处小心为妙。

他们当晚出的怡红院，搬进了盛春雷的四合院，那有两间房是为菲四美准备的。他还嘱咐菲四美，千万别说实情，就说从河北来的。否则，以后有什么事，一概不管她。到这儿，菲四美才知道，她叫了这么多年的四爷，原来叫陈三爷。

第十一章　绿肥红瘦

　　草上飞在颐和园湖边的凉亭看报，风把报纸吹得哗哗响。老汪和杨北风装扮成游人，在不远处监视着。等了好半天，不见戏相公来接头。

　　怎么还不来？！明明约好这个时间到的。草上飞继续假装坐在亭子里看报纸。杨北风和老汪离开亭子，一左一右逛着，监视着前来接头的人。

　　来了，但不是矮粗胖。一个穿着黑色呢子大衣，戴着黑色鸭舌帽的人向凉亭走来。草上飞也看见了，他坐姿调整了下，继续看报。来人帽檐压得很低，根本看不见眼睛，只露着鼻子尖和嘴，但身材矮小单薄，与草上飞描述的不符。黑衣人停下了，看天，看地，看景，看人。他又接着走，快要走近时，又停下。杨北风和老汪无法判定是不是接头人，如果上去把他抓住，弄了半天不是，那真正的接头人肯定不会再和草上飞接头了。这个人即使是接头的，也是个探子，待情况排除后，真正的戏相公才会露面。杨北风不能动，他要观察，今天务必抓住戏相公。抓住了戏相公，肖力的案子、炸铁路的案子也许会水落石出。

　　这会儿，风大了，草上飞手里的报纸被风吹得更响了，他拿着报纸不断地调换着位置。杨北风发现了他的这个调换报纸的动作，反正也说不出啥毛病，报纸不能总可着一个地方看。调换去吧，无妨。他现在也不便跟草上飞说话，万一接头人看见他身边有人，那还敢来吗？谨慎！

　　黑衣人快走近了，还是看不见眼睛，只看见鼻子和嘴。鼻子小巧，嘴也小巧。杨北风和老汪使个眼色，准备出击。只要他俩一接上头，立马出手。草上飞重新调整了坐姿，拿报纸的方位又换了。

突然，黑衣人止步，掉头就走，疾步如飞……杨北风和老汪开追，但黑衣人很快融入人海中，像变戏法，连个影子都见不到了。脱身如此快，那就是换了服装。

接头失败。接头人为什么临时变卦？谁给他的信号？是什么信号？

回到局里，项局长召集老汪和北风，分析案情。这个黑衣人到底是谁？是不是来接头的？还是北风提出怀疑，他说这个黑衣人从走路姿势看像是女人。老汪说这个人鸭舌帽压得很低，只看见嘴，看她的嘴，像某个人。北风问，像谁呢？老汪说想不起来。

在审讯室里，草上飞一副冤枉的表情，他说他也不知道接头的人为什么没来。

项局长问："黑衣人不是接头人吗？"

草上飞说："跟来时描述的根本不一样。这个人太瘦、太单薄。"

杨北风问："那人为什么突然逃跑。"

草上飞说："这个我真不知道。"

杨北风问他："你做了什么手脚，还是给了他暗示。"草上飞赶紧喊冤枉。

杨北风逼视着草上飞，说："我看见你总在调整看报纸的姿势，而且看报纸的方位调整得也过于频繁。"

草上飞说："真是天地良心啊，如果我只看一个地方，那可就太假了。"

老汪拍桌子站起来："你别耍花招，你会那么好心？从实招来，你到底做了什么手脚？"草上飞一直喊冤枉。

其实，黑衣人就是接头人。来时交代草上飞，接头人是个矮粗胖，穿黑大衣，戴黑色鸭舌帽。草上飞没向公安人员交代接头人的穿戴，只说特征。

开始，草上飞由于紧张，不停地挪动报纸，调整坐姿。在审讯室时，他是想配合解放军跟接头人接头，可是，等到了那儿，思想发生了很大变化。他想，就是跟接头人接上头，也不会有他什么好果子吃。刚上岸，就被擒，他还是不甘心，觉得对不起党国。当接头人出现时，他也蒙了。穿戴符合，胖瘦南辕北辙。所以，他做了个小动作，把报纸倒着看。就是不识字的人，也不会把报纸倒着看，除非不看，做样子；或故意倒着，作为暗示。如果是过路人也就罢了，一切都不曾发生。如果真是接头人，那就说明他是特务，特务训练有素，这点常识会懂的。每个特务做事看事，都留有心眼，哪怕看根小草，也会多问几个为什么。为什么长在这儿？为什么比别的草长得高？

果然，黑衣人第一次停下是观察旁边是否有人监视，确定没人监视，他才继续向前。这时候，他已经看见草上飞，确定拿报纸看的人就是草上飞。他第二次停下脚步，是因为他看到了一个反常动作，草上飞把报纸倒着看。因为报纸上的标题字比较大，所以，他看到草上飞在倒着看报纸，便断定，草上飞暴露了，于是掉头就走。但老汪和北风都没发现报纸倒拿着，他们的注意力都在人身上，再说离得比较远。还有其他两个战士，主要监视着草上飞，别让他趁机逃跑。草上飞是个老牌特务，他不会那么轻易交代。这件事，他更不能说，说了就是死上加死。

鉴于肖力的事、铁路爆炸案，还有这次草上飞接头，这些事，都与戏相公有关。斩草还得除根，务必抓住戏相公，才能从根本上消灭北平的特务，挖出北平万能潜伏台戏相公。下一步该怎么做，从哪儿插手，连项局长都摸不清头绪了。项局长这样布置工作，不能因为案子不破，死挂在这一个案子上，遇到什么解决什么。兵来将挡，水来土囤。上官飘，唱戏的女子。杨北风，你可以适当地跟她接触，当然，不能捕风捉影，冤枉人家女孩，毕竟还小，别因为咱们的误判，毁了人家一生。老汪搭话，呢，我看那小丫头，对咱北风有意思。

"去去，别瞎说。"杨北风说。

"哼，没准啊，杨北风坏就坏在你长得一表人才。这大个儿，哪个姑娘见了不喜欢。哈哈。"项局长也跟着打哈哈，"就连我们的大医生白雪花，都怕你被北平的姑娘抢跑了。找我几次，申请结婚。"

杨北风脸就红了："项局长，雪花真找你了？那你批准不就得了。"

项局长笑着："是该结婚了，你们也老大不小的了。北风你也看见了，这节骨眼上，批准你俩结婚，不像话。是不耽误工作，那咱也得做点面子上的事啊。过几天啊，消停消停，我保证帮你张罗婚事。"

杨北风说："算了吧，你说得也对，等抓住戏相公再说。眼下哪有心思结婚啊，这么多的事。"

项局长赞许地笑着："我就知道杨北风是好样的。是啊，焦头烂额的。北风啊，你跟雪花解释啊，不是我说话不算数，这事我想着呢，放心，我一定给你们办个热热闹闹的婚礼。"项局长就等着杨北风这话呢，原本今天接头成功，就抓住戏相公了，可是眼下成了这个局面。杨北风是真理解领导啊，战争年代走过来的人，心里总装着大局，以国事为重。

北平是解放了，这时全国还未解放，不断有重伤员辗转运往北平。南方战场更是异常艰难。中国人民解放军不畏艰难，一定会干净、彻底、全部地消灭残存的敌军。雪花正埋头做手术，临时医院设备简陋，全凭雪花一双手为战士们治伤、取子弹。雪花刚做完手术，稍作休息，夏玲端着托盘进来，说外面有人找她。雪花问是谁，夏玲说可能是那天的记者。

白雪花走出手术室，见崔家栋正坐在院子里的凳子上。见到白雪花，忙站起来。白雪花一副疲惫的样子，崔家栋关切地说："雪花，你脸色很差，是不是很累呀。"

"还行。"雪花故作轻松地说，"伤员多，能到这儿来的，都是重伤员。全国尚未解放啊。"

崔家栋看她忙成那样，感觉自己来得不是时候："你看，我打扰你了，你这么忙。"

"没事，刚做完手术，是有些疲倦。"雪花说。

崔家栋说："也没有什么事。从我们在北平见面到现在，还未叙叙旧呢。"

"以后有的是时间。"

崔家栋谨慎地说："我想，我想请你看场电影。"

哟，白雪花未立马答应，"要不改天吧，看什么电影啊？"她真就从参军还没看过电影，在四平的时候倒是总看。有时家人一起去长春看电影，冷不丁说看电影，真像上个世纪的事，久远而陌生了。

崔家栋掏出两张票，小心着递给她："票都买了，也没跟你商量。这么累，权当放松吧，给自己放一次小假。现在已经五点了，晚上，也不会有手术了。"

挺大个男人，举着电影票，生怕你不接的样子。白雪花真不忍心看他总那么举着，她犹豫着，接到手里，还犹豫着。

崔家栋试探着说："这个时间我们从这儿走，到了前门，也就到放映的时间了。要不，跟你们领导说声？"

白雪花勉强答应，她跟院长请假，院长还真给她假了。说你去吧，早就该放松，从进京，你这个主刀医生，别说休息过一天，连半天都没歇过。不就看场电影嘛，能耽误多大事，去吧。

　　一辆自行车停在医院大门口，崔家栋骑自行车来的。他跨上自行车，对着白雪花歪下头，上车。白雪花坐到后座上。崔家栋说坐稳了。嗯，白雪花应着。崔家栋兴奋地说，出发了！自行车的两个轮子在飞快地转动着，风在他们的脸上、耳边飞过。她想起在美国时，周末的时候，崔家栋就骑着单车，带着她去郊外旅行。他们带着汉堡包，在郊外野餐。崔家栋这个时候也提起在美国的时光，感叹时光的流逝，转眼，他们又在北平相聚，犹如梦境。白雪花还是第一次单独出来逛北平城，真好啊。北平古老的建筑，述说着历史故事，每条胡同都蕴含着饱满的京韵。白雪花无限感慨，国外她去过，可是，走了这么多地方，还是北平让她倍感亲切。她最感欣慰的是，她参加了解放军，她成了一名光荣的解放军军医。

　　到前门电影院，时间还早。崔家栋没跟她商量，骑着单车，到了王府井大街。崔家栋把单车停在馄饨侯门前，白雪花心里自然高兴，正好没吃晚饭。到北平，第一次吃馄饨。早就耳闻北平的馄饨侯，只是无缘品尝。崔家栋停好自行车，拉着雪花的手，说："快走，到馄饨侯吃碗馄饨再去看。来得及。"

　　"好的，我正想吃！我请你。"白雪花跟着他往屋里走。

　　崔家栋用英语说："不不，我比你到北平早，我算是坐地户，我请。"

　　白雪花很开心："好啊，改天我请你吧。"

　　崔家栋眉飞色舞："好的，就算你欠我一碗馄饨。"

　　他们找个位置坐下，两碗热气腾腾的馄饨很快上桌，是那种大海碗。光看碗上面的颜色，就有食欲。色香味俱全，诱惑着人的味蕾。碗上飘着紫汪汪的紫菜、绿莹莹的香菜，搭配着雪白的小虾皮，闻着，又鲜又香。馄饨皮薄如蝉翼，晶莹剔透。白雪花捧着碗享受地吸下鼻子，"好香啊，真是名不虚传。"她把捧着碗的手收起，两手掌搓着，"好暖和啊。"初春，北平的天气还是很冷，况且又是晚上。

　　崔家栋看着她笑，近些日子，他真没这样开心过。他欣赏地看着白雪花，真是一点儿也没变，还是那个大家闺秀，优雅的医生。在美国不在一个大学读书，节假日两人总在一起小聚，为了相互照顾，他们住得很近。读的不是同一专业，但却相互欣赏。崔家栋拿出一张照片，递给白雪花，是白雪花在美国街边梧桐树下照的。那是个深秋，街面落满了金黄色的树叶。白雪花穿着银灰色长裙，褐色开衫毛衣，正微垂着脸，看着地上的落叶。神态怡然、飘逸。白雪花欣赏着，感激地看着崔家栋，说，谢谢！

"等照片洗出来，你已经回国了。"崔家栋说，"我保留着，想我回国，去四平找你，把照片送你。这不，在北平遇到你了。"

"照得真好，将来你会是位了不起的摄影师。"

"什么将来呀，现在我就是位了不起的摄影师。"崔家栋哈哈笑着，激动万分地说，"承蒙祖国厚爱，我有幸在电影厂工作，把我所学的摄影知识无私地献给祖国。"

白雪花眼里也闪动着光亮，为崔家栋的进步感到欣慰。她说："我完全理解你现在的心情，我跟你一样，回国后只知道谨遵医德行医，是我遇到了爱情，才走上了革命的道路，自己的生命也才更有意义！"

"爱情？"崔家栋笑着摇头，"你恋爱了？"

"是的，我恋爱了。"

"祝贺你，找到了心爱的人。"

"也祝愿你早日遇到你的爱情。"

"谢谢，什么时候喝你的喜酒，我为你拍摄结婚照。"

"不不，那太奢侈了，你给我们俩在天安门前照张合影就心满意足了。"

"一定的，我用自己珍藏的胶卷为你们照，不用国家的胶卷。"崔家栋抬腕看表，"快到放映时间了，我们去影院吧。"

两个人像个过节的孩子，赶紧把碗里剩的馄饨吃完，就飞出了馄饨馆。

门口的自行车在默默地等着他俩，这是一辆半新不旧的自行车，却擦拭得很干净。铮亮的自行车倚靠在红墙根，给这古朴典雅的王府井大街平添了一抹洋气。崔家栋骑上自行车，白雪花坐在后座，两个车轮唰唰往前滚，滚动在王府井大街上。丁零零，清脆的铃声响过，前面的行人都向后看，然后闪开一条路，让自行车通过。白雪花坐在后座，她有种放风筝的感觉，只不过她这只风筝，在广阔的大地上飞翔。这样骑着自行车的情景在白雪花的脑海中重叠着，一个北平的春天，一个美国的秋天。她更爱北平的春天。

在美国，崔家栋和雪花建立的友谊和感情，区别于男女之情，但比一般朋友要好。美国匆匆一别，没想到相会在北平。为了共同的革命理想，他们的友谊更加深厚了。

前门电影院前聚集着准备看电影的人，有等人的，有买零食的。崔家栋也买了包吊炉花生，递给白雪花，两人进了电影院。

影片刚放映，借着放映的光亮，崔家栋低头弯腰找座，白雪花跟在他身后，找到座位，崔家栋先让白雪花坐下，他才坐下。影片放映着，他们俩挨着坐，聚精会神看电影。从后影看，白雪花腰板挺得倍儿直，坐得端庄。崔家栋靠在椅背上，也坐得规矩。

电影散场后，崔家栋又骑着自行车送白雪花回医院。看似简单的一场电影，却延续了两人的友谊。

这是个星期天，南苑机场十多架飞机擦拭一新，井井有条地摆放着。战士们放下手里的活，围坐在一起观看节目。今天来慰问演出的是清华、北大的学生。上官飘作为文艺节目的辅导老师，也在其中。学生想让节目质量高些，特意到京剧团聘请老师，京剧团领导认为上官飘最合适，年轻，跟学生们的年龄相仿，现代舞、现代戏掌握得快，于是就推荐她担任辅导老师。上官飘欣然前往，跟大学生们在一起，她非常高兴，也算圆了她上大学的梦想。

前几天，国民党空军一架战斗机蹿入南苑、朝阳门外上空准备轰炸，被我军防空高射炮吓跑，免除了一场空袭的灾难。鉴于此种情况，北京市人民政府召开防空会议。会议决定，全市做好必要的防空准备。杨北风、老汪和战友们肩负着对全市73处警报设备的检查和维修工作。正检查到南苑机场附近，看到机场这边好不热闹。演出的场地不是在机场里，而是在机场外边。机场属于军事重地，闲人免进，哨兵把守。就连演出场地，也有哨兵把守。杨北风提议去机场看看，老汪说行，看是哪里来演出的。杨北风交代其他战士，继续检查，他俩去机场。

刚到演出场地，就被哨兵拦住。他俩亮出证件，哨兵才放行。他们先检查了机场的报警设备，给战士们讲了些当前防空的急迫形势，并要求他们成立防空小组。这些都办完了，出于警惕，询问了演出单位。机场负责人说是清华、北大的爱国学生，自己编导的节目，慰问解放军。杨北风听说是学生，他太理解年轻学子的心情了，入城式的时候最为突出，学生们的爱国热忱同时也感染了他，中国一定会强大的，这些青年学生，就是中国的未来。杨北风和老汪没时间看演出，还有警报器没检查的，今天必须检查完毕。他俩刚要走，杨北风不经意往演出场地瞥了眼，咦，他看见了上官飘。她怎么在这儿？同时，上官飘也看见了他，向他挥手，对着他嫣然一笑。笑的样子跟入城式那天一样，清纯、温馨。

　　老汪在前面走，刚想跟杨北风说话，回头见人没跟上来。他喊北风。杨北风没回答他，正看着上官飘。老汪走回来，顺着杨北风的眼光看，哦，上官飘。他捅了北风一下，咋回事？杨北风扒拉他手，叫他别吱声。报幕员报上官飘唱革命歌曲，白毛女选段。上官飘对着杨北风挥下手，拽拽衣襟，走到场地中间。边唱边跳，"北风那个吹，雪花那个飘哟……"她的一个踮脚，一个举手，都跟杨北风在部队看的原唱一丝不差，就连每个眼神都恰到好处，可见她学习得非常认真，是个好学上进的演员。老汪跟他并排站着，半天没见他说话，要是往常，出现这种情况，他早就搭话了，这是咋了？杨北风侧脸看老汪，只见老汪正盯着上官飘看，他侧脸瞅老汪，老汪都没反应。杨北风顺着老汪的眼神看，发现老汪正盯着上官飘的嘴看，这个老汪，不正经啊。老汪确实盯着上官飘的嘴看，被杨北风在后腰狠狠地捶了一下，老汪才把眼光收回。

　　唱完，鞠躬谢完场，上官飘像个小燕子，飞到杨北风的跟前。喜出望外地说："真是太巧了，又见到你了。"

　　杨北风对她点下头，算是回应她的喜出望外。

　　"这次可不是我特意找的你呀。"她俏皮地说。

　　杨北风笑而不语，他等待着上官飘一气问完。

　　"你怎么也来看演出了？"上官飘问。

　　"路过。"杨北风说，不解地问，"是剧团组织的，还是学生们……"

　　上官飘自豪而天真地说："我是他们请的辅导老师，怎么样？"

　　哦？杨北风拉着长声，意思是原来如此啊。老汪也跟着，哦，他的眼睛还盯着上官飘的嘴。

　　老汪冷不丁来了句："你去过北大吗？"

　　上官飘笑，那笑就是说这显然是废话。她说："经常去。"

　　"我是说 3 月份的时候。"老汪说。

　　上官飘收起笑脸，"3 月份？好像去过。怎么，有什么事吗？"

　　杨北风把话拉回来，"没什么，闲说话。我们也算认识了，以后常联系啊。"

　　上官飘先伸出手，跟杨北风握手："好啊，到时候我可去找你啊，又该我的节目了。京韵大鼓，词是同学们填的，歌颂的是我们的防空解放军战士。真希望你们听完再走，我去准备了。"她轻快地转身，向杨北风摆摆手，轻快地跑回演出场地。

这时候正是互动节目，由飞机场的解放军出节目。同学们连推带拉的，把一个排长拉到了所谓的舞台中间，非让他表演一个。看样子，机场方面，他负责接待、组织这次演出。这个排长憋了半天，满脸通红，他说："亲爱的同学们，我真不会唱，为表示感谢，我说两句吧。亲爱的同学们，你们才是祖国的未来。我们的祖国、军队一定会强大起来，我们的航空也会强大，我们很快就要建立自己的空军！"同学们鼓掌！

杨北风扯老汪袖子，意思让他走。两人走出了机场，杨北风回头看看，对老汪说："你干啥玩意儿，眼珠子快冒出眼眶子了。"

"别想歪了。"

"那你总看人家嘴干啥呀？"

"我总觉得她的嘴像谁。"

"别折柳子了（找借口），承认得了，你学坏了。"

"不是，我看见她的嘴，真的很熟悉。但想不起来了，一定在哪儿见过。"老汪皱着眉头想。

"不会是像某个护士的嘴吧？和你谈过恋爱的护士。"杨北风调侃他。

老汪笑："你看你不信，我真谈过恋爱。"

和护士恋爱的事，岔过了上官飘的嘴。

机场的演出现场依然热闹，学生们准备的节目丰富多彩。有舞蹈；歌曲，京剧，三句半，相声。

机场演出结束后，上官飘没回家，直接到了盛春雷的家。这个院子中间有棵高大的柿子树，占据了院子一半的空间。她刚进院子，拐过影壁，快步闪过柿子树，敲盛春雷的门。门开了，她习惯地瞅了眼院子，然后进屋。她裹着围脖，把眼睛遮得严严实实。盛春雷见她来，先是愣了会儿神，然后说："你怎么来了？以后没有约定，不要轻易来我这里。"他从门缝往外看了看。

上官飘把围脖摘下，露出鼻子和嘴，长出一口气。听师兄的话，是不欢迎她，她拉着脸，坐到椅子上。盛春雷忙说："师妹，不是师兄不愿意你来，确实人多眼杂，现在不是过去了。"

"我有事。"上官飘这会儿真不想说了。

"那快说，说完，赶快走。这院子里新搬来个人，特多嘴。"

上官飘看着师兄，把想说的话又咽回去，她眼前浮现出解放军杨北风，心里是甜蜜，但无形中带着恐惧。她不说，也觉得憋得慌，对不起师兄。在师兄的再三催促下，上官飘下了很大决心说："今天陪同学们去南苑机场演出，我看见南苑机场飞机能有十多架，离得远，但我看有一大溜。他们的人讲话说正准备组建空军。"

盛春雷上去握住上官飘的手："师妹，你进步了，这算一大功劳。你知道吗，你立功，你父亲就离你近一点，你们父女会有相见的那天。"

父亲，爸爸，上官飘只能在心里喊。喊给自己听，她从小没了母亲，只有父亲与她相依为命。如今父亲生死不明，好不容易有了音讯，还在台湾。换句话说，父亲的生死竟掌握在她的手里。好在父亲还活着，她要为父女见面做最大的努力，哪怕付出生命，因为，父亲是赋予她生命的人。

院子里很静，出去谋生的人还未回来。在家的人，也是老人，正在忙着晚饭。师兄从窗户向院子里窥视着。上官飘看到此举动，心里悲凉到了极点，什么时候了，他们却生活得像夜深人静的老鼠，见不得光亮。北平，也是她的家呀，她从小在北平长大，小时候是穷，可是快乐着，父亲带着她去天桥撂地，每天也能糊口。跟着师兄，是享福了，吃喝不愁。人都说，学戏就是打戏，她没挨过打，反而享福，是她自己喜欢唱戏，自己要求自己，给自己压担子，她成了京城的名角儿。除了学戏苦点，苦不是生活上的苦，是她自己找的苦，用功。师兄从小就教她射击，师兄还教她武功，说为将来唱武旦打基础。上官飘信以为真，她谨记师兄的话，艺多不压身。原来竟是为了培养她当特务打基础。生活上她是衣食无忧，甚至过着大小姐的日子。这都是师兄为她提供的优越生活，当时她认为是师兄唱戏得来的财富，现在她才知道，原来那就是所谓的经费，特务经费。她享受的是师兄的特务经费。

师兄回过头，急切而神秘地说："赶紧走，趁院子里没人。"

上官飘有些可怜师兄，她闪出了门。用闪出门太贴切了，她的身子是闪出，她的心也是闪出。她反手把门关上，师兄被关在了门里。她刚下台阶，西厢房的门开了，先飘出一缕香气，跟着飘出一个曼妙身段。缎子旗袍裹着纤弱而又饱满的身段，脸上化着浓妆。她把门打开一条缝，轻盈而又懒散地倚靠在门框上，嗑着瓜子。那瓜子不是用来嗑的，是道具，是用来表演的。纤细的手指，掐着一颗瓜子，轻启红唇，露出玉样白的牙齿。舌头挽个花，瓜子仁落到嘴里，瓜子皮或吐出红唇，成弧线形飘在眼前，或落在手里。她就那么一甩手，瓜子皮飞出了手尖。她正嗑着瓜子，上官飘正走出师兄的房门，她对着上官飘吐了两颗瓜子皮。上官飘知道是冲着她来的，但也不好说什么，人家在自家门口嗑瓜子嘛。上官飘知道了，这就是师兄提到的菲四美。上官飘不想招惹这个青楼出来的菲四美，她避闪着，走到了大门口。菲四美看着盛春雷的房门，指桑骂槐地说："以后啊，大门关严点，省得什么野猫野狗的往里蹿。"见没人搭她的腔，她冲着门口呸了口唾沫，把瓜子扔到院子里。

盛春雷靠在窗户后面，窥视着。他听到了院子里的骂声，心说，这个陈三爷，弄个祸害。怎么能让这只夜猫子闭嘴，哼，现在还不是时候，总有用到她的时候。既然是陈三爷的人，会有利用价值。陈三爷这个老色鬼，他总有稀罕够的时候。现在自己还不能动手，现在菲四美是陈三爷的心肝，灭了她，就得罪了陈三爷，还指望着陈三爷跟他出生入死呢。

见院子没人搭腔，菲四美拧着腰身径直走到盛春雷的门口，敲门。她早就注意盛春雷了，比陈三爷年轻，又英俊。唱戏的嘛，身段好，身材也挺拔。唱戏习惯了，平时说话办事也有板有眼、恰到好处。再说，盛春雷平时穿戴得也算体面，过惯了衣来伸手、饭来张口的生活，菲四美想从这个男人身上榨点油水，谁嫌钱咬手啊。菲四美敲门了，盛春雷就不能装死了，他开门，笑脸相迎，他迎合着她的心情说："这是哪阵香风，菲小姐来敲我的房门？"语气充满挑逗。

"什么香风啊，香风不是刚飘出你的房门吗？"菲四美扭着腰身，娇滴滴地说。

"哦，她是我的师妹。"

"唱戏的？"菲四美抹搭着眼皮，不屑，鄙视。

盛春雷想骂她婊子，她鄙视师妹是唱戏的，他真无法忍受。师妹在他心里是最圣洁的。但他忍住了，他不想过早地惊扰这只骚狐狸。恰恰相反，他用轻佻的语言挑逗菲四美，与她打情骂俏。"菲小姐过惯繁华，不觉孤独吗？"

"孤独又如何，何处寻如意郎君。"菲四美如唱戏般地说。

"远在天边，近在眼前啊！呵呵。"

"你说的可当真？"菲四美说着，手扶在了他的肩膀上。

盛春雷轻推开她的手，笑着说："哎，与你开玩笑。你已名花有主，我岂不是找挨打吗。"

桌子上放着一包飞马牌香烟，盛春雷拿起烟，弹出一支，说："请吸烟。"

"烟不错嘛。"菲四美把烟夹在两指间，等着盛春雷给她点烟。

盛春雷擦着洋火，给她点上。菲四美很享受地吸了口，悠闲地吐出烟圈。盛春雷是盼着菲四美快走，他要把上官飘提供给他的情报发出去，越快越好。他有的是办法对付这个贪小便宜的女人，他从柜子里拿出一块布料，说送给她做旗袍。菲四美真是喜出望外，搂着盛春雷的脖子，在他脸上亲了口。盛春雷说还不快去裁缝铺量体裁衣，让我看看你穿上这件旗袍有多美。

好嘞，菲四美享受着盛春雷的美言，拿着布料走出了他的房门。盛春雷还是在窗户窥视她，她不出大门，他心里没底，不定什么时候就又来敲他的门。不多时，菲四美挎着包，美滋滋地走出了大门，去裁缝店做旗袍。

表面看两人臭味相投，其实盛春雷并非好色之徒，他有更大的阴谋在菲四美身上实施。盛春雷这个特务的最大特点，就是充分利用身边一切可以利用的人和事。包括上官飘，他是下了大本钱的。解放军未入城之前，他是不会动用上官飘的，他要等到关键时刻。平时就是养着她，宠着她，潜移默化地训导她。让她过惯这种优越生活，让她无限依赖，一旦离开了他，犹如鱼儿离开了水。可想而知，她能不听他的话、听他的调遣吗？他关严房门，进入暗室，准备发报。解放军准备建立自己的空军，这是多么可怕的事啊。国民党撤退时，长官给他们这些潜伏北平的特务鼓劲，说解放军是暂时得了江山，但他们是土包子，坐不了江山，更不会搞经济建设。这个烂摊子，他们是无法招架的。可如今，他们要建立空军了。

公安部截获了一份由北平发往台湾保密局的电文。这份电文说的都是北平的菜价、布价和油价，都是些日常生活的事。看不出里面有什么情报，但都知道，一定是有内容的，具体是什么内容，一时半会儿还无法破译。那么这个发报电台会是北平万能潜伏台吗？不管是什么台，先查出敌台的方位。

测向仪对电台信号进行测向侦查，寻找电台位置。但那个诡异的电台自从发了这份电报便销声匿迹了。

截获的这份电报，敌台用的是密码中的密码。等专业人员翻译过来，为时已晚。

1949年5月4日早上，南苑机场工作人员像往常一样，早早来到了机场。几架飞机，宝贝似的看着、爱护着，这可不能掉以轻心，开国大典的时候这几架飞机还要大展宏图呢，不能让中外人士以为我们没有空军。解放军战士在自己的机台上忙碌着。警卫人员正在交接岗哨。这是个响晴的天，太阳红彤彤地升起在东方，光芒万丈，照耀着北平的大地。崔家栋脖子上挂着照相机，和同事到南苑机场采访，他们电影厂打算做个系列纪录片，《建设中的新中国》。走到机场附近，哨兵不让他接近机场，崔家栋就从包里掏出介绍信，说有单位介绍信，他是电影厂的，要拍摄纪录片。哨兵更不让他进了，还拍摄，本来看都不让你看，你还拍摄，门儿也没有啊。

早上的太阳正在上升着，朝气蓬勃，也就是七点多钟。他们正在交涉，空中传来隆隆声，哨兵抬头看天，太阳光芒正刺眼睛，哨兵打着手罩，只听哨兵惊呼："飞机，飞机，国民党飞机——"

惊呼中，已经晚矣。六架飞机呈不规则队形，铺天盖地向机场飞来。警报回响在机场的上空，机场工作人员和解放军紧急出动，整个机场乱作一团，人仰马翻。有的解放军架设高射炮，还有用机枪向天空扫射的……但已经无回天之力，六架飞机同时向机场投弹，有人中弹倒地，有的被炸弹气浪掀上了天空，还有飞机起火爆炸。解放军拼命保护飞机，誓与飞机同在，但还是有四架飞机爆炸起火。

国民党飞机不恋战，见好就收，每架飞机扔下几颗炸弹就扬长而去。有架飞机顺道扔机场外一颗炸弹，正扔在崔家栋和他的同事身边。哨兵惊呼的同时，已经冲向飞机场，保护飞机。崔家栋看见敌机飞得很低，他甚至看见了飞行员得意的嘴脸。他本能地推了把同事，炮弹落下的时候，他已经趴在了同事身上。只听轰的一声巨响，一股热浪向他扑来。只觉脑袋轰响，他什么也不知道了。

国民党派空军6架B-24型轰炸机轰炸了南苑机场，投弹30枚，炸毁我飞机4架，死伤24人。

崔家栋在这次轰炸中腹部、头部受伤，住进了医院。

第十二章　风渐紧

　　五月初的北平还是有些凉，医院里空气沉闷，带着血腥味。今天医院里抬进十多个伤员，重伤员八个。医院手术室，雪花正在手术。雪花给一位重伤员做完手术，夏玲给雪花擦着额头上的汗，帮她换上新手套。这个重伤员刚被抬出手术室，又抬进一个伤员，是崔家栋。他闭着眼睛躺在手术台上，额头的血模糊了脸。雪花查看他额头的伤，无大碍，皮外伤。裤子裆部殷红一片，雪花示意脱掉裤子。夏玲伸手拉他的裤子，崔家栋捂住。白雪花来气了，都什么时候了，一分钟就是一条命。她呵斥："请你配合，这是医院，拉开他的手。"

　　一个护士拉着他的手，夏玲三下两下就把他裤子扒了。弹片打进他的小腹。崔家栋听到是雪花在说话，他睁开眼睛，竟哭了，说："雪花，我成废人了吧？"

　　夏玲掩嘴哧哧地笑。白雪花严肃地说："还笑，准备手术。"

　　夏玲麻利地准备器械。崔家栋的伤不重，但却很危险，偏差毫厘，也许就做不成男人了。手术很顺利，也很快，对白雪花来说，这样的手术比切割盲肠还简单。手术做完了，白雪花说："抬出去。"

　　崔家栋祈求地看着她，因为，她还没回答他是否成为废人了。白雪花知道他的意思，她说："放心，完好无损。"

　　崔家栋脸上露出了腼腆的笑容。

　　手术终于做完了，白雪花瘫坐在椅子上，闭上眼睛，稍作休息。夏玲跑进来，一惊一乍地说："白医生，那个崔家栋还是英雄呢。炮弹落下的时候，他扑在了同事身上。"

"哦，他还有这样的英雄壮举，没想到，你看他刚才的熊样子。"白雪花笑笑，"走，去看看他。"

院子里的槐树已经发出绿色的叶子，春风吹拂着，树枝摇曳。白雪花走到槐树下，停下脚步。夏玲走在前面，径直向病房走去。槐树上的嫩叶娇滴滴的，嫩得要溢出水来。风儿吹过，空中飘着淡淡的清香。白雪花仰头看着树上的新芽，心说真快呀，我们进京好几个月了。几只喜鹊落在了枝头，叽叽喳喳的，可是，国民党空军却刚空袭了我们的机场。

"雪花医生，雪花医生，"夏玲站在病房门口喊，"你快来看看，崔记者要出院。"

"胡闹。"白雪花快步往病房走。

崔家栋正往外走，白雪花拦住他。命令的口气，让他回病床休息。他额头的伤还在往外渗血，脸也肿了，严重变形。他执意回电影厂，因为他的采访任务还未完成，是立军令状的。白雪花说什么任务也要等伤好了，最少在医院观察三天。崔家栋又乖乖地躺回床上，失落地闭着眼睛。白雪花倒跟他逗趣："你呀，赶紧好，你答应过，我结婚的时候，你要在天安门给我们拍结婚照的。"白雪花好像在弥补刚才手术时的冷淡。

"这个我记着呢。"崔家栋仍闭着眼睛，"就怕到时候，白医生另请高明了。"

"等着吧，有你烦的时候，不是照一张，而是两张。胶卷很珍贵哟！"白雪花和颜悦色。

崔家栋坐起来："放心，我都说了，用我自己备的胶卷，不用国家的。"

"那我先谢谢了！"白雪花说。

崔家栋躺下，嘴上说客气，那神态，还是要谢谢的意思。

杨北风和土豆来了，进一步了解机场被袭的经过。杨北风是从机场来，老汪还在机场。他赶到医院，想从每个伤员那里了解更全面的情况。国民党飞机这么准确地投弹，说明有内线。

有的伤员根本不能说话，还有的伤员抬到医院就牺牲了。有几个伤员原原本本叙述了飞机轰炸的经过。还有个伤员提供了这样的信息，说有个电影厂的伤员特倒霉，属于特殊情况吧，在飞机撤离时，被飞机扔下的炸弹炸伤，而且是在飞机场外，这小子还挺勇敢，勇救身边的同事。听到这，杨北风心里打个问号，电影厂的人，到机场干什么？

当杨北风走进病房，正见白雪花和夏玲都在。夏玲见到土豆，上去就拉住土豆的手，"没良心的，也不说来看看我们，别忘了，你的伤是我们治好的。"

土豆抽出手，四下看看，偷着看一眼杨北风。

杨北风看着白雪花，又半个多月没见到她，看她消瘦了些。他想问些关切的话，但说出的话不公也不私，像领导视察工作，他说："伤员都得到救治了？"

"是，都得到救治了，大多还好。"白雪花说。

"我要找那个舍己救人的伤员了解下情况。"杨北风说。

白雪花把他引到紧靠里面的病床："就是他。崔家栋，公安的同志找你了解情况。"

崔家栋连忙坐起，起得猛了，抻到肚子上的伤口了，他哎呀着，皱着眉，咬着牙。

杨北风摆手，说："躺着躺着。"

崔家栋看杨北风，眼睛睁大了，欠着身子："哎呀，是你呀，你可好？"

"好好，快躺着，没想到，你还有这两下子。改造得不错嘛。"杨北风夸他。

"别提改造的事，我不想提那段不光彩的历史。"

"那怕啥，国民党也有好人嘛，比方说你。"

白雪花插话："你们俩认识？"

"认识，"杨北风含混着说，"进北平那天，我押送他们出城整编改造嘛。"

"惭愧，惭愧呀。我现在完全融入社会大家庭中了。"崔家栋无不感慨。

白雪花对杨北风说："崔家栋是我在美国留学时的同学，我们也是在美国认识的。他的拍摄技术可是一流的，他已经答应了，给我们拍结婚照。"

"别人在你这儿住几天院，你就走后门啊。"杨北风调侃。

崔家栋温和地笑着："我自愿的。"

"咱们还是进入正题，"杨北风说，"把当时轰炸的情况说说。"

崔家栋详详细细地说着今天早上轰炸的情景。正说着，小舟来了，进病房就奔杨北风走来，趴到杨北风耳根说："局里召开紧急会议。"

小舟进病房崔家栋就注意他了，见他走近，他闭上了眼睛，假装伤口疼痛。可他的心狂跳不已，心里大呼，怎么遇到他了？这个旧警察，居然是公安了。过去，他曾在小舟手里买过情报。他真后悔。

　　杨北风抬腿就走，都没来得及跟崔家栋打招呼。这正是崔家栋求之不得的，再说话，就要露馅了。他躺在那儿，闭着眼睛，脸还肿着，小舟是认不出他的。

　　与崔家栋交往的几次，加上这次住院，白雪花听出了崔家栋话里话外对她的爱慕之情，但雪花也委婉地告诉他，他们只能是同学和朋友，她就要和北风结婚了。别看她嘴上说结婚，其实她心里正焦虑着，照这个忙碌法，结婚遥遥无期。

　　项局长深感事态的严重，光靠他们几个公安是远远不够的，需要发动群众，监督敌特分子。

　　上官飘也反感师兄与菲四美交往，警告师兄，她早晚会坏了大事。师兄就把他的打算跟上官飘说了，上官飘嗤之以鼻。

　　这个特务组织下一个任务是冲10月1日的开国大典来的，有一个漏网之鱼就隐患无穷，何况，戏相公身后会有多少隐藏的特务？迫在眉睫，在10月1日前，一定要挖出戏相公。

　　这是个小会，也是个大会。小会是说，只有项局长、老汪和杨北风三个人参加，大会是说，会议的重要性。项局长说："炸机场前公安部截获的那个密电已经译出，内容就是轰炸南苑机场，详细地标出了机场的方位、面积，飞机数量，还说我们要建立自己的空军。敌人的这次轰炸，意在破坏我们建立自己的空军。"

　　"建立自己的空军？"杨北风想着，"这话我在哪儿听过，哦，对了，那天学生们在机场演出，排长的讲话，其中就有这句话。"

　　"对对，我也听到了。"老汪说。

　　项局长说："我们查过那个排长，四野的，一级战斗英雄。讲话的人没问题。"

　　"讲话的人没问题，那就是听话的人有问题了？"杨北风提出疑问。

　　项局长赞同杨北风的想法："我也是这么想。"

　　杨北风说："那我们就要一一排查那些学生？"

　　"那天不光是学生。"老汪回想着，项局长和杨北风都看他，"还有一个人。"没等老汪说出名字，杨北风和老汪几乎是异口同声，"上官飘！"

　　"巧合还是必然？"项局长说，"综合这几个案子，肖力暗杀现场的红翠花，炸毁铁路的偶遇，再就是，今天空袭南苑机场，都有她的出现。同志们，请分析，请注意了。"

"她就是戏相公？"老汪眼睛都瞪圆了。

"上官飘？"杨北风惊讶地自问。

项局长用钢笔敲击着桌子，说："不能，作为万能潜伏台，他不可能那么频繁地露面。他是幕后，他是操纵者。他要万分小心地隐蔽自己，直到最后。"

老汪急呀："把她抓起来，审呗。"

项局长说："一怕打草惊蛇，二来她未必知道戏相公是谁，但只要她还活动，只要她还是戏相公手里的棋子，戏相公总有露出狐狸尾巴的时候。"

"诱饵。放长线钓大鱼。"杨北风老明白了。

项局长说："对，你们俩的任务，密切监视上官飘。我这就去公安部汇报情况。慢慢来，稳着点。按杨北风说的，放长线钓大鱼。"

杨北风心里正美呢，思想竟与局长如此的一致，只听外面土豆喊："杨科长，有人找。"

杨北风抬头从窗口向外看，小声嘀咕："谁呀？雪花吧，我刚从她那儿来呀？"

项局长笑盈盈的，也以为雪花来了："你们小两口，是该结婚了。"

"你不总说忙完了这阵吗？"杨北风揭短项局长，"我结不成婚就找你。"

"哈哈，批评得极是啊，我接受，但咱确实太忙了。"项局长接受。

土豆敲门进屋，眼珠滴溜溜乱转，抿着嘴，不说话。神经兮兮地向杨北风勾手头，意思，来，来呀。

老汪轰土豆："这儿开会呢，去，去。"

杨北风也来气，不就是雪花来吗，大伙都知道的玩意儿。整得好像他背地偷偷摸摸又勾搭上一个女人。他训斥土豆："有话说，有屁放。"

土豆挤眉弄眼："不是，是女的。"

"废话，我知道是女的。"杨北风说。雪花不是女的，还是男的？

项局长说："土豆啊，让她进来吧。"他也以为是雪花。

土豆回身，把门开条缝，他把脸趴在门缝上，小心翼翼地说："你进来吧，让你进去呢。"

来的人是上官飘，她手里拎着点心盒子，梳着搭肩的短发，偏分着，额头别着蓝色的发卡。穿件浅驼色大衣，脖子上围着浅蓝色围脖，一前一后搭着。她进门就站在门口，不敢向前动半步，拘谨得话都说不成个，她看着杨北风，轻声唤着："北风哥……"

她刚喊出北风哥，天啊！杨北风在心里直呼，可别叫了。

老汪低头笑，项局长认真地听上官飘喊北风哥。土豆和上官飘并排站着，他也跟着拘谨得不敢上前，或左右挪半步。

上官飘轻声细语："北风哥，我跟你说过的，有时间找你。你答应了，所以我就来了。"那也就是说，今天不是冒冒失失来找你，事先有约，你心里没准备那是你的事。

老汪证实："这话说过，我听到了。"

杨北风不拿好眼色看老汪，意思让他打住吧。

老汪很无辜、很诚实地说："你看你，你就是看我，我也是听到了。"

服，真服你了。杨北风不看了，低头看自己的鞋尖。

上官飘语句通顺些了，紧张的劲儿缓解了，她说："今天正好路过这里，也就顺道进院来看看。也不知同志们，啊，对，是应该说同志们，欢迎不？"

土豆先鼓掌，啪啪的，也不嫌疼。

杨北风看他那傻样真没辙，有你什么事啊，赶紧出去得了。

项局长出于礼貌，点头，表示欢迎。他第一次见到上官飘，他真不敢把她与女特务相提并论。他想找个突破口，也就是给自己找个理由，来说服自己，眼前这个女人就是特务，或是戏相公，或是戏相公的得力棋子。他找不到突破口。

老汪倒大方，"热烈欢迎啊！"也鼓掌。他捅下身边的杨北风，"你不欢迎啊，人家来看你的，不是来看我们。"这会儿，他老明白事了。

"啊，啊，欢迎，欢迎。"杨北风如梦初醒。

都说欢迎，受到了鼓舞，上官飘往前走，把点心盒子放到杨北风的桌子前面，"北风哥，送你的点心。稻香村的，好吃着呢。"

"这不合适。"杨北风推让。

老汪不知道是故意的还是认真，"这有什么不合适啊，人家都送来了，怎么好让人带回去。"

上官飘绞着手指，站在杨北风的身边。杨北风坐着，眼前还放着点心，上官飘小心地站在身边。看上去，杨北风像地主老财，上官飘像赔着小心的伺候丫头。项局长看到这个情景，不禁笑了，说："小飘啊，坐，坐下说。"小飘，听着怪亲切的。上官飘对着项局长，甜甜地笑着，码着凳子坐下，显得很拘束。项局长对上官飘的印象不错，他接着问："在剧团工作？"

"嗯，唱戏，从小就唱戏。"上官飘说。

"好，靠本事吃饭，劳动人民，光荣。"项局长说，"唱什么最拿手啊。"

"革命歌曲。"上官飘回答干脆。

项局长坐直了身子，刮目相看，"革命歌曲？都会什么革命歌曲呀。"

"都是新学的，我挺喜欢唱革命歌曲的，《八月桂花》《解放区的天》《没有共产党就没有新中国》，不少呢。"上官飘如数家珍。

呱呱鼓掌，"那就来一个吧。"站在门口的土豆横着来一句，接着呱呱鼓掌。他还站在那儿，都把他忘了。

项局长点头，"那就给我们唱一曲吧。"

唱戏的人都大方，到哪儿不唱还难受，张口就唱。上官飘站起来，大大方方地唱着《没有共产党就没有新中国》。

这时，杨北风正看老汪，因为老汪坐在他对面，上官飘站在他身边，他总不能扭头看着上官飘唱歌。项局长也看上官飘，这是理所当然的。现在上官飘是焦点，她唱歌嘛，当然都要看她，也是礼貌，更是习惯动作。但老汪看上官飘的眼神绝对不对，他还是看着她的嘴。上次在机场演出他就看上官飘的嘴，这回老毛病又犯了。同样是看，项局长的眼神也是看，但那眼神就是欣赏歌曲。杨北风心想，老汪啥时候变成这样了，一副好色的嘴脸，看起来他是该找媳妇了。

这种革命歌曲，经过上官飘演唱，是那么甜美、悠扬。从窗户传到了院子，土豆先鼓掌，项局长象征性地拍着巴掌，土豆那是实打实地鼓掌。杨北风听着也是好听，这歌杨北风在部队都烂熟于心了，耳朵都听出茧子了。而今，耳目一新。他也是发自肺腑地鼓掌。一向好起哄的老汪，却坐得稳当，就是看着上官飘出神，什么玩意儿，色鬼。

上官飘唱完，鞠个躬，这才知道磨不开面，脸色发红，说："再见，我还有事，先走了。"这话她是说给大家的，但眼睛盯着杨北风。人走到门口时，项局长对杨北风说："你去送送。"

杨北风起身送上官飘,一前一后走到院子,上官飘回眸给杨北风一个浅笑,说:"北风哥别送了,以后我还来呢。"

杨北风接话也快:"你可别来了,我们都挺忙的,回头再扑个空。"他就是不想让她再来了,只不过把话说得委婉些。

"没关系的。"上官飘对他天真地龇牙,笑了笑,扮个鬼脸,跑着出了大门,是那种青春朝气、欢快的跑。仿佛这种青春朝气、欢快的跑只为杨北风而萌动。

杨北风看着上官飘飞出了门,回身,正迎上老汪直勾勾的眼神,给杨北风吓一跳,说:"你怎么不声响不言语地站这儿偷看啊?"

"什么叫偷看啊?我这不也送送人家姑娘吗?"老汪还不承认。

"反正你这副嘴脸挺让人恶心的。用什么词来形容,猥亵,对,猥亵。"杨北风半真半假地说。

老汪急眼了:"怎么说话呢?"

杨北风反唇相讥:"我是有根据的,你干啥总盯着人家姑娘嘴看啊?像个色狼。你赶紧找个媳妇吧,到时候了。"

"到什么时候了?"

"熟了,熟透了,还到什么时候了!"

老汪凑近杨北风说:"别说没用的,我正想跟你说这事呢。"说到这儿,他又拐个弯,打趣北风,"这个上官飘好像是看上你了。"

"别扯淡,"杨北风离开他几步,"我和雪花快结婚了啊。倒是你,看人家的眼神都放电。"

老汪紧追几步,又凑近杨北风,说出了他的怀疑:"你看上官飘的嘴,像一个人,你想想,看我们俩说的是一个吗?"

"像谁呀?"杨北风想了会儿,"想不起来。"

"我提醒你,你忘了,颐和园草上飞……"老汪提醒着。

杨北风仔细想,那次没接上头,真是太可惜了,要不就挖出戏相公了。"像草上飞?不可能。"

老汪直接说:"像颐和园接头的那个黑衣人。"

沉默片刻,俩人对着眼睛相互看着。杨北风眨巴着眼睛,当即就否定了他,说:"那是男人,再说那么远,你能看见嘴?"

"反正我感觉像。"老汪坚持说,因为这个问题困扰他挺长时间了,今天他终于说了。不是不敢说，而是不确定，这样的事是不能随便说的，还是那句话，弄不好会毁了一个人的前途，特别对上官飘，这么好的姑娘。但他不说实在是憋得慌，他想从杨北风那里得到确认，可是，杨北风否认了。老汪愈加郁闷了，难道看错了？平心而论，他确认不了，就是感觉，第六感。

别看杨北风当面否认了老汪，过后想想，颐和园那个黑衣男子，跟上官飘的嘴是有点像。但如果老汪不提颐和园黑衣男子的嘴，他也许这辈子都不会再想起黑衣人长什么样的嘴。老汪提了，才勾起他的记忆，对比，才有了像的印象。但这时候的像，完全是在老汪的启发下产生的，也可以说是老汪的误导，不可采信。所以，他没再和老汪说起这事。他以为他不提这事也就过去了，其实不然。老汪也是个钻牛角尖儿的人，老汪提了，不是跟他，而是跟项局长提了，他是想在项局长那里得到释怀。因为项局长也见到上官飘了，他想听听项局长的看法，他也就不为此事纠结了。

晚上，项局长正在办公室办公，他正准备材料，明天去公安部汇报情况。一堆事，主要是机场遭袭的事。通过杨北风和老汪的汇报，他严重怀疑上官飘。第一，杀害肖力的现场发现了红翠花，极像上官飘头上戴着的红翠花。第二，毛主席进京的清华站清理出了炸弹，曾经看见上官飘在附近游荡。第三，机场遭爆炸之前，上官飘曾经和同学们在机场演出。可是，今天他见到上官飘，打消了这个严重怀疑，清纯且单纯的上官飘，那股亲切劲，觉得就像他的孩子。冷不丁进屋见到他们几个大老爷们儿，她的那份拘束和不知所措，竟让他这个老军人心疼。他想，明天去公安部汇报，该怎么汇报怎么汇报，不会强调上官飘的特嫌。他不想让一个年轻的姑娘背上黑锅，毁了人家孩子。他正在思考怎么向部里汇报，老汪来了。进屋就坐在椅子上抽烟，眼睛看着别处，微低着头。项局长看了他一眼，就知道他有事，还不说。是不好说，还是说不好？项局长心说，这人什么时候也学会玩深沉了，他说："老汪，你有话就说，我可没时间跟你在这儿耗着。"

老汪狠吸了口烟，白色的烟灰闪着火就燃到了根。他把烟蒂举到眼前，觉得扔了可惜，又抽了口，才把烟蒂扔地上，用脚碾灭。项局长皱着眉头，看着他脚底上的烟蒂，用批评的口气说："你说你，这儿有烟灰缸，非往地上扔，你当那是你家农村屋地呢。进京了，改改你那不卫生的习惯。"

"穷讲究。"老汪踢了一脚被他踩扁的烟蒂。

"讲卫生，怎么叫穷讲究呢，你们这些土包子啊，要注意了，已经是进京的人了，任何事上都要做榜样啊。"项局长收拾桌子上的文件，要走的架势，"老汪啊，是不是有难开口的事啊？以后想好了再说，我去部里。"

"是有事要说。"老汪说。

项局长坐下，"只要对挖出戏相公有利，不要有太多顾忌。即使没有把握，说出来，我们分析。"

"行，权当分析吧，"这话给了老汪鼓励，"是关于上官飘和杨北风的事。"

"你说什么？"项局长向前倾着身子，"上官飘和杨北风？"

"应该这么说。"老汪就把杨北风如何与上官飘相识，又如何去部队演出顺便找杨北风，都讲了。他讲的这些，项局长多半知道，而老汪今天要跟他汇报的，是颐和园与草上飞接头的那个黑衣人，他说上官飘的嘴特别像那个黑衣人的嘴。那天执行任务，他和杨北风一起去的，他和杨北风站的位置不相上下，他应该能看清。可是，他先跟杨北风说的，杨北风说不可能，所以，他才说出来，不然憋在心里太难受了。

一边是最亲密的战友杨北风，一边是国家安全。说出来，势必影响到战友的政治前程，他知道，杨北风是不知情，但就保不齐上官飘是否知情，万一是蓄意的呢？那样情况就严重了。他有种预感，颐和园与草上飞接头的那个黑衣人，杨北风是有印象的，经过他的提示，上官飘的嘴像黑衣人的嘴，他应该有印象的。可是，他否认了。

"如果我断定，我是说我断定，或者说直觉更确切，黑衣人就是上官飘。"老汪强调，"很大程度上，不用分析，上官飘是看上咱们杨北风了，为什么看上他了？"

项局长就是听，不插话，但他心里翻江倒海。这个时候，他决定着重汇报上官飘。种种迹象表明，上官飘是特务，但不确定她是戏相公。还是那条思路，北平的万能潜伏台不会这样频繁地露面。但牵住上官飘这根线，就能导出戏相公。项局长听了非常重视，紧接着向公安部汇报。

老汪只是把这个怀疑跟项局长汇报了，捎带脚说了上官飘和杨北风的关系。他只是汇报，以后事态的发展，完全出乎老汪的意料。他曾后悔向领导汇报这个情况，可是，世上没有卖后悔药的。他背负着这个后悔，步履艰难地走在人世间，几次想向杨北风吐露后悔，但自始至终他守口如瓶。可是，守口如瓶的结果就是加倍地折磨自己，让他觉得对不起白雪花，对不起杨北风。但这从未动摇他对祖国和人民的忠诚，更加激起他对国民党特务的痛恨。

经研究，放长线钓大鱼，只是怀疑，也可以说捕风捉影。但捉影也得捉，公安部做出大胆而又出乎意料的决定。这个决定只有项局长、老汪和直接领导知道。

1949 年 9 月，北平改为北京。

现在是侦查处长的老汪和项局长刚从公安部开会回来，刚进灯市口公安分局大院，两人从吉普车上下来，就站在车门口嘀咕。杨北风看见吉普车进院了，就从屋里出来，站在门口，等着老汪进屋。老汪向门口的杨北风看了眼，很快扭转头，不看，也不知是不是不敢看，就与项局长继续嘀咕。项局长说："抓紧，一刻也不能耽误。"

老汪指着自己："我去说呀？"

"你不说谁说？这是给你的任务，必须完成。"项局长说，"严守秘密。"

"我知道，严守秘密。"老汪拉着脸，咧着苦瓜嘴，问项局长，"还真结婚啊？"

"事情还没严重到那种地步，"项局长也拉着脸，"如果现在就把戏相公揪出来，那现在连接触都免了，你有那本事吗？"

老汪凑近项局长说："那现在就是让他接触，诱导出戏相公。不是搞对象？"

"对。"项局长说。

老汪舒了口长气："这就好，北风和雪花早就想结婚了。"

项局长遗憾，说："这事也怨我，刚进京时，我批准他们的申请，也就结婚了。"

干等他俩也不过来，杨北风喊："老汪，磨叽啥呢？"

"哎哎，来了。"老汪应着，求救般地看着项局长，意思是咋办？

"赶紧的，把这事办了，吉祥戏院，正演出呢。"项局长向老汪摆着手，快去。

"那你跟他透个气。"老汪赖叽地说。

"缺心眼，透气他还能去吗，这事就得连唬带蒙。"项局长挤眉弄眼，还有点急眼，"任务交给你了，只许成功。"

"是。"老汪说。

"快去吧。"项局长向大门外走去。

老汪看项局长走了,只好硬着头皮办这件事。这也算是他的任务,保证完成任务,是每个战士的最高宗旨。想到这,迫在眉睫啊。他冲着杨北风招手,喊着:"北风,快快,有任务。"十万火急的样子。

杨北风向他跑步走来:"啥任务啊,你和局长嘀咕啥呢?"

老汪没回答杨北风,二话没说,拉着杨北风就上了车。杨北风几乎是被他推上驾驶座:"咱俩开车出去。"

"上哪儿去呀?开车走。"杨北风问。

老汪把驾驶座这边的车门关上,"你就开吧,上车我指挥。"他绕到副驾驶的门旁,一步跨上车,关上车门,"开车,走人。"

杨北风看他着急的样,也不敢怠慢,发动车,一脚油门就开出院子,奔上了正道。

稳稳当当坐在副驾驶的老汪,目视着前方,他心里可不稳当,合计着,怎么跟杨北风说,想着杨北风听后暴跳如雷的样子,他心就发虚。杨北风握着方向盘,说:"去哪儿呀,说话呀。"

老汪这才指挥着杨北风:"王府井吉祥戏院。"

杨北风问:"去戏院干啥?"

老汪答:"看戏。"

杨北风喊了一声,边说边打方向盘:"汪处长,你心真大,潜伏的特务这么多不抓,你看戏?你看吧,我回去。"

老汪喝道:"听命令,吉祥戏院,开车。"

"你看戏我就不去,怎么着吧。"杨北风继续打方向盘。

这头犟驴,老汪心话。项局长说了,就得连唬带蒙,他说:"听戏即是任务,任务即是听戏。听明白没?现在是敌人在暗处,我们在明处,就不能像战争年代,明面冲冲杀杀。"

"行啊,老汪,啥时候心眼学多了。"杨北风果然调整方向,向着王府井方向开。

杨北风在战争年代就听老汪的命令,他是营长,自己是连长。现在更得听了,他是处长,自己是科长。再说老汪说的那堆话,具体啥意思,他也不知道,反正觉得有道理。杨北风把车开得飞快，直奔吉祥戏院。

　　到了吉祥戏院，老汪跳下车，花钱买票。杨北风把车停妥当，老汪把票递给杨北风，真出血，买的是雅座。今天听谁唱戏，老汪知道，在公安部就知道了。杨北风不知道。到这会儿，杨北风也不问了，看吧，听戏即是任务，任务即是听戏，问多了，就是违反纪律了。不该问的别刨根问底，这是他干公安第一天就学到的。

　　找到自己的位置，杨北风落座，他在座上颠了颠屁股，舒服。再向台上看，距离台上不远不近，嘿，这雅座看戏真地道。老汪坐在他旁边，鼓鼓球球的，像个坐不住凳子的孩子。杨北风训他，"雅座，要有坐相啊，老汪。"

　　"对对，头一回坐雅座，烧得慌。"老汪皮笑肉不笑的，表情明显讨好杨北风。台上锣鼓家伙响起，戏开始了。第一出戏是《四郎探母》，坐宫。报幕了，谁唱的，杨北风没记住，就是看热闹。老汪更记不住，他是心不在焉，他的心在下一出戏上。《四郎探母》唱完，演员谢幕，观众鼓掌。幕拉上。老汪和杨北风对看着，说唱得好，嗓子亮。

　　下一出戏是《霸王别姬》。锣鼓家伙响起，演员上场。

　　这雅座好啊，台上的一颦一笑都看得清清楚楚。杨北风舒舒服服地坐着，他的注意力都在这雅座上，再者说，老汪说了，听戏即是任务，任务即是听戏。他满脑子都是任务，当前的任务是什么，抓特务！项局长不会花时间让他俩听戏，他心里明镜似的，别看老汪不明确任务，但他是党员，自己要给自己明确任务，听戏是次要的。不定这戏园子里隐藏着多少特务，他眼睛撒摸着全场，不放过任何一个犄角旮旯。

第十三章　人憔悴

　　台上霸王和虞姬正唱得缠绵，老汪重点听《霸王别姬》，他这会儿把自己融进了戏里。他看杨北风的眼睛正看观众，就捅了他一下，小声说："听戏。"

　　杨北风坐直了身子，眼睛盯着台上的霸王和虞姬。杨北风丈二和尚摸不着头脑，到现在也不知道老汪的真正用意，得，陪着你看戏吧。但他心里还是老大怨气，埋怨老汪心大，北平特务这么多不抓，看戏？看吧，台上的霸王威武，虞姬娇媚。上着戏装，是好看。特别虞姬那双眼睛，黑乎乎、亮晶晶的，眉目传情。虞姬勾着脸，看不清真面目，但那眼神杨北风似曾相识。想不起来了，真想不起来。

　　虞姬正悲戚婉转地唱着：

　　看大王在帐中和衣睡稳，我这里出帐外且散愁心。轻移步走向前荒郊站定，猛抬头见碧落月色清明。看云敛晴空，冰轮乍涌，好一派清秋光景。唉！夜色虽好，只是四野俱是悲愁之声，令人可怖！只因秦王无道，兵戈四起，涂炭生灵；使那些无罪黎民，远别爹娘，抛妻弃子，怎的叫人不恨！正是：千古英雄争何事，赢得沙场战骨寒。

　　……

　　劝君王饮酒听虞歌，解君忧闷舞婆娑。赢秦无道把江山破，英雄四路起干戈。自古常言不欺我，成败兴亡一刹那。

162

……

汉兵已略地，四面楚歌声。君王意气尽，贱妾何聊生！

虞姬的腔调纯正，像极了梅兰芳的唱腔，双剑舞得有板有眼。北风看她的眼神似曾相见，她勾着脸看不真，朦朦胧胧的还是想不起来。

虞姬唱说：大王，你看，汉军进来了。

大王一转身，虞姬抽出大王腰中的剑，往脖子上一横，缓慢地向后仰去……在虞姬倒下的时候，杨北风不自觉地看了眼老汪，他看见老汪眼里有一滴泪，含在眼眶里打转，他发现杨北风看他，掩饰地一眨眼，泪水反倒流出了眼眶。杨北风眼睛看着台上，问："你哭了？"

老汪眨眨眼睛，把眼泪憋回去，拉起北风走出了戏园子。走到外面，杨北风挣脱了他的手，"放手，干啥玩意儿啊？一阵风，一阵雨的。人家看得好好的，你拽我出来干啥呀？"杨北风转身要回去，"走，回去接着看，白瞎那雅座了。"

老汪拉着他胳膊，坐进吉普车里。拉进来你倒说话呀，他阴沉着脸目视着前方。杨北风有点急了："正看在兴头上，你把我拽出来到底干啥呀？雅座啊，老汪。"

老汪还是沉默，眼睛是哭过的红。杨北风逗他："哎，咋的了？看见虞姬，动情了？由此想起谁了？不会还想那个护士吧？哎呀，你那个护士不是杜撰糊弄我的吗？吹牛显摆吗？"

老汪的脸阴得快要下雨了，语音更阴沉："北风，看见那个虞姬了吧，上级命令你，10月1日前把她拿下。"

"哎呀，我的妈呀，"杨北风拍脑门，"原来听戏真是任务啊，老汪，我服你了。你当我的领导，服！"

老汪又强调一遍："看见那个虞姬了吧，上级命令你，10月1日前把她拿下。"

"咋的？"杨北风做了枪毙的动作，"这样？"

"不，不是，"老汪依然严肃，"上级命令你把她追到手，跟她结婚。"

"别扯淡了，开啥玩笑啊！"杨北风还笑呢，他没当真。老汪不能跟他交实底，说先接触，那他就不下功夫了。

老汪严肃地说:"你看俺像开玩笑吗?火烧眉毛,谁有闲心跟你扯淡。"

杨北风狠拍一下方向盘:"还来真的了?我不服从。"

"由不得你,公安部直接命令。"老汪也拍前面的台。

杨北风看老汪的神态,像真的,但他不服,他要个真实,他吼:"我要看命令,公安部的。"

"会给你看的,今天为啥没给你看,怕你不来。"老汪说,"这事还有闹着玩的吗?"

杨北风想这不是小事啊,没有上级命令,谁也不敢这么做。他还是吼:"为啥?"

为啥,这还用说吗,往大了说,为了新中国。往小了说你最适合,谁叫你长得打人了,一米八的大个,英俊挺拔。在四平,资本家的大小姐白雪花都跟你跑出来当兵;一进北平城,就被唱戏的上官飘迷上。不知道这是你的福气,还是灾难。老汪不能一五一十跟他说,说得越清楚,事越不好办。老汪拿出公事公办的态度说:"这是你的任务,别忘了,咱们现在的身份。不该问的别问,保守组织秘密,对雪花更不能说。"

"雪花怎么办?她从大东北跟着我浴血奋战,进京了,我把她甩了,跟别人入洞房?这个任务我绝不接受。"北风梗着脖子。

"北风你别忘了,你是党员,你是人民的卫士,任何个人的利益必须服从人民的需要。雪花必须牺牲个人感情。"

"你冷血,你残忍。"杨北风压低嗓音喊,"雪花她会受不了的,从此我在她心里就是个背信弃义的人。"

老汪也低吼,"我冷血、我残忍?我为啥还掉眼泪?雪花也是我的战友,我的姐妹。"老汪缓和了口气,拍拍北风的肩,"执行任务吧,公安部的命令,谁也改变不得。你说对了,抓特务的时候,谁也没闲心听戏,这就是听戏的真正目的。现在开始,估计虞姬正在后台卸妆,后车座有一束鲜花,你别怯场,唱戏的嘛,谁都能去捧,行动吧。"

杨北风侧脸看他,气愤地说:"你是有备而来呀。"

"你说对了,我没有这个权力,我就是执行者,和你一样,你也是执行者。"

杨北风脖子一梗:"我不执行。"

老汪郑重其事地给他下命令:"上级命令你,10月1日开国大典之前把虞姬拿下。"

"你刚才说了，拿下不是干掉，说具体点。"杨北风气愤至极。

老汪干咳了几声，他不得不交实底，要不他不干啊，说："也就是说把虞姬追到手，跟她保持恋爱关系。"他说得都没有底气，他怕杨北风冷不丁给他个耳光，他也觉得自己欠揍，他把目标放远些，"不是你说的嘛，为了放长线钓大鱼，一网打尽北京潜伏特务。"

吉普车门挡着，要不杨北风能跳出去。老汪拉他坐下，并拍拍他的肩："多大人了，有话好好说。"老汪不敢跟他顶着来，真把他惹毛了，尥蹶子跑了，这事就泡汤了。回去咋交代？

杨北风压压火，说："我坚决不接受任务，雪花咋办？我要结婚的人是雪花。我要这么做还是人吗？你说，我还是人吗？"

"不是人。"老汪敷衍他，顺着他说。然后，老汪来个一百八十度大转弯，"然而，不是让你非得跟虞姬结婚，是恋爱。你听清楚了？"

杨北风看着老汪，眼神缓和多了。

老汪看在眼里，先来个缓兵之计，"你先把车上的那束鲜花给虞姬送去，今天的任务就算完成了。如果今天连花都没送出，我俩在项局长面前谁也没好果子吃。"杨北风低垂着头，心想，不就送个花嘛，有啥？这离结婚大老远着呢。老汪看杨北风的样子，知道他勉强答应了。其实杨北风上了老汪的当，老汪太了解北风了，只要他进入工作角色，就会圆满完成任务。

车里气氛沉默，往日两人总是有说有笑的。杨北风还是坐着不动，老汪急呀，这会儿《霸王别姬》已经唱完了，等虞姬卸完妆，上哪儿找人去呀？前期做准备容易吗？又买花，又合计的。他把杨北风推下车，他也跳下车，从后车座拿下一束鲜花，塞进杨北风怀里，蹬上车，坐到驾驶座，从车窗伸出头，说："晚上向我汇报。"车吱一声蹿出两米远，把北风留在了戏院外。

《霸王别姬》唱完了，虞姬到了后台，坐在后台卸妆。霸王端着小茶壶走到虞姬的身边，递给她小茶壶。虞姬对着茶壶嘴喝了口茶，霸王借机跟虞姬耳语了几句。霸王说："我收到信了，失散多年的亲戚来的。"

虞姬一惊，很快恢复正常，说："少通信比较好，风声太紧。"

霸王说："邮电局已经启动电报了，快。"

虞姬说："我不同意，太贵，还说不清楚。"

霸王说："我又接到了亲戚的电报。"

虞姬刚想问，什么内容？

这时过来几个演员，冲淡了他们的密谈。几个姐妹羡慕虞姬，打趣，用戏文的口气说，虞姬呀，霸王对你可真好，怪不得你嗓子那么好，原来是霸王的茶水递得及时啊。几个人嘻嘻哈哈笑成一团。

阵阵花香扑鼻而来，杨北风低头看着怀里的花，老汪真能折腾，从哪儿弄的花呢，真是煞费苦心啊。他硬着头皮走进了后台，这时才想起，忘问老汪唱虞姬的是谁了？他也没看节目单。都进来了，也不好再退出去。

虞姬正坐在镜子前面卸妆，当杨北风手捧着鲜花一走进来，虞姬就从镜子中看见了他，杨北风！她惊喜地站起来，转过身。当虞姬向他转过身，杨北风惊愕，但是他惊喜地呼出了她的名字："上官飘？！"

还是在坦克上那样无限柔情的笑，温暖地挂在脸上，她轻呼："北风哥！"

"叫我杨北风同志。"杨北风纠正称呼，北风哥，太亲昵了。

"还是叫北风哥吧，习惯了。"上官飘说话间，脸有些红了。

"那就随你吧。"杨北风把花送给上官飘。

花盛开在上官飘的脸庞前，花如面，人如花。上官飘捧着花，放在鼻子下面，陶醉地闭上眼睛，说："好香啊！"

杨北风的心抽紧般地疼，在四平，白雪花捧着他送的花时也是这么说的。杨北风愣神的工夫，扮演霸王的演员把包递到上官飘的手里说："师妹，你的包，我先走了。"

杨北风马上调整情绪："我知道你在这儿唱戏，特意来看你，欢迎吗？"他都觉得自己像个花花公子，油嘴滑舌、口蜜腹剑的。他确实不知道虞姬是上官飘，但他不能实说，话锋一转，我知道你在这儿唱戏，特来捧场。这样上官飘听了，心里多高兴啊。真真假假，假假真真，逢场作戏吧。

听了特意来看她，上官飘笑得更甜，唤了声北风哥，并羞涩地低下了头。什么样的情谊能来后台看她，并捧着鲜花，不言而喻。上官飘是经历过场面的人，旧社会时，也时常有达官贵人献花示爱，她从未动过心，以年龄小——回绝。遇到难缠的，由师兄出面，也就摆平了。师兄就像她的靠山，当时她也不知道，师兄有那么大的能耐，无论地痞流氓还是黑社会，只要师兄出面，都迎刃而解。现在想来，师兄也不是等闲之辈，他有国民党军队做靠山，还怕几个流氓吗？当时她是多么感激师兄，多少戏班子，班主为了生意，不惜出卖戏班的女孩子。而师兄，待她如亲妹妹，允许她与他平起平坐，与他一同出入应酬的场合，共享荣华富贵。所以，她从未感觉到戏子的卑微，反而是荣耀。而今天，面对杨北风的鲜花，她怦然心动，这不是普通的鲜花，代表着北风哥的一片心，对她有意。你有情，我有意，才能花好月圆。

鲜花在上官飘的胸前芬芳着，她抱着，不舍得放下。杨北风递上花的时候，无意间碰到了上官飘的手，上官飘随即握住了杨北风的手，杨北风把手抽回来，插在裤兜里，那样子，就像有人来抢他的手。上官飘看了掩着嘴，扑哧笑了。刚演完戏的上官飘，神采奕奕，真是个美人。给女人送花，表示爱意，杨北风并不陌生。在四平，为了追求心爱的白雪花，他跑到医院，当着那么多的护士医生，把那束五颜六色的鲜花献给了白雪花。说五颜六色，因为那是采的野花。别看是野花，杨北风当时就想，我这一辈子，只给白雪花送花，不会给第二个女人送花。可现在，他正恬不知耻、花言巧语地给另一个女人献花，曾经的誓言随风飘散了吗？没有，他心里依然装着白雪花。杨北风活这么大，给两个女人送过花，一个是雪花，一个是上官飘。

花送完了，面对上官的微笑，杨北风觉得没什么可说的了。他感觉脸上发烧，因为，他觉得自己太假了，就像庄稼地里的稻草人，没有了灵魂。他不能再待下去了，他怕被上官飘识破自己是个伪君子。他要走，走吧。老汪不是说了吗，今天的任务就是送花，花送出去了，送给的目标，上官飘。一点不差。

见到上官飘，杨北风在心里骂老汪，他明明知道虞姬就是上官飘，不告诉自己。这个大骗子。他要找老汪算账。他面带微笑，对上官飘说："局里还有事，我先回去了。"

上官飘挽留，说："我们吃个晚饭吧，我请你。"

"我今天确实有事，改天，我请你。"杨北风撒谎，说完，他逃跑似的往外走。

上官飘捧着那束花，追到了门口："吃了饭再走，我们现在就去，不耽误事的。"

杨北风只是转身对着她挥下手，然后大踏步地向前走去。他感觉到了，身后有双手向他挥着，眼巴巴看着他远走，但他硬是没回头。

在回去的路上，杨北风是那样想白雪花。又好几天没见面了，不知她可好？

杨北风鼻子竟有些酸，险些流眼泪。如果不拿花还好点，在四平，他给白雪花送花，恍如昨天，怎不令他感慨万千。

临近四平解放时，杨北风负伤住进医院。杨北风和白雪花的相爱没什么传奇色彩，像大多数军人那样，负伤住进了医院，不是跟医生暗送秋波，就是跟护士眉来眼去。这也不能怨军人们俗，就那儿女兵多，不趁负伤的机会捞一把那不白负伤了？也说不过去呀，过了这个村可就没这个店了。这还是北风的营长老汪的经验之谈，尽管他那个"心上人"没成，但也算开启了他军旅生涯的恋爱先河，为他大吹自己是恋爱老江湖奠定了基础。北风那次腿上中了一枪，他这人怪，不怕枪不怕炮，就怕医生手里的针。医生说先打麻药，再取子弹。他连忙摆手，话一出口就有些磕巴，"不行，不行，我不打针，我不打针。"打针的护士看着他笑，说："你这么个大男人，还怕打针？真有意思。"北风的脸就红了。另一个护士逗趣说："又不打屁股，你红什么脸哪？"北风的脸红得像个紫茄子，他支吾了半天说："我，我，我晕针。"又引来了一阵笑声。只有一个人没有笑，就是给他主刀的医生雪花。她戴着大口罩，戴着帽子，只露两只眼睛。北风虽然看不见她整个面容，但那双眼睛不但美丽，还亲切，亲切得不像医生的眼睛。她就用那双亲切的眼睛冲他眨了下，然后伸出一只手，在他裸露的腿上轻轻地拍了两下，眼睛就笑了，口罩里发出的话语又风趣又好听："皮肤很有弹性，一看就没少行军，"她又拍了两下，"嗯，肉很结实，年轻，你二十几了？"北风受宠若惊的样子，又像大梦初醒似的，第一次有人夸他年轻，还是个女医生。他不自然地咧着嘴，脸上是哭笑参半的表情，说："我都三十了。"

"哦！是吗？瞅着不像。"女医生的话很温和。

北风脸上的笑更腼腆了，咧咧嘴没说出话。

护士继续取笑北风："雪花医生给你主刀，你美去吧，是不是美得晕针了？"

北风抬头看着女医生的眼睛，看了好一会儿，不知道说什么好，最后说了句最简单的话："谢谢！雪花医生。"雪花回忆起这一眼，说北风看她的眼神特深情，她做了这么多的手术，就没见过男人这么深情的眼神，而且是看她的，雪花对他有了份好感。作为医生对病人是轻易不动特殊感情的，在她的手术刀下一视同仁。今天雪花的情绪有些波动，这可不是做医生的风格。她第一次发现自己话还很多："哦，你的皮肤确实很好，我尽量把伤口给你做得小一点，不伤大雅。来，躺下，没事，小手术，也就一眨眼的工夫。"北风像被催眠似的躺下了，雪花又在他的腿上拍了两下，问："感觉怎么样？"护士在这时把麻药扎他腿上了。

"有点麻。"北风答这话的时候眼睛瞅着房顶，但他看到的不是房顶，满眼都是雪花的眼睛，亲切得如温暖的阳光。整个手术北风的眼睛都没舍得看别处，他就盯着房顶。一遍遍回味，一遍遍感觉。回味雪花的眼睛，感觉雪花的手温。他不再是顶天立地的英雄，他把自己变回了婴儿，交给了那双温暖的手。不觉中泪水充盈了他的眼眶，不能说是激动，而是幸福，幸福得无边无际。他活了三十岁，还没有哪个女人抚摸过他的肌肤，硬朗朗的腿，能抵住子弹的重撞，却抵不过一双女人温柔的手。这种感觉如春风拂过他的面颊，惬意而陶醉。他就在这春风中奔跑，来吧！子弹，请打我的左腿，请打我的右腿，最好是左右开弓，我无所畏惧，我要奔跑！我照样奔跑！北风就在这亢奋中度过了雪花的手术，他没觉得痛，其实这个手术不像雪花说的那么轻松，子弹嵌进了骨头里。当时也没有什么麻醉师，麻药又金贵，扎那点麻药早就过效了。北风握着拳头，瞪着眼睛，一吭都没吭。雪花看了他一眼，知道他正忍着剧痛，轻声说："快了，这就好。"

北风咬着牙说："没事，慢点也没事。"

雪花欣赏地又看了他一眼，心想，真是个坚强的战士。

到缝合的时候，雪花从护士手里接过针说："来，还是我来。"她边缝边说，"哦，太漂亮了，这腿还是你的腿。""太漂亮了"，不知道是夸她自己的活好，还是夸北风的腿好。

北风的腿确实很漂亮，他一米八三的个头，那双腿占据了身体的三分之二，因军人长期奔袭，那双腿匀称而结实，并带有雄性特有的性感霸气。北风想说，不，这腿从此不是我的了，是你的了。可是，他没有说话，就那么躺着一动不动，但他的心却动得厉害，咚咚的，并撞击着他的胸膛，他不敢张嘴，怕一张嘴心就从嘴里蹦出来，他的心一遍遍地说，我要让她做我的爱人！

从那以后，北风就盼着她来，可是，第二天、第三天，直到快出院也没见到她，他又不好意思问，实在憋不住了，就问护士："那天给我做手术的雪花医生呢？"

护士说，你不知道啊？她不是我们野战医院的，是我们请来的医生。北风说我怎么能见到她？护士哟了声，说那就要看你有没有这个胆量，她是四平医院老板的千金，外科一把刀。北风听了，当时就像霜打的茄子，蔫了。可这心却不曾蔫过，还没等腿好他就出院了。老汪见到他操着一口山东话说："哎哟俺那娘哎，连长同志，你急着出院做嘛？俺还没去看你小子，好不容易住一回院。哎，俺教你的那招拿下一个没有？"

"拿啥下呀？"北风耷拉个脸说。

"完蛋货，俺说呀，这回你没戏，就没机会了，咱又要开拔打仗了。"

"我看上一个医生，不行。"

"哎哟俺那娘哎，这个不行你再找那个，你死脑瓜骨啊？"

"我看上这个了，天仙我都不想要了。"

"你个小连长，你还挑？三十奔四十了，你看俺。"老汪一拍胸脯。

"看你咋地？你不也棍着吗？"

"最起码俺谈过。"老汪得意地嚷着。

"我还摸过呢？"

"你说嘛？"老汪瞪着眼睛，惊讶地问。

"你瞪啥眼睛，她摸我，是那个医生，手术时摸我腿了。"

"哎哟俺那娘哎，是这么个摸呀。俺不是告诉你了吗，别朝医生下手，她们都被首长瞄上了，到不了你手上。"

"这个医生谁也瞄不上，她是四平医院老板的千金，留过洋。"

"嘛？"老汪先是惊讶，转而又哈哈大笑，"小子，你要立大功了，拿下，多难都拿下，你想，你把这外科一把刀弄到咱野战部队，你可不就立大功了。"

"凭啥？"

"凭你一米八三的大个，要不她怎么摸你腿呢。"

"人家是为了手术。"

"以我的经验，有门。别不当回事，这是任务，追！俺到团里给你借辆吉普车，开上，买束花，请人家吃顿饭。"

"钱呢？"

"钱？"老汪摸兜，"来来，咱俩凑一凑。"

北风被老汪这一鼓劲，跟吃了豹子胆似的，开着那辆除了喇叭不响，哪儿都响的破吉普车就去了。他没舍得买花，去野外采了一大束野花大踏步地走进了雪花的诊室，啪一个立正，上前献上一束鲜花。真是的，小伙子，倍儿精神！

倍儿利整！护士们惊奇地哇哇叫。雪花接过花，闭着眼睛，闻着，说，好美的花呀！好香啊！这话与上官飘说得如出一辙。欣赏完花，白雪花才疑惑地问：你是？北风抬起腿说，腿，腿，漂亮的腿！雪花忽然想起来了，哦！怕打麻药的腿。北风就笑笑，说你现在可以下班吗？雪花说可以。北风二话不说，拉着雪花的手就往外跑，拉开车门，雪花就上了车，北风把车开得飞快，那是一辆军用敞篷车。那天那个敞篷车是他们浪漫爱情的载体，北风开车的姿态别提有多诱人了，他一边开着车一边吹着口哨，还不时瞧瞧她。风扬起她的头发，她的心美得开出了一朵花，她的心从那一刻起就永远追随他了。没用北风费啥口舌，她就跟他去了部队。她压根就没跟父母商量，留下一封信直接就跟北风跑了。她知道，如果商量了，父母肯定就把她看起来了。

过后，白雪花跟杨北风说，他拉着她的手往外跑的感觉太美妙了，当她把手交给他时，就像把一生都交给了他。那一刻，她感觉就像跟他私奔了。她给私奔下的定义就是：不顾一切勇往直前追求自己的幸福。瞬间，她决定跟他私奔。她觉得她把自己放到二十八岁不嫁人就是为了等他。私奔，从没在她大脑有过的概念，却如此让人心动地闪在她的脑海里。

回忆到这儿，杨北风本来是要去医院看雪花的，现在，他改变方向，去灯市口公安分局，找老汪算账。明明知道虞姬就是上官飘，挖个陷阱让我跳。这个任务我完成不了，另请高明吧。

进院的时候正是饭口，老汪正捧着饭碗蹲在院子里吃饭，他抬头看见杨北风，嘴里含着饭，忘了咀嚼。杨北风黑着脸，径直走到他跟前，老汪慢慢站起来。杨北风说："你还有脸吃饭？"

窗口探出项局长的头，向他们望了望，没说话。老汪脸大，说一句两句没事，他说："北风，快吃饭，厨房有饭。我以为，你跟，那什么，吃饭了呢。"他是想说，跟上官飘在外面吃饭了呢。又感觉不妥，纯粹火上浇油。

"吃什么吃，跟我进屋，我跟你没完。"杨北风黑着脸说。

"这人真是的，我告诉你杨北风，我可是你的上级。"老汪给自己找脸，因为土豆在那儿扮鬼脸呢。

进屋后，杨北风也不坐，站着，啪啪拍着桌子，差点把老汪的桌子拍散架了。"老汪啊，老汪，你挺阴险啊，啥上级决定，就是你出的馊主意。"

老汪不解："确实是上级命令，俺老汪哪有这权力？到底咋回事？"

北风气呼呼地说："虞姬就是上官飘，你不认识，还是你不知道？"

"哦？哎呀俺那娘哎，这京城唱虞姬的多了，这世界太小了！"老汪哑笑，又神秘地追了句，"天注定啊。"老汪心说，我说了你能去吗？

"什么天注定，我明确地告诉你，这个任务我只能执行到这儿了，对不起，我不干了。"杨北风说完，拂袖而去。

正迎上项局长进屋，杨北风立住脚步。项局长和颜悦色："北风啊，坐，我有话跟你说。"

毕竟是局长啊，杨北风坐到了椅子上。

"北风啊，这个任务，我做不了主，老汪也做不了主。"项局长上纲上线，"这是公安部的决定。你是解放军，公安战士啊！"

解放军，公安战士，这样的称谓，杨北风深感肩上的担子重大。他不应该耍脾气，撂挑子。可是，可是，这不是枪林弹雨，不是冲锋陷阵。如果那样，他绝不退缩。杨北风问："上官飘就是戏相公吗？"

"不确定，"项局长摇头，"如果确定就不用费这劲了。上级决定，不冤枉一个好人，也绝不放掉一个特务。上级就是说让你跟她接触，恋爱，有必要可以结婚，密切监视。可以啊，没说必须，别害怕啊。"

杨北风干脆地说："抓起来审讯不就得了吗。"

老汪点上一支烟，满脸愁容地说："组织说不能打草惊蛇，放长线，钓大鱼，一网打尽，确保开国大典的顺利进行。你不也总是把放长线钓大鱼放在嘴上吗，现在是落到实处。"

"你整点新鲜词，除了放长线、打蛇，你还会说啥，汪处长？"杨北风只能拿老汪撒气。局长能拿来撒气吗？不能够啊。

项局长坐下，拿起桌子上的钢笔，又开始有节奏地敲桌子。看到局长敲桌子，杨北风想坏了，这是局长每次下决心前的动作。果然，项局长说："戏相公被称为万能潜伏台，这个组织就是冲10月1日来的。北风啊，咱们肩上的担子太重了，不像过去打仗，敌人在明处，咱们看得见，打得着，现在敌人在暗处啊。我现在正式命令你，无条件地完成目前上级交给的任务。"

"这么说这个任务很艰巨？"杨北风眼里是坚毅的目光。

"那当然，"项局长语重心长，"北风啊，有没有决心完成这个任务？"

咱是军人啊，指哪儿打哪儿，一切行动听指挥。杨北风一个立正："请组织放心，我保证完成任务，绝不让敌人得逞。"

"这才像英雄杨北风嘛，"项局长在杨北风肩胛捶一拳，"可有一样，严守组织秘密。对白雪花不能解释，这段时间也少接触。当然了，短时间内揪出戏相公，将来结婚的人还是白雪花嘛。"

这话说到杨北风心坎里去了，跟他合计的一样。北风嘴上说保证完成任务，他有他的小小九。就是退一万步，结了婚，我不跟她"那个"，我等着雪花，等我们把戏相公揪出来，案子侦破的那天，我再跟雪花解释。再说了，项局长不也说了吗，短时间内，不会太遥远，10月1之前，尘埃落定，真相大白，我再跟雪花结为连理。

老汪万分痛苦地拍拍北风的肩："俺知道你心里难受，俺也难受。但为了新中国……"

可是命运在这里拐了个弯，杨北风的命运被重新改写。

土豆敲门进来，端着一碗炸酱面，看看这个，看看那个，说："我们杨连长还没吃饭呢。"

"以后正式叫杨科长了。"项局长说。

"升了？"土豆端着碗说。

"升什么升？"杨北风接过碗，呼呼地吃起面条，"饿死了。"

上官飘捧着北风送她的花，兴高采烈地回到住处。她进屋，把包放到柜子上，突然想起，师兄递给她包时说的话。包里有情报，她打开包，翻找，在她的化妆盒中，一张纸条写着，报令：结交公安。上官飘露出得意的神色，抿着嘴笑。她妩媚着丹凤眼，踩着莲花步，捏着嗓子唱：看大王在帐中和衣睡稳，我这里出帐外且散愁心……她坐到梳妆镜前，看着镜中自己娇美的面容，恍惚间镜中映出北风俊朗的脸，深情地看着她，她站起来，回转身，空空如也。不觉间，一行清泪淡淡地划过脸旁，她闭目思索，仰头长叹，北风哥啊，你是上天派来帮我铸成大业的吗？对不起，等我完成大业就带你远走高飞，去台湾、香港，享尽人间荣华富贵。

可是，上官飘每当想到白雪花，她的心就吊在中间，上不来，也下不去。第一次看见雪花，她就知道她和北风大错特错，可是她开弓没有回头箭了，如果说第一次看见北风是怦然心动，那么第二次看见杨北风是激动万分，她不能在他面前再待下去，她怕自己会热泪盈眶，为什么？说不出为什么。直到杨北风到吉祥戏院给她送花，她不知道是杨北风的组织安排，她死心塌地地认为他们有缘。她对杨北风的感情，一半是火焰，一半是海水。她在火焰和海水中煎熬着自己。她的感情不带一点政治色彩，至纯至真。她对杨北风犹如活在戏文中，痴情的小姐遇到了英俊的公子。可她接到了这张纸条，她在现实生活中扮演的角色偏离了至纯至真，变了，她要为这个角色付出一生的代价。

第十四章　月如钩

到了这个时候，杨北风和上官飘带着各自不同的目的朝着结婚而去，想不结都不成啊。可悲的是，他们俩在浑然不觉中扮演着戏中的主角。杨北风认为逢场作戏，合适的时候他能挣脱出局。而上官飘满心欢喜，认为得到了人世间最美的爱情。

可怜白雪花，从一进京就盼望着与杨北风完婚，现在依然憧憬着。她做梦也不会想到，那个上官飘，那个她心里鄙视的戏子，贸然地出现在她的命运中，成为她与杨北风幸福路上的绊脚石。

清晨，医院的院子中就响起了扫帚扫地的声，崔家栋正在打扫院子。夏玲伸着懒腰站在屋门口，招呼着说："崔记者，你怎么又扫上了，一会儿我扫，你那伤口还没愈合呢。"

"没事，已经差不多了。你睡得那么晚，早上多睡会儿吧。"崔家栋继续扫。两只喜鹊喳喳着落在院子里的柿子树上，扇动着翅膀，飞起又落下。崔家栋对着喜鹊吹声口哨，喜鹊对着他更欢快地叫着。夏玲拍着巴掌，嗷嘶一声，轰两只喜鹊跑，可喜鹊刚飞离树梢又落下。夏玲做着伸展运动，说："行了，喜鹊都起床了，我也干活。"她操起另一把扫帚，和崔家栋一起扫院子。她扫到崔家栋跟前，看着他，点头赞许，真是个勤快人。她问："崔记者，你跟我们雪花医生是同学呀。""对，同学，在美国的时候。"崔家栋继续扫着。

夏玲提拎着扫帚，跟着他问，"我看你这人挺好，有学问，还不拿架子。你说你俩在美国，啊，就没，啊？"她想着新词，"就没处个朋友啥的？"

"哈，我们本来就是朋友啊，"崔家栋怕她理解错了，又说，"你我也是朋友啊，新朋友。我和白雪花算是老朋友。"

"啊，对对。"夏玲说。她觉得崔家栋比杨北风要强，像白医生这么优秀的人，应该找个更优秀的人，才与她般配。崔家栋斯斯文文，体贴入微，这点一般男人是比不过的。杨北风也是有差距，这多少天了，又不打照面了。白雪花也起床洗漱，她到院子里，看见他俩刚扫完院子，地面干净整洁，显得院子更宽敞了。长条椅子在柿子树下静静地卧着，仿佛等待着久违的朋友光临。白雪花走到长椅旁，仰头看着天空，说："早上的空气可真好。"

夏玲嘴快："就是空气好，也不能总让崔记者扫院子。"

崔家栋有些不好意思："是我自己愿意的，多干点活，强壮身体。"

白雪花关切地说："伤口正在愈合，多注意，别抻着。"

"放心吧，"崔家栋对雪花说，"我想今天出院。"

"我是建议你再住两天。"白雪花说。

"不住了，一堆的事呢，我拍摄的课题还未完成呢。各行各业，我都要拍，拍成纪录片，将来，这就是珍贵的资料啊。"崔家栋说起自己的行业，神采飞扬。

"那我也在你的纪录片里？"夏玲瞪着大眼睛问。

崔家栋同样瞪着惊喜的眼睛："那当然，所有建设新中国的人都在里面。"他放下扫帚，拿起水筲。

夏玲忙上前，说："崔记者，挑水可不行，那真就把伤口抻了。"

崔家栋求救似的看着白雪花："我快出院了，就给我这个机会吧，你们挑水太辛苦了。"

白雪花说："夏玲，让他去吧，慢点。"

"好嘞！"崔家栋愉快地应着，挑着水筲，走出了大门，回过头说，"雪花，什么时候你结婚，我给你拍照，在天安门广场。"边说边向白雪花竖大拇指。

夏玲望着崔家栋的背影，自言自语，"这人可真好。"她又歪头看雪花，"白医生，当初，你咋不跟他，啊，处对象。"

"别瞎说啊，整天说话没心没肺的。"白雪花表情严肃。

夏玲伸下舌头。

10月1日，国庆节，这是新中国成立的第一个节日。

杨北风深感肩上担子的重大，军令如山，他只好接受任务。不就是保持关系吗，为了国家和人民，他愿意接受这个特殊的任务。戏相公被称为万能潜伏台，是目前暗藏在北京最大的敌人。

报令：结交公安。上官飘默念着这道命令，也是军令如山啊。可是她无法在任务和感情中取舍，她仰躺在床上，思绪万千，她还是离不开杨北风。所以，她想出个自认为两全其美的办法，既能与北风结婚，又能完成任务，还可以从对方身上随时获取情报。妙哉！

接下来的日子，杨北风带着任务，开始如火如荼地追上官飘。同样，上官飘也不约而同地带着任务密切接触杨北风。

杨北风跟上官飘的想法一样又不一样。一样的是杨北风想跟上官飘发展恋爱关系，完成上级命令。不一样的是，杨北风对上官飘没有爱情，而上官飘却对杨北风有爱，她不但要和他恋爱，还要和他结婚。

东四三条，这里胡同连着胡同，生人到这里还真有些转向。这天夜晚，冷风飕飕，月亮是出现在夜空上了，但模模糊糊，不明朗。月亮周围晕开个大风圈子，越晕越大，慢慢地吞噬了月亮。星星也隐退得无影无踪，夜黑得伸手不见五指。一个黑影鬼鬼祟祟走在胡同里，左拐右拐，进了一条长胡同。他四下里瞅瞅，从怀里掏出反动标语，往墙上贴。他的脸紧贴着墙，贴完了几张，又紧贴着墙根往别的胡同溜。月亮从厚厚的云层中露出半拉脸，照亮了墙，也照亮了黑影的脸。一条长脸从黑色毡帽下映在墙上，是陈三爷。他下意识地用袖子遮了下脸，抬头看两眼月亮。乌云飘过，又遮住了月亮，陈三爷的脸又暗淡了。又贴着墙根往前溜，那样子，生怕月亮钻出云层再照亮他的脸。胡同在黑夜中，显得更加悠长、深邃……陈三爷几乎是小跑着溜出了胡同，向着一片小树林跑。刚进树林，他收住脚步，四下望望，太黑，啥也看不见。他把手放到嘴上，喂，喂，喂。夜很静，惊飞了几只夜鸟，扑棱棱从他的头顶飞过。他更不敢往前走了，刚想转身离去，从一棵树的后面，走出一个人站在他的身后。陈三爷惊回首，哆嗦了下，说："哎呀妈呀，吓死我了。"

"就这点胆量还想完成大业？事情办得怎么样？"盛春雷压低嗓子说。

"全办妥了，贴墙上了，就等着明天早上轰动吧。"陈三爷说。

盛春雷说："太好了。戏相公就是要这个效果，我给你庆功。"

"功不功的，我手头太紧了，你也知道，菲四美花销大，你答应给我一个黄鱼的。"陈三爷向盛春雷伸着手。

"着什么急呀，天安门广场还没撒传单呢。这可是戏相公的命令，我们现在大事不敢做，再不做点小事，那他们就美到天上去了。"盛春雷忧心忡忡。

"我还没跟住在美国新闻社的人接上头，联系上他们，印传单不成问题。"陈三爷说，"但是，得有经费呀，印传单也需要钱啊。再说，几个弟兄不得意思意思啊。"

盛春雷拿出一个金条，递到陈三爷手里："这个你先拿着。"

陈三爷忙不迭地接过来，揣进怀里。

盛春雷说："美国新闻社那边，要做到滴水不漏，才能保住你的性命。"

"我心里有谱，只要你经费到位。"

"那就好，不久的将来，反攻大陆，有你享不完的荣华富贵。"盛春雷给他打气。

夜静悄悄的，黑暗淹没了一切。

这个清早与往常没什么两样，早起扫院子的，倒尿盆的，遛弯的，照样起得那么早，去该去的地方。有的是刚出去，有的是刚回来，他们聚集在标语下面看着，并气愤着。一会儿，有早起上学的孩子，还有不上学的小孩子，看到这儿堆着人，背着书包就往人堆里挤。从人缝中挤到里面，抬头看墙上的标语。不懂事的孩子，张口念出声，像朗诵课文。墙上贴着：东簸箕，西簸箕，这个社会要过去。东胡同，西胡同，反攻大陆要胜利。孩子旁边的大人，忙捂着孩子的嘴，别瞎念，快上学去。有几个小孩跑出人堆，撒腿跑在胡同里，嘴里也不闲着：东簸箕，西簸箕，这个社会要过去。东胡同，西胡同，反攻大陆要胜利。好玩，像儿歌，比课本好读。胡同里一个孩子在朗诵，受感染，一群孩子在朗诵。

胡同传来吆喝声，冰糖葫芦喽——迎面走来卖糖葫芦的，扛着糖葫芦杆子，红艳艳的，给这个早晨增加了亮色。那个打头朗诵的小男孩，看见红艳艳的糖葫芦，停下脚步，小眼睛盯着糖葫芦。卖糖葫芦的弯腰问他，小朋友，你这是在哪儿听的？小孩向胡同深处一指，那边墙上。卖糖葫芦的是崔大妈，她摘下一根糖葫芦，递给小男孩，吃吧。小孩摇头，说，没钱。崔大妈说，孩子，吃吧，大妈不要钱，好好学习哟。唉，小男孩迫不及待接过糖葫芦，谢过大妈，撒腿跑了。

后面追上来的孩子岂能饶了崔大妈，你都给他糖葫芦了，也应该给我们。孩子们围住她，跳着脚要糖葫芦。崔大妈躲着，说回家管你妈要钱去，大妈也是花钱买来的。嘴上说得狠，手上是亲切的。她从杆子上摘糖葫芦，分给孩子们。然后，她怕再来孩子，轰着孩子们去上学，自己也快步向胡同里走去。

反动标语前堆集的人越来越多，崔大妈驻足在人堆后面，看了眼。人多，她也许没看见什么，很快走人。她慌慌张张走到灯市口公安分局，累得气喘吁吁，进了院子，喊："喂，有人吗？"

杨北风跑出来，先看见糖葫芦杆子。崔大妈走得急，差点摔倒。杨北风连跑几步，扶住她。

崔大妈说："不好了，快去看吧，有人贴反动标语了。"

杨北风、老汪、土豆、小舟跑步赶到东四三条，那里还有很多人在看。看到公安来了，纷纷离去。这个宣传单是句顺口溜，字不多，但朗朗上口，看了就能记住，胡同口就有不懂事的小孩顺口说着，还有几个妇女，交头接耳，也念叨这几句话。他们不是替敌人宣传，而是议论，不经意就从嘴里流露出来。因为，不用背，看了就记住了。老汪和杨北风不禁心头一紧，相互望了一眼，感觉事情严重。全北京城都在筹备开国大典，这时出现反动标语，并很快就有人传诵，影响可是极坏的。

桌子上的电话急促地响了起来，项局长刚抓起帽子，想赶往东四三条。听到电话响，他折回身，接电话。是公安部打来的，项局长接通电话，脸色大变。电话里传来首长严厉的批评声：怎么搞的，在筹备开国大典的节骨眼上，接二连三地出问题，居然出现了反动标语。这比放颗炸弹还严重，传播速度极快。我命令你，24小时内查出贴标语的敌人。项局长没有辩解、插嘴的分儿，他只能说，是，是。放下电话，他迅速赶到东四三条。杨北风他们正在撕墙上的标语，几个大妈也在帮着清理、销毁。土豆一向嘴上没把门的，他从墙上撕下传单，拎在手里仔细看。小舟说他："你还看，反动传单，小心看到眼里，拔不出来。你再看我可告诉汪处长了。"

土豆嗤之以鼻，不惧他："你就会打小报告，能信你的呀，你个旧社会的警察狗子。"

"好，你鄙视我。"

"我就鄙视你了，能咋地吧。"

小舟小声回击他："你像个土匪。"

土豆扯着脖子喊："我告诉你，我们可是四野的兵，你去打听打听，坐地吓得你筛糠。"

"吹啥呢？吹啥呢？土豆我跟你说，你给我注意点。"杨北风呵斥土豆，"四野南下剿匪了，你别给四野脸上抹黑。"

小舟因为是经过改造的旧警察，对这事看得特别认真："他看反动标语。"

土豆说出心里想的事："我没看，我是端详。这特务挺讲究，还是印刷的，用毛笔写写得了呗。"

小舟笑了，原来他不是看标语，是好奇："你真老土了，那么多传单，要写到什么时候。印刷机印得多快，刷刷的。"

杨北风听到"印刷机"心里咯噔一下。第一个想法冒出来，端掉敌人的老窝——印刷点，在哪儿？在东四三条吗？可行吗？是先抓特务，还是先查印刷厂？项局长在现场就宣布命令，24小时破案。杨北风和老汪接受了任务。

挨家排查是从上午开始的。排查，杨北风开始是不同意的，耽误时间，还引起居民的反感。在这里贴传单，敌人不一定就在这里。别处还发现传单了，那也要挨家排查吗？老汪坚持排查，只有从这里入手。

这条胡同，这个拐角，还有这面墙。小舟突然想起了两年前的那个夜晚，他跟着买他情报的人到了这里，可能是这里。这是种直觉，因为当时他被蒙着眼睛，坐着轿车进了一条胡同。他下了车，走了一段，因为看不见，他手扶着墙，摸到了一个拐角，摸到了一面墙。进了一个房子，他把情报给了那个人。他们以为他不懂英语，屋里的人用英语跟那个人打招呼，称呼那人的时候，在英语中夹杂着崔字，也就是说，买他情报的人姓崔。在他们的交谈中，小舟听到最重要的一句话，美国新闻社。哦，这里可能是美国新闻社，这小子又把这情报直接卖给了美国新闻社。他玩的是空手套白狼，也就是他不用付钱，直接挣的中间费。这个崔姓的人，在他的记忆里也模糊了，不是他记忆力不好，而是他根本就没看清楚他的脸，就被蒙上了眼睛，又是在夜晚。除非他再看见这个人，也许能唤醒他的记忆。他从小在北京长大，对老北京各个胡同比较熟悉，是蒙着眼睛进的胡同，当时他也没想是哪条胡同，就是为了用情报换钱。他不是贪财的人，他从小也没被钱难倒过，钱是不需要他操心的东西，他是啥，地地道道的大少爷。他父亲怕他学坏了，花钱为他在当时还算是有权的地方谋了个差。可是就在那一年，父亲为朋友做担保，把家业都赔进去了，父亲一股急火住进医院。小舟为了给父亲筹钱治病，才利用当警察的便利，出此下策。今天，踏进东四三条，当年的记忆忽然回归，那天蒙着眼睛进的就是这条胡同。那么说，这里有个美国新闻社。小舟想把这个情况跟老汪和杨北风说，但又有顾虑，刚才土豆还说他是旧社会的警察狗子。土豆根本瞧不起他，总提他是旧社会警察狗子的事。万一他过去卖情报的事被土豆觉察，还不羞辱死他。算了，还是不说了。过去这么久了，自己也记不清了。

　　排查到下午六点，一无所获，有的家锁着门，有的家不开门。后来，基本上都气馁了，收队吧，研究下一步对策。

　　东来顺就是东来顺，瘦死的骆驼比马大。现在吃顿涮羊肉可跟过年似的，是件奢侈的事，穷人吃不起，富人这个时候有的也不敢吃，怕露富，但就是这种情况，还是客满。陈三爷请菲四美吃涮羊肉，坐在一个靠墙角的位置，挺隐蔽的。铜锅、炭火，俩人吃得火热。陈三爷就爱吃这涮羊肉，可有日子没吃了，一是钱紧，二是事太多，整天是戏相公的命令，他也没心情吃。从把菲四美接出怡红院，就把菲四美晾在一边了，他也是不便频繁地跟菲四美接触。怕什么？什么都怕，就他这身份，在这新社会，稍不留神，就被打倒在地。今儿，他心情好。昨晚盛春雷给了他一条黄金鱼，他就请菲四美吃涮羊肉。菲四美也爱这口，边吃还边抱怨："本姑娘我啥时候缺过这样的嘴，那过去，哪个礼拜不来东来顺四五回。这可好，吃个涮羊肉跟过年似的。"

　　"这不来了吗？"陈三爷边劝说她边看着周围。

　　菲四美看着陈三爷，说："我怎么看你吃个涮羊肉跟做贼似的？"

　　"做什么贼呀，这不是解放军进京，穷人的天下了，尽量少来吃涮羊肉。"陈三爷跟她解释。

　　"谁来他不也得让过日子不是，吃顿涮羊肉怎么了？我跟你说，我要跟你结婚，我还要吃涮羊肉。"

　　"再缓缓。"

　　"缓什么缓啊，再缓我都人老珠黄了，你不定找哪个小狐狸精去了呢。"

　　"怎么会呢，你就是我的心肝宝贝。"

　　"就说得好听，谁知道你安什么心。"

"好心。"

"我手里可没钱了。"

陈三爷从怀里掏出钱，偷偷塞进她手里："快收起来。"

菲四美面露喜色，把钱塞进包里，撒娇："我一个女人在那儿住怪害怕的。"

"有什么怕的，有事找盛春雷，他是我朋友。"

"反正我要跟你结婚，你做准备吧。"

"行，但得过段时间。店里生意不好，我要去苏州进点货。事太多。"

"那你可快点。"

"好。着急了？"陈三爷眼神暧昧。

菲四美娇羞地用手绢遮着半边脸："去你的。"

铜锅的水沸腾着，炭火从中间的铜管里发出轻微的噼啪声，沸水散发着诱人的香气。菲四美夹着羊肉送到陈三爷的嘴里，陈三爷享受地吃着，捏着小酒盅，一仰脖子，吱溜，喝一酒盅。他示意菲四美也喝一个，菲四美左手捏起酒盅，右手遮着嘴，仰脖，也喝了一个。陈三爷赞赏："好，好酒量！"菲四美端起已经温热的酒壶，又给陈三爷满上，他用手挡着，说："不喝了，还有事。"

"不嘛，今儿要喝个痛快，三爷，我陪你。"

"醉的不是时候啊，我……"陈三爷欲言又止，"一会儿你先回去。"

"不嘛，我要你去我那儿陪我。三爷，你可有日子没去我那儿了。"

"我是真有事。"

"我看你怎么神神秘秘的，就像眼下说的，像个特务。那我可就抓你，向新政府请赏，咯咯。"菲四美说笑着。

陈三爷的脸唰一下白了，忙捂住菲四美的嘴："以后可不能这样说笑！"

"看把你吓的！咯咯，以后对我好点。"菲四美用手绢掩面笑，说这话，好像知道他的底细。

陈三爷小声、吞吐、试探着说："假如我真是特务，你真揭发我？"

"如果你是负心汉，我就揭发你。"菲四美嗔怒，用手绢对着他甩了下，"咯咯，行了，别说没影的事了。"

"揭发"一词让陈三爷毛骨悚然，真是婊子无情、戏子无义啊。菲四美说的是玩笑，陈三爷却听得心惊肉跳，在心里留下了阴影。

群众举报，其他胡同也发现了标语。特务的印刷厂在哪儿？这个印刷厂不端掉，特务还会印刷更多的反动传单来扰乱社会秩序。

局里晚上开会，研究如何破获这个反动传单案。会上，项局长听了杨北风他们的汇报，决定先不查贴传单的人，先查印刷厂。人是活的，可以逃跑、藏匿，而印刷厂是死的，设在那儿，不会跑，除非人搬动，可这么大的动静，敌人是轻易不敢动的。小舟几次想说出美国新闻社，但话到嘴边，又咽了回去。关键，他不确定啊，还是别多嘴。再说，过去的历史不光彩。

会上杨北风提出建议，"敌人的反动传单远远没达到他们所要的效果，还会在更重要、更显眼的地方张贴、传播。所以，夜晚，我们要加强重要地段的巡逻，争取抓住撒传单的人。"他稍想了下，"最好，我们能找到敌人的印刷厂。"

"那还用得着你说，我也想找印刷厂。"老汪说，"还得上东四三条去挖。"

杨北风说："东四三条多半人家已经被我们排查了。也许在东四七条、东四八条、东四十四条，查不过来呀。我看，还是晚上，抓撒传单的人。"

小舟和土豆坐在一起，听杨北风说东四十四条，像颗石子打在他心上，瞬间痛了下。从进了东四三条，他就想起了两年前的事，他被蒙着眼睛进了胡同。东四三条离东四十四条不远，都在那一片，具体哪条，他确实记不清了。很可能是东四十四条。但到了东四三条，又觉得是东四三条，要了命了。所以，想说不敢说呀，这话在他舌头底下压了一天了。看会上大家愁眉不展的，他真想说出来，但还是压下了。冷不丁听到杨北风说东四十四条，舌头下的话也就不自觉地出来了。他小声对土豆说："东四十四条像是有个印刷厂。"

土豆推他一下："做梦呢，别乱放炮。"土豆说他做梦有道理，这分析都分析不出哪儿有印刷厂，他坐着坐着就能冒出印刷厂了？扯犊子！

老汪看他俩低头嘀咕，指着他俩，烦叽叽地说："注意，别瞎嘀咕，有话大声说。小舟，你有啥事就说，干啥呢？"这都闹心死了，这俩玩意儿还有心唠嗑。

被点名了，小舟吓得赶紧说："没，没事。"

土豆又怼他一下："嘚瑟吧。"

俩人坐直身子，认真听讲。

老汪同意夜晚巡逻，但他还是坚持要对东四三条进行排查。

最后，项局长拍板，两条腿走路。可是人手不够，只好夜以继日，全局总动员。最后，项局长补充了一句："我们还是要充分发动群众，相信群众，跟群众搞好关系。群众的眼睛是雪亮的，群众的觉悟也是逐渐提高的。有时候，我们发现不了的，群众先发现。就拿这件事来说，第一个来报案的，啊，是那个卖糖葫芦的。"他看着老汪。

"啊，崔大妈。"老汪说。

"对，崔大妈。走街串巷，她发现情况的可能性很大。大是大啊，如果是觉悟不高的群众，不关他自己的事，也就不来报案了。"项局长说，"像这样的群众，事后我们要表扬。"

"崔大妈非常积极配合我们的工作。"老汪说。

晚间，天全轩茶馆里喝茶的人没有下午时多了。陈三爷在东来顺离开菲四美后，正在茶馆喝茶，他戴着黑色礼帽，不急着摘掉帽子。鼻梁上架着浅色墨镜，礼帽几乎压在墨镜上。还没等喝第二杯茶，又走进一个戴黑色礼帽的人，来人坐到陈三爷的对面。陈三爷对他微笑点头，又端起茶壶，给他斟茶。来人也礼貌地对陈三爷颔首，他们面对面坐着，不说话，对饮着茶。来人用左手把礼帽摘下来，放到桌子的左边。陈三爷看了眼桌子上的礼帽，他用右手摘掉礼帽，在他的方向是放在桌子的右边。两顶礼帽放在一起，竟然一模一样。摘掉帽子，陈三爷的面容已经变了，他戴的是肉皮面具，又戴着假发套，已经看不出是他了。

每人又喝了一杯茶，来人说："传单已经印出来了，往哪儿撒？"

陈三爷是不会说话的，凭嗓音，会认出一个人的。他用手指，向上指指天。

来人试探着问："天安门广场？"

陈三爷点头。

来人说："那太危险。"

陈三爷脸绷着，不点头，也不摇头。

来人看他态度坚定，也就不强调危险的事。既然必须往天安门广场撒，那就拿钱找齐吧，没有经费寸步难行。

陈三爷轻蔑地笑了下，接着伸出三个手指，再指指脚下。来人知道了，三天后，还在这见面，给钱。来人看着陈三爷，他俩相对沉默三秒钟。陈三爷拿起茶桌上的黑色礼帽，戴在头上，从容地走出了茶馆。他拿走的礼帽是来人的，剩在桌子上的礼帽是陈三爷的。陈三爷拿礼帽的时候，来人一直盯着看，是眼睁睁看着他拿错礼帽的。拿错了，来人舒口气。他拿起桌子上陈三爷的礼帽，在手里掂量着，果断地扣在头上，也走出了茶馆。

这种交换情报的方法很特别，谁能注意他们拿错了帽子？就是有盯梢的，也很难识破。互换了帽子，就交换了情报。

来人走到墙拐角，摘下礼帽，从帽子里抠出纸条，展开：这批传单撒完，印刷机搬离美国新闻社。不间断印刷各种传单，撒向中共重要场所。戏相公。来人琢磨，难道跟我接头的这个人是戏相公？他已经看出来了，跟他接头的这个人戴着肉皮面具，把自己伪装得很严实。

陈三爷摘掉礼帽，从帽子里拿出印刷样单。他看完，露出满意而阴险的笑。

一天又结束了，就像在台上唱完了一场戏。上官飘总感觉自己的人生在戏中开始，也在戏中结束。就拿一天来说，在台上她是唱戏的，在生活中还是唱戏的。只有回到她的小屋，面对着无尽的寂静和黑暗，她才是真实的。寂寞让她如此心动。花瓶里的花已经枯萎了，那是杨北风送她的。她以为，从那一刻，新的生活开始了。可是，不是她想的那样，从此，再也没有了杨北风的信息。她看着那束花一点点枯萎，仿佛她的心也在枯萎。最近，她总是莫名地哭泣，不断地思念。她的思念刻骨铭心，消耗着她的心血。真挚地思念，思念到绝望。她有心去找杨北风，可是，那不是简单的事，如果她的身份正常，她会勇敢地追求。现在，她守候着，在原处，希望守候的路不会太遥远。

夜幕降临，印传单和贴传单的人还没发现，更别说杨北风脑子里想的那个印刷厂了。夜晚主要兵力放到了巡逻上。重点巡逻的地方是天安门、西单、东单、东直门、西直门。巡逻也是盲目的，相当于守株待兔。此兔非彼兔，自己往树上撞的概率微乎其微。土豆跟在杨北风的身后，走在天安门广场上，雄伟的天安门矗立在眼前，土豆激情澎湃。他紧跑两步，跑到杨北风前面，倒着走，说："连长，每当我看见天安门，心就怦怦地跳。你说我一个东北土豆，能在天安门站岗放哨，在毛主席待的地方巡逻，是多么自豪啊！"

"连个发传单的敌人都抓不到，你还自豪？滚边儿去。"杨北风哪能自豪得起来呀。

"可不是吗，还不如跟着四野南下剿匪，突突，消灭敌人。"土豆做着端机枪扫射的动作。

"想部队了？"

"想，可想了。"

"土豆啊，你要转变思想，踏踏实实在北平保卫人民，这就是我们的新战场。我们一定要打赢这场新的战役，消灭一切反动派。"

土豆无奈地说："抓不住特务，谁不着急呀，我也急呀，可有劲使不上啊。你都不知道，急得警察狗子说胡话，说东四十四条有印刷厂，哈哈。"

杨北风正有气没地儿发："谁警察狗子啊，小舟都反映好几回了，以后注意点。"

土豆不满地嘟囔："他就会打小报告。"

杨北风突然抓住他："土豆，啥玩意儿？你刚才说东四十四条有印刷厂？"

"哎呀，连长，"土豆踩着脚，"你听错了，是狗子，不是，是小舟说胡话。"

"在哪儿说的，他说东四十四条有印刷厂？"杨北风紧追不放。

土豆轻描淡写："在今晚的会上，跟我嘀咕，说东四十四条有印刷厂。他就是糊弄我玩，因为我总熊他。"

"走，去西单。"杨北风向西单方向跑去。

"干啥去呀？"土豆在后面跟着跑。

"找老汪和小舟。"杨北风说。

到了西单，找到老汪和小舟，杨北风询问小舟东四十四条有印刷厂的事。杨北风也不太相信小舟说的话，但死马当活马医呗。他是旧警察，对北京熟悉，知道的事比他们多。小舟把他的直觉和经过跟杨北风一五一十地说了，东四十四条很可能有个美国新闻社，那就很可能有印刷机。杨北风和老汪商量，是现在行动还是等天亮了？老汪说，现在去，一刻也不能等。小舟说可是家家户户都在睡觉啊，我可记不清是哪一家，只能挨家走。

杨北风说："就麻烦街坊邻居一次吧，马上行动。"

四个人消失在夜色中。

夜空下的北京城，寂静而神秘。红墙琉璃瓦、起脊翘檐、宫墙深院，笼罩在朦胧的夜幕中，在夜幕下叙述着久远的历史和无尽的沧桑。到了东四十四条，已经是后半夜，他们顾不了那么多了，挨家排查。他们四个都穿着军装，敲开谁家门，一说是解放军排查可疑分子，请大爷、大妈、大嫂配合，大家也就打消了不满情绪。

他们又敲开一个四合院的大门，是一个小伙子开的门，只开了一条缝，那意思是不欢迎他们进去。

老汪说："我们必须进去，因为一个院子里住的不是一家，我们要挨家排查，这关系到北京的安危。"

小伙子说："这个四合院就住我一家，我家不是什么美国新闻社，也从来没租给美国人用过。"

屋门走出一位老者，说："你们要打听的美国新闻社可能就在胡同的最里边，过去是日本鬼子的一个小指挥部，后来，国民党来了，院子就静了。到底住着什么人，不清楚。那个院子平日里看不见人进出，说是住着美国的记者，偶尔有美国人开着黑色轿车停在门口，也不知道是不是你们要找的美国新闻社。大门口一边一个石狮子，嘴里含着石头球，石球在嘴里还能转动。"

杨北风他们连说谢谢，直奔石狮子把门的院子。

果然，大门口有石狮子。杨北风摸着石狮子嘴里的石头球，是能转动，就是这个院子了。石狮子把门的大门不少，但石狮子嘴里含着球的不多。小舟摸着石狮子，恍如回到两年前，他说就是这儿，当时他被蒙着眼睛，所以，他走路时，两手就不自觉地扶着东西走，无意间摸到这个石狮子头，手指碰到了石狮子嘴里的球。石球是转动的。当时他还用手指拨动石球来着。

小舟刚想敲门，看大门上锁了。杨北风说："跳墙进去，动作要轻，万一屋里有人，别惊动了。"土豆在大门外放哨，杨北风他们三个进去。土豆理所当然成了板凳，三个人踩着他的背，跳进了院子。小舟踩到土豆的背上，说："让你再欺负我，使劲踩你。"

土豆真想把他掀翻，但看在他立功的分儿上忍住了，说："等这事完了再收拾你。"

他们三个跳进院子，拐过影背，每个屋都黑着灯，屋门也都锁着。杨北风建议，从窗户进屋，不要破坏门，尽量不让特务看出有人来过，便于抓获他们。

小舟打开一扇窗户，跳进去，用手电照射，没发现可疑的地方，正常住户。他们又进了厢房，什么也没找到。厢房已经很久没人居住了，挂了他们一脸的蜘蛛网。

各屋都找了，没发现印刷机。他们站在院子里，一筹莫展，走还是留？老汪问小舟："不会记错吧？"小舟很坚定，"他们蒙着我的眼睛，我感觉，就是从正门进屋的，也就是说进的是正房，大概是这个屋子。"小舟指着正房，"那天晚上有月亮，他们虽然蒙着我的眼睛，但鼻梁鼓起的缝隙仍透过一丝亮光。对了，柴房还窜出一条狗，汪汪叫着，差点咬着我，幸亏用铁链子拴着。狗对着我跳的时候，我听到铁链子声了。"小舟闭着眼睛回忆着，这样回忆得更真实。

"等等，"杨北风打断小舟的回忆，"柴房？你怎么知道是柴房。"

"那狗还养在屋里？"小舟还是闭着眼睛。

"狗从哪个方向咬过来的？"

"是从我的左手边。"

杨北风看左边，是茅房和柴房，破烂，门开着。里面堆着乱七八糟的东西。三把手电一起照在柴房里。

守在大门外的土豆，隐蔽在暗处，瞪大着眼睛，看着周围。他的耳朵支棱着，不放过任何一点动静。突然，胡同响起脚步声，很急促，由远而近。土豆探出头，看见一个黑影向这边走来。土豆是经过枪林弹雨的，临危不惧、非常冷静。他第一反应是特务，也就是这个院子里的主人。是在门外解决他，还是放他进院里关门打狗？保险起见，放他进院。果然，黑影走近大门，并向身后看看，掏出钥匙，开锁。土豆屏住呼吸，竖着耳朵听着，沉着冷静。锁打开，来人又向身后看看，然后，推开大门。就在这时，土豆从暗处跳出，从后面抱住来人，把他推倒在地，随即小声喊道："连长，抓特务。"

柴房的三把手电筒，齐刷刷照到他俩身上，只见两个人扭打在一起，来人拼命反抗。小舟扑过去，照着来人脑袋咣咣地踹。两脚就把来人踹蒙了，两眼冒金星。土豆掏出手铐，给来人铐上。

杨北风打个手势，进屋审。在外面，怕惊动邻里。

土豆一脚踹开门，揪着来人就进了屋。来人抗议："你们这些解放军，就是土匪，我要告你们损坏了我的门。"

老汪说："损坏东西我们照价赔偿。说吧，你是谁？干什么去了？这么晚才回来。"

来人说："我就是到街上溜达去了。"

老汪喝道："溜达到后半夜？老实交代。"

杨北风问："过去这是美国新闻社。"不是问，而是直截了当地确定。

"是，不是，不是，"来人有点语无伦次，"这是我家。"

"哼哼，"杨北风冷笑，"没有根据我们不会造访的，印刷机在哪儿？"

来人不说话。

杨北风急眼了，没时间跟他磨叽，24小时破案呢。他说："土豆、小舟，去柴房搜，挖地三尺，也要找出印刷机。"

说到柴房，来人汗就冒出来了，他扯着衣袖擦汗。

柴房漆黑一片，土豆和小舟扒拉着乱七八糟的东西。在灶台旁边的墙上，竖着几捆棒米秸子，土豆几脚踹倒几捆棒米秸子，露出一扇跟墙同色的门。土豆乐，在这儿呢，狡猾的特务。门锁着，土豆从灶坑旁操起一把斧子，照着锁就是一斧子，锁开了。推门进去，一架小型的印刷机赫然摆在里面，旁边的桌子上还散落着印刷好的传单。土豆抓起一把，回身走出去。

"连长，传单，印刷机也找到了。"土豆进正房喊。

来人从椅子上瘫坐到地上，他交代，刚才他出去撒传单和贴标语去了。杨北风问："都撒哪里了？"

来人说："天安门广场、雍和宫。"

绝不能让这批传单见到明天的太阳。土豆和小舟领着几个人，连夜把这些传单收拾干净。

灯市口公安分局彻夜亮着灯，连夜突击审问来人。

杨北风先开场："你可能知道，我们的政策是坦白从宽，抗拒从严。你只要老实交代，就会减轻你的罪责。"

来人痛哭流涕，他没什么可抗拒的了，只求宽大。他说："我的最上级是戏相公。"

老汪问："你见过戏相公吗？"

"没见过，但我怀疑给我传递情报的人可能是戏相公。"

"你描述一下他的长相。"

"描述也没用，那是假象，他戴着人皮面具，连头发都是假的。"

项局长插话："声音。"

"他不说话，用手语。"来人说。

"狡猾的狐狸。"项局长骂道。

老汪问："下一次接头时间？"

来人说："三天后，在天全轩茶馆。"

第十五章　伤离别

　　只要接头就好，接头的时候，抓住这只狡猾的狐狸。项局长得知三天后还有一次接头，他心里豁然敞亮了，这些天，就像一块乌云压在他心头，一桩案子跟着一桩案子，让他在公安部都抬不起头。抓住三天后接头的人，就算他不是戏相公，最起码，戏相公案子也会有进展。希望从这儿有突破。

　　八大胡同的生意逐渐衰落，精瘦也来得少了。他也知道自己的身份转变了，收敛点有好处。他来得少还有另外一个重要原因，手头紧了。前段时间卖的情报钱，已经挥霍空了，那点钱，不扛花呀。他踅摸着再整点情报。这天，他走到怡红院门口，向里望了眼，还是不进去了。他摇摇头，准备走，这时从门里走出两个女人，拉着他的胳膊进了院子。

　　小舟巡逻正好从胡同口经过，他看个背影，像精瘦，这家伙，还没改这个臭毛病。

　　新中国绝不能允许娼妓遍地，黑道横行，政府正在考虑把北京的妓院全部关掉。项局长他们受领精神，有意加强了对这片的巡逻。谁都不愿到这片来，有的女人，也不管你是解放军还是老百姓，见到影，离老远就喊。兵们都绕着走。小舟巡逻也没进胡同，走到这儿，也就向里望望。小舟心想，好，精瘦，你还真进去了。

　　天全轩茶馆依然客来客往，飘着茶香。今天是接头的日子，来人还戴着那天的黑色礼帽，坐在那天的茶桌旁。一壶茶，两个杯。来人端着茶杯喝茶，对面的茶杯空着，预示着他等的客人还未到。杨北风和老汪穿着便装，坐在靠门口的茶桌喝茶，老汪喝茶的速度太快了，没咋地呢，一壶茶快干进去了。他那不叫品茶，叫牛饮。杨北风瞪他一眼："你慢点喝。"

老汪还有理了："我渴了。"

杨北风欲说无语呀，他捏起茶杯，给老汪做示范，轻抿一口："要这样。"

"跟个女人似的。"老汪把茶杯往桌子上一放，"我不喝了。"

杨北风向那个桌看，还是空的，不会不来了吧。杨北风和老汪交换着眼神，老汪说："沉住气。"

从门口进来的每个人，老汪都先看他们戴的帽子。

"你眼睛柔和点，别那么直勾勾的。"杨北风提醒老汪。

"喝你的茶得了。"老汪对杨北风的挖苦已习以为常，他是北风的上级，但有些时候，杨北风倒像是他的上级。老汪不在乎，生死战友嘛。老汪的眼睛始终不离门口，他心里默念着，礼帽，黑色礼帽。哎，进来一个黑色礼帽，哦，不是，坐到别的茶桌边了。时间是有些长了，来人都坐不住了，像热锅上的蚂蚁。杨北风想过去告诉他，坐住，又怕暴露，就怕接头的先坐到别的桌上观望。老汪拍拍他的手，示意他稳住。就在这时，门开了，走进一个黑色礼帽，身高与描述的相符，就是他了。杨北风和老汪相互递个眼色，看那个黑色礼帽坐到来人的茶桌边，两个人面对面望了眼。杨北风起身，走出茶馆，到外面等着黑色礼帽。老汪还坐在原处，观察着他俩的一举一动。

斟茶，喝茶，不说话。来人把礼帽放到茶桌上，黑色礼帽也把礼帽放到茶桌上。还是喝茶，斟茶。黑色礼帽喝茶的速度赶超老汪，他嫌来人斟茶太慢，自己端起茶壶倒。壶里茶水干了，他还控了两下。老汪心里打鼓，怎么回事？不像有修养、有素质的人。又一想，特务哪有什么好玩意儿。

茶馆临街，门外人来人往。路过的，叫卖的，拾破烂的，收废品的，拉黄包车的……杨北风没心思看稀罕，但眼睛捎带脚就把热闹看了。在对面街的拐角，黑色礼帽，是黑色礼帽！刚探出墙，马上又缩了回去。杨北风这回不是捎带脚看了，两只眼睛盯着墙角。礼帽的黑边冒出墙角，一点点往外伸，看不见脸。杨北风想奔过去，可是，茶馆里的黑色礼帽才是正事。他又一想，黑色礼帽多了，还能都抓起来。有点神经质了，让黑色礼帽闹的。对面的黑色礼帽完全走出来，走得很慢，往前走，再往前。忽然，回转身，又拐进墙角，再也没出来。

茶馆里的黑色礼帽站起来，端起茶壶控了两下，见没有茶水了，又端起茶杯，仰脖子，把茶水根控干。张着手，看着桌子上同样的黑色礼帽，犹豫了会儿，似乎不知道该抓哪一顶，他抓起来人的帽子，扣在脑袋上就走。老汪见黑色礼帽往门口走了，他也起身，先到了门口。黑色礼帽刚推门，老汪贴到他的身后，用枪抵着他的后腰眼，小声说："别动。"顶着他往门外走。

等在外面的杨北风，见老汪和黑色礼帽一前一后走出茶馆，他上前，拧住黑色礼帽两只胳膊，反剪身后，铐住。杨北风眼角余光又看见对面街上的礼帽了，他探出头，瞬间缩回。杨北风顿觉这个人有问题，他撒腿向对面跑去，跑到墙角，从腰里掏出枪，往胡同里追。偶尔走过人，不是他。胡同长长，院落深深。

抓回来的黑色礼帽让所有人都大失所望，撕下他的面具，摘掉头套，扒下外罩，露出了他脏兮兮的本来面目——他是个乞丐。有人雇他去接头，告诉他怎么做，告诉他无论对方说什么，你都千万不要说话。乞丐嘛，问他过多的动机也是徒劳，给他钱，让他干啥他就去干。乞丐说如果你们不相信我，去雍和宫那儿打听，我就在那片乞讨，那片的人都认识我。问他雇他的人长什么样，他说不知道。因为那个人戴着口罩，戴着墨镜。杨北风他们知道上当了，墙角的那个人很可能是真正的接头人。

打开黑色礼帽，帽子里面缝着半根金条，看起来，特务还是想打印大量的反动传单。这个打印窝点端掉得及时啊，否则不知道会有多少反动传单散布在大街小巷。

白欢喜一场，特别是项局长，原本抓住接头人，可以在公安部抬起头，这下可好，被特务耍了。好在，端掉了印刷厂，抓住了撒传单的特务。这个特务又供出了他下面有联系的三个特务。但来人特务说，东四三条的传单不是他张贴的，是跟他接头的人贴的。项局长、老汪、杨北风面面相觑，下一步该怎么办？

项局长鼓励道："没什么不高兴的，乐观点，这也是个大胜利。我们就是这样，有长期的战斗打算，也有短期的战斗胜利，这就是短期的胜利。我去公安部，你们继续下面的任务。"

项局长已经走到门口了，老汪突然说："局长，那杨北风和戏子，不是，和上官飘，还继续呗？"

"对，啊，对。"项局长想着说，"上面没说终止，那就继续吧。"他戴上帽子，正正衣领，走出门。

不提这事，杨北风都忘了。他盯着老汪，恨不能揍扁他。

"不是，北风，"老汪往后退着，"这事不是不提就不存在了，我是想，继续呢，就给你少安排活，明确任务啊。"

杨北风无语，想起这事，他都不知道该先迈哪只脚。要命的是，一提这事，他就想起白雪花，觉得哪哪儿都对不起她，千金大小姐，著名外科医生，条件那么优越，不跟他跑出来，生活要比现在好得多。白雪花要求得不高啊，就是想跟你杨北风结婚，怎么了，过分吗，那恋爱的最终目标不就是结婚吗？可你又不结了，找借口，那你不结婚，跟人家恋爱干什么？目的不纯，那就是骗子、流氓。他一定要跟白雪花结婚。想到这儿，他说："你另找人啊，我不干了。"

老汪咧着嘴，苦不堪言地说，但怎么听都无赖得很："你不干不行啊，花你都送了，别人接不上茬儿呀。"

不是你让我送的吗？这架势的，我还送错了！杨北风不愿意跟老汪争论了。你细合计，老汪说的也是实情，但老汪那份认真的嘴脸，怎么看都像假心假意。

而上官飘像个虔诚的信徒，守候着、等待着，她靠着这份守候，度过了每一个漫长的夜晚，好像明天将为她迎来黎明。她此刻认为守就是进，进就是守。面对薄如蝉翼的未来，她小心翼翼、精心细致地走着，并赋予希冀，因为那薄如蝉翼的未来有杨北风啊，她不再怕如履薄冰。

院子里小舟见到精瘦，走到他跟前，不说话，就是气愤地盯着他。希望他能自觉说出去妓院的事。精瘦被他盯毛了，说："小舟，你这么看我干什么呀？"

"你自己做啥坏事了？是我揭发，还是你自己说？"小舟拉着脸，认真地问他。

精瘦想，坏了，我卖情报的事小舟知道了？这小子最近干得挺起劲啊，不过抓不住我的尾巴我是不会承认的。"我没做什么坏事啊，你别吓唬我。"

"我不说你是不承认啊，你去妓院了。"小舟指出。

精瘦如释重负，原来这事啊，还好，还好。"你看走眼了吧？"

"两个女的把你拉进去的。"小舟进一步确定。

"你确实看错人了，我已经接受教育了，改好了，可别再给公安战士抹黑呀。"精瘦申辩。

小舟想也是，这个节骨眼上，别添乱了，可能不是他呢。

"看在咱们过去的情分上，可别捕风捉影，影响咱们公安形象。"精瘦说得天花乱坠。

"行，这次就饶了你，但你别再犯啊。"小舟警告精瘦。

"我向你保证，共同抓特务。谢谢哥们儿！"精瘦搂着小舟的肩。

土豆正好从他俩身边过，听个半拉嗑叽，又保证，又别犯的。他好像还听到妓院。瞅他俩嘀嘀咕咕的，准保没什么好事。土豆看不上小舟，总管他叫警察狗子。旧警察，再改造也白搭，还那玩意儿。他虎了吧唧的，就诈小舟，好啊，小舟，你去妓院。

那你冤枉小舟，他能干吗？真正去妓院的你不管，啥眼神啊。小舟就急赤白脸地申辩，我没有，气得脸通红。

没有，你脸红啥？啊，脸咋红了？你让精瘦给你保密。我听见了。

这下把小舟气得脸由红变紫，他申辩的同时看着精瘦，啊，精瘦你成好人了。

精瘦吓得，说小舟啊，我可没抱你家孩子跳井啊，咱俩可没仇啊。

土豆就威胁小舟，你不说我就咋咋整你，你等着，哪天我就整死你。

小舟算是让土豆欺负住了，眼巴巴地望着精瘦，希望他说句公道话，或勇敢地站出来，还自己一清白。而精瘦抹搭下眼皮，假装看不见，趁着土豆正欺负小舟的时候，溜之大吉，他也是没办法，怕联系到自己身上。小舟傻眼了，心说精瘦你真不地道。

给小舟逼得，一咬牙，一跺脚，说出了精瘦去妓院的事。

土豆更来气了，你俩没一个好玩意儿，于是便报告给了老汪。

那时候，警惕性高，有情况要及时汇报。像小舟，看见精瘦去妓院，应该及时向组织汇报。小舟已经意识到自己错了，他把那天巡逻的事跟老汪一五一十地说了。

精瘦不是训练有素的特务，他花心，愿意去妓院。去那种地方，那得有钱，所以，他卖情报，换钱。老汪没怎么审，拍了几下桌子，精瘦吓得就把卖情报的事交代了。肖力的死，精瘦不感到惋惜，他认为该死。过去的旧警察，如今跳上枝头变凤凰，瞅着来气。

由精瘦领着，到鬼市去了几次，找那个矮胖的人，始终没找到。精瘦犯了死罪，到死还浑然不觉，就卖个情报，要命。

屋里弥漫着糖稀的香甜，崔大妈正在蘸糖葫芦，戴着毛线帽子。崔家栋坐在八仙桌边，喝着茶。又红又亮的糖葫芦蘸完糖放在案板上，映亮了暗淡的屋子。崔大妈阴着脸，崔家栋也面无表情。他们各坐各的，各忙各的，像是坐在一个屋里的陌生人。崔大妈开口说话，她不看崔家栋，就像跟别人说话。她说："你伤好了就走吧。"

"姑妈，你撵我？"崔家栋端起茶碗，慢条斯理地喝着茶。

崔大妈闷着声说："我一个人住惯了，你在这儿，我睡不好啊。"

"我还想住几天，姑妈。"

糖葫芦蘸完，崔大妈收拾东西："我还要卖糖葫芦，政府信任我，给我安排个居委会委员的头衔。睡不好，怎么给政府工作呀？"

"有工资吗？"崔家栋问。

"国家正是困难的时候，要什么工资。"

"那干个什么劲啊。"

"你这思想要改变啊。"崔大妈批评说。

"哈哈，"崔家栋笑，"姑妈思想进步挺快呀。"

"哦，对了，你过去当过国民党，现在经常出入我的家，会影响我进步的。"崔大妈说得很认真。

崔家栋大笑："姑妈，你都多大岁数了，还进步？"

"怎么着？政府信任我！"

"好，明天我就走，不影响你进步。不过，血浓于水，以后的日子，还要姑妈多照顾啊。"

"姑妈年岁大了，不一定能帮上你。"

"不管咋说，我先谢谢姑妈了。"

这姑侄俩说话很怪，听着是客气，实则是各怀鬼胎。

元大都遗址在北京的朝阳、海淀区境内，一条河在遗址边流过。这儿相对荒凉，没多少人行走。要说喧闹的话，只有河水欢快的流淌声。河边风硬、风大，河边的柳树已经冒新芽了，可风还是那么凉，不逊色于冬日的风，刮在脸上也是生疼。

河边坐着两个人，一个在钓鱼，一个坐在边上。陈三爷握着鱼竿，看着河水说："印刷厂被端了，人也给抓走了，我也险些被公安追上。"

盛春雷说："你这条线折了。"

陈三爷叹气："折了，幸亏我没去接头。我早上去天安门广场，没看见传单，以为传单被公安发现收拾干净了。又一想不对，可能出事了。我就雇了个乞丐去替我接头，果然有埋伏。"

盛春雷也叹息："唉，传单是印不成了。我是想多印点传单，在他们重要的节日撒，像他们说的，攻心。"

"你还是想办法要经费吧，我把半根金条给了接头的人，现在已经落入公安手里了。"

"钱有的是，就是没办法邮寄到我们手里。"

"还是寄到天津呗。"

"怕是他们已经注意了。"

"那怎么办？"

"暂时还这样邮寄吧。"

"上峰嫌我们没大动作。"

"那就让他自己来。"

"不要说赌气的话。"

"你知道我们现在的处境，有枪没弹药的，怎么弄大动静？"

"我正想跟你说这事，想办法整弹药。"盛春雷向身后看看，回过头说，"在南河沿，有一处我们国民党部队的留守处，那里有留给我们的弹药枪支。要偷着拿出来，我是怕被解放军拿走。"

陈三爷皱着眉头："太危险了。你那个师妹别光养着，她行动起来要比我们安全。"

"我告诉你别打她的主意，该咋办我知道。别忘了，我是你的上级。"

陈三爷扯起鱼竿，看没鱼，又甩进水里。

守得云开见月明，上官飘爱情的春天到了。守株待兔，她的那只兔子，正向这儿走来，她已经闻到了他的气息。

项局长进到分局就喊："土豆，叫杨北风到我的办公室。"

进了屋，项局长把帽子摔在桌子上，咕嘟咕嘟喝了半茶缸子凉白开。看这架势，是在公安部又挨批了。他叉腰站着，椅子就在他屁股后面，他偏不坐，站着方可解心头之恨。

杨北风兴高采烈地进屋，没容项局长说话，他也不看个眉眼高低便滔滔不绝："我们今天发动群众，凡是身边的亲戚、朋友，过去有国民党、日本鬼子、美国兵的，总而言之，凡是可疑人住过的地方，向居委会报告，由居委会向公安汇报，保准藏不住什么印刷厂之类的了。群众响应，情绪高涨。"

"土豆！"项局长对着窗外喊，"叫老汪。"

老汪手里拿着花花绿绿的标语进屋，跟杨北风一样，进屋开说："让秀才们写标语，贴到胡同的墙上，省得反动派占咱的墙。看，共产党万岁！新中国万岁！打倒一切反动派！"

"好好，行行。"项局长不耐烦地摆着手，让他俩打住。

杨北风看着项局长的脸色，惊诧地问："局长，你又挨剋了？"

"剋得也对，我们是应该把工作重心放到戏相公身上。"项局长这才坐到椅子上，"不是抓几个小特务。当然了，小特务也要抓。"

提到戏相公，老汪就看杨北风，好像他脸上长花了，看个没够。杨北风抹搭眼皮问他："看我干啥，局长，我是戏相公啊？我是还好了，省得那么费劲。"

项局长自我检讨似的说："也怨我，传单的事，把寻找戏相公的事耽误了。忙昏头了，丢了西瓜捡芝麻。"

杨北风说："局长，咱这不是芝麻呀，那印刷厂不端，那得印多少反动传单啊。咱抓的也是货真价实的特务啊。"

老汪也说："咱就是不捡这个芝麻，也不一定抓着西瓜。那上头不表扬咱吧，也不该批评咱。"

杨北风向老汪竖大拇指："这话说得有理，头回说到点子上。"

"你们能领会精神吗，我是彻底领会了。"项局长说，他自己立正站好，点名似的，"杨北风！"

杨北风立正。

"花送了吗？"项局长问。

"啥花啊？"杨北风又迷糊了。

老汪这会儿老明白了："给角儿的，虞姬。"他还不直说，顶烦人了。好像只有他心领神会。

杨北风真想扇他个耳刮子，可项局长在边上，说着正事呢。原来指的是上次送上官飘花的事，又问这个干啥呀？不会还让他送吧，他心想，我可不去了。不能拿这当回事，你认真，局长会更认真。杨北风故作轻松地答："送完了。不起啥作用，可别送了啊局长。"

"往下呢？"项局长问。

"往下？"这话费解，杨北风说，"往下破案啊。"

项局长摇头，摆手："我是说，跟上官飘往下。"

杨北风丈二和尚摸不着头脑儿："没往下呀？"

"继续，"项局长火了，"听到了吗，往下你的工作重点就放在这儿。听明白了吗？"

这咋还跟我发火了？杨北风听明白了：他最怕的事来了，他揣着明白装糊涂："不明白，局长。"

老汪着急呀，把局长都气成啥样了："你有啥不明白的，继续跟上官飘交往。"

"你交往呗。"杨北风气老汪。

项局长又来软硬兼施了，"今天把话说明白了吧，我是带着上级的精神和指示回来的。北风啊，离开国大典的日子越来越近了，每个人都紧张得透不过气来。这些事，件件都跟戏相公有关，戏相公非同小可。揪出戏相公，北风啊，我们把希望压在了你身上。上级命令你，加快与上官飘的进展速度。这几天不让你参加这边的工作，重点放到与上官飘谈情说爱上。"他强调，"这是命令。"

在劫难逃，杨北风听到命令，他心里冒出这个词。他说："我有个请求。"

项局长说："你说。"

"我想去跟白雪花谈一次恋爱。"杨北风低着头，痛苦地请求。

"哦，对了，杨北风，幸亏你提醒我，上面还命令，在戏相公未挖出之前，你绝对不能跟白雪花再保持恋爱关系，普通交往也不行。"项局长严肃地告诉他，不容商量。

"我，"杨北风哽咽了，"我请白雪花吃碗炸酱面。"他不是在请示，而是我要做。他抑制着泪水，还是哭了。

项局长在地上转圈，很生气，恨杨北风不争气："你说你为个女人还尿叽？

在国家面前，哪头重啊？"

杨北风说："你没谈过恋爱，你当然不懂爱情。"

给项局长说一愣，他确实没恋爱过，那怎么了？不也活得好好的，看杨北风这要死要活的样，不谈也罢。"什么恋爱、爱情，统统抛到脑后。你是战士，没时间哄你玩，你的目标，上官飘。完不成任务，我拿你是问。"

看杨北风哭，老汪在项局长面前最能举小旗、溜缝了，而现在，他鼻子也酸酸的。他拽拽杨北风的袖子，想安慰他，杨北风不理他，说："别碰我。"

老汪蔫蔫地收回手，对项局长说："局长啊，不就一碗炸酱面吗，保准他吃完就咔嚓了。"他伸开手掌，做斩断的动作，"我监视他，保证不走样，尽快进入角色。"

项局长口气缓和了："你呀老汪，最能和稀泥。去吧，把好关。"

老汪又成好人了："唉，知道了，把好关。"老汪愉快地应着。

京剧团排练厅挺热闹，每人都占据一块地儿排练。盛春雷和上官飘正在排练新戏，《白毛女》。上官飘演喜儿，盛春雷演杨白劳。正排练杨白劳给喜儿扎红头绳那段，两人对唱。

上官飘（喜儿）：

> 人家的闺女有花戴，
> 我爹钱少不能买，
> 扯上了二尺红头绳，
> 给我扎起来哎……扎呀扎起来。

盛春雷（杨白劳）：

> 人家的闺女有花戴，
> 你爹我钱少不能买，
> 扯上了二尺红头绳，
> 我给我喜儿扎起来哎……扎呀扎起来。

就这么两句唱词，上官飘还总忘。那过去的戏词多长、多复杂呀，她从来不忘。这可好，就这么两句，总卡壳。

不用问，盛春雷就知道，她心里装着事了。

装着什么事呢？盛春雷在给喜儿扎红头绳的时候，抚摸着喜儿的头发，忽地，眼泪盈满他的眼眶。好在，喜儿背对着他。但这个背对着，让他产生如此强烈的亲切感，也放飞着他的无限遐想。可以说他从小把她养大，小时候她哭时曾拥她入怀，那种拥抱完全区别于男女拥抱，是兄长的拥抱。而这一次，他扮演的是父亲，蹲在他膝前的，是上官飘，是喜儿，是他的女儿，是他的孩子。他唱不出声了，泪水堵住了他的嗓子。以前她是那么快乐，那么聪明伶俐，两遍唱过，从不忘词。她就是唱戏的料，天赋是那么重要，老天赋予她一副好嗓音。可眼前，他聪明伶俐的师妹忘词了，都是他给她什么任务，分了她的心，并压着她透不过气。可人活着，总要为信仰战斗啊。

杨北风疾步走着，听着身后有脚步声。他回头，是老汪。杨北风继续往前走，他不想理老汪，可他总跟着也挺烦人的。杨北风不得不说："你老跟着我干啥？"

"把关。"

"我是去恋爱呀。"

"你不是吃面条吗？"

"那是我蒙混过关。"

"你只有吃面条的权力。"老汪提醒他。

"行，你狠！"杨北风妥协了，懒得跟他分辩。平心而论，若不是老汪说情，自己连吃面条的权利都被剥夺了。跟着吧。杨北风和白雪花恋爱，还是在他鼓励下展开的。什么鼓励，就是怂恿。没什么可瞒他的。

快到医院了，杨北风停住脚步，不走了。老汪站到他跟前，刚才一直跟在他身后，因为不受待见，所以，他也不敢跟他并排走。旁边有个面馆，杨北风看着面馆，对老汪说："我在面馆等着，你去吧。"

老汪拍着杨北风的肩："你看，我就知道你需要我。好，我去。你去面馆等着吧。"

天气好，医院的院子里有很多病人，有遛弯的，有伸胳膊、踢腿锻炼的，有坐在长椅上呼吸新鲜空气的，还有病情轻的病人帮着照看重伤病人的。夏玲正在晾晒纱布、绷带。那时候物质短缺，绷带用完要重新洗干净，消毒，晾晒，然后再用。老汪走进院子，看见夏玲，高兴地喊："夏玲。"好久不见，见到格外亲切。

循着喊声回身，夏玲见是老汪，边蹦跳着向老汪跑去，边喊着："雪花医生，老汪大哥来了。"

夏玲拉着老汪的手，向病房这边走。白雪花穿着白大褂，走出病房门。她走下台阶，说："这是哪股风把你这号大忙人吹来了？"

"啥叫这号啊。"老汪说。

白雪花上下打量着老汪："瞅你没啥毛病，说吧，哪不舒服。"

"这话说的，到你这儿来就得看病啊？我没病。"老汪尽量放轻松，但他此刻是轻松不起来的，心里装着杨北风，那将是杨北风和白雪花分手的时刻。他也知道，别看白雪花所有的话都围绕着他说，其实心里最惦记的还是杨北风。

白雪花笑："那就好。"

夏玲拽着老汪的袖子："老汪大哥，土豆好吗？"

"他死不了，啊。"老汪说。

夏玲撒开他的袖子："真不会说话。"

老汪正正脸色说："雪花，请你吃饭。"

"谁有工夫跟你吃饭，我这儿忙着呢。"白雪花说着要回病房。

夏玲拧着身子说："我去，我去吃。"

白雪花说："你去吧，我给你假了，快去快回呀。"

老汪说："北风在面馆等你。"

"他怎么了？"出乎白雪花的意料，太突然了，以为出什么事了。

这样的回答让老汪心难受，杨北风稍有个风吹草动，都牵着白雪花的心。他说："看你，没怎么，赶紧走吧。"

因为还不到饭口，面馆没人。杨北风寂寞地坐在桌边，手托着腮，看着窗外。老汪、白雪花、夏玲悉数走进面馆，杨北风见到他们立马笑容满面，他热情招待，"来，来，坐呀。"还拍着身边的座位，"雪花，坐我这儿。"雪花笑着看着老汪和夏玲："那我就坐这儿了。"

"哎呀，坐吧。那么大人了，还害臊。"夏玲整天嘴巴巴的。

杨北风向店家招手："来四碗炸酱面。"

四碗炸酱面很快端上桌，杨北风也不招呼，埋下脸，呼噜呼噜地吃。吃相难看，且声音大。白雪花看着他，又看看老汪和夏玲，替杨北风不好意思，她挤出笑脸，说："吃啊，你俩吃啊。"

别人刚吃半碗，杨北风就吃完了。抹把嘴，静静坐着，看着白雪花。

等大家都吃完，杨北风突然说："雪花，这段时间别去找我了。"

"本来我也没时间找你呀。"白雪花什么时候都这么稳当。

"还找啥呀，直接结婚不就得了。从进京就张罗着结婚，到现在还没结，这么拖着可不是回事啊。"夏玲嘴快，一口气说这么多。

"你个小姑娘，知道啥！"老汪让夏玲少说话，但这个话匣子，扳不住。

"我啥都知道。在我们老家，这张罗结婚啊就得结，特别是定了日子，那要是不结呀，不吉利，八成就结不成了。所以，我说你们俩，该结就结。"夏玲像个老媒婆子。

白雪花停住了筷子，放在碗里，半天不动。夏玲的话，她真听进去了，让白雪花心里凉半截。

老汪也意识到夏玲话说得不妥，忙打圆场，化解白雪花心里的不快："快吃快吃，我俩是借了你的光，杨北风是特意请你吃饭的。"

白雪花看着杨北风问："你说不让找你，怎么了？"

老汪急忙接话："北风接到任务，要去沈阳出差，得段时间回来。"

白雪花想证实："是吗，北风？"

"是的。"杨北风点头，他对老汪说，"我有话跟雪花说，你们俩……"

"走走，"夏玲拉着老汪走，"吃饱了吧，吃饱了咱走，别在这当电灯泡。"

临走，夏玲拉着老汪往门口走，老汪扭头对杨北风说："记住了，你有任务，别耽搁了。"

杨北风低着头不说话，老汪被夏玲拉出了面馆。

风吹杨柳，春光明媚。杨北风和白雪花手拉着手走在河边，河水被风吹得波光粼粼，在阳光照射下，泛着亮光。河的对岸是高矮不齐的四合院，仿佛在风中述说着古老而深邃的故事。

既然老汪说去沈阳，那就去沈阳吧，糊弄一会儿是一会儿吧。也许从沈阳回来，案子就破了，戏相公浮出水面了，那他不就自由了？想跟雪花结婚，谁也挡不住。这么想着，他深情地看着雪花，紧紧地抱住了她，说："雪花，我爱你。"

白雪花温柔地说："北风，我们结婚吧。刚才你听夏玲说了吧，我真往心里去了。"

"等我从沈阳回来啊。她说话你还信啊？"

"你可快回啊。"

杨北风昧着心说："嗯，完事我就回来。"他又关切地嘱咐白雪花："你要保重，照顾好自己。"

白雪花扑哧笑了："不就去趟沈阳吗？"

"是，很快就回。"杨北风强调，"但这期间，不要去找我，你知道我们干的工作是要保密的。我去沈阳是不让说的，你去找我，就说明我泄密了，那可犯大错误了。"

"我不去，等着你。"白雪花说等着，让杨北风好不感动。

现在杨北风只剩下感动了，他连表达爱意的权利都没有了。他被动地、心碎地倾听着心爱的雪花对他述说着衷肠，听着，在心里化作了泪水。雪花呀，我就要做负心人了。

而雪花正憧憬着她和杨北风美好的未来，她想好了，等杨北风回来，无论如何要结婚。想到这儿，她就抑制不住内心的喜悦，她说："北风，等你从沈阳回来，我们先到天安门照相。崔家栋，我在美国的同学，他答应给我们拍照了。"

"好。"杨北风被她的喜悦感染着。

河水泛着波光，缓缓地流向远方。袅娜的翠柳，在春风中摇曳着腰肢。杨北风和白雪花依偎在河边的树旁，如春光里的剪影。白雪花陶醉在春风里，也陶醉在杨北风温暖的怀抱里。而杨北风忧郁地望着远方，从此将踏入苦涩的爱情之路。别了，白雪花，他将去约会另一个女人，上官飘。他恨不得扇自己耳光，真不是东西。他谨记老汪嘱咐的话，跟雪花分别后，他要去找上官飘。

两人依依不舍地在河边分手。雪花怀着期待，离开了杨北风，回医院继续手术。

第十六章　执手相看

　　剧团的排练厅外是走廊，有成排的椅子供人休息。杨北风坐在椅子上，默默地看着书，他在等上官飘。有人问他找谁，他笑笑说，没事，敷衍过去。他不想说找上官飘，找人家干什么，他也不知道怎么回答。还是坐这儿等吧，等见了上官飘，也不能太直接了，就当不经意间相遇。就说，从这儿路过，进来歇会儿。他找各种理由，就是不承认特意来会她。

　　不断有人从排练厅进出，杨北风不时抬头看着。没有上官飘，咋还不出来，可真认真。他怕她出来，不知道从何说起；他又盼着她出来，那样今天就算没白来，总算接上头了。万事开头难嘛，接上头也好向领导汇报，不虚此行。

　　有个妇女嗓门挺大，看见杨北风，大声问："解放军同志，你找谁？"

　　"啊，没事，没事，我等个人。"杨北风敷衍着她，想她知趣也就走了。

　　妇女打破砂锅问到底："我知道你等人，我是问，你等谁，解放军同志！"

　　正与师兄排练的上官飘听到解放军同志，耳朵特敏感，心忽闪一下，脑子里冒出杨北风。她停止了排练的动作，转身向排练厅外跑。师兄抓住她的手，意味深长、疑惑地看着她。上官飘无暇顾及师兄的眼神，挣脱了师兄的手，转身冲出了排练厅。

　　那排椅子就在排练厅的门口，上官飘推开排练厅的门，转身就见到了杨北风。她站在杨北风面前，微笑着，绞着手指。杨北风慢慢站起来，把书塞进军挎。

　　站着，旁若无人地站在那里。杨北风也一时语塞，对着上官飘站着。忽然，上官飘上去，拉着杨北风的手，向外面跑去。

　　跑到大街上，上官飘问："去哪儿？"

　　杨北风说："去东来顺，我请你吃涮羊肉。"

　　上官飘说："去馄饨侯，吃馄饨吧。"杨北风巴不得，一顿东来顺，就得花上他和老汪俩人的津贴。他想，上官飘还是很简朴的，哪儿像女特务？弄不好，在这瞎耽误工夫。

　　到了馄饨侯，要了两碗馄饨，上官飘怕杨北风吃不饱，从自己碗里给他夹馄饨，她自己根本没吃几个。不是她挑剔，而是不舍得吃。杨北风说要请她吃饭，她爽快地答应了，她要让杨北风请，女人嘛，讲究的就是这个面子、这个谱儿。她又不舍得让他多花费，所以就要了两碗馄饨，又怕杨北风吃不饱，就把自己的匀给了他。

　　馄饨侯的美味是名扬京城啊，主要是这儿的馄饨做出来有讲儿。馄饨侯自打开张，一直以经营馄饨为主，老辈子是挑着馄饨担子走街串巷，吆喝馄饨。后来有了店铺，主店在王府井大街，离着吉祥戏院不远。这会儿主营的品种就是馄饨和芝麻烧饼。馄饨的特点是皮薄、馅细、汤好、作料全。馄饨侯的馄饨皮有薄如纸一说，透得像玻璃，从皮外就能看见里面的馅，用晶莹剔透形容一点儿也不过分。馅细，指的是多少菜配多少肉馅都有比例，肉讲究用前臀尖，七分瘦三分肥，打出的馅非常均匀。一碗馄饨，十个皮为一两，包一两馅，加在一起为二两。馄饨侯的汤也是有讲儿的，煮馄饨的汤是用猪的大棒骨，花六七个小时熬成的。汤口儿讲究味浓不油腻，由于棒骨汤含有钙质，所以老少皆宜。馄饨侯的作料讲究一个全字，有紫菜、香菜、冬菜、虾皮、蛋皮儿等。

　　过去，上官飘演完戏，常到馄饨侯喝碗馄饨吃俩烧饼当夜宵。她最爱吃芹菜猪肉馅的馄饨，配上香菜、虾皮的作料，外加一个芝麻烧饼。现在也一样，常到这里吃夜宵，只是没有过去来得次数多了。

　　吃完馄饨，他们去了北海公园划船。上官飘高兴得像个孩子，北风也乐在其中。玩儿呗，反正给他的任务就是谈情说爱。老汪怕他谈不明，说不透，又把他的津贴给了杨北风。那他要是谈情说爱都整不明白，岂不辜负了老汪的期望？

　　心里有气归有气，馄饨吃了，船划了，不能只长个玩心眼，被上官飘的美色所迷惑。杨北风就把上官飘往女特务那方面拉，可怎么也对不上号。就因为她的嘴像黑衣接头人的嘴，就怀疑她是戏相公？老汪，你真是乱弹琴。今天他俩对面坐着，一个船头，一个船尾。杨北风划着桨，仔细端详着上官飘的嘴，不像，一点儿也不像，像虞姬。古代虞姬长什么样，杨北风也不知道，但此刻，他就认为，跟上官飘长得一样。杨北风的目不转睛，让上官飘脸颊飞起两朵红云，她羞涩地低垂着头，看着水面。偶尔有几尾小鱼浮出水面，撒个欢儿，钻进水里。白塔倒映在水里，她不禁望向琼华岛，看着巍峨壮美的白塔。她从不敢靠近那白塔，敬畏白塔的庄严肃穆。她在心里一千次一万次地顶礼膜拜，匍匐在白塔的脚下，忏悔着，希望她的灵魂能得到救赎。小时候，父亲带她来过，那是她唯一一次接近白塔。父亲抱着她，走进白塔。她抚摸着白塔问父亲，这里面压的是什么？父亲想想说，灵魂。那时她太小，不知道什么叫灵魂。如今父亲不知身在何处，师兄说在台湾，她相信师兄，那一定就在台湾，她盼望着和父亲团聚。

杨北风试探着问："你穿过男装吗？"

"啊？"上官飘歪着头，甜丝丝地说，"如果你喜欢我穿，我就穿。"

杨北风没料到她会这样说："不不，我是说，你穿男装去过颐和园吗？"这话说得更蠢。

"我经常去，但没穿男装。"上官飘疑惑不解，"你问这个干什么？"

"没什么，我就是想象，你穿上男装会是什么样。"杨北风打马虎眼，"因为，你太美了。"我的妈呀，这样违心的话他都能说出来，他觉得自己的样子像个色狼。他恨不能一头扎进水里。

真怪了，老汪当时说像，他也觉得像，现在面对面坐着，怎么看就不像了呢？他想，回去，要跟老汪说明情况。

居委会乱哄哄的，孩子叫，娘儿们吵的。老汪和土豆到这儿来发动群众，让群众擦亮眼睛，提高警惕。崔大妈站起来，向大家伙摆摆手，说："街坊邻居们，别说话了。解放军啊，来给咱讲话，给咱们布置任务啊。下面欢迎解放军同志讲话。"崔大妈带头鼓掌。

老汪立正站好，敬军礼。大家鼓掌欢迎。老汪说："大叔、大妈、兄弟姐妹们，在共产党的领导下，今天的好日子来之不易。可是，反动派就是不让我们过好日子，千方百计破坏我们的建设。国民党溃逃的散兵游勇，留下很多枪。他们临走，还把监狱里的犯人放出来，收买他们，让他们在新中国搞破坏。前几天，在东四十四条端掉了特务印制反动传单的窝点，过去是美国新闻社。类似这样的地方，有知道的就向居委会报告。还有窝藏枪支弹药的，都要报告。崔大妈负责啊。其他没什么，就是大家平日里多留意。好了，我就讲这些。耽误大家的时间了。"

崔大妈带头鼓掌："解放军同志，我们大家伙儿保证留意，提高警惕。有可疑的人，可疑的事，及时报告。"

老汪向崔大妈致谢："崔大妈，谢谢你，上次贴反动传单的事，还多亏了你报告及时啊。"

"谢啥，那不是应该做的吗。你们说是不是，街坊们？"崔大妈哈哈笑着。

老汪握着崔大妈的手说："崔大妈，你要好好带动群众啊。"

崔大妈也拍着老汪的手背说："这是我应尽的义务啊，咱是老北京人嘛。"

练功厅内，师妹连声招呼都没打就跑出去了。盛春雷预感到了，师妹恋爱了，他也预感到了危机四伏。结交公安，这是他传达给师妹的指令。如今，师妹接触公安，有什么错？他知道戏相公他们的用意，英雄难过美人关，以此获取更多情报。他和师妹正在排练白毛女扎红头绳这段，师妹不在场，他也就无法练习。他心里乱，也想早些回家休息。今天回到住处较早，他正在洗脸，菲四美推门进屋。

盛春雷拿毛巾擦脸，说："你进屋怎么不敲门啊？"

菲四美说："敲什么门啊，你一个大男人，又没有旁人。"

盛春雷说："吓我一跳。我警告你，以后进我的屋，要敲门，这是最起码的礼貌。"

"嗬，你个唱戏的，如此讲究。"菲四美扭着腰肢，坐到了八仙桌旁。

盛春雷站在自家的屋中间，倒像客人，看菲四美没有走的意思，他说："你如果没事我要休息了。"

"大白天的，你休息什么呀。唉，我怪闷得慌，陪我说会儿话。你说你一个人，挣了钱给谁花呀。"她伸着涂着红指甲的手看，"现如今啊，我是落毛的凤凰不如鸡呀。那我过去，想买什么买什么，花多些钱，连眼都不会眨。

盛春雷听出来了，她又缺钱了，这个陈三爷，给他找这么个烂摊子。"说吧，看上什么了。"

菲四美嘻嘻笑着，凑到盛春雷身边："你身上的味真好闻，用的是香皂吧。"

盛春雷躲开她。

"哟哟，还假正经，你们唱戏的有几个正经的，我过去接触多了。"菲四美的高跟鞋踩得地上嗒嗒响，"哎，是不是给你那师妹留着呢？"

"我告诉你，别信口雌黄。"盛春雷生气了。

菲四美娇里娇气地说："行行，算我说错了。哥哥，我看好了马聚源的一顶帽子。陈三爷说了，如果手头紧，就让我找你，过后他还你。"

盛春雷不想跟她辩解什么，他拿出钱，说："这些够了吧。"

菲四美也不客气，把钱拿到手里，在盛春雷身上靠了下，伸手摸了下盛春雷的脸。"哥哥，你长得可真英俊啊，怎么就没有女人进你的屋呢？"她不走，在屋里闲逛，"别看你不待见我，有人待见。"

盛春雷心里这个骂陈三爷哟，整回了个祸害，要不你就跟她结婚，要不就搬到一起住。他恨不能让菲四美滚出这个四合院。突然，他想出了赶走菲四美的办法，他坐到八仙桌的椅子上，招呼菲四美也坐下："四美呀，当哥哥的劝你呀，总这么一人游逛也不是回事儿啊，青春稍纵即逝，新政府不定政策怎么变，你还是趁早找个有钱的人嫁了吧。"

菲四美觉得此话有理、贴己："我还能嫁谁，陈三爷推三阻四的。"

"那你还真得抓紧了，他可是快茬。嫁给他也就不愁吃喝了。"盛春雷这样撮合，还有另一个目的，也是突然灵机一动。

夜深人静，杨北风和老汪并排坐在值班室的椅子上。杨北风拉着脸，老汪抽着烟。沉寂。老汪抽完烟，推推杨北风，说："你说话呀，有收获吗？"

风吹打着窗户，北京的春天，风格外的大。杨北风还是拉着脸，一言不发。

"咋地了？你出去一天，怎么着也得说点啥。对，是汇报，我还要向上级汇报。"老汪拿着官架子说。

"我认为，纯粹是浪费时间。"杨北风拉着脸说。

老汪来气了："杨北风，你能不能别拉着脸。凭良心而论，从进京，今天是你最轻松的一天吧，吃喝玩乐。我的津贴也都干进去了吧，你连点收获都没有，你不白花那钱了吗？"

"小抠小店的，"杨北风从兜里掏出钱，拍在桌子上，"给你的钱。"

"没花。饿着了？"老汪拿着钱问。

"每人一碗馄饨。"杨北风抹搭着眼皮，有气无力地说。

"不说去东来顺吗？你提议吃馄饨？"老汪说，"你比我还抠，这抠要分时候。她如果真是特务，那是见过大世面进过大馆子的，花钱如流水。"

"是她提的吃馄饨。"

"啊？"

"她那份节约，那份体贴，比雪花都强。"

"啊！"

杨北风话说出去，才觉得不妥："我不是说她比雪花好，但她是个温柔……善良的女人。"

老汪很失望："这就是你全部的体验，未免太失败了吧？"

杨北风下面的话让老汪更大失所望："我还告诉你我的重大发现，上官飘的嘴根本不像那个接头的黑衣男人，你判断失误。今天我们在北海划船了，我就跟她离得这么近，我仔细观察，根本不像。"他边说，还用手比量着距离。

老汪诡异地看着北风，笑笑："北风你被美色迷惑了吧。"

"说话要负责任，我是那种人吗？信不着我，换人。"

老汪拿出领导的姿态，以教育开导的方式说："别动不动给组织撂挑子。"

两人的谈话不欢而散。老汪当然不会承认自己的错觉，即使错了，他也不能承认，都这时候了。

语言的力量是巨大的。菲四美在盛春雷嫁个有钱人吃穿不愁的话语中有所觉悟，愈加坚定了要嫁陈三爷的决心。菲四美打扮得妖里妖气，戴着她新买的法式翘边帽子，来到福瑞祥绸布庄。枣红色的、薄呢法式女帽，帽檐上镶嵌着精美的绢花，看着洋气、华贵。她的嘴唇涂得鲜红，风尘味的妖媚油然而生，陈三爷见了颇为心动。陈三爷正在柜台里闲站着，伙计给前来买布料的顾客量着尺寸。哗哗的扯布声听着悦耳，洋溢着老北平绸布庄的气息。旁边有个茶座，供客人歇息、喝茶。菲四美对着陈三爷媚眼波动，然后她坐到茶桌边，坐姿媚态，眼睛环顾着四周。

"哎哟喂，四小姐来了，快，屋里请。"陈三爷不避讳旁人，他招呼着菲四美。

进了里屋，菲四美就扑进他的怀里，撒娇："死鬼，也不去找我。"

陈三爷抱着她，哄骗着："我这儿不是忙吗。"

"把我搁那儿，你打算怎么办呀？"菲四美问。

陈三爷故作轻松地说："这话怎么说的，没头没脑的。"

菲四美直接明挑："你别装糊涂，我不想这么孤苦伶仃的，我想跟你结婚。"

"这事别急，再等等。最近我还要去天津。"陈三爷就是敷衍她，他不想跟她结婚。

"我一人在那儿，无着无落的。"

"不是还有盛春雷吗，你有事就去找他。"

"就是他说的，我应该跟你结婚了。"

陈三爷心说，这个挨千刀的，他知道我不想跟菲四美结婚的，这么说是出于什么目的。"听他的呢，别急，我早晚是要娶你的。"

菲四美推开他："再等我都人老珠黄了，更没人要了。"

"你放心，你是我的心肝宝贝。无论到啥时候，你在我心里都是美人儿。"

"就你会说话。"菲四美用手点他的额头，娇笑着，"我可等着你了。"

陈三爷为了岔开话题，赞美她的新帽子真漂亮。菲四美夸张地说可花了她不少银子。陈三爷赶紧给她拿出些钱。给她这些钱，陈三爷也是怪心疼的，台湾的经费是有，但是，就算寄到了大陆，到银行取钱也困难，弄不好，人财两空。恰恰，菲四美是个贪财的主儿，不拿钱打发她，会没完没了的。

这会儿，柜台外面清静多了。菲四美从里屋出来，站在柜台外，摸索着布料，爱不释手。陈三爷说："相中哪个了，扯两身。"菲四美脸笑成花，指着两个鲜艳的花色。伙计看着陈三爷，那意思是扯不？陈三爷大度地催促伙计："来，给四小姐扯两身旗袍的料子。"

伙计将扯好的料子用纸包好，递给菲四美。菲四美赞不绝口："哎哟，太漂亮了，谢谢陈三爷啊。"

"你人更漂亮，这料子，你穿上才配。"陈三爷把个菲四美赞美得心里抹了蜜似的。

菲四美在陈三爷恋恋不舍的目光中，走出了绸布庄，陶醉得忘了这次来是要谈婚论嫁的。

印刷厂反动传单的事是要深挖深究，可没有时间。老汪和杨北风他们的任务不光是抓特务，还要负责党和国家领导人的住地、活动场所和主要路线的定点警卫。最近，更重要的一项任务就是收枪。国民党溃逃的散兵游勇，留下很多枪，有的枪支弹药是特意留下的，供特务搞破坏用；有的枪支弹药是流露在外的，走得仓促，没来得及处理。

发动群众，颇有收获。经过群众举报，抓获了几个小特务。其实，也谈不上是特务，监狱里跑出来的犯人，国民党逃兵。从解放军进城，他们没做过坏事，因为他们已不在组织了。原想闷着，年头多了，也就把他们不光彩的历史遗忘了，想做个正常的市民。不料，哪逃得过群众雪亮的眼睛，这么快就被揪出了历史舞台。

卖糖葫芦的崔大妈也不示弱，看别的居委会抓到特务了，汇报有功。他们居委会还没动静，就着急了。经常召集大家伙儿开会，说是开会，也就是吃完晚饭，大家在一起呛咕呛咕。你一言我一语，有人说，着急也白搭，这得踅摸，没准咱们能发现个大特务。有个傻大嫂，说她知道哪有枪。崔大妈哈哈大笑，好好，你知道，你知道啊。别在会上耽误大家啊。到时候你跟我说啊。哈哈。现在别耽误大伙儿呛咕正事。

傻大嫂还说她知道。大家正说得热火朝天，没人听她的。因为她平常就这样，别人说啥，她都说她知道，没有她不知道的，所以，她说知道，那就是，她什么也不知道。

大家正在为抓特务献计献策，傻大嫂总在那儿说她知道，崔大妈就哄她说："到时候啊，上我家去，告诉我，我给你糖葫芦吃。"她这才不说了，大家耳朵根这才得以清净。

散会了，傻大嫂又到胡同口卖呆去了。崔大妈向胡同口望了眼，回身进了自己家。很快，她扛着糖葫芦杆子从家出来，在胡同口见到傻大嫂，摘下一串糖葫芦，递给她，说："吃吧，又脆又甜。"

傻大嫂接过糖葫芦，咬下一颗。"真好吃，"她掏裤兜，拿出一颗子弹，"我用这个跟你换，我没钱。"

崔大妈看见子弹，惊得差点喊出声："哪儿来的？"她把子弹握在手心里，慌乱、紧张的样了，好像是她偷来的子弹。

"我知道。"傻大嫂吃着糖葫芦说。

崔大妈讨好地说:"对,你知道,哪儿来的?在哪儿捡的?"

傻大嫂比画着:"还有这么大的。"她比画着枪,往肩上扛,眼睛看着南河沿。

崔大妈顺着她的目光看,看到了南河沿,问:"南河沿红墙那儿?"

傻大嫂拍手:"我知道,我知道。"她拉着崔大妈,往南河沿走。

在南河沿,有一处国民党部队留守处,部队撤走后,光剩房子了。崔大妈站住,抓住傻大嫂,显出惧怕的样子:"那儿有吊死鬼,啊,舌头,再别去了。"崔大妈给她比画吊死鬼伸舌头的样子。

"怕呀,怕呀。"傻大嫂捂着脑袋往回跑。

崔大妈神色慌张地看着傻大嫂远去,她也扛着糖葫芦杆子向远处走去。

剧团排练厅,有练民歌夫妻识字的,有练舞蹈的……上官飘和盛春雷还练白毛女扎红头绳那段。今天上官飘入戏快,唱一遍就把这出戏拿下了。盛春雷夸师妹,唱新戏比唱老戏还好听。门外叫卖声不断,有喊卖糖葫芦的。这个卖糖葫芦的喊声像是有节奏,连着喊两声糖葫芦,空,再接着喊两声糖葫芦。盛春雷听着,听着,他说:"师妹,我去给你买糖葫芦。"

上官飘说:"不吃。"

"吃啊,败火的。"盛春雷说完大步走了出去。

站在剧团的大门口,盛春雷看卖糖葫芦的人背对着剧团,要走的意思,他喊道:"卖糖葫芦的。"

卖糖葫芦的站住,还是背对着他。

"我买五串糖葫芦,给搭几根。"

"一根。"

"我是整钱,能找开吗?"

"多大的票都能找开。"

盛春雷把两块钱递给她:"给我来五串。"

"你自己拔吧,我给你找钱。"卖糖葫芦的把钱塞进盛春雷手里,"找你的钱,拿住喽。"

卖糖葫芦的始终没给盛春雷正脸。

回到排练厅，盛春雷把糖葫芦分给大家吃，给上官飘留了一串。他反身进了厕所，假装拿手纸，展开那几张毛票。在几张毛票中夹着一张纸条，上面写着：南河沿暴露，速撤弹药。

收枪！公安人员开动员会，谁家有枪，谁知道哪里藏有枪，必须交给公安机关，必须向公安机关汇报。老汪在街头设立了收枪点，听了公安人员的动员，有国民党遗留下的人员，主动向公安交枪。得到了公安的表扬。

北京的春天风格外的大，从白天开始刮，到了晚上还没有歇气的迹象。树枝吹得满天飞舞，尘土、细沙打得人脸生疼。到了深夜，风刮得更邪乎了。杨北风和土豆在平安里巡逻，风吹得他俩睁不开眼睛。土豆可能肚子灌风了，捂着肚子，吵吵肚子疼。杨北风说你闭上嘴，少说话，不灌风，肚子就不疼了。土豆憋了会儿，说不行，得上茅房。杨北风说他懒驴上磨屎尿多，让他再坚持会儿，把平安里巡逻完就回去。

土豆跑了几趟茅房，说："实在坚持不住了。"

杨北风说："回去吧。"

风继续刮着，土豆弯着腰，杨北风搀着他，说："你还真拉呀，没事吧？"

土豆说："连长，我这回真是坚持不住了。"

往前走，前面是条河，杨北风想过桥再看看，不去他不放心。他说："土豆，你自己走能行吗？"

土豆说："能行，我就是担心你，一个人，又刮这么大的风。"

杨北风说："怕啥，拍拍腰里的家伙，咱有这个。"

土豆说："连长，你要小心啊，那我可走了。"

杨北风说："走吧走吧，我看完南河沿也回去了。"

灵境胡同里走着两个人，戴着帽子，捂着脸，佝偻着腰，脚步快。陈三爷瘦高，被风吹个趔趄，他扶住墙，低声抱怨："就没见刮这么大的风，要吃人哪。"

盛春雷厉声阻止他："别说话。"

陈三爷抱怨，不说他憋得慌："就我们俩，能拿得了吗？为什么不叫上官飘？"

"一个女人，尽量不用。"盛春雷说。

"她可比我们中用，你是不舍得用吧？"陈三爷话里带刺。

"每人有每人的任务。"盛春雷确实是这个想法，有些事他尽量不让师妹知道，能不用她就不用。再就是，有些大事，他怕吓着师妹。他是应该叫师妹来，多一个人，一趟就能搬走。

既然不想让师妹知道，他就暗地里伙同陈三爷挪枪，否则，就得被公安收走。看纸条的意思，南河沿这个地方藏匿的弹药已经被发现，十万火急。

而且盛春雷正需要炸药，他心里有个大计划，惊天的大计划，如果能得以实施，那将是空前绝后的壮举，如果实施能达到目的，那天下谁主沉浮就不一定了。国民党撤退，北京的空房子很多，公安还来不及挨个查看，只能拣重点。偌大个北京城，他们也不可能知道哪里有空房子。

狂风把夜空刮得严丝合缝，不见一丝星光。两个黑影出了胡同口，到了南河沿，摸进国民党部队留守处的空房。进了屋，盛春雷才敢打开手电。在这漆黑的夜晚，手电光显得那样微不足道，如同一根火柴扔进了伸手不见五指的黑夜，只是一闪而过，闪过之后还是无边的黑暗。

手电在屋里四周照着，陈三爷说："别照了，再照把公安招来了。就是有枪，也不能放明面。"

"对，暗室、地下室。"陈三爷的话提醒了盛春雷。找暗室。盛春雷用匕首把在地上敲，敲到八仙桌下，他听到空洞声，急忙说："就这儿了，把八仙桌挪走。"

陈三爷一碰八仙桌，八仙桌就折了条腿，哗啦，散架了。他把散架的桌子挪走，盛春雷跳在地上敲击。黑暗中，老鼠跟赶集似的，乱窜，吓得陈三爷跌坐在地上。

盛春雷握着匕首抠砖缝，发出咯吱咯吱的声音，听着心里乱得慌。越忙叨，手越不听使唤，好不容易抠下一块砖，心里像放下一块石头。他把手电打开，用袖子遮住四散的光，里面露出了盖板。盛春雷顺手掰开其他几块砖，掀开地道口的盖板，仅容一个人下去。他向地窖里照照，不宽敞，里面堆着装武器的绿箱子。盛春雷关掉手电，屋里立马沉浸在无边的黑暗中，他推着陈三爷下地窖。陈三爷犹豫片刻，摸索着下了地窖，刚想打开手电，被盛春雷阻止，以免从窗户露出亮光。

河水在黑夜中哗哗地响着，只听流水声，不见河水。杨北风踏上小桥，桥是木制的，拱桥。风又大，人踏上去，能听见木头晃动的吱咯声。过了桥，就是南河沿，这边的房子密集。在夜幕下，房屋依稀显露出北京特有的起脊、翘檐。杨北风站在桥的正中间，这儿高，南河沿可尽收眼底。他想透过这夜幕，望向每家的院落，希望处处平安。他就是到了南河沿，也不能每家走，这个时候，每家都房门紧闭，进入了梦乡。他是人民卫士，守卫着北京城。什么时候，他和白雪花也能融入这起脊、翘檐的院落，有个属于自己的小家，有孩子绕膝。早上，忙忙叨叨先把孩子送幼儿园，然后他去公安上班，雪花去医院上班。晚上下班，一家人围坐在桌边吃顿团圆饭。想着，走着，他下了桥，沿着胡同走着，观望着黑漆漆的大门，高高的院墙，从院墙里伸出墙外的不知是槐树还是柿子树的树枝？风更大了，他裹紧了衣服，一只手握着帽子，刚才差点被风吹跑了。因为大门都从里面插着，风吹过，拍打着大门咣当咣当地响。听着大门的咣当声，心里也是一紧一紧的，他不禁握住了腰间的手枪。

第十七章　梦难成

地窖里浓烈的霉味差点把陈三爷熏死，他捂着嘴，咳了两声。在手电光的照耀下，他看到十几个木制绿箱子，快速撬开，哇，有炸药、枪支、手榴弹、手雷。盛春雷趴在地窖口上说，多拿点炸药、手雷和手榴弹。陈三爷把炸药、手雷、手榴弹装进大背囊中，举过头顶，递给盛春雷。

风打着旋儿在胡同里滚着，到处都是哗啦声，风吹树梢声，风吹大门声……杨北风握着枪，想走完这条胡同，再到河沿走走就回去了，明天还要上班呢。胡同刚走了一半，突然，风号叫着从他的身边吹过，他身边的大门，吱嘎，开了一条缝。杨北风猛然停住了脚步，站在这条门缝前，思索着，进，还是不进？民宅，忘记关大门了？他拔出枪，提在手里，轻轻推开大门……

盛春雷接过陈三爷举出地窖的炸药，刚放下，似乎听到了动静，细听像是风吹树叶。他眼睛转着，转身走到屋门，摸门上的插销，有，他把门从里面插上。蹲在门下，耳朵贴在门上。

天太黑，院子里什么也看不见，杨北风想打开手电，又怕惊扰了这家的人。大半夜的，私闯民宅，说不清，道不明。走到院子中间，他想出去。转过身，寻思寻思，为什么就这个大门开着？他又折回身，走到屋门前，推门，门插着。他松口气。

盛春雷听到了脚步声，从腰里掏出枪，握在手里，抵在门上。黑暗中，他瞪圆了眼睛，感觉门被推了下，心呼一下就提到了嗓子眼儿。他豁出去了，鱼

216

死网破。

杨北风手举在半空中，想再推下门，又想，还是算了，屋里睡着人，吵醒了，多不好。他把枪插进腰里，轻手轻脚走出院子，并轻轻把大门关上。

盛春雷听着远去的脚步声，瘫坐在地上，他又一激灵，从地上爬起来，冲到地窖口，低声急促地说："快上来，赶紧走。"

陈三爷掂量着一杆长枪，爱不释手，还是拿着，爬出地窖。每人背个大背囊，里面装的是炸药和手雷、手枪、子弹。陈三爷还拎个长枪。盛春雷说："把长枪扔这儿，碍事。"

陈三爷不干，说："没事，跑的时候，我落不到你后面。"

陈三爷问："这么急慌地叫我干啥呀？"

盛春雷说："我听见院子里有脚步声。"

陈三爷问："人呢？"

盛春雷说："别怕，人走了。"

他俩出了胡同口，向河沿跑去。

杨北风已经上桥了，准备回去，他太疲劳了，也不知土豆咋样了，肚子好了没有。走到桥中间，也是桥的最高点，他习惯性地回头，目光再次放到南河沿密集的民居，他正要收回目光，突然看见两个黑影在河沿走动。杨北风如出膛的子弹，拔出枪，冲下桥。两个黑影也觉察到桥上有人，迅速向胡同跑去。

冲进胡同的陈三爷已经气喘吁吁，背上背囊沉啊。盛春雷对陈三爷说："我们就在胡同里跑，从这个胡同，拐进那个胡同，天黑，他看不见。"杨北风在后面追，厉声喊："站住，再跑我开枪了。"杨北风之所以没开枪，是因为他们巡逻总遇到这种情况，不是什么特坏分子，就是一老百姓，听你喊他就跑，听到开枪了，跑得更欢实。等追上他，问为啥跑，他说害怕。也不怪老百姓害怕，解放军刚进城，国民党刚撤退，监狱里放出不少犯人，再加上地痞流氓、地主、资本家，说不上谁是好人，谁是坏人。所以，老百姓，特别是夜晚，见到人就跑，更别说后面有人追了，吓死了。像这种情况不奇怪，他们巡逻，总有黑影出现，见到公安巡逻，撒腿就跑，抓到了就说害怕，但也没什么违法行为，大多是老百姓。1949 年的北京，可谓乱象丛生。

盛春雷听着身后的人穷追不舍，陈三爷手里还拎着长枪，已经快跑不动了。离得远，他俩背着包，看不出咋回事，如果看见手里拎着长枪，那追死也得追。

盛春雷让陈三爷把长枪扔了，那玩意儿扎眼。陈三爷顺手把枪扔进了垃圾桶里。

拐了几个胡同，杨北风被甩掉，他站在胡同里，不知道往哪个胡同追。两个黑影早已消失在夜色中。

偷出的弹药，连夜藏进了陈三爷家的地窖里。地窖挨着茅房，只因为是茅房，谁也不会理会。这个大宅院，是陈三爷祖上积攒下的家业，独门独院。前门脸做生意，过了做生意的前门房，是院子，然后才是正房、厢房、厨房、柴房。

往地窖放枪的时候，伙计听到动静了，从窗户向外面问了句："谁呀？"

陈三爷这个烦啊，睡你觉得了，不该管的瞎管，大声回道："我，上茅房，睡你的觉。"

没追上，杨北风也不觉得急，他把枪插进腰里，以为又和以往一样是看见公安就跑的老百姓。

第二天，北风把昨晚巡逻的事跟老汪汇报，老汪怪北风为什么昨晚不汇报。老汪组织人，到昨晚出现黑影的地方巡查，一无所获。昨晚的风太大了，把所有的痕迹刮得无影无踪。

正一筹莫展时，崔大妈扛着糖葫芦杆子，手里拎着长枪，一路小跑地过来，"公安同志，公安同志，"她语无伦次，"快看，我捡到什么了，枪，哎哟。"

老汪接过她手里的长枪："崔大妈不着急，慢慢说。"

崔大妈滔滔不绝地絮叨："我就在那胡同的垃圾堆里捡的，早起我卖糖葫芦，寻思在家也待不住，早点出去吧，碰着这么个事，可吓死我了。"

见到长枪，崔大妈思想剧烈地斗争着，藏是藏不住了。她不捡，有人捡，谁捡谁立功。崔大妈心里这个骂呀，干活不利整。衡量再三，还是决定交给公安，立功，为她的身份作掩护。但人算不如天算。

看着长枪，杨北风和老汪面面相觑，事情如此严重，老汪眼里有埋怨，埋怨杨北风昨晚不及时报告。杨北风眼里有愧疚和懊恼，接受老汪的埋怨。但现在不是相互指责的时候，要立刻查出枪的来源。

杨北风极力地回忆着昨天晚上遇到的情况，难道这杆长枪是昨晚那两个黑影扔的？或者是跑丢的？如果那样就坏了，他们不定在哪儿偷的武器，那可就不是一杆长枪的事了。

正不知下步从哪儿查起，从胡同走来傻大嫂，见到崔大妈，加快了脚步，还边喊着："我知道，我知道。"

崔大妈眼神有些慌乱，她看着眼前的几位公安，指指傻大嫂，又指着自己的脑袋说："别听她的，这儿有病。被他男人气的，男人在外面找小老婆了，舍了她，就落下病了。"

傻大嫂一副严肃认真的表情，看见杨北风手里拎着的长枪，拍着手说："崔大妈我汇报，我知道，我知道。"见没人搭理她，她又说："崔大妈知道，崔大妈知道。"

老汪皱着眉头，觉得傻大嫂在这儿添乱。崔大妈看出了老汪的不快，说："你们忙，我把她送回家。"崔大妈给了傻大嫂一串糖葫芦，哄着她往胡同里走。

天气真像小孩的脸，说变就变。昨晚狂风大作，今天就阳光灿烂。如果不是昨晚风那么大，杨北风可能还会多巡逻会儿。如果不是风大，有月光，就能看清黑影，追上黑影。这都不是理由，还是你杨北风失职。这样自责着，他忽然想起昨晚风吹开大门的事。杨北风立马说道："走，跟我走。"

他们跑步来到昨晚那个大门前，大门紧闭。杨北风推门，大门从里面插着。杨北风歪头示意，土豆用匕首把门插销拨开，所有人大吃一惊。傻大嫂正蹲在地上，不知寻找着什么。傻大嫂见有人进来，举着子弹壳说："哨，吹哨，我知道，我知道。"说完放到嘴上吹着。

老汪、杨北风和土豆拔出枪，隐蔽在屋门的两边，土豆对着屋里喊："有人吗？出来。"没有回应，杨北风向土豆使个眼色，土豆一脚踹开门，隐蔽着向屋里逼近。怕屋里有埋伏，土豆先冲进里屋，四处查看。天棚和屋角横七竖八地挂着蜘蛛网，桌子上落着厚厚的灰尘。但能发现已经有人来过，八仙桌是年久糟烂了，但上面留下的手印痕迹是新鲜的。看手印的形状，是戴着手套的。准备得如此细致，是有备而来。地砖动过，走得仓促，地砖是码上了，但是，未恢复原状。土豆抠开地砖，露出板子，掀开板子，里面是地窖。

土豆要跳下去，杨北风阻止了，他要亲自跳下去查看。

地窖不大，仅容下一个人，里面有序地码放着弹药箱子。这是有准备地留下来的武器，绝不是溃逃仓促临时留下的。昨晚的敌人只是撬开了几个箱子，匆忙地拿走了些炸药、枪支。杨北风懊恼地在地上转圈，昨晚，怎么就没进屋？！

这个宅子过去是国民党部队留守处，他们撤退时，有目的地藏匿下这些枪支弹药，用于他们潜伏北平的特务搞破坏。昨晚风大，夹杂着黄沙，屋外，所有关于特务的印迹都刮没了。杨北风脑海里猛然间闪出傻大嫂的神态，她在胡同看见长枪的惊奇、惊喜的样子，在院子里捡子弹壳当哨吹，口口声声说我知道，这回傻大嫂是真知道，我们却没人搭理她。她说崔大妈知道，那么崔大妈隐瞒了？不会，不会，长枪还是崔大妈看见的，如果她想隐瞒，就不会交长枪啊。杨北风的脑袋乱成了一锅粥，理不出头绪。他对老汪说："我们问下傻大嫂。"

"算了吧，别浪费时间了，她这儿有病。"老汪指着自己的脑袋，但我们是清醒的。

"那怎么办，总得把枪找回来吧。"杨北风耷拉个脑袋。

老汪挥手，干脆地说："还是老办法，挨家排查。"

"这法最笨。"杨北风说。

老汪将他："那你想出一个灵巧的。"说完，命令他们："先把所有的武器弹药运到局里去，等向局长汇报完，再排查丢失的枪支弹药。"

屋里传来阵阵笑声，菲四美正在陈三爷的房里喝茶，与陈三爷打情骂俏。伙计推门进来说："您要的料子拿来了。"

陈三爷说好："拿过来，看四小姐喜欢吗？"

菲四美接过伙计手里的两块旗袍料子，笑逐颜开，连说："我喜欢，喜欢。"她旁若无人地在陈三爷的脸上亲了口。

伙计把脸别过去，说："三爷没事我先下去了。"

"去吧，去吧。"

伙计把门关上，屋里的嬉笑声顺着门缝传出门外。

老汪他们拿着宣传单，还是以宣传防盗、防特为借口，对这一片人家进行排查。好在是白天，没引起群众的反感。当然，老汪他们态度也诚恳，询问有分寸。

当排查到福瑞祥绸布庄时，正赶上晌午，店铺里只有伙计一人，正在打瞌睡。陈三爷在正房与菲四美喝酒、吃菜。老汪进了店铺，伙计猛睁开眼睛，看见穿军装的解放军，忙说："解放军同志，我们是遵纪守法的生意人啊，你们上次来过。"

老汪说："我们是搞宣传的，没什么，就是让各家提高警惕，警惕特务和坏分子。"

他说着，递给伙计一个宣传单。伙计哆嗦着接过宣传单，恭恭敬敬放到桌子上后，便冲着院里喊："陈三爷，解放军来了。"

正房传来陈三爷的话："来了。"

陈三爷打着酒嗝，迈着四方步，从正房穿过院子，进了店铺。见到老汪他们，抱拳施礼："解放军同志，有失远迎，有失远迎啊！各位还没吃饭吧，走，上屋吃饭去。"

老汪说："不客气，我们是搞宣传，顺便问点情况，希望你能配合。"

"一定，一定。"

老汪问陈三爷："你昨晚出去了吗？"

陈三爷说："昨晚我就在家睡觉了。"

老汪问伙计："你昨晚出去了吗？"

伙计说："昨晚风大，我睡得早。"

老汪问："你听到什么响动了吗？"

伙计看见穿军装的嘴就打飘，吭哧了半天，说听见了，又说没听见。

土豆嗷嚎一嗓子："到底听没听见？"

伙计两个肩膀一抖，冒出一句："我听见三爷上茅房了。"

陈三爷剜伙计一眼，忙说："是，我昨晚闹肚子。"

店铺的后门通着院子，杨北风从进屋就没说话，他向院里望着，只能看门口那么大。他说到院子里看看。陈三爷说可以。杨北风走出后门，进到院子，嗬，真宽敞，而且布置得井井有条。他走到影背跟前，那儿的杂物很多，也许是挨着茅房的缘故。

茅房跟前有棵石榴树，正遮着茅房，杨北风抬头看石榴树，低头看杂物，来回转了几圈，还是不肯离开。陈三爷揪着心，杂物下的地窖埋着昨晚运来的弹药。心里急，咋还不走？那儿有什么转的。不能再转，再转，非转出事不可。

他对杨北风说："解放军同志，你先看着，我进屋喝口水。您也渴了吧，走，进屋喝茶。"

"不必了，谢谢！"杨北风仍然低头转悠着。

陈三爷快步进屋，菲四美埋怨："干吗去了，这么半天，把我晾这儿。"

"别嚷嚷，"陈三爷指指院子，"解放军在院子里转悠呢。"

"转悠什么，也没犯法。"菲四美醉眼蒙眬地说。

"可不是嘛，都影响我卖布了。"陈三爷激火。

菲四美下地，走到窗户前，看见杨北风在茅房那儿转悠："挺大个男人，在茅房转悠什么呀？"

"谁知道啊，"陈三爷说，"要不这么着，四美，你去把他轰走，别让他在这儿影响咱们。"

"怎么轰啊？"

陈三爷趴到她耳朵上说。

"行。"菲四美走出房门，尿急的样子，低头快步往茅房走。走到杨北风跟前，她猛然抬头，手放在腰上，要解腰带的样子。见一解放军，她醉眼迷蒙地说："哎呀妈呀，兵哥哥，你也上茅房啊，你先去，还是我先去？要不你先吧。嘻嘻。"杨北风也觉尴尬，脸臊得通红，二话不说，转身就走。

这件事又这么撂下了，说是撂下了，其实每件事都在项局长的心里压着。先赶着往前走吧，每天上面都有任务，只能破案、任务两手抓。项局长传达今天的任务，查枪的事先放下，今天中央首长在亚洲饭店（前门饭店）召开重要会议，我们还要化装成蹬三轮的、修鞋的、收破烂的、摆小摊的，分布在亚洲饭店的周围，暗中监视敌人。

从怡红院出来，菲四美还没去过全聚德烤鸭店，她觉得她的日子一天不如一天，刚出来那会儿，陈三爷还不断给她钱，现在可好，不要不给。她不能两头都扑空，怎么着也得跟他结婚，青春稍纵即逝，老了也有个依靠。今天，撵走解放军有功，陈三爷请她在全聚德吃烤鸭。陈三爷高兴，喝的是老北京仁和酒馆酿制的菊花白，这过去可是御膳酒，供给皇帝的。能不高兴吗，不是菲四美，他陈三爷现在就蹲大狱了。菲四美与他对饮，又是抛媚眼，又是扬扬自得。陈三爷就稀罕她的狐媚和她醉眼迷蒙的样子。陈三爷吱一声喝口酒，夸菲四美机灵。

菲四美扬着眉毛："那是，可着怡红院打听，谁不说我菲四美不但俊俏还机灵。"

陈三爷摆摆手："以后别提怡红院，这是新社会了。不是跟你说了吗，你从河北来的。啥光荣地儿啊，总提。"陈三爷做个一刀切的手势，暗示菲四美要与过去一刀两断。

"是不是啥光荣的事，可我菲四美那时吃香的喝辣的，现在可好，吃口烤鸭，都这么难。我可没钱了。"

"好，我有，回去我就给你。"

菲四美笑得更妩媚了，举着酒盅说："三爷，我可是要跟你结婚的。"

陈三爷也举着酒杯，敷衍着："结婚，好，结婚。"

大街上，人来人往，偶尔还走过两三个要饭的，其中一个是土豆。路边有个卖日常生活用品的摊位，买东西的人还不少。有个中年妇女给顾客拿着东西，有要梳子的，有要头绳的。摊位不大，但香皂、胰子、刷牙粉、洗脸盆样样齐全。杨北风穿着便装，也站在摊位边上，帮着妇女拿货。土豆这个叫花子从他身边过，对他挤眉弄眼。杨北风佯装看不见，沉着脸。

亚洲饭店的一个会议厅，座无虚席，毛主席正在讲话。

上官飘走到杨北风的摊位边，说："给我来把猴皮筋。"杨北风正低着头摆弄货品，听有要猴皮筋的，就顺手拿了猴皮筋给她。听着声音耳熟，抬头看，两个人都愣住了。

鲜艳的猴皮筋握在上官飘的手里，有红色的、绿色的、黄色的，很好看。大街上的女孩子，都在麻花辫梢上，缠着宽宽的猴皮筋，很时兴。上官飘今天也扎着两条麻花辫，不长，刚搭在肩上，辫梢也缠着宽宽的猴皮筋，是粉色的，衬着她的脸，越加白皙。

咯咯，上官飘笑着："你这干吗呢？"杨北风也笑，用笑代替了回答。上官飘明白了，公安，乔装改扮，执行任务。她取笑他一点都不像。

杨北风上下看一看自己，说："今天没事，帮着亲戚卖货。"

上官飘忙把钱递给杨北风："哦，你还真闲不住，别把亲戚的货卖赔了。"

"算我送你了。"杨北风把钱挡回去。

上官飘也没客气："谢谢。如果晚上有时间，我请你去东来顺吃涮羊肉。"

杨北风说："那多不好，让你破费。"

"你不是送我猴皮筋了吗？"上官飘还是取笑他，但取笑得风趣。

杨北风深知他和上官飘的关系，不能太推辞，这是接触了解的机会，于是说:"好吧。"

"那就五点在东来顺见。"上官飘说着,把猴皮筋仔细地放进包里,"真好看。"她嫣然一笑,"北风哥,我先走了,回剧团,练功。"

杨北风对她点点头,还她一个笑。

刚做完一台手术,夏玲帮着白雪花脱掉手术服。白雪花摘掉手套,用香皂认真洗着手。她问夏玲:"这几天看见土豆了吗?"

夏玲说:"上哪儿看去呀,你还不知道,我净跟着你做手术了。"夏玲想过味了,白医生是在问杨北风,哪儿是问土豆啊。水龙头开着,白雪花冲着手。夏玲递给她毛巾说:"雪花医生,你是问杨北风吧。"

雪花笑笑,自语:"也不知道回来了没有?"

"不知道,"夏玲答,"土豆这阵子也没来。反正我觉得也该回来了,咳,你就等着吧,不是说,回来就找咱吗。"

阳光从窗户透进屋里,照在白雪花的脸上,映红了她的脸庞。她说:"这半天都没见到太阳了,在屋里闷得都恶心了。"

夏玲说:"今儿天可好了,快出去透透风。快别把我们大医生累坏了,往下,谁还妙手回春啊。"

"你呀,也学会贫了。"

走到院里,白雪花深深吸口气,说:"夏玲,要不今晚下班,咱俩去分局看看?"

夏玲为难的样子:"雪花医生,老汪不都说了吗,不让去,他们干的可是保密工作呀。"

白雪花欣赏地看着夏玲:"你看我,还赶不上你的觉悟。好,不去。"

在柿子树下的长椅上坐着的崔家栋,听到了白雪花的说话声,站起来,向白雪花这边看。白雪花也看见他了,说:"你怎么在这儿?"这是他自出院后第一次来。

"来看看你,"崔家栋看夏玲眨巴着眼睛站在旁边,就改了嘴,"来看你们。"

"这还差不多。"夏玲说,"你可挺没良心的,才来看我们。"

崔家栋腼腆地笑着说:"刚开了工资,想请你们俩吃饭。"

"嘁,"夏玲抹搭一眼崔家栋,"不是真心请我吧,是请我们雪花大医生吧。"

"这孩子，伶牙俐齿的，是请你，住院那会儿，不都是你照顾我吗。谢谢了！"

夏玲看着雪花，摇着她的胳膊："咱们中午就吃他一顿？"

"你说了算。"白雪花笑着说。

"哦，对了，什么时候吃你的喜糖？"崔家栋说，"我不单是为了吃喜糖，而是时刻准备着给你们拍结婚照。不比老光明照相馆差。"

提到结婚，白雪花心里喜悦，如果不是进京太忙，他们早就结婚了。不能再拖了，雪花想，工作永远是忙不完的。她想等杨北风这次出差回来，无论如何都要结婚，自己已经是三十岁的大姑娘了。

"等着吧，"夏玲一副什么都懂的样子，"等我们的大英雄杨北风出差回来就结婚，是吧，雪花医生。"

白雪花佯怒："话都让你说了，还问我干什么。就你嘴快。"

天空晴朗，几十只鸽子打着鸽哨从他们头顶飞过，扇动着翅膀，飞过屋顶，飞向蓝天。

剧团的练功厅，师兄正在压腿。上官飘穿着练功服，走到盛春雷身边，跟他一起压腿。盛春雷问："去哪儿了，现在不比过去了，这是上班，不兴迟到。"

"去前面大街了。"上官飘说。

"为什么？"

"想去。"

"找他？"

上官飘不言语，确实，上次见面后，杨北风又像人间蒸发了。

"别认真啊。"盛春雷暗示她，"见到了？"

"嗯。"上官飘说，"买点东西。"

盛春雷换了条腿压："买了什么？"

"猴皮筋，"上官飘停顿了会儿，"他们在卖。"

他们在卖。盛春雷立起眼睛，他们，公安，打扮成小商小贩。他一语双关："压腿吧，要格外小心啊。"

亚洲饭店的会议顺利召开，顺利结束。

命令无情

扮演小商贩的任务结束后，回到局里。杨北风心神不宁，在老汪的跟前走来走去。见老汪不搭理他，又走到院里，用脚踢着地上的空瓶子。哗啦哗啦响的瓶子，在地上滚着，接受杨北风脚的指挥，滚到东，滚到西。

"喂，杨北风，你吃饱撑的？"老汪透过窗户喊他。

杨北风继续踢："我还没吃饭呢。"

"你进屋，进屋，我有事跟你说。"老汪喊，"是不是有啥闹心事啊？"

瓶子滚到墙角，杨北风不甘心地看了眼，转身进屋。

老汪嘻哈着跟杨北风说："还是那个事，项局长出门的时候让我问你，你跟那个，那个，上官飘，进展得如何？"

"废话，我这几天干啥了，你又不是不知道。"

"我是知道，但我也得问啊。"老汪一副领导的样子，"抓紧啊，明天呢，没什么要紧的事，你还是办你的正经事吧。跟那个，虞姬，"他夸张地说，"恋爱。"

"卑鄙。"杨北风看着窗外，眼神游离，两手插在裤兜里。

"喂，杨北风，你想点正经事行吧。这跟卑鄙不沾边，只要你心里是纯净的。"

"我呀，还真就想正经事呢。"杨北风神经兮兮地笑。

"快说，啥事？"

"你刚才上心的事。"

"快说说，项局长还要听汇报呢。"老汪拉杨北风坐下。

杨北风想了想说："上官飘，今天邀请我到东来顺涮羊肉。"

"呀，老天爷呀，那得多少钱啊。"老汪咧嘴。

杨北风提醒老汪："做人要厚道，别忘了，你还该人家一顿涮羊肉。用馄饨糊弄过去了。"

"那倒是。"老汪认账，"那还得给你凑钱啊。"老汪掏兜。

"小抠样，她说请我。"杨北风歘白老汪。

老汪停住了掏兜："去，不去白不去，正好借机查她。"

"你挺不是东西。"杨北风损老汪。

"没办法，抓紧吧，你在雪花那儿说出差，出差还出一辈子啊。麻烦快来了，你这儿还没有眉目呢。"老汪还是掏出钱给杨北风，"拿着吧，万一你请呢。

226

可别丢脸。"

"我这不也急吗，要不，我就不去了，你的钱也就省了。其实，我挺不是东西的。"

老汪劝杨北风："你就想这是任务，也就顺了。"

两个战友握手，紧紧握手，如同送战友奔赴战场。杨北风顺手把老汪的钱抓在手里，老汪笑："你呀！祝你成功。"

东来顺客人还挺多，一楼都是散座，吵吵嚷嚷的。杨北风来的时候，上官飘已经坐在一楼的座位上了，见到杨北风歉意地说："我来晚了，雅间都有人了。"杨北风心说，这地方，蹲着吃，羊肉照样香。

铜锅端上来，下面是通红的火炭，汤锅很快沸腾了，冒着热气，瞅着就暖和。上官飘吃涮羊肉很讲究，也在行。她告诉杨北风，薄如蝉翼的羊肉片，在沸水里涮几下吃最嫩。杨北风当然也跟着讲究，学着涮羊肉。如果杨北风和老汪来吃，他会把所有羊肉放锅里，煮沸，捞起吃。杨北风夹着羊肉，上下、左右地涮着，心思却不在羊肉上。他寒暄着，剧团忙吗？上官飘说忙，正排练新戏。杨北风又问，除了排戏，业余时间都做什么？上官飘说上街呀，买点喜欢的物件。在家的话，看看书，织毛衣，也没什么正经事。杨北风说你很喜欢上街，比方说像今天。上官飘说是呀，我愿意玩，别看在北京长大的，就是走不够。比方说颐和园、天坛、北海公园，去多少遍都不带够的。等你不忙了，你陪我去溜达。咱把北京，是地方都走到喽。杨北风敷衍着说，好，等我有时间，现在不行。他想，上官飘还不得问他，在忙什么，如果她是特务，就要从他嘴里套情报啊。他又是公安，知道的事多。上官飘不问，一心在玩上，例数着北京好玩的地方。她又招呼伙计加汤，加蘸料。

一楼热闹，都是散座，吵吵嚷嚷的，每桌都谈论着，话题各不同，都以为别桌听不到自己谈话，可着嗓子喊，因为太吵了，不大声说话听不着。杨北风他们邻桌在谈论刘少奇。表情是神秘、小心，怕别人听见，实际，声音也不小。谈论的是刘少奇访问苏联的事，说刘少奇从苏联回京了。中央立刻召开重要会议，开国大典要提前了。有人问，那开国大典准备什么时候？刚才那个大明白说，要不定在明年初了，可因为斯大林的一句话，提前了。那人问，提前了，那就是定在今年了，定在几月呀？大明白说，那我可不知道。

杨北风看上官飘的反应，她应该也听到了，但她的眼睛盯着他的筷子，因为他手中的肉涮过火了。她把涮好的羊肉放到杨北风的盘子里。杨北风客气地说："你自己吃吧。"

上官飘说："我得对你好点，要不该找不着你了。"

"啊，不能，要不我也是这几天要来的。"

"那是我沉不住气了，让北风哥见笑了。"

"我从没有笑话人的想法。"

"北风哥对我有何看法？"

"对你？看法？"

"你就说我这个人怎么样？"

"挺好的，漂亮、大方。"

上官飘羞涩地低着头："这是北风哥的心里话？"

"啊，你确实漂亮、大方啊。"

看似简单的问答，问者有心，答者无意呀。

无论杨北风绕到什么话题上，上官飘本着一个目的，我就是跟你谈情说爱。

杨北风试探着问："飘，你听见旁边桌刚才说什么了吗？"

"没听见，我不像你，跟我在一起，心却跑到别场去了。我跟你在一起，一心一意吃羊肉。"上官飘样子天真，可爱得像个小姑娘。

付钱的时候，杨北风真心实意要付饭钱，上官飘执意不肯。杨北风问："你一个小丫头，哪来那么多钱？"

上官飘调皮地跟他挤下眼睛，说："别忘了，我是唱戏的，过去攒的。"杨北风在问话时是有目的的，上官飘的钱来路不明，她会对问话反感。可杨北风未看出她有半点反感，还调皮地跟他眨眼睛。

从东来顺吃完饭出来，杨北风说送上官飘回家，上官飘说不用，拦个黄包车上车走了。杨北风目送着上官飘，陷入深深的沉思中，上官飘啊上官飘，你到底是谁？

值班室的灯还亮着，老汪在等杨北风。

门开了，杨北风进来，坐下，神态黯然。老汪想他应该神采飞扬，至少应该是滔滔不绝。这可好，像挨了打、受了委屈回来的。老汪可憋不住了，问："怎么样？有进展吗？"

"你说呢？"

"我又没去吃涮羊肉。"

"下次让给你去。"

"我可没那口福哦。"

杨北风愁眉不展，突然说："她可是认真了。"

"你看出来了？"

"你心里最清楚。"杨北风反讥。

"是，"老汪也替杨北风为难啊，"除了情和爱，没一点收获？"

"不但没有，可能更糟。"杨北风说，"我们旁边桌在谈论开国大典提前的事。"

"她听到了？"

"又不聋，能听不到吗，我都听到了。"

"有什么反应？"

"没反应。一如既往地纠正我涮羊肉的方法。"杨北风望向窗外，夜已经深了，他仿佛陷进了无边的黑暗中。他认为自己虚伪、卑微，竟称赞上官飘漂亮、大方。说这话意味着什么？爱慕啊。可他不是发自内心的，他在骗，骗一个看上去还像孩子的人。想到这儿，他痛苦地闭上了眼睛，也许他被上官飘的表面迷惑了。关于开国大典提前的议论，她到底听见了没有，我都听见了，她为什么说没听见？她在隐瞒什么？也许她真没听见，专心致志于我。杨北风不想了，再想他要疯了。

老汪傻了吧唧地看着杨北风，想从他的脸上看出破绽、看出答案，以便向项局长汇报。要不，他汇报啥呀。饭吃了，爱谈了。有必要继续吗？要不撤吧。

剧团紧锣密鼓排练新戏《白毛女》，上官飘担任主角喜儿，师兄扮演杨白劳。他们俩早就进入排练了，基本成型，现在是配合其他演员，演其他几场戏。《白毛女》这戏是从延安传来的，是进步戏。这对上官飘来说也是个挑战，过去从没唱过这种戏，上官飘打小就这样，是戏就爱演，有戏唱就行。她年龄小，接受新生事物又快，深得剧团领导喜欢，算是台柱子。

第十八章　暂满还亏

排练到杨白劳给喜儿扎红头绳的时候，剧团的领导都在场，很是认同，说排练下一场，他们俩下去先休息。并号召其他演员向他们学习。

上官飘给师兄使个眼神，师兄心领神会，知道有情报。到后场休息室，上官飘告诉师兄："原定明年1月的敲锣打鼓提前了，大概今年10月。"

盛春雷窃喜，说："师妹，风小了，可为其父记上一功。"他的意思是风小了，可以给台湾发报，给你、你父亲请功。与其父团聚指日可待。

看不出喜，也看不出忧。上官飘冷淡的表情，让师兄看了心里很难受，师妹是无奈，才给他提供情报，他就是新戏里的黄世仁，逼迫着师妹。

月牙弯弯，挂在四合院的上空，淡淡的清辉，洒落在槐树下。夜深人静，各家都熄灯休息。盛春雷向院子里望了眼，只有菲四美的房里亮着微弱的灯光。盛春雷怕就怕她的屋里亮着灯，不知她每天晚上都干什么，也不睡觉，真是个祸害精。盛春雷接下来什么事也做不下去，总往窗户上趴，瞄着菲四美房里的灯。终于盼到菲四美房里熄灯，盛春雷把门关严，刚把桌子挪开，就听到咚咚咚的敲门声，他的心咚就冲到了嗓子眼儿，差点没趴地上。听敲门声，不是师妹，那没有别人，就是菲四美了。这个骚货。他慌忙把桌子推到墙边，理理头发，正正衣领，恢复神态，然后去开门。

门吱扭开了，盛春雷挡在门口，问她："有什么事？"

菲四美说："没事，就是想来看看你。"

盛春雷说："谢谢，我不需要，我现在要睡觉了。"

菲四美嘻嘻笑着："不会你屋里藏着人吧，我看看，是哪个美人，金屋藏娇啊。"

说着菲四美扭着身子挤进屋里。

盛春雷看她已经进屋，就坐到了外屋八仙桌旁的太师椅上，跷着二郎腿，点上一支烟。

"哎哟，还是飞马牌香烟呢。"菲四美说着坐到另一边。

盛春雷递给她一支，并给她点上。他不想得罪这个女人。"如果你喜欢的话，送你两盒。"

"那就谢谢了！"

盛春雷看着菲四美吞云吐雾的样子，忽然，从天而降的计谋油然而生，落地有声，呱唧，落在菲四美的身上。真是绝妙的计谋。他用挑逗的口气说："怎么，四小姐，睡不着？"

"哪儿睡得着啊。"

"想谁呀？"

"想你成吗？"

"当然不成，还有陈三爷呢。"

"我稀罕你年轻啊，身段好啊，我的霸王。"菲四美如唱戏般地说。

盛春雷抬抬胳膊，也是唱戏的腔调："你还是尽快跟陈三爷结婚吧，免得独守空房。"

孤男寡女，有说有笑。盛春雷只给菲四美错觉，他是为那个计谋而欢欣鼓舞。可悲的是，菲四美以为天下的男人都爱慕她。

菲四美终于回她自己的屋了。

盛春雷熄灯，进暗室，向台湾发报：开国大典提前至今年十月。

公安部又发现那个神秘的电台在活动，并截获了电文，正组织人员破译。公安部紧急出动，开启测向仪，搜寻敌台位置。可是，搜寻到天亮，毫无成果。敌台信号非常弱，而且时间很短。发报人似乎发现了什么，发报更加严谨了。

上官飘和杨北风交往了一段时间后，越发地离不开他了。他不用甜言蜜语，他不说话，她就崇拜得五体投地，尽管他们不是一个党派，但她知道他是英雄，哪个女人不爱英雄？她也是个女人啊，有血有肉有感情，她要嫁给这个男人，追求自己的幸福。想到结婚，她心就飘在半空中，没着没落的。她是特务，他是公安，猫和老鼠的关系。她是那么渴望杨北风的感情，可她不知道，杨北风这样飘忽不定地跟她交往，到底是为了什么？觉察到什么蛛丝马迹了？上官飘打定了主意，你不挑明，我也不挑明，你挑明，我也不挑明。我上官飘跟你杨北风在一起，就是为了爱情，不为别的。如果说以前有目的，现在只剩下爱了。

这段伪装的恋爱是否要进行下去，杨北风早已失去了信心，他挺大个男人，欺骗小姑娘的感情，罪过。对雪花，也是罪过。他怕上官飘再约他，无论是吃饭还是游玩，他都是骗吃骗喝，骗感情。他该去找雪花了，也应该结婚了。如果结婚了，生米煮成熟饭，谁还逼他去恋爱，无论为了什么，都不能了。结婚，十万火急。杨北风把自己的想法跟老汪汇报了，也算跟老汪汇报思想吧，敞开心扉，向老汪述说和分析这件事的利与弊。老汪也想通了，打住吧，因为交往了这么长时间，一点进展也没有，并未从上官飘那儿得到所谓的消息。

杨北风说："老汪，做主就做到底，我想见雪花，就说是出差回来了。"

老汪说："也行，我倒是能做这个主。你和雪花老这么你情我爱地下去，也没啥意思了，谈婚论嫁的人了，别像个少男少女似的。咱这是老战友了，不如把事办了吧，省得总出差头。"

杨北风上去就握住了老汪的手："知我者莫过汪兄也。我就是这么想的，没敢跟你说。那汪处长，我可请假了，去雪花那儿。"

老汪说："去吧。"

久别重逢，白雪花见到杨北风别提多高兴了，她轻轻靠在杨北风的怀里，说："我们每天都这样该多好啊，累了靠一靠，有委屈了，靠一靠。多幸福啊！"

杨北风紧紧拥着她："这是你永远的港湾，你白雪花的。"

"我的！"白雪花羞红了脸。

"那好，咱现在就办去。"杨北风拉着白雪花的手就走。

"北风，你干啥呢？叫人笑话。"白雪花偷眼看着周围，看有没有人看他们。

杨北风笑："嘿，你想哪儿去了。咱们去照相，订婚照。放在结婚证里的。"

白雪花疑问："咱们结婚报告还没批呢。"

"先照相，走一步算一步。按部就班的，等到猴年马月了。"杨北风拉着白雪花走。

白雪花兴致勃勃："我的同学崔家栋，说给我们在天安门广场照相，我们去找他。"

"等我们结婚的那天再请他照吧，现在去照相馆。"杨北风的口气是不容商量。

白雪花仰脸看着他，赞赏："这才像我的北风，爷们儿。"

老光明照相馆玻璃窗里贴着许多黑白照片，照相馆把照得漂亮的，多洗出一张，挂在玻璃窗里打样，有单人照、双人照和订婚照，还有时髦的婚纱照。白雪花到了照相馆，先趴在玻璃窗前看照片。"哇，真漂亮！"她看着杨北风，"我要照两张，一个订婚照，一个婚纱照。"

杨北风高兴："好，咱们就照两张。订婚照放结婚证里，婚纱照放我们的新房里。"

进了照相馆，他们先照订婚照，然后照婚纱照。更衣室里，白雪花脱去宽大的军装，换上雪白的婚纱，并化了淡淡的妆。这些她并不陌生，因为她在美国留过学。可在北京，这种环境，这种人文，这种生活，她完全被眼前的生活同化。现在，穿上西方人的婚纱，她为这份浪漫幸福着，幸福得热泪盈眶。照相的师傅让杨北风换上西装领带照婚纱照，杨北风说，就穿着军装照。照相的师傅，钻进红布里的镜头看，嗯，穿着军装更英俊。照相的师傅为杨北风的英俊而啧啧称赞，他说照了这么多年的照片，从未见过这么标致的美男子。所以，照相的师傅格外用心。照完后，告诉他们，五天后来取照片。

照完照片，他们未停歇，到医院，直接布置新房。其实也没什么可布置的，就是白雪花的宿舍。夏玲跟雪花在一个房里，她搬出去，挤到护士屋里，这间宿舍就变成了杨北风和雪花的新房。杨北风哄着夏玲，说这就是暂时的，等他们结完婚，房子问题解决了，立马就搬走。

夏玲听着，就皱起了眉头，她愿意为他们结婚搬走，一点怨言也没有，但就觉得，这婚结得着忙。也不是着忙，是仓促，也不是仓促，他们是早就张罗着结婚，种种原因，就是结不成。现在是应该结婚，但不是这个结法。这个婚结得，怎么比方呢，就像未婚先孕了，怕别人看出来，所以，慌不择路地结婚。

杨北风看夏玲皱着眉头，逗她："喂，看我们结婚，不高兴？"

"不是，高兴，但就是觉得你们这婚结得像逃跑。"夏玲站在那儿不知所措的样子。

白雪花忙活着，搬凳子，收拾桌子，说："什么话，别站那儿，快帮忙啊。"

夏玲赶紧去搬床："快，姐夫，先帮我把床搬出去吧。"

杨北风被叫愣了，缓过神儿来："叫我呢，还姐夫。"

"对呀，雪花医生是我姐，那你不是我姐夫吗？"夏玲一脸的认真。

雪花佯装生气，瞪着夏玲："死丫头。"

"好，姐夫就姐夫。"杨北风伸手去搬夏玲的单人床。

雪花兴奋得都不知干什么了，看他俩搬床，忙按住，说："这床先不搬，还没有双人床呢，这床放这，两个单人床对放一起，不就是双人床吗？"

夏玲痛快："行，我自己再踅摸个床，或者先跟别人对付对付。"

"两张床对在一起，嗬，这双人床不错。"

杨北风当然高兴，终于摆脱了上官飘。

白雪花招呼夏玲，指着窗户，下午买红纸，剪红喜字贴在窗户上。这边放个梳妆台，这边放两把椅子。

正当杨北风和白雪花憧憬着美好的未来、沉浸在幸福中时，项局长正跟老汪拍桌子发火。老汪耷拉个脑袋，听着。项局长吼着："谁给你的这个权力，啊，公安部没下令，你下令。今天还问这件事呢。上官飘的嫌疑还未排除，那个神秘的电台又出现了。"

老汪辩解说："因为没什么进展啊。"

"能看眼前吗，今天会议传达了，我们跟潜藏的特务要开展长期的斗争，力争完全彻底地消灭他们。你整天把放长线钓大鱼挂嘴上，看你是白挂，完全不理解。"

老汪意识到错了："我太武断了，我承认错误。局长，截获的电文是啥内容？"

项局长十分严肃地说："保密，但我们内部可以知道。电文说，开国大典的日期提前了。明白了吗？"

"开国大典的日期提前了"，这句话如一颗石子，落入平静的湖面，不说激起千层浪吧，也激起了涟漪。他想起了杨北风跟他说，他和上官飘在东来顺涮羊肉时，旁边桌议论这件事。难道是上官飘听到这事，当成情报发送出去？很多特务，他们获取情报的渠道，从报纸上获取，从街头巷尾人们的议论中获取。但他是猜测，不敢轻易跟项局长汇报，目前捅的这个娄子还没收场呢，等杨北风回来商量了再说也不晚。

"啥话别说了，赶紧把杨北风给我叫回来。"项局长是这样认为戏相公的，越不像，越隐藏得深。

老汪立正站起来："项局长，我现在就派人去医院找北风，让他立马归队。"

"这事就交给你了，杨北风再闹个人小情绪，我拿你是问。"项局长正式说。

"是。"老汪立正。

新房收拾得差不多了，就等着再置办点东西了。夏玲倒背着手一边在屋里走看，一边感慨："嗯，不错嘛。把我撵出去，变成新房了。我可当伴娘啊。"

三个人正开心地说笑着，土豆跑来，跑得上气不接下气。夏玲拉着土豆的手，摇着，蹦豆似的说："土豆、土豆，你咋才来，重活我们都干完了，不干活捞不着喜糖吃啊。你看这新房咋样？"

土豆喘口气："哪儿跟哪儿呀，谁的新房啊？"

夏玲挥着手，像是完成了大作："杨北风和白雪花的。"

土豆眨巴着眼睛："连长，你要结婚了，咋没听说呢。这也是保密项目里的吗？"

杨北风问土豆："快别废话，你来干啥？"

土豆拉着杨北风就走："汪处长命令你火速回局里。"

"走。"杨北风说话的工夫，腿已经迈出了门，他以为，有紧急任务。却不知，这一走，与白雪花的爱情、婚姻，将成泡影。

杨北风和土豆十万火急地回到局里，奔进值班室，老汪正等着呢。老汪支走土豆，把门关上，让杨北风先坐。杨北风看老汪这架势，是有秘密任务啊。而老汪却跟他谈起了南方剿匪的战事，说捷报频传。两人谈论着老部队四野，谈论着他们打过的胜仗，打四平，打沈阳……谈着谈着就谈到了雪花，在四平还是老汪出的馊主意，怎么追雪花。别说，果然奏效，雪花报名参军，跟他们南征北战。两人又大加赞赏雪花，医术高，人品好。杨北风自然高兴，说他马上结婚了。老汪笑，说你开什么玩笑，你的报告还没批呢。杨北风也笑，笑得聪明。真有意思，活人还能让尿憋死。我要是指着那个报告，这辈子恐怕也别想结婚了。这儿出个差头，那儿出个差头。我先结，报告慢慢批吧。在我们老家，以喝喜酒为准。咱条件有限，以吃喜糖为准。老汪真急了，我告诉你杨北风，革命队伍不兴你老家那套，以报告为准。杨北风就不理解了，上午还说，跟雪花结婚要快，这会儿工夫又来这套，有个准信吗？老汪心里急呀，杨北风真有事实婚姻了，那上官飘的计划就泡汤了。项局长还不开除他公安队伍？老汪看暗示是白搭了，明挑了吧，就算自己扇自己嘴巴子。老汪急赤白脸地说："杨北风，我也不跟你绕了，你跟白雪花的婚打住，和上官飘继续。"

杨北风刚想发火，老汪制止他："你别火，这是项局长带回的命令，公安部的命令。"

杨北风甩着手，在地上转圈。

"你别转圈，我知道你想骂我，项局长已经批完我了。"

杨北风拿眼睛横楞老汪。他想发火，咽回去，尽量放平声音："我已经和雪花去老光明照相馆，照了订婚照和婚纱照。"

"照了就照了，只能留作纪念。"

杨北风声音低，但表情恶劣："新房已经布置了，雪花还在张罗买新房用的物件。"

老汪平静地告诉他："只能恢复原样了。"

"我想抽你。"杨北风的手指已经伸到了老汪的鼻子尖。

老汪严肃地跟杨北风说："那个神秘的电台又出现了，公安部截获了敌人的电报。"

"什么内容。"

"开国大典提前了。"

杨北风倒吸口凉气，直勾勾地看着老汪。好半天，他说："那事你跟项局长说了？"那事，是指东来顺邻桌议论开国大典的事。

"没说，我想等你。"

"能是她？"

"可能。"

"别人能议论，说明这事不光一人知道。"

"我也是这么想的，但不排除她，你说呢？"

杨北风点头，又摇头。

说到这件事，杨北风彻底蒙了，火熄了，怒消了。他沉下心思考，事情如此严重，他宁愿牺牲自己的幸福。死都不怕了，还怕什么。杨北风沉默不言，满眼的无奈、委屈和愤慨。

两只鸽子落在院子里，咕咕叫着，不肯离去。老汪看着鸽子说："北风，你别太难过，眼前还是假的，谁也没命令你跟上官飘结婚。"鸽子飞走了一只，剩下一只在院子里觅食。杨北风牵挂着雪花，刚照完相，又布置新房，眼下又要和上官飘扯这事，对不起雪花。

老汪劝杨北风："好在是假的，只是革命任务。等你侦破此案，抓住戏相公，完璧归赵。"他还逗杨北风："你别自己偷摸把事办了。"

杨北风苦笑着，走出屋，他想透口气。看着院子里那只孤单的鸽子，心想，雪花不定伤心成啥样。真不如去南方剿匪，明枪明刀地战斗。

最近，陈三爷对菲四美格外亲热，菲四美想跟陈三爷结婚，而陈三爷却不想娶她，也就含混着，没给菲四美确切答复。亲热，不娶她，还怕失去她。就这么占着，另有图谋。

特务们在北京搞破坏，需要大量的经费，而经费来的渠道是个困扰特务们的大难题。台湾为了迷惑北京的公安，经费从香港绕道汇到天津，再由特务去天津取款。最近，公安部已经截获了他们的电文，并从中掌握了一个由香港汇款到天津的地址。此时，正好有一笔款汇到天津，盛春雷派陈三爷去天津取款，并通知原来收款地址撤离。等公安部去天津调查，已经人去楼空。特务的神速，出乎公安的意料。

收到大额经费，商人出身的陈三爷见钱眼开。他爱钱，没钱不行啊，他习惯了花天酒地、风流倜傥，花钱如流水。不管到什么社会，哪能没有钱啊。现在他更需要钱，养着菲四美，她像个血吸虫似的，粘在他身上，无时无刻不从他身上榨取钱财，永无止境，陈三爷都力不从心了。过去，他们有的是经费，不像现在，取个经费，冒着生命危险。有命取钱，就怕没命花。钱是用他的化名取的，这个名字不能再用了。盛春雷非常怕陈三爷暴露，他是自己的左膀右臂，他贪财，无可厚非呀，谁不爱财呢，只要给他财，他就会死心塌地跟着自己。就怕什么也不图的，比方说师妹，不图钱，不图官，甚至不图享受。这种人最难办，那就要想办法制造她图的东西，比如亲情。

必须解决由台湾汇款的问题，没有经费寸步难行。盛春雷和陈三爷在郊外密谈，下次收款人变成菲四美。等汇款单来了，让陈三爷以跟她登记结婚为由，骗出她的户口本，去天津取钱。在钱面前，陈三爷完全没有抵抗力，他觉得这是绝妙的办法。在不知不觉中利用了菲四美，也不枉他从怡红院把她赎出来，因为他从不做赔本的买卖。以往，有时是临时雇人，去银行取款。

听到将有大量的经费汇至天津，陈三爷心花怒放，发财了。盛春雷如此担忧他的安危，令陈三爷无限感激，他握着盛春雷的手说："关键时刻，拉兄弟一把。"

盛春雷拍拍他的肩："只要你我一条心，亏不了你，给你弄个少校干干不成问题。"

郊外空气清新，空气中飘着清香味。

吉祥戏院，今晚上演《白毛女》，主演是上官飘。中央首长来看戏，项局长、杨北风和老汪作为护卫，带着任务来观看。

台上正上演着杨白劳给喜儿扎红头绳，喜儿正唱，人家的闺女有花戴……那嗓子，那叫一个亮堂，观众"哗哗"鼓掌。演到杨白劳喝卤水死在雪地里，喜儿哭爹爹，观众跟着落泪。演到喜儿逃到深山，变成了白毛女，唱道，我要活，我要活……有人喊起了口号，不忘阶级苦，牢记血泪仇。

上官飘演唱得非常成功，把喜儿的苦大仇深演得淋漓尽致，赋予了喜儿真感情。杨北风使劲鼓掌。

演出后，全体演员谢幕。

后台，演员都在卸装，忙碌。上官飘找不到她演出的头花，就到师兄的换衣间问他见了吗。师兄说看头花扔在桌子上，怕丢了，帮她收起来了。师兄瞅瞅门口，凑到上官飘跟前，递给她纸条，说明天务必送往广济寺，交给敲木鱼的和尚。

上官飘展开纸条，上面写着：绘制线路图，准备开国大典那天炸车队。

白毛女的成功演出，感动了杨北风。观看的时候，他几次热泪盈眶，不是为上官飘，而是为喜儿。

散场后，护送着首长到了戏院大门口，首长、警卫都上了车。杨北风跟老汪请示，去后台看上官飘。老汪点头答应。

这次，杨北风是主动到后台看上官飘，是出于对人民演员的尊重和爱戴。上官飘辛苦了，他想请她吃碗热馄饨或热面条。

走进后台，很多演员在走动，或忙着卸装。杨北风在这些人里找上官飘，没有。他刚想问别人，上官飘慌忙从师兄那边走来，表情沉闷。迎面看见杨北风，又惊又喜。但表情慌乱，很不自然，也许是看见杨北风来看她，心里更慌乱了，忙不迭地喊了声北风哥。

此时，在挂着的戏服后面，盛春雷正透过戏服的缝隙，看着他俩，上官飘的手挽上了杨北风的胳膊，走出了后台的门。盛春雷看着他俩的背影，心中五味杂陈。

到了馄饨侯，杨北风要了两碗馄饨，他自己的那碗先不动，看着上官飘吃。他希望上官飘把这碗也吃了，唱了一晚上的戏。他晚饭吃得很饱，不饿，就是饿，也要省着给上官飘吃，成功地演出革命新戏，人民受益，就是功臣。现在兴叫人民演员，或是人民艺术家。杨北风希望上官飘成为人民艺术家，像她这么认真用心演戏的演员，全心全意为人民演出，定会成为人民艺术家的。

真饿了，在上官飘的记忆中，这是她吃的最香的一碗馄饨。她知道北风不舍得吃，看着她吃。她的北风哥知道心疼她了，值了。

来看戏前，项局长就交代了杨北风明天的任务。命他明天约见上官飘，进一步了解特务的动向。在吃馄饨的时候，杨北风就向上官飘提出了邀约。

高兴，上官飘吃着馄饨看着杨北风笑，听说明天约她去郊游，更是乐得合不拢嘴。吃完馄饨，走在大街上，上官飘还哼唱着，蹦跳着，人家的闺女有花儿戴……

杨北风说："唱一晚了，还不累？"

上官飘说："不累，高兴着呢。看见北风，我浑身都是劲，唱两晚上都不累。"

"傻丫头。"杨北风看着她蹦跳，打心眼里喜欢。

第二天，天公不作美，乌云翻滚，飘着毛毛雨。杨北风看着外面的天空，本不想去了。老汪他们去前门，他就跟着一起去。出了院门，土豆像遭电击似的，突然站住，并拉住杨北风，连着拉了几下。杨北风烦："有话说，拉我干啥？"他也看见了，上官飘站在一棵树下，向这边遥望着。她面带微笑，站在那里，不说话。老汪走在前面，快到跟前了，才看见。他对杨北风说："你今天不要跟我们去了，啊，这不，啊，找来了，解决好啊。"杨北风走到上官飘跟前就不动了，不自觉地与上官飘并排站着。老汪和土豆从他俩身边走过，上官飘微笑着点下头，不说话。

树下，杨北风和上官飘站着，望着老汪走去的方向。老汪走挺远，还回头看了眼，并友好地挥挥手。

杨北风说:"天要下雨了。"

上官飘温着声说:"我已猜到你不想去了,所以,我来了。"她拎起带着的兜:"我带饼干了,我们去郊游吧。"

杨北风看看天:"我怕下雨,淋湿你。"

上官飘转身,昂首挺胸,带头在前面走:"我都不怕,你个大男还怕呀。"

杨北风只好回身骑上自行车跟在后面,随她去郊游。

云越集越多,显得天空矮了许多。空气湿漉漉的,倒也润泽。

这湿漉漉的空气,也润泽了白雪花的心田。红喜字剪了几幅,红艳艳地摊在床上。夏玲手里拎着喜字,欣赏着,啧啧称赞自己的手艺,她问:"雪花医生,贴上不?"说着,往窗户上比画。

白雪花连忙抢下:"现在贴太早。"

"也是啊,杨北风咋又没信了?"

"公安嘛,忙,忙完他就来。"白雪花摆弄着红喜字。

夏玲眨巴着眼睛:"不会又变卦了吧?"

"乌鸦嘴。"白雪花骂她。

"呸呸。"夏玲也觉说错了,不吉利。

"来,来,夏玲,"白雪花神秘地说,"坐这儿。"

夏玲坐到她旁边:"啥事啊,啥时候变得神神道道的。"

"这回杨北风是真着急了。"白雪花神态自豪,"我们在照相馆已经照婚纱照了。"

夏玲跳高、拍手:"是吗,快给我看看。"

白雪花按她坐下:"还没洗出来呢。"

天下起了小雨,杨北风骑着自行车往回赶,后车座带着上官飘。上官飘缩着头,尽量少浇雨,她缩在杨北风的后背,侧脸贴在他的后背上。路不平,颠簸,她伸手,环抱杨北风的腰,脸依然贴着杨北风的后背,贴得更紧。杨北风隔着衣服,能感觉到后背的温热,继而,他的心跟着狂跳。他告诫自己,谨慎,再谨慎。这一切都是假的,包括那狂跳的心。

雨下大了,正路过广济寺。上官飘说:"咱进去避避雨吧。"杨北风直接就拐进了大门,下车,把车支好:"就在门洞避避雨吧。"上官飘拉着杨北风要进寺庙，说："想上炷香。"杨北风说："这都是迷信，不想进去。"上官飘说："既然来了，老天让我们与广济寺有缘，理应上炷香。"杨北风说："要去你去吧，当兵人不讲究这些，就当我没看见。"

上官飘进了大殿，虔诚地上香，跪拜。她偷看旁边坐着敲木鱼的和尚，手里拿着一本书。上官飘拜完，站起来，她问和尚："师父，您看的是什么书？"

和尚说："是经书。"

上官飘沉吟片刻问："能预测未来吗？"

"施主，抽个签吧。"和尚说着，把抽签筒递给她。

上官飘接抽签筒，把纸条顺给和尚。

杨北风觉得上官飘进去的时间有些长，他站在大殿的门外，不耐烦地等着。和尚正给上官飘解签，说恭喜施主，抽的是上上签。杨北风从大殿门外看了一眼那和尚。

从郊外回来，上官飘见到师兄，告诉师兄，她已经把纸条传给了广济寺的和尚。她今天真正想跟师兄说的，不是这件事。说出这件事，是为了让师兄高兴，趁着他高兴，由此说出另一件事。她说，她想跟公安杨北风结婚。盛春雷愣了，端详着上官飘，好半天，他才缓过神来。问她，你要结婚，与那个公安杨北风？上官飘点头，是，她要与他结婚。盛春雷干脆说，不行，绝对不行。

沉默片刻，上官飘抬头理直气壮："结交公安，是你们说的吧？是你们极力让我接近公安，是你们无耻地利用我的女儿之身诱惑公安，这不是你们所希望的吗？我与公安结婚，不更有利于你们获取情报吗？我结交了，这不达到你们的目的了吗？我与杨北风结婚，也就算打入公安内部了，想窃取情报，不是更容易吗？你们应该高兴啊。"

"你太年轻了，师妹，公安是那么容易让你得逞的吗？你与公安结婚，结果就是赔了夫人又折兵啊。师妹，听我一句，打住。"盛春雷近乎乞求。

"我不年轻能走上这条道吗？我理应感谢你呀师兄。"

盛春雷不知所措，哭着说："别说了，师兄错了。师兄也没有办法，师兄只求你，别结婚。"

到底谁是戏相公？盛春雷怀疑，是否有戏相公这个人，他恨戏相公。狗屁结交公安。如果不结交，也就不会产生感情，师妹也就不会嫁给公安。殊不知，他的师妹，早在解放军入城式上已经心猿意马了。

空气仿佛凝固了，师兄妹一时相对无语。

到这会儿，盛春雷承认了，他爱着师妹。这么多年，在一起成长，在一起演戏。只是他比师妹大，他想等她再长大点说，或者，他们总在一起，有的是时间说这事，也就没急着说。如今面对这突如其来的结婚，盛春雷无法接受，更无从表白。可他难受，心里憋着一团火，是一座火山，就那么憋着，无从爆发。

这时的上官飘不管什么师兄还是上峰，她有成家结婚的自由。现在她只是个女人，要结婚，找丈夫。

盛春雷咄咄逼人地质问师妹："你跟他结婚，真是为了给党国窃取情报吗？你要跟我说实话。"他是找个心理平衡，再者，为敷衍上峰，寻找理由。无论如何，他都要维护师妹，她不单单是他的同伙，还是他最亲的师妹。

"我是。"上官飘都不理解自己，撒谎，回答得这样干脆。面对这样的质问，也罢，干的不就是骗人的勾当吗，那就骗吧，只要能跟杨北风结婚就行。为这事她不想跟师兄吵了。

公安部下达命令，开国大典由明年的1月份，提前到今年10月。

敌人正在加大力度破坏，做最后的挣扎，所以公安要加大力度维护治安。

偌大个北京城，公安显然人手不够。每人坚守几个巡逻点，甚至日夜坚守连轴转。杨北风在天安门附近巡逻，突然，在劳动人民文化宫（皇室太庙）前的地面上发现了一个既寻常而又不寻常的东西，烟头。为什么要对一个烟头这样重视，因为是飞马牌香烟。北风捡起这个烟头，想了半天，一般人抽不起这么好的烟。是谁呢？他把烟头握在手里，是什么人到这个地方来吸烟？劳动人民文化宫离天安门又那么近。

这一天，杨北风、老汪这些公安人员在北京火车站迎接一位重要人物宋庆龄。

一列火车，由上海开往北京。宋庆龄由上海到北京参加第一届全国政治协商会议和开国大典。北风他们高度紧张，国民党早已摸清了这一情况，在上海火车站，国民党特务曾阻止宋庆龄来京。被上海公安机关破获，宋庆龄才得以上火车。据上海特务交代，如果他们上海的特务未得手，北京火车站的特务接着暗杀宋庆龄。

公安部消息，北京火车站有暗杀特务。

北京火车站，解放军三步一岗，五步一哨。暗中，杨北风他们穿着便衣，分散在火车站各个角落。火车站人来人往，川流不息。杨北风和老汪站在一起，眼睛盯着人群，似乎看见了什么，又仿佛什么也没看见。满眼都是人，谁是特务？谁是杀手？用眼睛在人群里分辨、筛选。

突然杨北风捂着腰里的枪向前跑，老汪紧随其后。杨北风又突然站住，向前张望。他看见火车站出口有个熟悉而又陌生的人影，忽而又消失不见了，汇入到人海中，像上官飘。但是男人，黑色风衣，黑色礼帽，像极了颐和园与草上飞接头的那个男子。

目标失踪了，杨北风一筹莫展，他看老汪，老汪犹豫着说恍惚、恍惚啊。这叫什么话呀，看见就是看见，没看见就是没看见，还恍惚，恍惚啥呀。杨北风真想对老汪大喊大叫，你那眼睛就看恍惚了？多日来对上官飘的好印象，心中的喜儿，顷刻在杨北风心里坍塌。

宋庆龄一行人，顺利入住北京饭店。

夜晚，北风照常巡逻，他不放心那个飞马牌烟头，又走到发现烟头的地方，打着手电，仔细查寻，什么也没发现。杨北风心想，我等着，总有你露头的时候。

火车站那个黑色风衣人影时常在杨北风的脑海里转悠，比对着与上官飘相似的地方。杨北风甚至憋着一股火，怎么就是你，为什么就是你，他想当面质问她，他想问个明白。漂亮清纯的喜儿，忽然之间，天壤之别，他气愤、困惑，当然还有惋惜。

第十九章　夜阑珊

　　护送宋庆龄去北京饭店下榻后，杨北风跟老汪打声招呼，独自去找上官飘，他要问个究竟。这种冲动，对已经有经验的公安来说，是不应有的冲动。可种种可疑搁在上官飘身上，他已经做不到坦然了。

　　下午，天空湛蓝，如水洗般的干净。阳光金子般闪亮，照在剧团门口的槐树上。杨北风和上官飘不约而同在剧团门口相遇。上官飘还是那么清新，像个中学生，看到杨北风，怯怯中透着喜悦，她问："北风哥，你是找我吗？"

　　"是，你这是从哪儿来？"杨北风沉着脸问。

　　上官飘淡淡地答："回家取套演出服。"她手里拎个袋子。

　　杨北风心里稍微松快点："有时间吗，我们出去走走。"

　　上官飘眼睛骤然闪亮："有，我去说声，把衣服放下。"说完跑着进了剧团。

　　杨北风望着她的背影，轻盈、飘逸。见了面，忽然间，又无法跟黑衣人联系在一起了。他觉得是自己的思维出问题了。这么想着的时候，上官飘像个出笼的小燕子，蹦跶地飞出来。她拉着杨北风的手，问："北风哥，去哪儿？"

　　杨北风不想跟她在一起时间太长，局里还有事，他说："我就是想跟你随便走走。"

　　上官飘说："那就去天坛吧，离这儿不远，我经常去。"

　　剧团离天坛不太远。上官飘天南地北地给他介绍天坛的前生今世。杨北风一句都没听进去，他想知道的是上官飘的前生今世。

天坛园子里杂草丛生，但皇家的威严依然在历史的长河中屹立挺拔，在风中渲染着不可抗拒的霸气。杨北风和上官飘在园子边上的小路上散步，杨北风没有雅兴，扔下雪花从医院出来到现在，还没给雪花回话，这个婚结不成了。他不用想，这个时候雪花已经把他们的新房布置得焕然一新，就等着他这个新郎官入住了。而他却又一次辜负了雪花，他都不知道该怎么收场。这都是因为上官飘，所以他不是来陪上官飘散步的，他是来弄清楚火车站发生的事情的。他尽量问得不露痕迹、轻描淡写："你，上午去火车站干吗？"

上官飘一脸的茫然："我，去火车站了？没有啊。"

"我看见了，你穿着黑色风衣。"说是不直截了当，可他问得太露骨了。

上官飘由茫然变为惊诧："北风哥，你看错人了，我，我没去火车站。"

"扮成男装。"杨北风豁出去了，问就问到底。

上官飘看着他摇头："别因为我，耽误你的大事。我知道，你是公安，是遇到大事了，你才这样怀疑。但是，北风哥，我没去火车站，更没扮什么男装。不要因为我，误导了你破案的方向。"

杨北风听她这么说，也茫然了。

阳光依然明媚，两只小鸟落在树上，相互梳啄着羽毛。杨北风询问上官飘，像审讯犯人。但她不生气，她理解杨北风，甚至暗自高兴。问她，说明他们只是怀疑，没有真凭实据。她还是那个原则，你不挑明，我也不挑明，你挑明，我也不承认。她望着树上的小鸟，歪着头靠在杨北风的肩上。"哎，北风哥，你看，多好啊，"她指着树上的小鸟，"咱俩要能像那树上的小鸟自由地飞翔该多好啊。"

傻子都能听出上官飘话里的意思，可他接不上话，他也不知道怎么说才好。上官飘温柔多情的眼神，再傻的男人都能看出来。杨北风再主动点，离擦出火花已经不远。如果不是重任在身，他会坚决地回绝。可现在，就得这么不远不近地吊着人家，暧昧着，不偏不倚，做到恰到好处。论到和上官飘的感情，他作为男人，觉得不地道。他多么希望上官飘只是他的假想敌。

"北风哥，你听过黄梅戏吗？"上官飘轻轻摇着杨北风的胳膊，像个顽皮的小姑娘。

"听说过，但没听过。"

"北风哥，我给你唱两句吧，咱就唱树上的鸟儿好吗？"

杨北风倒想听听这黄梅戏。

唱戏的人嘛，什么时候都愿意唱，即景生情。

说唱就唱。上官飘在唱戏上，从不走板，只要唱，不论在舞台还是在旁处，像模像样。她站在一块空地上，声情并茂，指着树上的一对鸟儿，唱着："树上的鸟儿成双对……夫妻双双把家还。你我好比鸳鸯鸟，比翼双飞在人间啊。"

上官飘唱的时候脸色不红不白，也就是说，脸大。一般的女孩子，就是会唱，也磨不开面唱。可等她唱完又变成了另外一个人，不好意思地捂着脸，半天不松开手。上官飘等于用这种方法向他吐露了心声，夫妻双双把家还，传递想跟他结婚的信息。

只有风从耳边吹过，杨北风眯着眼睛，看着蔚蓝的天，金色的阳光。还有上官飘那双清澈明亮的眼睛，在纷乱中，给了他清心之境。他听见遥远的天边传来鸽子的哨声，他听见云端娓娓道来天方夜谭。

无限可能性。杨北风痛恨这句话。

杨北风从天坛回局里，项局长劈头盖脸就是一阵批，无组织无纪律，这紧急出动，却找不到你了，赶紧跟老汪去广济寺。听到紧急出动广济寺，杨北风心里咯噔一下，脑海弹出的是，上官飘去那里上过香，难道特务是那个和尚？如果是那个和尚，那就跟上官飘有关。

这是公安部突然下达的命令，这伙特务早在公安部的掌控中，等待时机，一网打尽。

王敏候、吴雷远一伙特务打着"民促会华北分会"的幌子，利用民主党派的身份，参与新中国的政权建设，与我党作长期的斗争。现在他们准备在第一届全国政协会议召开时行动。

广济寺是"民促会华北分会"会址。该是公安部收网的时候了。可是，等老汪他们推门进屋的时候，屋内空无一人。从大殿跑出个和尚，说他知道这伙人从哪儿能逃跑，他带路，在后门截住了逃跑的特务。带路的和尚就是那天上官飘上香遇到的和尚，他能积极配合公安抓获特务，说明他不是特务。杨北风心里长舒一口气，不知是为上官飘还是为抓住这伙特务。但杨北风还觉不妥，有的特务往往供出团伙，保全自己。职业习惯，他走进大殿，大概扫一眼。老汪喊他，他抬腿迈出大殿门槛，门槛高，比迈一般门槛要慢些，一脚门槛外，一脚门槛里的时候，看见门槛里有个烟头。他本能地捡起来，这个吸烟的人挺浪费，烟头长。他放在手心里看，飞马牌香烟，和他在劳动人民文化宫前捡到的烟头一个牌子。谁在佛门圣地吸烟？上香者？否，多大烟瘾，在佛家面前抽？和尚？更不可能了。

审讯这伙特务，他们说接到了戏相公的指令，让他们提前行动，凡是共产党干部，杀一个不嫌少，杀多个不嫌多，破坏第一届全国政协会议召开。又是戏相公，这个神秘的戏相公，是最大的潜伏特务头子。

公安部正在想对策，挖出戏相公。

香港又汇来经费，收款地址是天津市黑龙江路银行，收款人是裴四美。菲四美这个名字在怡红院为艺名，落户口的时候就改成了裴四美。

菲四美在院子里见到盛春雷，喜悦之情溢于言表，说她要结婚了。盛春雷表示祝贺。款还是由陈三爷去天津取，只不过取款人的名字换成了裴四美。当然，关于取款的事，用她的名字，菲四美一概不知。这是盛春雷和陈三爷商量好的，菲四美说要结婚了，盛春雷心知肚明。

这些日子，经费太紧缺了，陈三爷准备去天津取款。他以结婚的名义，骗菲四美拿出户口本。

菲四美这是回来取户口本的，她喜滋滋地进屋，不多会儿，又喜滋滋地出来。走到了大门口，她又折回来，她走到盛春雷的门口，倚着门，跟盛春雷说："霸王，我结婚你可得随份子。"

盛春雷说："那是，你什么时候结呀？"

菲四美说："快了，陈三爷要户口本，办结婚证呢，新社会了，要证。咯咯，挺有意思。"

盛春雷笑着说："我可提前祝贺你了。"

菲四美咯咯地乐着："你的祝贺我可接着了，到时候，你可得给我唱上一段，助兴。"

"得嘞。"盛春雷爽快地答应着。

菲四美哼着小曲，扭搭着走出了大门。

公安部又截获了台湾发往北京的电报，这封电文的大概意思，就是安抚北京的特务，经费及时寄往北京。上次的收款人要换，每次都要换人换地址。

这次汇款是裴小姐。很显然，收款人的名字不是真名。敌人是怕被解放军截获电文，人名只用代号。公安部能提供的线索，裴小姐，收款人地址没有。从裴小姐入手，查找收款人。裴小姐？这个裴小姐，是何许人也？

今天，白雪花和夏玲去老光明照相馆取照片。还没等进门，夏玲就趴在外面的橱窗看里面的各种照片，一个劲地说真好看，等我和土豆结婚的时候也照。雪花笑话她没羞。俩人进屋取出照片，夏玲一把抢过去，先睹为快。特别是那张婚纱照，夏玲喜欢得要命。雪花望着照片，如同做了新娘，就等着这个大活人回来，撒了糖，喝了酒，在一起过了。至于结婚报告嘛，愿意什么时候批，就什么时候批吧。这也怪不得他们先斩后奏，以前不是没申请过，各种情况，不批嘛。

屋里闷，杨北风和老汪端着饭碗蹲在院子里吃饭。老汪吃饭没样，风卷残云，跟八辈子没吃饭似的。杨北风瞅着就生气："你说你，也能吃下去。"

老汪哗哗又往嘴里扒了两口饭，还没咽下去就说："我有啥吃不下的？！"

"我可准备撤了。"杨北风也呼呼扒两口饭，下决心咽，下决心说。

"撤啥？往哪儿撤？"老汪停止吃饭。

杨北风皱着眉头："再不撤出，就要出事了，她那是抱着结婚的想法往前冲啊。"

"谁呀？"

"你装什么傻？"

老汪用拿筷子的手，拍着脑门。"我知道了，上官飘。"他嘶哈着，"撤是够呛。"

杨北风愁眉苦脸。

老汪看着杨北风难过的样子，也快哭了："北风啊，哥教你一招啊，磨叽呗，拖，步子别迈太大了。再坚持坚持，啊。"

杨北风眼睛看天，看地，看旁边，最后还是落在老汪脸上："老汪啊，你看见雪花了吗？我惦记呀。"

"我敢去吗？见了面，问你，我咋说？我这不是没事找事吗。"老汪说的也有道理。

愁眉不展。

夜晚，没有特殊任务，灯市口的公安们都要到街上巡逻，给每人分片。每天吃完晚饭，杨北风就惦记着那两个烟头，一个是从劳动人民文化宫前捡来的，一个是从广济寺大殿捡来的。同牌子，会是一个人吸的吗？因为当时抽这个牌子的人很少，属于高档烟。

今夜，杨北风又巡逻到劳动人民文化宫前，注意看地上，没有烟头，也没发现其他有价值的东西。他又到了新华门附近，打着手电在地上照着，什么也没有。他今晚出来得早，接着又到别的地方巡视。十一点多，杨北风回到新华门，手电照着地面，他未抱太大希望，也就是照照，没事，今晚他心里也就不惦着这事了，差不多，也就该回队了。突然，在地面上，他发现了凌乱的鞋印，在原处。看起来，这个人在此处站了有一会儿。在这个地方发现脚印很普通，但这个脚印普通得特别，从脚印的纹路看是皮鞋印。那个年代穿皮鞋的少，有钱人才能穿得起皮鞋。他联想起前几天发现的飞马牌香烟头，会不会是一个人呢？皮鞋，飞马牌香烟，匹配呀。这个人在这一片想干什么？杨北风想观察几日再向上级汇报，现在什么情况也说明不了啊，就凭皮鞋印、香烟头？

他把这个情况倒是跟老汪叨咕了一嘴，老汪跟他同感，这也不能说明什么问题，注意观察吧。

有钱了，陈三爷刚从天津把活动经费取回，取款人留下的手续落款是北京新桥贸易公司，裴四美收。裴四美怎么变成了北京新桥贸易公司的人？连菲四美自己也不知道，这是陈三爷办的。陈三爷本身是商人，他的绸布庄日益不景气，就把部分钱投到了这个贸易公司，成为这个公司的小股东，算是给自己留条后路。但鉴于自己的身份，他用裴四美的名字入的股。

公安部截获的电文里，几次提到一个可疑名字，裴小姐。这个裴小姐是什么人？可能是经费取款人吗？

老汪带领小舟、土豆，查找裴小姐，真如大海捞针。

从查经费入手。不管是戏相公，还是别的特务，只要活动，都离不开经费。掐掉了经费来源，如同掐掉了特务的血液。

陈三爷取回汇款，留下自己那份，剩下的，送到盛春雷手里。

盛春雷心不在钱上，在师妹那儿，师妹执意要和公安结婚，他心里像堵个大疙瘩，睡不着，吃不下。有特殊情况，可以去老爷庙，但上峰有交代，不到万不得已，不要来。盛春雷来到老爷庙，敲击着墙壁，重三下，轻三下，再六下。从关公像的后面传出类似太监声调的问话："铁树开花刮什么风？"

盛春雷心里一惊，啊，是戏相公，他答："东风旋转昙花一现。"

"说吧，什么事？"戏相公问。

"上官飘要与公安结婚，请戏相公指令阻止。"

我的指令是："开国大典前结婚，打入公安内部。你向台湾发报，我特工人员，已打入公安内部。他能打入我内部，我也能打入他内部。戏相公万能。哈哈。"

盛春雷再对话，已经无人应答。风刮得庙门咣当响，庙里的雕像，虎视眈眈地逼视着盛春雷，有的像是在活动，青面獠牙的。盛春雷吓得跌坐在地上，他问自己，幻觉？无论是啥，他爬起来就往外跑。

高高的墙根下，上官飘和师兄都贴着墙根站着。师兄把她从小拉扯大，又教她唱戏，也怪不容易的，两人情同父女。她有心仪的男人，想要托付终身的男人，总要得到师兄的认可。上次说过了，师兄不同意，这次说也好不到哪儿去。所以，上官飘靠着墙，沉默不语，看师兄想说什么。

上峰的指令，他不得不传达。本想戏相公会反对，他便可以以此为托词，阻止上官飘结婚。可是，他忘了，这帮亡命之徒，为了达到自己的目的，不择手段，也包括他自己。他只好如实地把戏相公的指令传达给上官飘，结婚可以，是为党国效力，打入公安内部，还要遵守铁定不变的纪律，不能与公安产生真感情，否则，暴死荒野，包括那个公安。他以为师妹听到这个条件会望而却步，恰恰相反，她爽快地答应了。

盛春雷后悔不迭，就不该把上峰的命令传达给师妹，现在他已经没有任何抓手了。他应该撒谎，就说上峰不允许她结婚，只可结交公安。现在可好，正合师妹的心意。他接到戏相公这个指令，也是慌张，拿不定主意，所以说出来，想请师妹与自己共同拿主意。岂料，师妹无论什么条件都答应，只要嫁给公安。他真是搬起石头砸自己的脚。师妹还是太小、太善良啊，被小公安的甜言蜜语迷惑了。师妹长得漂亮，他没想到，公安也是人，见到漂亮的女人也动心。还挺有手腕，这么短时间就把师妹追到手了，他真是小看这帮土包子公安了。

事已至此，他欲哭无泪。他不知道怎么就在这件事上变得优柔寡断，告诉师妹切忌感情用事，而他正在感情用事。他推翻了自己，推翻了戏相公。他抓住师妹的手，近乎乞求地说："结婚的事万万使不得，上峰怪罪下来我顶着。等他们开国大典完事，无论结果如何，师兄都要带你远走高飞的，我们去香港。

在那里，和你父亲团聚。"

上官飘喊了声师兄，泪如雨下，也紧紧握着师兄的手说："撇开戏相公、撇开党国，师兄你就当我是个忘恩负义的人吧。"

盛春雷叫了声师妹，也泪如雨下，他拉着师妹的手，紧紧拉着："师妹呀，师兄不曾有过这样的想法，有这样的想法都是错误的。你怎么会是忘恩负义的人呢？从小你就乖巧，知道疼师兄，我记得你的好，永远记得，每当我回忆起你小时候，心里别提多美了，什么烦恼都烟消云散了。"

"我小时候让您操心了。"上官飘说。

"你带给我多少欢乐啊，要不，我就是个孤家寡人。"盛春雷说着把经费塞进师妹的包里，"别不舍得花，没钱了，还有师兄。"

上官飘微蹙眉头，她怕公安顺着取款这条线抓住自己不就坏大事了吗？师兄看出了她的心事，告诉她万无一失，可劲地花吧，跟着师兄，遭罪了。

不管杨北风心里有什么顾虑，他必须如实汇报关于监视上官飘的事，项局长坐在他和老汪的对面。当然主讲是杨北风，项局长就是听。杨北风说在火车站看到的可疑身影像上官飘，但他侧面问过，她说没去过火车站。上官飘还去了广济寺上香。项局长联想到广济寺的假民主党派，不知与他们有没有关联。

杨北风就说了这些，因为没有别的情况。总而言之，他与上官飘面对面的时候，无法把她和女特务联系起来。所以，他还是请求，撤出。如果不撤出，下面他已经无法进行了。上官飘是个很单纯的女孩，已经向他表达爱慕之情，并暗示考虑结婚。如果这项任务还要继续，他请求换人。他和上官飘接触的这些日子，没看出她有特别的地方。那些可疑之处，只是他自己认为，不确切。是不是组织怀疑错了？北风的目的是力争脱离上官飘，他心里装着雪花。

屋里很静，杨北风汇报完毕，项局长没马上表态。老汪在这件事上也不敢瞎放炮，毕竟婚姻乃终身大事，非儿戏呀。前期，那是假恋爱，一旦结婚，谁敢下这道命令。项局长说他向上级汇报，然后解决这个问题。让他保持跟上官飘的热度，不要让上官飘看出丁点可疑之处。杨北风看项局长的态度，心里轻松些，他未当面表态，说明他也在慎重考虑此事。行了，他再坚持几天吧，然后再去见雪花。

一头扎出来，还不知道雪花急成啥样了。杨北风骑上自行车，向医院奔去，他要去看雪花。

医院大门外停着一辆军用吉普车,驾驶员是位解放军,副驾驶也坐着位解放军。

白雪花突然接到通知,命令她立即动身去昆明军区医院,南方正在剿匪,伤员较多,抽调她临时去昆明支援,夏玲与她同去。白雪花接受命令,她提出想去灯市口公安分局与自己的未婚夫杨北风做个告别,夏玲也嚷着要去见土豆,但都被来接她们的解放军回绝,时间来不及了,即刻动身。白雪花简单地收拾着行李,匆忙中,把和杨北风的合影装进行囊。她拎着行李,环视着她亲手布置的新房,恋恋不舍地离开。她走出医院大门,把行李装到车上。车上的解放军下车给她打开车门,请她和夏玲上车。夏玲上车了,白雪花犹豫着,看着车后,她多想这时候杨北风能突然出现。解放军催促她上车,还要赶时间。夏玲问,不让我们回北京了吗?解放军说回来。夏玲问什么时候。解放军说很快。

解放军把车门关上,自己上车。吉普车开动,缓缓向前。

自行车的前轮子拐过墙角,杨北风骑在车上,他的身影随着拐过墙角。他正轻快地蹬着车子,两只车轮子唰唰滚动着。

吉普车里谁也不说话,夏玲眼里含着泪水,雪花心里也酸酸的。怎么了?这么几天就过惯了北京城的生活,不愿去前线了?白雪花狠狠地批评自己,所以,她的眼泪,愣是憋回了肚子里。看着夏玲眼里的泪水,她的眼泪又涌出了眼眶。夏玲向车后看,透过后车窗,希望还能看见医院。看着,看着,她突然喊了声:"哎!哎!雪花医生,你看是谁?是谁!"

雪花也扭头看,她看见了杨北风骑着自行车,到了医院门口,正下自行车。她喊:"停车,停车。"

解放军问:"什么事呀?"

白雪花说:"我未婚夫到医院门口了,我跟他说句话。谢谢!请停车,停车。"

"对不起,车不能停。"解放军说完,司机加大了油门。

把自行车停在门口,杨北风还向远处的吉普车遥望来着,等吉普车没影了,他才进医院的。

等杨北风走进医院,听院长说白雪花和夏玲去支持昆明医院,他并没感到意外,战争还未结束,前线更缺少医生。军人嘛,哪里需要去哪里,就是替雪花担心。

可是,杨北风回到分局,也突然接到上级的特殊命令,他才恍然大悟,猜测，上级是有意把白雪花派往昆明的，是为了让他更好地完成任务。

上级经过慎重考虑，也是鉴于杨北风汇报的情况，认为上官飘很有可能是戏相公，所以上级命令杨北风尽快与上官飘结婚，最晚不能超过 9 月份。戏相公隐藏得很深，开国大典之际，绝不放过一个特务。结了婚就有理由晚上也监视她。老汪替项局长传达了命令。

后悔呀，杨北风怪自己太认真，和盘托出了上官飘的可疑之处。

老汪的口气不容置疑，和上官飘的婚必须结，这是上级的命令。杨北风又提出，他还有个任务未完成，在劳动人民文化宫和新华门发现的香烟头和皮鞋印，他怀疑是一个人的。对，在广济寺也发现了飞马牌烟头。还没等他说完，老汪说你结婚不耽误侦破和监视，也许会完成得更好。这个时候杨北风提出这些任务，显得那样牵强，老汪不爱听，认为那就是托词。

不可改变了，白雪花还蒙在鼓里，带着对杨北风的爱，奔赴前线。杨北风替雪花难受，他一个大男人，像个女人似的扑到床上，呜呜大哭。老汪傻掉了，从没见杨北风这样。他抱着杨北风："兄弟，你别这样。你看，天还是蓝的，地还是阔的。"

杨北风哭着说："事儿没搁你身上，搁你身上试试，站着说话不腰疼。"

在组织的安排下，杨北风向上官飘求婚了。

上官飘听后，心里已经乐开了花。她向杨北风提出了要求，不铺张浪费。她说在北京没有亲人，父母都被日本人杀害了。再就是，刚解放，日子还很穷，理应简朴。

这正是杨北风想要的，他也是提倡简朴。他的简朴另有目的，简朴，知道他结婚的人就少，到破案的那天，他会全身而退。而上官飘的简朴也有小九九，最主要的原因是不想太多人认识自己，减少暴露的概率。

树欲静而风不止。组织要求最起码在大食堂里摆几桌，怎么也得有个典礼。一是察言观色，二是体现杨北风的诚心。

结婚典礼是在公安分局食堂举办的，由老汪主持，项局长作证婚人。婚礼上，上官飘完完全全从女特务中走出来，她就是普通的女性，如今为人妻了。她沉浸在幸福中，更显得光彩照人。整个婚礼老汪都在观察，未见端倪。因为，上官飘付出的是真情，她就是漂漂亮亮、温温柔柔的新娘。

结婚典礼结束后，在食堂摆了几桌酒席。杨北风携新娘子挨桌敬酒，新娘子笑容满面，杨北风面容严肃，像参加部队检阅。老汪和项局长都很郁闷，怀疑判断失误，还搭上了自己的同志。婚已经结了，不能说不算数了。杨北风抽空到他俩的桌边坐下，问："这个婚还继续吗？"

项局长与杨北风碰杯，吱，干了，说："坚决继续下去。"

杨北风就蒙了："怎么度过洞房花烛夜？你们想过了没有？"

项局长冷峻的面孔，像下命令："怎么过是你的事，反正你们是合法夫妻。"

老汪也给杨北风一个不置可否的微笑。

"你怎么笑得这么阴险。"杨北风笑不出来，也哭不出来，仰脖，干了一杯酒。

转身不见杨北风了，上官飘举着酒杯，挨个酒桌找杨北风。哦，在那儿呢。她迈着轻快的步子，走过来，挽着杨北风的胳膊，甜蜜无比。

新娘子向项局长和老汪敬酒……

新房就在上官飘住的四合院里，院子里住了四家。杨北风进屋，好家伙，到处都贴着喜字。要命的是，看见这满屋的喜字，瞬间闪现出他和雪花准备的新房，雪花也把喜字贴满屋了吧？还有他们的婚纱照，雪花已经镶嵌在镜框里了吧？放在床头柜上，每天都能看见他们甜甜蜜蜜的笑。啊，杨北风痛苦地拍下脑门，跌坐在椅子上，头靠在椅背上。上官飘放下包，奔到他身边，摸着他的头问："北风哥，怎么了？"

杨北风大着舌头说："喝多了。"

上官飘倒水，端着，扶着他的头，喂他水。她把水杯放到桌子上，马上去铺床。挽扶着杨北风倒在床上，把鞋子给他脱掉。杨北风被伺候得难受，不舒服。凭什么让人家女孩子伺候啊，有手有脚的大男人。他是不得已，因为，他要装醉呀。醉了就好办了，不省人事，啥都干不成了。他闭着眼睛，像醉成了一摊泥。上官飘给他脱裤子，他闭着眼睛挡住，大着舌头说："我自己来。"他把外套脱掉，钻进被窝，把自己裹得严严实实。他偷眼看上官飘，洗脸，坐到梳妆台前搽雪花膏。穿着红色睡衣，一脸的喜气，带着羞涩。看上官飘上床了，他连忙闭上眼睛。

床上是两条被子，上官飘钻进大红的被子里，杨北风裹着大绿的被子。一对红色枕头，枕巾的图案是鸳鸯戏水，寓意夫妻恩爱，幸福美满。

　　新婚之夜杨北风是背对着上官飘睡的，他装喝大了，掉过头去，假装打起了呼噜。飘倒是真像个新婚的小媳妇，羞答答的，又不失风情万种，临钻被窝的时候，还无限柔情地对北风笑了下。北风最见不得她这种笑，清纯、可爱，北风不禁想起入城式那天上官飘的笑，看见她的笑，北风又怀疑组织的判断。上官飘没有立刻就睡，她躺在被窝里，先欣赏，大红大绿的被子，满屋的红喜字，真喜庆。然后，她欠着身子，对着北风的后背，眨巴着大眼睛回忆着说："真是有缘，不知怎么着，就上了你的坦克。那么多坦克，怎么就上了你的坦克呢？我下了坦克就一路跟着队伍跑，就那么不远不近地跟着你，直跟到下午五点多钟入城式结束我才回家，一点儿也不觉得累。"北风什么都听到了，他就是不吱声。飘坐起身，搬搬北风的肩说："哎，北风哥，真睡着了？那天我就想什么时候还能见到你呢？这不，你就成了我的丈夫了。老天真是厚爱我，我要敬你爱你，做你温温柔柔的妻子。你是我的夫嘛，夫比天还大，你没看夫字是天字出个头吗？"

　　北风听到这儿差点笑出声，他打个呼噜掩饰过去了。北风从新婚之夜心里就疾呼：快点结束吧。他盼着开国大典快点到来，开国大典之日就是他解脱之时。人为什么有那么顽强的生命力，就是人善于给自己设立梦想，并朝着美好的梦想顽强地走下去，无论多难。

　　自从拿了菲四美的户口本去天津取款回来，陈三爷再也没提跟菲四美结婚的事。菲四美真是纳了闷了，你跟户口本结婚啊，合着不是跟我结婚啊？这几天，她天天找陈三爷，为什么不提结婚的事？她问陈三爷户口本呢？陈三爷说我还能把你户口本卖了不成，在抽屉里，你自己拿吧。菲四美来气了，我还不拿了，明天咱们就登记结婚。陈三爷推脱，说过几日，这几天太忙。这种推辞已经不新鲜了，菲四美知道他又变卦了，谁愿娶个窑姐啊。行，你不是不娶吗，行，那你就按着怡红院的包月，给我包月的钱吧。陈三爷同意，他刚拿了经费。

　　查找裴小姐的事，交给老汪了。刚解放，还没建立完整的户籍制度，就凭裴小姐，在偌大北京城找出这个人，难。

　　土豆说："裴小姐，那得奔大家户去呀，大家户才称小姐呀。"

　　小舟搭了句："那可不一定，那八大胡同的姑娘，也称小姐。"他说完，恨不能给自己一嘴巴，咋这么嘴欠呢，总得显出你去过八大胡同。

"扯淡。"老汪瞪了小舟一眼。

"多难也要找出裴小姐，找出她，就切断了特务的经费来源。没了钱，特务们也就失去了动力。找裴小姐，不比戏相公好找啊。"

调查了北京城几家土豪、资本家，没有姓裴的。

地坛是皇家祭地之坛，从明朝始建至今。地坛古树参天，风刮过，松涛声由远而近，醉人心境。几经战火和变迁，逐渐荒废。在古松柏的下面，站着两个人。盛春雷的礼帽已经压到了眼睛，和他接头的人，绒线帽子也盖到了肿眼泡，脖子上的脖套向上盖住了下眼泡。剩下这双眼睛，你看不出是睁着还是闭着，穿着个灰色棉袍子，矮粗胖，老态龙钟，看不出是男的还是女的。俩人背对着站着，谁也不看谁。

秘密约见。

肿眼泡问："线路图和尚画好了吗？"

听声音，耳熟，谁？盛春雷想不起来。还是不想的好，不知道，要比知道好。他说："还没有。"

肿眼泡问原因："广济寺被一网打尽了，和尚也折了？"

"和尚安好。"

肿眼泡长出口气，说："和尚是绘图专家，要尽快。"

"是。"盛春雷答。

古树高出他们一头的地方有个树洞，从洞里探头探脑出来了小松鼠。肿眼泡说："看见你头顶的树洞了吧，以后到树洞取戏相公的指令和情报。"

"是，"盛春雷抬头看树洞，松鼠向树尖跑去，"戏相公在哪儿？"

肿眼泡说："在北京，和我们共同战斗到底。"

盛春雷诉苦："天安门附近，黑天白天都有巡逻的便衣。"

肿眼泡说："我会向戏相公转达兄弟们的勇敢机智，都让你们升官发财。线路图绘好，发往台湾保密局一份，送树洞一份。有了这图，开国大典时，半路上炸他们中央领导的车队。"

乌云悄悄地布满了天空，阵阵风吹过，乌云翻卷着，越压越低，低到了地坛树尖上。灰蒙蒙的天空，蔓延到四处，天和地连成一片。肿眼泡先消失在灰蒙蒙中，盛春雷还站在树下，仰头看着天空。他看见树梢把云甩向了远空，摇摆着，又把树梢挺直。

　　不管遇到啥烦心事，杨北风工作不走样，心里始终装着飞马牌香烟头和皮鞋印。新婚，项局长取消了杨北风夜里巡逻的任务，不是对他的特殊照顾，而是为了监视上官飘。而杨北风心里装着事，他暗中自我行动。第二天晚上，杨北风就去巡逻了。新婚第一晚他就想爬起来，去巡逻，去新华门附近查看那个飞马牌烟头。但自己装喝醉了，大半夜，再活蹦乱跳地出去，那谎言不攻自破呀。

第二十章　恨应同

黑暗中，和尚脱掉和尚服，换上中山装。脱下布鞋，穿上大皮鞋。这样，谁还能认出他是和尚？穿戴整齐，他坐到椅子上，从衣兜里拿出包烟，弹出一支烟，点燃。月光照进屋，也照在和尚的脸上，紧绷着，随着烟头的忽暗忽明，紧绷的脸松弛了些。他已经习惯了吸烟缓解紧张情绪。他大口大口地吸着，刚燃到一半，就扔地上，用大皮鞋碾灭。他把桌上的纸和笔揣进怀里，抓起礼帽，戴头上，走出屋门。月色笼罩着广济寺，和尚走在后门的小路上，偶尔有夜莺高声、低声地鸣啾，更显得这后院静谧和阴森。

那个烟头又出现了，在劳动人民文化宫附近，飞马牌香烟。杨北风把烟头放在手里，仔细看了看。跟上次那个烟头一样是一个人吸的吗？这人总在这片儿晃悠什么？他沿着附近仔细搜查，也没发现可疑迹象。他又向前巡逻，直巡逻到下半夜两点，也没发现什么。他没回家，直接去了值班室。老汪在值班室住，他老光棍一个，常年在值班室值班。北风进屋，老汪从床上起来，问他你不回家上这儿来干啥？新婚啊。北风也不理他，跟他挤在一张床上沾枕头就睡着了。睡了约莫有个把小时，杨北风忽然爬起来，穿上外衣就走。老汪嘟囔句："北风，干啥去？""回家。"

婚床上，大绿的被窝空着，大红被里躺着上官飘。月亮被隔在了窗帘外，但月光从窗帘的缝隙挤进屋里，一缕月光洒在鸳鸯戏水的枕头上，又洒在上官飘的脸上。她伸手，似要抓住那月光，手扑空了，平搭在杨北风的大绿被上。

上官飘像是惊醒，她又用胳膊趔趔大绿被子，空的？她猛然坐起，掀开被，果然，空的。杨北风呢？墙上的挂钟当当敲了两下，下半夜两点了。她再也没睡着，瞪着眼睛到天明。

杨北风没回家，他又去了劳动人民文化宫和新华门。刚到新华门，离老远就看见一个人站在那儿东张西望，他放轻脚步，向那人靠近。只见那人还在写画着什么。那人也很机敏，听见身后的脚步声，没回头看，撒腿就跑。杨北风在后面追："站住，站住，不然我开枪了。"杨北风拔出枪，继续追。

那人玩命地跑，杨北风怕跑丢了，等了这么多天，终于等到了，可不能再让他跑了。

枪响了，杨北风开枪了，瞄准那人的腿。那人趴在地上，还往前爬。杨北风跑过来，揪着那人的脖领子："说，你干啥来了，说！不说我一枪毙了你。"杨北风拿枪抵着他的脑袋，翻找那人兜里的东西。从他兜里找出了绘制的线路图。杨北风晃着图，他忽然想起戏相公，对戏相公，是戏相公命令他画的，如果他说出戏相公，他和上官飘的婚姻也就解除了，不用遭受这份尴尬。杨北风直接问："是谁让你干的？"

"戏相公。"这个特务很紧张。

"戏相公是谁？在哪儿？"杨北风问得急，给特务问得都不知道回答啥了。他的手还揪着特务的脖领子。

特务突然双手揪着自己的脖领子，连杨北风的手也捧在手里，猛低头。这时杨北风知道特务想干什么了，刚干公安时，他们上过这课，特务靠脖领的扣子里有剧毒，关键时刻，留作自杀所用。他阻止已经来不及了，作为公安本该料到，早作预防，可是，他立功心切呀，也不是，是让这个婚姻逼的，他想快点揪出戏相公，趁白雪花还未回来之际，让自己走出这桩任务婚姻。所以，他光想着立功了，忘了特务衣服扣上有毒的事。再说，他应该先把特务押送到分局，再审。等他反应过来，特务已经舔上脖领下面第二颗扣子，当时口流鲜血，死了。杨北风后悔不迭。他再拿手电照特务的脸，大惊失色，这不是广济寺的和尚吗？和尚的出现让杨北风想起广济寺上官飘上香的事，还有上次抓捕假民主人士的事，还是这个和尚引导着从后门抓捕的。

连夜研究和尚的事。项局长和老汪简直不敢相信，杨北风单枪匹马抓着特务了。只可惜，死了。这不影响项局长表扬杨北风，如果这绘制成的图传到敌人手里，后果不堪设想。

现在问题的焦点集中在上官飘上香上，她与和尚之间有情报往来吗？他们是什么关系？不会就是上香那么简单吧？也许就这么简单，就是上香，不知道他是假和尚。

这样分析，杨北风不但不能从这婚姻中解脱出来，而且必须更加密切监视上官飘，并扮演好丈夫的角色。

国事为重。

出了假和尚这事，公安部建议，抽调部队，日夜在天安门左右巡逻。盛春雷意识到了事态的严重性，和尚死了，线路图的事泡汤了。这回，特务就是变成苍蝇，也休想接近天安门了。

杨北风为了监视上官飘，只要有时间，就陪着上官飘去剧团，到了剧团他再回分局。这天他跟着飘直接进了剧团，演员们见了，都夸他们夫妻恩爱。杨北风在剧团里走动着，不知怎么就进了男演员休息间，盛春雷正在换练功服，门没关。杨北风就直接进去了。盛春雷很冷淡，说你怎么进来了。杨北风说门没关。盛春雷对他冷淡他也不奇怪，上官飘跟他说了，他俩结婚，师兄不同意，想让她找个好人家，或剧团里的人。所以，从他们结婚，师兄始终对杨北风有敌意。

这次到剧团，杨北风是有意到师兄的换衣间看看，没目的，也是有目的，到底是什么目的？不清楚。他就是想看。因为，他是上官飘的师兄。杨北风到处看，没话找话，天气好啊，有空去家里坐呀，感谢对飘的帮助啊。说着，他看到地上有烟头，用脚扒拉着，是飞马牌的。他就问盛春雷："师兄，您吸烟吗？"

"偶尔，小兄弟们在一起瞎闹着玩。"

"还是飞马牌的，挺高级呀。"

盛春雷玩世不恭地笑了下："没家没业的，这点积蓄还拿得起。"

草木皆兵啊，杨北风批评自己。怎么就跟飞马牌香烟干上了，抽飞马牌香烟的多了，都是特务？

裴小姐就像个刺猬，无从下手，可把老汪愁坏了。老汪想起小舟一句话，真是惊醒梦中人，来把扯淡的，就从八大胡同开始找。裴小姐听着就像个艺名、代号嘛。

这还得小舟带路啊。八大胡同挨排走，那费老鼻子事了。抽查吧，走了几家，刚开始他们穿着便装去的，刚进院，就听有人喊，来客了，姑娘们，接客。他们费了好大劲解释，解释的时候，就过来几个女的，拉胳膊拽腿的，就要往楼上拽。吓得土豆闭着眼睛，那脸蛋也没少让人家摸，他小啊，长得嫩。等你费半天劲说是来调查人的，老鸨子甩着手绢，连理都不理你，叫来伙计对付他们，伙计连说没有这人，就往外轰。你总不能掏枪吧，再说目前对这八大胡同还没说法，谁敢掏枪啊。

后来，老汪学精了，再去调查，着装去。可好，刚进院子，就听喊，解放军查窑子了，哎，解放军查窑子喽! 砢不砢碜? 白搭，不配合，说些没用的，解放军大爷，非得找裴小姐呀，我们这有绿小姐、粉小姐，可比裴小姐好多了，解放军大爷可够痴情的。

得，老汪算领教了，八大胡同去不起。

菲四美坐在盛春雷的屋里哭，哭诉陈三爷的不是，哭诉她的遭遇。盛春雷劝她说，这叫什么遭遇呀，不就是过段时间吗。他表面劝菲四美，心里骂陈三爷，办事不妥，连这么个女人都摆不平。菲四美哭着发狠心，如果骗我，有他后悔的时候。我看他不干什么好事。她歪着头问盛春雷，你说他把我的户口本拿去干什么了? 指定去办事了，事办完了，用不着我了，就不和我结婚了。我早晚查出他的破事。你说他办什么事去了呢? 像个特务似的。菲四美让陈三爷气得，自己嘟囔给自己听。

听了这话，盛春雷手心冒冷汗，此女是祸害。菲四美还在喋喋不休地诉说着陈三爷的不是，而盛春雷哪儿还听得进去，总觉得大祸临头。菲四美问了几遍这话，霸王，你说他拿我户口本不是为了结婚，他想干什么?

大清早，陈三爷照例在大门口漱口，看着清晨的街道，看着太阳升起。他转身进屋，准备吃早饭。第一位顾客进门，这么早，今天是个好兆头啊。伙计放下饭碗，忙照顾客人，问他相中了哪块料子。客人说我要牡丹花的旗袍料子。客人是盛春雷。陈三爷听到了柜前的说话，放下饭碗，起身，到柜台前。对伙计说："你去吃饭吧。我来招呼客人。"他对盛春雷说："我这有金菊花色的。"他把布料从货架搬到柜台上。盛春雷抚摸着布料，说："不错，给扯身旗袍。"借机小声说："除掉菲小姐，公安在查她。"

陈三爷拿尺子量着布料，尺棍啪一下掉柜台上，他忙捡起，接着量。他把布料包裹上，递给盛春雷，说："好，好，您拿好。"

盛春雷把钱递给他："切记。"

陈三爷说："您慢走。"

婚后，上官飘慢慢意识到，杨北风是借助婚姻监视她，她低估了她的北风哥。当北风向她求婚的时候，她毫不犹豫地答应了，她原以为北风喜欢她，不带任何目的跟她结婚。她是带着上峰的指令跟他结婚的。上峰的如意算盘是，杨北风是公安，可以从他身上获取情报。可是新婚之夜后她才大呼上当了，北风娶她是为了二十四小时监视她。可她还不能声张，不能表现出丁点儿诧异，那无疑就是暴露自己，她装作若无其事，甜甜蜜蜜地做着新娘。上官飘还是那个信条，你不挑明，我也不挑明，你挑明，我也不承认。试想，这样一对各怀心思的新婚夫妇躺在一张床上，是何等的悲哀？

到了9月二十几号，参加开国大典的各界人士陆续住进了亚洲饭店（前门饭店）。公安部队进一步加紧了搜索和巡逻，天安门广场、北新桥、东四北街、东四牌楼、东四南街到东单市场都放上了日夜巡逻哨。

北风又耍脾气不干了，他说他不能天天晚上在家睡觉，请分配给他任务。老汪说："你的任务很明确，不用我说你也知道。如果从你那儿出一点差错，就枪毙你。"

昆明四季如春，可白雪花和夏玲怎么也不适应这儿的气候，她们盼望着全国的解放，就可以回北京了。伤员多，手术从早到晚，白雪花的腿都站肿了。比起前线流血牺牲的战友，她觉得自己很惭愧。白雪花不想休息，她想多救活几位战友。每次都是领导强迫她休息。因为医院不固定，随时变换地方，她把和杨北风的合影放在挎包里。每天睡觉前，她都要拿出照片看看，出来这么长时间了，也不知道杨北风咋样了。咳，还能咋样，每天保卫北京呗，跟暗藏的敌人做斗争呗。现在想来，在祖国的首都是多么幸福。也不知道，全国解放了，是否还能回北京。夏玲也问她，咱们还能回北京吗，我真想那里呀。

鬼迷心窍的菲四美又来问陈三爷拿她的户口本到底干什么了，如果不说，她就去找政府，让政府给她做主。陈三爷说你不用找政府，我对你一片痴心，都是为了你好。陈三爷对菲四美撒了个弥天大谎，说他远方的亲戚是国民党大官，临去台湾，把金银财宝藏到房山的溶洞里了，他想把金银财宝取出来，用她的名存进银行。这么大数额的钱，他不敢都存他自己的名下。听到钱，菲四美信以为真，说咱们现在就把金银财宝取出来吧。陈三爷说行，正好我自己还不敢去，你跟我搭伴去。菲四美也学精了，她不想把户口本放在陈三爷这儿了，自己拿着放心。想用我的户口本存钱，那就存好了，自己拿着，才知道他存没存。她顺手从陈三爷的抽屉里拿走了自己的户口本，揣进袖口里。

千辛万苦到了房山，找到溶洞。菲四美毫不犹豫地进了溶洞，刚进去，菲四美有些害怕，陈三爷说别怕，在紧里面呢，谁把财宝放洞门口啊，让别人发现了呢。菲四美想也有道理，她就跟着陈三爷继续往洞里走。越走越黑，菲四美吓得不敢走了，陈三爷也转过身，抓住菲四美，从兜里掏出毒毛巾，捂住了她的嘴……

菲四美挣扎着，两只手在前面挠着，想抓住陈三爷，抓的同时，袖口里的户口本甩了出去，掉进了前面的石缝中……毒很快顺着鼻腔、口腔进入她的身体，她渐渐失去了知觉，瘫倒在地上。陈三爷把事先藏在此处的汽油倒在她身上，点燃火柴……菲四美人不知鬼不觉地葬身在溶洞中。陈三爷仔细检查了周围，确认没有留下了什么线索才离开。

杨北风晚上监视飘，白天汇报飘的行踪。

这一天，上官飘感冒了，起床晚。杨北风起来后，给上官飘烧开水，煮稀饭。先给她端杯水，在床头把药喝了。莫名中，杨北风有些心疼她，他心疼的是一个女人。他把粥端给她，说喝点吧。上官飘蹙着眉说，不想喝，很难受。说着，打个喷嚏，还流清鼻涕。杨北风给她往上盖盖被子，说，那你就躺下吧，今天就不要去剧团了。上官飘说不行，正在排练进步戏《白毛女》向开国大典献礼。杨北风说不是演得挺好了吗？上官飘说我们团长说了，开国大典的戏，要精益求精。上官飘挣扎着穿衣服，洗脸刷牙。杨北风早把小米粥盛碗里，萝卜咸菜盛在小盘里，他不吃，坐在饭桌边等她。上官飘本不想吃的，看杨北风在桌边守着，就勉强吃了两口。吃完，对杨北风说，北风哥，你对我真好。

傻丫头。杨北风说这话，不是违心的，此刻，上官飘的样子就是傻得可爱。

上官飘说去剧团了，临出门杨北风还嘱咐她加件厚衣服。上官飘答应着，急匆匆走出了家门，还不时用手纸擦鼻涕。

今天同志们都去执行任务了，腾不出人，白天就由杨北风自己监视上官飘。杨北风从窗户看上官飘出了大门，他也急急穿上衣服，尾随而去。杨北风不远不近地跟踪着上官飘，一路上上官飘也没什么动作，就是急急地赶路，有时擦鼻涕把手纸随手扔地上。

临进剧团的时候，上官飘打个喷嚏，吸吸鼻子，拿出手纸，擦了下鼻涕。旁边有个矮粗胖的老妇人，正在打扫卫生。上官飘看一眼老妇人，顺手把手纸扔进老妇人的簸箕里。老妇人把簸箕里的废纸垃圾，倒进垃圾车，她推着，向别的胡同走去。到了胡同，她停下垃圾车，从里面捡出纸团，展开：开国大典各界人士已进驻亚洲饭店。

参加开国大典的各界人士住进亚洲饭店，要从郊区送来大量的蔬菜。从早晨就不断地有人挑着担子送米，送菜，都是郊区的农民，挽着裤脚，鞋上还沾着泥。亚洲饭店的每个门口都有解放军和公安站岗，严查可疑人员。土豆在大门口站岗，他的岗哨是流动的。大门口还有两位解放军站岗，二十四小时不间断轮流站岗。

早晨，来了几个送菜的。到了九点多钟，又来了几个送菜的，挑着担子。土豆在门口指挥着，说："老乡，靠这边走，从这儿就直接进厨房了。"在土豆的引导下，五个送菜的农民挑着担子，陆续进入饭店走廊。土豆怕他们走错地方，也怕把走廊弄脏了，就跟着他们走。菜农从郊区来，走的路远，汗顺脸往下淌。有的菜农脖子上挂着毛巾，时不时把毛巾摘下来擦汗。有个菜农，比其他几个菜农胖，挑着担子，显得很吃力。土豆看他的担子总碰墙，怕把雪白的墙弄脏，就抢到这个菜农前说："老乡，我帮你担吧。"

胖菜农戴着草帽，像是不敢抬头，说："不用，谢谢！"

土豆心想，一个种菜的，还挺文明。

只见胖菜农抬手擦汗，露出白胖的手腕。令人震惊的是，手腕上竟然戴着手表。这回，土豆脑门冒汗了。他是农民的儿子，没见过这么白胖的农民。还戴着手表，农民，谁戴得起表啊。这个菜农是假的。他掏出手枪，抵住胖菜农的脑袋。胖菜农当时就立正了，肩上还挑着担子。土豆小声喝道："不许动，动，让你的脑袋开花。把担子放下。"

胖菜农把担子慢慢放下。两个解放军跑步过来，反剪手铐上。

菜筐里的萝卜、白菜，脆生生、水灵灵，飘着清香味。土豆在菜筐里小心地扒拉、查找着，在筐底，藏有炸弹。悬啊，多亏了公安战士土豆发现及时。

据此人交代是戏相公下达给他的任务。

出了这事，每个警戒人员脑门都冒汗，太悬了，离开国大典还有几天啊！老汪他们查找纰漏处，老汪问杨北风："你还有漏报的情况吗？"主要是上官飘那儿。

杨北风寻思着答："没有啊。"

老汪不死心地问："你再好好想想，细节。"

杨北风想着："她昨天就是感冒了，不断擦鼻涕。"

老汪问："用什么擦的？手纸还是手绢？"

"也用手绢，也用手纸啊。"北风边想边说，"她手纸扔地上，都被风刮跑了？对，临进剧团时，有一团扔进打扫卫生的簸箕里了。"

"打扫卫生的人长什么样？"老汪问。

"胖乎乎的一个老太太。"杨北风答。

老汪拍案而起："杨北风，俺要处分你——"

杨北风还一肚子火呢："你凭啥处分我？你敢断定上官飘就是戏相公？你敢打这个包票吗？你能断定那团手纸有问题？我还窝囊呢，我堂堂七尺男儿，还不如上前线打仗呢。说句不好听的话，我还赶不上土豆呢。"

老汪瞪着眼睛说："你一定是引起她的怀疑了！不然她不会做得这么巧妙。"

北风坚定地说："不可能。"

老汪逼问他："你真的做丈夫了吗？你说。"

北风耷拉着眼皮："反正在一个床上睡的。"

老汪继续低声吼："俺不用钻到你心里俺就知道，你心里装着雪花，你根本迈不出这步。如果俺把这个情况向上级汇报了，你够处分的了。这是没出大事。出了大事毙了你都来不及了。咱们都是经过培训的，这里的利害关系你是知道的，如果你今天晚上再不做丈夫，就听候处分吧。你去打听打听，谁家结婚不'那个'？你不'那个'你就是有问题，不引起人家怀疑才怪！"

杨北风坚定地回答："不可能，我尽可能维护这个家，就是怕上官飘起疑心。我对这个家、对工作、对组织、对党问心无愧。"

　　两人吵得不可开交，谁也说服不了谁。

　　老汪提到一个尖锐的问题，你真的做丈夫了吗？北风无话可答，他们只是睡在一张床上。结婚不"那个"，能不引起女方的怀疑吗？老汪怒不可遏，这事非同小可，警告北风，从今天起履行丈夫之责，这事可先不向组织汇报。老汪也知道杨北风在等雪花，可是，任务重要。把雪花放在心里吧。

　　上官飘对北风起疑心确实是在这件事上，你第一晚喝多了，那第二晚，第三晚呢？哪个女人能受得了这样的冷落？飘为了继续潜伏，没表现在脸上，该咋地还咋地。再就是，她是真的喜欢北风。这两人真都挺有度量的，尽管夜里相安无事，白天俨然一对恩爱夫妻，相敬如宾，嘘寒问暖。

　　当天晚上，北风没有按着老汪的"指示"去"那个"，而是躺在被窝里，做了个很亲昵的动作，用手刮了下飘的鼻子说："宝贝，我在等你长大。"杨北风下不了决心走这一步，他每天晚上跟上官飘躺在一张床上，就想起白雪花。愧对雪花，她在前方浴血奋战，他在后方入洞房。每当想到这些，他就痛恨自己，绝不能被上官飘的美色所迷惑，他要对得起雪花，等着她凯旋。

　　上官飘听了等你长大这话，就把脸埋在了北风的怀里，呢喃着说你真好，泪就湿润了北风的前胸。都说共产党的解放军品德高尚，果然不假。飘真就被北风的这句宝贝蒙住了，心想，解放军真有胸怀啊，我可能真就错怪他了，做我们这行的，真是多疑呀，疑心到自己丈夫身上了。想到这儿，飘心里痛得要命，这么好的丈夫，我不但怀疑他，还想利用他获取共军的情报，可悲啊。可是，我必须忠诚于自己的信仰啊。

　　杨北风从婚后就没在家睡过囫囵觉。

　　离开国大典越来越近了。

　　练功厅里，上官飘正在压腿。盛春雷也穿着练功服向这边走来，上官飘看见师兄，心里别扭。知道他来，不会有什么好事，因为她练功的时候，师兄多数情况不打扰。师兄也把腿放到把杆上，压着，他说："戏相公很恼火，送菜人折了，怪我俩没把情报摸清。"

　　"怨他们蠢，我反正把情报送达了，都住进亚洲饭店了。我把情报送达，多不容易，我总感觉杨北风在后面跟踪我。"上官飘赌气，快速压腿。

　　"和尚也折了，这时去前门大街，估计能觉察出中央领导人所走的路线。上峰催得紧。"盛春雷停顿了一下，想必下面的话不好开口，"晚上，你去一趟。

我知道很危险，多加小心。"

"我发现杨北风跟我结婚，就是为了监视我，他晚上不离家，我无法行动。"结婚后，上官飘更不愿意行动，她心里极度矛盾。

师兄表情沮丧，但口气坚决："婚姻是你自己选择的，公安没那么简单。这是戏相公的命令。"

鉴于亚洲饭店放炸弹的事，杨北风对上官飘的监视更加严密，但他还是不相信会是飘指使的。

这段时间，分局特别忙。这天，杨北风回到家已是晚上八点多。他进屋，看上官飘不在屋，桌上碗里扣着饭菜。她去哪儿了？杨北风在屋里坐了会儿，里外屋转转，不行，他不能坐着等她。他急忙出去找，也不是找，反正他不能坐着等，有点坐以待毙的感觉。去哪儿呢，没有目标。他在街上盲目地走着，推着自行车。他不想骑着，在没确定去哪儿之前，骑远了，更浪费时间。他想这么漫无目的地在街上走走，放松神经。解放了，老汪他们是光明正大、敞敞亮亮地与特务战斗，而他，像个隐藏在暗处的觊觎者，还在两份感情中周旋、煎熬。

北京城这么大，找一个人如大海捞针。杨北风想，还是到紧要、敏感的地方找找。紧要、敏感的地方无非就是开国大典中央领导要走的路线，但目前路线还未确定，即使确定也是保密的。但新华门、长安街，中央领导大概是要经过这些地方的。杨北风骑上自行车，向新华门奔去。快到新华门的时候，杨北风放慢了速度，他慢慢骑着，东张西望。他被北京古老的建筑所吸引，心里感慨，我们伟大的祖国，如此雄伟壮观！街上的行人很少，都在匆匆赶路。猛然间，一个身影引起了他的注意。主要是这个人的脚步太轻快了，等他再仔细看时，这个人像是发现了什么，迅速闪进胡同。看速度，练家。穿戴也就看着个大概，黑衣黑裤，偏瘦，单薄。头上戴着一把撸的帽子，看不清男女。杨北风骑着自行车也跟进了胡同，此人撒腿就跑，杨北风紧追不舍。

自行车轱辘飞快地转动着，带动着呼呼的风声。此人听见了疾驰的车轮声，放慢了脚步，等待着车轱辘的临近。杨北风完全没看出前面的人放慢了脚步，他就是一味地快骑，猛骑，恨不能车轱辘飞起来。就要追上的时候，前面的人猛然停住。杨北风想刹车已经来不及了，他撒开握着车把的双手，弃车抓人。他双手对着前面人的肩膀抓去，猝不及防，前面的人猛地蹲下。杨北风双手落空，又骑在自行车上，他大头朝下，栽个跟头。好在他是战场上摸爬滚打过来的人，双手撑地，弹起。但这时，此人已经往回跑出几米远，而杨北风再扶起自行车，掉转车头，显然已经来不及了。他从自行车上跨过去，飞跑着追……此人弹跳着，身轻如燕，爬上院墙，逃之夭夭……

杨北风站在高高的院墙下，他不是爬不上去，而是等他爬上去，只能是独自欣赏北平的夜景了。他忽然想起，我是来找人的，会是她？他拎起自行车，骑上，向家奔去。到了大门口，他下车，推开大门，把自行车搬进院。看见屋里亮着灯，他就以为自己走的时候未关灯。他把车子支上，进屋，看见上官飘正在洗脸。她用毛巾擦着脸，笑着迎接杨北风，说："你还没吃饭吧，在碗里扣着呢，凉的话，我再给你热热。"

杨北风愣着神看她，一时无语。

"还愣着干啥，吃饭吧。"上官飘擦着手，把毛巾搭在洗手架上。

杨北风坐到桌边。上官飘又把毛巾放进水里，拧出水。"看你还没洗手呢，都累傻了，我给你擦擦手吧。"她扯过杨北风的手擦着，擦完，"吃饭吧。"

杨北风端起碗，往嘴里扒拉着饭，问："你一直在家吗？"

上官飘随意说："我做完饭，去师兄那儿了。他不爱动，给他送点饭。"她又关切地问："北风哥今天回来得可够晚的了。"

杨北风没搭腔，却说："我在新华门见到你了。"

"见到我怎么不喊我。"上官飘脸拉着，生气了。

"我留出空间，让你主动跟我说。"

上官飘无奈的表情："北风哥，我知道，我比你小，你对我不放心，我向你发誓，我绝不做对不起你的事，这一生，我只爱一个人。你别怀疑我了，我难道不能单独出去了？你这样怀疑，岂不是伤了我们的感情？"

完全说到两码事上去了，杨北风懒得跟她申辩，大概，真就是两码事。

剧团排练厅，师兄和飘正排练《霸王别姬》。飘双手握着虞姬的剑，一招一式舞着，师兄握着她的手，握着剑，给她说戏。他顺手把两颗微型定时炸弹塞给上官飘，拍拍她的剑柄："开国大典实施爆炸。"

上官飘顿觉两腿发麻，站立不稳。盛春雷扶住她："这是最后的任务，然后离开北平，与你父亲团聚。"

空旷的排练厅，即使用很小的声音说话，也是落地有声。他俩说话很谨慎。盛春雷说："戏相公要路线图。"上官飘说："没有，我刚到新华门就遇到公安了，幸亏我逃得快。看情形，走新华门、长安街的可能性大。"盛春雷点头。上官飘没说遇到的公安就是杨北风。盛春雷猜出来了，问："是杨北风吧？巡逻的公安绝难认出你。杨北风倒有可能认出你。"

上官飘不置可否地看着盛春雷，她不想说是杨北风，现在，还是将来，她尽量少提杨北风，她怕特务暗害杨北风，就像对待肖力一样。

开国大典，中央领导走哪条路线登天安门城楼，谁也不知道。说是路线图已经形成，但特级保密。杨北风思量再三，不管走哪条路线，都要向项局长反映昨晚的情况。他向项局长建议，中央领导车队不能走新华门、长安街。他昨晚在新华门附近发现了可疑的人，会轻功，可惜，让他跑了。项局长陷入沉思，他猛然站起，拍拍杨北风的肩，戴上帽子，三步两步跨出房门。杨北风在后面追着问："局长，你到底啥意思啊？"项局长打开吉普车的门上车："我去公安部。"

明天就是开国大典了，所有公安战士都进入了一级战备，只有北风接受的任务是回家陪老婆睡觉。

晚上的时候，杨北风和上官飘兴致勃勃地谈论着第二天的开国大典，北风说早点睡吧，第二天他要早起，他们负责天安门广场的警卫。

上官飘也说："我们剧团也去欢庆，游行之后我们还有演出。"她说完还把那对道具剑拿在手里舞了舞，情不自禁地唱了那么两嗓子：劝君王饮酒听虞歌，解君忧闷舞婆娑。

唱完，上官飘把虞姬的剑放进剑柄里，又放进自己缝制的绒布袋里，然后，板板整整地放在桌子上，说："明天起得早，匆忙中免得忘记了。"

杨北风说："忘不了，我替你想着。"上官飘特别宝贝她的剑，她说这是师兄的师傅传下来的。

泡子灯燃着豆粒大的光，欲燃欲灭地照着盛春雷和陈三爷的脸。这是陈三爷的卧室，还散发着菲四美的气息。陈三爷说他这几日总能梦见菲四美，说她冷，山洞冷。

盛春雷说："别自己吓唬自己，这件事只有你知道，连我都不知道，听见了吗？"

"我明白。"陈三爷稍稍放宽心。

盛春雷凑近陈三爷，神色诡异："我们大显身手的时候到了，明天开国大典，戏相公早就命令，我们在这天要有动静。我俩在新华门附近安装炸弹，上官飘随着剧团成员进入天安门广场爆破。"

灯影摇曳，墙上映着两个长长的黑色身影。

天快亮的时候，北风就喊肚子痛，痛得打滚。上官飘急得抱着北风直哭，不知道怎么办了。还是北风说，咱上医院吧。上官飘说那天安门咱不去了？北风说我命都快没有了，还去？

临出门，上官飘把道具剑拿上。北风说你还拿它干啥，用不上了。飘说你到了医院如果好了，我就去天安门广场。

天微亮的时候，老汪领着两个拆弹战士，正在新华门附近的胡同拆除一枚炸弹。秘密拆除，不动声色，连胡同的老百姓都没有觉察。他们要的效果是，这儿从没发生过任何事情。

第二十一章　风流人物

到了医院医生说是急性阑尾炎，必须马上手术。上官飘挂号拿药，跑前跑后。北风被推进手术室已临近中午了，上官飘就想这个时候偷着走，还没到门口，就被护士截回来了，说这个时候家属必须在场。上官飘心里一哆嗦，总感觉有一双眼睛盯着她的后背，她甚至神经质地认为，不是一双，是无数双眼睛在监视她，她真变成了过街的老鼠，人人喊打，寸步难行。

北风被推出手术室时，飘急不可待扑了过来，脸上挂着泪。不知道这泪是为北风流的，还是因为没有机会去天安门广场的懊悔之泪。北风虚弱地笑笑，伸出手擦拭着上官飘脸上的泪说："傻丫头，哭啥？我这不是好好的吗？"

作为一名公安战士的杨北风，关键时刻得阑尾炎，住进了医院，他感到很惭愧。

东方红，太阳升，中国人民盼望已久的日子终于来了。尽管是深秋了，但10月1日那天的太阳格外灿烂，天安门城楼被装点得光彩夺目。中间挂着毛主席的画像，上面挂着五星国徽，两边挂着红色条幅：中华人民共和国万岁！中央人民政府万岁！城楼东西两边飘扬着四面红旗，城楼中间挂起了八只大红灯笼。一派节日的气象。

天安门金水桥前的广场更是热闹非凡，中间是军乐队，两边是解放军和学生，后面是一万多少先队员。在这欢乐的人群中，公安部队的每个战士都捏着一把汗，为了二十万人的欢庆游行能顺利进行，为了毛主席、党中央的绝对安全，他们必须全力以赴，百倍警惕。

到了病房，北风一只手挂着吊瓶，另一只手握着飘的手，话特别多，说："飘，谢谢你，要不是你在我身边我就完蛋了。你不知道，我这人，不怕枪，不怕刀，就是怕针，我晕针，要不是你握着我的手，现在我就把针拔了。记得那年在四平打仗，我腿受伤了，护士要给我打麻药，我死活不让，还是雪花……"一滴泪滴在北风的手背上，北风抬眼看飘："宝贝，咋地了？我把你说哭了，那我不说了。"

上官飘说："不是，我是心疼你。"上官飘此刻的心情很复杂，台上演戏，台下也演戏，她觉得很累。她想出去又走不了，北风无时无刻地握着她的手，北风左一个傻丫头，右一个宝贝，她分不清是真是假、戏里戏外，她真想这么握着北风的手，管他真假，握一辈子。

满大街都装着大喇叭，喇叭里传出革命歌曲，"没有共产党就没有新中国"，歌声响彻大街小巷，不时传进病房。北风问了一句几点了，上官飘说两点了。北风仰头看天花板，露出了胜利的微笑。

站在天安门广场边上的老汪与项局长，眼睛注视着全场。老汪跟项局长耳语了几句，说新华门那儿已经……项局长眼睛看着前方说，明白了。

这时候，毛主席的专车正到达天安门城楼，毛主席没走新华门、长安街，而是沿着中南海东广场顺着劳动人民文化宫走的。毛主席踏着天安门城楼的楼梯稳健地向上走的时候，《东方红》的乐曲响起，人们欢呼跳跃，"毛主席万岁！"下午三点，毛主席向全世界庄严宣告：中华人民共和国中央人民政府今天成立了！《义勇军进行曲》伴随着礼炮声在天安门广场回响，第一面五星红旗飘扬在广场的上空。

崔家栋和电影厂的同志们也到天安门广场拍摄，毛主席登上天安门城楼时，他也激动得几度热泪盈眶。他完全忘了他是谁，他能想起的就是他是新中国一名普通的摄影工作者，沐浴着新中国的阳光，贡献着自己的力量。此刻，他作为中国人，感到无比自豪。

千万只和平鸽和彩球飞向了天空，千万个孩子欢呼着拥向金水桥……

整个医院都跟着沸腾了，北风的眼里闪着泪花使劲握着上官飘的手，激动，新中国成立了！

上官飘说："你握疼我的手了。"飘的脸上看不出是痛苦还是幸福，北风觉得她情绪不对。

"哦，对不起，我太激动了，"北风看着飘阴郁的脸说，"怎么了，你不高兴？"

上官飘撒娇说："可不，不高兴，都怪你，害得我这么重大的场合都没去成，我们剧团领导还不定怎么批评我呢！"

"那我不也是吗？我们局长还不得整死我呀？我都急死了，这要放到战争年代我就是临阵脱逃，非枪毙我不可。"北风也埋怨自己，病得不是时候，战友们都去保卫开国大典了。

上官飘给他掖掖被子，说："你也别着急了，先把病养好了。"

北风急切地说："来来，把窗户打开，咱去不成听听胜利的声音也好。"

上官飘把窗户推开，阳光顷刻就泻满了房间。她伫立在窗前，望着远方，明媚的阳光洒在她的身上，她愈加美丽动人。光影笼罩着她，同时也更显得扑朔迷离。北风不禁在心里赞叹：真是个美人啊！那赞叹的言外之意就是惋惜，尽管他没法确定飘的身份，但他也无法排除一切可能。

大喇叭传来了朱总司令的声音，朱总司令正宣读《人民解放军总部命令》：……中国人民解放军全体指战员继续努力，迅速肃清国民党反动军队的残余，解放一切尚未解放的国土，同时肃清土匪和其他一切反革命分子。

上官飘捂着额头，身子晃了一下，险些摔倒。她另一只手扶住了窗框，闭了会儿眼睛，再睁开，冲北风笑了笑，还是那种无限柔情的笑，就是掺了些疲惫，疲惫得有些凄苦，但不影响她的柔情，更显得楚楚动人。北风又被这笑击垮了，怜悯之心油然而生："飘，你没事吧？"

"没事，可能是有点累了，要不我先回去休息一会儿？"飘在征求北风的意见。

"我在北京没有亲人，你可不能扔下我不管哪！我都说了，我晕针，你在这儿就好多了。"北风绝不说让她回去休息，怜悯归怜悯，但对她的警惕绝不放松。

开国大典过后，北风也一度申请过离开飘。老汪说上级指示，暂时还不能离开，因为目前还没挖出戏相公，看起来对潜伏敌人的斗争是一个长期而艰巨的任务。

昆明沸腾了，新中国成立了，战士们高呼着毛主席万岁的口号。每个人眼里都含着激动的泪花。白雪花和夏玲相互握着手，喜极而泣。夏玲含着激动的泪花说，新中国成立了，全国就要解放了，雪花医生，我们快回北京了吧？白雪花也盼望着回北京，她想念北风，想念她那小小的婚房。医院不会安排别人住了吧，走得急，她的东西可还在屋里。她这几天快疯了，没有北风的只言片语，各种情况她都猜到了，甚至想到了牺牲。她什么都想到了，就是没想到，她的北风已和上官飘，她内心嗤之以鼻的戏子，恋爱结婚过日子了。她给老汪写过信，也石沉大海。白雪花找不到可以倾诉的人，跟夏玲谈了她的困惑。夏玲没说北风什么好话，挺大个男人，出尔反尔的，说结婚，转眼又没影了。她早就想提醒白雪花，杨北风不是什么好东西，在我们农村，他那就是耍人。婚纱照都照了，走了就没信了。雪花自然不爱听，拿眼睛剜她，本就心里郁闷，她还在这添油加醋。夏玲缓和了口气说，行了，别惦记着了，他们指定是忙，这特殊时期，不让他们与外界随便通信。夏玲说她给土豆写信也没回。这样，白雪花才放心了。

开国大典胜利结束了，北京电影厂为纪念这一伟大的时刻，拍摄了许多珍贵的纪录片。崔家栋应当说功不可没，他在电影厂工作勤勤恳恳，大显身手。其实，崔家栋也是国民党潜伏在北京的特务，但他区别于其他特务，属于闲棋冷子。平时，他就是普通的工作人员，真心为人民工作。非特殊情况，轻易不启用。他和千千万万北京的建设者一样，为新中国，添砖加瓦，贡献自己的力量。他对电影厂的工作，投入了百分之百的热情，他甚至忘记了自己是潜伏特务这码事。他爱慕着白雪花，从国外时，就暗恋着她，但他没有勇气表露心迹，因为他看出白雪花只是把他当作同学、中国人。当然，比对一般的朋友要好，相互信赖，相互帮助。如今，在北京相遇，格外亲切。如果雪花没有男朋友，他会鼓起勇气向她求婚。现在已经没有机会了，她已经快结婚了。知道前段时间她去昆明了，他为她担心，祈祷上天，保佑雪花平安归来。

湘西战役、广西战役结束后，从根本上肃清了国民党残匪。

雪花没有随部队北上，而是回到了北京。

北京军医院正在筹建，缺少人手，考虑到雪花的医术，上级将雪花调往北京军医院任外科主任。雪花倒不稀罕能在北京工作，她想到的是能和北风在一起，他们终于可以结婚了，三十大几的人了，能不着急吗？

中午吃饭的时候，老汪告诉北风，雪花回来了。北风傻眼了，一口饭含在嘴里，差点没噎着。老汪看杨北风的样子，心里也难受，没办法。老汪不是单纯给他通风报信的，而是带着上级命令，老汪告诉他，不管你们日后如何见面，但是，绝不能说出与上官飘结婚的实情。

杨北风从椅子上噌一下站起来，把筷子啪摔在饭桌上："那我说什么？移情别恋，见异思迁？"

土豆在别的桌看见杨北风跟斗架的公鸡似的，其他人也在扭头看他俩。

老汪按他坐下："注意你的形象。"

"我还有什么形象？"

他俩都咬着牙，小声说。

土豆知道，杨北风和老汪为啥叽叽，指定是因为雪花回来的事。当初杨北风和上官飘结婚，土豆就百思不得其解，没想到杨北风变得那么快，白雪花刚离开北京，他后脚就跟上官飘结婚了。更让他气愤的是，他跟老汪说，让老汪劝劝杨北风，竟然被老汪呲了，说少管闲事，管好自己。那么多工作未完成，是不是吃饱撑的。看架势，他是支持杨北风结婚啊，都什么人啊，进城都变了。上官飘是比雪花年轻、漂亮，可是，毕竟是浴血奋战的老感情了，就因为进京了，看见漂亮的戏子，就变心了？以前，他就看出，这个小戏子对杨北风有意，当时土豆心里有底，你再有心也白搭，杨北风就要和白雪花结婚了。谁承想还来真的了。这种进城就瞄上漂亮女人的革命干部是有，但绝不是杨北风啊。活该，白雪花回来了，看你怎么交代。他是要去看雪花医生的，还有夏玲。

老汪看看周边的人，说："看啥看，都吃饭，吃完赶紧走。"

然后，两人埋头吃饭。吃完，又一起走出饭堂。

出门，走在路边，杨北风踢着路边的石子，一踢老远。老汪蔫蔫地走着，看着杨北风发泄。老汪不看杨北风的脸，但他还是要说的："随便你怎么说，变心也好，别恋也罢，就是不能说组织安排。"

"我，我说不出口。我始终想着雪花。"

"你说不出口也白搭，你说想着雪花，事实是，你和上官飘生米做成熟饭了，啊，已经，啊，夫妻啊。"老汪两个大拇指往一块对，"你还说什么想着啊？"

"你错了，我们没生米做成熟饭，米还是米，水还是水。"

老汪听着不是佩服，而是心惊胆战。这样还了得，要出事的，秘密就要因为这米和水的关系而泄露。好你个北风，上次不是已经答应"那样"了吗，没想到，你还是我自岿然不动。老汪瞪着眼睛，惊恐地看着杨北风："我告诉你北风，绝对不能说，米还是米，水还是水。说了就坏了，黑白分明，真相大白。坏事呀！你会被开除革命队伍。我再说一遍，不要向白雪花透露半点米和水的事，否则，你会在北京看不见雪花。哪个医院都需要医生。你明白我说的话吗？"

"我明白，我会按组织的要求去做，请转告组织。"杨北风彻底妥协了，他留给白雪花的清白，也只能慰藉自己的灵魂。只要能看见雪花，他就足矣，不奢望别的了。他看着她等自己，或者看着她结婚生子，那就是幸福了。

杨北风始终不敢去看雪花，他也不愿意回家，把自己关在办公室里。但他是多么想见到雪花，他日夜思念的爱人。

土豆想去见夏玲，问杨北风有什么事吗？想要带给雪花医生什么话吗？杨北风来气了，难道已经到这种地步了吗，我有什么事非得你带话给雪花？说你也别去，要去等我们两一起去。他是怕土豆去了说出他结婚的事。但毕竟纸里包不住火，早晚会知道。拖一天是一天吧。

雪花不急着见北风，是因为女为悦己者容。从前线回来，都没人样了。她要梳洗打扮，暂且调整一下。更重要的原因，她是想等北风来见她。可是干等也不见人，连老汪也不来。她有点气，但也没往歪处想。新中国刚成立，能不忙吗？她刚回来，崔家栋就来看她了。夏玲生气地说，这两个没良心的，还赶不上不相干的人呢。崔家栋说要给她俩接风洗尘，这次绝不拿炸酱面糊弄两位大功臣。

"好，我去。去哪儿，大记者？"夏玲蹦高、拍手，"我们在那儿几天都不见油腥了，胃都空了。"

"哎呀，是吗？"崔家栋心疼地看着她俩，"那咱们去全聚德，吃烤鸭。"

夏玲快流口水了："是不是真的呀？"

"你行吗？"白雪花认为太奢侈了，怕他兜里的银子不够。

崔家栋挥手，带头在前面走："我几个月的工资，攒着呢，够了，走。"

白雪花问："那你下月咋办？"

崔家栋乐呵呵地说："没事，饿不着，吃窝头。再说，我姑妈在这儿，去她家蹭饭。哈哈。"

到了全聚德，要了一只烤鸭，一盘豌豆黄，又要了一份肉炒白菜片，一份醋熘土豆丝。三个人围坐在桌边，夏玲眼睛盯在烤鸭上，不断往嘴里塞着烤鸭片。而白雪花把薄饼铺平，卷上葱丝、抹上甜面酱、放上鸭片，卷上，小口咬着，品尝着。崔家栋不断给白雪花夹菜，自己却不舍得吃烤鸭，象征性地吃着白菜、土豆丝。他看着夏玲吃，心里酸酸的，她们受苦了。夏玲还好说，性格无遮无拦的，趁机补补胃。而白雪花却不同了，她受过良好的教育，一行一动温文尔雅。无论苦成什么样，别说在吃上，在任何情况下，她都会保持优雅的姿态。夏玲吃饱了，看着空了的盘子，伸下舌头："都吃光了，烤鸭都让我吃了。"

崔家栋从来不闪别人的面子："那我才有成就感啊，给我面子，看得起我。说明我点的菜好吃。"

夏玲歪着头不错眼珠地看崔家栋，白雪花推她一下。

崔家栋问："夏玲，为什么这样看着我？"

"你是国民党解放来的，怎么瞅着你不像啊？"夏玲天真地问。

崔家栋向上推推眼镜，尴尬："这个，不好回答。"

第二天，白雪花就投入到医院的工作中，上午做了两个手术，到了中午，也没等到杨北风的出现。她又一想，也不能忙到这种程度吧。

下午，白雪花出现在灯市口公安分局。土豆先看见她的，见到她，愣住了。也对，毕竟去前线了，生死难料，看见活着回来，能不意外吗？土豆碎嘴子："哎呀雪花医生，你咋来了？前线苦吧，你遭罪了。本来我是要去看你们的，夏玲好吧，夏玲骂我了吧，嫌我不去看她，不是我不去呀，是不让去呀。"知道说漏嘴了，忙捂着嘴。他憋不住，还是说："不是我不去呀，告诉夏玲别骂我，是杨科长不让去呀。"白雪花看着他，觉得奇怪，说话着头不着尾的，以前也嘴碎，但还是有逻辑的。她问："土豆，杨北风呢？"

土豆眼神奇怪，鬼祟，他说话声音大，好像说给谁听："啊，杨北风啊，在屋呢。哎，杨科长，雪花医生来了。"

屋里的杨北风，猛地从椅子上弹起，搓着两手，走到窗户前，向外看。看见了雪花，一激灵，又重重地跌坐在椅子上，怎么也站不起来了。他应该出门接雪花，出生入死地回来了，但他胆怯得连站起来的勇气都没了。

门开，白雪花站在门口。杨北风还是坐在椅子上，不动，不笑，不语。雪花看着他，眼里盈满了泪水，她走到杨北风的身边，说："北风，是我呀，我回来了，这是真的。"她以为杨北风这是激动的，不相信是真的雪花回来了。

杨北风傻愣着，恍如从梦中惊醒，他张着双手，坐着。白雪花小步跑着到了杨北风跟前，杨北风紧紧地握住了雪花的手，久别重逢啊。

"你知道我是怎么过来的吗？"雪花站着，杨北风坐着，"我是看着我们俩的合影，心里想着，我定要等到胜利的那天，见到我的爱人，北风。"

杨北风的心碎了，他环抱着白雪花的腰，呜呜地哭。白雪花从未见他落过泪。她慌了，蹲下，看着杨北风像个可怜的孩子，眼泪也扑簌簌地落着。她问："北风，你怎么了？是因为想我，还是担心我？我这不好好的吗？我走的时候，你正张罗着咱结婚的事，现在咱们接着结婚吧。"

一连串贴心的话语，没能熨帖杨北风的心，却让杨北风跌进了万丈深渊，寒冷彻骨。两个人冷静后，杨北风还是坐着，白雪花就慌了，看着北风的腿，抚摸着："北风，你的腿怎么了，站不起来了？啊，哪里有毛病，啊，北风？"

腿没事，杨北风心说，心有事。他这才站起来："没事，真没事。"白雪花这才放心坐下。

面对面坐着。白雪花热情洋溢地说着前方的战事，说着和夏玲对北京的思念，说着她如何想念他们作为新房的宿舍。还提到了崔家栋，佯怪北风，还不如崔家栋，早早就去看她和夏玲，还请她和夏玲吃了烤鸭。白雪花说着，也索然无味地住嘴了，因为杨北风一脸的愁苦，像是厌倦了她，漠视她胜利归来。白雪花进一步问他，怎么了？他躲躲闪闪、支支吾吾的。

这不免让雪花起了疑心，而杨北风此刻正无限深情地凝望着她，让她的疑心又化为乌有。

正当两人相对无语，深情凝望时，上官飘来了。因为北风昨晚没回家，知道他忙，特来送换洗的衣服。上官飘看见雪花，她认识，见过一面，他们剧团去部队慰问演出，见过雪花。上官飘进门就看见他俩对望着，不像普通战友。

上官飘对着雪花点下头，径直走到杨北风跟前，她从包里拿出衣服："北风哥，昨晚你没回家住，我是来给你送换洗衣服的。"

杨北风伸出手，接不是，不接也不是，手僵在空中。

昨晚？回家？送换洗衣服？白雪花蒙了，大脑思维断裂，再重组。她颤抖着问杨北风："你结婚了？"

杨北风的眼泪唰就涌出了眼眶，流了满脸。

流泪？无语？白雪花高八度喊："你结婚了？啊，你结婚了！"

"雪花！"杨北风祈求般痛苦地叫着雪花的名字。

天塌了，杨北风和眼前这个上官飘结婚了，趁着她去前线出生入死的时候，他竟然不声不响地在后方结婚了。她认识这个女人，来找过杨北风，那时我怎么就没想到呢，他们从那时候就开始了？一个唱戏的女子，却打扮成女学生的样子，年轻，漂亮。白雪花觉得天旋地转，她倒退了几步，向后倒去。杨北风抢上前，抱住她。

上官飘捂着胸口，含着眼泪，小声呢喃："这是怎么回事啊？"她把衣服放到桌子上，捂着脸，转身跑出去。

土豆站在门口干着急，他不敢进屋。看上官飘哭着跑出来，心里松了口气，屋里只剩杨北风和白雪花了，他们可以尽情诉说衷肠了。

大门口走来老汪，他看见土豆，就喊："土豆你鬼鬼祟祟干啥呢？"

土豆比画，挤眉弄眼。老汪三步两步走到他跟前："哑巴了你？"

土豆往屋里比画，老汪问："啥事？"

土豆张大嘴，出小声："雪花。"

老汪知道咋回事了，他推门进屋。杨北风抱着雪花坐在地上，见老汪进屋，说："倒水。"

老汪倒水，给雪花喝点水，扶着她坐到椅子上。老汪说："要不去医院？"

雪花摆手："说不用。"她的眼泪止不住地流着，她问老汪："这事你知道啊，你为什么就不阻止？我该怎么办？"

老汪吭哧了半天，说："个人感情的事，组织只能那个，啊，建议。"

杨北风不拿好眼神看他。老汪读懂了杨北风的眼神，话是亏心话，但也只能这么说，要不咋说？

"那个什么飘，我们是见过的，清纯得像个女学生，她怎么就做这事呢？老汪大哥你得给我做主。"雪花觉得一定能得到老汪的支持。

老汪可劲地眨巴着小眼睛，咳嗽了声，说："他们也是正当恋爱呀。"

白雪花不相信地看着老汪："你们串通好了，让那个小戏子……"

"不能这么说啊，唱戏的也是劳动人民了。"老汪沉着脸说。

"对不起，我太气愤了。"雪花是有知识，有文化的人，她道歉。

杨北风终于说话了："雪花，我对不起你，把一切都忘了吧。"

雪花还是哭，泪流满面："我不要对不起，我要我的丈夫。我们都照相了呀。"

老汪拉着白雪花往外走："这样吧，哪天再说，我送你回去。你们俩都冷静了，再说明白。好吗？"

"好吧，我下午还有手术。"白雪花忍着巨大的痛苦，暂时离开了杨北风。白雪花离开了，杨北风未感到轻松，暂时的离开，意味着漫长的质问，到底为什么？雪花是个认真的人，凡事她都要问个究竟。他以后的日子将在白雪花的质问中度过。什么时候解密了，这样的日子什么时候才会结束。

医院里，白雪花穿着白大褂，戴着口罩，在走廊里走。夏玲跟在她身边，关切地问："雪花医生，能行吗？要不换人吧。"

"你看我做手术什么时候马虎过？"白雪花看着前方说，她的眼睛红红的。

夏玲愤愤不平，喋喋不休："这个杨北风他还真是个陈世美，你说那个戏子，呸呸，还劳动人民？什么虞姬啊，她就是个妖姬。"她看看雪花的脸色，啥也看不出，只看见两只红肿的眼睛，"把自己装扮成女学生，其实就是专门勾引男人的妖姬。"

雪花加快了步伐。夏玲紧追几步："你就是太仁义，你说你，都见到那个妖姬了。叫我呀，啪啪，两个嘴巴子，她就是欠抽。"

由着她说吧，夏玲有口无心的。白雪花心想，她也懒得说，累了。

"下次我陪你去找那妖姬，我替你打她，怎么着，不行啊？我是你妹妹。"夏玲歪着脖子，满嘴是理。

到了手术室，白雪花推门进去。

排练厅，上官飘有气无力地甩着袖子。又看见白雪花了，那次见到，就觉得心里像有个疙瘩。这次见到，比有疙瘩还难受，堵得慌。错在她，明知道杨北风和白雪花有意思，却要跟人家好。他们的关系还是不牢靠，牢靠的话，杨北风会说的。从他俩谈恋爱，到结婚，自始至终他没提白雪花呀。那是为什么？瞒着我，为什么瞒着我？忽然，她又涌出那个可怕的念头，杨北风跟她结婚，就是为了监视她。她想到这儿，手脚冰凉。她又问自己，如果知道是为了监视自己，还跟杨北风结婚吗？回答是肯定的，还要结婚，她依然爱着他。想到这儿，她也就坦然了。她清楚自己想要什么，爱情。她开始旋转，旋转……无休无止地旋转，把自己旋倒在练功厅里。她侧卧在地板上，天花板还在旋转，俯卧着，她不想起来。

手术结束，白雪花走出手术室，她仍然戴着大口罩。走廊尽头，坐着崔家栋，见白雪花过来，忙站起来。他脖子上挂着照相机，他笑盈盈地看着白雪花，说："有时间吗，这儿还有三张底片，给你照相。把杨北风叫上，我答应你的，要给你俩照结婚照，在天安门。"

白雪花冷冷地说："别浪费公家的胶卷了。"

"不是，这是我珍藏的胶卷，是我给电影厂用的。我跟厂长说了，我自己要留三张的。"崔家栋兴高采烈，"今天阳光好，走啊。"

白雪花不看他，径直从他的身边走过："不用了，谢谢你。"

"这是怎么了？"崔家栋被晾在原地。

夏玲端着换药的托盘走来，看见了崔家栋，也懒得跟他打招呼。崔家栋追着夏玲问："哎，小夏呀，我可没得罪你呀。"

"你是没得罪我，但有人得罪我。"夏玲托着药盘继续往前走，昂首挺胸，像个高傲的公主。

崔家栋追着她问："谁呀？"

"杨北风。"夏玲恶狠狠地说。

崔家栋差点被这个名字呛个跟头："杨北风得罪雪花，也不能得罪你呀。这哪儿跟哪儿呀。"他追上夏玲，讨好地看着夏玲。

夏玲歪头跟他说："杨北风跟别人结婚了，明白了吧。"

这话像口令，震得崔家栋立定站住："我不明白。"

"不明白，你就死劲想吧。"夏玲继续向前走。

街道上走着各式各样的人，杨北风走在其中，猜测着他们的心事，他们就没有烦心事吗，只有我杨北风有这种遭遇吗？跟上官飘不能说实情，跟白雪花不能说实情。她俩都在质问我，到底为什么？杨北风里外不是人。他走在大街上，不知该去何方，家？所谓的家。去看白雪花？往事已成烟。

长长高高的城墙，白雪花靠在墙根下，显得那样渺小。她一有烦心事，就喜欢靠在墙根下，望着天空，想着心事。她希望那飘浮的白云能带走她的心事和烦恼。城墙的厚重，承载着她沉重的痛苦。关于杨北风结婚的事，她不会善罢甘休的。她怎么也咽不下这口气，百思不得其解。人世间到底还有真爱情吗？

工业部召开会议，新中国已经正式成立，我们要加大社会主义建设，在北京建立自己的汽车厂。

人民广播电台每天都在广播着社会主义建设中的新鲜事物，崔大妈每天清晨雷打不动地听广播。她家桌子上摆着一台大收音机，平时用布盖着。崔大妈在家的时候，总会把收音机打开，主要听新闻，其他节目也听。她说她负责居委会的事，要多方面掌握国家的精神，才能做好居委会的事。

杨北风开始走下坡路是从雪花回来以后，雪花可不承认，认为是他娶了妖姬才变倒霉的。妖姬是夏玲给上官飘起的新名。北风细想也是，他娶了飘就注定这辈子洗不清了，可他不是自愿的，但他不能说，跟谁都不能说，这是纪律。

回到家，杨北风以为上官飘会进一步质问他。恰恰相反，上官飘跟什么事没发生一样，做饭、收拾屋子，给北风倒茶。杨北风看她装那样就来气，端起茶碗刚想摔在地上，不料，上官飘回头给他一个甜蜜的笑脸。北风识破了上官飘是装的，但他也不好意思发作，伸手不打笑脸人。他一言不发地坐在椅子上，有一口没一口地喝着茶。上官飘隔着窗户偷看了他几眼，把两碗炸酱面端到他跟前，她自己拿着筷子刚要吃饭。北风端起碗扒拉了两口面条，突然问："飘，你有什么事瞒着我吧？"

问得突兀，上官飘有些措手不及。但上官飘的最大优点是镇静，沉默。她不急着回答。她要听下面的话，再做出正确的回答。

她越沉默不语，杨北风就越认为她心里有鬼，同时他更气愤，装，你就装吧。鬼使神差，杨北风横空而问："飘，你认识戏相公吗？"问完他就后悔了。他想早点揪出飘，早点回到雪花身边，已经急火攻心了。

上官飘莫名、无辜地看着杨北风，无奈、不解地摇头："北风哥，难受，别把工作上的事拿家里来说。"

发作只能出出气，往往坏大事。杨北风是想揭露上官飘，跟她一件一件对账，可是他还是忍住了，组织让他暗暗监视。揪出戏相公是小事，揪出戏相公身后的一大批特务才是大事。

晚风吹拂着北京城，华灯初上，杨北风吃过晚饭推开饭碗就出门了，他实在不想面对上官飘的脸，今晚她最假。要不你就喊，要不你就问。假惺惺一副笑脸，他真受不了。真佩服上官飘的涵养。其实她应该有很多话问他，可就是憋在心里，假装什么也没发生。杨北风跑到大街上，他心里还是惦记着雪花，搁谁身上也受不了。她的苦苦追问，把他的心都问碎了。走在大街上，望着来来往往的行人，茫然独处。心里的苦闷向谁倾诉，对，找老汪算账。

到了局里，老汪正在看案卷，杨北风就坐到了他对面，唉声叹气。老汪继续看案卷，跟没看见、没听见似的。杨北风扯着案卷，哗啦给他扔到地上。老汪还是那句话，绝对保密，继续跟上官飘做夫妻。这是组织命令。

黑夜，天坛的古树下，站着一个矮粗胖的人，戴着一把撸的帽子，背对着盛春雷，声音阴沉："你们现在行动太迟缓。"

盛春雷说："公安看得实在太紧。新中国已经成立了，我们还有必要潜伏下去吗？"

"当然有。潜伏是长期的，破坏他们的建设。"

"我想知道戏相公在哪儿？在北京吗？"盛春雷严重怀疑，老爷庙的人冒充戏相公。

"这不是你应该知道的。"

盛春雷说："我再问最后一个问题，最后一班飞往台湾的飞机，崔将军下飞机了吗？"

"你问的够多的了。"暗处的人严厉地批评了他，"我现在传达戏相公的指令，北京要搞汽车，成立了汽车工业筹备组。干掉高工，高工既是工程师，又是筹备负责人。"

盛春雷说："是。"

裴小姐的事，又提到日程上来。还是那句话，只要特务存在，他们就要活动。活动就要有经费，笔笔经费都要从台湾、香港汇往北京。老汪带领侦察员分头去调查外汇，凡是从国外、境外往北京汇款的人，全部摘录登记下来。经过几天的努力，北京所有的收汇名单中还是没有查出可疑对象。

这期间，项局长当机立断，既然北京没查到可疑外汇，并不等于敌人不汇款了，汇到哪儿？很有可能汇到别处，下一步，去天津、保定及北京周边能办汇兑的城市去查。

调查敌人取款的事，还是没有眉目。前段时间，这事先放下了，都忙着筹备、保卫开国大典。现在，又拿出这个案子，继续侦破。裴小姐在哪儿？她确切的名字叫什么？这个案子还是由老汪负责，只要有时间，老汪就调查这件事。

第二十二章　惆怅依旧

老汪带领土豆去天津，联系天津公安，调查天津外汇，凡是从国外、境外往天津汇款的人，全部摘录登记下来。很快，在天津黑龙江路银行查到从香港汇给北京新桥贸易公司的一笔款，取款人留下的手续落款是：北京新桥贸易公司，裴四美。用户口本取走的。为什么这笔款不直接汇到北京而汇到天津，绕这么大弯子，显然，这个户头可疑。

按着取款人北京的地址，老汪找到北京新桥贸易公司，是以裴四美的名字入股，但从没见过这个人，是个男人来代办的。陈三爷办的时候，带着人皮面具，谁也认不出他的真实面容。老汪问红利怎么给她。公司的人说，红利由公司直接寄往香港一个账户。

够绝的，已经找好了退路。完事，直接去香港。哼，就怕你没命花这笔钱。老汪问这个裴四美登记的北京地址是哪儿。公司说是和平门外。

和平门外大了。不管咋说，有个大方向了。老汪和土豆到和平门外找，见人就问，认识裴四美吗？都摇头。他俩进了一个胡同，打听裴四美。四合院有个大妈说，这院有叫菲四美的。老汪说菲四美也行，她在哪屋住啊？大妈指着屋说，可有日子没见了，她又指着另一家，跟那家走得挺近乎。

老汪从菲四美的窗户往里看看，屋里挺整洁的，各种摆设都在，不像搬走的样子。

盛春雷正在屋里往外窥视，院子里的对话他都听见了，心说，坏了，公安找菲四美了。又看见公安向他屋走来，他忙坐到椅子上喝茶。听到敲门声，他开门，热情地迎接。尽管不是很熟悉，但说起来都认识。老汪跟他打听菲四美，盛春雷也说有些日子不见她了，不知道去哪儿了。老汪说这个菲四美跟你走得很近。盛春雷说一个院住着，哪能没有走动、交往。这是盛春雷第一次正面接触公安人员，心里打鼓。心说，幸亏把菲四美做掉了，要不然，要出大事了。老汪问菲四美以前有过几天不回家的情况吗？盛春雷如实回答，没有。他不能撒谎，别人如实说了，那他就有问题。

看情况，福瑞祥绸布庄他还是得少去。可他手里有情报，要送给陈三爷，怎么办？还是师妹去吧，女人去他店里买布料，很正常。

福瑞祥绸布店刚开门营业。陈三爷倒背着手，站在店门口，边向街上观看，边漱着口。这是他多年的习惯。

早饭，杨北风匆忙地吃了两口，说局里有事，穿上衣服就走。上官飘看他的帽子还挂在衣架上，她摘下来，急忙追出门给杨北风戴上。杨北风要接过帽子自己戴。上官飘噘着嘴，撒娇，说我给你戴。杨北风略弯腰，上官飘把帽子端端正正戴在他头上，说好，可以出发了。杨北风说你回去吃饭吧，我去上班了。上官飘应着，唉，你去上班吧。她看着杨北风走出了胡同口，才转身回家。在外人的眼里，这种情景是多么的恩爱呀。

早上都是些忙碌上班的人，杨北风夹杂其中，走走停停。他向后遥望，转回胡同口，出现了上官飘的身影，挎着布包，急匆匆地走向大街。方向，不是剧团。杨北风不远不近跟着，上官飘走得急，他也走得急。但他还要保持距离，不能被发现，又不能把目标跟丢。突然，上官飘又拐进了胡同。杨北风快步跟进去，就不见了上官飘的踪影。好快的腿呀。天也怪了，大清早就刮风，夹杂着黄沙，而且，越刮越大，最后演变成沙尘暴。街上，女人脸上都裹着纱巾。男人只是把帽子压低些。满大街都是裹着纱巾的女人，只能从衣着上分辨是谁。杨北风进了胡同，看见几个脸上裹着纱巾的女人，有快走的，有慢走的。看不见他们的表情，像是另类的化装舞会。上官飘早上出来的时候，穿的是蓝色翻领的列宁服，看这几个女人没有穿列宁服的。难道她换衣服了？也有可能。想到这儿，杨北风就急了，他截住一个裹着纱巾的女人喊，飘，是你吗？

女人闪过身，骂他，飘你娘个腿呀，臭流氓。杨北风不怕骂，又截住一个，这个女的倒没骂人，吓得嗷一声，跑了。这声嗷，把杨北风吓得不轻，不知道的，真以为他是流氓，以为把人家女的咋的了。但他看她走路的姿态，像上官飘，他上去，摘掉了她头上的纱巾，他以为是上官飘跟她演戏。可是大失所望，不是，他连说对不起。但他打定主意了，不放过任何一个从这个胡同出来的女人，宁可挨骂。又见一个女人脸上裹着纱巾从胡同口走来，走路的姿态更像上官飘。他不再相信走路的姿态，他相信自己的勇气，不要脸的勇气。不管是不是，他都要盘问。他仔细观察，这个女人从他的身边已经走过，走路像，去你的走路吧。这个女人从他身边走过的瞬间，他闻到一种气息，他从未发现自己的嗅觉这样灵敏，像警犬。但他确实闻到了某种气息，上官飘的味道。每天上床，他都能闻到这个味道，女人的味道。但他在雪花身上从未闻到什么味道，如果说有味道，那就是医院来苏水的味。

　　某种意义上说，人对味道的敏感程度，不亚于警犬。但人区别于警犬，只对自己熟悉的某种气味敏感。杨北风就是，上官飘的气息，他形容不出来。他不知道应该说是气息还是味道，但他能闻出来。上官飘身上真的有味道吗，换成别的男人，大概就说没有，因为，他真就没闻出过别的女人有什么味道。杨北风追上前，问："飘，你怎么到这儿来了？"

　　这个女人，向他摇头，摆手。指指自己，再指指前面。杨北风意识到，哑巴。他闪开，让哑巴走吧。看着走去几米的哑巴，他还是怀疑，不死心。他又上前追问。这个女人躲闪着，着急地比画着，像是有急事。杨北风不想跟她打哑语了，伸手摘她头上的纱巾。哑巴身手敏捷，蹲下，躲过了杨北风的手，撒腿就跑。跑，杨北风更加怀疑，岂能放过，追！

　　眼瞅着追上，杨北风伸手还是抓她头上的纱巾。他无心和她打斗，只要不是上官飘，他就赔礼道歉。哑巴又闪过，并回身给杨北风一拳，练过，这拳打得挺重，打得杨北风倒退了几步。哑巴接着跑，她又拐过另一个胡同口。杨北风看她是练家，这时他确定不是上官飘，他从未觉察出上官飘练过呀。但他必须擒到这个哑巴。俩人打斗一番，哑巴没心思跟他打斗，得机会就跑。杨北风也不想伤了她，毕竟是个女人，他就是想知道她是谁，就是要摘掉她的面纱。

　　两人打斗到胡同口，不料在胡同口遇见了白雪花和夏玲，她俩给一位行动不便的首长出诊。夏玲先咋咋呼呼："哎，杨北风，雪花医生，你看，杨北风。"

　　杨北风没搭理他俩，他想摘下女子纱巾一看究竟。雪花看杨北风不理她，跟个戴着纱巾的女子纠缠不清，她真来气了，这个杨北风真是变了，她喊住杨北风，说你干什么呢？杨北风愣神，那个女子夺路而逃。眼瞅着，汇集到人流中。

躲是躲不开了，杨北风站住，目标丢了，他很生气，对雪花说话自然就冲："我这儿有任务，哪天再说。"

夏玲小嘴可不饶人："杨北风同志，你太过分了。出生入死地等着你，陈世美。"

"小破孩，你懂啥。一边去。"杨北风叱责她。

"我咋不懂，忘恩负义。"夏玲的小嘴像刀似的厉害。

雪花站到他面前，眼睛里含着泪，她哽咽着说："北风，为什么不跟我结婚？为什么不等我？"

"以后我再跟你解释。"杨北风跟雪花说话，眼睛看着远处。

雪花捂着胸口，她胸很疼，看见杨北风这样，她知道了，她在杨北风的心里已经没有位置了。

夏玲看着更生气："不行，你现在就解释。"

杨北风急得直跺脚："我现在有任务。"说着，向纱巾女跑的方向奔去。

狂风卷着黄沙，满天飞舞。雪花站在风沙中，似乎失去了知觉。她木讷地站立着，誓要把自己站立成一尊雕像，永远望着她的杨北风远去的方向。夏玲看着她，心里难受，推推她："雪花医生，咱们走吧，还有见到他的时候，到时再跟他算账。他跑了和尚，跑不了庙。"

雪花的心冰冷到了极点，她以为北风有意躲着她。

那女人逃之夭夭，她会是飘吗？杨北风站在大街上，四处观望着。从衣服到装束都换了，难道她会百变？

上官飘头裹着纱巾跨进福瑞祥绸布庄门槛，陈三爷正站在柜台里抽烟，也没看出是上官飘，等走近柜台，上官飘盯着他看，他手里的烟卷差点掉地上。上官飘说给扯块男人做上衣的布料，陈三爷亲自给她量布，扯布。上官飘把纸条夹在钱里，给了陈三爷，然后匆忙走出了绸布庄。

大街上，无数裹着纱巾的女子，红色的，白色的，绿色的，粉色的，可谓五颜六色。哪个颜色是上官飘，或者，这些颜色里压根就没有上官飘。杨北风向另一个方向跑去，剧团。如果上官飘不在剧团，那今天跟他打斗的就是上官飘。

还没等进剧团，里面就传来虞姬的唱腔，大王……杨北风悄悄走进排练厅，躲在角落里，看着翩翩起舞的上官飘……他不想问了，如果问她早上去哪儿了，她会有一百条理由等着他，她去哪儿买点小玩意儿，然后就回剧团排练了。

审讯室，也成了密谈室。项局长两个手指敲着桌子，听着杨北风和老汪汇报。

他俩汇报的是两码事。项局长显然对他俩的工作不满意，两个手指敲击着桌子，想发作，又找不到茬口。老汪看着他的两个手指，挺闹心的，说："局长，你那手指头停会儿行不？"

手指头停了，项局长仰靠在椅子上，很生气的样子。老汪说："菲四美取款的嫌疑最大，菲和裴，有点同音，差不太多。但这个菲四美几天没回家了，谁也不知道她的去向。"

项局长显然对这个案子的进展不满意："这个案子可有日子了，开国大典都胜利结束了。"

老汪叫苦不迭："不是，局长，咱不是先拣着紧要的办吗？开国大典咱没闲着呀。"

项局长坐直身子，给他俩每人发根烟，自己也点上一根。"那倒是，我这不是着急吗？抓紧时间吧，要说咱们也没少破案。只不过，没彻底揪出戏相公。"他看着杨北风，"说说你的戏相公吧。"

杨北风就不爱听他们这么说，既然你知道上官飘是戏相公，你们咋不抓呀。杨北风坐着不吱声，他不吸烟，手里拿着烟在桌子上敲。项局长指着他的手："你不抽烟别糟践烟。"

老汪嘻嘻笑着，逗杨北风："来气了，你可别产生真感情。"

"你这人最阴险，我还不干了呢，换人。"杨北风说。

项局长绷着脸，他俩谁都不看。

老汪不小心又捅娄子了，忙赔不是："别，哥说错了，哥就是提醒，没有恶意，知道你难，啊。"其实他是好心，他就像杨北风的婆婆，时刻提醒他注意。

"都啥时候了，还说这风凉话。我有重要情况。上官飘今天早上出门，不是去剧团的方向，我跟踪了她一段时间，她进了胡同。等我再进胡同就不见她了。

胡同出来几个女人，都蒙着纱巾，今天风沙大，满大街都是蒙纱巾的女人。"

"她穿什么衣服，还看不出来吗？"项局长问。

杨北风说："穿的是蓝色列宁服，可是，胡同里没有穿列宁服的人。"

老汪说："她把衣服换了？"

"我是这么想的，所以，冒着流氓的嫌疑，挨个看女人纱巾下的面容。"杨北风停顿了会儿，"有个女的不让摘面纱，与我打斗一番，是练家。半道，遇到雪花和夏玲出诊，目标丢了。紧接着我去了剧团，看见上官飘正在排练。"

项局长眯着眼睛："这种情况值得重视。北风你要继续监视上官飘。老汪你那个案子，要尽快破案。分析一下啊，哪里是重点保护的地方，哪里是可疑的地方，着重监视啊。"

开国大典已经胜利闭幕，敌人又盯上哪里了？全国都在搞社会主义建设，北京刚成立了汽车厂，会跟那儿有关系？

项局长说完拍案而起："你们俩去剧团，去汽车厂。"

"干什么？"老汪问。

项局长皱着眉头："不干什么，我就觉得应该去。"

剧团排练厅，上官飘正和师兄练戏，练的还是那出《霸王别姬》。在虞姬自刎的时候，霸王抱住了虞姬。师兄很入戏，看见虞姬自刎，悲痛不已，师兄用霸王的眼神看着虞姬。虞姬奄奄一息，回望着霸王，两双眼睛，心领神会。

中间休息的时候，盛春雷匆匆离开排练场，骑上自行车，直奔吉普车厂。他把自行车放在离吉普车厂部较远的胡同里，换上扫大街的服装，慢慢接近吉普车厂。陈三爷打扮成推车卖货的商贩向这边走来。

一个戴着鸭舌帽、矮粗胖的人，在邮局电话亭拨通了吉普车厂值班室的电话。北京吉普车厂厂房里，高工与同志们正在车间看图纸。车间门口有人喊，高工，叫你去区里开会。

杨北风开着吉普车，老汪坐在副驾驶座上，向剧团疾驰而来，车停在剧团门口，刚下车，他俩就听见里面传来各种唱腔。杨北风说："听着有上官飘的声音。"

他俩急匆匆进屋，杨北风想，希望上官飘在，那就万事大吉，杨北风竟然在心里替上官飘祈祷。走进练功大厅，上官飘正在跳《白毛女》的舞蹈，见到杨北风和老汪，她像个飞出笼子的小燕子，飞到他俩身边。笑着，惊喜、高兴，并邀请老汪晚上去她家吃韭菜盒子。老汪答应着说好。杨北风还在往排练厅看，他希望找到另一个人影，那就是上官飘的师兄。

上官飘看他心不在焉的样子，上去拉着杨北风的手，说："干吗呢，你不是来看我呀，看谁呢？我们这儿的美人可多哦。"

"说啥呢，我是那种人吗？我是看就你自己练啊，你师兄呢？"

上官飘轻松地说："师兄啊，中间休息，去买韭菜了。"

杨北风拉上老汪就往外走，两人心照不宣，去吉普车厂。

高工提着黑色公文包，从厂子里往外走，边走边不时地看表。他骑上支在门口的自行车，把公文包挂在车把上，冲出了厂门口。

伪装成货郎的陈三爷喊一嗓子：秋衣秋裤嘞，糖茶洋火嘞。盛春雷从怀里掏出手枪，贴着墙，隐蔽在胡同口。高工骑着自行车正路过胡同口，盛春雷向高工开了一枪，正中高工胸口，高工应声倒地。盛春雷把枪藏进怀里，骑上自行车，逃之夭夭。

枪声过后，很多人围上来，大伙说还有气，叫救护车。陈三爷推着货郎车，从人群穿过，迅速消失在街的尽头。北风和老汪正赶到，根本没进吉普车厂，把高工抬到车上，送往医院。

白雪花立即投入抢救中。

前个案子未破，又来一案。项局长召集杨北风和老汪侦破此案，并下令保护好高工。会上，对杨北风提出批评，这事很有可能与他跟丢上官飘有关联，事情也许是从那儿开始酝酿的。杨北风会上对着项局长的冷脸，没敢反驳，但会后他还是不服气，对老汪嘀咕，那么短的时间，上官飘不可能去别的地方，她就是去剧团。我当时也去剧团了。再说，跟我打斗蒙纱巾的女人，根本确定不了是不是上官飘。后来我们俩也去剧团看了，她正在排练。

别看杨北风嘴硬，他心里也打鼓，莫非真是上官飘那儿出问题了？他暗下决心，晚上定查个水落石出。会一结束，马上兵分两路，老汪领一部分人去调查案情，电话从哪儿打来的，枪从哪儿开的等一系列问题。杨北风负责医院警戒，确保高工安全。他俩带着干警，兵分两路行动。杨北风赶到医院，高工正被推出手术室，手术很成功，是白雪花主刀。手术室门口由土豆和小舟站岗，后来他俩又到高工的病房门口站岗。

走出手术室的白雪花，刚摘掉口罩，迎面就遇到杨北风。两人都拉着脸，心里都不痛快，不免还有些尴尬。不管有什么个人恩怨，他们都是认真做事、爱岗敬业的人。白雪花向杨北风详尽地介绍了高工的伤情，手术非常成功，现在还处于昏迷状态。杨北风跟白雪花规定只许医务人员进入高工的病房，除此之外，任何人不得擅自进入病房。白雪花安排夏玲护理高工，有什么情况向她汇报，密切观察高工的病情。

一切都安排妥当，雪花见杨北风还绷着脸，心里掠过悲凉，这个杨北风是要跟我装到底了。她手插在白大褂的衣兜里，站在走廊的窗前，看着外面。杨北风看着她落寞的侧影，心里涌出爱怜，他走上前问："你还好吗？"

白雪花凝望着窗外："你还关心我吗？"

"怎么能不关心呢。"说完这话，怕引起白雪花心湖的涟漪，自己又什么都不能给她，他接着又拉开了距离，说："你永远都是我最亲密的战友啊。"

这是有意拉大距离啊，白雪花心凉了，她冷冷地回击着杨北风："你还没回答我，为什么不等我？"

走廊里护士、医生来回走动着，杨北风四下瞅瞅，说："现在不是谈这个的时候。"

"你早晚是要回答我的。"白雪花赌气，刚要走。崔家栋走进医院，恭恭敬敬地跟杨北风打招呼，但杨北风仰着脸，斜着眼睛看他，满眼的疑问。杨北风敌意十足地问崔家栋："你总上医院干什么？"

"没事，来看老同学。"崔家栋笑着说。

杨北风冷峻地说："你不觉得勤了点吗？"

崔家栋诚恳地说："啊，我以后注意。"

白雪花实在不愿意听他们说了，特别是杨北风那副嘴脸，高高在上的样子，看着就生气。她转身进病房，崔家栋也跟着进病房，杨北风伸手把他拦住。雪花很气愤，以为故意给她难堪。崔家栋看着杨北风伸出的手，显出小惊讶，他在白雪花的身后说："雪花，我姑妈请你晚上去吃饺子。"

杨北风替白雪花拒绝了："谢谢，白医生没时间去。"

他不这么说还好点，激不起白雪花的气愤。白雪花转过身，乜斜着杨北风，用讥诮的语言，愉快地答应着："我去，我非常爱吃饺子。谢谢你，老同学，这么关心我。"说完，挺直腰板，仿佛把所有人都甩在了身后，只有她大踏步勇往直前。她又转身进病房，把崔家栋搁在了病房外。

　　两个男人对望着，尴尬、讥讽、逃避，这三个词用来形容两个男人此刻的心情，真是非常贴切。尴尬两个男人都有，讥讽挂在杨北风的嘴角，逃避写在崔家栋脸上。

　　"要不，杨同志也去，我姑妈包的饺子够吃。"崔家栋说。

　　"免了。不过，饺子包干净点，白医生讲究卫生。"杨北风话里有话。

　　崔家栋回答轻描淡写："我姑妈做饭干净，放心吧。"

　　杨北风心里酸溜溜的，他说："你可以走了。记住，这不是你经常来的地方。"说这话就是强词夺理，医院，谁都可以来呀。

　　崔家栋不急不恼，他尊敬杨北风，在他人生的十字路口，是杨北风点拨了他。他说："好的，我现在就走。"他走到走廊尽头，还回过头向杨北风招招手。

　　什么叫如鲠在喉？杨北风就是这个感觉。他没有资格嫉妒，因为他结婚了，他是有妇之夫。白雪花跟谁交往，跟他都没关系。可心里，白雪花和谁在一起都跟他有扯不断理还乱的关系。他们不是藕断丝连，在他这儿，这藕根本没断，还是整个的。因为他跟上官飘水还是水，米还是米。可是现在，花自飘零水自流，望断秋水也枉然。而在白雪花那儿，藕已经断了，丝连得那样辛苦，快被白雪花的志气、执拗彻底断开了。白雪花可没有上官飘的温柔缠绵，她有坚强的意志和百折不挠的精神，恰恰这样的意志和精神，让她对一个负心汉放弃温柔缠绵，继而，自己从中振作起来，讨一个说法，为什么？但她心里的温柔缠绵如绵绵细雨，把她的心缠绵悱恻成一汪水，化作相思泪，流向她心爱的人——北风。这些，都在她心里，别人看不见，只有她自己痛苦地舔舐着伤口，她在这伤口的疼痛中，得到慰藉。她表面更加坚强，因为她是正义的代表，人民的象征，所以她的脊梁不能弯曲，挺直了，面对杨北风和上官飘的甜蜜，坚强地挺立着。

　　杨北风守在高工的病房门口，他希望雪花能说句贴己的话，或者说，我等你，等到你离婚。那样杨北风就看到了希望，心里多少会畅快些。可是，他什么都没得到，只看着雪花出出进进地忙碌着。他第一次切身体验到，医生是如此的残酷无情。还不如夏玲，对他嘟嘟嘴，或者，剜他一眼，或拿小话溜他一下。他最怕雪花的冷漠，他在这冷漠中守望着。

　　邮电局，老汪在调取今天的电话，工作人员查找高工开会的电话是从哪里打来的，是在邮电局的电话亭里打的。邮电局离汽车厂很远，打电话的人不可能短时间内跑到汽车厂作案。所以，这是三个人配合完成的。有打电话的，有通风报信的，有开枪的。

枪是从胡同里开的，开枪的地点离汽车厂很远，是谁准确地通知对方高工出厂了？老汪调查汽车厂附近的老百姓，有个大妈说，听到枪声前，她听到货郎喊，秋衣秋裤嘞，糖茶洋火嘞。是经常有货郎吆喝，但听着这个吆喝声，生，不是熟悉的那几个货郎。吆喝声也硬，像初学乍练。这样就理顺了，有人打电话骗出高工，货郎通风报信，胡同的人开枪。

晚上老汪来接替杨北风，雪花正从病房出来，见老汪来了，她站在杨北风身边，跟老汪打招呼。老汪客气地说，雪花辛苦了。听着像个大干部的口气，关心着部下。雪花说辛苦倒不怕，但愿高工能尽快醒来。老汪说大家一个心愿啊，高工会醒过来的。

听他俩对话，杨北风站在旁边就是多余的，他搭不上腔，这是上级与部下就工作而交换意见。杨北风既不是谁的上级，也不是谁的部下，他尴尬地站在两人中间，别扭啊。还好，老汪善解人意。他说："北风啊，你回家休息吧，这有我。"

这怎么又有你了呢？明明有我嘛。杨北风坚决回绝："休什么息呀，我在这守着，一晚上不睡觉，死不了人。"

回家休息？这话又绷紧了雪花那根敏感的神经，杨北风啊杨北风，你有家了，我的家在哪儿？老汪心里有话，又不能明着说，保密嘛，雪花在跟前听着呢。他只好提醒杨北风："别忘了，你的主要任务，家对你很重要啊。"

多亏提醒，老汪是应该当他杨北风的领导，他明白了，还是让他监视上官飘，他无可奈何。这个老汪，还家对你很重要，他看雪花的脸都气白了。但雪花能忍着，不会跟北风大喊大叫，她和颜悦色地对杨北风说："快回家吧，你不是一个人，是有家的人了。"说完，她的眼圈就红了，她抑制着眼泪："是该成家，我们革命不就是盼着这一天吗。你比我和老汪都幸福，贺礼我以后补上。"

哎哟，老汪这个感动啊，看雪花多懂事、大度呀，不愧为革命战士。爱情算个啥，婚姻算个啥，革命面前，啥也不是啊。老汪在心里暗暗佩服雪花。

雪花所谓通情达理的语言，像刀一样扎在杨北风的心里，幸福从何而来呀？他赌气，他是生老汪的气，离开了医院。

看着杨北风远去的背影，雪花转过脸去擦眼泪。老汪低头看雪花，不解地问："怎么了，雪花？哭了，刚才不是好好的吗？"

雪花把帽子外的头发理进帽子里，吸吸鼻子说："没事。"

老汪看着雪花说："眼睛红了。"

"两天没怎么睡觉了，手术多。"

老汪劝她："工作要紧，但不能拼命啊。当然了，高工这儿要加强护理。"

雪花给老汪介绍高工的病情，说："我刚查看了，病情已经算是稳定了，应该说脱离了危险，但还处于昏迷状态。现在，就等着他醒来了。"

"太好了，你做手术，一百个放心，妙手回春啊。"老汪打心眼里佩服雪花的医术。他看着雪花满眼的红血丝，得知雪花到现在还没眨眼，还没吃一顿囫囵饭。今天再加上高工，她都快支撑不住了。老汪劝她："要不你回去休息会儿，有值班医生就行。不就是等高工醒吗？"

"不行，不行，我一定要等高工醒。"雪花说。

天已经黑了，过了吃晚饭的时间，夏玲拿着药托盘，给病人换药，她走到老汪跟前，说："汪大哥，就知道让我们雪花医生工作，她还没吃饭呢。"

老汪面露愧色："哎哟，快吃饭去吧，快去。"

夏玲催促着说："我把饭给你打回来了，放值班室了，已经凉了。"

"一会儿再吃。你去换药吧。"雪花说。

崔家栋又来了，对白雪花说，饺子都包好，就等她去下锅了。这次崔家栋没有进病房的意思。白雪花给老汪介绍崔家栋："这是我在美国的同学，叫崔家栋。在美国学的是摄影专业，现在在电影厂工作。这位是老汪，我的战友，在公安工作。"崔家栋主动与老汪握手，赞扬老汪他们公安的重要性和神圣性。说他们电影厂正拍摄《崛起的中国》纪录片，计划当中，首要就是公安这一大块，唱重头戏呀。可是，由于保密性强，只能先往后放放。他正在拍摄其他行业。两人寒暄了几句，崔家栋调侃式地给白雪花请假："汪大处长，给白雪花请吃饭的假。我骑自行车来的，吃完饺子，再送白雪花回来不耽误工作。我姑妈正等着呢，白医生一到，饺子就下锅。"

"行，去吧，吃完快回。我在这儿。"老汪爽快地答应了，难得包饺子，就算给雪花补补身子。从前线回来，瘦了一圈，人就没缓过来。

韭菜的香味飘散在院子里，混合着蜂窝煤烟的呛味。上官飘在饼铛上烙韭菜盒子，低着头，聚精会神。杨北风怎么看她都像特务，严重怀疑，上两次交手的人就是她？但他没证据，他谨记上面的指示，不要轻易暴露自己，打草惊蛇。他压压火，站在她身后，看着她烙，欲言又止。上官飘低着头烙韭菜盒子，但她已经感觉到杨北风在看她，也知道他想说什么，想知道些什么，但她不能告诉他。她沉住气，等他说话。

韭菜盒子？杨北风联想到自己，他就像这韭菜盒子，在白雪花和上官飘两个女人间煎熬着。他不想说话，一句都不想跟上官飘说。上官飘看杨北风真不说话，那她说，说些剧团的趣事，说她明天还要演几场。她说："北风哥，我们剧团的小李子，说过年吃饺子，把门牙硌掉半拉，所以唱戏漏风。他给我们出题，为什么吃饺子能硌门牙。我猜是骨头没剃净。他说不是，是硬币。你说，我怎么就让他给蒙住了。"

杨北风拿起一个韭菜盒子吃，听着上官飘说话。

"明天我们演出，说要演三场《白毛女》，大家都爱看。北风哥，你看我在唱功上有进步吗？"

一个韭菜盒子进肚了，杨北风趁着她还没烙完，到屋里假装找东西，其实他是在找上官飘的证据。你不是变吗？那就得有道具，最起码，有伪装的衣服吧，或者有可疑的东西，手枪、药水之类。杨北风翻箱倒柜地找着，他家有个小储藏室，杨北风从来没进去过。上面有把小锁头，对杨北风来说太小儿科，他稍做手脚就打开了。是有衣服，但没有可疑的衣服。

上官飘继续烙着韭菜盒子，再有两个就烙完了。上官飘从门缝往屋里看，看见杨北风正从储藏室出来，看样子，什么也没找到。他直起腰看着墙上挂着的两把剑，这是上官飘在舞台上演虞姬的剑，宝贝似的，每天带在身上，回家后就挂在墙上。杨北风正站在剑下，仰头看着剑，出神……

这时只听上官飘哎哟一声，喊："北风哥快来呀。"杨北风转头往外跑……

饼铛翻在地上，蜂窝煤冒着火苗，上官飘捂着手，咧着嘴："哎呀，哎呀，烫着手了。"

"怎么不小心点，"杨北风扳着她的手看，"起这么大燎泡，快拿凉水冲冲。"杨北风急忙用凉水给她冲手，上官飘喊疼，眼泪在脸上流着。杨北风看着她的眼泪，心想，雪花不会因为这点燎泡喊疼落泪的，这也太娇气了，但他不排斥她的娇气，这娇气，冲淡了他对她的敌意。他逗着上官飘："你还真哭啊。"

"疼嘛。"上官飘带着哭腔细声细气地说。

第二十三章　为有暗香来

刚进门，热气腾腾的饺子上桌了。崔大妈约莫他们到的时间，提前在家煮饺子了。崔家栋和白雪花进门，洗洗手，上桌就吃。雪花说挺长时间没吃饺子了，闻着就香。崔大妈热情地招待她，一个劲劝她多吃。白雪花夹起饺子放嘴里，说好吃。崔家栋听她说好吃，自然高兴，又把一碗饺子放她跟前，说好吃就多吃。白雪花真饿了，一天没怎么吃饭，饺子没少吃。由于一进门就吃饭，她还没来得及看屋里的摆设，也没来得及看崔大妈。灯暗，饺子热气腾腾的，她没看清崔大妈的脸。现在她也看得不是很清，粗胖，一脸横肉，戴着绒线帽子，压到眼眉下面。上眼皮和眼袋肉很多，差点把眼睛挤没了。屋里的摆设比较陈旧，有个装衣服的长柜子，老百姓都叫柜。上面摆着座式收音机，挺大，用布盖着。

其间，崔家栋关切地问了白雪花工作上的事，也劝白雪花注意身体，别太累了。他还说，共产党的队伍是真锻炼人，看到雪花的成长，他真想到革命队伍里锻炼。他问雪花是党员吧，雪花说是，他就羡慕得要命，说他争取也入党，要不与白雪花拉的距离太远了，他要迎头赶上。他又自卑地说，自己的出身不好，但他不是有意去当国民党兵的，好在他迷途知返。白雪花说了些鼓励他的话，说共产党不重出身，只要全心全意为国家做贡献，都能得到国家的重视。

崔大妈看着他们俩，以长辈的口吻说："多好呀，你们赶上了新社会。家栋啊，你要好好向雪花学习呀，共同进步。"

崔家栋欣喜地看着白雪花，满眼的幸福。

崔大妈以为他俩是男女朋友关系，格外热情，问："你们俩什么时候结婚啊，我帮你们准备。"

白雪花忙说："不是，不是您说的那样。"

"姑妈，我们是朋友，同志。"崔家栋纠正。

"好好，朋友、同志，我去洗碗，你们说话啊。"崔大妈端着碗筷去外间。

白雪花说："我来帮您吧。"

崔大妈连说："不用，不用。你不知道放哪儿。"

柜子上摆着青花瓷的两只帽筒，还有几个青花瓷的盖碗、提壶、首饰盒，古香古色的。如果说现代一点的，就是那个大收音机。收音机放在柜子上面，柜子挨着墙，收音机放在靠近墙角的位置，不起眼，但白雪花吃饭的时候就注意到了。她走到柜子边上，她老家也有一个这样大的收音机，声音正，音量大。从当兵起，她就没接触过收音机，再看到它，有种一见如故的感觉。她家的收音机平时也是蒙着，但那是专门给收音机量身定做的罩，周边带蕾丝花边，很漂亮。她伸手，把蒙着的布拿掉，这个收音机很新，也大气，不亚于她家的那台。她刚要打开，崔大妈端着茶壶进屋，指着八仙桌旁的太师椅说："来，坐这儿，雪花，喝茶。家栋啊，招呼客人啊。"

离开柜子，也就放弃了要打开收音机的动作。雪花坐到了八仙桌边，喝了杯茶水，她心里惦记着高工，就起身告辞。崔大妈象征性地挽留她，再喝杯茶。

白雪花说："不了，有病人。"

崔大妈看着窗外，说："这么晚了，让家栋送送你吧。"

"对，快回去吧，病人重要，我送你，骑自行车快。"崔家栋说着，率先走出了门，雪花跟在他身后。他俩走到自行车跟前了，崔家栋回头说："姑妈，再带一碗饺子，给夏玲护士吃。"

"不用了吧。"白雪花客气地推辞。

"那个汪同志估计也饿了。"崔家栋说。

"嗬，你想得可真周到。"白雪花说。

崔家栋进屋，崔大妈正把一碗饺子装进布袋里。他进了里屋，从橱柜里面拿出一个小药瓶，装进兜里。

崔家栋拎着饺子出来，把装饺子的布袋递给雪花拎着。然后，他跨在自行车上，催促着白雪花坐到后座上，风趣地说："坐好喽，开车了。"兴致很高的崔家栋，就像个骑着单车春游的少年，轻快地踏着踏板，哼着歌曲。

这是白雪花这一天最快乐的时候，所有的烦恼和忧伤似乎都淹没在夜晚北京寂静的大街上。她又想起在美国时，他们时常骑着单车穿行在大街小巷，或去郊外旅行。时间过得真快，那时候，他们真的是花季中的少男少女。如今，他们已经是有各自思想和追求的成年人，在不同的人生轨迹上前行着。

到医院的时候，已经快夜里十一点了。雪花把饺子拿给老汪和夏玲吃，老汪只吃了两个，就让夏玲拿去吃了，夏玲可不客气，说谢谢崔记者，就拿着饺子跟小姐妹吃去了。白雪花和崔家栋进了值班室，雪花换上白大褂，戴上口罩，要给高工做检查。崔家栋说不妨碍雪花工作，在值班室坐会儿，等她回来就走。

病房的门口有土豆和小舟站岗，老汪坐在走廊的长椅上。白雪花和夏玲进病房给高工检查病情，情况良好。白雪花走出病房，老汪询问情况，雪花说："估计最晚明天早上能醒来。"

老汪拍着手说："太好了，醒了我就向领导汇报。"

雪花摇摇脖子，揉着太阳穴。

老汪看雪花太累了，说："赶紧去值班室休息会儿，有事叫你。"

值班室里，崔家栋趴在桌子上，像是睡着了。白雪花进来，他才抬头，说他打个盹。白雪花觉得头沉，看着表，已经十二点了，她对崔家栋说："你回去吧，太晚了。"

"行，我这就回去。你不休息吗？"

"不行，高工还未醒，我要在这儿盯着点，不放心。一会儿，在这儿眯会儿就行了。"白雪花把听诊器摘下来，放在桌子上。她坐在椅子上浑身像散架了一样，疲倦地头靠着椅背。

"这样吧，你先打个盹，我在这儿给你打更，一会儿，我叫你。"

"也行，那我就先睡会儿。"

"你睡吧，半个小时后我叫你。"

"行，半小时，一定叫我，我还要给高工检查。"

白雪花靠在椅子上，闭上眼睛，崔家栋给她搭件衣服，然后坐到另一把椅子上。屋里寂静得能听见心跳声，白雪花仰靠在椅子上，如一叶小舟在夜的海洋中漂浮，悠悠荡荡，与梦一起随波逐流。白雪花发出了均匀的呼吸声，安静而舒缓。

听诊器放在白雪花身后的桌子上，崔家栋盯了它半天了。他一只眼睛看着白雪花，一只眼睛看着听诊器，恨不得用眼神神不知鬼不觉地把听诊器勾到他手里。他站立起来，眼睛看着白雪花，屏住呼吸，蹑手蹑脚走到听诊器旁，从兜里掏出小药瓶，迅速在听诊器上抹了药水。白雪花动动身子，椅子吱呀响了声。崔家栋两手忙乱地拧着药瓶盖，差点掉地上，他慌乱地接住，把小药瓶拧好塞回兜里。白雪花醒了，她拿开盖在身上的衣服，前面的椅子空空的，她以为崔家栋走了呢。

"你醒了？"崔家栋说。

突然在身后发出声音，把白雪花吓一跳。她睡眼蒙眬地问："你在干什么？"

"啊，腿麻了，走走。没想到惊醒了你。"

"我睡了多长时间了？"

"二十多分钟。"

"你回去休息吧。"

"也行。"崔家栋建议，"你不是说还要给病人做检查吗？等你回来我就走。这样，你再放心地睡会儿。"

"好吧。"白雪花拿起桌子上的听诊器，走出值班室。长长的走廊，静得瘆人，白雪花已经习惯了这午夜的寂静。高工的病房门口换成了两个解放军站岗，老汪坐在走廊的椅子上，头靠着椅背。听到走路声，手握着腰间的手枪，噌地站起来，看是雪花，他把手放下。

听诊器挂在白雪花的脖子上，她说："给高工再检查一遍。"

老汪说："行，但愿高工快点醒来。"

白雪花说："我会尽力的。"说完，她进了病房。

老汪又坐到椅子上，尽量不弄出声响，以免影响病人休息。

病房门打开，白雪花检查完走出来，脖子上挂着听诊器。老汪问："怎么样？"

白雪花说："我给他听了呼吸、心跳，很正常。"

"那就好。雪花你回值班室休息会儿吧。"

"那我就先回值班室了，崔家栋还在那儿呢，等我回去他就走。"

崔家栋已经趴在桌子上睡着了。白雪花推醒他，说："回去吧，明天你还要上班呢。"

崔家栋抬头，揉着眼睛，偷眼看着她脖子上的听诊器，伸个懒腰，说："我回去了。"

白雪花把听诊器摘下来放到桌子上，说："回去吧。"

崔家栋打着哈欠，盯着桌子上的听诊器说："雪花，你一个女同志，看听诊器这么脏，我给你擦擦。"说着就拿起听诊器到自来水龙头上冲洗，并用毛巾擦干净。

"哎呀，不用，我自己擦。"

崔家栋把擦洗干净的听诊器又放到桌子上，对白雪花说："晚安，再见！"

走到老汪身边时，还跟老汪打个招呼。老汪心想，这个假洋鬼子不会追我们的雪花医生吧？

后半夜两点多，雪花在脚步声和嘈杂声中惊醒，原来高工病房后窗有人，老汪听到了开窗声。他不是先听到开窗声的，好像是听到了高工痛苦的呻吟声，不管什么声音，他冲进了病房，正看见有个黑影在后窗闪现，见到老汪，忽闪，消失在窗外。老汪大喊来人，两个解放军战士进屋，老汪已经登上了后窗，说留下一个人站岗，你跟我来。然后从窗户跳出去，追赶黑影。

黑影融进茫茫夜色，很难辨别。老汪跳出后窗，已经不见了可疑人的踪迹。老汪和那位解放军在四周寻找，追踪了一会儿，返回医院，怕敌人调虎离山。

等老汪回来，看到走廊里医护人员脚步匆忙地出入高工的病房，老汪心想，坏了，高工出事了。果然，高工病情异常，白雪花正在抢救。老汪焦急地等在门外，最后还是抢救无效。白雪花走出病房，对老汪说："抱歉，我已经尽全力了。"她接着问："从我给高工做完最后一次检查，都谁进过高工病房？"老汪说："除了你，没人进过病房。"白雪花说："那就奇怪了，我最后一次给他做检查时还正常啊，怎么突然就中毒了？"

"什么？中毒？"老汪惊呆了。

高工死亡初步确认是中毒，至于中的是什么毒，还得进一步检验。在场的人都慌了，只有几个护士和雪花医生能接触到高工身体。

谁下的毒？老汪第一疑问就是雪花。但他马上推翻，不可能。枪林弹雨闯过来的生死战友，白雪花是经得住考验的。那就是窗外的黑影？也不可能，黑影根本没进屋就被发现了。

向高工开枪的凶案未破，高工又死于中毒。

白雪花被隔离审查。

吉祥剧院正在上演《霸王别姬》，看戏的人报以热烈的掌声。上官飘谢幕，到后台卸装。师兄和她并排坐着，也在卸装。其他演员忙着上台的，忙着报幕、拉幕的，都忙各自的。上官飘照着镜子，摘头上的饰品，师兄端着小茶壶递到上官飘的手里，说："师妹，先喝口茶。"上官飘接过茶壶，对着壶嘴，喝了口。盛春雷小声说："高工折了。上头给我们记功，说尽快让你和父亲见面。"

镜子里照着上官飘上着戏装的脸，光彩照人，她眼睛盯着镜中的自己，责问师兄："你不该再去医院虚晃一枪。如果你不去虚晃一枪，就彻底把白雪花装进去了，她有八张嘴也说不清高工的死因，只有她能自由出入高工的病房。"

"没办法，这是戏相公的指令。混淆公安思维，也是置高工于死地的双重保险。"盛春雷说，"师妹，我是早晚要带你离开北京的。"

镜中的上官飘，已经抹去了半张脸的油彩，以鼻子为中轴线，是鲜明对比的两张脸。悲从中来，她就活在这两张脸中，两行泪悄悄划过她的脸颊。

公安局在分析案情。老汪打包票，不是白雪花。他建议，把雪花放了，查找中毒原因和中的什么毒，这才是白雪花目前要做的紧要事。杨北风当晚不在现场，不敢下结论，但凭他对雪花的了解，绝不是她。会场有两种声音，有说是白雪花干的，有说是黑影干的。杨北风静坐着，眼睛一眨不眨地看着窗外。他没有发表看法的权利，谁都知道他和白雪花的关系，过去是恋人，说什么都有嫌疑。难道杨北风能做到事不关己高高挂起？否，凡是与白雪花相关的事，都不同程度地与他有关。就拿眼前这件事来说，他表面缄默不语，而内心活动得相当激烈。此刻，他非常感谢那晚医院窗外的黑影，窗外黑影的出现，无形中出现了两种可能情况，也许是黑影干的，也许是雪花干的。如果没有窗外的黑影，那就剩下一种可能，白雪花干的，雪花跳进黄河也洗不清，好在，还有窗外的黑影。

案情分析，老汪还是强调，雪花的可能性不大，有可能是黑影干的。凭黑影逃跑的速度，有功夫，也有可能他是通过烟雾，从窗缝把毒吹进病房的。

即使是白雪花干的，她也跑不了，一百只眼睛看着她。被关着的白雪花只有一句话："请相信我，放我出去，查找原因。"项局长同意，让她回到医院，化验到底是什么毒。其他医生也在化验，但还未出结果。

这次会上，老汪被提出严厉批评，严重失职，带处分工作。会上公安部又提到裴小姐取款的事，裴小姐是谁？老汪耷拉个脑袋，说还没有进展。现在又出现了高工的事。但请领导放心，保证破案。

由老汪去局里保释雪花，送她回医院。杨北风说让他去接吧，白雪花现在最需要人关心，我这个时候退却，还是男人吗？老汪说行，给你这个机会，但你要把握尺度。杨北风向老汪保证，以国事为重，儿女情长为后。

看见杨北风，白雪花深感意外。他还能接我，说明心里还有我，感动之情油然而生，她多想握住杨北风的手，或者瘫软在他的怀里，向他哭诉她的恐惧和对他的思念。可是，她不想那样，她克制着自己的眼泪，这个时候，她不能让眼前的负心汉看她的笑话。再说，她现在正落难，也不想拖累杨北风。有什么事，她一人扛着。所以，见到杨北风，她一句话都没说。杨北风办完手续，她就跟着杨北风走出公安局的大门。

俩人走在北京的街上，陌路般，一前一后走着，拉开有一步远的距离。杨北风放慢了脚步，等着白雪花跟他并肩走。白雪花走在他的右边，拉着脸，看着前方。杨北风侧脸看白雪花，瘦了，眼睛更大了，但比过去更炯炯有神。望着白雪花消瘦的脸庞，杨北风心痛不已。正路过一个面馆，他邀请白雪花吃炸酱面。白雪花停住脚步，没反对，跟着他进了面馆。

因为过了午饭的时间，客人寥寥无几。杨北风特意要了肉酱，想给白雪花补补身子。

白雪花低头吃面，吃着吃着，眼泪滴在碗里。杨北风心里也难受，就劝白雪花，说："雪花，你别这样。先把面吃了，看你都瘦成啥样了！"

白雪花憋着股气，把面吃完，然后看着杨北风，目不转睛。杨北风看不出她是愤怒还是伤心说："雪花，你别生气。以后你会明白的，就是什么都不在了，我们还是最亲密的战友。"

"我就想现在弄明白，你为什么不娶我，为什么不等我？"白雪花问，问得平稳，平稳中咄咄逼人。

杨北风难以回答："我，我……"

"见异思迁。"雪花继续追问，"据说新中国成立那天你为了这个女人都没去天安门警卫，还背个处分，是吗？"

杨北风立马低头："是啊。"他无可辩驳呀，不低头咋办？

"你值得吗？"白雪花苦口婆心。

杨北风摇头。

"一时冲动，现在特后悔吧？"

杨北风点头。

白雪花满脸泪水地对着北风的脸："我就知道你后悔了，那怎么办？跟她离婚吧，现在新社会了，没有爱情的婚姻是可以离的。"

离婚？杨北风惊出了一身冷汗，组织是不允许的。他想起老汪的嘱咐，要把握尺度。他不把握尺度，给白雪花以希望，又得纠缠不清。他不能给她承诺，何必招惹她。他说："雪花，把我忘了吧。我不后悔，我不能离婚。"

白雪花颤抖着声音问杨北风："你果真不后悔？"

杨北风给雪花的最后答案是："不后悔。婚姻不是儿戏，说离就离。"回答得坚定，不容商量。但他心里瘫软成了一汪水。

"我们已经确定了恋爱关系了吧？不不，我们已经照了婚纱照，快结婚了。"

"不是没结吗？"

"那你就移情别恋了？"

"情非得已。"

白雪花泪流满面，是让杨北风气的。"你欺人太甚，"雪花的最后通牒是，"我要去组织告你。"白雪花起身冲出了面馆，奔跑在大街上。

杨北风在后面追："雪花，你别胡来。"他追上了雪花。

"我是被你气的。"白雪花说完，往前门大街方向走。

杨北风告诉她走错方向了。白雪花哭着说："你答应我重走入城式的路线，现在我们就走入城式的路线。"杨北风拗不过她，只好答应。好在他们现在所在的地方正好离入城式路线不远。他想早晚逃不过，就现在吧。陪着雪花走完了入城式的线路，也算完成了他俩的一个心愿，免得雪花总缠着他说这事，谁让自己欠她的。

两人踏上了入城式的路线，北风边走边给她讲解当时激动人心的情景以及路上遇到的难忘事情。雪花听得津津有味，眼里不时闪动着激动的泪花。

作为共产党员的白雪花，在这个非常时期，她知道不是她雪花谈情说爱的时候，在杀害高工的凶手还未破获的时候，她不应该向杨北风提出这样的要求，可是看杨北风刚才的态度，她怕是要彻底失去他了，她心里是多么难受啊，她想要北风回心转意。她是说去组织告北风，那是气话，吓唬北风。她要挽回他们的爱情，那么深的感情，她不相信就灰飞烟灭了。看样子，往后想单独跟杨北风在一起都是难事。今天机会太难得了，她是想通过这次行走重温他们过去的美好时光，挽回他们曾经的爱情，可惜这条路他们到底也没走到头。走到前门大街的时候，白雪花醋意横生地提到了上官飘。杨北风说："咱们别提她好吗？"

"好，不提她。"白雪花嘴上答应着，可心里不服气，她上官飘哪儿好？我哪儿不如她？论革命工作，我是医生，她是唱戏的，在旧社会，那就是戏子。想到这，她说："夏玲说什么虞姬，就是妖姬。"从她这个知识分子嘴里说出妖姬，就有点对不起她自己的身份，她紧接着说对不起。

杨北风只有苦笑的份儿，他能说什么。

这阵子，白雪花像着魔了，可能是想挽回杨北风的心太急切了，净说些杨北风不爱听的事，但这事却恰恰是白雪花要知道的事，迫切想知道。从中，她想总结出，杨北风为什么不娶她。杨北风不说，她自己找答案。

刨根问底，白雪花连自己也惊讶，她问上官飘在哪儿上的坦克？杨北风没撒谎，一五一十跟她说。她又问上官飘怎么上的坦克？杨北风说无意间他拉着她的手了。她问跟上官飘并排坐在一起，他都跟她说了什么。和平时期又是怎么认识的。还问了为什么结婚，杨北风后来干脆什么也不回答了，不能说他现在跟飘还没有夫妻之实，更不能说是组织安排的，怀疑飘是潜伏特务，这些都不能说。

有的地方，杨北风不说了，不是摇头，就是点头。白雪花正在气头上，他这个样子，缄默不语，更让白雪花气愤不已。

两人在前门大街分道扬镳。

小树林里，陈三爷和盛春雷接头。陈三爷没别的事，就是要经费。盛春雷说现在不能邮寄了，菲四美死了，找不到合适的收款人。再说，公安局正在查菲四美。最近风声紧，我们也尽量少见面。高工死了，台湾给他们万能潜伏台记一等功。戏相公下达命令，干掉一名公安干部，这是上峰要的成绩。陈三爷提议，反正要干掉公安干部，上官飘身边的杨北风好下手，先干掉他。戏相公说这个人还有用，谁也不能轻举妄动。陈三爷意味深长地笑，他怀疑是上官飘对杨北风有了感情。

这几天，白雪花在化验、研究高工中毒情况，终于查到毒因，是 W 蓝水剧毒。她百思不得其解，怎么会是 W 蓝水剧毒，她在国内从未发现过。留学美国时接触过这种药水，回国后就没见过，连他们医院都没有这种药水。那这剧毒药水是从哪儿来的呢？马上通知公安方面，项局长、老汪和杨北风立刻赶到医院，就在白雪花的值班室，进行了简短的分析。W 蓝水剧毒，毋庸置疑，特务所为。能接触到这么高级药水的特务，不是一般的小特务。毒是从哪儿下手的？这种毒是水，不是雾状的，所以，排除了窗外黑影下毒的可能。黑影的出现，是为了保护下毒的人，扰乱公安的思维？那么医院里，谁能下毒，从哪儿下的？什么时间？项局长问白雪花，那天除了医务人员，最亲密的接触人员是谁？白雪花想了想说，崔家栋。她详细地把崔家栋那天的时间行程说了一遍，老汪做补充。老汪先否决了崔家栋，他还吃了人家拿来的饺子。不是吃了饺子就否决他，而是他在高工的病房门口眼瞅着崔家栋离开的医院，他俩还打了招呼。并且，崔家栋根本没有机会进高工的病房。毒到底是怎么带进病房的，问题又集中到白雪花的身上。杨北风道出一句话，彻底惹怒了白雪花。他说毒还是白雪花带进病房的。他说完，自己脸先白了，人命关天呀。说白雪花带进病房的，就意味着白雪花有重大嫌疑。但他分析，就是这样，他不能违背事实，因为他是人民公安。白雪花噌地站起来，伸着两只手，杨北风你把我抓起来好了。恨我也用不着这样陷害我呀，我问心无愧。是我，我就不会把毒查出来。

确实是这样，项局长摆手，让雪花坐下，别激动。他说杨北风说的不是没有道理，让白雪花再好好回忆，不要落下一个细节。

直到现在，白雪花也不是真恨杨北风，但她不能太柔弱了。杨北风也是就案情分析，但白雪花有自己的清白。就是在前门大街分道扬镳，白雪花对杨北风还是心存希望的。说是去组织告他，她怎么舍得，她给北风留着机会呢。上次跟杨北风在前门大街，她是想和他细末葱花地重温往日的欢笑，动之以情地感化他，让他回心转意，可是，她控制不住自己的情绪，当时她只有气愤和怨恨。

项局长他们带着疑问要离开医院的时候，白雪花终于鼓起勇气说："杨北风当着你们领导的面，咱把话说明白。我和杨北风是确定恋爱关系离开北京的，这期间，你结婚了。杨北风，你对我说句真心话，为什么跟上官飘结婚，为什么不等我？进京了，真变得这么快吗？"

还没等白雪花说完，项局长说："雪花啊，这事以后再说，杨北风的错误我们心里都有数，给他积攒着呢，会给你个满意的答复。案子破了以后，领导自有定论。"他给杨北风和老汪使个眼色，匆匆走出医院。

无论心里怎样难受，白雪花还保持着固有的傲慢和尊严，即使求北风跟她结婚，口气也是温文尔雅。但提到上官飘，语气中不免带着刻薄。北风也是七尺男人，堂堂的中国人民解放军公安，他实在受不了雪花怀疑的眼神和她委屈的样子，他也有一肚子委屈，向谁诉说？他怕控制不住自己的情绪把实情说出来，所以他见到白雪花就躲着。这彻底伤透了白雪花的心，击垮了她的傲慢与尊严。

雪花坐在值班室垂泪，夏玲劝慰她，杨北风有什么了不起，就凭你的条件，找啥样的找不到，让杨北风后悔去吧。夏玲还觉得不解气，她说就不能让他和那个妖姬过滋润喽，凭啥让坏人得逞。我看就应该到剧团找上官飘的领导，告诉他们，上官飘是个妖姬，让她彻底下台。

千万不能这么做，白雪花看了眼手表，擦掉眼泪，说该去做手术了。

白雪花是个非常敬业的医生。

回到公安局，杨北风气呼呼地坐到老汪的对面，说这样的日子他实在受不了了，要求退出与上官飘的婚姻，或把真相告诉雪花。老汪又下达了组织的最新命令，没有组织允许，他要继续保守组织机密，必要的时候甚至要坚持一生也说不定。

后来杨北风学精了，不管雪花怎么说，他不是点头就是摇头，因为他无言以对。

这之后，雪花彻底伤心了，她认为杨北风太绝情。她百思不得其解，我白雪花怎么了，遭他杨北风的抛弃？她苦恼着，回到宿舍就以泪洗面。为排除心中的苦闷，她拼命地工作，不知疲倦。夏玲看在眼里，疼在心上。以前累了，还有杨北风关心，现在这个陈世美关心那个妖姬去了。夏玲就是个直肠子，对谁好就掏心掏肺的，她暗想，有朝一日，她要替雪花医生出气。在老家的时候，听老人讲，男想女，隔座山。女想男，隔窗纸。那杨北风和上官飘的事，就是上官飘勾引的。我们在前线流血牺牲，上官飘在家里摘取胜利果实。夏玲越想越气，换上便装，就去剧团找上官飘。

夏玲刚进剧团就被截住了。她气呼呼的一副要打架的样子，被打扫卫生的大妈截住，问她找谁？她说找上官飘。大妈说上官飘在练唱，让她等会儿。夏玲嘟囔一句还有脸唱，我现在就找她去。大妈听到了她的嘟囔，寻思，这是个找打架的主儿啊。大妈说不行，你不能去，剧团有规定，练唱的时候，不会客。

这什么地方啊，那么多破规定。迎面走来一位长者，接话，怎么，对我们的规定有意见？大妈见到长者，忙说，团长，这个小姑娘像找人打架的。夏玲一听是剧团的领导，正好，我跟他反映反映情况，狠狠地批评这个妖姬。什么事都是赶巧，如果夏玲今天找到上官飘也就好了，凭她直肠子数落，上官飘都能忍了，外人不知道，一切也就不会改写。可是，偏偏遇到了剧团的团长，事情就有了质的改变。夏玲到了剧团团长的办公室，团长给她倒杯水，说有什么话你就说吧，别影响我们排练。

夏玲喝口水，说出上官飘的名字。团长说那是我们的台柱子。夏玲说您不要被她的表面所迷惑，她是勾引人民解放军的坏女人。她是想说妖姬，到了嘴边，又咽回去了。说出来不雅观，得注意形象，别给雪花医生丢人。团长说，话可不能乱讲，她的丈夫是军人，那是明媒正娶，不存在什么勾引。如果情况属实，我们决不姑息养奸。夏玲就把杨北风和白雪花的关系从头讲了一遍。最后她问团长，你说上官飘是不是坏女人，她这是巧取豪夺。团长说那我不能听你一面之词，我要调查。他还不如听夏玲一面之词呢，也免得调查到公安局去，闹得满城风雨。

本着对同志负责的态度，剧团派出专门人员，对上官飘、杨北风、白雪花他们三人的关系进行全面的了解、调查。自然要找到灯市口公安分局，找到白雪花的医院，怕情况不确切，又找到公安部相关领导了解。接待他们的都是些政工干部，杨北风的事是高度机密，只有公安部的几位主要负责人知道，这是组织机密，绝不能泄露。表面上，杨北风就是移情别恋、作风不正。实质，不能泄露半个字。因此，杨北风差点被开除公安队伍，还是老汪努力保住了他的公安身份。算上开国大典保卫天安门广场他没去的事，加上这次，他已经背两个处分了。

剧团派人到医院找白雪花核实情况，白雪花才知道夏玲惹事了。

剧团核实的情况属实，上官飘破坏军婚。杨北风和白雪花是没结婚，但众所周知，他们是因为忙于新中国建设，耽误了婚期。人家白雪花去前线冲锋陷阵，你上官飘，不声不响地在和平的后方撬走了人家的未婚夫，道德谴责、天理不容啊。

这样，上官飘自然吃了瓜落。她在剧团，由虞姬变成了跑龙套的。

舞台上的戏落幕了，而生活上，杨北风和上官飘的戏正紧锣密鼓。

最窝囊的是杨北风，跟上官飘结婚是组织安排的，他是爱白雪花的，还要背个陈世美的骂名，并受到处分。老汪说为革命事业，什么样的委屈你都得忍受，谁叫我们是共产党员。这次，他真生白雪花的气了，这真是恩断义绝了，把我给告了。杨北风不敢跟组织发脾气，但他想质问白雪花，做不成夫妻，就往死里整我？杨北风把白雪花拉到了没人的小河边，这回，大声质问她，我真瞧不起你，那个端庄、气度不凡的女军医已经不见了，这么做像个泼妇。你还真告我。

白雪花哪受得了这样的羞辱，她不想解释，上去给杨北风一个耳光，爱、恨、怨都集中在这一巴掌上。她不想说是夏玲反映的，推脱都是不道德的。夏玲是做错了，但是为她做错的，她愿意承担全部责任。

"你怎么可以这样？还动手打人。上官飘可从来没这样过，连大声说话都没有，你要反思了，雪花。"杨北风像个居功自傲的首长，痛心疾首地训斥任性、不思进取的部下。说完这话，杨北风把自己吓了一跳，他把雪花跟上官飘作比较，他怎么会有这种念头？上官飘怎么能跟雪花相提并论？雪花是无产阶级革命战士，飘是啥？特务嫌疑分子。上官飘不配跟雪花比啊。可他就比，把雪花比下去了。

呆若木鸡，白雪花就是这样的表情。两大滴泪从白雪花的眼里滚出，好吧，索性一刀两断吧，她说："是你抛弃了一起出生入死的我，娶了北京城的戏子。你在搞资产阶级小情调，把不是强加到我身上。"雪花说完，也把自己吓一跳。我怎么说话变得这么刻薄了，还戏子，这是对上官飘人格的诋毁呀。她想道歉，可她说不口。

第二十四章　犹解嫁东风

　　小河边的对话，彻底激怒了白雪花，杨北风拿她跟上官飘比，看她的笑话，我白雪花臭到家里，嫁不出去了？她从小河边跑到老汪那儿，见到老汪像见到了娘家人，跟老汪哭诉着。

　　老汪劝她以国家大事为重，虽然她现在回到了工作岗位，但嫌疑还未排除，高工的案子一天破不了，她就脱不了干系。我们都相信你，可是，事实在那儿摆着，你可能性最大。让她好好回忆一下那天晚上的情况。白雪花上来倔劲了，她的生活没有了北风，活着还有什么意思。让他们随便怀疑吧，最好让她坐大牢，或者枪毙。老汪苦口婆心啊，新中国建设是离不开你的，不要把眼光只放在杨北风的身上，天下男人多得很，跳出杨北风，放眼远方。当你看见一条小河，觉得很美丽，那是因为你没看见大海，当你看见大海的时候，小河沟算得了什么呀。

　　这番话，让白雪花眼前豁然开朗，她仿佛真看见了辽阔蔚蓝的大海。老汪没文化，他能说出这有哲理的话，说明他动了一番心思，是真关心她白雪花。同时，也让白雪花刮目相看，老汪进步了，从思想境界和工作能力，都有提升。是啊，我白雪花应该看见大海，放弃个人小资小调，投入到轰轰烈烈的社会主义建设中。因为建设，敌人就千方百计地破坏，所以，我们不能让敌人得逞，应该加倍努力。老汪的话，终于打动了白雪花。她仔细回忆那天晚上的经过，可想了半天，跟那天回忆的一样，没啥漏洞啊。老汪说别着急，你把心放平稳了。现在你就是到我这儿来休假，其他的事一概不管，包括医院的事。放松，回忆过去，别总想着高工，跟高工无关的，哪怕头发丝大的事，都可以回忆。

这阵子，满脑子，除了杨北风就是高工。从大脑把这两人的名字剔除。白雪花回忆说："在值班室的时候，崔家栋给我洗过听诊器，别的也没啥呀？"

老汪问："是什么时候。"

"给高工做完最后一次检查。"

"其他时间，崔家栋都在你的视线范围之内吗？"

"我睡了有二十分钟。"

"这就足够了。"老汪若有所思。

立即向项局长汇报，秘密监视崔家栋。

抓崔家栋为时太早，要进一步观察。公安部的最终目标是揪出戏相公，清除潜伏在北京的一切特务和反革命分子。项局长的意思，也是放一下崔家栋，引出戏相公。

不该看见的，白雪花总能看见。有一天，白雪花去邮局给家里寄封信。回来的路上，赶巧遇到杨北风和上官飘。白雪花先看见他俩的，俩人并肩走着。白雪花站住脚步，想躲一躲，转念一想，有什么可躲的，我又没什么见不得人的，我白雪花向来光明正大。白雪花迎面向他俩走来，不就打个招呼吗，杨北风不至于连招呼都不跟我打吧。上官飘手里拿着冰棍，正往杨北风嘴里送，另一个胳膊还挎着杨北风的胳膊。杨北风贱兮兮地还真张着嘴等着上官飘送。杨北风含着冰棍，看见了白雪花正向他走来，心里一哆嗦，冰棍咕噜咽进肚里。他怕白雪花见到上官飘起冲突，偏偏这个亲昵的举动被她看见。他上次已经领教了白雪花的言辞，所以，为了避免不必要的麻烦，三十六计，走为上。他拉着上官飘，拐进了旁边的胡同，溜了。

望着杨北风拉着上官飘的样子，白雪花这个气呀，打招呼的情分都没了吗？杨北风！溜了，牵着上官飘的手。那情景，就像私奔。"私奔"这两个字在脑海闪现，击中了白雪花，在四平时，她遇到杨北风不也是这种想法吗，并为这个私奔兴奋并幸福着。可现在，他手里牵着想私奔的人不是她，换成了年轻漂亮的京城戏子，不，演员。那我呢？我将何去何从？怎么就把我扔在了半道上？

白雪花一气之下，跑到老汪那儿，她要报复杨北风，她要替自己解恨。她就认为北风在看她笑话，以为离了他，白雪花就没人结婚了。她想起了老汪说的话，你觉得一条河美丽，那是因为你没见过大海。白雪花这回要跳出小河沟，见大海。她冲进老汪的办公室，劈头盖脸问老汪："你有对象吗？"

老汪说："没有。"

白雪花问："想结婚吗？"

老汪顺嘴一说："跟谁结？谁跟俺？胡子拉碴的。"

"那你看我咋样？"

"好姑娘啊，那还用问。"

"那你考虑一下，你未娶，我未嫁，何不花好月圆？"

"你别吓唬我啊，你啥意思？"

"我要嫁人。"

"不是，雪花，你把话说清楚了，你老汪大哥文化浅。想嫁人，嫁给谁？"老汪脸色大变，不知所措。

"还不清楚吗，我想跟你结婚。"

"万万使不得，"老汪两只手摆着，"杨北风会跟我拼命的。"

老汪不这么说还好点，咋的，他杨北风吃着碗里还望着锅里的？白雪花可不任人摆布。

"他有什么资格拼命，一个朝秦暮楚之徒。"白雪花轻蔑地笑着说，她眼前又浮现出杨北风拉着上官飘逃跑的样子。她鄙视杨北风。

"雪花，你再好好想想，有很多条路可走，可别走我这条死胡同。"

"汪大哥，你不是说，大海更美吗？"

"可我不是那湛蓝的大海啊！我也是条小河沟，你要看清楚。"老汪多想告诉她，杨北风是被组织安排的，他是爱你的，你等着他吧。老汪克制着自己，怕说秃噜嘴。

"连你也这样对我，我怎么了？"白雪花哭着跑出老汪的办公室，在门口，与项局长差点撞个满怀。他喊住雪花问怎么了？白雪花连头都没回。

推开老汪的屋门，见老汪也眼泪巴巴的。项局长问："这是唱的哪一出啊？老汪你要说实话啊。"

老汪显出为难之色，就把白雪花对他的想法说了。

"好事啊，这有啥愁眉苦脸的。"项局长拿另一种眼神看着老汪，"你走桃花运了。"

"我老汪是该结婚了，但我不能跟谁都结婚啊。"

"嗬，你还挑上了？"项局长叹口气，白雪花有结婚的权利，"我们把一个杨北风耽误了，不能再耽误了白雪花呀。"

"局长，你这话算是说对了，看公安部有合适的，给白雪花找一个好的。"

"应该呀！"项局长思量着说，"杨北风已经结婚了，既成事实。就说是组织安排，哪一天真相大白还不一定。我们总觉得快结案了，不定哪儿又出了差错。暗中的敌人很狡猾呀。这样不就把白雪花给耽误了？三十多的人了吧，女人可不像男人，什么时候结婚都无大碍呀。女人就不行了，雪花是该结婚了。"

老汪赞同项局长的意见，说："局长想得周到，尽快吧。我怕她赌气，再找我。那我成什么人了，我跟杨北风那是生死之交啊。我绝不能乘人之危呀。"

"说的也是。"项局长斜眼看着老汪。

把老汪看得浑身不自在："不是，局长，我哪里不对吗？我身上长瘆人毛了，你这么看我？"他摸衣服领子，寻思可能衣扣系错了。

"哪儿都对，说实在的，你真配不上白雪花。"

"自己几斤几两还不知道啊，所以才，啊，对吧。咱不能坑了人家。不过，局长，你这么贬我，挺伤自尊的。"

"哈哈，你那点自尊值几个钱？"项局长笑着说。

从老汪那儿回来，白雪花换上白大褂，脖子上挂着听诊器，她先查病房，看没什么大事，就去了太平间。她重新检查高工的尸体，中毒部位，前胸，正是听诊器听过的地方。她弯腰的时候，听诊器从她的上衣兜里滑落出来，吊在胸前。晴天霹雳，听诊器上有毒！是，听诊器上有毒！那天如果说医院里有外人，那就是崔家栋，只有他能接触到她的听诊器。面对着高工的尸体，白雪花不寒而栗，真是她害死了高工。如果她不做最后一次检查，如果听诊器不放在高工的胸上，那晚，她用听诊器听高工的呼吸、心跳，都正常，估计高工第二天早晨就会醒来。就是这听诊器。他洗听诊器，是怕毒再伤到别人，把事情闹得不可收拾。

听诊器上有毒，这个念头闪过，白雪花就往项局长那儿跑。她跑进项局长的办公室，脸都变色了，青灰色。她靠在门口，惊慌失措，整个人往地上堆。

把项局长吓得，连忙扶住她，问发生什么事了？白雪花哭着说，她真是凶手，高工的死跟她有关。听诊器上有毒。她估计，毒是崔家栋趁她睡着了抹上去的。

稳住，一定要稳住。项局长一边听白雪花说，一边想该如何回答她。是让她知道真相，还是放长线。白雪花毕竟是医生，她不是公安，有些事她做不到藏而不露。何况这天大的事！如果立即逮捕崔家栋，可以告诉白雪花真相。现在，他不想那么做。他调整情绪，先给白雪花倒杯水："雪花啊，别急啊，我们要以事实为根据啊，你没亲眼看见吧？"

"没有，但分析，是他。"

"光分析不行了，不放过一个坏人，也不能冤枉一个好人。据我了解，崔家栋在电影厂是经得起考验的。"

"那是我的错觉？"

"关于高工的事，你只要查出来是什么毒就可以了，这是你的工作。至于破案，交给我们公安。好不好？"

"我总觉得，我没救活高工，内疚，失职。"

"你已经尽力了，雪花同志。"

"项局长你这么说，我心里还敞亮些。"

项局长想缓解一下气氛，和颜悦色地说："你哪，工作之余，也想想个人生活。啊，老大不小了，正常。我作为你的老团长，也为你个人的事留心点。"

白雪花苦笑了下："现在关心了，刚进城的时候，我说和杨北风结婚，你如果批准了，还有今天的事吗？"

"是啊，我有责任啊，"项局长说，"所以我现在想弥补啊。"他话锋一转，"雪花呀，也是好事，别在杨北风那里转悠了，他已经结婚了。再说，为这么个负心汉，浪费自己的青春不值啊。"他不是故意说杨北风的坏话，是想让杨北风利手利脚地工作，不要受白雪花的影响，也就是让白雪花别再缠着杨北风了，放杨北风一马吧。这对他俩都好，雪花也就从杨北风的婚姻旋涡中解放出来了。

白雪花看着别处，说："项局长，你说对了，我要珍惜青春。我想开了，我要跟老汪结婚。"

项局长眨巴着眼睛，佯装咳嗽了声："雪花呀，要看准人啊。"

"看准了，老汪实诚，是公安，也是战斗英雄。"实际，白雪花就为了跟北风赌这口气，就找比北风级别高的、北风还熟悉的、亲密无间的战友。

项局长清清嗓子，说："雪花我跟你说，结婚是一辈子的大事，不能赌气。老汪他不同意。"

"那就请组织出面吧。"白雪花撂下这句话，起身走出项局长的办公室。

裴四美取款的案子，始终挂在老汪的心上，他只要有空就查此案。他带着小舟，又到了菲四美住的四合院。同名不同姓。问街坊邻居，都说可有日子没见菲四美了。老汪问她天津有亲属吗？都说不知道。有人反映，她跟盛春雷走得很近，还带点打情骂俏的意思。跟上次问的情况基本一样。当问盛春雷对菲四美了解多少时，盛春雷说一个院子住着，她倒是喜欢到我的房里坐坐，但其实没啥。别人说我俩走得近，那是因为她单身，我也单身，孤男寡女的，在一个屋里，难免让人说闲话。但是，我和菲四美真什么也没有，更不知道她哪儿去了。老汪问其他邻居，菲四美每天都干什么？有什么生活来源？有人说看不出干什么营生，但穿戴入时，风姿绰约。小舟对着老汪的耳朵说，八成是八大胡同出来的。

八大胡同已经一夜之间被取缔了，到这会儿，人员基本分散了，有当纺织工人的，有当售票员的，有去河北呀山东啊工作的，还有自愿支边的。想要寻找过去八大胡同认识菲四美的人，比较难。

公安部寻找的那个神秘的电波，已经很久未出现了。敌人已经意识到了危险，更加小心行事。

关于白雪花的婚事，别说老汪个人不同意，项局长更不同意。这叫啥事啊。项局长去公安部，捎带脚把这事说了。公安部的意思，没啥不妥的。白雪花有结婚、追求自己幸福的权利。至于找谁作为伴侣，那是恋爱自由、婚姻自由的事。组织只能建议，无权干涉。这是组织表面上关心同志的话，实际组织也是考虑利弊的。白雪花总单着，也不是回事，看见杨北风和上官飘成双成对的，再看自己形单影只的，能不来气吗？自然影响杨北风的工作进展。这回有着落了，白雪花找到了自己的归宿，情绪自然就平稳了。于公于私，都是件大好事。项局长本想请组织阻拦这件婚事，不料，适得其反。

回去项局长就把组织的意思跟老汪谈了。老汪眼睛都直了，憋屈了半天说，我的局长啊，雪花糊涂，你也糊涂啊？我坚决不同意。项局长问，老汪你跟我说句掏心窝了的话，你中意雪花不？老汪说这跟中意没有关系，跟良心、道德有关系。那么好的姑娘，谁不中意？我在人家白雪花面前，咋比喻，啊，那就是癞蛤蟆。癞蛤蟆想吃天鹅肉，别自己找不自在。

有些姻缘是注定的，想躲也躲不开。

项局长和老汪已经动摇了，放弃这个婚姻，向组织汇报。而白雪花正别扭着，强烈要求跟老汪结婚，老汪就找各种理由拒绝。

白雪花又一次找到老汪，像是找老汪打架，气呼呼的。老汪看着她："这是咋的了，我们的大医生？"

"我想结婚这么难吗？"

"那难啥呀。这么好的姑娘，谁娶了你都是福气呀。"

"我想跟你。"白雪花很严肃地说。

老汪是有思想准备的，但还是一愣："哎呀俺那娘哎，雪花医生，你别冲动，俺知道你生北风的气，别冲动，再等等啊。"

雪花就哭了："我还得等，我都多大了，连你也看不上我，我雪花咋的了？"

老汪心里也酸酸的，他让雪花再等等，是想等案子破了。既然杨北风的婚姻是组织安排的，那案子破了，戏相公是谁，真相大白，组织怎么着也得给这个婚姻一个说法。到那个时候，是聚是散，那就是他们两人的事了。

组织可不等，组织考虑，人结了婚，就稳定了，也稳稳白雪花的刚烈性格。既然白雪花结婚对杨北风开展工作有利，何不成人之美。雪花这个举动，正中组织下怀，正愁找不到这么合适的人选，自己倒送上门了。顺水人情，同意他们结婚。老汪原以为组织会阻止，没想到又一个工作需要。老汪怎么有脸见杨北风，他只好推，请组织再等等。组织回答得痛快，还等啥，一个未娶一个未嫁，要不是打仗，像你们这么大岁数的，孩子都会打酱油了。

在组织的撮合下，雪花和老汪喜结良缘。在雪花结婚的那天，北风和老汪这对生死战友第一次大打出手，两人一句话不说，闷头打，一拳一拳地削，一个鼻青，一个脸肿。

从此，表面看上去白雪花和杨北风偃旗息鼓了，可实际上白雪花暗地里跟北风摽着劲，她内心还是爱着杨北风，无法改变。

要不咋说杨北风对雪花问心无愧呢，在雪花结婚之后，他才迈出真正做丈夫这一步的。

天坛的古树下，盛春雷看四下无人，踮着脚，从古树洞里，掏出情报。

黑暗的小里屋，点着豆粒大的油灯。盛春雷和陈三爷坐在灯影里，陈三爷吸着烟卷，烟雾丝丝缕缕混在暗光中，夜更加扑朔迷离。盛春雷说："戏相公有令，炸毛泽东专列。毛泽东访问苏联，坐火车去，我们的任务是在天津路段放置炸药。哈尔滨铁路段也有我们的人放置炸药。"

陈三爷手里正端着茶碗，咣当，从手里脱落掉桌子上："炸毛主席？"

"嘘，小声说话，有什么大惊小怪的。"盛春雷声音也颤抖。

"什么时候？"陈三爷问。

"今晚就行动。"

"放哪儿，你踩点了吗？"

盛春雷眯缝着眼睛说："现在这个形势还允许我们踩点吗？北京到天津铁路段，约莫个地方放。"

"走，"陈三爷一口吹灭了灯，"上地窖取炸药。"

他俩在靠茅房的地窖里拿出炸药，绑在两辆自行车后座上。每人骑着一辆自行车，出了大门。

两辆自行车飞奔在旷野中。

铁轨在夜色中闪着黑色的光。

两个人下了自行车，刚把炸药搬下来，还没放置到铁轨上，身后传来喊声，干什么的？几把手电向他俩晃着。盛春雷说走。他俩骑上自行车，飞奔着，消失在茫茫夜色中。等铁路巡查赶到，只看见两包炸药。

老汪带着小舟、土豆连夜赶到现场，看炸药的型号、包装，与他们在南河沿搜到的炸药一样，就是那天丢失的炸药。公安部已经通知哈尔滨铁路段，要严查铁路，有敌人蓄意破坏铁路，图谋炸毛主席专列。果然，哈尔滨方面，抓获了准备炸铁路的特务。据哈尔滨方面的特务交代，他们是受北京方面戏相公的指令，负责在哈尔滨铁路段放炸药，天津铁路段由北京方面的特务放炸药。这样，双保险。

消息传到北京，项局长他们无比震惊，这个戏相公真是了得。再抓不到他，真是无颜面对北京人民啊。

老汪忙，白雪花也忙。他们在家的时间很短，就是夜晚睡觉也难得在一起。老汪总是加班，白雪花也总有手术。就是在家，白雪花也不会过日子，不是她败家，而是她不会做饭，只会做一样，面条。在公安分局时，她给杨北风做过，还是土豆帮忙。所以，她不想再做了。总而言之，她不会居家过日子，提到柴米油盐酱醋茶，她头就大。包括收拾家，她都不知从何下手。老汪是渴望家的，打了小半辈子仗，谁不想有自己的老婆、自己的家呀。但现在，家对老汪形同虚设，别说温暖，他如果不回家，暖壶里连口开水都没有。白雪花每天回家，累得也是躺下就不爱起床，她宁可不吃不喝，也不动手。动手她也不会。有时不是把暖瓶打碎，就是开水把脚烫伤。做菜能把油烧着，还不知道下一步是放花椒还是姜。等她想准了，油已经蹿起火苗了。用老汪的话说，干点活要工钱。所以，为了安全，也是为了消停，老汪总是嘱咐，我不在家，你千万别动火做饭。久而久之，白雪花不管下班早晚，都要等着老汪回来做饭。她在家最惬意的事是看书，或者听音乐。家里有台老式唱片机。如果老汪不回来，她就买着吃。

而上官飘就不同了，只要有条件，上官飘换着花样地给杨北风做吃的。凡是家务活，从不让杨北风插手。无论杨北风什么时候回家，家都是一尘不染、亮亮堂堂。无论好饭歹饭，杨北风只管坐在饭桌边，她热热乎乎端上桌。只要杨北风回家，上官飘就像个小燕子，围着杨北风飞呀飞呀，仰着白白嫩嫩的小脸，叫着北风哥，说着永远也说不完的甜蜜话。

那么白雪花呢，在家里，她也永远都像个外科医生，端庄、沉稳、深思熟虑。很少说话，她也回应老汪，说的话简洁，一个字，嗯、是、对，两个字都显得烦琐。老汪也心疼白雪花，他能回家尽量回，给白雪花做口热乎饭。自从结婚后，白雪花日渐消瘦。日子过成这样，老汪真想告诉杨北风，你多亏没跟白雪花结婚。过日子，找的是媳妇，不是找女神。但他不能说，说了，杨北风还得跟他玩命。结婚那天，杨北风就说，你要是对白雪花不好，我跟你玩命。如果说了这话，那显而易见，就是对白雪花不好，他在挑白雪花的毛病，看不上白雪花了，烧包。他不想找不自在，烧包就得挨揍呗，他惹不起杨北风，自从和白雪花结婚，他就像有短处捏在杨北风手里，矮他半截。

生命是强大的，也是神秘的。白雪花怀孕了，老汪高兴得跟捡个大元宝似的，比捡个大元宝还高兴。他老汪要当爸爸了，幸福蜜糖般甜着他的心。

自从白雪花和老汪结婚，杨北风和上官飘才有夫妻"那事"。上官飘不急不缓地等着这一天，她相信，她付出的爱，会给她带来繁花似锦的春天。老汪和白雪花的婚姻，不但拯救了杨北风的革命事业，使他的对敌斗争顺利起来，也拯救了他的夫妻生活。自从有了夫妻"那事"，上官飘对北风愈加温柔，两人感情日益加深。上官飘甚至有放弃做特务这种想法，做梦她都想向北风坦白，可是，坦白了，就意味着离开杨北风。上官飘总是时不时接到盛春雷交给她的任务，她非常苦恼，总是找各种理由推脱。盛春雷看出了她的苗头，鼓励她，让她坚定信心，完成任务后一起远走高飞。她嘴上答应着，但心里实在是对自己的前程感到担忧。

　　崔家栋最大的心病还是小舟，这是目前在北京唯一认识他的人。

　　电影厂正在拍摄建设中的北京。雪花的医院在拍摄项目中。医院通知，今天摄制组来拍摄，让医生们精神饱满一点。崔家栋来的时候，雪花正在做手术。每个医生护士都在自己的工作岗位上尽职尽责。崔家栋拍摄得很顺利。拍摄完，他跟雪花说着话。雪花又提到了高工，说她为这事感到内疚。崔家栋就说了些宽她心的话，有意把话题岔开。他提到了姑妈，说姑妈想她了，她结婚也不知道，还给她准备了礼物。杨北风在病房门边闪过，他在监视崔家栋，看见崔家栋和白雪花说话，正准备大大方方过来。白雪花也看见他了，以为杨北风来医院办事，见到她又想躲着她。她喊了声北风。

　　白雪花已经显怀了，白大褂已经遮不住隆起的肚子。崔家栋看着她，微笑着说："要当妈妈了，真幸福。"

　　白雪花笑笑。

　　"可别太累了。"崔家栋关切地说，"我答应给你照结婚相的，时光真快呀，转眼，你都快当妈妈了。等你的宝宝出生，我再给你照吧，一定哦！"

　　"谢谢！"

　　杨北风走到了他俩面前，崔家栋说他来拍摄，跟白雪花说说话，很长时间不见了。杨北风也跟他说着无关紧要的话，说他路过，也来看看白雪花。

　　眼睛最能泄露内心的秘密，白雪花望着杨北风，含情脉脉。杨北风眼睛尽量躲着白雪花的眼神，他极力克制、掩饰着自己的心情。看见白雪花隆起的肚子，他想哭，那里应该是他杨北风的孩子。但在崔家栋面前，他要克制，因为崔家栋知道，他以前和白雪花恋爱。为什么和上官飘结婚？杨北风给外人的感觉就是进城了，见异思迁。所以，杨北风把对白雪花深深的爱，藏在了心里。

在走廊的尽头，快步走来小舟，他压低嗓子喊："杨科长，快回局里开会。"崔家栋循着声音看，小舟？撤，别让他认出。崔家栋转身走，说不打扰了，他要回去拍摄了。逃似的，向走廊的另一头走去。小舟看着个侧脸，崔家栋已经转过身走远了。他望着崔家栋的后身出神，面熟，哪儿见过。小舟问："刚才那人是谁呀？"白雪花说："电影厂的，我同学。""哦，白医生的同学我指定不认识，刚才看个侧脸，觉得面熟。"白雪花望着崔家栋消失的方向出神，她回忆着，那天晚上的情景又浮现在眼前，是他吗？她很快否认，项局长都说不是了，别胡思乱想了。

第二天，小舟跟杨北风请假，说去趟房山，他的同学给他打电话，让他去一趟。他们在北大附中读书时，是要好的同学。最迟明天回来。从解放，他们就没见过面。

杨北风嘱咐他快去快回，局里挺忙的。小舟从来不请假，工作积极，有目共睹。所以，这次请假，杨北风理应给假。小舟笑嘻嘻地说谢谢杨科长。看见土豆蹦蹦跶跶过来，小舟喊土豆："跟我一起去玩吧。杨科长，让土豆跟我一起去吧，从进京，都没放过一天假。"

杨北风说："想得美，局里这么忙，小舟你自己去就不错了，还想找个玩伴？！这你跟老汪请假试试，半天都不给你。"

小舟有意埋汰土豆："我不寻思土豆东北土老帽进城，没见过大世面吗，带他玩玩。我是啥都玩过了，想当年，戏园子，八大胡同……"

"哎，打住。注意啊，小舟。"杨北风虎着脸。

土豆回击小舟："不稀罕你那戏园子、八大胡同啊，那俺们哈尔滨，那老毛子娘儿们，这么高，老白了。"他用手比画着。

"你俩都给我滚。"杨北风训斥着。

"不去拉倒，我自己去。"小舟对杨北风说，"那我走了，杨科长，明儿一早就回。"

"行，别误了上班。"

"唉，知道了。"小舟应着声，已经走出老远了，连跑带颠的。

一个废弃的寺庙，崔家栋跪在菩萨的面前，闭着眼睛，十指合拢。从菩萨的身后，传来说话声，声音像太监："我是戏相公，高工你做得狠，只怕那个女医生已经怀疑你了。把她做了吧。"

"不不，"崔家栋给菩萨磕头，"请戏相公收回成命，她未怀疑我，我用命担保。"

"不要感情用事。"

"不敢。"

"暴露了，你就死定了，你可选择好了。"

"我知道怎么做，我的绊脚石就要消失了。除掉他，就万无一失了。"

"谁？"

"小舟，过去是旧警察。"

"杀，这样的人最可恶，他认人。"

"请戏相公放心，他活不过明天。"崔家栋跪着，眯着眼睛。听不到菩萨身后的声音，他小声喊了几声戏相公。没回声，他站起来，又喊了几声。戏相公这是走了，真是神出鬼没。

风吹得寺庙的门吱扭响，如一只无影的手，推着门开合。硕大的喜鹊，在枝头飞落。这儿不来人，俨然成了喜鹊的乐园，它们养得毛亮肥硕，已经飞不到天空了，只在枝头叽喳。

第二天，小舟没按时回来，到中午还未见人影。杨北风把这事跟老汪说了，老汪也拿不准怎么回事。考虑到小舟是旧警察，认识一些国民党的人员，没准这些人员当中就有潜伏北京的特务，正好小舟认识，杀人灭口呢。这是往坏处想，在新中国刚立稳脚跟的时候，社会情况很复杂。考虑到这一层，老汪决定，去房山找小舟。

在路上，老汪问杨北风："小舟带枪了吗？"

杨北风说："带了，他走的时候，连蹦带跳的，他举手，向我挥着，后衣襟就露出枪了，我看见了。"

"那还好点。"老汪说。

土豆说："那更不好，万一枪被敌人下了呢？"

老汪和杨北风带着人到了房山，挨家打听在北大附中读过书的人家。打听到有个姓李的人家，儿子在北大附中读书，家里就一个老妈。这个小李承认，小舟来过，但当天晚上就走了，说怕耽误早晨上班。

目前只能调查到这些，老汪警告小李，没有公安局的允许，不准离开家。

小李的老妈央求，他儿子是好人。儿子的同学是来了，她给做的饭，晚上吃完饭就走了。从他母亲的神态看，确实不知情。小李的家就在山脚下，杨北风提议去山上找找。

正上山，突然，一个十多岁的小男孩失魂落魄地往山下跑。见到杨北风他们，说他放羊，在山洞里看见一个死人。老汪马上想到了小舟。他下令，土豆和另一个干警，迅速下山，逮捕小李，以防他逃跑。他和杨北风跟着小男孩去找尸体。

土豆跑步往李家赶，远远望见从李家跑出个人。土豆大喊："站住，再跑开枪了。"小李听到喊声，飞快地跑。土豆站住，瞄准他的腿，子弹出膛，不偏不倚，掐断小李的腿。

在山洞里，发现了小舟的尸体，是从前胸中的弹，看枪眼，距离很近，就是在山洞开的枪。这么近的距离，还是在山洞里，周围也没有搏斗、挣扎的痕迹，是熟人作案。不是熟人，小舟不会跟他进山洞的。不是熟人，也不可能面对面开枪。从伤口看，用的是小舟的枪，现在手枪下落不明，很有可能手枪在凶手那里。找到小舟的手枪，就会真相大白。

老汪他们接着对山洞进行搜查，看是否能搜查到与案子有关的证据。出乎意料，在山洞的最里面，发现了一具高度烧焦的尸体。面目全非，只能分辨出男女，是具女尸。

这具女性尸体，还得请白雪花解剖，查找死亡原因、时间和死者的年龄。考虑到白雪花已经怀孕，挺着大肚子，怕接触尸体对身体有影响。但像这种情况，只有白雪花能给出确切答案。征求白雪花意见，她二话不说，立即投入到解剖尸体的工作上。

这两具尸体有什么必然联系和偶然联系吗？是一人所为吗？这些疑问，都摆在了老汪他们的面前。希望从解剖尸体上能打开缺口，挖出北京更多的潜伏特务。最好，能挖出戏相公。

第二十五章　为谁追惜

在审讯室里，小李还是那些话。他承认与小舟同学，小舟也去过他家，但绝不承认开枪打死小舟，他根本没枪。

杨北风着手办理此案，他去医院，看白雪花对那具女尸解剖的结果，对小舟案子是否有帮助。刚走进医院走廊，就看见白雪花正扶着墙呕吐。他快步跑去扶她。白雪花听见脚步声，慢慢抬头看。见是杨北风，她努力扶着墙站直了，看着杨北风。不经意间，眼神流露出的期望，让杨北风百感交集，他不知道身处何种位置，仿佛出现了幻觉，雪花就是他的妻子。他上前扶住白雪花，关切地问："雪花，没事吧？"

白雪花虚弱地摇着头。

"这样了，还逞能，让别人解剖呗。"

"我不放心。"

"对呀，你做我们才放心。"这句官话，拉开了两人的距离，他们不再是爱人，是同志。

"结果出来了。"白雪花又变成了严肃的医生。

"怎么样？"

"年龄在二十六到三十岁之间，死于中毒。"白雪花说，"从穿戴残存的布料看，生活富裕。这两具尸体，从死亡的时间和死亡的原因上看，没什么必然联系，一个是中毒，一个是中枪。"她从白大褂里掏出解剖报告，递给杨北风。

"谢谢你雪花!"杨北风看着白雪花的肚子,"快生了吧?"

眼睛无缘无故含着泪,为什么要这样?连白雪花自己都不知道,老汪对她多好啊,这样,好像老汪给她气受。

杨北风心里也酸酸的,抓住白雪花的手,说:"你自己注意身体,祝你和宝宝健康!"他只能做这些,白雪花要做妈妈了,而他却不是孩子的爸爸。老汪这个犊子,真不地道。

怎么能让小李开口?这个案子不胫而走,影响极坏,如果不尽快破案,老百姓惶惶不安。项局长、老汪和杨北风在一起想办法。盲目地审讯小李,不起作用,因为没证据。他就咬住,小舟是去了他家,但人不是他杀的。就像怀疑崔家栋下毒,但没证据,抓他也会抵赖。莫不如放他一马,寻求机会,牵出他背后的敌人。可以断定,凶手没有枪,是用小舟的枪打死了小舟。杨北风问,凶手是怎么拿到枪的?抢的?还是小舟给他看或玩的?

枪?!谈到枪,老汪灵机一动,说想办法,在枪上下功夫。想想枪。老汪的点拨让杨北风如在闷热的房间推开了一扇窗,豁然开朗,凶手此刻最惦念、最不放心的是手枪,手枪暴露,他就暴露。凶手现在急于往外捎信以便把枪藏好。何不给他的监室再安排个罪犯,给他制造捎信的机会?

有道理。项局长喊土豆去抓个小偷。

今天白雪花吐得厉害,主要是那具尸体让她反胃。夏玲说给老汪捎信吧。白雪花说算了吧,他们太忙了。自己回家休息会儿就没事了。夏玲不放心,送她回到家。

到家后,夏玲有点不相信,那么干净的白医生,家里是这样的乱。夏玲挽起袖子,扎上围裙,开始给白雪花收拾房间。又给白雪花熬稀饭,拌咸菜。白雪花感动地说:"有这么个妹妹该多好啊。"

夏玲麻利地干着活,说:"那你就把我当你妹妹得了呗。你不嫌我给你惹事啊,上次给你惹那么大的事,闹得杨北风背个处分。"

白雪花躺在床上,身后靠着被子,黯然神伤。夏玲端着稀饭,送到她床边,让她趁热快喝。白雪花喝了一口眼泪就落进碗里。夏玲递给她手绢,说:"哟,不会是被我感动的吧,我可没那么大魅力。不管怎样,先吃饭啊,你肚子里还有孩子哪,啊。"

"我今天见到杨北风了。"白雪花说。

"见到咋地了，他不会是特意看你的吧？甭感动，没用。对你真心的还是老汪。人家和那妖姬过得好着呢。"

"他也哭了。"

"猫哭耗子。"

"夏玲，我拿你当亲妹妹，你说，我咋就忘不了他？"

"等你有了孩子就忘了他了。吃饭吧。"夏玲又去擦桌子。这丫头，嘴快，手也快。

夏玲这么一说，白雪花心情好多了。她说："夏玲，等你和土豆结婚时，我可得给你好好张罗张罗。"

"行，等着吧。土豆那小子还是个孩子，不开窍呢。到时候，你和老汪都做我的娘家人。"夏玲飞快地擦着桌子上的茶碗。

先让凶手小李开口。

公安耍个花招。

公安抓了个小偷，是个十六七岁的小孩。把他和嫌犯小李关在一个监室，小偷抗议，说："我就偷点东西，你们就关我。我每次进来，教育教育就出去了。"土豆说："光教育不行了，你这不又进来了吗？没办法，领导出差开会，我们有权抓，没权放，等领导回来就放你出去。多住几天吧。最近犯人多，对不起，把你跟个死刑犯关在一起，先跟你说明了，你要对他好点，让你干什么就干什么，反正他是快死的人了，狂躁。惹毛他，掐死你，算你命短。"

别看嫌犯小李嘴上硬，他心也悬在半空，因为半空中悬着手枪，小舟的手枪。他已经把手枪放妥当了，但总觉得不隐蔽，后悔，埋地里或埋山上就好了。小偷战战兢兢走进小李的监室，大气不敢出，就靠着门边坐着。

小李问："你犯死罪了？"

小偷说："没有，偷东西。"

"那没事，几天就出去了。"

小李计上心来。他跟小偷唠家常，说些天南地北的事，还给小偷讲故事，慢慢两人关系拉近了，小李就说他死了不要紧，惦记着他的老母亲。他出来得急，老母亲这几日怕是粮食都断了，家里钱放在哪儿，老母亲不知道，别守着金子再饿死。小偷听到金子，心动，说这好办啊，等他出去，给小李捎信，告诉他老母亲金子在哪儿，让她买粮食吃啊。小李说些感激的话，还说，不会让他白跑腿，他母亲会给他酬金的。

三天后，放小偷。

暗中，杨北风和土豆不动声色地监视着小偷，一路跟踪。

见小偷进了小李家大门，杨北风示意土豆在大门外守候，小偷出来，再拘捕他。他跟进院子，贴在窗根下听他们说话。

小偷见到小李的母亲，说小李让他捎信，金子在柜底下的鞋里，让她拿出一些过日子，剩下的藏起来。小李的母亲千恩万谢，并给了小偷一笔感谢费。小偷出了大门就被土豆捂上嘴，拷了。

小李的母亲从柜底下拿出的不是金子，是手枪，她这才知道，儿子真是凶手。她赶紧把枪藏进包里，准备埋得远远的，可别放在家里，儿子让人来，没明说，她也知道是这么个事。她挎着包，刚走出屋门，杨北风从窗根下站起身子，走上前，说："大婶，您去哪里？"

做贼心虚，小李的母亲吓得包掉在地上。杨北风捡起包，查看里面的物品，一条白毛巾，裹着手枪。杨北风一眼看出是小舟的手枪。

人赃俱获。见到手枪和母亲，小李不得不承认，他是杀害小舟的凶手。他是受他的上线崔家栋指使，也就是戏相公。

戏相公？项局长拍案而起，戏相公你总算露出狐狸尾巴了。他命令老汪带人去电影厂抓捕戏相公——崔家栋。他和杨北风继续审讯小李。

事儿坏就坏在小舟认识崔家栋上。

杀害小舟很简单，因为他们是同学，小舟没有戒备心理。小李是想在家下手，毒死小舟，但处理尸体比较麻烦。吃饭的时候，他看见小舟腰里别着枪，就有了杀害小舟的办法。晚饭吃得早，小李就说去他家田边散步，权当消化食。小舟欣然同意，很久没出来玩了，领导给假，反正误不了明天上班就行。到了山上，在李家田边不远处，有个山洞。小李率先进了洞，小舟也没多想，跟着进去，玩嘛。走了几步，小李说，你是公安，胆子比我大，你在前面带路。小舟也有些怕，但小李都夸他是公安了，他不能当草包，壮着胆子，在前面走。小李在他后面，突然抽出他后腰的枪。小舟猛转身，说别闹，把枪给我。小李用枪指着他，一句话不说，砰，就是一枪。正中心口，小舟应声倒地。

老汪问，那具女尸体跟你有关吗？小李说无关，他压根没看见女尸啊。老汪分析，很可能是失踪的菲四美。

最狡猾的不是小李，是崔家栋。证据面前，他依然不承认，什么都不承认。他不是戏相公，他不认识小李，高工的死不是他下的毒。

审讯崔家栋，持续到第二天，他的回答依然就两个字：不是。后来干脆不说话。

怎么办？

正一筹莫展时，还是老汪说话，请白雪花来吧，他们在美国是同学，也很谈得来。他跟白雪花要结婚时，崔家栋曾跟白雪花表露过爱慕之情。也就是说，他暗恋着白雪花。只是，白雪花快生了，怕她身体不允许呀。

杨北风瞪了一眼老汪，愤愤不平啊。他说，老汪你还是不如我了解白雪花，为了新中国，她就是爬，也会来的。

审讯室里，只有白雪花和崔家栋。白雪花靠在椅子上，挺着肚子，样子很难受。见到白雪花，崔家栋低垂着头，他无颜见心爱的人。他低着头说："快生了，还到处跑。"

"你是我最诚挚的朋友，亲爱的同学啊。"白雪花轻声说。

"可我，不想我们在这种地方见面。"

白雪花用那双真诚的大眼睛看着他："亡羊补牢为时不晚，争取宽大吧。"

崔家栋抬起头，用眼睛询问白雪花："能行吗？"

白雪花读懂了他的眼神，他在求救。她开导着："难道你没看见日新月异的新中国吗？"

崔家栋伏案，呜呜地哭。突然，他抬起头，喊："来人，来人啊。"

土豆进来，"你喊什么喊？"

崔家栋提出要求："我要照相机，我要给白雪花拍照，否则，我什么也不说。"

项局长同意了他的要求。土豆把照相机拿进屋，递给他，说："你别耍花招，没用，只能罪加一等。"

"我向你保证。"崔家栋拿着相机，对白雪花说，"不管我做过什么，雪花，这一生，我最爱的人是你。因为你，我宁愿终身不娶。这在中国人看来是不可能的，别忘了，我是接受过西方教育的人。独身，我做得到。现在，我想给你拍张照片，我答应过你。"

"好，你照吧。现在我是两个人，还有我的孩子。"

"孩子，"崔家栋感慨，眼泪流满了他的面颊，"我很幸福，能给你和你的孩子拍照。你未出生的孩子也应该幸福，在他未出生前，是美国毕业的摄影师为他拍照。将来，拿出这张照片，你会跟他提到我吗？"

"一定，告诉他，有个叔叔，是那样的爱他和他的妈妈。被爱，我们都感到幸福，我会把这幸福传递给我的孩子。"

"那我们开始吧。"

"好的。"白雪花坐着照一张，又站着，微笑着抚着隆起的肚子照了一张。崔家栋想想，再来最后一张吧，给白雪花照张肖像照。这是属于他的白雪花，端庄地微笑着。

照完，他泪流满面，说："雪花，我这一生，最后请求你，把这三张照片洗出来，珍藏着，好吗？你答应我。"

白雪花也不由得泪流满面，哭着说："我答应你。"

"雪花，你为我流泪了，我值了。雪花，回去休息吧，放心吧，不用再来了，我会跟公安交代的。母子平安，雪花。"

白雪花没能站起来，她哎哟一声，然后是更大声的哎哟，她要生了。

崔家栋大喊：快来人啊，雪花要生了，快来人啊。

项局长、杨北风和老汪进屋，老汪喊备车，然后他抱起白雪花就往外冲。

大家都跟着跑到院子里，送雪花上车。白雪花说："你们谁都别去，让司机送我去医院，老汪也不用去。医院里有医生，这儿要紧，崔家栋有话要说，快去。"

项局长催促着司机："那快，快开车，去医院，路上小心。"

吉普车飞快地开出了院子。

医院那边雪花生孩子，公安局这边接着审讯崔家栋。

崔家栋交代，他不是戏相公，也是受戏相公领导。杀死小舟是我指使的，高工也是我下的毒。深感对不起白雪花，让她背黑锅。我坦白，就算向她赎罪吧。他说他也没见过戏相公，接受指令，是在废弃的寺庙里，戏相公躲在菩萨塑像的后面说话，然后，神出鬼没地离开。后来，他又去过那个寺庙找过他，没找到人。戏相公很诡异，也很谨慎，他不轻易在一个地方出现两次。

项局长问："没了？"

"没了。"崔家栋答。

片刻的沉默，面对面相望着。杨北风想起了进城第一天，往城外押运投诚国民党兵时那个脖子上挂着照相机的崔家栋。那时谁也不知对方的名字，就觉得应该说句话。

崔家栋笑笑，捉摸不透那笑的含义，无奈、轻松、藐视？他也想起了解放军进城的那天，如果他不是潜伏的特务，他接受整编，去了电影厂，他就能看见白雪花的孩子出生。也许，每个周岁，他都会给孩子拍张照片。或者，远远地看着孩子玩耍。他愿意做京城第一个单身贵族，心里守着白雪花和她的孩子。现在，他只能猜测，白雪花生的是男孩，还是女孩？孩子像白雪花，还是像那个大老粗老汪？他苦笑着，请示："我低血糖，可以吃块糖吗？"说着他从兜里拿出一块水果糖。

他剥开糖纸，往嘴里放……到嘴边时，杨北风跳起来，去抢他的糖块，已经晚了，他迅速把糖放进嘴里，说："真甜啊。没什么可遗憾的，一个旧生命逝去，一个新生命诞生，人类永远生生不息。"

崔家栋自杀，死于 W 蓝水中毒。

医院的走廊里传来响亮的新生儿的哭声，白雪花的儿子出生了，取名汪正，希望他长大了做个堂堂正正的男子汉。

原以为稳收网了，不想又是一场空欢喜。万能潜伏台戏相公在哪里？原打算，抓获崔家栋会牵出戏相公。崔家栋的死是个损失，本可以从他身上找到有价值的情报。现在公安部需要的不是多死几个特务或多抓几个特务，而是顺藤摸瓜，完全彻底地清除北京城所有的潜伏特务，消除隐患。老汪建议，干脆，把上官飘抓起来审讯，是时候了。北风反对，抓起上官飘，就等于放了戏相公。再说，有什么证据证明上官飘是特务？老汪说不出，他反问北风，上官飘是不是特务，你北风应该最清楚，监视这么长时间了。

两人的意见截然相反，北风的态度让老汪吃惊。老汪提醒北风，与上官飘结婚是你的任务。言外之意北风明白，他与老汪吵了起来。项局长最后拿主意，崔家栋死了，线断了，所以，上官飘这个线轻易不能碰，目前只能希望从上官飘这儿挖出更多的潜伏特务。如果飘是戏相公，就是把她抓起来，她什么也不会说，很有可能像崔家栋一样自杀，那又是一场空。

一年后。

在剧团，龙套都不让上官飘跑了，打杂。她多么热爱唱戏啊，可是，现在只能眼睁睁看着别人唱戏。她还是随身拿着虞姬的剑，随时准备着剧团领导让她上台唱戏。等了这么长时间了，看起来是没戏了。今天剧团领导让她带徒弟，是个十五六岁的小姑娘，师兄也带个小男孩。这是让他们彻底退居舞台二线了。

上天有时是那样善解人意，你在某一方面失意的时候，会在另一方面给你惊喜和补偿。上官飘怀孕了！北风高兴归高兴，但从没放松对上官飘的监视和怀疑。

下班回到家，上官飘就把上台演戏的双剑挂在墙上，挂得仔细，总是擦拭得一尘不染。除了挂在墙上，几乎不离身。她非常爱惜这双剑，北风认为这也是演戏人的德行。有时候她在屋舞上一段让北风看，过上一把戏瘾。杨北风每次都鼓掌，夸她是北京梨园圈里最有潜力的京剧演员，将来要当人民艺术家。上官飘就激动得热泪盈眶，北风哥，我绝不辜负你的期望，如果让我上台演戏，我一定为人民好好唱戏。可是，北风哥，他们不让我唱戏了，打扫卫生。杨北风就宽上官飘的心说，革命工作嘛，没有贵贱之分，干什么都是为人民服务。上官飘心里敞亮多了。

上官飘怀孕反应大，卧床两天，杨北风想法给她做好吃的，给她补身子。杨北风比雪花大十岁，撇开上官飘的特务嫌疑，杨北风还是疼她的。上官飘也总是跟他撒娇，温柔无限。特别是两人有了夫妻之实后，更是如胶似漆。老汪早就看出来了，曾提醒过北风上官飘是特嫌。北风也来气，没有夫妻这事的时候吧，拼命催着有，真有了吧，又拼命挤对。要不请求组织让我们离婚。北风说的是气话，如果让怀了他孩子的上官飘跟他离婚，他还真舍不得。不管她是不是特务，此刻是孕妇，是他杨北风的女人、妻子。

不管让不让上官飘唱戏，她都风雨不误地去剧团上班，她热爱工作，也热爱劳动。剧团面积那么大，都由上官飘一个人打扫，她从不喊累。下班的时候，她着急回家给杨北风做饭。杨北风告诉过她，不用给我做饭，我不定什么时候回来，加班的话，就在单位吃了。上官飘嘴上答应着，但还是照做不误。她说家里就两口人，做了饭两人一起吃那才像个家。做饭等着男人回来吃，那是做妻子的本分。她要做个温温柔柔的好妻子。上官飘由于路走得急，回到家就身感不适。她想去医院，但已经走不动了。她也害怕肚子里的孩子受影响。她盼着北风回来把她送到医院。

这回杨北风倒是回来得挺及时，但看那表情，不是回来看她的，而是审她的。先是迂回着问，然后直接问，大有不交代就把你捞下床痛打一顿的阵势。崔家栋死了，案子又搁浅了。他是想从上官飘的嘴里掏出关于崔家栋的情况，看和她有什么关系。

上官飘见到杨北风回到家像见到了救星，说她很难受。杨北风说又反应厉害了吧。上官飘说可能是吧。他给上官飘倒杯水说："房山洞里发现尸体的事，你听说了吧？"

街头巷尾都在议论这事，上官飘不能说不知道，她说："听街坊们议论了。"

"这个案子我们破了，是一个叫崔家栋的特务干的，电影厂的摄影师。"杨北风说得尽量详细些。

这个上官飘听师兄说过，师兄还配合崔家栋去医院毒死过高工。他们都受戏相公领导。

"你听说过崔家栋吗？他过去是国民党，经常出入高级场所，戏园子也是必去的地方。你如果跟他有接触，可以给我们公安提供些有价值的信息。"

摇头，上官飘想尽量少说话，言多必失。她想，杨北风要破的案子，又遇到瓶颈了，她不能说话，小小的漏洞，他就会找到突破口。

"你不可能不认识他。"

"我真不认识，过去，我很少出去陪着客人喝酒。北风哥，你问这些，我理解你，像我们唱戏的，过去难免有应酬的事，偶尔出去，也是被逼无奈呀。要不咋说是万恶的旧社会呢。"上官飘把杨北风的问话引向夫妻嫉妒和忠诚上。

"我不是这个意思，想你心知肚明。再狡猾的狐狸，总有露出尾巴的时候。"杨北风急了，能不急吗？她整到万恶的旧社会上去了，觉悟倒挺高。

上官飘不声不响，脸色苍白。

起先杨北风以为上官飘装的，唱戏的，为了逃避事实。一会儿，上官飘不动了。他忽然想起，上官飘是孕妇啊，怀的是他的孩子。他喊着："飘，飘……"上官飘虚弱地说："北风哥，送我去医院。"

杨北风抱起上官飘冲到院子里，也不知谁的平板车，把上官飘放到平板车上，直奔医院。

进医院走廊，杨北风抱着上官飘就喊："雪花——雪花——"

白雪花听到喊声，从病房里奔出来，她听出了杨北风的声音，这么喊她，知道一定有急事。出什么事了？看见他怀里抱着上官飘，明白了八九不离十，她说："快，直接进抢救室。我先抢救，你去办住院手续。"

给上官飘做检查，量血压。等杨北风办完手续，上官飘已经苏醒，挂上了点滴。

杨北风惊慌失措地问白雪花："上官飘没事吧？"

"没事了，给她用的是对孕妇没有副作用的营养药。"白雪花瞪一眼杨北风，"就是动了胎气。再就是营养不良。"

"谢谢你，雪花。"杨北风感激地说。

为了上官飘，你谢我。白雪花心里酸楚，对上官飘可是真好啊。她看见了，杨北风刚进医院都急成什么样了，这个上官飘是真有福啊。她就在京城等着，等着白雪花他们打下江山，等着白雪花给她占下一个好男人。她一路上爱着这个男人，合着是替上官飘爱着的。

"医院这么多医生，喊我干啥？"白雪花沉着脸说，"以后别找我，那么多医生呢。"

"习惯喊你了，雪花。是我不好。"杨北风笑着讨好白雪花。

"你是怎么照顾媳妇的，怀孕还让她练功唱戏，都什么时候了？这个时候更应该注意。"白雪花批评杨北风，她始终拉着脸子，没好气。

杨北风倒是心里热乎，听出了亲情的味道。

白雪花家永远是这个情景，白雪花在看书，老汪打扫卫生，做饭，看着孩子小汪正。现在好多了，有汪正嬉闹，屋里有了说话的声。老汪用背带背着汪正，忙活着做饭。可能是捆的时间长了孩子哭闹。老汪说："雪花，你别看书了，看会儿汪正吧，他不干啊。"

白雪花放下书，走到厨房，从老汪背上解下孩子，抱在怀里。汪正立马不哭了。

老汪切着菜说："看见了吧，还是跟妈亲啊，十月怀胎呀。"

汪正嬉笑着，搂着白雪花的脖子亲。

雪花看着儿子，说："上官飘也怀孕了。"

"这我知道，杨北风跟我说了。"老汪炒菜。

"她去我们医院了。"

"谁呀？"

"上官飘啊。"

"咋的了？没事吧？"

"就是动了胎气，给杨北风急坏了。"

"能不急吗？不过，你给看的，你看的准保没事了。"老汪和杨北风一样信任雪花。

"杨北风也要当爸爸了。"雪花说这话，看不出喜，也看不出忧，像是顺嘴说说。但老汪能听出其中的滋味。白雪花呀，别看给他老汪生儿子了，心还拴在杨北风身上呢。

在家里，白雪花要么不说话，要么说话的内容永远离不开北风。老汪已经听腻歪了，开始还醋意横生，现在已经麻木了。

今天雪花想说个痛快，说北风对上官飘也不是真好，都那样了还让上官飘上班，累得进医院，孩子差点掉了。你们男人真是太粗心了。

白雪花平常没这么多话，今天她是受刺激了。不用说，杨北风抱着上官飘跑进医院，还得白雪花给看病。三个人是这种关系，白雪花能不难受吗？

吃过饭，老汪抱着孩子，劝白雪花跟他出去遛弯，散散心。正走到小河沿，遇到杨北风挽着上官飘遛弯，两人有说有笑的。其实两家住得不远，拐过一个胡同口就是北风家，但两家没事从不走动。

白雪花想往回走，老汪拽雪花，还能总不见面了，他两口子应该谢谢你，多亏了你，才保住胎。你是功臣，躲什么。看着杨北风和上官飘亲密的样子，老汪竟出现了错觉，上官飘不是特务，跟所有的普通妇女一样，生儿育女，相夫教子。如果真那样多好，他们是正常的两户人家，正常往来，也过上平常老百姓的日子，高高兴兴，居家过小日子。

还是老汪先跟北风打招呼，看见白雪花，杨北风对老汪怎么也热情不起来。他不搭理老汪，却抱过老汪的儿子，举过头顶，逗着孩子玩。上官飘倒对老汪非常热情，声声叫着汪大哥，问雪花好。

破坏新中国的外交也是特务的目标。这个指令，盛春雷早就接到了，正寻找机会。

明大北京站迎外宾，估计公安系统的人都要出动，这是新中国成立以来为数不多的来宾，格外重视。盛春雷和陈三爷早就商量好对策，即使在北京站打不着首长，也要把现场搅乱。要不没法向上峰戏相公交代。

师兄一早就到了上官飘家，提一条鱼，自己起早钓的，给师妹补身子。杨北风正着急出门，见师兄拎条鱼挺高兴，他也想让上官飘吃点好东西，对肚子里的孩子好。杨北风走到大门口了，总觉得不妥，转念一想，他从门口折回来。干公安的警惕性让他怀疑师兄来有事，他要观察一番。他进屋看见大盆里放着一条鲤鱼，还活呢，在盆里游来游去的。

上官飘知道北风的动机，也知道师兄的动机。他俩不是为了看盆里的鱼，而是猜测彼此心里那条活蹦乱跳的鱼。上官飘指着游在盆里的鱼，说了句暗语："师兄，你去钓鱼吧，回头我去剧团，跟领导说声，让他们中午等着吃鱼。"

师兄心领神会，说："那我先走了。"师兄几乎是刚把鱼放到盆里就走，他边走，边甩着手上的水说。

"哎，对了，师兄，"上官飘对着盛春雷的后背说，"剧团有信佛的，甭让鱼活着，惹麻烦。"

"知道了。"盛春雷应声，人已经出门了。

师兄和北风几乎脚前脚后走出门的。

今天北京站的任务由陈三爷执枪，盛春雷掩护。

剧团里很热闹，新的霸王和虞姬在排练，都是十五六的孩子，上官飘走上前指导了一番。她来剧团，就是为了证明，盛春雷刚从她家走，去了怀柔钓鱼，中午给剧团改善伙食。听上官飘说盛春雷去钓鱼了，团长批评了盛春雷，也说给上官飘听，这个盛春雷呀，自从你不能与他搭戏，他变得无组织无纪律。剧团里还有小一辈需要他指导嘛。上官飘表示，她会坚持来剧团指点孩子们学戏，也误不了打扫卫生。

北京站道两旁是手持彩花的学生，还有群众，便衣混在人群中，化了装的陈三爷和盛春雷也混在人群中，离得比较远。近前戒严，不准靠近。但就是这样的距离，只要 A 首长出现，也就一枪毙命。北风和老汪穿着便衣在 A 首长左右。外宾走出车站，A 首长上前迎接。

自从怀孕，上官飘是那么渴望平安，渴望活着。一个个特务都死了，下一个会不会是她，她心里没底。崔家栋的死，点拨了她，所有在北京的潜伏特务，跟她有直接联系的，也就是陈三爷和师兄。陈三爷是她最大的威胁，不，应该说是她和师兄的最大隐患。一旦他暴露了，跑不了她，也蹦不了师兄。她倒是不怕死，但她怕失去北风，怕失去肚子里的孩子。过去，她心里记挂着父亲，盼望着和父亲团聚。现在又添了新的记挂，杨北风和孩子。她多想除掉陈三爷，最好做得天衣无缝。她祈祷着老天爷给她这个机会，看在肚子里孩子的面上。师兄她不怕，就是刀架在师兄的脖子上，他也不会出卖她。她也一样，宁愿舍弃自己的生命，也不能供出师兄，养育之恩哪。这次，她说不要活鱼，想必师兄已经明白了。是一语双关。一个是要陈三爷死，另一个是中午弄到剧团的鱼别露出破绽。在这种场合，陈三爷成功被抓，那就是三人被抓。今天，陈三爷，无论成功与否，都是死路一条。事情早晚会从他那儿鼓包，查清楚了菲四美，也就牵扯出了他，那他们这个特务小组，也就土崩瓦解了。

上官飘拿着笤帚正扫地，她神秘地笑了下，陈三爷死定了。她了解北风的枪法，陈三爷就是把 A 首长打死，他也逃不过杨北风的枪子儿。陈三爷就是失手，逃过杨北风的枪子儿，也逃不过师兄的枪子儿。

她拿着笤帚，当作虞姬的剑，媚态十足地舞了几下。

孩子们的欢呼声，增加了现场欢乐祥和的气氛，每张脸上都洋溢着笑容。A首长走下黑色轿车，向外宾走去。人群正喊着热烈欢迎，陈三爷掏枪，盛春雷在不远处手也放在了腰间。

杨北风和老汪表情严峻，目光犀利，护卫在 A 首长的左右。还有五米，A首长再有五米，就握上外宾的手了。陈三爷的枪响了，老汪迎在 A 首长面前，子弹打在老汪的肩胛上。杨北风出枪，在人群中，他一眼盯住陈三爷。这种情况一般人不敢开枪，怕伤到群众，但杨北风枪法稳、准、狠、快。陈三爷放完枪就知道错了，枪响得太早了。他已经无法补第二枪了，逃命要紧。他扒开人群跑，尽量往人多的地方跑，用人群作为掩体，子弹很难伤到他。但人群是把双刃剑，同时也挡住了他的去路，跑得慢。盛春雷看陈三爷失手，他想补 A 首长一枪。看见杨北风在人群中追赶陈三爷，他把枪塞回腰里，紧盯着杨北风。如果杨北风的枪法准，他溜之大吉；不准，他要开枪替杨北风打死陈三爷。因为，陈三爷被抓，会供出上官飘和自己。如果盛春雷打死陈三爷，他自己被抓，上官飘安然无恙，继续潜伏北京，这也是他们特务小组的最高宗旨，也是保密局和戏相公最后的目的。他在等杨北风的一声枪响，准些，再准些。他也活命了，还能看见师妹。他俩要活着，他答应师妹了，完成大业，和她的父亲团聚。

当年是这些特务做的手脚，他也是其中之一。那次他们从飞机上下来，上峰明确告诉他，上官飘的父亲在台湾，任务完成，他们团聚。以此要挟上官飘，为党国效力。枪响了！杨北风举着枪，紧追几步，出枪，他一枪瞄准陈三爷的后脑勺。

　　瞬间，眼前像盛开了五彩斑斓的鲜花，分外耀眼。这是陈三爷后脑勺中枪后盛春雷出现的幻觉，他整个人也飘起来，飞离了大地，飞翔在天空。他悄悄地，溜出了人群。

　　便衣很快清理完现场，瞬间恢复秩序，好像什么也没发生。老汪肩胛中弹，他咬着牙，坚持，不让群众和欢呼的孩子们看出他负伤了。他忍着剧痛，走完全程。

第二十六章　千丝乱

外宾和首长们顺利地上了车，几辆黑色轿车稳稳地行驶在长安街上。

看着远去的轿车，万事大吉。老汪突然靠在杨北风身上，往地上出溜。他是失血过多，晕倒了。杨北风背起老汪上了旁边的吉普车，他打着火，加大油门，向医院开去。他开着车，对靠在后座的老汪说，老汪你挺住啊。老汪缓过气来，说，开车吧，我死不了。到了医院大门，杨北风背着老汪冲进医院，大声喊雪花。

冲进病房的有白雪花和夏玲，雪花怕死了，就怕走廊传来杨北风的喊声，一准是要紧的事。这回，着实把白雪花吓住了，杨北风背着老汪，血染了杨北风一肩头，老汪中弹了。白雪花趔趄着，扶住了身边的夏玲，手脚冰凉。她努力振作着，快，快，直接推进手术室。杨北风把老汪送进手术室，就被撵出来了。夏玲帮着白雪花穿衣服，戴手套，并给白雪花打气，雪花医生，这可是救自己的爷们儿，您可要挺住，还要稳住。白雪花点头，眼神坚毅，她给老汪取子弹，整个过程一句话没说。子弹取出来，往盘子里吧嗒一放，雪花舒了口气。老汪虚弱地说，雪花，我很幸福。白雪花握握他的手，又拍拍，冲他微笑。她摘下口罩，走出手术室。杨北风迎着她站起来，默默地望着她……

上官飘挺着大肚子，卫生打扫完了。她一边指导着学生，一边等着师兄。

今天不知怎么了，上官飘特别馋鱼。她想着家里大盆中的鱼，师兄放进去的时候还活蹦乱跳，如果趁活着烹调了，一准鲜美无比。她很久没吃鱼了，不是她馋鱼，是肚子里的孩子馋鱼了。不光馋鱼，还馋肉。有时，她用手抚摸着肚子里的孩子，拿出藏在墙缝中的首饰，想当了，换点好吃的，让肚子里的孩子解解馋。觉得不妥，又把它放了回去，怕惹祸上身啊。老汪到处查在天津取款的裴小姐，所以，他们再也不敢邮寄经费了。她宁可过苦日子，愿保平安。但她也扛不住了，日子太苦。今天咋就这么馋鱼啊，馋得竟出现了幻觉。大盆里的活鱼已经红烧了，油亮亮地摆在桌子上，她一个人有滋有味地吃着，多久了，她没这样享受过。那过去的时候，散戏了，到馆子里要上一条松仁鲤鱼，什么疲劳都没了。

师兄回来了，袋子里拎着几条大小不等的鱼。拎到剧团的伙房，他下手刮鳞开膛，下锅。他是怕别人收拾，识破鱼不是钓的。从伙房出来，看到上官飘，他知道上官飘正等他的消息。他与上官飘说暗语，鱼都死了。上官飘浅笑着，中午有鱼吃了，真好。

下午，盛春雷空闲的时候，帮着上官飘扫地。他明确告诉上官飘："你是党国多年培养的精英，意志绝不能动摇。即使有那么一天，我暴露了，你还要继续潜伏下去，最后你才是万能潜伏台。就剩我们俩了，不是身单力薄，而是轻装上阵。这次，我们就算立功了，离见到你父亲又近了一步。我会这样向台湾方面汇报，陈三爷殉国，打死一重量级公安。"看着上官飘错愕的眼神，盛春雷说："只不过把打伤改为打死。"他看着上官飘的肚子，显得沮丧："师妹，跟剧团说说，别上班了。卫生我替你打扫。"

上官飘说："不用，正好可以锻炼身体。"

在公安分局的院内，杨北风带人剥去杀手伪装的外衣，摘掉人皮面具，发现这个被打死的杀手是福瑞祥的老板陈三爷。公安立即查封了他的绸布庄。在他家靠茅房的地窖里发现了枪支弹药，在他家卧室发现了女人的旗袍。这倒不奇怪，他是有老婆的，老婆死后他没再娶。但这件旗袍和他老婆遗留的旗袍肥瘦不一样，说明是另一个女人的。像他这种人是不缺女人的，但伙计二子说，这旗袍是菲四美的。伙计不知道陈三爷是特务，他什么也不知道，就打杂卖布。

菲四美？是盛春雷院里的菲四美吗？这么说，那天他们来查丢失的枪支弹药，从他屋里跑出来的那个女人就叫菲四美？老汪把旗袍拿给盛春雷辨认，问是菲四美的吗？盛春雷说是，见她穿过。在这件事上，盛春雷如实回答，因为菲四美已经死了。

由此推断，菲四美就是替陈三爷这些特务取款的人。公安查得紧，陈三爷卸磨杀驴，杀人灭口，以除后患。从取款时间和菲四美失踪时间看，房山洞里的女尸很有可能是菲四美。那么，这个案子就算结了，还是不能结？取款人叫裴四美。

新问题又摆在了项局长的面前，陈三爷是独立的还是与戏相公有关联？

上官飘没告诉杨北风，自己买了两瓶苹果罐头去医院看望老汪。上官飘轻轻推开病房门，看见雪花，先跟雪花打招呼，轻声细气的，一口一个汪大哥，嘘寒问暖，无限关切。

"假情假意的。"夏玲嘟囔一句。白雪花保持沉静，还是一副严肃的样子。老汪欠着身子，招呼上官飘快坐。上官飘笑眯眯的，把罐头放到桌子上，然后，坐到旁边的椅子上。白雪花依然严肃，看着上官飘隆起的肚子，说："快生了吧？还来回跑。"

"还有一个月，我注意，谢谢白医生关心。"上官飘还是笑脸相迎，神态是赔着小心，生怕得罪在场的每一个人。

恰巧，杨北风也来了。看见上官飘坐在这儿，他有些意外。没等杨北风问，上官飘解释："汪大哥受伤了，我替你来看望，寻思你工作忙。"

老汪哈哈笑，笑疼了伤口。"北风我跟你说啊，弟妹就是比你懂事啊。"他看着上官飘的肚子，竟没心没肺地说，"北风，弟妹生个女孩咱就做亲家啊。"

除了老汪，屋里所有人都不自觉地看着白雪花。片刻的沉寂，白雪花对着大家微笑了下，脸上的肌肉僵硬，显然是敷衍的笑。她说："你们坐吧，我还有手术。老汪，你别太累了。"她一个人走出了房门，闪出门去的瞬间，她的背影那样孤寂。白大褂穿在她身上显得肥大了些，雪花真瘦了。

夏玲白了一眼老汪，说："姐夫，你真缺心眼。你等着，换药让你疼。"

老汪看看大家，无辜啊，莫名其妙啊："我没做错啥呀，夏玲啊，姐夫挺听话的呀。"有的人就这样，明明说错话，办错事，浑然不觉，还觉得办得老漂亮了。

夏玲也不解释，没法解释，说："你就是缺心眼。"随后便走出了病房。

上官飘低着头，掩着嘴笑。老汪和杨北风面面相觑。

公安部给老汪和杨北风记了二等功。项局长乐不起来，戏相公压在他心里，像个磨盘，在他心里碾压。想到戏相公，就像走进了死胡同，他真想把这胡同凿开个窟窿，让那边的阳光普洒大地。目前没别的招儿，想搬掉心中的石头戏相公，还得找杨北风，老汪受伤了。

在医院里，项局长也看到上官飘了，看样子，快生了。他感触颇深，该说百感交集。当初进京的小伙子、小丫头，已经为人父母了。但是，杨北风啊，你的婚姻是特殊的。项局长背后找杨北风谈话，他说："北风啊，我们不能沉浸在功劳的喜悦当中啊。"

"局长，啥意思嘛，我没骄傲啊。"杨北风的表情还是喜悦的，有功劳，为什么不让喜悦啊。

项局长咳嗽了声，想着措辞："上官飘，啊，快生了，没听你说啊。"

杨北风难以理解，凭什么，我媳妇什么事都要跟你说呀？"那是我的私事啊。"项局长听了这话是有些火，但杨北风说得也在理。干脆，他跟杨北风半明半暗说白了吧："北风啊，你跟别人不一样啊，这个你不要忘了。不要沉溺在儿女情长上，抓紧揪出戏相公。"

北风火了，他哪天也没放松警惕。关于儿女情长，就是说他和飘感情好，那他也不能天天打媳妇吧？再说天天躺在一张床上，没孩子那就不是人了。这话他压在肚子里，确实，这么长时间了，他没从上官飘身上获得任何有价值的情报，对挖出戏相公也没起到应起的作用。惭愧。他还窝囊呢，他跟谁说去呀。杨北风压压火，说："我时刻牢记自己的使命。"

"这就对了。"项局长拍拍杨北风的肩，"有你这句话，挖出戏相公，指日可待。"

老汪能在医院待着吗？没几天他就出院了，接着查装小姐取款案。

别看家里没有温暖，老汪还真不愿躺在医院的床上，想家，想自己睡觉的窝。现在躺在床上，舒服！还得是家呀。金窝银窝，不如自己的草窝。白雪花和老汪背对着背躺在被窝里。每次白雪花躺下，从不翻身，她就占床的很小的一个边儿睡觉，那情景，生怕挤着老汪。而今晚，她翻了两次身，但最终，背还是对着老汪。她背对老汪说："我怎么觉得……"不说了，她嘶哈着。

老汪翻过身，脸对着白雪花的背："你觉得啥呀，怎么说半句话呀？"

"不好说。"白雪花叹口气说。

"赶紧说，让不让别人睡觉了？急人。"

"你可别出去瞎说啊，"白雪花先给老汪打预防针，"我跟上官飘见了几面，就觉得她假，生活中也像演戏。特别那次去医院看你，那眼神，那话儿，那动作，假得够呛，比演戏还假。"

"这有啥奇怪的，在台上演戏已经成习惯了，渗透到生活中了呗。演戏的人，本来就假摆的。"

"可能吧。"白雪花停顿了会儿，"你知道夏玲咋说她吗？"

"咋说了？"

"像个女特务。"

这话，像块石头，呱唧砸到老汪的心上，砸得他半死，半天喘不上气来。

"也是啊，"白雪花分析着说，"从长相和笑上看，上官飘笑得再甜美，就越觉得假，不像自己人。"

老汪心里咯噔一下，他蒙。如果他同意了白雪花的猜测，那杨北风的婚姻就有问题，找到了杨北风结婚的问题，也就泄密了。前功尽弃、全盘皆输。他们两家的婚姻，也会走向土崩瓦解。但目前，连他们公安也拿不准上官飘是不是特务，是不是戏相公。他从床上坐起来，严厉地批评了白雪花："恨杨北风但不能走板，会出人命的，雪花。"

白雪花也从床上坐起来，瞪着眼睛："我说错了？"

"对，人命关天。想对杨北风好，就不要再说了。"

白雪花点头，但眼神将信将疑。

老汪都不知道怎么劝雪花了："雪花呀，杨北风再怎么不是人啊，你俩毕竟好过，别下黑手。"

"我能吗？我是那种人吗？"

"还有啊，告诉你们那个夏玲，别一天到晚啥话都说，还女特务，说她是女特务，她愿意听啊，说话咋那么不负责任呢。"老汪气呼呼地倒下，蒙上被子就睡。

在杨北风的家里，杨北风正弯下腰给上官飘洗脚，上官飘肚子大得弯不下腰。当杨北风的大手握住上官飘的脚时，上官飘心头一热，哭了。上官飘觉得对不起北风，让北风把工夫都耽误在自己身上，自己不暴露，丈夫就无功而返。她真想告诉丈夫，她就是女特务。可又不能说，她离不开杨北风。

哭鼻子，杨北风笑话上官飘，快当妈妈了，还像个孩子。他鼓励上官飘，一定生个男孩，凭什么老汪家有儿子？最好生一对，一个男孩，一个女孩。听了这话，上官飘心里暖成了一团火。但杨北风什么时候也没丧失警惕，他又给飘溜小缝，说现在北京设立了秘密自首的地方，很多潜伏特务都去自首了，政府都给了宽大政策。听了这话，上官飘的心又冷成了一坨冰。

上官飘的预产期快到了，在家休假。白雪花的儿子汪正一岁多，从农村请的保姆这几天回农村忙农活，汪正就没人管了。白雪花是工作狂，她手术，不可能带着孩子就留给了老汪。孩子哭得厉害，老汪还着急上班，无心哄孩子，就抱着孩子出门去局里。走到胡同口，老汪正好与买菜回来的上官飘遇上，看着孩子哭个不停，上官飘就接过孩子，抱在怀里哄，问老汪抱着孩子去哪儿呀？老汪说没人看孩子，他抱孩子去局里。上官飘笑了，抱着孩子怎么办案啊？得了，把孩子留给我看着吧。老汪连客气话都没说，正巴不得，这都迟到了，项局长轻饶不了他。如果他再抱着孩子去，那就别干了，回家抱孩子算了。

这短短的接触、对话，老汪也觉得上官飘温柔，还说假，哪儿假？不赖杨北风对她好。上官飘抱着小汪正，拉着他的小手，小汪正立马就不哭了。可有人看孩子了，老汪迈着大步走人。

等白雪花下班回来，已经掌灯了。她到家一看，孩子和老汪都没回来，这老汪带着孩子还回这么晚。一会儿，白雪花听到了脚步声，是老汪回来了。见老汪进门，怀里空空的，没抱孩子。她就往老汪的身后看，说："孩子呢？"老汪这才想起儿子汪正："在上官飘家呢。"

两口子齐刷刷往上官飘家走，白雪花责怪老汪："你就放心？"

老汪突然想起，上官飘是特嫌啊，我怎么把孩子交给她了？！

白雪花的意思是上官飘挺着大肚子，自己还照看不了自己，再看个孩子。

刚到上官飘家门口，就闻到了饭菜香。进门看见的情景，让人温暖无比。白雪花感触颇深，作为女人，她从未为家营造这样其乐融融的气氛。房间不大，但干净整洁。饭菜摆在桌子上，想必汪正嘴馋，或是饿了，吵着要吃饭。正坐在椅子上，伸着小脖子，看着桌上的饭菜，小手指着，嘴里含混地说着，吃这吃那。上官飘用小勺，喂着他，哄着他。看样子，杨北风也是刚回来，正在洗脸，还逗着小汪正，三个人不断发出开心的笑声。

白雪花看到这样的一幕，挺感动的，说："谢谢你了，飘，帮我看着汪正。"

上官飘温柔地笑着说:"我应该谢谢你,你的儿子给我带来了很多快乐,要不我一个人闷死了。"

老汪抱着孩子要走,孩子还不走,边哭边指着饭。

这时,上官飘又拿来了碗筷,说:"都在这儿吃吧。"

老汪痛快:"行行,我看行,要不回家也是我整饭。"白雪花站着不落座,她看着杨北风,又看着自己的脚尖。等她再抬起头,又碰上杨北风的眼睛。杨北风指指座位,示意她坐。白雪花慢慢坐下,杨北风又指着饭菜"吃啊"。白雪花又站起来,说:"老汪你跟孩子在这儿吃吧,把孩子喂饱了。明天有手术,我回去查点资料。"老汪也没强留她,他知道她心里还别扭着,毕竟心里还放着北风。这是无法改变的事实,老汪也不在乎了。

走在回去的路上,天已经黑了。泪水在白雪花的脸上流淌着,尽情地流淌吧,黑天,谁也看不见。她还是无法接受,杨北风成了别人的丈夫,她也无法与抢走她爱人的女人平起平坐,同桌进餐。从杨北风的眼神,她能看出,杨北风还是爱她的,那为什么就不等她,为什么跟别人结婚?她当初跟老汪结婚,就是为了气杨北风,让他自责一辈子。现在看来,她是自己折磨自己,她情绪低落,她不做家务,那是因为生活里没有杨北风,她已经对生活失去了热情。她想时间会冲淡一切,可结婚这么长时间了,她依然忘不了杨北风。她想有了自己的孩子,会减轻对杨北风的思念,可惜不是的,她对北风还是念念不忘。她算明白了,她结婚,是用另一种方式表达对杨北风的爱。杨北风,你能感觉到吗?

灵境胡同又传来了崔大妈的吆喝声,冰糖葫芦——

一辆黑色轿车,驶出灵境胡同。崔大妈已经看见多次了,这辆黑色轿车,早上八点,准时驶出胡同。别人卖冰糖葫芦,都出门晚些,只有崔大妈,早早就出门。有时太早,她不吆喝,怕惊醒了睡懒觉的。她就扛着冰糖葫芦杆子,满胡同转悠。岁数大了,睡不着觉。崔家栋死后,公安也查到了她,希望她能配合公安,查出崔家栋更多的罪行。崔大妈向公安表明态度,他们是姑侄关系,侄子是特务,如果她早知道,一样检举他,决不姑息。她不知道啊,想他能混进人民的电影厂,还骗不过她这个老婆子吗?从此,她与崔家栋断绝姑侄关系。一个以卖糖葫芦为生的、年迈的老人,对新中国也无比热爱,协助公安,在社

343

区做了不少工作，过去，还帮着公安抓过特务。崔大妈的表现让公安调查人员对她丧失了警惕。

黄昏，天边只留下一丝红云，正被暮色渐渐吞噬。天坛古树下，盛春雷刚把手伸进古树窟窿里，树的对面传来说话声："树欲静而风不止。"

接头暗号，盛春雷看不见对面的人，这棵古树直径有半米。他接暗号："泰山压顶，雪压青松。"

"我是戏相公。灵境胡同有辆黑色轿车，早晨八点准时从胡同开出，打死车里的首长。记住他坐在后座。"

"是！"

"但，不是你去开枪，你目标太大。"

"谁？"

"上官飘。"

"她行动不便。"

"我知道，她怀孕了。她去，谁也不会怀疑孕妇。"

"不去呢？"

"她的孩子见不到明天的太阳。"戏相公恶狠狠地说。

"我们什么时候可以离开。"

"完成这个任务。"

天已经擦黑，盛春雷听不到树后的声音了，转身看见一个矮粗的黑影消失在古树另一头的夜色中。

小汪正总吵着去找婶婶，说婶婶好。所以老汪两口子打不开点儿就把孩子往上官飘那儿放。杨北风不干了，别把我媳妇累个好歹的，你家的小少爷凭啥俺家看？老汪脸皮厚，你爱说啥说啥，雪花有手术，他要办案，把孩子扔到上官飘那儿就走人，有本事你把孩子扔大道上。他掐算准了，杨北风就是嘴上发狠，他们两口子都喜欢汪正。

有时，老汪不送汪正，上官飘还去家里接，看不见想。白雪花值夜班时，汪正晚上就住在北风家。

盛春雷偶尔到上官飘家，送些好吃的。他光棍一条，工资省了给上官飘花，她怀着孩子，身子弱。上官飘这段时间请假，没去剧团。盛春雷见不到师妹，心里也惦念着。

最近盛春雷很烦躁，这样提心吊胆、朝不保夕的日子什么时候是个头？！他想去广州，偷渡去香港，但他又放心不下飘。看形势，只能干耗着，不能行动，行动就暴露。他们现在的首要任务就是潜伏，能够潜伏下来就是胜利。可戏相公又下指令，打黑色轿车，非得上官飘执枪。戏相公也是看透了形势，北京的公安越来越精悍，经验越来越丰富。不像刚进京时，误打误撞的。所以，任何一点小的行动，都如履薄冰，稍有疏忽，就会被公安抓住尾巴。枪击黑色轿车的事，他想自己扛着，可是，戏相公要求上官飘去。万一他去了，成了，万事大吉；砸了，涉的不是上官飘一人，还有她肚子里的孩子。孩子有个闪失，也就等于要了师妹的命。左右为难，他面对师妹，忧心忡忡。他拉着上官飘的手，看着她的肚子，欲言又止。他说："师妹，你有了孩子，师兄替你高兴。有些事，我也难过，你理解师兄的心吗？"

上官飘点点头。

"这孩子生了，应该叫我一声舅舅，我还教他唱戏。"盛春雷的表情，是深深的眷恋。

师兄不会轻易到她这儿来，他不是为了说孩子的事。上官飘直接问："师兄，你有什么事，说吧。"

盛春雷传达了戏相公的指令。上官飘下意识地抚摸着肚子，说："我去。"

盛春雷突然握住了上官飘的手："别怕师妹，无论情况如何，师兄都在你身边，师兄绝不会扔下你不管。假如你栽了，师兄也不活了。"

上官飘扶着师兄说："把心放肚子里，不会栽的，戏相公有眼力，他没看错人。"

"告诉你个好消息，戏相公答应了，等这事完了，我们可以离开。等你生了孩子，我们三人一起走。"盛春雷说到离开，兴奋得眼睛发亮。

上官飘平静如水："以后再说，现在我什么都不想，别让我分心。杨北风就是我的丈夫。"

"好好，师妹去行动，不该分你的心。目前只有我和师妹了，到了天知地知、你知我知的时候了。"他暗暗发誓，师妹暴露可以供出他，他暴露了，守口如瓶。他抱了抱上官飘，并在她额头上吻了下，恋恋不舍地走出了上官飘的家。上官飘已经看见，师兄转过脸去时，眼里含着泪水。

炸毛主席专列的案子，还有些情况需要去哈尔滨做调查。哈尔滨，杨北风熟悉。局里决定，派杨北风去哈尔滨。杨北风没像每次接任务那样痛快，他也考虑到上官飘快到预产期了。

老汪说："派他不合适，因为上官飘就要生了。再说，他走了，谁监视上官飘啊。"

监视上官飘的事，一点儿进展都没有，换个人监视，看能不能查出何种端倪。想到这儿，杨北风说："我去，上官飘也该换个人监视了。老汪离得近，雪花是医生，我想没什么问题。再说，一家人，应该避嫌。"

项局长纠正他："在上官飘面前，摆正自己的位置，首先你是公安，是在什么情况下与上官飘结的婚，要时刻牢记心头，不要让小资小调冲昏头脑。"

杨北风一肚子怨气，又被批评了，还是因为上官飘。这些年，因为上官飘没少挨批评。她真是特务，她隐藏得深，我有什么办法？她不是特务，我也不能制造证据冤枉她。但领导说到这儿了，杨北风还得立正，回答是。杨北风也反思自己，最近是有些麻痹，应该是从飘怀孕后，甚至对飘还有些信任。还说我，那老汪不也跟我们家其乐融融吗？

哈尔滨还是要去的，不去又该说他被小资小调迷惑了。北风想开了，监视就监视吧，总不能看见上官飘要生了不往医院送吧。

北风回家拿出差的洗漱用具，他嘱咐上官飘，该准备的东西准备好，觉得不舒服就往医院跑，打个黄包车。飘让他放心。飘心想，别看我岁数小，什么艰难险阻没经过，生个孩子算什么。飘甚至欢欣鼓舞，北风总算出差了，正好，她可以放手灵境胡同执行任务。有时她觉得吧，这几年她挺憋屈的，像捆住手脚过日子的人。

临上火车，杨北风跟老汪说，别光让上官飘给看孩子，巧使唤人，你也要照顾着点儿、看着点儿上官飘。老汪说，这你放心，我会替你监视她的。杨北风还是不上车，列车员已经催促了。杨北风的真正用意是照顾飘，毕竟快生了，他还是不放心。但他不能说出口。他恨自己，当初怎么接这么个任务，妻子不像妻子，敌人不像敌人，这个架太难拿了。不行，这是两条人命，就算她上官飘是敌人，但她怀的是我杨北风的孩子。他指着老汪的鼻子，我告诉你，上官飘要是有什么闪失，我拿你是问。大人孩子，平平安安，我请你喝酒。否则，没完。老汪拍下脑门，啊，我明白。上车，上车，放心吧，还有雪花呢，上车，上车吧。放心上车。

就在杨北风走的第二天，上官飘就从砖缝里拿出用油布包裹的手枪，藏在肚子旁边，肚子大，别说藏个手枪，藏个笤帚疙瘩都看不出来。再说谁也不会怀疑一个孕妇。上官飘去了灵境胡同，她已经踩好点了，这个黑色的轿车每天这个点从这儿过，风雨不误。上官飘戴着帽子，围着围脖，手里拎着篮子，站在胡同的拐角，黑色轿车准确无误地驶过来……

子弹打在后车玻璃上，枪的声音很大。车玻璃被打裂，碎成一个洞，车疾驰而去。就在黑色轿车急驰的瞬间，上官飘扫了一眼车里，后车座，没人。首长，很可能坐在了副驾驶的位置上。她失算了，之前，只观察了黑色轿车进出胡同的时间，却忽视了车里人调换位置的规律。据师兄提供的情报，首长坐在后座。她也就忽略了这一点。上官飘戴着帽子，围着围脖，只露出一双眼睛。她外面穿件肥大的风衣，也不能算风衣，很土的那种大衣服，只能看出她很胖，不是内行，看不清她是孕妇。她拐进胡同，很容易就脱身了。因为轿车中枪之后根本没停，加大油门，奔离现场。车上只有首长和司机，当然不能贸然下车追开枪的人。保护首长的安全，要尽快驶离现场。万一再开枪呢，谁知道几个杀手啊。在胡同，有公用的茅房，上官飘进了茅房，把外罩、帽子、围脖换掉，换个人似的，走出茅房。

首长的死活对上官飘这次行动来说已经无关紧要，她的目的，不是打死谁。跟杨北风结婚后，耳濡目染，感受着新中国的日新月异，她也深深地爱着新中国，她多想成为新中国的建设者。走到这个时候了，她不想手上沾血。她开枪了，就是开枪，任务完成。这件事迅速传遍北京城，手枪的杀伤力不大，但她整出了动静，整出了影响力——人心惶惶。至于车里死没死人，只要公安不公布，只能猜测。她想，就是真的死人了，公安也不会向全市宣布。那她这里就有余地了，上峰不是要业绩吗？有啊，我潜伏北京特工，一枪击毙坐在后座的首长。这全在执枪者了，说死一个是一个，说两个是两个，只要不离谱。

老汪和土豆出警，老汪正开着敞篷吉普车向案发地灵境胡同开。开到西单，恍惚的，他看见上官飘。他想下车，但急，也就一脚油门过去了。上官飘走得急，提着篮子，气喘吁吁。篮子里有菜，也挺沉。

这次枪击案没造成什么损失，只是车玻璃打个小洞，车里的首长安然无恙。但影响极坏，新中国成立这么长时间了，还出现这种情况。

老汪勘查现场后，大脑一片空白，现场未留下任何有价值的线索和可疑迹象，打听了很多人也未看见可疑的人。黑色轿车的司机说，是个很胖的女人。老汪一头雾水。

盛春雷担心上官飘，太危险了，一个女人，挺着大肚子。他想跟她一起去，上官飘说不行，多一个人，目标更大。

到了晚上，已经七八点了，老汪家才吃晚饭，下班晚。白雪花吃完饭还要去上夜班。小汪正吃饱了，不睡觉，他折磨人，哭着闹着找婶婶。把老汪折腾得实在没法了，说反正明天也得送，晚上你还上夜班，送去吧。他说气话，趁早，给他家得了。白雪花说不行，上官飘可是快生的人了，累着她可不是闹着玩的。

提到上官飘，老汪心里呼啦想起来了，他答应杨北风了，照顾、监视上官飘。在上官飘快生的时候，以照顾为主。但他把这事忘了，既没照顾，也没监视。今天主要是灵境胡同的枪击案把他整得晕头转向。

还是白雪花，医生嘛，想得周到，孩子不送也对。看着白雪花对上官飘有成见，到真章上，还是关心的。对上官飘的关心，说到底，还是对杨北风的一片深情。雪花有情有义啊，老汪不嫉妒，他甚至感到愧疚。在杨北风和白雪花劳燕分飞上，他起到了推波助澜的作用，罪魁祸首之一呀！他真希望，白雪花像其他女人那样，唠叨啊，谩骂啊，醋意横生啊。她也有情绪，但多数压在心里，自己默默煎熬。杨北风也是，跟上官飘结婚，明明是组织安排，但很大程度上影响了杨北风的进步。开国大典的时候背个处分，夏玲找剧团领导反映上官飘破坏军婚，他是当事人又背个处分。这件事，总有真相大白的那天。没有不解的秘密，解密的那天，白雪花知道了真相，将作何感想？青春已逝，年华已去，有些东西是无法挽回的。

白雪花挎着包要去医院，对老汪说，明天你到杨北风家，告诉上官飘，让她到医院再做个检查。老汪说还去什么医院，你去给她做个检查不就得了，那么老远，杨北风出差了，谁送她去呀。对了，我告诉你呀，杨北风可是说让你照顾着点了，让我给你捎个话。

白雪花赌气似的说，我不管了，凭什么告诉我！有能耐自己带着。汪正又开始闹，我要出去玩。不让出去，在床上打滚，蹬腿。白雪花嘴上说不管，她又问，今天你见到上官飘了吗？

老汪顺嘴说没有。他又一想，不对呀，我见到了，在西单。她没看见我，我看见她了。她去西单干什么？那么早？西单离枪击现场不远，巧合还是必然？老汪沉浸在枪击案里。忽然，他穿上衣服，命令似的说，雪花，抱着孩子，去上官飘家。

说着，老汪已经推门出屋了，白雪花就是想问为什么，够不着人了，走远了。她只好抱着孩子，跟着吧。

老汪要审问上官飘。

淡定是相对的，上官飘开枪后，淡定，那是表面。她心里跟打鼓似的，从胡同拐到西单，她的心才稍稍平缓，就是到家了，她也做不到像没事一样。这心里，丝丝拉拉，还像有事没放下。一天她都惶惶不安的，什么都干不下去。她想起了小汪正，可能孩子送幼儿园了吧，也不知哭闹了没有，想我了没有。她想去老汪家，把孩子接来，又怕被看出破绽，老汪是公安啊。想想，还是算了。

那双虞姬的剑静静地挂在墙上，她看着出神。她从八九岁就拿着这双剑跟着师兄上台演戏，师兄手把手教她，那双剑，在她手里舞得如同有了生命。有时，单表演舞剑那段，师兄亲自打鼓，她总是能准确地踩在鼓点上，双剑生花，引来阵阵掌声。

她从墙上取下剑，拿在手里轻轻地舞着，一个转身，又一个转身，她仿佛看见了师兄正在打鼓，鼓点仿佛在她的耳边敲响……师兄，我总算为你做了件事。她觉得不对劲，肚子有点疼。她挎上事先准备好的包裹，想去医院，刚走到外屋，已经走不动了，出溜在地上，喊救命，喊声微弱得几乎听不见。

第二十七章　却上心头

门敲不开，在里面插着，说明屋里有人。老汪又拍了两下，喊着上官飘，屋里没动静。白雪花说还敲什么呀！踹门！八成上官飘出危险了。老汪一脚把门踹开，上官飘趴在外屋的地上。老汪把上官飘抱到床上，白雪花撂下小汪正，抢救上官飘。往医院送已经来不及，老汪打下手，就在上官飘的家里，白雪花给上官飘接生。天快亮的时候，上官飘的女儿顺利出生。白雪花问上官飘："给孩子取名了吗？"

上官飘说："没有。"

白雪花也不管上官飘是否愿意，说："那就叫小北吧。"

"喜欢，"上官飘虚弱地笑着，"真好听。小北，杨北风，小北，好。"上官飘打心眼里佩服有文化的人，在她心里，白雪花就是女秀才。她说："谢谢雪花，等小北长大了，也像你似的，当个有文化的医生。"

表情严肃，这是白雪花一贯的表情，她对上官飘的话，一概不回答。

上官飘头上的汗还未干，老汪对白雪花说："你先回避一下，我有话要问上官飘。"

白雪花说："有话等她身体好点再说。"

老汪说："不行，必须现在说。"

白雪花去厨房给上官飘熬粥。小汪正睡着了，还未醒。

老汪问上官飘："昨天早上你去哪儿了？"

"西单。"上官飘说，老汪以为她不会说去西单了，她不说实话，就证明她有猫腻。可是，她承认，去西单了。

"你去干什么？"

"杨北风不在家，我睡不着，早起遛弯，对生孩子有好处，顺道卖菜。"

"你怎么出现在枪击案现场不远的西单？"

"什么，枪击案？"上官飘虚弱地惊讶。

"你听到枪声了吗？看到了什么？"老汪心急呀，想一口气问完。

"汪大哥，我一个快生的孕妇，你听谁说什么了，这样审我。"

提到孕妇，是啊，不可能啊。老汪无法再问下去了，问什么？有很多要问的，问也是白问，还会暴露自己的心迹。

杨北风出差回来，看见母女平安，他特意去老汪家感谢。老汪说："别谢我，要谢就谢雪花吧，还得医生啊，多亏了雪花，送医院都不赶趟了。"杨北风看着白雪花，咧嘴嘿嘿笑着，说："名字起得也好听。"白雪花依然沉静，微笑着，笑得也沉静。

灵境胡同枪击案，从现场未查到任何有价值的线索。过后，老汪又找司机了解情况。司机的话，老汪仔细琢磨，胖女人，穿着宽大的褂子，但看头的形状，跟身上不成正比。他眼前，又浮现出上官飘挎着篮子、挺着肚子的样子。她穿上大褂，不就是胖女人吗？不行，他得跟杨北风说说。杨北风陷入沉思，他反问老汪，你说能现在收网提审上官飘吗？老汪说再商量吧，只有他俩知道这事，先观察吧，我们只是推理。已经坚持到现在了，再等等吧，有可靠的证据，一步就制服她，清出戏相公。

上官飘坐完月子后，再去剧团，学生也不用她带了，只管打扫卫生。

一代一代京剧新人辈出，盛春雷也只做些打杂的活了。

这样的日子无比枯燥，上官飘带学生时，还抱着幻想，也许过了这阵风头，就让她上台演戏了。可是，再回到剧团，一切都变了，她已经不是剧团唯一唱虞姬的演员了。想当年，她唱的虞姬，台下观众爆满。今非昔比，剧团离开谁都能活。她真的离开了深爱的舞台，不让她唱戏，就像春天失去了花朵，那要春天还有何用？她怎么能这样受歧视？这样的歧视会持续多久，几年，还是一辈子？那么她的孩子会受到同样的歧视吗？想想，她还是留恋过去花天酒地的奢侈生活，她也不想让小北在这种环境里成长。那么，怎么办？真像师兄说的，远走高飞，去香港？

枪击黑色轿车，戏相公很满意。盛春雷替上官飘请功，说她打死了车里的首长，公安方面封锁消息。盛春雷已经得到了戏相公的许可，可以离开北京。他自己可以走，但他舍不下上官飘。他几次劝上官飘跟他一起走，要不去厦门，或是广州，偷着去台湾，或去香港。加上剧团禁止上官飘上台唱戏，她已心灰意冷，动心了。走吧，是最好的选择。知道留在北京，早晚会暴露，那样她不但失去了北风，还失去了女儿。如果她偷着撤退了，至少能带走孩子。她说还是去香港吧。师兄心领神会，说他安排，让飘做好准备。

过了一星期，师兄告诉飘一个好消息，他在黑市弄到了去香港的船票，只要他们顺利到达广州，就能去香港。两人约好，今晚偷着离开北京。恰巧，杨北风今晚值班。盛春雷乐了，真是天助我也。

杨北风吃过晚饭，去局里值班。上官飘几次泪水涌出眼眶，都强忍了回去。她让杨北风再亲亲孩子，杨北风亲了，胡子都把孩子扎疼了。亲孩子太正常了，每次出门前，杨北风都要亲亲女儿。今晚，杨北风去值班，上官飘抱过孩子，说再亲亲小北吧，杨北风没往心里去，抱着孩子，轻轻地亲着她的小脸蛋。从有了孩子，杨北风对飘的警惕性减弱，他更加怀疑组织的判断，怀疑老汪的判断，上官飘会开枪打黑色轿车？有些离谱。杨北风出门时，对上官飘说："把门插好，今晚我不回来了，你跟孩子早点休息。"杨北风已经推开屋门了，上官飘抱着孩子，追到他跟前，靠近他怀里，说："抱着我们娘儿俩。"

"好。"杨北风抱着上官飘，在她脸上亲了下，说，"好了，我去上班了，宝贝。"

这些举动，未引起杨北风的丁点儿怀疑，因为上官飘总喜欢这样腻在他怀里，撒娇，玩赖，像个小懒猫。

盛春雷早早在火车站等着上官飘。

终于盼到外面的天黑了，上官飘抱着孩子，挎着包走出家门。她把门仔细地锁好，再拽拽锁头，看锁好没，这是她的家呀。确认锁好，她才离开。眼泪在脸上流淌，她舍不得家，舍不得杨北风。但她清楚一旦北风查出她是特务，他会亲自把她送进监狱，决不留情，因为，他是解放军，是公安。想到这儿，她擦掉眼泪，快步向火车站走去。

盛春雷正翘首以盼，见到她，快步走来，接过她手里的包，他看她的眼睛，哭过。他也不敢多说什么，向候车室走去。

过了检票口，广播喇叭喊，去广州的到第2站台候车。飘站在2站台，不说话。师兄更不敢说话了，他怕说错了哪句话，飘不走了。他的心一直提在嗓子眼。火车进站了，师兄背着包，接过上官飘怀里的小北，准备上火车。上官飘跟在他身后，扯着他的后衣襟。师兄蓦然回首，仿佛看见师妹小时候总是拉着他的后衣襟寸步不离的小样。眼泪一下涌进眼眶，他和师妹就要永远在一起了，他不会丢掉师妹的，就是丢掉自己，他也不会丢掉师妹的。还有小北，就是他的亲女儿，他会对她们娘儿俩好一辈子，不，两辈子。

火车进站了，旅客纷纷上车。盛春雷抱着孩子一只脚已经登上火车，小北突然哇哇大哭。上官飘的手突然撒开师兄的后衣襟，从师兄怀里夺过小北，不走了。她从身后把师兄推上火车，她却留在了站台上。火车已经鸣笛、启动，师兄声声喊着师妹，师妹。上官飘向他摆手，意思是让他走，她不走了。盛春雷无力地靠在火车门框上，眼里蓄满了泪水，猛然涌出眼眶，他一巴掌擦掉眼泪，心想，他将独自前行了。

值班室里的杨北风，不知道怎么了，就觉得闹心，抓心挠肝的。正好老汪去值班室，看卷宗，见杨北风神态不对，心不在焉，问他怎么了？杨北风没回答，说让老汪替他值会儿班，他心慌，回家看看。老汪说行，你回家看看吧。

杨北风骑着自行车，往家走。到家门口，看门锁着。心说，这么晚了，飘和孩子去哪儿了？他拿钥匙，打开门，看见飘不在，孩子的衣服和奶瓶也不见了，上官飘的衣服也有几件不见了，还有她的包。他扭头往外跑，骑上车，直奔火车站。没有。这么晚了，已经没有汽车了。他往回骑，在大街上找娘儿俩。他不敢相信，上官飘带着孩子跑了，不要他了。他是丈夫，是爸爸，上官飘就这么不要他了？他心里，从未有过的失落，从未有过的绝望。到此，他才觉出，上官飘已经融入他的生命里，她已经是他的一部分了。应该是全部，那一部分是被特嫌占去了。他舍不得她离开，哪怕她是敌特，他也愿意等着她，等着她改造成新人。他们不管是灵魂、情感还是肉体，已经融为一体，因为有了生命的结晶——小北。汪正和小北，孩子们的路还长着呢，他们要上小学、中学、高中、大学，恋爱、结婚、生子，找到他们自己喜欢的爱人，相守一生。不像他们，行军、打仗、对敌斗争。但也值得，值得啊，他们的某种牺牲，赢得了孩子们的幸福生活。可是，这样美好的未来，他还没看到，上官飘却抱走了他的女儿，走了，真的走了。杨北风像个上了年纪的人，在心里絮叨着，走了，不要我了。他已经偷偷地答应老汪了，两家做亲家。每次说到这件事情，白雪花和上官飘都不言语。上官飘是看白雪花的态度，她打心眼里稀罕汪正。她是看着白雪花的脸色说话，就像天生欠她似的，惧她三分。

如果上官飘抱着孩子不辞而别，那就说明她是女特务。任何事实依据都不用列举，铁板钉钉，她就是戏相公。即使把她找回来，或者自己回来，她都跳进黄河洗不清了。所以，杨北风沉住气，沉住气，先不要向上级汇报。他再找找，再等等，也许去看电影，也许去看多年不见的亲戚。杨北风骑着车子，在大街上没有目的地穿梭。他的心一抓一抓地疼，无数只猫爪子，在他心里抓。泪水顺着脸流淌着。去哪儿了？一个女人带着孩子，飘，你知道我是多么担心你吗，快回来吧。

不知怎么的，杨北风骑回了分局，他狠狠地捶了下自己的大腿，机器人！自己真的快变成机器人了，像是定了生物钟，有了这个意向就到局里汇报。这些年，任务、组织，已经牢牢地捆住了他的思维，事事都要跟组织汇报，事事都要得到组织的允许。他已经跨进了大院，走到了值班室门口，他想告诉老汪上官飘失踪了。他的手已经搭到门把手上了，只要稍微一推，门就开了。推与不推，事情的发展将会有天壤之别。

手停留在门把手上，还是没推门，片刻，杨北风毅然决然地转身，拎上自行车，又融进夜色中。他不想把飘推向绝路，飘在他心里有一块地方，是妻子、女儿的母亲。他想再等等，再等等。他想这一生，只有今夜，为自己守候，为他的妻子上官飘守候；只有今夜，为自己活着吧，仅此一次，请组织原谅。他继续一个人漫无目的地寻找。

此时的上官飘抱着孩子拼命地在大街上跑，恨不得一步到家。正跑着，两人在大街上相遇，杨北风跳下自行车，上官飘扑到他怀里呜呜地哭。杨北风把她和孩子都拥在怀里，也哭，他什么也没问，说回家。上官飘哭得更厉害了，小北也哇哇地哭。

杨北风连夜回到值班室，脸色难看。老汪问他怎么了，去这么长时间？

啊，没啥事。杨北风敷衍着，孩子发烧，给她服了药。等孩子好点，我才来的。

　　载着盛春雷的火车奔驰在夜色中，他站在车厢门口，根本没进车厢。师妹没上车，他的思想激烈地斗争着，去广州还是下一站就下车？他还是不能把师妹一人留在北京，决定下一站下车。下车后，他连夜赶回了北京。

　　第二天，在剧团，上官飘见到了师兄，她非常惊讶。师兄说他不能走，他的突然消失会引起别人的怀疑，当然要牵扯到她。他们是师兄妹，同台演出这么多年，他的失踪，第一个调查的就是上官飘。他是走了，可上官飘暴露了。上官飘说她无以回报。师兄苦笑着，他愿意就这样守着她和小北。上官飘劝他成个家吧。师兄反问她，还可能吗？

　　两年，在时间的长河里，是沧海一粟。转眼间，汪正三岁，小北两岁了。两个孩子在一个幼儿园，汪正从小就知道照顾妹妹，总牵着妹妹的手。小北长得像北风也像飘，漂亮，但瘦弱，豆芽菜似的。汪正从小就壮实，像个牛犊子。有小朋友欺负小北，她最爱说的话就是，告诉我哥哥，打你。

　　随着年龄的增长，白雪花越来越想北风，越来越想弄明白，为什么北风当年不娶她。一定是另有隐情，但为什么不告诉她？

　　渐渐地，不知道从什么时候开始，白雪花和老汪分床睡了。他们从来没有冲突，连争吵都不曾有过，也可以用相敬如宾来形容，但这个相敬如宾，敬得像外人了，疏远。白雪花在恬淡中想念着杨北风，就像陈年的酒，越久越醇香。她珍藏着和北风的合影，总是拿出来看，回忆着那些美好的时光。

　　老汪干什么的，刑侦啊，他从白雪花的恬静中，听出了惊涛骇浪。他有错啊，硬拆散了人家。拆散也行，但你别跟白雪花结婚啊。这叫啥，欺人太甚。尽管是阴差阳错，跟霸占、蓄谋没什么两样。往往人们在乎的是结果，谁去研究阴差阳错的过程啊。自己过到这份儿上，知足，有雪花这个好女人给他当媳妇，这么好的孩子给他当儿子，不白活。婚姻走到这份儿上，老汪主动提出来，说要不离婚吧。白雪花恬静地回答，再说吧。

　　离与不离，对白雪花来说意义不大，不争取，也不挣脱。

　　沈阳有个医学经验交流会，需要白雪花去参加。雪花去沈阳开会，把小汪正托付给上官飘，老汪是指望不上。

　　正好有个案子，需要去沈阳做调查，项局长让老汪去，老汪推脱雪花出差了，他再出差孩子没人管啊。项局长只好让杨北风去。北风愿意去，他愿意多做工作。这些年，他总觉得，同样工作，自己一点儿功劳没有，不像老汪，总在进步。他也愿意离开北京，说离开北京，也就是离开上官飘，单独完成一项任务。老汪就托北风给雪花带几件换洗的衣服，那边冷，走得匆忙，没带厚衣服。

沈阳之行，杨北风和白雪花犹如置身世外桃源，从各自烦琐的工作中解脱出来，暂时做个伸展和呼吸。这是自进京以来，两个人第一次单独出差，那么巧，在一个城市。

晚上，两人共进晚餐，菜很简单，一个五花肉炖酸菜，一个炒山蕨菜，高粱米饭，喝的是沈阳白酒。两人很高兴，又吃到东北饭了，喝着东北烈性酒。东北人嘛，不管男女都能整两盅。白雪花就想把自己喝高，杨北风也想彻底失去记忆。两人凑一块儿了，推杯换盏，说着走一个，走一个，一斤酒进肚了。还觉得不过瘾，白雪花提议咱俩划拳，谁输了，谁喝酒。白雪花卸掉了沉重的矜持，澄澈的眼睛里也多了妩媚之色。他俩像个大孩子，也像个酒鬼。一只脚还踩在凳子上，像两只斗架的公鸡，瞪着眼睛，看着对方的拳头嘴里喊着划拳的口令：俩好啊……三星照，四喜财，五魁首，六六六，七个巧，八匹马，九连环，全来了啊！你输了，你喝。好我喝。再来，再来，俩好啊……这回你输了，你喝酒……

两人喝得晕晕乎乎，互相搀扶着回到了白雪花的招待所。进了屋，两人面对面嘻嘻笑着，笑出了眼泪。雪花一头扎进北风的怀里，杨北风紧紧地拥抱着她。当他们平静下来，一个坐在床边，一个坐在椅子上，白雪花说老汪提出离婚了。杨北风说他离不了。白雪花说这跟你没有关系。能没有关系吗？杨北风心知肚明，但他确实离不了，一是组织交给他的任务未完成；二是他是丈夫，要为妻子女儿负责。白雪花拿出他们1949年照的婚纱照，这张照片，她走到哪儿，带到哪儿。她自己先看着，然后，递给杨北风。照片上，年轻的杨北风穿着军装，意气风发。白雪花紧紧依偎着他，她穿着婚纱，甜蜜地微笑着。杨北风叹气，说已经是无法追忆的时光了。

白雪花站着，看着窗外，外面灯光点点，几家欢乐，几家愁。她眼里含满泪水，哽咽着问，为什么，为什么不娶我？怎么会这样？到底发生了什么？请你告诉我。

杨北风无言以对，他小声地说着对不起。

不能说实情，他宁可当陈世美。这是组织的秘密，他要保守秘密。

今儿，老汪下班早，他去幼儿园接的俩孩子。幼儿园跑出汪正和小北，见到他，都扑进他怀里，他抱着小北，领着汪正。他对小北那个好啊，比对自己儿子还好。他是真心想等孩子们长大了，两家做亲家。每次提这事，白雪花脸上严肃得都快下霜了，他哪儿还敢提这事。

他还有个顾虑，小北是好，北风也是生死战友，就是上官飘，到底是不是特务，如果真是，那将影响孩子们的前途。那个枪击事件，很有可能是她干的，但她拒不承认，也许不是，老汪对上官飘也处在糊涂状态。老汪没回家，先去杨北风家送小北。上官飘正做饭，听到脚步声，擦着手上的水就迎出屋，笑着说："汪大哥，正好，饭得了，都在这儿吃吧。"

"不了。我和汪正回家吃去。"

汪正撒开他的手："我不回家，在婶婶家吃饭。"

"哎呀，别客气了，你还得做。在这儿吃口得了。"上官飘说完，进屋忙活。

小北奶声奶气地说："大爷，进屋吃饭。"

老汪高兴："好，我们的小北让我进屋吃饭，咱就吃饭。"

上官飘已经把饭菜摆上桌子，招呼大人孩子吃饭。两个孩子坐在她左右，她给孩子们夹菜、喂饭。

老汪原准备问些与案子有关的问题，但此刻，他吃着上官飘做的饭，看着孩子们欢乐的笑脸，得了，自己老实吃饭吧，别添堵了。

杨北风和白雪花坐一列火车回到北京，遗憾归遗憾，但心里踏实。最起码，知道各自想要什么了。杨北风明确告诉她，他不能离婚，并推心置腹地跟她说，老汪是个好男人，不要轻易失去。

雪花出差回来，老汪看着雪花，上下打量着，眼光有怀疑，有关心，有无奈。他那眼神分明告诉雪花，给你机会你没得逞，可别怪我了。雪花瞪他一眼，没搭腔，坐在床上老大功劳似的，说饿了。

哎，饿了就好说。你歇着，我去做饭。老汪心里美呀，雪花说饿了，跟他说的，还瞪他一眼。这才是生活啊，这才是两口子啊。

雪花说她想儿子了，老汪说吃完饭，咱去杨北风家抱孩子。咱的儿子，想什么时候抱就什么时候抱，他们稀罕也不行。那是，雪花惬意地靠在床上，也随着老汪说，他家稀罕咱儿子，那就借给他稀罕几天，咱想什么时候要回来，就什么时候要。

对喽！老汪这个美呀，雪花这次出去，大有改变呀，也知道说笑了。

雪花靠着床，还是家里舒服啊。

热腾腾的面条端上桌，还有两个荷包蛋。白雪花先闻着，说香。

香就吃，多吃。老汪心想，杨北风这小子够抠门的，连饭都不管，看把我媳妇饿的。

吃完饭，两人到了杨北风家，还没进屋呢，就听到两孩子的笑声、喊声。杨北风从沈阳回来，给孩子们买了饼干和糖，两孩子正吃呢。白雪花甜腻地喊了声北风，说给我儿子惯得都不想回家了。上官飘从厨房进屋，见到白雪花，像第一次见面，白雪花笑了，笑得自然、甜蜜。白雪花变了，有笑模样了。

雪花和老汪抱着孩子走后，上官飘就开始哭。白雪花那样幸福，她隐约意识到她将要失去北风了，看起来，北风跟她离婚是指日可待了。上官飘问北风，你俩一起出差？在一个房间？北风一一点头。上官飘哭得跟泪人一样。北风说他们什么也没做，飘不信。

盛春雷又来到天坛的古树下，看四下无人，他把手伸进树洞。什么也没有，这就表明，不在此处接头。此地不能久留，他向天坛外走。走到外面的墙根，靠着墙，有个卖糖葫芦的，在摆弄着杆子上的糖葫芦。盛春雷走到卖糖葫芦的身边，刚要走过去，突然听到："东风吹。"

盛春雷猛地停住脚步："战鼓擂。"

卖糖葫芦的说："别转头，听着。转告上官飘，干掉杨北风。他已经成了绊脚石。你们的潜伏任务已完成，刺杀完成后立刻偷渡去香港，这次有接应。好了，你可以走了，别回头。"

戏相公是个卖糖葫芦的？盛春雷快步走着，这回没看清戏相公的长相，但直觉，是卖糖葫芦的。听声音，像男人，看穿戴，是老太太？他一直以为戏相公是飞机上的长官，但没看见他下飞机呀，他们下飞机后，飞机就飞走了。难道，他真的下飞机了？

真应该干掉杨北风了，不然，他早晚会查出上官飘。失算啊，决策人的失算啊。原以为上官飘跟公安结婚，会获取更多的情报，到头来，倒束缚了上官飘的手脚。干掉杨北风还真得上官飘下手，干掉他，上官飘是易如反掌，因为两个人朝夕相处。但他也考虑到两人的感情，关键是能否下得了手。他试探性地问上官飘，师妹，如果戏相公下令，干掉杨北风，你敢动手吗？

师兄，请你不要做这样的比喻。上官飘脸色已经变了，煞白，发青。

看到这种情景，盛春雷庆幸啊，幸亏没说，说了就泄密了，不但杀不了杨北风，还会大难临头。盛春雷又把话拉回来，我是说假设，试探你。盛春雷过后想，他真愚蠢，试探都不应该，上次师妹从火车站逃回家，就说明了一切。她离不开杨北风了，他这个师兄也拴不住她的心了。

这假设真就惹祸了，没有盛春雷想得那么简单，假设过后就归于平静，上官飘的心湖已经泛起涟漪。"假如干掉杨北风"这是上官飘早就料到了的，当杨北风失去利用价值时，必定让他消失。该来的总要来的，光怕是没用的。从师兄假设完，这事就搁在上官飘心里了，在她心里来回地滚。师兄真的是假设吗？不会，他是想让我杀了杨北风，看我不敢下手，他是要自己动手了。对，一定是师兄自己动手。天啊，他要杀了杨北风。怎么办，我不能阻止他，阻止只能引起他更凶狠的杀机。

从此，上官飘时刻提防、观察着师兄。

菲四美失踪案，现在还没弄清楚，房山山洞里的无名女尸到底是不是菲四美，还有待进一步侦查。

事情又像走进死胡同了。土豆说："汪处长，改造的那个女的，提到的菲四美，不会是裴四美吧？"

老汪照着土豆肩膀打一拳："臭小子，聪明。走，找她去。"

到了教养所，这里的学员走得差不多了，幸好那个女的还没走。老汪让她好好想想，这个菲四美是谁赎出去的。

她想了想说，有个叫李四爷的，倒是来找过她。那个人挺神秘的，谁也不知道他是干什么的，像是做大买卖的。

这就对上了，在陈三爷家发现了女人旗袍，经过盛春雷的辨认，说是菲四美的。在菲四美这件事上，盛春雷说的都是实话。老汪对他说的话，都几经斟酌，因为他是上官飘的师兄，上官飘有特务嫌疑，那他也值得怀疑。所以，他说的每句话，都至关重要。

目前，已经把菲四美的来龙去脉弄清楚了。解放前，菲四美在八大胡同怡红院，后被福瑞祥绸布庄陈三爷赎出，依然好吃懒做，无正当职业。现在失踪。

关于李四爷，那就是陈三爷的小把戏，随嘴给自己编了个李四爷。

关键是，菲四美和裴四美是一个人吗？

老汪再一次来到菲四美居住的四合院，他又去盛春雷那儿了解情况。盛春雷依然热情地招待老汪，斟茶递烟。老汪客气地回绝，说你是上官飘的师兄，我们都很信任你，所以，再找你了解一下菲四美的事。盛春雷诚恳地表示配合，可他心里清楚，弄清了菲四美的死因，那就离弄清楚他自己的身份也就不远了。不但杨北风该干掉，老汪也该干掉。老汪诈盛春雷："菲四美还叫裴四美。"

"这我可不知道。"

老汪跟着问："你跟陈三爷什么关系？"

"哪个陈三爷？"盛春雷不能说认识，过去陈三爷来看菲四美，他们也装作不认识。所以，院里的人谁都不知道他和陈三爷认识。

"福瑞祥绸布庄的老板。"

"不认识，但我去那儿买过布料。"

"菲四美经常到你屋。"

"是，她看我单身。"盛春雷惊慌地摆手，"但您别误会，我们是清白的。我给过她钱和布料，为的是让她尽快离开我的屋。您明白吗？"盛春雷还是那套嗑。

"你见她回来过吗？"老汪故意这样问，房山的女尸十有八九是菲四美。他是看盛春雷是否说实话。

"没见过，如果她回来，定会来我这里坐坐的。"

"为什么。"

"她对我有意思。"

"你对她呢？"

盛春雷苦笑着："我和师妹从小相依为命，师妹如今嫁人，已有了孩子。她就是我的家人，她的孩子也就是我将来的依靠了，我老了，她不会不管我的。"

"你跟师妹的感情挺深啊。"

"情同手足啊。"

人之常情，盛春雷对上官飘的感情，不，应该说是亲情，坦诚。老汪想，还是到房山的山洞再去看看，也许能发现什么线索。

那天，老汪从盛春雷那里回到局里，本想开吉普车去房山，但吉普车不在局里，拉着项局长去部里开会了。老汪跟杨北风说要去房山查菲四美的案子，杨北风说行，跟他一起去。他们骑着自行车出发了。

上官飘突然来到盛春雷家，她今天去剧团，没看见盛春雷，就觉得不对劲，到家来看看。上官飘最近对师兄的行踪格外关心，因为怕师兄杀她的丈夫。她到了师兄家，师兄正要出门。她拦住了师兄，问师兄去哪儿？师兄愣会儿神，没回答她。他又退回屋里，问上官飘，师妹你在监视我吗？上官飘说不是，团长问我你哪儿去了，我说到家来找找你。盛春雷说，那好，你回去，就说没找到我。上官飘说，师兄，你能告诉我你去哪儿吗？盛春雷说不能，如果你还认我这个师兄，如果你还想保全你的家，特别是小北，请你赶紧回去。

威胁，上官飘听出了威胁，师兄也抓住了她的致命弱点，小北。

盛春雷又把球踢到戏相公那儿，他说师妹，别忘了有一双眼睛紧紧地盯着我们，那就是戏相公。他对你已经忍到极限了，如果惹怒了他，他什么都做得出来，只有你想不到的，没有他做不到的。所以，有些事，师兄替你挡着。你能理解师兄吗？小北，你，都是师兄的心头肉。

话说到这份儿上，上官飘是应该离开了，师兄的事不能问太多，她不能为师兄承担重任，也不能害师兄。看来近几年师兄不让她做冒险的事情，对她已经是仁至义尽了。

离开了师兄家，走在胡同里，拐过一个墙角，她停住脚步。她不能走，想看看师兄去哪儿。就站在这儿，探头就能看见师兄出门。她把身子贴着墙，探头看师兄的大门口。果然，师兄跨出大门，推着自行车，急匆匆，向相反的方向走去。师兄骑着自行车，上官飘追了一段路程，没跟上自行车。她在街上漫无目的地走着，心悬在半空。她应该去哪儿？师兄去哪儿了？干什么？是要杀杨北风吗？这么快他就要动手了？那师兄去哪里找杨北风呢？他或许跟踪杨北风，伺机下手。想到这儿，她向灯市口公安分局走去。如果杨北风在那儿，她就放心了。

到了分局，上官飘先看见土豆，她跟他摆摆手，笑笑。土豆迎着上官飘走来，说："嫂子你怎么来了，有事吗？"

"没什么事，剧团下基层演出，看杨北风不忙的话，帮我带着孩子。"

"我们哪天都忙，特别是杨科长和汪处长。"

"杨北风去哪儿了？"

"和汪处长去房山了。"

"哦，那就算了。我自己想办法吧。"上官飘听是跟老汪去的房山，她放心了，两个人，师兄不敢贸然行动。

两辆自行车在旷野中行进着，前面是山路。杨北风和老汪把自行车锁在路边，向山上走去。在远处，还有一辆自行车在行驶，跟在后面，走走停停。见自行车停下，他也停下，观望。他是盛春雷，观望了一会儿，他掉转自行车，向来路骑。这里不能下手，山上，人烟稀少，这儿无树，只有草地和农田，空旷得一目了然。盛春雷准备再找机会，所以，他尽快离开了此地。

上官飘又去了师兄家，师兄不在。其实他俩走岔了，上官飘从师兄的住处刚走，师兄就从山上回到家里。进屋，把门插上，他从怀里把枪掏出来，放进墙缝。躺在床上，眼睛盯着天棚，想着心事。杨北风和老汪去房山，是去那个山洞，希望能找到有价值的东西。他们弄清了菲四美，我也就离暴露不远了。不行，不能坐以待毙。他腾地从床上坐起，拿出手枪，擦枪，枪黝黑锃亮，弹夹又压进两颗子弹。他把枪揣进怀里，戴上帽子，走出家门。他想起了那条通往杨北风家的小路，他要守株待兔。

第二十八章　生死两茫茫

一条小路，两边是斑驳的小树和杂草，也是去杨北风和老汪家的必经之路，盛春雷每每走在这条小路上，都想着上官飘。他们干特务的，经常跟踪别人，走僻静路的时候总以为背后有人。他告诉师妹，走这条路的时候，多加小心，很容易被跟踪。盛春雷走在这条路上，查看可以隐蔽的地形，有几棵小树比较密集，他半蹲着，过路的人看不见他。他就在这儿等着，等着杨北风的出现。今天等不到，还有明天，他总有回家的时候。他蹲在树丛的后面，下意识地摸了下怀里的枪。

从房山回来已经下午四点了，他们在山洞的石头夹缝中，发现了户口本，户主：裴四美。已经断定，被烧焦的女士就是裴四美。也就是说，裴四美即菲四美。他们回到分局，和项局长研究这事，他们的推断是正确的，敌人利用完菲四美，就把她杀害了。这事很可能是陈三爷一手办的，但陈三爷已经死了，无从对证。

直到黄昏的时候，土豆才突然想起，上官飘来找过杨北风。他忙跟杨北风说，嫂子来过，说孩子没人看咋回事的。杨北风跟老汪说了声，他先回家了。老汪让他等会儿，他还有点儿事，等会儿他俩一起走。杨北风心里惦记着孩子，说不行，他先走了。

饭菜已经摆在桌子上，小北看饭喊着饿。上官飘说等爸爸回来一起吃。小北不干，哭着要吃饭。上官飘就哄着小北先吃饭，小北是真饿了，大口大口地吃。喂饱了小北，上官飘坐卧不安，总琢磨师兄去哪儿了，不会这一天都在跟踪杨北风吧？老汪跟他在一起，师兄不敢。但这么晚了，杨北风还没回来。以前，比现在回来得还晚，上官飘没觉得惦念。这要被师兄跟踪上，趁他一个人的时候下手。说到跟踪，她想起了家门口的那条小路。师兄会不会在那条小路等着杨北风，这是他回家的必经之路，总有等到他一个人的时候。大多数是他单独回家，有时是和老汪搭伴回，那是极少数。她在小北腰上拴根绳子，再拴到窗户上，锁上门，向小路走去。管他有没有危险，就当迎一迎杨北风吧。

天色昏暗，小路更显得幽静。上官飘走在小路上，向路的两边观看，像丢了什么东西，到来路寻找。盛春雷看见她了，她刚出现在路上，盛春雷就看见她了。他在想，是任她走在路上还是喊住她，或者挟持她、控制她？等他完成刺杀，再还她自由。师妹的出现，他已经料到了，她这是来保护她的丈夫的，唉，女人啊。师妹忘记了师兄妹情啊，说是师兄妹，他对她是有抚育之恩的呀。还没等他做出决定，杨北风从路的那头出现了，疾步如飞。盛春雷顿时紧张了起来，心怦怦跳着，他从怀里掏出枪，握在手里。

看杨北风出现在暮色中，上官飘一颗悬着的心落地了。她喊："北风哥！"

"飘，你在这儿干什么？"

"等你。"

"小北呢？"杨北风心里挂着孩子，要不也不这么急着回来。

"在家呢。"

"哦，走，回家。"杨北风距离上官飘还有三步远。

他们的对话，盛春雷都听到了，他从树缝看见杨北风往师妹跟前快步走去，他要行动，快行动，否则，两人走到一块，开枪怕误伤了师妹。想到这个，他蹿出树丛，用枪指着杨北风，说："别动，想活着见到你的女儿就别动。"

上官飘惊慌失措，喊着："师兄，放下枪。"说完她就要冲向杨北风，想护着他。

盛春雷喝道："师妹，站住，你再动半步，我就开枪打死你丈夫。"

"你的狐狸尾巴终于露出来了。放下武器，向人民自首，是你唯一的出路。"

"打死你，我再自首。"盛春雷冷笑，"你夺走了我的师妹，步步与我为敌。怪就怪你太敬业了，如果没有你，我们早成功了。"

"你是戏相公吗？"

"哈哈，你看像吗？"

上官飘哭着求盛春雷："师兄，我求求你，放下枪吧。看在你我兄妹一场上。"

"就是看在师兄妹的分儿上，否则，我连你一起打死。"盛春雷穷凶极恶地说。天色已暗，路的那头又出现了一个人，他看见路的中间站着三个人，猛然停住脚步。有情况！看轮廓，他就认出是杨北风。倏然，大脑闪出，杨北风被敌特劫持。老汪掏出枪，大喝一声："不许动！"他举着枪向前走着："都别动。"

上官飘哭着喊："汪大哥，快，快呀。"

盛春雷手抖了下，心也乱了。他定了定神，今天死定了，但要打死杨北风，为党国殉职，值了。杨北风趁机掏枪，刚掏出枪，盛春雷的枪响了，只见上官飘扑到了他身上。子弹打进上官飘的后背……老汪冲到盛春雷的面前，举枪指着他的脑门，盛春雷也举枪指着老汪的脑门。他现在就是本能地举着枪，子弹打中师妹，如万箭穿心，猝不及防啊，他责怪自己怎么就没想到师妹这一手。他的思绪全乱了，恨不能打死自己。

血染红了杨北风的前胸，他抱着上官飘，痛惜地喊着飘，飘，你要坚持啊，不能死啊，小北还等着你呢。你想想小北，想想。上官飘慢慢睁开眼睛，她的手，抓住了杨北风的手。

老汪和盛春雷枪对枪，眼对眼。盛春雷看到飘中弹，那种痛苦的表情，老汪全看在眼里，他不能开枪打死盛春雷，打死他太容易了，现在是要让他活着，他可能会揭开谜底。所有困扰他们的谜团，将迎刃而解。这么多年了，他终于出现了。他和上官飘，到底谁是戏相公？目前先要弄清楚，上官飘到底是不是特嫌？能证明的只有盛春雷了，就等着他下一步的行动，看他这颗子弹留给谁。现在，上官飘和盛春雷已经是一条绳上的蚂蚱了。老汪只是拿枪指着盛春雷，做个样子，他不会一枪打死他，要留活口，让他和上官飘相互揭发。如果他再向上官飘补枪，那就是杀人灭口。说明上官飘是特务，也就尘埃落定了。

死已不可避免，盛春雷要保护师妹，怪只怪师妹太痴情。可相爱的人谁又能逃过痴情，自己不也是一样吗。忽然，盛春雷枪口对着自己的太阳穴……老汪傻眼了，他忙说："盛春雷，你要冷静，共产党坦白从宽，抗拒从严。"

"师兄，不要开枪啊。"上官飘使尽全身力气喊。

泪水唰就流了盛春雷满脸，他深深眷恋着师妹。爱她就给她自由，还给她蔚蓝的天空，让她像小鸟一样自由飞翔。他的死，将带走所有秘密，师妹也就安全了，只要她嘴严，就能过上正常人的生活，只有她自己知道她是特务。她不说，谁也不知道。不行，还有戏相公，像黑夜的鬼魅，窥视着师妹。他要告诉师妹，凭师妹的聪明，她能知道其中的奥秘。枪对着他自己的太阳穴，临开枪前他喊："师妹，师兄真想吃冰糖葫芦，冰糖葫芦啊，师妹记住。"

老汪劝慰着盛春雷："你冷静，有什么条件我们都可以商量，只要你放下枪，只要你愿意改造，一样可以成为人民的一员，我们期待着你，知道你也是迫不得已，你听明白了吗？放下枪，放下。"

盛春雷冷笑："你不就是想知道，谁是戏相公，谁想炸毛主席专列吗？我告诉你，戏相公是我，炸药是我放的。不相信是吗，我和陈三爷去的，被铁路巡查冲散。还有，你们正在查的菲四美，你们猜测对了，我们是利用了她，然后杀人灭口，是陈三爷干的。"盛春雷说自己是戏相公，他是希望公安不要再查戏相公了，不查了，也就牵连不出师妹了。他是为师妹着想，他对不起师妹，为了更好地隐蔽自己，他绑架了师妹的父亲，交给了其他特务。如今是死是活，他也不知道。戏相公说是在台湾，这帮特务残忍着呢，如果师妹的父亲死了，他真是死不瞑目啊。

老汪当时就下结论了，盛春雷说的与事实与逻辑吻合。

砰！盛春雷对着自己的太阳穴开枪了。手枪从盛春雷手里掉到地上，血喷涌而出，他瞪着眼睛，瞪着……向后倒去……

听到枪响，看着师兄向后倒去，上官飘惊恐地张着嘴，"师兄——"她撕心裂肺地喊着。她眼前漆黑，只觉心搏骤停，头歪在杨北风的臂弯里……上官飘觉得自己跟在师兄的身后跑着，前面的路好黑呀，师兄仿佛不觉得黑，走得那样急促，她跟不上师兄的脚步，她跟在后面喊，师兄，等等我，可是师兄跑得无影无踪。正当上官飘陷入黑暗、绝望的时候，前面豁然开朗，阳光普照。戏台子就搭在阳光下，戏台子上正唱着《霸王别姬》，虞姬也就十四五岁，跟自己当年一模一样。上官飘忘记了追赶师兄，她太爱戏了，被那戏台子上的唱腔所吸引。她仰头看着戏台子，听声音是那样熟悉，熟悉得就像自己唱的。是，就是小时候的自己和师兄在唱戏呀。她仔细看唱霸王的那个人，嘿，就是师兄，他在这儿唱戏呢。那虞姬就是十四五岁的自己呀，虞姬舞着双剑，唱着，旋转着……虞姬拔剑自刎的时候，上官飘跳在戏台子边儿上，哭得死去活来……

杨北风抱着昏迷的上官飘向医院跑去，老汪跟在后面……

子弹打在离肺很近的地方，白雪花做的手术。上官飘昏迷了两天才苏醒，杨北风这次放下手里的工作，守候了她两天两夜。子弹是取出来了，但肺叶多少受影响，将来也许会影响呼吸，更影响唱戏。雪花把这个情况跟杨北风说了，杨北风紧锁眉头，痛苦地说："还不如让我挨一枪呢。"言外之意，他对上官飘是多么的疼惜啊。

白雪花的心像骤然偷停似的，她的手抓着胸口的衣服，希望那里能舒服些。他们是真的相爱啊，相互为了对方，争着付出生命。她顿觉黯然，她最爱的北风，离她渐行渐远了。她默默地祝福着上官飘，但愿她彻底好起来。

师兄那次完全可以离开北京的，不走，就是为了她留下的。师兄的死，是保护她继续潜伏，随时撤离，去台湾与父亲团聚。师兄一切为了她，但现在他已经死了。她也清楚地知道，她不可能离开北京，因为她属于杨北风，属于小北。不离开北京，她永远不能与父亲团聚。因为她的出现，害死了师兄，这是最后一项任务，是师兄替她去完成的，她应该感谢师兄。作为国民党特务，她理应帮着师兄完成。她等于逆袭了师兄。她躺在病床上，已经醒过来，但她不愿意睁开眼睛，她后悔死了，自己怎么就挡了那一枪，搭上了师兄的命，任务也没完成，说来说去还是跟北风有了感情，唉！人非草木啊。师兄为了她，该走没走，该成家没成家。上官飘流下了眼泪。她应该是个合格的特工，但她不想那样做，她辜负了师兄，辜负了戏相公。

上官飘出院，对于白雪花来说是种解脱，她早就告诫自己，人要宽容，对爱的人，不可嫉妒、恨，可她真看不得上官飘和杨北风恩爱的情景。她还是爱着杨北风的，她从沈阳回来，发誓把他忘了，跟老汪好好过日子。要不老话说，眼不见，心不烦。上官飘已经出院多日了，每当走过上官飘住过的病房，她都习惯性地转头看看。她想起那天的情景，杨北风坐在凳子上，靠着上官飘的病床边，有时握着上官飘的手，轻声细语，有时给她擦脸、喂饭，有时干脆坐着，一言不发，但那语言，都在动作上，细腻、体贴，他伸出手，把一缕搭在上官飘眼角的黑发捋到耳后。白雪花看到这个情景，跑到医院外无人的地方，大哭了一场。她想自己是被感动的，对，一定是被感动的。不是嫉妒，绝不是嫉妒。越怕谁看见，这个人指定赶上。夏玲在病房的窗户处看见白雪花，看见她在院子里的墙角，低着头，扶着墙，像是呕吐的样子。她急忙跑过来，劈头盖脸地问："又怀上了吧，这老汪真是的。"

"瞎说啥呢，是你一个姑娘说的话吗？"白雪花经常这样批评她。

"我一向口无遮拦，你又不是不知道。再说，我也是医务人员，有什么呀？快说，你是不是又怀上了？"

白雪花擦着眼角的泪："你赶紧结婚吧，再不结都没人要你了。"

"那你跟土豆说去呀，你给我当大媒人啊。"夏玲笑嘻嘻的，她看雪花的眼睛，"呀，哭了，怎么了？"

"没事。"

"真没事？"夏玲看她的脸色，"不说我也知道，看见杨北风对上官飘好了，受不了了。"

雪花不说话，默默地看着墙上的砖，那专注劲，像是分辨哪块砖头颜色深哪块颜色浅。

夏玲叹口气说："杨北风是好男人，会疼女人，谁跟了他都会幸福。可惜，雪花姐，你没有这个福啊。你说都快结婚了，被人家抢去了。"

雪花含着眼泪，尽量不让泪水流出。

夏玲看她哭，心里也不好受，她开导白雪花，但她说出的话偏激。"雪花姐，你哪儿是妖姬的对手，她就是个狐狸精。"

雪花制止她："别瞎说了，人家现在是英雄。"

"得了吧，这英雄的事咋没让你赶上。特务杀杨北风，她咋知道的？那么巧，她就赶在了现场？完了就挡了一枪？"夏玲眼珠转着，抹搭着眼皮，"说明，她也是女特务，要不她咋知道特务要杀杨北风。"

"喂，说啥呢？"雪花严厉地说，"不准再说了。"

夏玲哼了声："行，我不说。你看着吧，指定还有人这么认为。"

通过挡枪的事，上官飘变成了英雄。伤好后，剧团又让她唱主角，演虞姬。上官飘欣喜若狂，她把唱戏视为生命。可是，中枪之后，她嗓子出现了问题，沙哑，并伴着咳嗽。但她要唱，拼了命也要唱，这个机会来之不易啊，她格外珍惜。正当她风风光光登台唱戏的时候，又一场风波在等着她。

静下心来，项局长细琢磨杨北风遇袭案。由坏事变为好事，最起码，从进城，困扰他们的戏相公现形了，还有，菲四美和炸专列的案子，都迎刃而解了。

按说，应该扬眉吐气，但项局长怎么也吐不出这口气。盛春雷为什么把事一人都承揽下来了，为了保护谁？那上官飘是谁？她仅仅是盛春雷的师妹吗？就这么简单？我们错了？牺牲了战友的婚姻幸福，只得到这样一个结论：上官飘不是特务，是英雄。那么，上官飘怎么这么巧出现在现场并及时地挡住了枪子儿？如果她是特务，她应该协助盛春雷完成刺杀呀，她不应该阻止啊。她到底是什么人，她到底要干什么，项局长脑子要爆炸了。

带着种种疑问，公安局开始询问上官飘。当然，她这英雄的位置也摇摇欲坠了。她的身体看似恢复了，但是，她唱不上两句就咳嗽。剧团以这个理由，又把她从舞台上客气地赶下来，变回打杂的。

潜伏了这么多年，上官飘第一次被审查。没关系，上官飘受过训练，到现在她应该是安全的，知道她底细的人基本都死了。她不知道该悲哀还是该庆幸。师兄临开枪的时候对她大喊糖葫芦，这些日子，她回味这句话，绝不是单纯的糖葫芦，也不是师兄非得要吃糖葫芦，到底是什么意思？师兄没了，陈三爷没了，崔家栋没了，现在跟她可以联系的，只剩戏相公了。戏相公是糖葫芦？难道戏相公再下指令，改称糖葫芦了？不对，戏相公对公安来说是个谜，对他们潜伏特务来说也是个谜，师兄临死，要解开这个谜，他是在告诉我，戏相公是个卖糖葫芦的人。具体是谁，他也不知晓。审吧，上官飘不怕，什么她都不会承认。现在知道她身份的只有戏相公。但是，她断定，戏相公轻易不会暴露，只要戏相公不暴露她就是安全的。

对公安提出的问题，上官飘对答如流。出现在现场，她做好饭，干等杨北风也不回来，饭菜都凉了，她去路口迎迎杨北风，她以前也迎过。她和盛春雷只是师兄妹关系，别的什么也不是。上官飘可谓铁嘴钢牙。

到了后来，只要有个风吹草动上官飘就被审查，可每次都是证据不足。她咬紧牙关，只要她不暴露，她就永远不会失去杨北风和孩子。

上官飘有多苦只有她心里知道，她最爱唱《霸王别姬》，因为特嫌，几次从舞台上下来，看来以后她再也别想登台唱戏了。上官飘高兴的时候，就在家里，一边流着泪一边唱《霸王别姬》，唱完了就把那双道具剑再重新挂在墙上，那双剑一直闲置在墙上，时间久了，就跟它从没挂那儿似的。上官飘从挨那一枪起身体每况愈下，也是自最后一次从舞台上下来开始，精神和身体都大不如从前。

杨北风更苦，当初就因为没娶雪花，他落个背信弃义的骂名。开国大典时未去警卫，又背个处分。这些年就原地踏步。本来这次是可以光荣负伤的，上官飘又替他挡一枪。因为上官飘挡枪内幕不明朗，老汪立功，杨北风什么说法没有。老汪处长、副局长的，官运亨通。上官飘被指责是特务，她不承认，但也抬不起头。现在不怕打草惊蛇了，而是没有避讳地指出，她是特务，只待她承认，只待她供出戏相公。因为他的妻子是特嫌，负隅顽抗且拒不承认，在这种情况的影响下，杨北风的前程当然受到了影响，怎么能提你杨北风，更不能重用你杨北风，对人民没法交代啊。不开除你公安队伍，那就是最大的宽容了。更要命的是，杨北风自身的秘密还未解开，这种情况，日久天长，即使解密了，跳进黄河也无法洗清了。有一百张嘴也无法说清了，他恨不能逮着谁跟谁解释。

杨北风也急呀，烦躁，这加剧了他对上官飘的警惕，他已经这样赤裸裸地问她，你到底是不是特务？上官飘被问急眼了，就说你看我像就把我抓起来好了，为了你领功受赏，我承认就是了。北风就给她讲我党的政策，不冤枉一个好人，也绝不放过一个特务。末了，还要加一句，我会查你个水落石出。每当这时，飘哭得跟个泪人似的，北风就心软了，把她抱在怀里心疼得要命。

北风追查上官飘到现在，也没查出个所以然来，他耗尽精力只是无功而返。而上官飘，在北风身上也没得到任何情报，要不咋下令干掉他这个绊脚石呢。表面看他俩都没什么业绩，但能说他俩不是双方最优秀的特工人员吗？上官飘在师兄死后，和千千万万个中国普通妇女没什么两样，一样恪守妇道相夫教子，一样用勤劳的双手建设社会主义。如果不是杨北风锲而不舍地追查她，她都忘了她曾是国民党潜伏下的女特务。她甚至怀疑，戏相公只是个江湖上飘荡的虚名，根本没有此人。从师兄死后，戏相公也销声匿迹了。

杨北风和上官飘夫妻感情越来越深，可以用相敬如宾举案齐眉来形容。他们这个相敬如宾跟老汪他们不一样，有如胶似漆的爱情在里面。

老汪和雪花闹了一阵离婚，要离婚的是雪花。

听说老汪和雪花要离婚，上官飘慌得透不过气来，从中枪开始，她总觉得胸闷、咳嗽，多走几步就喘得厉害。为了杨北风，搭上了师兄的命，她深觉对不起师兄。可是，她爱着杨北风，爱着她的丈夫，这有什么错？如今，雪花要离婚，势必威胁到她的家庭，也许她多虑了，可她确实感到危机四伏，是她生生从雪花手里夺来的杨北风啊。这几年，她已经感觉到了，杨北风跟她结婚，就是因为她是特嫌，怀疑她是戏相公，纯粹为了挖出戏相公。如果真相大白，

杨北风会离开她吗？那么遥远的事，她顾不得了，能顾的是眼前的危机，来自
老汪家。上官飘曾偷偷地求过老汪，不要和雪花离婚，如果他离了，她的小家
也就不保了。

　　事到如今，老汪不得不告诉上官飘，他实在是不想离婚，他爱自己的家，
可雪花要离，他也没有办法。

　　看来靠谁也白搭，上官飘还是把希望寄托在自己身上。有一天，上官飘做
好晚饭，却吃得很少，杨北风关切地让她多吃点，把身体养好。上官飘就低着
头，暗自垂泪，杨北风忙给她擦眼泪。"有什么事说呀，别哭啊。"杨北风以为
上官飘担心她自己的身体，就劝她，"飘，没事，雪花说了，你的身体再养一段
时间，就跟从前一样了。"上官飘哭得更厉害了，并咳嗽着。杨北风轻轻揽着她
的肩，把她拥在怀里，"行了，别哭了，你看，咳嗽得厉害了吧。"

　　"北风哥，你不会嫌弃我吧，病歪歪的。"

　　"净说傻话，你是为我。"

　　"我们会离婚吗？"

　　"怎么问这事？"

　　"雪花要跟汪大哥离婚。"

　　"怎么这离婚还要两家合伙去啊？你呀。"杨北风想逗她乐。

　　"雪花是为你离婚的。"上官飘直接说了。

　　杨北风愣神，或是思考。

　　"如果她离了，你不离，多伤她的心啊。"上官飘泪水滴落在杨北风的手上。

　　杨北风抱紧她，说："那我不伤你的心了吗？"

　　上官飘哭着说："北风哥，谢谢你，想着我。谁敢用命去爱你，只有我。"

　　杨北风赞同上官飘这话，只有上官飘敢拿命去爱他。她就是特务，她也是
用命爱他。这份情，杨北风永远珍藏心中。杨北风安慰着她，永远不会舍弃她。

　　上官飘仰着脸，像个孩子，祈求地说："那你去帮帮汪大哥，别让他们离
婚，好吗？"上官飘说的这话，真是孩子气。

　　不管杨北风怎样向上官飘表白，不离不弃，上官飘还是觉得，只有阻止老
汪和雪花离婚，她的日子才能相对好过一些。她这种担心，近乎到了病态。雪
花不是她想象的那样，非得要离婚。她想得多一些，还未完全付诸行动。

　　白雪花拼命地工作，她想用无休止的工作来掩盖她的忧伤。她劝自己对杨

北风死心，实际上，她无时无刻不想着杨北风，她的心，从来就没平息过，并希望着，希望着，一辈子的时间啊，难道她用一辈子的时间都等不来杨北风吗？总有一天她要和老汪离婚，和北风结婚。她和杨北风本来就是一对，怎么就散了？这是她一直以来的疑问。

上官飘的身体越来越差，但不管身体怎么样，不管干什么，她的衣着打扮永远不走板，干净、体面、时尚。走到现在，上官飘总结自己，她还有救，她手上未沾人民的鲜血。她觉得愧对师兄，毕竟师兄培养了她这么多年。她最亲的人——师兄，已经是她的亲人了，死在她手里。师兄死后，她已经失去了与他们组织的联系，但愿就这么永远失去联系，她要过正常人的生活。但这是不可能的，戏相公如果存在，早晚会找到她。好在她未配备电台，那真是个危险的东西。电台在师兄那儿，师兄死后，已经被公安收走。如果那天她不出现，师兄已经完成任务，也许到了他梦寐以求的香港或台湾。她偷偷去了一次师兄的坟，快平了。如果再不填土，用不了一年，就找不到坟了。她不敢祭拜，她怕审查，怕运动。她已经吓出毛病了，听到运动就浑身发抖。她更觉得对不起北风，耗尽精力，也没查出她是特务。是她隐藏得太深，太狡猾，耗尽了丈夫几年的时间，让他一无所获。

上官飘已经下决心，不当特务了，安心生活。她已经打退堂鼓了，可北风还在一如既往地查她。杨北风对上官飘的感情是极度矛盾的，他浪漫的时候，就喊一个字，飘；亲昵的时候，喊宝贝。喊宝贝的同时他也不曾放松对她的怀疑。每当听到这声宝贝，上官飘幸福得就想哭，她曾对着苍天祈祷，为了北风的这声宝贝，她宁肯少活十年。他们夫妻恩爱，不等于北风就把雪花忘了，恰恰相反，他愈加理解了雪花的感受，甚至理解了雪花默默无语的爱。雪花藏在他心中最深的地方，他几次想把实情告诉雪花，不想让她一生都在苦苦地追问，告诉她他不是个负心汉，但戏相公一天不挖出来，飘的特嫌也就一天不能排除，他就要为组织保守一天秘密，这是作为公安战士的天职。

访苏的爆炸未遂案是告破了，但杨北风心里始终有个疑团。他不相信盛春雷就是戏相公。他也劝自己，这个案子已经结案了，就别再翻出来了。飘，也许是组织怀疑错了，历史长河，这点瑕疵是难免的。如果说就此结案，那么他跟特嫌上官飘结婚就是个错误，那他也就白白牺牲了爱情、牺牲了年华。说白了，他的付出就是毫无意义的。北风想没这么简单，飘也没这么简单。实际上，北风多么希望上官飘就是他要找的戏相公。但又怕得要命，如果与他恩爱、生儿育女的妻子飘真是特务，那他情何以堪？但戏相公到现在还未挖出来，这依然是他的任务。

按理说盛春雷承认他是戏相公，这个案子就应该往上报了。盛春雷的自取灭亡，老汪自然高兴，戏相公终于露头了，是真是假，先这么报上去。说白了，先应差，省得总挨批评。项局长暂时不表态，他这人一贯这样，说好听点，沉稳，不好听点，肉筋。最认真的是杨北风，盛春雷死后，搜查了他的家，真查出了不少有价值的东西，什么潜伏证啊，电台呀。杨北风最想查出的是潜伏名单，他想看名单上有没有上官飘，他想找到她到底是不是特务的证据。他没找到潜伏名单，拿着盛春雷的潜伏证细细琢磨。突然他提出，盛春雷不是戏相公，这是他的重大发现。国民党发给盛春雷的潜伏证上显示，他的代号是1949，在给毛人凤报告毛主席访苏的敌台电报里，显示的发报人代号是1950。这就奇怪了，盛春雷的代号是1949，所以，1950不是盛春雷，但电报又确实是从盛春雷的电台里发出的。这样看来，盛春雷只是个发报人，那么，这个情报的提供者，也就是指使者、领导者、幕后操纵者是1950。那么1950又是谁呢？戏相公吗？一定是。退一万步讲，如果盛春雷就是戏相公，那么戏相公身后还有人，这个人是1950。

项局长用钢笔有节奏地敲着桌子，他看着老汪，意思是你还有什么可说的？老汪还坚持自己的立场，他说的也有道理，这么长时间了，对上面应该有个交代，就把盛春雷当成戏相公，我们破获了戏相公。并不是放弃了戏相公，在没有确切答案之前，继续查戏相公，查他个底儿掉。报吧，向上级报告，潜伏北平的万能潜伏台戏相公破获。戏相公是京剧团唱《霸王别姬》的霸王盛春雷。

局长发话了，杨北风只好识趣，偃旗息鼓。

短暂的沉默过后，杨北风还是磨叽这事，他的意见是一是一，二是二。继续查1950，或者说戏相公。老汪说已经结案了，没有什么戏相公了。我们要进行下一个目标了，很多事等着去办。杨北风说那好，结案是不是？那我档案里的处分什么时候拿掉？老汪不置可否地摇摇头，给他一个比大海还无边的希望，等到真相大白的那一天，会的。暂时还没有明确答案。不过我们相信这个疑团将来会得到解答，任何隐藏在历史背后的秘密都有真相大白的那一天，但不是现在，要相信组织。杨北风跟老汪拍桌子，别给我说这些冠冕堂皇的话，站着说话不腰疼，我背着两个处分，无法进步。

项局长又拿起钢笔敲桌子，像是给他俩吵架敲着鼓点。杨北风的话，捎带脚，把他也捎上了。确实这样，你真相大白了，你得还杨北风清白呀。还有现在的婚姻，怎么也还原不了清白了。项局长停止了敲击桌子，闭上眼睛，在这件事上，他是亏欠杨北风的。

第二十九章　天下英雄谁敌手

　　现在，敌特的案子比以前少了，工作放慢了脚步，这让杨北风有闲暇想心事。他像放电影一样回顾往昔，上官飘，他的老婆，到底是谁？都有孩子了，他都不知道上官飘的真实身份。他又想，飘就是飘，他温柔的妻子。但是不成，这脑子里，翻江倒海地怀疑着，上官飘是潜伏在北京的特务。颐和园的那个黑衣人，跟他过招的那个黑衣人。广济寺的那个和尚，她去上过香。还有她的师兄盛春雷。按理说凭上官飘跟盛春雷师兄妹的关系，抓住了师兄，就等于抓住了她。师兄是特务，她也好不到哪儿去。但是，思维偏偏在这里转了个弯，偏偏她挡了师兄射出的子弹，这颗子弹是要射在她丈夫身上的，但她丈夫不是别人，他是人民公安，要抓捕敌特的人。这样，上官飘的身份就飞速转变了，成了挡枪的英雄。这一枪左右了杨北风的思维，她为什么出现在现场？杨北风可以理解，因为她不止一次到那条路上接过他，他也说过她，这条路背静，我一个大老爷们儿，不用你接。

　　那天，如果活捉了盛春雷，事情都明朗了。杨北风和老汪两个人呢，活捉他完全有可能的。可上官飘的出现，不仅扰乱了他俩的正常行动，也扰乱了盛春雷的思维和行动，盛春雷近乎毛了，不然，他不会开枪自杀。盛春雷为谁灭了自己的口？为上官飘。杨北风自问自答着，思前想后，上官飘的嫌疑越来越大，比过去还要大。夏玲说得对，上官飘就是特务。说这话，杨北风没良心了，替你挡枪子儿的亲人啊，只有她敢拿命爱你。杨北风把自己想得都不知何去何从了。最近上官飘的眼泪特别多，说不上三句话，就泪水涟涟。这不，他今天回来得早，琢磨那么多事，就想再试探一下上官飘。平常也是，杨北风时刻不忘做上官飘的思想工作。吃饭的时候，杨北风说："东城区，又有几个潜伏的国民党特务自首了，政府都给宽大了。"

小北吵着要吃菜，又要吃饭，上官飘忙着喂小北，对他说的话，置之不理。

"哎，飘，我说话你听到了吗？"

"听着呢。"上官飘还是忙活着喂孩子。

"你等会儿喂她不行吗？"

"你看你，孩子饿，我能不喂吗？"

"我看你就是逃避。"

"我逃避什么，我都这样了，你看我这身体。"说着又咳又喘的。

"好，好，我知道，是为我挡枪子儿挡的。"

"你不领情也就算了，还总这么盯着我，有话你就直说。"上官飘不喂小北了，小北看他俩急赤白脸的，哇哇哭。

杨北风心想，你还鼓动孩子哭，来气，话说得就重："再狡猾的敌人，在人民面前，早晚是要低头的，藏是藏不住的。早晚抓住他的狐狸尾巴。"

上官飘的泪成串往下掉，虚弱得快要晕厥了。杨北风连忙抱住她："好了，别哭了，都是我不好。如果你真是特务，我一样会送你去公安局。"

"好，我就是特务，你抓我吧，你就立功了，我成全你。"上官飘身子病弱，但脾气比过去见长。

这顿饭谁也没吃饱。小北仰着小脸，一会儿问爸爸，一会儿问妈妈："什么是特务？"

上官飘就把孩子抱在怀里，哭得可怜兮兮的。她说："我求你，以后不要守着孩子说这事，就算我求你了。"

流泪，又是流泪。杨北风心里烦闷，他起身，穿上衣服，往外走。上官飘擦掉眼泪，忙追上去问："你去哪儿？你还没吃饱呢，干工作，怎么能不吃饭啊，你再吃点。"

"我吃饱了。"杨北风不耐烦地说。

"北风哥，你嫌弃我了，别这样，我错了。"

明明是杨北风错了，每次她都说是她错了，她那可怜兮兮的样子，杨北风受够了。他推开门，骑上自行车，头也不回地走了。

上官飘无力地靠在门上，泪水又涌出眼眶，她意识到，她要失去杨北风了。

杨北风骑着车子，在大街上漫无目的地游逛着，心情烦闷。他想去局里，局里给他半天假，让他带着上官飘看病，他还没说看病的事，就闹成这样了。以前上官飘不这样，说话不呛人。还是不去局里了，不知怎么了，他去了白雪花的医院。值班室门没锁，杨北风直接进屋了，白雪花不在屋，他坐在椅子上，等她。他望着白色的墙壁，有种空落落的感觉。感叹时光的流逝，他想起了在四平的时候，他还是个莽撞的小伙子，到医院去向白雪花求婚。想着，他自顾笑了，笑得无奈。往事如烟，想和雪花步入婚姻的殿堂，已成空。他仰靠在椅背上，闭目，想着心事。

门开了，杨北风听到了，他能听出是雪花的脚步声，没进门他就听清了。他不想睁开眼睛，他想静静地听雪花的脚步走近，想在这脚步声中得到片刻的宁静。

脚步渐渐走近，停在他面前，他依然闭着眼睛，均匀地呼吸着。他的思绪已在千里之外，融化在东北的冰天雪地里，他赶着马爬犁，雪花坐在爬犁上，驰骋在茫茫的雪原上。

白雪花把手放在杨北风的额头上，说："不烧啊。"

杨北风又想起，在四平，雪花给他取腿上的子弹，手放在他腿上的感觉。雪花的手，成了他永远抹不去的温馨记忆。杨北风想，我心里烧啊。

雪花坐在他面前，问："怎么上我这儿来了？"

杨北风睁开眼睛，深情地看着雪花。雪花的心不禁一颤，天啊，我的北风，四平的北风，冲到我医院的北风，拉着我上他吉普车的北风，把吉普车开得叮当响的北风，和我私订终身的北风……雪花激动得不能言语，她也看着杨北风，眼神已经融化了杨北风的深情。

杨北风一只手握住了雪花的手，拉着她就走，酷似四平的那次求婚。他边拉着雪花的手，边帮她把白大褂脱掉，扔在地上。手仍抓着她的手，生怕她跑了似的。杨北风拉着雪花的手，他在前面，雪花在后面跟着，像个羞涩的小姑娘。在走廊遇到了夏玲。杨北风依然忘情地拉着雪花，对夏玲熟视无睹。夏玲惊得紧靠墙边站着，给杨北风让道，都来不及问他们去干什么，雪花已经走过夏玲的身边，回头说，夏玲给我请个假。

自行车在北京的郊外飞驰，后车座上坐着雪花，骑车的人是杨北风。雪花坐在北风的后车座，她想起在四平她坐在北风的吉普车里的情景，那天车跑得飞快，风呼呼地叫。她的长发飞扬着，她的心也长了翅膀。

骑到小河边，杨北风停住车，雪花跳下车后座。杨北风把自行车支上，刚撒手，土松，自行车就往旁边倒去，两个人都伸出手扶车子……杨北风的手就抓在了雪花的手上。自行车在两人的手里还是倒在地上了，而他们的手却握着，紧紧的，北风哭，雪花也哭。雪花问我们这到底是何苦啊，到底为什么？北风说他不能说，什么时候他的任务完成了，他才有资格把真相公布于众。

是啊，什么时候还雪花一个明白，也还自己一个清白？

那双虞姬的剑，寂寥地挂在墙上已经几天了，上官飘没去碰它。她站在剑的前面，端详着，思绪万千，她又流泪了。上官飘知道，就是她隐藏得太深，太狡猾，让自己的男人一无所获，影响了他的前途。男人没有前途，能不烦躁吗？上官飘知道男人心里的痛，她看在眼里，急在心上，是她束缚了丈夫的情感，影响了他的进步。她抚摸着那把虞姬的剑，郑重地摘下来，含着泪舞了几下，她抚摸着剑柄处，泪水长流。

清凉凉的河水流淌着，哗啦啦荡涤在杨北风的心田，他真想带着雪花随着这河水流淌，飘向不知名的远方。但他恪守着对国家的诺言，唯独没恪守对雪花的诺言，他深深地自责。他伸出手给雪花擦着眼泪，雪花轻轻地靠在他的肩上，温情地说："北风，我不怪你了，好好过日子吧，还有小北呢。她毕竟替你挡了一枪，就这一枪，注定，她是你的妻子了。我不再幻想。"

杨北风紧紧地拥抱着雪花，任凭泪水流淌，他的泪水落在雪花的头发上、脸上，他却不知，他所有的泪水，都流进了雪花的心里。雪花把头更深地埋在他的怀里，放声大哭，这是她的怀抱，此刻，她却如偷情般负罪。她从北风的怀里抬起头，满眼泪水地问北风："哪天，你带我重走入城式的路线，你是在哪儿认识她的？"

"我答应你，一定带你重走入城式的路线。"杨北风看着雪花，"别问她了，好吗？"

"也好，跟飘好好过吧，忘了我，我不想干扰你的生活了。"

"一辈子忘不了。"

"我爱小北,她长得像你。"白雪花绕个弯延续着对他的爱。

"我爱汪正,那孩子的性格像你。"

"足够了,我很幸福。回去吧,病人等着我治,特务等着你抓。"雪花说着去拉地上躺着的自行车。

杨北风抢着拉起自行车,拍着后座,对着雪花朗声说道:"上车,雪花医生,向着未来进发!"

雪花坐到后座上说:"先去你家,我给上官飘看看病情,需要住院赶紧住,别拖着。"

明媚的阳光,透过窗户照进屋里,暖洋洋的,而上官飘的心却是冰冷的,难以融入这明媚的阳光里。她现在心里正合计着,杨北风赌气出去,他和雪花在一起了吧?想着,她胸闷得厉害,透不过气来。她咳嗽着,用手绢捂着嘴,咳出了血。她不想死,孩子还小,需要妈。说真心话,她也有些舍不得这新中国,更舍不得北风,仿佛美好的日子在等着她。一想到北风为了查戏相公耗尽了心血,她心疼得要死。她没有勇气跟北风坦白。她就是坦白了,也确定不了谁是戏相公。这份煎熬已经把上官飘折磨得疲惫不堪,筋疲力尽,她不想两人都遭罪了。往往人一时冲动做出的事,过后就后悔。上官飘也是,她把自己的心想得没缝的时候,决定自首,来个痛快的,一了百了。她没有勇气向北风坦白,去老汪家,向老汪坦白。

她穿上自己最喜欢的衣服,把自己打扮一新。她知道,只要坦白了,就不可能再回这个家了,去她该去的地方——监狱。她不想让北风这样苦苦追查了。解脱吧,我的北风哥。

上官飘每当走在替杨北风挡枪的那条幽静的小路上,心里就抽搐,仿佛看见师兄又从树后出现,喊着,师妹。事就这么凑巧,杨北风骑着自行车带着雪花,走到这条路上,有个小坑,杨北风没在意,车轱辘轧进坑里,把雪花从后车座颠下来。雪花跌在地上,站立不稳,抓住车座就要倒下,杨北风转过身,扶住她。他俩是有情意的,看对方的眼神都不一样,传情,不是有意的,而是情不自禁。杨北风先是抓住她的胳膊,后来双手扳着她的肩,雪花惊慌失措,又有些躲闪,但那份柔情,从眼神里流露出来。就在这时,上官飘出现了。她声音极细极柔,再加上怯怯的调子,可怜得令人心碎。她轻声地、怕惊动谁似的喊:"北风哥!"

这突如其来的柔声，让杨北风忘了松开雪花的肩，他和雪花同时转头，看着上官飘。正好一阵风吹过，上官飘脚跟不稳，摇晃了下，她瘦弱得就像风中的芦苇花，飘摇着。风吹过，她仿佛又听到了那天的枪声，看见了师兄，向她笑着，说别怕，有师兄呢。她又看见师兄流泪，是红色的，流的是血。她眼前也是血，有师兄的，有杨北风的，还有她自己的。她耳朵是真灵，难怪师兄培养她当特务。杨北风和雪花不说话，她都听见他们心里说什么了，说她是特务，说把她揪出来，他俩就结婚。她想，小北怎么办，汪正怎么办？小北和汪正长大了，他们会结婚吗？不会的，一定不会的，他们仇恨我，怎么会让小北嫁给汪正呢？这一刻上官飘想得太多，她把两辈子的事都想了，唯独没想自己。不，她也想自己了，是责怪、痛恨。她心里挂着小北，对了，小北，她都糊涂了，出门的时候忘了小北在家呢，小北，小北，我的小北，妈妈不能离开你。她耳朵是灵，她听到小北哭了。她转身，拼命地跑，脚下沉重得像挂着沙袋，拖着她的腿，把她拖倒。她扑倒在地，喷出一口鲜血，她这棵脆弱的芦苇被风刮倒了……

杨北风放开雪花，向上官飘跑去，扳着雪花肩的大手撒开，雪花如被推进了万丈深渊，她的心骤然空了，身子轻飘得如失去了重心。

杨北风紧紧抱着飘，呼唤着她的名字，飘，飘，宝贝，宝贝。这是杨北风对上官飘的昵称，因为上官飘特别喜欢他喊她宝贝，他是希望她听到这声宝贝能够醒来。他知道飘的心挂在他身上，飘的命也挂在他的身上。

万箭穿心，此刻用来形容白雪花的心情恰如其分。杨北风从来没这样称呼过她，宝贝。谁都没给过她这样的昵称，老汪没有。她是谁？她自己找到了答案，她是人民医生。她俯下身子，就地抢救上官飘，总算有了呼吸。

随着上官飘呼出第一口气，杨北风和白雪花相望的眼神告诉对方，从此，他们保持距离，绝不越雷池一步。

上官飘躺在医院的病床上，觉得自己已经进入了弥留之际，她想告诉北风她就是戏相公，就此让戏相公的案子结了吧，让他风光，让他在公安战线有战绩，监视她是有一定功劳的。以后戏相公出现再说，事情还不知道会怎样发展。她想告诉他你是新中国最优秀的公安战士，你为保卫开国大典顺利进行做出了卓越的贡献。

此刻北风紧紧地握着她的手，希望能挽留住她生命的匆匆脚步。北风握得越紧，她越惧怕，她从没这样惧怕过，她怕北风突然撒开她的手，在她即将离开这个世界的时候，她怕极了。她什么也没说，无限柔情地笑了，对着她的北风哥，她笑得还像坐在坦克上时那样迷人。她嘱咐北风，她死后，关于她演戏的东西都烧掉，但一定要留下那双虞姬舞的剑，还历史一个清白。北风想，一双道具剑有什么可清白的，他从结婚就看着它，要不就挂在家里的墙上，要不就拿在飘的手里，飘对它是爱不释手。

后悔不迭，杨北风觉得是他把飘逼上死路的。吐血，上官飘不说，是怕他担心。可他是那么不舍得飘，她是位好妻子，好母亲，温柔漂亮。他北风能娶到这样的妻子，是他的福分。老汪都说案子结了，他为什么那么死心眼，怎么就跟飘过不去，她是你的妻子啊！他抱着飘，像怀抱着婴儿，拍着她的背不住地说，都过去了，都过去了，以后我们好好过日子。

真的都过去了吗？杨北风说这话的时候，是顺嘴哄骗上官飘的。公安部一天不解密，他的身份一天不能暴露，上官飘的事就过不去。上官飘无限幸福地微笑着，两大滴泪却从眼角流出。杨北风给她擦去，说睡会儿吧。然后，她像听话的孩子，缓缓地闭上了眼睛。

治疗了几天，上官飘出院了。她还活着，还能看见小北，看见杨北风，看见这个家，她觉得活着比什么都幸福。上官飘想要的幸福，就是活着，能实现吗？

上官飘不喘的时候，就坐在镜子前面勾脸，化成唱戏时的自己——虞姬。然后她拿起墙上的双剑，有模有样地边唱边舞。每当这时，她就想起师兄为她打鼓点的样子。气喘得厉害，上官飘已经无法正常上班了。雪花给她开了些平喘的药，让她按时服用。不见好，也不见坏，就这么当啷着。加上不上班了，她在家更加烦闷。每天睁开眼睛，跳出脑海的第一个念头就是戏相公今天会找到我吗？他知道我是谁吗？师兄活着的时候，什么事都是师兄顶着，她只跟师兄联系。现在可好，每天提着心过日子。

从胡同的那边走来夏玲和土豆，他们是恋人，但很少在一起逛街。土豆干公安，忙；夏玲当护士，更忙。今天夏玲难得休息，她就约上土豆，一起去雪花家帮雪花料理家务，再就是商量他俩的婚事。雪花下午上班，夏玲和土豆上午九点多钟往雪花家走，约好，中午包饺子吃，还指着夏玲包呢，雪花连米饭都不会焖，别说饺子了。雪花也盼着夏玲来包饺子改善伙食。

该来的终于来了。这天吃过早饭不久，上官飘正在收拾屋子，外面传来吆喝声，冰糖葫芦——这条胡同很少有来卖糖葫芦的，开始上官飘没注意，继续擦桌子。卖糖葫芦的在她家门口吆喝了好几声，这是从没有过的，她想起了师兄临死时喊的，糖葫芦。她的手瞬间停在了半空中，抹布也从手里脱落。来了，终于还是来了。小北磕磕绊绊地走到她的跟前，摇着她的手："妈妈，宝宝要吃糖葫芦。"

"好，宝宝，你等着，乖，别动啊，妈妈出去买。"躲着，永远躲不过去。上官飘是想躲来着，可是，没用，早晚要来的。但她不会把孩子抱出去的，她不想让他们知道她有孩子，见不到孩子，也就不会打孩子的主意。

冰糖葫芦——

上官飘走出院门，她手里拿着钱，走到卖糖葫芦的跟前。她不说买，而是踮着脚，看着糖葫芦杆子，那上面插满了糖葫芦，红艳艳、亮晶晶的。她在用眼睛挑选，看哪串更好。其实，她在用眼睛的余光看着卖糖葫芦的人。戴着帽子，压在眉毛下，破围脖捂到鼻子上面。她看到了一双死鱼眼睛，眼袋耷拉着，眼皮也耷拉着，皮肤松懈，肥肉横生。她不敢断定，这就叫一脸横肉，因为，她没看见整张脸。但这双死鱼眼睛，她牢牢地看在眼里，她是谁？死鱼眼曾见过，在哪儿？在哪儿？上官飘命令自己快速记忆。她想起来了，天啊！飞机上，命令他们下飞机的长官。那天他是戴着墨镜，但透过镜片，她看见了死鱼眼。也可以说，他的死鱼眼太特殊了，墨镜也挡不住。不不，那是男人，面前的，是个老太太。

崔大妈从糖葫芦杆子上摘下一串，递给上官飘，说："这串多好啊，没有虫眼。"

上官飘接到手里，把钱给她，转身就走。

"等等，"崔大妈说，"找你钱。"

上官飘拿的是正好的钱，还找什么钱？难道做赔本买卖？"你算错账了吧？"

"没错，你看了就知道了。"

上官飘转过身对着她，往前走一步，看着她。崔大妈把钱塞进她手里："拿好了。"停顿了会儿，"你的手挺凉啊。"

上官飘刚想问她，你是谁？是戏相公吗？

　　胡同那头夏玲和土豆正好走来，两人又说又笑的，离老远就能听见。夏玲看见卖糖葫芦的，还差那么远呢，她就开始喊："哎，糖葫芦，我要吃冰糖葫芦，土豆，给我买。"她说的冰糖葫芦，比人家喊的还响亮。

　　崔大妈往胡同的另一头走，上官飘往家走。土豆喊崔大妈："喂，卖冰糖葫芦的，等等。"

　　土豆跑到崔大妈跟前，举着钱说："来一串冰糖葫芦。"

　　崔大妈接钱，略低着头，从杆子上摘下一串糖葫芦，递给土豆。

　　"哎呀妈呀，这糖葫芦可真大。"夏玲人没到，声先到了。

　　"哎，你是崔大妈？"土豆认出了她，搞肃特活动的时候，见过，"崔大妈，到这儿卖糖葫芦了？"

　　上官飘一只手刚要推大门，夏玲喊住了她："上官飘，跑啥呀，又做啥对不起人的事了？"

　　上官飘稍停顿了会儿，看看夏玲，推开大门，进院了。

　　崔大妈边走边说："我这走街串巷的，哪儿都去。买糖葫芦的多，我还真就不认识你了。"

　　"啊，没事。"土豆说。

　　"快走吧，雪花姐等得该着急了。"夏玲拽着土豆就走。

　　屋里传来了小北的哭声，上官飘向屋里跑去。她抱住哭泣的小北，哄着她。小北哭着说："妈妈，不要宝宝了？"

　　"怎么会呢，妈妈不是给你买糖葫芦去了吗？快吃吧。"

　　小北眼睛里还含着眼泪，抓着糖葫芦就吃。上官飘展开钱里夹着的纸条，写着：明天去老爷庙，否则，小心小北。戏相公。上官飘把纸条烧掉，浑身抖成一团。怕啥来啥呀，小北是她的命啊。开始拿她的父亲做要挟，现在又拿小北做赌注。上官飘已经没有退路，前面是虎视眈眈的戏相公，后面是可怜兮兮的小北，她只能向前，保护小北。豁出去了，明天她赴约。她坐在窗台边，陷入沉思，想着想着，她的脸上露出一丝奸笑。一不做二不休，为了小北以后有个安宁的日子，明天赴约，她要带上枪，见机行事，有必要的话，她做了戏相公，她自己就成了北平的戏相公。可是，万一明天去的不是戏相公，她暴露了这样的杀机，她和小北都活不了。还得稳住，先赴约。她身上背着两条命啊，父亲和小北。

雪花家传出阵阵笑声，大家都在逗汪正玩，这个孩子是人来疯，见到来人了，更淘气了。老汪还没走，他跟土豆和夏玲说了几句话，准备去局里。

夏玲说："姐夫吃完饺子再走呗，我包，尝尝我的手艺。"

"我没有那个口福了，给我留点吧。局里有事。"

老汪正往外走，夏玲嘴快："你猜我买糖葫芦看见谁了？"

雪花问："看见谁了？"

"妖姬。"

"别这样说话。"雪花说。

老汪问："上官飘也去买糖葫芦了？"

"是，我们到的时候，她已经买完了，往家走。还躲躲闪闪，可能是看见我了，不愿意搭理我呗。"夏玲嘴吧啦吧啦说着。

糖葫芦？老汪停住脚步，倏然，老汪想起盛春雷临死的时候对上官飘说到过糖葫芦。

老汪问："卖糖葫芦的是什么人。"

夏玲说："一个老太太，长得可吓人了。"

土豆正被汪正缠着，他顺嘴说："就是那个崔大妈。"

崔大妈？老汪招呼都没打，直接推门走了。

到了公安分局，老汪跟项局长谈论糖葫芦的事，项局长说有疑点，已经审问上官飘几次了，但她未透露出半点风声。这个任务还得交给杨北风，对上官飘还是不能放松。老汪问，崔大妈那儿怎么办？有疑点，盛春雷死的时候，说的最后一句话是，糖葫芦。今天，崔大妈去那儿卖糖葫芦，那一片，我从没见她去卖过，今天为何？

这样，项局长说，咱们请崔大妈来，暂时不惊动她。不是抓啊，是询问，还跟她谈居委会要提高警惕，还要继续抓特务的事。

好，我和土豆去。老汪带着土豆到了崔大妈家，没想到，他们扑了个空，门锁着。老汪预感到崔大妈跑了，但她没理由跑啊，也没暴露，就因为土豆看见她卖给上官飘糖葫芦了吗？不至于吧。如果跑了，那她可是个高度警惕敏感的特务。老汪命令土豆在这儿守着，直到崔大妈回来。如果崔大妈晚上还不回来，那就坏事了。他回去汇报。

崔大妈确实跑了，崔家栋落网让她感到岌岌可危，幸亏她做得隐秘，连崔家栋也不知道她是戏相公。她平常是卖糖葫芦的老太太，在国民党方面，她以男人身份出现，戴着墨镜，是威风凛凛的崔将军。解放前隐秘，解放后更加隐秘。是土豆认出了她是卖糖葫芦的崔大妈，如果在别处还没事，偏偏在上官飘家门口，她从没到那儿卖过糖葫芦，为什么今天来？更重要的是，预感，她相信预感。做特工，天赋的预感非常重要。

听了老汪的汇报，项局长沉思良久。他心里已经有谱了，这事还得杨北风收口。到这儿，公安部的最初决策是正确的，编筐编篓，全在收口，上官飘是收口的最佳巧手。压轴大戏，还得杨北风、上官飘两口子来演。

顾虑是有的，光着急没用，那要看杨北风的。毕竟杨北风和上官飘有了孩子，人非草木啊，能没有感情吗？但他相信无产阶级革命战士杨北风，会给北京人民一份满意的答卷。

杨北风跑步进了项局长办公室，项局长把事情经过都跟杨北风说了，他今天去公安部，掌握了关于戏相公更新的一些情况。项局长先宽杨北风的心：上官飘，据公安部掌握的情况，她也是穷苦出身，被敌人利用、威逼，只要她配合，公安部有精神，对她从宽处理，网开一面。当然，她也是经过严格训练的，跟着盛春雷从小长大，顽固自不必说了，想必你也有所了解，要不这么长时间，她隐藏得这样深，也是有两下子的。把握起见，这也是最后一张王牌，甩出去必制胜。常言道，打蛇打七寸，我们要的七寸——证据。你今晚，必须找出证据。你明白我的话吗？我们不想再跟她周旋了，没有证据，制造证据。

"明白，"杨北风说，"请领导放心，我杨北风是公安战士，我会完成党交给我的任务。首先，要让上官飘开口。"

"对。"项局长说。

物证，只有物证能让上官飘低头。杨北风琢磨着，怎样找到物证。如果上官飘是特务，她会有作为特务的必备品。

没有证据，制造证据。这是项局长的命令。杨北风意识到他和上官飘的夫妻情分已经走到尽头，就在今晚。制造证据，就是找碴儿，找个恰当的茬儿，把上官飘绳之以法。今晚，他必须把上官飘送到分局，接受审查。

晚饭后，上官飘在刷碗，杨北风抱着小北在屋里走动。墙上挂着很多上官飘演出的剧照，多数都是拿着虞姬的剑。小北指着剧照喊妈妈，指着剧照上的剑，再指墙上挂着的剑。说妈妈的剑，妈妈。她的小手，学着妈妈的样子舞着。

杨北风亲着女儿，夸女儿聪明。小北得到了夸奖和鼓励，已经不满足光拿手比画，而是要拿着剑，比试比试。挣着，指着，要拿墙上的剑，杨北风哄着小北，好，好，咱拿。他刚拿下一把剑，上官飘擦着手上的水进屋，面带着微笑，但手上却是强硬的，几乎是从杨北风手里夺下剑，微笑着说："小北呀，妈妈抱，这个可不是玩的，咱挂上啊。"

她把剑挂上，还是微笑着说："北风哥，咱们出去走走吧。"她又对小北说，"叫爸爸跟咱们出去遛遛啊。"

小北张着小手，让爸爸抱："出去遛遛，爸爸。"

"好，爸爸抱。"杨北风抱着小北，"走，飞了。"他冲出了门。上官飘跟在后面，会心地笑着。

到了护城河边，杨北风留意了眼西边的天际，夕阳正红。他没见过这么绚烂的夕阳，染红了护城河水。

一家三口，玩到天黑才回来，路上小北就睡着了。杨北风抱着小北，上官飘在前面开门。她把床铺好，将孩子接过来，放到床上。

杨北风环视墙上挂着的上官飘的剧照，真美，现在比照片上瘦了，也失去了过去的俏皮。不觉，他的眼光又落到那双虞姬剑上。上官飘拉拉他的袖子说："睡吧，明天你还要上班呢。"

杨北风看着铺好的床，点点头。从结婚那天，铺床，叠被，都是上官飘的事。她铺好床，再去打盆热水，给他洗脚。热乎乎的水打来，她放到杨北风脚底下，就给他解鞋带。

杨北风说："我自己来，你刚好点，照顾自己吧。"

上官飘没停下手："住院的时候，你侍候我，现在我给你洗脚怎么了，你是我丈夫啊。"

脚放进水里，真舒服啊。上官飘用手轻轻抚摸着他的脚，每个手指温柔地划过，同时也抚过他那颗男人坚固的心，是冰也融化了。他闭着眼睛，已经感觉到眼眶里的湿润。他眼前就像放映着聊斋故事，一只白狐，跪在他的面前，眼睛里含着泪水，说放过我吧，放我回归山林吧。

他猛地睁开眼睛，伸出手抓住上官飘的手，欲言又止。他心里在说，你怎么不跑啊，你不是要回归山林吗，那么广阔的山林，还没有你藏身之处吗？

"怎么了？挠着脚痒痒了吧，呵呵。"上官飘用毛巾给他擦着脚。

杨北风拉着她的手，把她拉进怀里，拥着她，说："傻丫头，跟着我，你受苦了。"

"北风哥，我听到你心跳了。"上官飘把脸埋在杨北风的胸前。

"宝贝！"

"嗯。"

杨北风捧着上官飘的脸说："宝贝，你要好好的，我向你保证，你是我永远的妻子。雪花，我……"

上官飘伸出手，捂住他的嘴："别说了，我知道，是我拆散了你们。如果可以，我愿意……"

杨北风捂住她的嘴："别说傻话，小北要妈妈。"

上官飘搂着杨北风的脖子："如果我死了，你答应我，等小北长大，让她跟汪正成亲。我不放心小北。"

"宝贝，别说傻话。再说我生气了。"

"好，我们都好好活着。"上官飘看着熟睡中的小北，无比幸福。

躺在床上，杨北风辗转反侧，他睡不着。窗外的月亮又圆又大，月亮的清辉照进了屋里。他听到了上官飘均匀的鼻息，她睡着了。他瞪大眼睛，看着屋里，所有的一切都笼罩在朦胧中。墙上的照片，只看见镜框。那面墙上挂着的剑，依稀可见。墙、镜框、剑、房间，所有这些，都静止着。只有他的大脑，飞快地运转着，思考着。上官飘病重的时候，提到虞姬的剑，今天，孩子要拿一下，她夺过去，还掩饰自己的情绪，面带微笑。

他跳下床，把剑从墙上摘下。上官飘没睡，她听着呢，听得真真切切。杨北风下床了，摘下了剑。上官飘把手伸进了地上的鞋里，鞋里有把手枪。

第三十章　挂斜阳

剑在杨北风的手里，他翻来覆去地看，仿佛听到了舞台上的鼓点声，声声入耳。他把手握在了剑柄上，试了试，敲敲，像是空的。他刚要掰开剑柄，身后传来声音："不许动！"他感觉到了一把抢，抵在他的后脑勺上。上官飘声小，但很有力度地说："为什么要赶尽杀绝？"

"开枪吧，无论咱俩谁活着，都带着小北。"杨北风不动，手握着剑。

上官飘用枪口狠狠地抵着杨北风的脑袋："动我就打死你。"

"你不开枪，我可要反抗了。飘，向人民自首吧。"

"做梦。"

"你的梦应该醒了。否则，你将离人民越来越远。"

黑暗中的沉默……

"如果你不开枪，会后悔的，我会把你绳之以法，决不姑息。"

"我真想毙了你。"

床上，小北醒了。她的小手，习惯地去抓妈妈，空的，她哇哇大哭："妈妈——妈妈——"

手枪哆嗦了，杨北风的后脑勺感觉到了，他料到了，她不会开枪。哆嗦过后，手枪从她手里滑落到地上。

她人也堆在地上，她抱着杨北风的腿，呜呜地哭着……杨北风也蹲下，抱着她，也呜呜地哭。

388

小北坐在床上，在黑暗中，哭着，喊妈妈。

虞姬的双剑，每个剑柄里，都有一颗微型炸弹。

押送，对杨北风和上官飘来说不恰当。他们抱头痛哭过后，像是商量全家出动赶集的事。杨北风说走吧。上官飘说，行，你等我一会儿，我换件干净的衣服。杨北风说好，你去换吧。上官飘穿了件黑色的衣服，她问这件好看吗？杨北风摇头，不怎么好看，穿那件红色的吧，我挺喜欢那件的。上官飘说，啊，就是你在王府井百货给我买的那件？杨北风说对，那件穿着亮堂。上官飘又换上了那件红色的衣服，问咋样。好看，你白，穿红色的好看，杨北风说。上官飘问，我们抱着小北吗？杨北风说给她穿好衣服，还是送雪花家吧。上官飘给小北穿衣服，嘴里念叨着，小北咱们出门了，去找汪正哥哥，好不好啊。

他们三口一同出的门，上官飘抱着孩子，杨北风锁门。都走出挺远了，上官还不放心地问，门你锁好了吗？杨北风说锁好了。

杨北风走在前面，上官飘跟在后面。上官飘跑不了，现在让她跑，她都不会跑，有小北和杨北风拴着她，她宁可死，都不会离开。杨北风为什么走在前面，他不想让上官飘看见他的眼泪，把小北往雪花家一放，他就受不了了。上官飘在孩子脸蛋上这个亲啊，眼泪就在眼圈里打转转。杨北风拉拉上官飘的衣襟，她知道自己要去的地方，麻溜跟着杨北风走了。他别过脸去，疾步走在前面，因为他的眼泪已经涌出了眼眶。

上官飘小跑着，跟在后面，说："北风哥，等等我，天真黑呀，我害怕。"

杨北风停下脚步，不回头，伸出手，拉住上官飘的手。他们就这样，手牵着手，走进了公安局。

项局长和老汪早就在这儿等着了，就等着这个时刻。如果今晚不来，已经布置好了，明早由老汪带队，逮捕上官飘。明早的逮捕杨北风不知道。现在，杨北风连夜押送上官飘到公安局，也就省去了明早的行动。

在审讯室里，项局长、杨北风和老汪并排坐在一起，上官飘坐在他们三人的对面，平视着他们三个，不喜、不忧、不怒。她的手交叉着抱着双肩，又冷又孤独的样子。杨北风闭着眼睛，低垂着头，他不忍心看……杨北风抬起头，对着项局长耳语："上官飘手上未沾……人民的血。"

项局长像是未听见，依然注视着上官飘。

上官飘一言不发，只是流泪。问急了，她说她就是戏相公。

项局长问："好，你是戏相公，你怎么发报？"

"师兄给我发。"

"你用什么代号？"

"戏相公第一个字母。"

"错，我们截获的戏相公代号是1950。"

"为什么说你是戏相公，为了戏相公继续潜伏吗？"

"我想为师兄做他未完成的事。因为是我害死了师兄，所以，我要替他继续掩护戏相公潜伏，就这么简单。再就是，杨北风跟我结婚，是为了挖出戏相公，我是，他的付出才有价值啊。"上官飘语气平淡。

"那么好，我给你讲个故事。"项局长说，"在旧社会的时候，有个七八岁的小姑娘，每天跟着父亲在天桥撂地。有个人总去看那爷儿俩演出，他看着小姑娘怪机灵，想收她做师妹。这个人就是唱戏的盛春雷，他是国民党的特务，国民党在做长期潜伏北平的打算，无论国共两党如何变幻，都要他长期潜伏在北平。有个师妹，一是做掩护，二是可以培养她做特务。为了使她长大听话，他使个最毒的计策，把与她相依为命的父亲绑架，然后交给了他们的组织。其实她父亲已经被秘密杀害。她后来真成了特务，她是不情愿的，但盛春雷告诉她，她的父亲在台湾，以她的父亲为要挟。她一步步，做着危害人民和国家的事，她心里也有挣扎。"

上官飘瞪着惊恐的眼睛。

"你是说，师兄绑架杀害了我父亲。"

"也对。但具体地说，是他绑架了你父亲，戏相公杀害了你父亲。为了吊住你，谎称你父亲在台湾。"

"为什么这样，为什么？"上官飘彻底崩溃。她把头发都摇乱了。

杨北风起身，走出审讯室。他眼里含着泪，心疼上官飘，不忍心再看，也不忍心再审。他手插在裤兜里，咬着嘴唇，站在门口。

屋里传出上官飘剧烈的咳嗽声，土豆端过一杯水，走到杨北风跟前，小心着问："我把水送进去了？"

杨北风点点头。

土豆进屋，把水放到上官飘的面前。她端起，喝了几口，咳得轻多了。她说："你们什么都知道了，也没什么隐瞒的了，枪毙我吧。"

"不，我们不会枪毙你的。"项局长看了眼老汪，"你还是回家，继续做小北的妈妈，因为你认罪态度好。"

"我？认罪态度好？"上官飘不相信，"我可以回家？"

"只要你说出戏相公怎么跟你联系的，一切都跟从前一样。因为你也是被逼的。"

"我还能见到小北？"

"当然，本来我们现在就可以让小北来见你，但在这个地方，怕把孩子吓着。"里面的对话，杨北风都听见了。他心里说，最狡猾的就是项局长，他才是老狐狸。

上官飘把杯子里的水都喝光了，然后，她说出糖葫芦的事，但她确实不知道，卖糖葫芦的老太太是不是戏相公。

项局长说："这些情况我们都掌握了，就看你的认罪态度。你身上没有人命案，也就是说你手上没沾人民的血，是可以挽救和团结的人。我们信任你，你可以回家了，明天你就按着约定跟他见面。你愿意为新中国的和平安宁做出贡献吗？"

上官飘激动、感激得声音都颤抖了："我愿意。"

项局长从座位上站起来，走到上官飘的跟前，伸出右手，紧紧握住她的手："我代表人民谢谢你！"

上官飘热泪盈眶："我会竭尽全力！"

项局长关怀备至："注意人身安全，见机行事，当然我们的人会保护你的。"

第二天，天气晴朗。上官飘抱着小北，亲了亲，递到雪花怀里。上官飘没哭，还对着雪花笑笑。雪花哭了，她抱着小北，脸躲在小北的身后。汪正牵着雪花的衣襟，大眼睛看着上官飘，他跑到上官飘跟前，拉着她的手。上官飘亲亲他的小脸，说叫婶婶。雪花说，汪正，叫婶娘。汪正甜甜地叫了声婶娘。

老爷庙在山上，只有一条小路进庙。上官飘裹着头巾，穿着薄呢子外套，挎着包，向山上走去。她进了庙，空无一人。庙里的佛像已经积满了灰尘。她在庙里走着，看着四周泥塑的雕像，竟然感到了威严。她跪下，拜了几拜，刚站起来，就听到从侧面传来了脚步声，转头一看是戴着礼帽、穿着中山装、戴着墨镜的矮胖男人。他说："送君闻马嘶，不胜千里。"

暗号，上官飘说："独自上西楼观月景，不胜寒。"

墨镜男人说："恭喜你上官飘，党国晋升你为大校军衔，委任你为北京地区潜伏组长，统领北京的潜伏特务。这是委任状。"他双手递给上官飘。

上官飘接过委任状，说："谢党国。"她停顿了下，"我父亲？"

"他很好。"

父亲已经被他们杀害了，他们还在骗她。上官飘只好跟他接着演戏。演戏她拿手，她轻蔑地笑笑："什么都是虚衔，哄小孩呢。我是单枪匹马。"

墨镜男人看看四处，附在上官飘耳朵旁说："电台和潜伏名单在第三个佛像下面。还有金条。"

"您是？"

"戏相公。"

上官飘倒吸口凉气："将军。"

"戏相公已成为历史。我暴露了，去香港。你接替我，你的代号，美女蛇。"墨镜男人看着庙门，"我先走了。"

"哈哈，你走得了吗？"上官飘对这个杀父仇人充满了仇恨。

墨镜男人惊回首："你是探子，不是上官飘？"

"不，我是上官飘。"

"你叛变了？可耻的叛徒。"

"我要替父亲报仇。"上官飘掏出枪对着他。

公安战士在杨北风和老汪的带领下，已经包围了老爷庙，隐蔽在周围。交代上官飘，摸清情报后，立即离开老爷庙，不要激怒他。但她报仇心切，再就是见戏相公要走，她就掏出枪，她想立功，为小北，为杨北风。她想再回到她的丈夫和孩子身边。如果再有一次选择，她愿意相夫教子、平平淡淡地生活。杨北风怕出现早了，对上官飘危险。他们继续隐蔽等着上官飘的身影出现在庙门，等她出现在安全的范围，他们再动手。

可这时候，庙里已经打斗起来。戏相公见上官飘掏出枪对着他，知道上当了。他破釜沉舟，迎着上官飘的枪就扑过去。上官飘开枪了，她故意没打中，来时嘱咐了，要活口。戏相公把她的枪踢飞，两人打斗在一起。戏相公不愧为戏相公，身手不凡。上官飘也有功夫，但她替杨北风挡那枪，元气大伤。打斗没几下，她就喘上了。

听到枪声，杨北风他们冲进庙里，所有枪对准戏相公，齐喊："不许动！"

戏相公急中生智，勒住了上官飘的脖子，枪对准她的脑袋，恶狠狠地说："都别动，动我就打死她。都给我让开。"

杨北风说："你别乱来。戏相公，崔大妈，和人民配合，才是你唯一出路。"

戏相公咆哮："都把枪放下，不然我真打死她。"

"好，我把枪放下。"杨北风先把枪放下。

戏相公扯着上官飘往山下走，战士们只瞄准，不敢开枪。

上官飘慢慢跟着戏相公走，她趁戏相公不注意，用手抓着他的胳膊，上去就咬了一口。戏相公哎呀一声，放开勒住上官飘的手。上官飘趁机往前跑，戏相公对着她的后背开枪……这时，公安战士的子弹打断戏相公握枪的胳膊，几个人迅速上前，把他按倒在地。

杨北风呼唤着上官飘，抱起她，他希望这次也会像上次那样，她能活过来。上官飘断断续续说："第三个佛像下面……"

杨北风喊老汪："快，第三个佛像下。"

上官飘满嘴的血，还不断往外吐着，她喘着说："北风哥，答应我……"

"我带你去找雪花，她能救活你，别怕。"杨北风抱着她往山下跑。

"北风哥，你答应我，小北和汪正长大了……结婚。"

"我答应你，我保证。"杨北风哭着，拼命地跑。

上官飘咧下嘴，笑了，她还在不断地往外吐血，人就一腔血呀，有多少血可吐啊。她努力地张着嘴："北风哥，你喊着我，我怕，前面好黑呀……"

"别怕，宝贝，哥在这儿。"

"我怕，小鬼拿铁索来了，"上官飘惊恐地大声呼喊，撕心裂肺，"我不去，北风哥，救我……"

杨北风腿一软，跪在地上，他抱紧了上官飘："别怕，飘，宝贝，我在这儿呢。"他觉得上官飘的身子在他怀里狠命地向上一挺，又重重地落下。

再看上官飘，已经没气了，大睁着眼睛，惊恐万分。

"飘——飘——"杨北风嘶号着……

几只鸟儿被惊飞，鸣啾着，飞向远空……天空蔚蓝如洗，白云朵朵，微风习习，拂过上官飘的头发。杨北风用手给她擦着嘴角的血，泪水扑簌簌地落下。

一座孤坟，墓碑上写着：妻子上官飘之墓。没有碑文，也没有落款。落款写杨北风？不妥，他是人民公安。况且，他们的婚姻也是任务，不合法。上官飘死了，他们的婚姻也将解密。杨北风坚持，怎么也得给上官飘一个名分，她的身份是隐蔽的，但在杨北风心里，上官飘是他妻子的身份是真真切切的。他不想让她躺在冰冷的地下还那么孤独。所以，墓碑上刻着，妻子上官飘。她的葬礼也很简单，只有两家人，杨北风家和老汪家，仅此而已。项局长给了上官飘高度评价，临危不惧，面对死神的威胁，及时说出第三个佛像。他们在佛像下找出了北平潜伏人员名单、电台和活动经费。电台是崔大妈家的台式收音机。她发报代号1950。这个人非常狡猾，盛春雷活着时，所有的情报都由盛春雷发送。人台分离，不到万不得已，她个人是不会发报的。

戏相公顽抗到底，自绝于人民。无论怎样审讯，什么也不知道。她就是飞机上的国民党将军，平时，她就是卖糖葫芦的崔大妈，参加国民党会议时，就成了国民党少将。解放军进城那年，上峰命令盛春雷和上官飘继续潜伏北平。在飞机临起飞前，盛春雷和上官飘下飞机后，她个人接了毛人凤的指令，由她指挥北平的潜伏人员，代号为戏相公。这样一个铁杆特务，怎么能轻易向人民低头。她中毒太深，在审讯她时，还口口声声说，等着吧，我们的大部队，很快就会反攻大陆。如果上官飘不套出第三个佛像，很难在戏相公嘴里抠出潜伏名单。

项局长责成老汪办理上官飘的后事，他不好出面。

墓碑前，肃穆地站立着杨北风、老汪、白雪花。墓碑上，当然也是不能镶嵌照片的。小北抱着妈妈的遗像，哭着喊妈妈。

遗像上，上官飘笑得那样甜蜜，还是那样年轻漂亮。杨北风脸色凝重，他抑制着泪水，望着天空。他仿佛又看见了拉着他的手，爬上他坦克的女学生，她甜甜地说，我叫飘，上官飘。杨北风再也抑制不住情绪，他呜呜地哭着。老汪拍着他的肩膀，说："在这儿哭吧，哭够了，回局里是不能再哭的。"小北跟着大哭，声声喊着妈妈。白雪花抱起小北，也止不住哭泣。小汪正踮着脚，拉着小北的手："妹妹，别哭，别哭，有哥哥。"

杨北风擦干眼泪，他从小北手里接过上官飘的遗像，放在胸口，说："她太年轻了，在我面前，她还是个孩子。"

老汪说："她对人民也算是有功的，也许有一天，会有人给她树碑立传的。"

"但愿她在天堂能听到你的话，不再迷茫。"杨北风说。

一只大鸟盘旋在上空，久久不愿离去。

小北哭着问："妈妈，我要妈妈，妈妈去哪儿了？"

白雪花说："妈妈在天上，看着你呢，小北听话。"

小北还是哭："在哪儿呢？我要妈妈。"

白雪花指着天上的白云说："妈妈在那朵白云上……"

旷野中，小北的哭声传得很远。

抗美援朝战争已经接近两年了，从朝鲜前线撤下来的伤员很多。目前，伤员基本都集中在了沈阳，急需医生。白雪花等一批医务人员，接到了上级命令，前往沈阳，加入医治伤员的队伍中去。如有需要，很可能要去朝鲜战场。

沿着 1949 年 2 月 3 日北平入城式的路线默默地走着两位军人，他们并肩走着，穿着笔直的军装。走到了前门大街，白雪花说："谢谢你北风，能陪我走这条路。你不知道，那天我们医院没参加，我都急死了，多羡慕你们。"

"要说谢，应该谢谢你。祖国的危难关头，你总是冲锋陷阵，而我……"杨北风说，"去沈阳医院吧，那里的伤员很多。"

"我已经申请了，去朝鲜战场，那儿更需要医生。"白雪花坚毅地说。

杨北风站住，看着她："向你敬礼。"

"我还能为流血牺牲的战友做点什么？能把他们从死亡线上拉回来，作为医生，莫大荣幸。"

"要保重，我可再也承受不住……"杨北风想说承受不住失去亲人的痛楚。

白雪花笑笑说："我会活着回来的，我还有两个孩子呢，汪正和小北。他们需要我抚养，需要我这个妈妈，不是吗？"

"感谢你和老汪，对小北，如亲生女儿。"

"老汪现在可偏心眼了，对小北那个好哦。"

"上官飘最放心不下的是小北，她让我答应她，小北长大成人后……"

"我知道，我答应你。"

"我替上官飘谢谢你。"

"我真羡慕上官飘。"

"我觉得对不起她，你不知道，她是多么怕死啊，她声声喊着，我怕，前面好黑呀。"杨北风声音哽咽着，"我真想替她走那条黑路。她喊着怕，瞪着惊恐的眼睛，死在我的怀里。"

他们继续向前走着，白雪花落后杨北风几步，她从后面看他，标准的男人身材，高大英俊，跟在四平时没什么两样，真是个数一数二的美男子。她的杨北风，她只能在他的身后感受那曾经的爱情往事。正面看他，她就回到了现实，所有的风花雪月都随风飘逝。女人啊，永远戒不掉嫉妒心。白雪花也一样，走在这条入城式的路线上，她就不自觉地想起上官飘，是上官飘改变了自己的命运。白雪花走在杨北风的身后问："她就是从这儿，前门大街，上了你的坦克车吧？"

"是的，那么多伸向我的手，不知怎么就抓住了她的手。"杨北风自讽地笑笑，笑得无奈。

"冥冥中的安排吧。"白雪花满眼的苦楚，"你就没觉得对不起我？"

"这些年，这个问题一直困扰着我。"

"我嫉妒上官飘，嫉妒得心在滴血。"

"她也很苦，不让她登台唱戏，她是多么的沮丧。她高兴的时候，就在家里，一边流着泪一边唱《霸王别姬》。唱完了就把那双道具剑再重新挂在墙上，那双剑一直闲置在墙上，时间久了，就跟它从来没挂在那儿似的。"杨北风叹息着，"她是多么热爱京剧呀。"

杨北风陪白雪花走入城式那条线路，解放军入城式后就答应雪花了，直到今天才走。雪花要去前线了，就算送给她的礼物吧。可是，今天，他在这条属于雪花的路上，却过多地提着上官飘。他告诫自己，不要提了。

"到和平门了。"白雪花跳跃着，像个小女兵，欢呼着，"北风，你看，到和平门了，我们到和平门了！"

"是啊，真快呀，到和平门了。"杨北风的神情，像当年刚进城的愣头青，"我们胜利了！雪花，你和我走完了北平入城式的全程了！"

他俩抬头看天，正是晚霞满天。天边的火烧云变换着各种形状，有牡丹花、菊花、芍药，有飞鸟，有树木，还有一只母鸡，领着两只小鸡崽。各种你能想象出的动物，都能在火烧云里寻到踪迹。那是晚霞涅槃吗？雪花望着火烧云，寻觅着，看见一只凤凰正张开想象的翅膀，飞向浴火重生的天堂。雪花指着天边喊："北风你看，你看，凤凰，凤凰。"

杨北风沿着她的手指看，他也呼喊着："我看见了，飞呢。是两只，一只凤，一只凰。"

正当他俩沉浸在曾有的幸福、快乐中时，从晚霞的方向传来了虞姬的唱腔：

> ……看大王在帐中和衣睡稳，我这里出帐外且散愁心。轻移步走向前荒郊站定，猛抬头见碧落月色清明……

"上官飘在天堂看见我们了吧！"

歌声萦绕，婉转悠长。雪花凝神倾听，顷刻，已是泪流满面。上官飘，你不甘心，还是跟来了。

上官飘就是不甘心，她爱北风胜过雪花，她敢拿命去爱，雪花你敢吗？